Gallmeister

TOM ROBBINS est peut-être né en 1936 en Caroline du Nord, mais rien n'est moins sûr. Il a passé son enfance à parcourir librement les montagnes de la région, au milieu des conteurs, des gitans et des charmeurs de serpents. Autant de personnages qui nourriront son imagination d'écrivain. Après avoir passé cinq ans dans l'armée, en Corée, il a été démobilisé et a repris ses études, travaillant dans la peinture, la musique et l'art dramatique pour finalement devenir journaliste. Considéré comme l'un des pères de la culture pop et qualifié d'"auteur le plus dangereux du monde", il a écrit huit romans, tous des best-sellers traduits dans une quinzaine de pays, dont le célébrissime *Même les cow-girls ont du vague à l'âme*, porté à l'écran par Gus Van Sant, et *Comme la grenouille sur son nénuphar*. Il vit près de Seattle.

Même les cow-girls ont du vague à l'âme

Un sacré courant d'air, un bain d'oxygène. Un traitement écologique à l'usage de l'humanité.

LE CANARD ENCHAÎNÉ

Avec le flamboyant Tom Robbins, on tient à la fois un styliste explosif, un humoriste de haut vol et un observateur implacable de toutes les dérives qui menacent l'Amérique.

LIRE

Le premier plaisir qu'offre tout nouveau roman de Tom Robbins est celui, rafraîchissant, d'embarquer à bord d'une machine à remonter le temps. Quel que soit le sujet abordé, Robbins reste en effet un pur produit des sixties, à mi-chemin entre un Thomas Pynchon qui aurait renoncé à faire vœu d'opacité et un Richard Brautigan né sous une étoile rieuse.

LES INROCKUPTIBLES

Dernier survivant de l'époque héroïque des sixties, Tom Robbins parachève depuis quatre décennies une littérature prodigue et hyper-colorée dont la fureur et la fantaisie n'ont d'égales que le scrupule et la beauté vénéneuse de son écriture.

CHRONIC'ART

Jusqu'à présent, le meilleur roman issu de la contre-culture américaine.

THE WASHINGTON POST'S BOOK WORLD

même les cow-girls
ont du vague
à l'âme

DU MÊME AUTEUR

Mickey le Rouge, Presses de la Renaissance, 1981 ; 10/18, 2005.
Féroces infirmes, retour des pays chauds, le Cherche Midi, 2001 ; 10/18, 2004.
Villa Incognito, le Cherche Midi, 2006.
Comme la grenouille sur son nénuphar, Gallmeister, 2009.

tom robbins
même les cow-girls ont du vague à l'âme

Traduit de l'anglais (États-Unis)
par Philippe Mikriammos

Titre original :
Even Cowgirls Get the Blues

© 1976 by Tom Robbins
All rights reserved

Première édition française en 1978
© Éditions Gallmeister, 2010 pour la présente édition

ISBN 978-2-35178-504-1
totem n°04

Conception graphique de la couverture : Valérie Renaud

À Fleetwood Star Robbins, la prunelle, l'ananas, la mangue, le verger de mes yeux.

Et, bien entendu, à toutes les cow-girls, partout.

La lascivité du bouc est la munificence de Dieu.
La nudité de la femme est le chef-d'œuvre de Dieu.
L'excès de douleur rit. L'excès de joie pleure.

WILLIAM BLAKE

J'ai dit à Dale : "Quand je claquerai, fais-moi embaumer et installe-moi sur mon cheval Trigger." Et Dale m'a répondu : "D'accord, mais très peu pour moi."

ROY ROGERS

Préface de la cellule unique

Les amibes ne laissent pas de fossiles. Elles n'ont pas d'os. (Pas de dents, pas de boucle de ceinture, pas d'anneau nuptial.) Il est par conséquent impossible de déterminer depuis quand les amibes sont sur terre.

Il est tout à fait possible qu'elles soient là depuis le lever de rideau. Il se peut même que les amibes aient dominé la scène au début du premier acte. Mais d'un autre côté, elles peuvent n'être apparues que trois ans – ou trois jours ou trois minutes – avant leur découverte par Anton van Leeuwenhœk en 1674. On ne peut prouver ni l'un ni l'autre.

Il y a cependant une chose certaine : étant donné que les amibes se reproduisent par division indirecte et ininterrompue, transmettant tout sans toutefois rien abandonner, la première amibe apparue vit encore. Qu'elle ait quatre milliards ou seulement trois cents ans, elle est parmi nous aujourd'hui.

Où ?

Ma foi, la première amibe est peut-être en train de faire la planche dans une piscine de luxe à Hollywood, Californie. La première amibe se cache peut-être parmi les racines de massette et les mirettes des hauts-fonds vaseux du lac Siwash. La première amibe a peut-être coulé récemment le long de votre jambe. On spéculerait en vain.

La première amibe, comme la dernière et l'après-dernière, est ici, là et partout, car son véhicule, son milieu de vie et son essence est l'eau.

L'eau – l'as des éléments. L'eau plonge des nuages sans parachute, sans ailes ou sans filet de sécurité. L'eau enjambe le précipice le plus escarpé sans sourciller. L'eau est enterrée mais resurgit de terre ; l'eau marche sur le feu et c'est le feu qui attrape des ampoules. De composition stylée dans toute situation – solide, gazeuse ou liquide –, s'exprimant en des dialectes compris de tous – animaux, végétaux ou minéraux –, l'eau voyage intrépidement à travers les quatre dimensions, capable tout à la fois d'*entretenir* (frappez une laitue dans un champ et elle hurlera "Eau !"), de *détruire* (rappelez-vous le jour où le mont Ararat a failli perdre pied) et de *créer* (on a été jusqu'à avancer que l'eau avait inventé les êtres humains comme dispositif pour se transporter d'un endroit à un autre, mais c'est une autre histoire). Toujours en mouvement, coulant perpétuellement (que ce soit à la vitesse de la vapeur sous pression ou à celle des glaciers), rythmée, dynamique, douée d'ubiquité, changeante et modelant ses changements, mathématiques bride lâchée, philosophie dans tous ses états – l'odyssée continue de l'eau est virtuellement irrésistible. Et où que l'eau aille, les amibes sont du voyage.

Sissy Hankshaw apprit un jour à une perruche à faire de l'autostop. Mais elle pourrait toujours repasser pour apprendre à une amibe quoi que ce soit sur ce sujet.

Pour sa compétence dans ses pérégrinations aussi bien que pour sa résolution quasi parfaite des tensions sexuelles, l'amibe (et non la grue) est par la présente préface proclamée mascotte officielle de *Même les cow-girls ont du vague à l'âme*.

Et à la première amibe, où qu'elle se trouve, *Même les cow-girls ont du vague à l'âme* voudrait souhaiter un bon anniversaire. Bon anniversaire, amibe !

Bienvenue au Ranch de la Rose de Caoutchouc

Ce sont les plus jolies toilettes extérieures des deux Dakotas réunis. On ne saurait faire moins.

Araignées, souris, courants d'air froids, picots de bois, épis de maïs et puanteurs coutumières ne sont pas considérés ici comme de bonne compagnie. Les filles ont rénové et décoré elles-mêmes le petit coin. Mousse de plastique, pots de fleurs, deux gravures de Georgia O'Keeffe (sa période crânes de vache), tapis duveteux, plaques d'isolation bon marché, cendriers, porte-encens, papier tue-mouche, et une photographie de Dale Evans qui soulève quelques controverses. Il y a même une radio dans ces toilettes, bien que la seule station radiophonique de la région ne joue que des polkas.

Bien entendu, le ranch dispose de waters intérieurs, de toilettes automatiques dans des salles d'eau normales, mais elles avaient été bouchées pendant la révolution et personne ne les avait débouchées depuis. La plomberie n'était pas le fort des filles. Le déboucheur le plus proche était à cinquante kilomètres. Et il n'existait nulle part de *déboucheuse*, pour autant qu'elles le savaient.

Jelly est assise dans les toilettes. Elle y est assise depuis plus long-temps que nécessaire. La porte est grande ouverte et laisse entrer le ciel. Ou plutôt, un bout de ciel car par un jour d'été dans le Dakota, le ciel est sacrément grand. Sacrément grand et sacrément bleu, et aujourd'hui il y a à peine un nuage. Ce qui semble être une mèche de nuage n'est en fait que la lune, étroite et pâle comme une rognure d'ongle d'orteil d'un bonhomme de neige. La radio diffuse *La Polka du dollar d'argent*.

À quoi pense la jeune Jelly, dans cette pose pensive ? Difficile à dire. Elle pense probablement aux oiseaux. Non, pas à ces corneilles qui viennent de passer en haïkalant, mais aux oiseaux qu'elle et ses camarades sont en train d'enjôler là-bas, au bord du lac. Ces oiseaux donnent de quoi penser, c'est sûr. Mais peut-être qu'elle pense au Chinetoque et se demande ce que fabrique ce vieux fou à présent, tout là-bas sur sa crête. Peut-être qu'elle pense aux finances ranchiennes et se creuse la tête pour savoir comme elle va joindre les deux bouts. Il est même possible qu'elle soit en train de méditer quelque problème métaphysique, car le Chinetoque lui a plus d'une fois soumis des données philosophiques, au petit bonheur de la citrouille cosmique. Si cela est peu probable, il est encore moins probable qu'elle songe à la situation internationale – désespérée, comme d'habitude. Et apparemment, elle n'a pas la tête aux amourettes ou à quelque autre roucoulade romantique, car, bien que culotte et jeans soient descendus à ses pieds, ses doigts tambourinent sèchement sur le dôme de ses genoux. Peut-être que Jelly réfléchit à ce qu'il y a pour dîner.

Mais d'un autre côté, Bonanza Jellybean, patronne du ranch, se contente peut-être de contempler les choses. De passer en revue les corrals, les étables, le dortoir, la pompe, ce qui reste du sauna, les ruines du salon d'amaigrissement, la saulaie et les peupliers, le jardin où Delores a taquiné un serpent à sonnettes lundi dernier, le monceau de séchoirs à cheveux qui continuent à rouiller parmi les tournesols, la poussinière, les herbes sauvages, la camionnette à peyotl, les buttes et canyons lointains, le ciel plein de bleu. Le temps est chaud mais il y a de la brise aujourd'hui, et c'est doux de la sentir remonter par vagues le long de ses cuisses nues. Ça sent la sauge et ça embaume la rose. Ça vibre de mouches et d'échos de polka. Plus loin, les chevaux bougonnent ; elle entend les chèvres au pacage et l'écho faible et lointain des filles qui gardent la bande. La bande des oiseaux.

Un coq s'éclaircit les sinus. Il fait du bruit mais absolument rien à côté de ce que peuvent faire ces oiseaux si les gardiennes ne les font pas tenir tranquilles. Et elles ont intérêt !

Toujours sur son trône, Jelly concentre son regard rêveur sur le coq.

— Un jour, dit-elle au siège vide voisin, si cette Sissy Hankshaw se repointe jamais par ici, je lui apprendrai à hypnotiser un poulet. Les poulets sont les créatures de la terre les plus faciles à hypnotiser. Si vous êtes capable de fixer un poulet dans les yeux pendant dix secondes, il est à votre merci à tout jamais.

Elle remonte son pantalon, met son fusil à l'épaule et va d'un pas tranquille relever la garde au portail.

Bienvenue à la Rose de Caoutchouc. Le plus grand ranch de femmes de l'Ouest.

PREMIÈRE PARTIE

La nature a un penchant pour les expériences.

TRADER HORN

1

Ce n'est pas un cœur : léger, lourd, tendre ou brisé ; cher, dur, qui saigne ou transplanté ; ce n'est pas un cœur.

Ce n'est pas un cerveau. Le cerveau, ces quelque sept cents grammes de substance collante de couleur jaune poulet tenue en si haute estime (par le cerveau lui-même), cet organe visqueux auquel on attribue ces pouvoirs compliqués et mystérieux (attribution qui est justement le fait de ce même cerveau), le cerveau est si faible que sans la boîte osseuse de protection qui le soutient, il tombe tout bonnement de son propre poids. Ce ne pourrait donc être un cerveau.

Ce n'est ni une rotule, ni un torse. Ce n'est ni un favori, ni un globe oculaire. Ce n'est pas une langue.

Ce n'est pas un nombril. (L'ombilic se présente puis se retire, ne laissant qu'un rond comme empreinte de son passage : le nombril, ridé et ventousé, verticillé et en dôme, aveugle et clignant, chauve et huppé, moite et poudré, baisé et mordu, poissé et frisotté, paré et ignoré ; reflétant avec autant de pittoresque que les seins, les graines ou les fétiches l'omnipotente fertilité dans laquelle la Nature trempe ses pieds boueux, le nombril regarde en nous comme le trou d'une serrure donnant directement sur le centre de notre être – c'est vrai mais, ô nombril ! quoique nous saluions ton immobile maternité et les rêves qui se sont emmêlés dans les petites saletés que tu accumulés dans tes plis, tu n'es après tout qu'une cicatrice ; tu n'es pas ça.)

Ce n'est pas une cage thoracique. Ce n'est pas un dos. Ce n'est pas un de ces orifices corporels qu'on aime à bourrer, pas plus que ce membre entêté qui bourre partout et toujours tout orifice qui s'y prête. Ce n'est pas entouré de poils. Quelle honte !

Ce n'est pas une cheville, car ses chevilles, quoique osseuses, sont communes, à tout le moins.

Ce n'est pas un nez, un menton ou un front. Ce n'est pas un biceps, un triceps ou une boucle d'Henle.

C'est quelque chose d'autre.

2

C'est un pouce. Le pouce. Les pouces, les deux. C'est de ses pouces que nous nous rappelons, ses pouces qui la distinguèrent des autres.

Ce sont des pouces qui l'amenèrent à l'horloge, qui l'emmenèrent et la ramenèrent. Bien sûr, c'est peut-être lui rendre un mauvais service, à elle comme à la Rose de Caoutchouc, de mettre l'accent sur l'horloge – mais c'est l'horloge qui a la primeur pour l'instant dans la tête de l'auteur.

Cependant, comme chacun sait, les pouces de notre sujet l'ont emmené dans une myriade d'autres "endroits" que l'horloge et vers d'autres gens que le Chinetoque. Par exemple, ils l'amenèrent à New York et là, devant le sieur Julian. Et Julian, qui la regarda souvent, la regarda correctement, la regarda sous tous les angles, intérieurs et extérieurs, d'où l'homme peut regarder la femme – même Julian fut fortement impressionné par ses pouces.

Qui eut la possibilité de l'observer se déshabiller pour aller au lit ou se débarbouiller ? C'est Julian. Qui put à loisir suivre chaque contour de son visage raffiné et de son corps élancé, pour invariablement retomber sur ses pouces ? C'est Julian. Julian qui, sophistiqué et compréhensif bien que fermé à toute notion de difformité, dut en dernière analyse et dans le sanctuaire de sa conscience tenir ses pouces pour le seul défaut d'une silhouette exquise par ailleurs pleine de grâce. C'est comme si Léonard avait laissé pendouiller un spaghetti du coin de la bouche de la Joconde.

3

La température rectale normale d'un oiseau-mouche est de 40,3.

On estime la température normale du bourdon à 43,7 – sauf que personne jusqu'à présent n'a réussi à prendre la température rectale d'un bourdon. Ce qui ne signifie pas qu'on ne peut pas y arriver ou qu'on n'y arrivera jamais. La recherche scientifique va son bonhomme de chemin, et peut-être qu'en ce moment même, il est des proctologues des apidés qui…

Quant à l'huître, sa température rectale n'a jamais été évaluée, mais tout nous autorise à penser que la chaleur des tissus de ce bivalve sédentaire est aussi loin au-dessous de notre bon vieux 37° que celle de la besogneuse abeille est au-dessus. Il n'en demeure pas moins que l'huître, si elle pouvait penser, se concevrait un équipement excrémentiel du dernier cri, car elle est la seule de toutes les créatures chieuses de la Création à reconvertir ses déchets corporels en un trésor.

Dites, il y a une métaphore, là, même si elle est un peu poussive. L'auteur tente ici un parallèle branlant entre la manière dont l'huître, assaillie par des impuretés ou une maladie, recouvre cette substance choquante de ses sécrétions, produisant ainsi une perle – un parallèle donc, entre l'ingéniosité éliminatrice de l'huître et la façon dont notre Sissy Hankshaw, ornée de pouces que maint mortel tiendrait pour morbides, revêtit de gloire ces doigts choquants, perpétuant ainsi une vision que l'auteur trouve douce et satinée.

4

Sissy Hankshaw arriva à la Rose de Caoutchouc – et subséquemment à l'horloge – comme elle était toujours arrivée partout : via invite sur accotement. L'auto-stop la mena à la Rose de Caoutchouc parce que l'auto-stop était son mode habituel de déplacement ; son mode de vie, en fait, une vocation reçue de naissance. Sans faire aucun cas des chances que ses huit autres doigts auraient pu attraper, ses pouces la conduisirent dans des aventures et des endroits nombreux et merveilleux, avant de la conduire aussi à l'horloge.

Mais même si elle avait fait partie du commun des dactylés, c'est d'un coup de stop qu'elle serait arrivée à la Rose de Caoutchouc, car elle ne disposait pas de transport privé, et pas le moindre train, autobus ou avion ne passe à proximité du ranch, et encore moins de l'horloge.

Une femme arriva donc en stop dans une région perdue des Dakotas. Elle débarqua comme un panier de pêches qui a avalé un serpent à roulettes. Comme un rien, s'arrangeant pour que ça ait l'air facile. Elle avait de la disposition pour cela, sans compter les pouces.

Cette femme n'était pas venue pour rester. Elle pensait ne pas laisser plus de traces dans les collines du Dakota qu'une punaise d'eau dans un Martini double. Elle se ramena sans effort, les pouces tanguant comme des hula-hanches de Paradis. Elle entendait repartir de la même manière.

Mais les projets sont une chose et le destin une autre. Lorsqu'ils coïncident, c'est le succès. Mais il ne faut pas tenir le succès pour un absolu. On peut d'ailleurs se demander si le succès est une réaction adéquate à la vie. Le succès élimine autant d'options que l'échec.

Quoi qu'il en soit… De même qu'il y avait des filles du ranch, politiquement orientées, qui désapprouvaient la photo de 20 cm sur 25 de Dale Evans dans les cabinets de la Rose de Caoutchouc sous prétexte que Miss Evans était une révisionniste, une jument mal embouchée (disaient-elles) retardant la longue chevauchée de l'ascension des cow-girls, il s'en trouva certaines pour désapprouver qu'on identifie Sissy Hankshaw à la Rose de Caoutchouc sous prétexte que Sissy n'était pas une vraie cow-girl et que, en dépit de son amitié avec Bonanza Jellybean et consœurs, en dépit de sa présence durant la révolte, elle n'avait que temporairement et accessoirement à voir avec les événements qui se produisirent sur ces quatre-vingts hectares où elles avaient passé même le clair de lune au rouge à lèvres.

On ne peut cependant nier que Sissy Hankshaw vint non pas une, mais deux fois au ranch et en ce lieu que, parce que le temps y est à la fois mesuré et transvalué, nous sommes obligés d'appeler l'"horloge". Elle y vint à des saisons différentes et dans des circonstances différentes. Mais les deux fois, elle vint en stop.

5

Le plus ancien souvenir de Sissy remonte à l'âge de trois ou quatre ans. C'était un dimanche après-midi et elle sommeillait sous un drap de bandes dessinées, sur le canapé en crin de la salle de séjour. La croyant endormie et sans vouloir être méchants, son papa et un oncle en visite s'étaient penchés au-dessus d'elle, contemplant ses jeunes pouces.

— Ma foi, fit son oncle au bout d'un moment, tu ne peux toujours pas te plaindre qu'elle se les suce.

— Elle pourrait pas, reprit le père de Sissy, exagérant. Faudrait qu'elle ait une bouche comme un aquarium.

L'oncle acquiesça.

— Ce pauvre petit lardon aura peut-être du mal à se trouver un mari. Mais en tout cas, c'est une vraie chance que ce soit une fille, quant à ce qui est de s'en sortir. Bon Dieu, cette petiote ne pourrait jamais devenir ouvrier.

— Eh non, ajouta le papa de Sissy ; et chirurgien non plus.

— Évidemment, comme boucher, elle s'en taillerait une fameuse part. Avec la survente qu'elle ferait, elle pourrait prendre sa retraite au bout de deux ans.

Et en éclatant de rire, les deux hommes retournèrent dans la cuisine pour remplir leur verre.

— Quoique…, ajouta son oncle par plaisanterie, cette petiote serait le diable en personne en auto-stop…

Auto-stop ? Cette expression fit sursauter Sissy. Ce mot tinta dans sa tête, se prolongeant en un écho surnaturel que le mystère figea ; puis elle remua et le froissement des pages humoristiques lui fit manquer la fin de la phrase de son oncle.

— … je veux dire, si c'était un garçon.

6

L'incroyable, avec Sissy Hankshaw, c'est qu'elle ne fit pas une névrose complète. Si vous êtes une petite fille des faubourgs pauvres de Richmond, Virginie, comme l'était Sissy, et que les autres gosses se moquent de vos mains, et que vos propres frères vous appellent par le surnom que vous avez dans le quartier – "Berthe aux grands pouces" – et que même votre papa vous reproche parfois en plaisantant de n'être capable que de vous "tourner les pouces", ou bien vous vous endurcissez, ou bien vous craquez. Vous ne vous contentez pas de vous faire pousser un cuir de rhino par-dessus votre jolie peau car cela détournerait le plaisir autant que la souffrance, et il n'est pas question que votre être pourrisse et pue à l'intérieur d'une enveloppe hermétique. Alors, vous allez jusqu'à faire cent cinquante kilomètres en stop – jusqu'à Virginia Beach, pour voir l'océan.

Pour une raison quelconque, vous regardez "pouce" dans un dictionnaire, qui dit : "Le plus gros et le plus court des doigts de la main de l'homme, différent des autres en ce qu'il possède deux phalanges et une plus grande liberté de mouvement."

Voilà qui vous plaît. *Une plus grande liberté de mouvement.*

7

Et ils continuèrent à grandir, les plus gros ou les plus courts des doigts des mains de Sissy. Ils grandissaient tandis qu'elle mangeait son gruau d'avoine et son salami ; ils grandissaient pendant qu'elle lampait ses céréales au lait. Ils grandissaient pendant qu'elle étudiait l'histoire ("et plus les colons poussaient vers l'ouest, plus ils étaient constamment sous la menace de hordes de sauvages Indiens") ; ils grandissaient tandis qu'elle étudiait l'arithmétique ("si une poule et demie pond un œuf et demi en un jour et demi, combien de temps faudra-t-il à un singe ayant une jambe de bois pour retirer tous les pépins d'un fenouil conservé dans le vinaigre ?"). Ils grandissaient dans la chambre malodorante qu'elle partageait avec ses deux frères ; ils grandissaient dans le petit bois où elle jouait toute seule. Ils grandissaient l'été, quand les autres choses grandissent aussi ; ils grandissaient l'hiver, quand toute croissance a pratiquement cessé. Ils grandissaient tandis qu'elle riait ; ils grandissaient tandis qu'elle pleurait. Pendant qu'elle inspirait et qu'elle expirait, ils grandissaient.

(Oui, ils grandissaient alors même que des millions de jeunes Américains, sous les pressions sociales et les directives de leurs aînés, faisaient tout ce qu'ils pouvaient pour cesser de grandir, j'entends faisaient tout ce qu'ils pouvaient pour "devenir grand", tâche atrocement difficile puisqu'elle va dans le sens inverse des lois naturelles les plus fondamentales – les lois du changement et du renouvellement –, tâche que chacun accomplit pourtant miraculeusement dans notre culture, à l'exception d'une poignée d'inadaptés.)

Ils continuèrent de grandir, les plus gros ou les plus courts des doigts des mains de Sissy, mais pas tout à fait dans un rapport direct avec le reste de sa personne de jeune fille en pleine croissance.

Sissy redoutait peut-être qu'ils continuent de grandir à jamais, atteignant en fin de compte une taille qui les rende complètement inutilisables et lui fasse terminer sa carrière dans un zoo routier, troisième monstre à gauche juste en face de la fosse du héloderme. Mais elle n'en laissa rien paraître.

Sans effort mental, elle fit passer ses seins de la taille d'un bouchon à celle de globes nécessitant un soutien matériel. Sans la moindre aide intellectuelle, elle laissa pousser un duvet velouteux sur la zone qui séparait ses jambes et qui avait jusqu'alors été aussi nue et vilaine qu'un oisillon. Sans guide raisonnable ou logique, elle manœuvra pour que ses rythmes corporels entrent en synchronisation parfaite avec ceux de la lune, commençant par ne laisser que quelques taches sur sa culotte, avant de produire un flux lunaire normal après quelques petits mois de pratique. Et avec la même innocence calme et experte, elle gonfla des pouces, ne cessant d'allonger l'ombre qu'ils projetaient sur les devoirs de classe et le couvert du dîner.

Comme refroidis par le spectacle exubérant et élémentaire de cette croissance – dont ils devaient être les témoins jusqu'au plus intime détail puisqu'ils partageaient la même chambre –, ses frères ne purent qu'arrêter leur propre progression physiologique. Toute leur vie, ils restèrent comme des cacahuètes basses sur pattes, avec un visage de poupon et des organes génitaux d'une dimension qui n'intéresse généralement pas les femmes mais que les autres hommes se croient généralement obligés de tourner en dérision. Se fiant à ce conte de bonnes femmes qui voit une corrélation entre la taille du pouce et celle du pénis, des anatomistes de vestiaire laissèrent parfois entendre aux deux frères qu'il était dommage qu'ils n'aient point partagé la largesse digitale de leur sœur.

Jerry et Junior Hankshaw auraient été horrifiés si leurs pouces avaient pris une dimension sororale, et auraient d'ailleurs été également horrifiés si leur petit zizi avait grandi proportionnellement. Mais une légère croissance, un agrandissement *raisonnable* auraient été les bienvenus et de fait, après de nombreux colloques clandestins dans la même forêt rabougrie où Sissy s'était fait les pouces, les deux frères décidèrent d'y parvenir.

Junior, dont les dons en mécanique devaient lui faire suivre la voie gaillarde de son père (dans les entrepôts de tabac de South Richmond, il y a toujours une sécheuse, un humidificateur ou un ventilateur à réparer), entreprit de confectionner un appareil mystérieux. Après avoir éventré et dépecé en vain pas moins de trois chambres à air usagées, et volé les deux lacets en cuir cru des brodequins de Mr. Hankshaw, Junior produisit finalement un accessoire tenant à la fois d'un étau, d'une fronde et d'un cylindre de carton à papier hygiénique. Pour des raisons de discrétion, l'élongateur de pouces ne pouvait être utilisé que tard le soir, et les frères passèrent plus d'une heure somnolente à subir tour à tour la torture infligée par le dispositif qu'ils avaient fixé à leur lit imitation érable de chez Sears and Roebuck.

même les cow-girls ont du vague à l'âme

Leur tentative n'était pas sans un précédent historique. Vers 1830, à l'âge de vingt ans, le compositeur Robert Schumann soumit les doigts de sa main droite à un appareil étireur. Le but de Schumann était de faire grimper ses progrès de virtuose au piano, sa copianiste de cour, Clara, ayant exprimé de la consternation quant à l'extension de sa main. Dans l'élégance affectée d'un salon de Leipzig au XIXᵉ siècle, Schumann restait avec raideur sur son siège en buvant du *Kaffee* à petites gorgées, tandis que ses doigts tronqués subissaient les douleurs croissantes infligées par un engin qui ressemblait à un harnais pour rossignol, à un chevalet de torture pour elfes hérétiques. Le résultat fut qu'il s'estropia la main, mettant fin à sa carrière de concertiste.

Les pouces trop rouges et à vif pour qu'on ne les remarque pas, Jerry et Junior Hankshaw se virent bientôt questionnés par leurs parents et ridiculisés par leurs pairs. Bénissant le Seigneur d'avoir, lui et Jerry, soumis d'abord leurs doigts à cette épreuve et pas directement leur petite bite, Junior jeta son appareil dans la rivière James. Le pauvre Schumann, lui, se jeta dans le Rhin.

Il n'y avait qu'une seule paire de pouces destinés à croître – jusqu'à la gloire – dans la bicoque délabrée des Hankshaw. Une seule paire destinée à s'élever jusqu'au faîte, comme si cette paire de pouces représentait la carrière prématurément interrompue de Robert Schumann, et la continuait sur la scène cimentée des autoroutes américaines, ô Fantasia, ô Noveletten, ô Humoreskes, Aire de repos 46 Essence Repas Logement.

8

South Richmond était un quartier de trous de souris, de rideaux de dentelle, de catalogues de chez Sears, d'épidémies de rougeole et de sandwichs au salami où les hommes s'y connaissaient plus en carburateur qu'en clitoris.

La chanson *L'amour est une chose de toute beauté* n'a pas été composée à South Richmond.

On a vu des boîtes de nourriture pour chiens plus mirobolantes que South Richmond, des engins explosifs plus tendres.

South Richmond fut colonisé par une race de psychopathes maigres et au visage décharné, qui vous auraient vendu tout ce qu'ils avaient, c'est-à-dire rien, et qui vous auraient tué pour ce qu'ils ne comprenaient pas, à savoir tout.

Ils étaient venus de Caroline du Nord, en majeure partie dans leurs pauvres petites Ford, pour travailler dans les entrepôts de tabac et les usines de cigarettes. À South Richmond, trous de souris, rideaux de dentelle et catalogues de chez Sears, et même sandwichs au salami et épidémies de rougeole gardaient perpétuellement une très légère odeur de tabac séché. Notre culture acquit le mot *tabac* (sans que les habitants de South Richmond fussent au courant ou donnent leur consentement) d'une tribu d'Indiens Caraïbes, la même tribu qui nous a donné les mots *hamac, canoë* et *barbecue*. C'était une tribu pacifique dont les membres passaient leur vie étendus dans des hamacs à fumer du tabac ou à aller et venir en canoë entre deux barbecues, offrant ainsi peu de résistance lorsque les colons arrivèrent d'Europe au XVIᵉ siècle. On expédia la tribu en vitesse et sans qu'elle laisse de traces, sauf ses hamacs, barbecues et canoës et, bien sûr, son tabac, dont les miettes dorées parfument encore les nuées d'été et les gelées d'hiver de South Richmond.

À South Richmond, avec tous ses relents de tabac, de vices indignes et de pots d'échappement rongés par la rouille, le journal de dix-huit heures ne parlait pas tous les soirs des finesses de la vie en société, mais il était une chose sur quoi s'accordaient les citoyens de South Richmond : il n'était pas convenable, correct et prudent qu'une petite fille se balade en auto-stop.

Sissy Hankshaw faisait du stop sur de petites distances mais avec ténacité. Le stop s'avéra bon pour ses pouces, bon pour son moral et bon, en théorie, pour son âme – car c'était le milieu des années 1950, Ike était président, la flanelle grise était à la mode, la canasta était populaire et il aurait pu sembler présomptueux de parler alors d'"âme".

Parents, professeurs, voisins, pasteur de la famille, frères aînés, flic faisant sa ronde – tous tentèrent de la raisonner. Cette enfant frêle, grande et solitaire écoutait poliment leurs arguments et leurs avertissements, mais son esprit suivait sa propre logique : si les pneumatiques étaient faits pour rouler et les sièges pour transporter des passagers, loin de Sissy Hankshaw l'idée de détourner ces nobles inventions de leur voie véritable.

— Il y a des malades qui se promènent en voiture, lui disait-on. Tôt ou tard, c'est sûr que tu seras ramassée par un bonhomme qui voudra te faire des vilaines choses.

La vérité, c'est que Sissy était prise par des types de ce genre une fois ou deux par semaine, et ce depuis qu'elle s'était mise au stop, à huit ou neuf ans. Il y a beaucoup plus d'hommes comme ça que les gens ne le pensent. En supposant que beaucoup d'entre eux ne seraient pas attirés par une fille ayant… ayant une difformité, il n'en reste pas moins vrai qu'il y a un tas d'hommes comme ça. Et l'ultime vérité, c'est que Sissy s'en accommodait.

Elle n'avait qu'une règle : continuer de rouler. Tant qu'ils maintenaient leur véhicule en mouvement, les conducteurs pouvaient lui faire tout ce qui leur plaisait. Certains se plaignirent qu'elle leur faisait le vieux coup du trou sans bords qui n'a pas de fond, que même Houdin n'était pas arrivé à maîtriser, mais ils se lançaient quand même. Elle provoqua quelques accidents, mit à l'épreuve les fondements mêmes de l'ingéniosité masculine et préserva sa virginité jusqu'à sa nuit de noces (elle avait alors bien dépassé l'âge de vingt ans). Un seul automobiliste, du genre athlète bronzé, réussit une fois à lui coller une espèce de baiser tout en maintenant la trajectoire de sa Triumph TR3 au milieu d'une circulation moyenne. Mais normalement, son inébranlable dévotion au déplacement automobile imposait aux conducteurs des obstacles franchis avec moins de dextérité.

Sissy ne provoquait pas mais ne décourageait pas non plus les attentions des conducteurs de hasard ; elle les acceptait avec une calme satisfaction – tout en exigeant qu'ils continuent à conduire. Elle avalait les cheeseburgers et les glaces à la crème qu'ils lui achetaient pendant qu'ils pêchaient dans sa culotte ce que généralement les hommes pêchent dans cet espace primitif. Elle préférait personnellement le taquinage d'hameçon doucement rythmé. Et les transmissions automatiques (aucune fille n'aime être forcée par un bonhomme qui doit sans arrêt changer de vitesse). Ces voies de fait constituaient, en un sens, un bénéfice supplémentaire, un plaisir secondaire tiré comme une remorque derrière la joie suprême de l'auto-stop. En toute honnêteté, elle devait cependant admettre que c'était aussi un des risques du métier.

Le cerveau possédant une aptitude élevée à s'enflammer, il se trouvait à l'occasion quelques têtes brûlées qui ne pouvaient pas ou ne voulaient pas se soumettre à sa loi. Elle apprit vite à les reconnaître à des symptômes subtils – lèvres serrées, regard sournois, et une pâleur due aux heures passées à lire *Playboy* et la Bible dans des pièces mal aérées –, et à ne pas monter avec eux.

Au début, Sissy s'arrangeait différemment avec les violeurs en puissance. Quand on la serrait de trop près, elle plaçait ses pouces entre ses jambes. Habituellement, le type laissait tout bonnement tomber plutôt que d'essayer de les déplacer. Le simple fait de les voir là, gardant la citadelle, suffisait à rafraîchir les passions ou du moins, à les plonger dans la confusion assez longtemps pour qu'elle bondisse hors de la voiture.

Chère Sissy ! Tes pouces ! DIGNES DE HOLLYWOOD. DE LAS VEGAS. DU ROSE BOWL. Plus grands que les désirs de n'importe quel homme.

(Au fait, la maman de Sissy ne remarqua jamais la moindre trace olfactive des aventures de sa fille. C'est peut-être parce qu'à South Richmond, même la moiteur de l'excitation des jeunes filles prend rapidement le parfum du tabac.)

9

Une fois, on l'emmena chez un spécialiste. Une fois, c'est tout ce que ses parents pouvaient se permettre.

Le docteur Dreyfus était un juif français qui s'était établi à Richmond à la suite des désagréments des années 1940. La porte de son cabinet proclamait qu'il était spécialiste de la chirurgie plastique

même les cow-girls ont du vague à l'âme

et des blessures des mains. Sissy possédait quelques voitures miniatures en plastique – qu'elle utilisait pour se poser à elle-même des problèmes théoriques d'auto-stop. À la différence de certains enfants, elle prenait grand soin de ses jouets. L'idée de chirurgie *plastique* lui semblait stupide. L'évocation de blessures l'intriguait encore plus.

— Vous font-ils parfois mal ? demanda le docteur Dreyfus.

— Non, répliqua Sissy, je me sens *bien* avec.

Comment expliquer l'imperceptible picotement de pouvoir qu'ils avaient commencé à lui faire ressentir ?

— Alors pourquoi tressaillez-vous quand j'appuie ? s'enquit le spécialiste.

— Comme ça, dit Sissy.

Notre écolière ne pouvait alors tirer au clair la véritable nature de cette émotion, mais tout au long de sa vie, elle refusa les poignées de main de peur d'abîmer ces doigts qui devaient être à l'auto-stop ce que le bâton de Toscanini fut à un art plus classique du mouvement.

Le docteur Dreyfus mesura les pouces. Circonférence. Longueur. Il les examina sous toutes les coutures, eux qui n'en présentaient pas une seule. Il les tapota avec de petits marteaux, enregistra (sans laisser paraître la moindre préférence esthétique) les teintes et nuances diverses de leur coloration, les pompa grâce à des seringues, les piqua au moyen d'épingles. Il les plaça l'un après l'autre sur la balance, précautionneusement, comme s'il était le trésorier de la couronne d'Espagne et eux, des hot dogs à musique ramenés d'Amérique par Christophe Colomb pour amuser la reine. D'une voix étouffée, il annonça qu'ils constituaient quatre pour cent du poids total du corps de la fillette – ou deux fois plus environ que le cerveau.

Ils eurent droit aux rayons X.

— Structure osseuse, origine et insertion apparente de la musculature, et articulations sont de proportions correctes et normales sous tous les aspects, sauf la taille, observa le docteur en hochant la tête.

Le spectre de pouce en négatif hocha en retour.

35

tom robbins

Il fit venir Mr. et Mrs. Hankshaw de la salle d'attente où les fantaisies du *Saturday Evening Post* avaient obscurci leur souci instinctif de parents, tout comme les idées sentimentales de Norman Rockwell obscurcissent la pureté d'une toile blanche.

— Ils sont sains, déclara le docteur Dreyfus. Tout ce que je pourrais faire vous coûterait au moins une année de salaire.

Le docteur fut remercié de prendre en considération les finances des Hankshaw. ("Mais un youpin est un youpin", confia le père de Sissy à ses camarades d'équipe, le soir où il fut assez dessoûlé pour retourner travailler. "Qu'si il avait pensé qu'on avait l'fric, l'aurait essayé d'nous plumer.") Parents et enfant se levèrent pour prendre congé. Le docteur Dreyfus resta assis. Son gros stylo à plume noir resta sur son bureau. Son diplôme de la faculté de médecine de Paris resta sur son mur. Ainsi de suite.

— Lorsque le gouvernement français lui demanda en 1939 comment concevoir des uniformes de parachutistes donnant l'invisibilité maximale, le peintre Pablo Picasso répondit : "Habillez-les en arlequin." (Le médecin se tut un instant et reprit :) Je ne pense pas que cela signifie grand-chose pour vous.

Mr. Hankshaw regarda le spécialiste, puis sa femme, puis ses gros godillots de travail (dont les lacets volés avaient été récemment remplacés), puis à nouveau le spécialiste. Il se mit à rire, mi d'embarras, mi d'irritation.

— Bon sang, toubib, pour sûr que non.

— Ça ne fait rien, dit le docteur Dreyfus en se levant à son tour. Cette fillette présente évidemment une anormalité congénitale. Je regrette de ne pas en connaître la cause. Le gigantisme d'une extrémité résulte habituellement d'une hémangiomie caverneuse, c'est-à-dire une tumeur d'une veine qui attire des quantités excessives de sang dans l'extrémité affectée. Plus l'extrémité reçoit de substances nutritives, plus elle grandit, naturellement, de la même manière que si vous mettez du, comment dites-vous, fumier autour d'un rosier, il poussera plus que le rosier sans fumier. Comprenez-vous ? Seulement la fillette n'a pas de tumeur. De plus, le risque de trouver une hémangiomie des *deux* pouces existe une fois sur des milliards. Elle est, si je peux parler franchement, pour le moins une bizarrerie médicale. Sa dextérité étant affaiblie, ses activités et ses potentialités professionnelles en seront réduites. Mais cela pourrait être pire. Ramenez-la moi si jamais elle a mal. En attendant, elle devra apprendre à vivre avec.

— Et comment ! approuva Mr. Hankshaw qui, depuis qu'il avait été "sauvé" au meeting que Billy Graham avait donné au Moore's Field, s'était mis à considérer avec une résignation amère ces monstres à quoi les mains de sa fille étaient amarrées comme à des dirigeables d'observation. Et comment ! Le Seigneur les a fait gros pour une raison. Dieu s'fatigue jamais d'mettre *notre* espèce à l'épreuve. C'est une punition comme qui dirait, j'sais pas au juste à cause de quoi, mais c'est une punition et not'fille – et nous – on devra subir cette punition.

Sur ce, Mrs. Hankshaw se mit à pleurnicher :

— Oh ! Docteur, s'il vous vient ici un gars, si un jeune homme se présente jamais ici avec, un jeune homme avec des *vilains doigts,* vous savez, quelque chose de pareil, un cas semblable, docteur, s'il vous plaît…

Sur ce, le chirurgien esthétique observa :

— Rappelez-vous les paroles du peintre Paul Gauguin, ma brave dame : "Le laid peut être beau, jamais 'le joli'." Je ne pense pas que cela signifie grand-chose pour vous.

Sur ce, Mr. Hankshaw prononça :

— C'est un jugement. Elle doit subir la punition.

Sur ce, Sissy, comme le Christ sur la sinistre image accrochée au-dessus du poste de télévision familial, rayonna d'un sourire serein, comme pour dire : "La punition est une récompense en soi."

10

Mais oui. Et on l'emmena aussi voir une spécialiste d'une discipline différente.

L'exercice commercial de la chiromancie était interdit par ordonnance dans la cité de Richmond, mais il était entièrement légal dans les comtés voisins de Chesterfield et Henrico. À la périphérie cradingue de la ville, là où pineraies et parcs à carcasses butaient contre les bouges routiers et les lotissements à bas prix, on trouvait six ou sept caravanes et trois ou quatre maisons normales où, en secret, les mains parlaient quotidiennement.

Il était simple de reconnaître le repaire d'une chiromancienne. À l'extérieur de sa caravane ou de son pavillon, on trouvait une pancarte sur laquelle la forme de la main humaine, du poignet au bout des doigts, paume à l'extérieur, était peinte en rouge. Toujours en rouge. Pour une raison quelconque – et l'auteur se demande s'il n'y a pas là une tradition dont les origines remontent jusqu'aux Gitans de Chaldée – il aurait été moins étonnant de trouver une paire de collants couleur chair dans le sac à linge du général Patton que de trouver une main couleur de chair sur une pancarte de chiromancienne près de Richmond. Toutes les mains étaient rouges, et directement sous le poignet rouge, là où une vraie main porterait une montre ou un bracelet, le peintre de pancartes avait tracé le mot "Madame", suivi d'un nom : Madame Yvonne, Madame Christina, Madame Divine, et d'autres.

Madame Zoé, par exemple. "Madame Zoé" était le nom que lisait presque chaque semaine la maman de Sissy lorsqu'elle allait en bus jusqu'au bout de Hull Street Road pour rendre visite à son amie Mabel Coffee, la femme du plombier. Mrs. Hankshaw avait bien dû passer deux cents fois devant cette pancarte. Elle la regardait toujours comme si c'était un cerf dans un pré, réel tout autant qu'insaisissable pour elle. Mais ce n'est que le jour où Mabel Coffee se fit enlever un kyste des ovaires et faillit y rester – la même semaine du même automne où le cœur du président Eisenhower fit la galipette – que Mrs. Hankshaw (sous la poussée sans doute de ces dramatiques événements) tira impulsivement sur la sonnette de demande d'arrêt et descendit du bus devant chez Madame Zoé. Rendez-vous fut pris pour le samedi suivant.

Quand Mr. Hankshaw fut informé du rendez-vous chez la chiromancienne, il grogna, jura et avertit sa femme que si elle gâchait cinq de ses dollars durement gagnés à une sale diseuse de

même les cow-girls ont du vague à l'âme

bonne aventure, elle n'aurait plus qu'à aller s'installer avec Mabel, son plombier et son ovaire encore bon. Mais pendant la semaine, la maman de Sissy usa des restrictions vaginales pour doucement et lentement réduire à tripette les objections de son mari. Le plombier de Mabel, avec tous ses outils, n'aurait pu mieux faire.

Le samedi des Rameaux, Sissy fut habillée comme pour l'église. On obtint qu'elle revête une jupe de laine écossaise dont chaque pli était plus flou que les rêveries romantiques de celles qui l'avaient précédemment portée ; on l'aida à enfiler le chandail à manches longues d'une cousine (une vraie fripe blanche comme une denture sur laquelle passent trois paquets de cigarettes par jour) ; on démêla ses cheveux blonds et naturellement ondulés avec de l'eau du robinet et une goutte de sent-bon ; sa bouche (si pleine et ronde comparée au reste de ses traits anguleux qu'on aurait dit une prune sur un plant de haricots) fut discrètement barbouillée de carmin. Puis mère et fille prirent la ligne Midlothian jusque chez Madame Zoé, Sissy faisant la moue tout le long du trajet parce qu'elle n'avait pas eu le droit de faire du stop.

Mais lorsqu'elles trimbalèrent leurs talons usés sur l'allée de la chiromancienne, la mauvaise humeur de la fillette avait cédé la place à la curiosité. Le sergent instructeur le plus inspirant est bien la curiosité ! Elles marchèrent droit sur la porte de la caravane, à laquelle elles frappèrent, embarrassées, et qui s'ouvrit devant elles quelques instants plus tard, libérant des relents d'encens et de chou-fleur qui mijote.

De ce vortex d'effluves concurrents (nous étions en dehors de la zone du tabac) sortit la voix de Madame Zoé qui, en kimono et perruque, les pria d'entrer.

— Je suis l'inspirée Madame Zoé, dit-elle en écrasant une cigarette inspirée dans un de ces petits cendriers en céramique en forme de bassin de lit et portant l'inscription MÉGOTS. La caravane était une vraie pagaille, mais rien parmi les babioles, les rideaux de perse ou les fauteuils recouverts de chenille ne semblait sortir de l'Au-delà. La torchère marchait à l'électricité, non au prana ; l'annuaire téléphonique était bien celui de Richmond, pas celui d'Atlantis. Plus décevante encore était pour la fillette l'absence totale

39

tom robbins

de référence matérielle à la Perse, au Tibet ou à l'Égypte, ces centres des arcanes du savoir où Sissy était sûre d'aller en stop un jour – bien qu'il faille préciser d'ores et déjà que Sissy ne rêva jamais vraiment de se rendre en stop à tel ou tel endroit ; c'était l'acte autostopien qui constituait l'essentiel de sa vision. Il s'avéra qu'il n'y avait dans cette caravane pas le moindre brin d'exotisme si ce n'est l'encens qui se consumait. Et quoique dans l'atmosphère morte des années Eisenhower à Richmond, Virginie, l'encens ait paru passablement exotique, ce parfum de jasmin allait être réduit à quia par l'odeur d'une marmite de chou-fleur.

— Je suis l'inspirée Madame Zoé, débita-t-elle d'une voix monotone et indifférente. Il n'est rien de votre passé, présent ou avenir que vos mains ne sachent, et il n'y a rien dans vos mains que Madame Zoé ne sache. Je ne fais pas de tours de passe-passe. Je suis une savante, pas une magicienne. La main est l'instrument le plus merveilleux qui ait jamais été créé ; mais elle ne peut agir de sa propre volonté, elle sert le cerveau. (Note de l'auteur : Enfin, c'est ce que raconte le cerveau, en tout cas.) Elle est le reflet du type de cerveau qui la fait agir, par la manière et l'intelligence avec lesquelles elle accomplit ses devoirs. La main est le réservoir externe de nos sensations les plus aiguës. Les sensations, lorsqu'elles sont fréquemment répétées, finissent par se marquer et s'inscrire. Moi, Madame Zoé, chiromancienne, ayant étudié toute ma vie les moulures et les inscriptions de la main humaine ; moi, Madame Zoé, à qui chaque facette de votre personnalité ou de votre destinée est spontanément révélée, je suis en mesure de…

C'est alors qu'elle vit les pouces.

— Que le Seigneur me baise ! s'exclama-t-elle dans un hoquet (et ceci à une époque où cet expressif verbe *baiser*, aussi rare qu'une orchidée de basse-cour, qu'une balle de viande ou qu'un sucre d'orge des mers, ne fleurissait pas sur les lèvres de toutes les pucelles de nos campagnes, comme c'est le cas aujourd'hui).

Mrs. Hankshaw fut aussi choquée par l'épithète de la diseuse de bonne aventure que celle-ci l'avait été par les doigts de la fillette. Les deux femmes pâlirent, ne sachant que faire, et Sissy se rendit compte avec un sourire imperceptible que c'était elle qui dominait la situation. Et elle tendit ses pouces à la bonne dame. Elle les tendit comme un aborigène mal portant tendrait ses parties enflées à un médecin missionnaire : Madame ne manifesta pas le moindre signe de charité. Elle les tendit comme une araignée mâle tendrait une mouche en cadeau à une veuve noire au charme fatal : Madame ne manifesta pas le moindre signe d'appétit. Elle les tendit comme un jeune héros fringant tendrait un crucifix à un vampire : Madame recula bien gentiment. Enfin, la maman de Sissy tira de sa bourse un billet de cinq dollars joliment plié et le tendit parallèlement aux extrémités de sa fille souriante. La diseuse revint immédiatement à elle. Elle saisit Sissy par le coude et l'amena s'asseoir devant une table en Formica d'un modèle incertain.

Avec appréhension, Madame Zoé tint les mains de Sissy tandis que, fermant les yeux, elle paraissait entrer en transe. En fait, elle essayait désespérément de se rappeler tout ce que ses professeurs et les livres lui avaient appris sur les pouces. Autrefois, dans sa jeunesse à Brooklyn, elle avait étudié avec sérieux la chiromancie, mais les années passant, tels ces critiques littéraires qui sont contraints de lire tellement de livres qu'ils se mettent à bouquiner à toute vitesse, superficiellement et avec un ressentiment caché, elle avait lâché prise. Et comme ces mêmes critiques engourdis, elle éprouvait le pire ressentiment envers le sujet qui ne prenait pas au sérieux ses valeurs à *elle*, qui traînait pour se révéler ou qui se révélait en un sens imprévisible. Pour le bien de son impatience, les mains que lui soumettaient les ploucs de Richmond se lisaient facilement : leurs propriétaires se contentaient des révélations les moins poussées, et c'est ce à quoi ils avaient droit. Mais voici une maigrichonne de quinze ans qui remuait devant son visage une paire de pouces qui ne se contenteraient pas du simple "Vous avez une très grande volonté".

— Vous avez une très grande volonté, marmonna Madame Zoé, avant de retomber en "transe".

Elle s'empara de ces membres aux dimensions exceptionnelles, timidement d'abord, fermement ensuite, comme s'ils étaient le guidon d'une motocyclette de chair qu'elle pourrait conduire jusqu'en bas de l'avenue de la Mémoire. Elle les leva dans la lumière pour en scruter les muscles dodus. Elle posa le pouce droit contre son cœur pour en enregistrer les vibrations. C'est alors que Sissy, qui n'avait jamais auparavant touché une poitrine féminine – et les quarante années mammaires de Madame Zoé avaient formé de beaux seins bien fermes –, perdit le contrôle de la situation. Elle eut une suée, rougit et régressa à une maladresse adolescente, permettant à l'éclairée Madame Zoé, qui repérait une tendance latente aussi aisément qu'elle mettait le doigt sur une ligne de vie brisée, de regagner un peu du maintien glacial derrière lequel elle avait coutume de prêter une oreille condescendante à ces pathétiques paumes prolétariennes, dont les petites histoires mouraient toujours d'être racontées.

La diseuse reprit avec hésitation :

— Comme l'écrivit d'Arpentigny : "L'animal supérieur se révèle par la main, mais l'homme est dans le 'pouce.' On ne peut appeler le pouce un doigt car il est infiniment plus que cela. C'est le pivot autour duquel tous les autres doigts doivent tourner, et proportionnellement à sa force ou sa faiblesse, il renforcera ou diminuera la force de caractère de son possesseur."

La soupe au serpent de la mémoire se réchauffait enfin. On la sentait presque par-dessus le chou-fleur et l'encens.

— La première phalange indique la détermination et le pouvoir de la volonté, reprit-elle. La seconde phalange indique la raison et la logique. De toute évidence, tu as pleinement de tout ça. Comment t'appelles-tu, ma petite ?

— Sissy.

— Hum ! Eh bien Sissy, l'enfant qui naît n'a pas de volonté ; il est entièrement soumis aux volontés d'autrui. Pendant les premières semaines de sa vie, il dort quatre-vingt-dix pour cent du temps. Au cours de cette période, le pouce est enfermé dans la main, les doigts le dissimulant. En d'autres termes, la volonté, représentée par le pouce, est en sommeil – elle n'a pas commencé à s'affirmer. À mesure que le bébé grandit, il commence à moins dormir, à avoir quelques idées propres et même à manifester un caractère. À ce moment-là, Sissy, le pouce sort de sa cachette dans la paume, les doigts cessent de le recouvrir car la volonté commence à s'exercer, et c'est alors que le pouce – son indicateur – apparaît. Les idiots ou les paranoïaques ne dépassent jamais ce stade du pouce plié, ou y retournent en état de crise. Les épileptiques couvrent leurs pouces durant les accès. Lorsqu'on voit quelqu'un replier fréquemment ses pouces sous ses doigts, on peut être sûr que cette personne est très perturbée ou malade. La maladie ou la faiblesse ont supplanté la volonté. Quant à toi, Sissy, tu es en bonne santé, pour ne pas dire plus. Et je parie même que lorsque tu étais encore bébé…

Un grille-pain électrique qui partageait le dessus de la table avec les avant-bras et les mains de la diseuse et de son sujet, et dont le chrome brillant était saupoudré des miettes des tartines du matin tout comme les cathédrales sont saupoudrées des miettes des pigeons de l'éternité, un grille-pain électrique fabriqué dans l'Indiana (car en ce temps-là le Japon avait encore le cul sur son tatami), un grille pain électrique dont la fonction était de faire au pain ce que les institutions sociales sont destinées à faire à l'esprit humain, un grille-pain électrique reflétait – comme une personnification cynique de la boule de cristal que Sissy pensait trouver et qui n'y était pas – les frémissements qui parcoururent cette petite scène.

— Et puis, en ce qui concerne la forme de ton pouce, elle est, je le dis sans plaisir, assez primitive. Les deux phalanges sont larges, attestant une grande détermination, ce qui peut être bon ; et la peau est lisse, attestant une certaine grâce. Qui plus est, étant donné que le sommet est conique et l'ongle rose et luisant, je dirais que tu possèdes une nature intelligente, bienveillante et quelque peu artistique. Mais, Sissy, *mais* il y a un côté lourd à la seconde phalange – la phalange de la logique – qui indique un penchant au comportement absurde ou clownesque, un refus d'accepter les responsabilités ou de prendre les gens au sérieux, et une tendance à leur manquer de respect. Ta maman me dit que tu te tiens encore assez bien et avec réserve, mais je veillerais aux signes d'irrationnalité. Compris ?

— Quels sont les signes de l'irrationnalité ? demanda Sissy fort rationnellement.

Pour des raisons connues d'elle seule, Madame Zoé préféra ne pas développer. Elle tira le pouce de la jeune fille une fois encore sur sa poitrine, respirant de soulagement tandis que Sissy suait et avalait sa salive, incapable de poser d'autres questions. La caravane de la chiromancienne n'était ni large ni haute, mais oh! elle fut riche d'odeurs ce jour-là.

— Tes pouces sont étonnamment souples, flexibles…

— Je les exerce beaucoup.

— Ah! oui, eh bien… le pouce flexible personnifie l'extravagance et l'extrémisme. Les gens comme toi ne sont jamais des bûcheurs mais ils arrivent à leur but par à coups fulgurants. L'argent leur indiffère et ils sont toujours prêts à prendre des risques. Tu possèdes toutefois un mont de Saturne assez plein et, attends, laisse-moi regarder ta ligne de tête; hum, oui, ça peut aller. Une ligne de tête longue et pointue, et un mont de Saturne développé – c'est ce petit renflement de chair à la base du majeur – tempèrent fréquemment un pouce flexible. Mais dans ton cas, je ne suis pas vraiment sûre. Je crois que l'aspect le plus important de tes pouces est, euh, la taille totale. Euh, est-ce qu'on sait ce qui a causé…?

— On sait pas; les docteurs ne savent pas, lança Mrs. Hankshaw depuis le canapé où elle suivait la scène.

— Un coup de chance, quoi! fit la fillette en souriant.

— Sissy, sapristi, c'est ça que veut dire Madame Zoé quand elle dit "irrationnel".

Madame Zoé avait hâte d'en finir.

— Les gros pouces dénotent une forte personnalité et appartiennent à des individus qui agissent avec grande détermination et confiance en eux. Ce sont des chefs nés. Étudies-tu la science et l'histoire à l'école? Galilée, Descartes, Newton, Leibnitz avaient de très gros pouces; ceux de Voltaire étaient énormes mais, hi hi, des broutilles comparés aux tiens.

— Et Crazy Horse?

— Crazy Horse? Tu veux dire l'Indien? Personne à ma connaissance n'a jamais pris la peine d'étudier des pattes de sauvages. Et je dois encore te dire ceci: tu possèdes les qualités pour devenir une force vraiment puissante dans la société – bon Dieu, si seulement tu étais un homme ! Mais tu auras peut-être une telle surabondance de ces qualités que… ma foi, franchement, ça pourrait être effrayant. Spécialement avec ta phalange primitive de la logique. Il se peut qu'en grandissant, tu deviennes une catastrophe vivante, une mal-façon humaine aux dimensions historiques.

Qu'avait-elle dit ? Avec quelque effort – car ils semblaient la tenir autant qu'elle les tenait –, Madame Zoé lâcha les pouces de Sissy. Elle s'essuya les paumes sur son kimono : elles étaient aussi rouges que sur sa pancarte. Cela faisait des années qu'elle n'avait plus donné une lecture aussi profonde. Elle était pour le moins légèrement secouée. Le grille-pain, pour des motifs grille-panesques, gardait le dos tourné, son flanc reflétant sa perruque, légèrement de travers.

— Le pouce est un révélateur tellement exact de la personnalité – elle s'adressait à présent à Mrs. Hankshaw – que les chiromanciens hindous fondent toute leur science sur lui, et que les Chinois possèdent un système minutieux et compliqué uniquement fondé sur les capillaires de la première phalange. Et ce que j'ai donné à votre fille représente une lecture complète. Si vous désirez que j'examine les paumes séparément, ce sera trois cinquante de plus.

Mrs. Hankshaw fut toute désemparée. En avait-on dit trop ou pas assez ? Son regard faisait penser à un incendie dans un night club mexicain. Le procédé était indigne, mais il lui fallait plus de renseignements.

— Combien pour une question ?

— Vous voulez dire une question posée à la paume ?

— Oui.

— Ma foi, si elle est simple, un seul dollar.

— Mari, fit Mrs. Hankshaw en retirant un billet de son sac en peau de rat. *(La flambée, qui avait pris dans un pot de fleurs en papier, se propagea rapidement aux costumes des danseurs.)*

— Je vous demande pardon ?

— Mari. Trouvera-t-elle un mari ? *(Le chef d'orchestre fit brave-ment entonner à ses musiciens "El Rancho Grande" alors même que son chihuahua favori était piétiné par la foule en panique.)*

— Oh ! je vois.

Madame Zoé prit la main de Sissy et fut tentée de lui faire le coup de l'inconnu grand et basané. Mais elle était allée trop loin maintenant pour jouer la comédie.

— Je vois des hommes dans ta vie, poussin, déclara-t-elle en toute bonne foi ; je vois aussi des femmes, beaucoup de femmes...

Elle leva les yeux vers ceux de Sissy, y cherchant la reconnaissance d'une "tendance", mais point de signal.

— Il y a un mariage, c'est clair. Un mari, aucun doute là-dessus, bien qu'il soit à des années d'ici. Et en veine de générosité, elle ajouta sans rétribution supplémentaire : Et il y a aussi des enfants. Cinq, six peut-être. Mais le mari n'est pas le père. Ils hériteront de tes caractéristiques.

Étant donné l'impossibilité de prédire ces deux dernières données d'après la configuration des mains, il faut que Madame Zoé ait opéré grâce à des pouvoirs psychiques depuis longtemps endormis. Elle aurait pu encore en dire, mais Mrs. Hankshaw avait son content.

La mère fit sortir la fille de la caravane comme si elle avait trouvé la sortie du Club El Lézard. (*Au plus fort de l'infernal cataclysme, une batterie de bouteilles de tequila surchauffées se mit à exploser dans les flammes.*)

L'aînée des femmes Hankshaw avait des difficultés pour parler.

— Je reprends le bus jusque chez Mabel, ma chérie, dit-elle en serrant, fait inhabituel, sa fille sur son cœur. Tu peux rentrer en stop si tu veux, mais tu me promets, parole d'honneur, de ne pas monter avec un homme seul. (Puis elle eut l'idée d'ajouter :) Avec une femme seule non plus, d'ailleurs. Seulement un couple marié. Promis ? Et te tracasse pas pour les bêtises que cette bonne femme a racontées. On en parlera quand je rentrerai à la maison.

Sissy ne se tracassait pas du tout. Ahurie peut-être, mais pas tracassée. Elle se sentait en quelque sorte *importante*, mais pour des raisons obscures et anormales. Quoiqu'elle ignorât tout alors de ces choses, elle se sentait importante au sens où l'horloge est importante. L'horloge est à mille lieues, de bien des façons, de la Maison

même les cow-girls ont du vague à l'âme

Blanche, de Fort Knox et du Vatican, mais les vents qui soufflent sur l'horloge font toujours une drôle de mine.

À l'intérieur de la caravane, derrière la paume peinte en rouge, où à nouveau l'encens au jasmin et le chou-fleur bouilli s'affrontaient, Madame Zoé était tapie à une fenêtre, observant son jeune sujet se faire prendre en stop.

(Le sommet conique partit le premier, coupant à travers l'atmosphère comme le beaupré d'un navire, tirant derrière lui la phalange légèrement inclinée de la logique, suivie par une phalange de la volonté planant joliment et, frémissant et chaloupant en fin de procession, le mont de Vénus de la volupté éternelle.) Soudain, Madame Zoé se rappela un dicton, un bon mot qu'elle n'avait plus entendu depuis des années, et qui concernait le plus long ou le plus court des doigts de la main humaine, tout en n'ayant rien à voir avec la chiromancie. Le dicton disait :

"Il suffit parfois d'un petit coup de pouce pour diriger le monde."

Interlude cow-girl (Bonanza Jellybean)

Elle est allongée en pyjama de flanelle sur le canapé familial. Il y a de la gadoue de Kansas City sur le bout et les talons de ses bottes, bottes qui doivent encore savourer le vrai fumier. À quatorze ans, elle sait qu'elle devrait retirer ses bottes, mais elle refuse. La télé repasse un vieux *Maverick*. Elle avale du bœuf sans passion, à grand bruit. Sur le haut de son ventre, où sa veste de pyjama a remonté, on voit une cicatrice petite et profonde. Elle raconte à tout le monde, y compris à l'infirmière de son école, que c'est une balle d'argent qui lui a fait ça.

Mais quelle que soit l'origine de son nombril supplémentaire, il y a des signes incontestables de coups de feu dans la boiserie du placard. C'est là qu'elle cribla un jour une moitié d'une vieille paire de tennis. "Légitime défense, invoqua-t-elle lorsque ses parents rouspétèrent. Une des deux tennis était passée hors-la-loi."

11

Et c'est ainsi que vivait Sissy, à Richmond, Virginie, dans les années Eisenhower comme si les saisons qui passent, avec les poules qui couvent et les rivières qui montent, les gâteaux qui cuisent et les étoiles qui tournent, les jambes qui dansent et les cœurs qui fondent, les lamas et les poètes qui lévitent, les pom-pom girls qui se font sauter dans des drive-in et les vieillards qui rendent l'âme au-dessus de magasins de meubles, comme si ces saisons qui passent pouvaient être estampillées du simple nom d'un président ; comme si le Temps en personne pouvait sortir en trottinant de Kansas et de West Point, rendre célèbre une veste d'officier et rechercher l'Éternité sous l'étiquette républicaine.

Dans l'air délétère de l'ère Eisenhower, à Richmond, Virginie, Sissy fut sans doute une personne très en vue. Avec des vêtements trop grands ou trop petits pour elle – manteaux avachis dont le bord frottait le trottoir, futal d'été laissant voir tout ce qu'on aurait souhaité savoir sur ses chaussettes –, elle parcourait la ville (cette ville dont on a dit "Ce n'est pas une ville mais le plus grand musée du Sud du monde").

À toute heure et par tout temps, on pouvait voir, et même admirer, la jeune fille.

Ses traits appelés à s'embellir n'avaient pas encore le pied marin et, à ce stade instable de leur développement, devaient certainement s'agripper maladroitement sur le pont délavé de sa figure (qui, à cause de ses pommettes exceptionnellement hautes, semblait plantée de biais au milieu des grosses vagues).

Son long corps svelte, avec toute l'éloquence qu'il pouvait y mettre, ne se faisait certainement pas entendre par-dessus le tintamarre des frusques dont on l'attifait.

Et son esprit ne comptait sans doute pas beaucoup dans les banlieues à pétun de South Richmond, aucun esprit ne comptait. Ses camarades de classe furent peu nombreux à remarquer les phares éblouissants de son regard et à se demander qui était au volant.

Quand ils disaient : "Voici venir (ou "voilà que passe") Sissy Hankshaw", ils ajoutaient : "Ni pouce, ni moins".

Car partout où elle allait, ces quartiers de viande l'accompagnaient ; ces bananes, ces saucisses, ces matraques, ces cosses rosâtres, ces étrons de chair. Elle les trimbalait en ville dans ses fringues trop larges, les propulsant aux coins de rue appropriés et les considérant toujours comme s'ils étaient les manifestations de quelque secret qu'elle aurait été seule à comprendre – bien que dans l'atmosphère de chambre forte des années Eisenhower à Richmond, Virginie, ils durent lui en faire baver…

(Il est surprenant qu'on se soit plus tard aussi peu souvenu d'elle dans Richmond. Lorsque l'auteur s'enquit auprès du feu docteur Dreyfus, le chirurgien répliqua : "D'après Michel-Ange, 'la forme humaine est l'ornement idéal de la 'niche'. Je ne pense pas que cela signifie grand-chose pour vous.")

N'allons pas pour autant supposer qu'elle était à l'abri de ce que, sous le nom de "sentiments humains", nous sélectionnons parmi les milliards de réactions viscéralo-cérébrales facilement déclenchées par notre système limbaire.

Un beau jour, un jeudi de printemps vers la fin d'un semestre, plus de trois ans après avoir été examinée par le docteur Dreyfus et quelques mois après avoir bénéficié du savoir spécial de Madame Zoé, Sissy fut invitée à une fête. Ce devait être une soirée déguisée donnée par Betty Clanton, une fille de pharmacien comptant parmi les gosses un peu plus privilégiés de cette école rongée par les cafards et les prolos.

Pendant toute la journée du jeudi, Sissy se dit qu'elle n'irait pas à la fête de Betty. Pendant toute la journée de vendredi et tout vendredi soir (restant éveillée sur trois, je dis bien trois oreillers), elle se dit qu'elle n'irait pas à la fête de Betty. Mais samedi en fin d'après-midi, tandis qu'un soleil faisant des heures supplémentaires fourrait son nez dans tous les coins et que les petites grenouilles vertes pointaient leur museau et que le parfum du chèvrefeuille venait ourler les effluves dorés des entrepôts de tabac et qu'un clavier d'oiseaux tapait des sonnets parmi les bourgeons des cornouillers (*Et pour toi je ferai dire au discours.* Ding ! Une ligne d'espacement. Retour du chariot. *L'amour que je te porte, de mots jamais à court.* Ding ! Ces piafs ont une sacrée frappe) et que de manière générale, le printemps se ramenait comme une progression géométrique, notre Sissy commença à avoir des idées qui la chatouillaient. Pour la première fois de sa vie, peut-être (et quoique le catéchisme l'ait parfois émue et bien que le sein de Madame Zoé et les voies de fait automobiles devenues monnaie courante l'aient incontestablement remuée), elle se sentit mue par des forces exogènes à ses pouces. Elle entendit une musique qui n'était pas de la musique pour automobilistes ; sa tête balança sur des rythmes plus doux et plus légers que les rythmes du stop. Quelque chose dans l'air du printemps avait téléphoné à son système limbaire et avait inversé le courant. Quelque chose avait touché Sissy Hankshaw et peu importe quoi.

Sissy sortit derrière la maison et ramassa des plumes à l'endroit où sa mère avait récemment plumé une poule. Avec du chatterton, elle les arrangea – lentement et négligemment – en une sorte de coiffure. Avec la vieille boîte de gouaches de Jerry, elle se peinturlura du mieux qu'elle put, sans négliger au dernier moment de peindre aussi ses mains.

Et de partir à la fête costumée de Betty. Déguisée en chef Crazy Horse. Elle but deux bouteilles de Coca, mâchonna un paquet de cachous, écouta les derniers disques de Fats Domino, sourit à deux ou trois histoires drôles et rentra tôt. Deux ruisselets rayaient ses peintures de guerre, révélant ce qu'elle avait ressenti quand Billy Seward, le petit ami de Betty et le type le plus populaire de l'école, avait surgi au milieu des hurlements de rire et portant de gigantesques pouces en carton-pâte. Arh ! Billy était venu déguisé en Sissy Hankshaw.

12

— Quand on grandit avec quelqu'un, on finit par l'accepter, même si cette personne est bizarre, dit Betty Seward née Clanton. (Elle vérifia la cafetière, qui filtrait encore le café.) Ce que je veux dire, c'est que ce n'était pas une désaxée, ou une fofolle ; c'était une fille futée et bien polie et gentille et tout, mais vous voyez, quoi, elle avait ce développement vraiment particulier ; mais je veux dire que nous, on s'y était habitués au bout de quelques années, sauf que de temps à autre...

"Je me rappelle le soir où on a été reçus à la fin de la dernière année. Quand on annonçait votre nom, vous étiez censé vous lever et traverser l'estrade pour recevoir votre diplôme que le principal vous donnait dans la main gauche tout en vous serrant la droite. Seulement, Sissy ne serrait jamais la main. Pas même au principal. C'est pas qu'elle ne pouvait pas ; mais elle s'y refusait. Mr. Perkins avait été drôlement irrité. Et un tas de gosses se plaignirent que Sissy ridiculisait notre remise de diplôme.

"Il y a une vieille carrière abandonnée à South Richmond, toute remplie d'eau, vous voyez, et nous allions y nager chaque fois qu'on pouvait. Le lendemain du diplôme, notre classe devait aller y faire un pique-nique – sans être chaperonnés, on était des vrais diables ! Tout ça en douce – et quelques gosses plus âgés qui avaient des voitures devaient nous prendre pour nous emmener. On devait passer prendre Sissy mais par dépit, on a décidé de ne pas y aller. Nous l'avons laissée tomber. Eh ben vers midi, quelqu'un la vit sur la route se faire prendre en stop, comme elle faisait toujours, fière comme pas deux, n'ayant ni peur ni honte de rien, et elle montait dans toutes les voitures qui s'arrêtaient pour elle mais sans jamais venir nous rejoindre au pique-nique. Toute la journée, elle a fait du stop sur la route qui passe à côté de la carrière allant et revenant dans un sens puis dans l'autre, passant et repassant sans interruption. Et elle ne s'arrêta pas un instant ; elle se contenta de nous passer devant sans arrêt.

"Et vous voyez, la plupart d'entre nous attrapèrent des coups de soleil à ce pique-nique, un tiers d'entre nous chopa de l'urticaire, plusieurs se soûlèrent et furent malades à cause des bières que les plus vieux nous achetèrent et on se fit engueuler par nos parents et un garçon fut mordu par une couleuvre et un autre s'assit sur des bouts de verre. Et je me dis, hum, cette Sissy est la seule qui s'en est bien sortie de cette journée. Il ne lui est rien arrivé parce qu'elle n'est pas restée sur place. Vous voyez ce que je veux dire ?"

Mrs. Seward se leva de sa chaise pour débrancher la cafetière.

51

— Sur le coup, là, je ne me rappelle pas quel âge elle avait quand elle découvrit qu'elle avait du sang indien. La famille de sa mère, beaucoup d'entre eux avaient vécu dans l'Ouest, dans les Dakotas, et l'un d'eux avait épousé une squaw, je ne sais plus quelle tribu...

"Siwash? C'est ça. Il me semble bien que c'est ça. Donc une fois, la tante de Sissy – la sœur de sa mère – était venue de Fargo leur rendre visite et c'était juste au moment où il y avait beaucoup de raffut à propos de l'intégration raciale. Tout le monde était bouleversé à cause que la Cour Suprême avait déclaré que nous devrions aller en classe avec les gens de couleur, et je pense qu'on en discutait chez les Hankshaw comme tout le monde, et voilà que la tante lâche le morceau : il y avait du sang indien dans la famille. Ouh là ! là ! Le papa de Sissy était furieux. Je ne sais pas pourquoi ; un Indien, c'est pas comme un nègre, quand même. Mais je crois que ce fut tout juste s'il ne voulut pas divorcer de sa femme. Mais en tout cas, Sissy fut drôlement contente. Elle se figura qu'elle était un seizième – comment est-ce ? Siwash. Elle en parlait à l'école. On ne l'avait jamais vue aussi excitée. Elle manifesta beaucoup d'intérêt pour les Indiens après ça, mais pas autant que pour faire du stop, tout de même. Bien entendu, elle ne ressemblait pas un poil à une Indienne elle était aussi claire qu'un abricot. Mais pendant un moment, elle se mit à dessiner des formes sur ses pauvres pouces. Misère ! Ses propres frères durent la maîtriser pour les enlever en les lavant."

Ayant suffisamment passé, le café fit le court voyage entre le pot et la tasse. Direct ; pas d'arrêts sur son trajet. Betty Clanton Seward sortit une boîte de biscuits secs ainsi qu'une bombe aérosol marron et jaune.

— C'est la dernière nouveauté dans les magasins, fit-elle en brandissant le flacon. Vous vaporisez un biscuit normal avec... zzzzt zzzzt... et après, ça a le goût d'un biscuit au chocolat. Tenez.

Notre enquêteur déclina l'offre. Il désirait poser des questions claires et concises sur une ancienne camarade de classe de Mrs. Seward. Il ne voulait pas avoir la bouche pleine de biscuits, eussent-ils le goût de biscuits au chocolat. (Quelle va être la prochaine invention de ces Nippons ?)

— Je dois reconnaître que certaines fois, je la regardais assise en classe, toute droite, avec son sourire secret et tout et tout, et je me disais qu'il y avait peut-être quelque chose de spécial en elle, quelque chose d'autre que son état physique, je veux dire, quelque chose de positif. Elle ne pouvait pas suivre le cours de secrétariat parce qu'elle ne pouvait pas se servir d'une machine à écrire. Elle avait de bonnes idées en cours d'art, mais elle était incapable de les mener à bien. Bon sang, elle n'avait eu que C en Éco Ménagère parce qu'elle ne savait pas coudre, et *tout le monde* avait eu A ou B en Éco Ménagère. Mais il n'y a pas à dire, même si son avenir semblait désespéré, j'avais le sentiment qu'elle pouvait nous apprendre quelque chose, à nous les autres. Seulement, j'ai jamais réussi à savoir quoi, exactement. Et je crois bien que j'étais aussi, euh, insensible à son sort que les autres. Un soir qu'il faisait déjà nuit, pensant que personne ne la verrait, elle avait apporté une pleine brassée de jonquilles jaunes qu'elle avait cueillies – arrachées à la racine, en fait – le long d'une route et les avait laissées sur le perron de ma maison. Je crois qu'elle m'aimait bien, en fait. (Betty Clanton Seward tira sur une mèche de cheveux comme une fermière préoccupée tirerait sur un pis au petit matin.) Elle ne fit vraiment pas de bruit, mais je l'entendis quand même. J'étais en haut, en train de me mettre des bigoudis, j'ai regardé par la fenêtre et je l'ai vue. J'ai su qui c'était parce que la lune éclairait son... son anormalité.

"Alors, j'ai pas été capable de fermer ma grande gueule ; je l'ai raconté aux autres gosses de l'école et ils se sont moqués d'elle méchamment.

"Mais ce ne fut pas la fois la plus grave. Le plus grave, c'est le jour où j'ai organisé une soirée déguisée et que j'ai invité Sissy, en partie parce que j'avais pitié d'elle mais aussi parce qu'elle était, je ne sais pas comment exprimer ça, parce qu'elle me fascinait, en un sens. En tout cas, Bill – c'est mon mari, maintenant ; il est chimiste chez Philip Morris, à l'usine, il faudra que vous lui parliez –, Bill se fit une énorme paire de pouces en carton et en fil de fer, et c'est comme ça qu'il s'était déguisé. Il ne voulait pas vraiment être cruel, mais vous savez comme sont les jeunes gens. Ils pensent pas."

Elle poussa un soupir. Elle tira encore un quart de litre de lait de sa mèche de cheveux puis, comme l'avait fait le café avant elle, elle passa.

— Seigneur, il est presque deux heures, déjà. Il faut que je me fasse le visage. Vous m'excusez ? Le petit Willie doit être chez le docteur à trois heures. On va lui brûler une verrue aujourd'hui.

À ce moment, le garçon de dix ans qui avait traîné à la lisière de l'entretien en se bourrant de dizaines de biscuits fit voir son pied nu – lavé, Dieu merci, tout récemment – et pas de doute, il y avait dessus une verrue de la taille d'une bardane. L'enquêteur se demanda pourquoi Mrs. Seward ne se contentait pas de vaporiser la verrue pour lui donner le goût de biscuit au chocolat et que Willie se la mange.

L'enquêteur n'en dit rien à Mrs. Seward.

Il y a quelque chose d'autre que l'enquêteur ne dit pas à Mrs. Seward.

Il ne lui dit pas qu'un jour des gens s'affubleraient de pouces factices pour imiter Sissy Hankshaw, et que cette fois ce serait un geste d'hommage.

Mrs. Seward aurait trouvé cela ridicule, l'hommage de pouces en écorce d'arbre agités avec impertinence à la face du XXe siècle comme une forêt de diplômes préhistoriques qui n'attendent aucune poignée de main en retour. Et de fait, ce fut un brin ridicule. Mais parce que c'était ridicule, nous sommes sûrs que ce fut vrai.

Interlude cow-girl (vénusien)

Sur Vénus, l'atmosphère est si dense que les rayons de lumière se plient comme s'ils étaient en mousse de caoutchouc. Cette courbure de la lumière est si extraordinaire qu'elle fait se relever l'horizon. Ainsi, si l'on se tenait debout sur Vénus, on verrait l'autre côté de la planète en regardant directement au-dessus de sa tête.

même les cow-girls ont du vague à l'âme

Il vaut peut-être mieux que nous, Terriens, résistions à la tentation de densifier notre atmosphère. Nous devrions sans doute réfléchir à deux fois aux propos de ces dirigeants qui voudraient nous faire prendre le "smog" pour une bonne chose.

Imaginez que vous soyez une cow-girl qui fait trotter son poney parmi les collines herbeuses des Dakotas. Soudain, vous entendez un couinement sauvage. Vous vous redressez sur votre selle et levez les yeux – vous attendant à voir un vol de grues, dansant dans les airs au son de leur fanfare bien particulière. Mais au lieu de cela, vous contemplez un trompette qui sonne la diane de l'autre côté du monde. L'armée chinoise bivouaque sur tout le ciel.

13

Le 1er juin, la ville de Richmond se réveillait les freins serrés, et les gardait ainsi tout l'été. C'était bien comme ça ; c'était les années Eisenhower et personne n'allait nulle part. Pas même Sissy. C'est-à-dire qu'elle n'allait pas loin. Elle parcourait Monument Avenue, peut-être, pratiquant le stop sur toute la longueur de ce large boulevard bordé de tant de canons et de statues héroïques que les géographes l'appellent la ceinture de bananes des généraux morts au champ d'honneur.

L'ancienne capitale de la confédération accusait le coup sous la chaleur. Les bottes soulevaient un peu de poussière de tabac, un peu de pollen de glycine, et voilà tout. Chaque matin, y compris les dimanches, le soleil se levait avec un tee de golf dans la bouche. Ses rayons étaient reflétés, séparément mais également, par les abreuvoirs à oiseaux des quartiers chics, les boîtes de bière du quartier populaire et les rasoirs du ghetto. (En ce temps-là, Richmond était plissée comme les circonvolutions du cerveau, comme si, à l'instar de celui-ci, elle tentait de s'empêcher de se connaître elle-même.)

Le soir, la luminosité du nombre sans cesse croissant de postes de télévision donnait à l'air une trompeuse apparence glaciale. On a dit que les albinos véritables produisent une lumière d'une luminescence similaire lorsqu'ils remuent leurs boyaux.

À midi, on se serait cru à l'intérieur d'une pastèque napalmée.

Autant qu'ils le pouvaient, hommes, femmes, enfants et animaux domestiques se tenaient à l'ombre, parlaient peu, remuaient moins, observant les ailettes des ventilateurs tourner comme il est naturel à un ventilateur. Seule Sissy Hankshaw fréquentait délibérément ces lieux où le goudron colle, où le gravier frit étincelle, où les mauvaises herbes flétrissent, où l'asphalte s'effrite (comme le gâteau d'anniversaire abandonné du Diable), où le ciment usé traduit en braille les longues et amères discussions entre niveaux organiques et inorganiques de la vie. (Si vous avez jamais léché du nickel ou embrassé de l'acier, vous connaissez ces discussions.)

Il en est pour prétendre que l'excès de soleil ramollit le cerveau (déjà odieusement mou), et c'est peut-être ce qui allait pousser Sissy à cet acte incongru. Fut-ce les gants jaunes d'hydrogène qui lui boxaient les oreilles ? Ou bien les radiations solaires lancèrent-elles ses atomes dans un tourbillon un rien louftingue ? D'un autre côté, son comportement ne donnait peut-être qu'une vague idée de l'ampleur de son ambition et, quoique remarquable, ne pouvait guère passer pour plus étrange que l'impulsion du petit Mozart de neuf ans à composer une symphonie.

De toute façon, et quoi qu'il en soit, par un après-midi suant mais sans autre particularité des premiers jours d'août 1960, un après-midi extorqué au museau de Mickey la souris, un après-midi taillé dans la purée de pommes de terre et la lessive de potasse, un après-midi arraché à la pâtée de chien des météorologistes, un après-midi qui aurait endormi un monstre, un après-midi qui normalement n'aurait produit rien de plus significatif qu'une inflammation de la peau sous les couches humides, Sissy Hankshaw descendit d'une bordure de trottoir en forme de mâchoire défoncée dans Hull Street, et tenta de se faire prendre en stop par une ambulance. En fait, elle balança son pouce par deux fois – à l'aller et au retour.

Fonçant à grands cris de sirène et clignotant frénétiquement de toutes ses lampes rouges, pauvre imitation du soleil pénardement professionnel de cet été-là, l'ambulance accomplissait sa pieuse tâche. Naturellement, elle ne s'arrêta pas. L'espérait-elle ? S'y serait-elle embarquée ? Se serait-elle jointe à la cargaison saignante ou râlante ? Si le stop avait marché avec une ambulance, aurait-elle essayé la fois suivante avec un corbillard ?

Conjectures. La camionnette à viande passa et Sissy, à la différence du jeune Mozart, fut récompensée par moins encore qu'un bout de sucre pour sa tentative. Mais les ambulanciers n'avaient pas manqué de prendre note de ses appels, et avant que Sissy ait pu avancer d'une centaine de mètres, elle fut, pour la première fois dans sa carrière, arrêtée.

Son apparition au poste de police créa une légère agitation. D'un côté, cette fille paraissait lamentable ; de l'autre, elle était aussi sereine que le bide de Bouddha, et dans la mentalité flic, la sérénité sent l'irrespect. Elle était mineure, son crime difficile à classifier, la procédure incertaine. Un reporter du *News Leader* s'occupant des affaires de police fut le premier journaliste qu'elle intrigua ; il passa un coup de fil à son rédacteur en chef pour qu'on lui envoie un photographe. Les employés des archives lui jetaient des coups d'œil furtifs ; les autres prisonniers faisaient des réflexions. Finalement, le sergent de service lui fit un cours sur la circulation des véhicules d'urgence, puis la fit ramener chez elle par une femme-policier.

Le photographe arriva trop tard pour prendre sa photo et le reporter fut fâché, mais une conclusion rapide arrangeait bien les autres parties en présence, les policiers n'eurent pas à couper en quatre leurs cheveux déjà ras, et Sissy put remettre ça. Au début de cette moite soirée, tandis que l'incendie d'un entrepôt faisait partir en une fumée prématurée les matériaux de fabrication d'un milliard de Pall Mall, Sissy fut de nouveau arrêtée – pour s'être essayé le pouce sur une voiture de pompiers.

Cette fois-ci, elle fut bouclée et détenue pendant vingt-quatre heures au centre de détention pour la jeunesse, mais les autorités trouvèrent cette fois encore plus pratique de la libérer. Une des raisons et non des moindres de sa libération fut la frustration que ressentit le fonctionnaire qui prenait les empreintes digitales.

14

On a appelé Richmond, Virginie, une cité "à l'abri des dépressions" et cela, parce que son économie a une jambe dans les assurances-vie et l'autre dans le tabac.

En temps de colique économique, les ventes de tabac augmentent alors même que les ventes des autres produits s'effondrent. C'est peut-être l'incertitude financière qui rend les gens nerveux, et cette nervosité les fait fumer davantage. Il se peut qu'une cigarette donne au chômeur de quoi s'occuper les mains, qu'une pipe dans la bouche aide un homme à oublier qu'il n'a pas mâché de steak récemment.

En temps de dépression, les assurés semblent se débrouiller pour continuer à verser leur prime d'assurance-vie. L'assurance-vie est peut-être le seul investissement qu'ils peuvent se permettre de faire. Peut-être veulent-ils à tout prix une certaine dignité dans la mort puisqu'ils n'ont jamais pu l'avoir dans la vie. Ou alors est-ce que le décès d'un des membres assurés est la seule chance qu'ait une famille de s'en mettre plein les poches ?

Chaque automne depuis de nombreuses années, Richmond célèbre son économie-à-l'abri-des-dépressions. Cette célébration s'appelle la Fête du Tabac. (On avait proposé : "Fête de l'Asssurance-vie" mais ça ne fit pas un tabac.)

Sissy Hankshaw aimait à regarder passer les défilés des Fêtes du Tabac. Plantée sur une bordure de trottoir de la Grand-Rue où elle s'assurait une place de bon matin, son habitude était, du jour où son courage s'affermit, d'essayer le stop sur les décapotables dans lesquelles passaient les diverses Reines du Tabac. Les conducteurs, tous frais émoulus des facultés, ne la remarquaient jamais. Par sécurité, ils gardaient le regard fixé devant eux, – les dieux tabagiques auraient toussé des éclairs si une voiture était rentrée dans l'arrière d'un char de Marlboro Filters. Mais les reines qui saluaient de la main, projetant de l'éclat de regard et du scintillement d'incisive sur les foules, veillant à ne pas manquer famille, petits amis, photographes et dénicheurs de vedettes, les reines apercevaient quelquefois ce potiron implorant et, pendant une seconde déroutante pour la foule

même les cow-girls ont du vague à l'âme

– ô périls de l'innocence au service de la nicotine ! –, elles perdaient leur maintien soigneusement mis au point. Nous sommes en droit de nous demander quelles histoires-de-pouces – faits-de-pouces se transformant en mythes-de-pouces – ces belles rapportèrent dans leurs chaumières de Danville, Petersburg, South Hill ou Winston-Salem une fois que la Fête du Tabac de cette année-là ne fut plus qu'un mégot.

En 1960, le défilé de la Fête du Tabac eut lieu le soir du 23 septembre. Le *Times-Dispatch* rapporta qu'il y avait eu moins de chars que l'année précédente ("mais ils étaient plus drôles, et plus larges de 1,80 m") ; même ainsi, la procession mit quatre-vingt-dix minutes pour passer devant un point donné. Il y avait vingt-sept reines, parmi lesquelles Lynne Marie Fuss – Miss Pennsylvanie – fut le lendemain proclamée Impératrice de Tabagie. Nick Adams, vedette du feuilleton télévisé *Le Rebelle* conduisait le défilé, ce qui n'empêcha pas une bande de mômes armés de sarbacanes de prendre pour cible les flancs de sa monture. Il y avait des fanfares, des clowns, des formations militaires, des majorettes jouant du tambour, des dignitaires, des animaux, des "Indiens", et même une poignée de fausses cow-girls aux chemises luisant comme de la peau de reptile, débordant de broderies et de mamelles ; il y avait des vendeurs de souvenirs et la bande de garnements à sarbacanes ci-dessus mentionnée. Le fonctionnaire municipal Edwards estima le public assistant à cette "équipée bruyante et somptueuse" à près de deux cent mille, de loin la foule la plus nombreuse de l'histoire de la fête. Sissy Hankshaw ne se trouvait pas dans cette multitude.

À des kilomètres de l'autre côté de la ville, loin de la cohue (qui, selon le journal, "brailla, rigola et applaudit") ; de l'autre côté de la James, à South Richmond où, en contradiction avec les théories économiques, la dépression était permanente ; dans une maison terne mais coquette avec ses fresques de suie et ses bas-reliefs de termites ; devant un miroir en pied qui reflétait impitoyablement ses pouces – Sissy se tenait, nue. (Ne dites jamais "complètement nue". "Nue" est un mot doux, et personne dans son bon sens n'aime "complètement".)

tom robbins

Sissy était en train de prendre une décision. C'était un de ces moments de la vie où l'on n'a pas quatre-vingt-dix minutes à perdre dans des réjouissances aussi naïves.

Au cours des sept semaines qui avaient suivi son arrestation, il lui était arrivé beaucoup de choses. Pour commencer, un procureur adjoint, encouragé par la femme-policier qui avait ramené Sissy chez elle, faisait des pieds et des mains pour qu'on l'expédie en maison de correction. Le représentant du ministère public utilisa les termes "incorrigible", "indocile", "vagabondage nocturne" et "échappée au contrôle des parents", lesquels, lorsqu'ils sont appliqués à une jeune fille, signifient simplement : "Elle baise." Jusqu'en 1960 encore, la grande majorité des filles placées derrière les barreaux l'étaient à cause de leur goût prématuré pour l'acte sexuel (prématuré aux yeux de la société civilisée, s'entend, car selon le calendrier de la nature, c'est la douzième ou la treizième année précisément qui convient).

Que Sissy fût encore en liberté par cette soirée de septembre où des cigarettes animées plastronnaient au pas de l'oie le long de la Grand-Rue était en partie dû aux efforts d'une assistante sociale qui lui avait été assignée. Toutefois, si Miss Leonard avait contribué à ce que Sissy n'entre pas en maison de correction, affirmant que l'activité auto-stoppante de la fillette constituait une idiosyncrasie chaste ne présentant aucune menace pour la société, elle n'en avait pas moins été un élément perturbant. Quelques semaines auparavant, elle avait importuné Sissy pour la décider à venir avec elle à un bal, un bal "spécial" où la fillette se "sentirait à l'aise". Le téléphone limbaire avait enfin résonné à nouveau – *Prête pour votre appel à l'Amourette. SVP déposez soixante-cinq microgrammes d'œstrogène pour les trois premières minutes* – et Sissy s'était retrouvée en train d'enfiler, le cœur battant, une robe de soirée qu'une cousine à elle avait portée dans un bal d'étudiants, et avec laquelle quelques mites avaient récemment dansé joue contre joue. D'où de nécessaires reprises qui firent arriver Sissy et Miss Leonard en retard à la salle des fêtes où la soirée battait son plein. Lorsque Sissy lut l'affiche annonçant BAL DES BONNES ŒUVRES, elle commença à penser qu'elles n'auraient sans doute pas dû arriver du tout. Une fois entrée, elle n'en douta plus. Le parquet

60

de danse luisait de bave tandis qu'y boitaient, chancelaient, glissaient et ballottaient les orteils de crabe et les talons de poulet de plus d'une vingtaine d'organismes désaxés, déglingués et bancals, et que dans le rougeoiement des lanternes chinoises faites à la main, palais fendus, becs-de-lièvre, mâchoires décrochées, tics, convulsions, bouches écumantes, yeux égarés, narines dégoulinantes et crânes pointus se trémoussaient sur divers tempos, inspirés par un disque de Guy Lombardo et les modèles cinétiques de ceux qui étaient sur la piste. Lorsque Sissy se figea d'étonnement, Miss Leonard la sermonna :

— Écoute, poussin, je sais bien comment c'est pour les gens comme vous. (Elle souriait d'un air entendu en regardant les remarquables créatures qui se traînaient d'un air hébété ou qui se disloquaient à toutes les jointures sur les "mélodies les plus douces de ce côté-ci du paradis".) Je sais bien comment ça se passe, ici. Les polios ne peuvent pas sentir les paralytiques, les paralytiques snobent les tarés de naissance et les trois réunis détestent les attardés mentaux. Je le sais bien, mais vous devez passer par-dessus ça ; les handicapés doivent faire bloc.

Et elle poussait doucement Sissy vers le peloton de galants et autres as du fauteuil roulant lorsque la jeune fille, pour la première fois de sa vie, entendit sa propre voix. Sissy hurlait.

— JE NE SUIS PAS HANDICAPÉE, NOM DE DIEU !

Ce cri réduisit la guimauve de Guy Lombardo à l'état de miettes. Les danseurs s'arrêtèrent, certains mettant plus de temps que d'autres pour s'immobiliser. Ils la fixèrent du regard. Quelques ricanements et gloussements se firent entendre. Et puis, l'un après l'autre, ils se mirent à l'applaudir (certains n'applaudissant que d'une main, illustrant de manière spasmodique et involontaire le plus célèbre proverbe du bouddhisme zen). Dans une gêne croissante frisant la frayeur, les chaperons réclamèrent le calme et Miss Leonard, s'efforçant d'éclairer la scène d'une lumière un peu plus raisonnable, se mit à déchirer le papier rouge qui entourait les ampoules électriques ; mais ce n'est que lorsque Sissy fut sortie en courant de la salle que les applaudissements retombèrent mollement. Sissy porta cette étrange ovation comme on porte un bouquet de fleurs de marécages sur son corsage et elle rentra chez elle en stop dans sa première robe de soirée, valsant la valse des automobiles.

Et maintenant, elle était devant le miroir. Là-bas dans la Grand-Rue, le-paquet-de-cigarettes-qui-cause envoyait balader en l'air ses chaussons d'argent au son d'un "Dixie" beuglé par les fanfares. Mais elle n'entendait que la musique du Bal des Bonnes Œuvres, passé pourtant depuis des semaines. Peut-être que le son se transporte plus loin dans le temps que dans l'espace. Ça ne fait rien. Il y avait un bruit plus pressant la voix de son père dans la pièce voisine. Le papa de Sissy parlait de sa voix venue de la Caroline, sa voix de gnole, une voix dont on aurait pu croire qu'elle était passée à travers les sous-vêtements de Daniel Boone. Il parlait du colonel, un homme déjà âgé en veston jaune qui souhaitait depuis des années propulser Sissy dans le monde du spectacle. "Nous commencerons par ma troupe, bien entendu", ronronnait le colonel, avant de décrire l'ascension de Sissy sur l'escalier d'or menant jusqu'à Ed Sullivan. Les Hankshaw étaient gênés par les propositions du colonel, et ils l'avaient découragé. Mais récemment, Mr. Hankshaw avait changé d'avis. Pour deux raisons : Sissy commençait à lui causer des ennuis, et le colonel avait doublé son offre. Mr. Hankshaw était un prolétaire, après tout, et dans sa poitrine, comme dans la poitrine des prolétaires du monde entier, battait un cœur engraissé de profiteur (les stéthoscopes marxistes peuvent-ils être si universellement erronés ? Tous les spécialistes socialistes du cœur ont-ils du coton dans les oreilles ?). Le père et la mère de Sissy discutaient donc à ce moment précis du contrat déjà signé par le colonel et qui, comme une taie d'oreiller fraîchement repassée, reposait sur le poste de télévision.

Ses frères n'étaient pas à la maison pour la défendre. Junior regardait le défilé avec la fille qu'il allait bientôt épouser. Jerry était dans le plâtre (pas étonnant que les Hankshaw aient eu besoin de l'argent du colonel) au Medical College de Virginie. Refusé chez les parachutistes à cause de sa taille, Jerry s'était mis debout sur un siège de la grande roue à l'Atlantic Rural Exposition – il fallait qu'il fasse *quelque chose* – et la pesanteur, cette vieille gâcheuse de numéros, s'en était une fois de plus mêlée.

même les cow-girls ont du vague à l'âme

Et d'autres affaires tracassaient Sissy. Des choses aussi mineures que son incapacité à réunir quelques renseignements concernant les Indiens Siwash, sur lesquels elle voulait faire un devoir en classe. Des choses aussi ennuyeuses que le fait que les adolescents du quartier s'étaient mis à la suivre chaque fois qu'elle s'apprêtait à faire du stop, pilant sec devant elle et essayant de la faire monter, autant par malveillance que par concupiscence, dans leurs vulgaires Ford.

Bien des choses s'étaient modifiées dans l'univers de Sissy Hankshaw, y compris sa propre apparence physique. Tout d'un coup, dans la dix-septième année d'une vie qui avait commencé par un bond en arrière du médecin-accoucheur et un hoquet de l'infirmière, elle était devenue ravissante. Un compromis parfait s'était finalement établi entre ses traits où les angles prédominaient – pommettes hautes, nez fin et classique, menton délicat, yeux bleus calmes –, et sa bouche décidément ronde – une bouche pleine et charnue que la comtesse devait par la suite comparer à un vagin de vison au plus fort du rut. Sa silhouette avait fini par correspondre aux mensurations moyennes du modèle de haute couture : elle mesurait 1,75 m en chaussettes, pesait presque 57 kg et annonçait 84-61-86 ; c'était une de ces beautés aux os saillants dont les plaisantins ont pu dire : "Quand elles tombent d'un escalier, on croirait entendre secouer des dés."

Elle s'était livrée corps et âme à l'auto-stop car, jusque-là, elle n'avait rien d'autre et aucun autre espoir. Seulement voilà, maintenant, il y avait un choix. Ou la possibilité d'un choix. Elle était jolie. Et une jolie fille peut toujours se frayer un chemin dans la société civilisée. Peut-être qu'elle devrait en quelque sorte se trouver un boulot, puis travailler d'arrache-pied pour mettre de l'argent de côté – même si ça prenait des années et pouvoir ainsi retourner se faire opérer par le docteur Dreyfus. Elle pourrait alors mener une vie normale de femme.

Mais chaque fois qu'elle se disait cela (à cette même place, devant le miroir), chaque fois qu'elle pensait "docteur Dreyfus" ou "vie normale", ses pouces répliquaient en langue pouce : picotements, élancements et démangeaisons. Jusqu'à ce que finalement, elle comprenne.

63

Accepte ce qu'elle avait toujours senti. Elle avait eu raison quand elle avait hurlé au bal. Ce n'était pas un handicap. C'était au contraire une invitation, un privilège audacieusement et irrévérencieusement offert, au parfum de danger et d'inattendu, lui offrant une plus grande liberté de mouvement, *l'invitant à vivre la vie à un "autre" niveau*. Si elle osait.

Alors, avant que Calliope enfumée en soit à respirer péniblement comme l'emphysème dans les poumons du Royaume de Tabagie, Sissy décida d'oser. Et dans l'instant où elle décida d'oser, elle fut prise de fou rire. Elle riait avec un tel abandon, un tel ravissement secret qu'elle put à peine enfiler sa culotte tant elle gigotait, et malgré le long regard de granit de son père, arrivé à grands pas du salon pour voir ce qui se passait.

Ses parents lui défendaient de sortir, mais toute leur attention se concentrait sur le petit écran tandis qu'elle approchait du réfrigérateur et faisait habilement passer un paquet de fromage Velveeta dans la poche de son manteau. Quelques olives y sautèrent également. Une pomme se joignit à eux et un demi-pain dit : "Qu'est-ce que j'en ai à foutre, je suis de la partie, qu'y a-t-il à perdre ? — Rien", répondit Sissy.

Elle se faufila par la porte de derrière, profitant d'une attaque dans *La Fumée des revolvers*. En silence, elle remercia le shérif Dillon de la couvrir, mais il ne lui vint pas à l'idée alors de plaindre Miss Kitty, qui, elle, est restée patronne de saloon et n'est pas devenue cow-girl.

Courant ventre à terre avec les olives qui sautaient de ses poches, elle atteignit le carrefour où Hull Street coupe la route U.S. 1, qui était encore en 1960 la principale autoroute nord-sud inter-états.

À l'instant où elle allait lever le bras, le feu passa au vert et la première voiture, un paquebot Lincoln bleu immatriculé dans le Jersey, avait déjà filé. Pendant une seconde, il sembla qu'elle avait été trop lente, et que le conducteur avait raté son geste. Mais non, un fragment de celui-ci – un reflet de néon sur son ongle, peut-être – accrocha le regard de l'homme. Il jeta un coup d'œil vers l'arrière, à temps pour apercevoir l'appendice tout entier, gigantesque, récuré, lubrifié, zeppelinesque, aussi frais et nouveau-né d'allure qu'un œuf, réjouissant et inquiétant à la fois, et qui vint se cadrer à la hauteur de sa pupille en plein dans le rétroviseur.

Le conducteur bloqua les freins.

Que pouvait-il faire d'autre ?

— Vous montez vers le nord ? fit Sissy, histoire d'engager la conversation quand la portière s'ouvrit comme une tranche de ciel glacé.

Serait-il allé dans n'importe quelle autre direction que ça lui aurait été égal.

— Et comment, nom d'un cul de Blanche en mille morceaux ! répliqua le conducteur avec une grimace sardonique.

Il avait la peau noire et un béret pour couvre-chef, et il était difficile d'affirmer ce qu'il y avait le plus, de saxophones sur le siège arrière ou de dents en or sur ses mâchoires. Sissy hésita mais, qu'est-ce qu'elle en avait à foutre ? Imitant la miche de pain, elle se dit : *Et voilà ; qu'est-ce que j'ai à perdre ?* Elle monta.

À dire vrai, tout chez ce type dénotait une belle élégance, le trésor qui luisait dans sa bouche, la lame de fond de fumée de marijuana qui l'environnait (quelle différence avec les célèbres fumées de Richmond !), le gardénia à la boutonnière et le flacon au côté, ses doigts ornés de camées et la vitesse à laquelle il propulsa sa grosse Lincoln hors des taudis du pays du tabac, emportant à tout jamais Sissy dans les nuages.

Aussi, les genoux cognant de peur et d'émotion, et ne sachant quoi faire d'autre, Sissy Hankshaw enfonça la main dans son maigre manteau et tendit à l'homme noir une tranche de fromage.

Interlude cow-girl (La cantinière)

Le feu est la réunification de la matière à l'oxygène. Si on garde cela en tête, chaque incendie peut être considéré comme une réunion, un motif de réjouissance chimique. Fumer un cigare, c'est mettre fin à une longue séparation ; faire brûler un poste de police, c'est rapatrier des milliards de molécules en liesse.

Sur les bords d'un lac marécageux dans un coin obscur des Dakotas, un feu de camp souriait à en perdre les flammes. Mais plusieurs flambées de mécontentement jaillirent d'un groupe de cow-girls qui l'entouraient. Certaines d'entre elles se plaignaient que leur ragoût fût insipide et fade.

— Ce ragoût est fade, déclara une des filles.

— On croirait du lait de vache malade, affirma une autre.

Debbie, de corvée de popote ce jour-là, était sur la défensive.

— Mais les épices ne sont pas bonnes pour vous, dit-elle. Les épices vous enflamment la bedaine et les sens, ajouta-t-elle en employant une métaphore improprement inspirée par le feu.

Les dîneuses insatisfaites se moquèrent d'elle, et voyant que la petite Debbie était au bord des larmes, Bonanza Jellybean parla à sa place.

— C'est un fait bien connu que l'Inde est surpeuplée parce que la poudre de curry est un aphrodisiaque.

Delores del Ruby fit sauter une braise d'un coup sec de son fouet.

— Sornettes, fit-elle, il n'y a qu'un seul aphrodisiaque au monde. Et c'est un drôle de truc.

15

— L'auto-stop n'est pas un sport. Ce n'est pas un art. Ce n'est à coup sûr pas un travail, car il ne nécessite aucun don particulier et ne produit rien. C'est une aventure, je suppose, mais une aventure ignoble et sans profondeur. L'auto-stop est du parasitisme, rien de plus qu'une façon imprudente de mendier, à ce qu'il me semble.

Telles furent les paroles que Julian Gitche exaspéré adressa à Sissy Hankshaw. Sissy ne se soucia pas de répondre à ces accusations et l'auteur, qui est partagé sur le problème de l'auto-stop, n'est certainement pas prêt à y répondre pour elle.

De Whitman à Kerouac en passant par Steinbeck, et au-delà avec la génération remuante des années 1970, la route américaine a représenté le choix, l'évasion, la chance, un ailleurs. C'était peut-être illusoire, mais la route c'était la liberté, et la manière la plus libre de faire la route était l'auto-stop. Dans les années 1970, il y avait tant de jeunes Américains sur la route que l'auto-stop prit, quoi qu'en pense Julian, les caractéristiques d'un sport. Dans les lettres des lecteurs de magazines de culture pop comme *Rolling Stone*, des auto-stoppeurs se vantaient de records de vitesse et de distance, tandis qu'on publiait des recueils de conseils à l'usage des nouveaux venus à ce "jeu".

Étrangement, Sissy était pratiquement indifférente à ce phéno-mène culturel. L'aborder en espérant avoir des conseils pratiques sur l'auto-stop aurait été peine perdue. Par exemple, elle n'aurait pas pu vous apprendre, comme le firent Ben Lobo et Sara Links dans leur brochure *Au bord de la route : un guide des États-Unis pour les auto-stoppeurs*, que les lois du Montana interdisent formelle-ment l'auto-stop à proximité des établissements psychiatriques. Et il est difficile de dire comment elle aurait réagi à ce conseil donné par Tom Grimm dans le *Manuel des auto-stoppeurs* : "N'employez pas votre pouce pour faire de l'auto-stop. Utilisez plutôt une petite pancarte."

Et à cette remarque : "Je ne crois pas qu'un grand nombre de filles puissent en toute sécurité faire seules de longues distances en stop", Sissy aurait éclaté de rire.

Car le jour où le docteur Goldman lui administra dans cette clinique de New York le "sérum de parole", bien des années après que la Lincoln du musicien noir l'ait emportée loin de sa maison et de sa famille, Sissy put dire :

— Ne croyez surtout pas que je manque de modestie, mais je suis vraiment la meilleure. Quand mes mains ont la forme et que j'ai la cadence qu'il faut, je suis la meilleure qui puisse exister, qui a jamais existé et qui existera jamais.

"Quand j'étais plus jeune, avant cette mise au repos qui m'a pratiquement coulée, j'ai fait du stop pendant cent vingt-sept heures sans manger ni dormir, traversant le continent dans les deux sens en six jours, trempant mes pouces dans les deux océans et me faisant prendre après minuit sur des autoroutes non éclairées, tant j'avais de don, de persuasion, de rythme. J'établissais des records et les pulvérisais immédiatement ; j'allais plus loin et plus vite que n'importe quel autre stoppeur auparavant ou depuis. Mais avec l'expérience, je me préoccupai davantage des subtilités et des nuances de style. Le temps en termes de km/h cessa de m'intéresser, et je lui préférai le temps géologique lent, ancien, vaste. Le jour, je dormais dans les fossés et derrière les buissons, sortant vers le soir comme le premier poisson qui rampa hors de l'océan, arrêtant les voitures les unes après les autres pour souvent refuser leur offre, ou me faisant déposer au bout de deux kilomètres pour recommencer. J'effaçais l'autoroute de son contexte temporel. Passerelles, échangeurs et rampes de sortie firent pour moi figure de ruines mayas. Sans destination, sans fin, ma course était souvent silencieuse et vide. J'atteignis l'abstraction, la pureté. Puis je me mis à juxtaposer de lents et longs trajets à des courses courtes et furieusement rapides – jusqu'à ce que je compose des mélodies, des concertos, d'entières symphonies du stop. Lorsque le pauvre Jack Kerouac eut vent de cela, il se soûla pour une semaine. J'enrichis l'auto-stop de dimensions que les autres ne comprenaient même pas. À l'ère de l'Automobile – et rien n'a davantage façonné notre culture que la voiture –, nous avons eu beaucoup de grands conducteurs mais une seule grande passagère. J'ai fait de l'auto et du stop dans tous les États du pays et le reste, au milieu des tempêtes de neige et sous les arcs-en-ciel, dans les déserts et dans les cités, à reculons et de côté, en haut et en bas des escaliers et dans la chambre où ma belle est couchée. Il n'était aucune route qui ne s'attendît à me voir. Les champs de marguerites saluaient et les pompes à essence gargouillaient quand je passais. Chaque vache baissait vers moi en meuglant ses pis gonflés. Avec moi, quelque chose de différent et de profond, de lumineux et d'encourageant est arrivé dans la pratique de l'auto-stop. Je suis l'esprit et le cœur de l'auto-stop, j'en suis le cortex et la moelle, je suis son fondement et son apogée, j'en suis le joyau et la fine fleur. Et quand je suis vraiment en train d'avancer, que j'arrête une voiture et une autre et une autre, que je vais si librement, si clairement, si délicatement que même les maniaques sexuels et les flics ne peuvent que cligner de l'œil et me laisser passer, alors j'incarne les rythmes de l'univers, je sens ce que c'est qu'*être* l'univers, je suis en état de grâce.

"Vous êtes en droit de prétendre que je dispose d'un avantage injuste, mais pas plus que Nijinsky, dont la réputation de plus incomparable danseur de l'histoire n'est pas altérée par le fait que ses pieds étaient anormaux, ayant une structure osseuse de pattes d'oiseau. La nature façonna Nijinsky pour danser, et moi pour diriger la circulation. Et à propos d'oiseaux, on dit qu'ils sont stupides, mais une fois j'ai appris à une perruche à faire du stop. Elle ne disait pas un mot, mais c'était une dingue de stop. Je la laissais nous trouver des voitures à travers tout l'Ouest, puis un jour, elle m'indiqua qu'elle voulait tenter sa chance toute seule. Je la laissai partir et la première voiture qu'elle arrêta transportait deux chats siamois. Ksskss. Peut-être que les oiseaux sont stupides après tout."

16

Le prétendu sérum de parole est pour l'essentiel de la méthédrine racémique avec une pincée de pentothal de soude. Il ne faut pas le confondre avec le "sérum de vérité" si controversé, qui est uniquement du pentothal de soude. De fait, à en croire le docteur Goldman, le sérum de parole peut faire exagérer un sujet. Il est clair qu'il considéra que Sissy Hankshaw en rajoutait lorsqu'elle fut sous l'influence de l'injection.

Franchement, l'auteur ne sait pas. L'auteur n'est pas très fixé quant à l'existence ou non de ce qu'on appelle exagération. Notre cerveau nous permet d'utiliser une fraction tellement minuscule de ses ressources qu'en un sens, tout ce que nous ressentons est en réduction.

Nous n'employons les drogues, les techniques yogiques et la poésie – et mille autres méthodes plus maladroites encore – que pour nous efforcer de ramener les choses à la normale.

Mais il suffit. Passons sur le témoignage de Sissy Hankshaw, qu'il soit déformé ou exact. Il nous faut en venir à autre chose ici. Écoutez.

Supposez que vous vous réveilliez un matin avec la désagréable sensation que le monde s'est, pendant que vous dormiez, légèrement incliné, et que vous vous leviez pour vous apercevoir que les tiroirs de votre commode se sont mystérieusement ouverts d'un centi-mètre, et que les flacons de médicaments se sont renversés dans l'armoire à pharmacie (bien que ni vous ni personne d'autre dans la maisonnée ne se soit aventuré depuis le coucher pour chercher une aspirine, un préservatif ou un Alka Seltzer), et que les tableaux accrochés aux murs, les abat-jour et les livres sur la bibliothèque sont de guingois. Dehors, les bâtiments se prennent pour la tour de Pise, ou si vous vivez à la campagne, les rivières coulent légèrement en dehors de leur lit tandis que les fruits tombent comme des ganglions de gargouilles des arbres universellement penchés. Quelle serait votre réaction devant un tel phénomène ? Voyons, répondez honnê-tement, et sérieusement. Que penseriez-vous ? Seriez-vous terro-risé ? Troublé ? Perplexe et angoissé ? Téléphoneriez-vous à la police ? Vous mettriez-vous à prier ? Ou alors attendriez-vous, paralysé, une explication, refusant de tenter d'analyser l'événement ou même de le vivre dans la plénitude de vos émotions tant que vous n'auriez pas lu les journaux, écouté la radio, entendu les experts des universités donner une explication de l'inclinaison, appris les plans du Pentagone pour affronter cet événement et été rassuré par le président, qui affirmerait sans doute, comme font les présidents, qu'il ne se passe rien mais vraiment rien de grave ? Ou à la place de la peur, de la confusion et de l'angoisse, ou plutôt *ajouté à* la peur, la confusion et l'angoisse, ou bien à la place d'une forte envie de chasser l'événement et de vous remettre à vos affaires courantes, ou *ajouté à* une forte envie de chasser l'événement et de vous remettre à vos affaires courantes, pensez-vous que vous seriez parcouru d'un inavouable frisson de plaisir ? Que, bizarrement, vous ressentiriez une sorte d'exaltation parce que dans un monde rationnel où même les catastrophes sont courantes et sacrément presque normales, un phénomène digne d'un conte de fées se serait produit ?

même les cow-girls ont du vague à l'âme

Essayons autre chose. Supposez que très tard un soir, vous vous retrouvez à sec de bière chez vous avec des invités assoiffés. Vous sortez en douce et dirigez votre voiture vers le seul magasin du coin ouvert après minuit, en vue d'acquérir un demi-casier de Budweiser. Alors, à quelques centaines de mètres de chez vous, loin encore du magasin, vous avez subitement l'intense sentiment d'être espionné. Vous fouillez du regard pour voir des voitures patrouilleuses mais vous n'en repérez aucune. Et puis vous voyez la chose, dans le ciel (altitude et taille indéterminables par manque de points de référence) un disque qui tourbillonne, entouré de cercles concentriques de lumière blanche et verte, et parsemé de points lumineux pourpres qui clignotent rapidement en son centre. L'engin plane – vous jureriez qu'il s'intéresse bien à vous – derrière et au-dessus du coffre de votre voiture, tourbillonnant sans arrêt avec des bonds occasionnels à droite ou à gauche d'une vitesse incroyable. Avant que vous ayez la présence d'esprit de décider si vous freinez ou si vous accélérez, les cercles extérieurs blancs et verts s'éteignent et les petites lumières pourpres se recomposent sur le ciel sans étoiles en un dessin identifiable – le dessin d'une patte de canard. Quelques secondes plus tard, l'appareil disparaît complètement. Vous poussez jusqu'au magasin, bien entendu, car vous ne pouvez (pour le moment) rien faire d'autre, et un peu plus tard, abasourdi et surexcité, vous arrivez chez vous avec les bières (vous avez oublié les cigarettes de Rick), où vous êtes confronté au problème de ce que vous allez, oui ou non, raconter à vos amis. Peut-être qu'ils ne vous croiront pas ; ils soutiendront que vous êtes soûl, que vous mentez, ou pire. Ne vont-ils pas ébruiter l'affaire jusqu'à ce que la presse s'en empare et que vous soyez harcelé par des sceptiques et des dingues ? Devriez-vous appeler la station de radio pour vérifier si quelqu'un d'autre n'a pas vu la même chose que vous ? Avez-vous l'obligation morale d'avertir la base militaire la plus proche ?

La façon dont vous résoudrez ces questions, ainsi que le degré de réflexion que vous apporterez à déchiffrer la signification du message visuel de cet ovni – pourquoi, vous demandez-vous, une patte de canard ? – seront déterminés par votre personnalité fondamentale et, avec tout le tendre respect que je vous dois, l'auteur s'en soucie fort peu. L'interrogation qui importe ici est la suivante : ne retireriez-vous pas d'une telle rencontre, tôt ou tard et sans tenir compte de qui ou de ce que vous êtes, une élévation spirituelle, une sorte de joie sauvage ? Et si cette élévation, ce bonheur proviennent partiellement de votre contact avec... le Mystère... n'est-ce pas aussi que vous aurez soudain compris qu'il y a "quelque part" des forces supérieures peut-être menaçantes mais dont l'intervention pourrait sauver une planète apparemment bien décidée à périr ?

Prenons maintenant l'horloge. Les deux horloges, l'originelle et celle du Chinetoque. Ce n'est pas la faute des horloges, choses authentiques mais assez inintéressantes à regarder, si la terre s'incline ou si une soucoupe volante atterrit ; elles ne semblent pas non plus offrir une panacée immédiate aux cinquante-sept variétés de peines de cœur chez les humains. Mais supposez que vous soyez un de ces êtres qui se sent plus ou moins piégé ; piégé matrimoniale-ment, professionnellement, culturellement ou géographiquement ; ou même pire encore, piégé par un *système*, ou ce qu'on pourrait décrire comme une "technocratie de plus en plus abrutissante", ou un "théâtre de paranoïa et de désespoir" ou quelque chose comme ça. Donc, si vous êtes une de ces personnes (et l'auteur n'entend nulle-ment sous-entendre que vous en êtes), savoir qu'il existe derrière la tapisserie de la civilisation une horloge qui tourne hardiment, à l'insu des dirigeants, organisateurs et autres grands patrons (prési-dent inclus), savoir cela, avec ce que ça suggère de solutions de rechange jamais encore imaginées, ne plongerait-il pas votre cœur dans un bain moussant ?

Ou bien est-ce que l'auteur n'est pas en train de vous amener quelque part ici, en train d'essayer de vous manipuler un brin alors qu'il devrait se contenter de vous raconter son histoire comme doit faire un bon auteur ? C'est peut-être le cas. Mais n'y pensons plus.

Cependant, regardez par ici. Ici, là. Voilà une fille. C'est une gentille fille. Et elle est jolie. Elle ressemble un peu à la princesse Grace jeune, une princesse Grace jeune qui serait restée un an sous la pluie.

Comment dites-vous ? Ses pouces ? N'est-ce pas, qu'ils sont magnifiques ? Le mot qui convient à ses pouces est certainement rococo – rocococototo touti ! Sacré bon sang !

Mesdames. Messieurs. Chuuut. Voici la vérité. Laissez-vous toucher par ces mains étranges.

DEUXIÈME PARTIE

… Les Esquimaux ont cinquante-deux mots pour désigner la neige car elle est importante pour eux. Il devrait y en avoir autant pour l'amour.

MARGARET ATWOOD

17

Les journaux conservent dans leurs archives des photos des célébrités. Quand il en meurt une, un artiste de la maison (le même type qui sur les clichés retouche les balles de football trop peu visibles) emprunte le dossier photo de la célébrité décédée et à l'aide d'un aérographe, oblitère les reflets de ses yeux.

Ceci est pratique courante dans la plupart des journaux américains. En distinguant ainsi visuellement ceux qui nous restent de ceux qui nous ont quitté, la presse manifeste son respect ou sa peur de la mort. Chaque fois que vous voyez dans un journal la photo d'un notable disparu, il y a de fortes chances que ses yeux soient ternes et vides – comme si son étincelle de vie avait été divisée entre ses proches.

Sur la photographie officielle du président des États-Unis qu'on trouve dans les bureaux de poste, ce procédé semble presque inversé. Des yeux qui étaient au départ inertes et creux ont subi le pinceau du retoucheur, pétillant maintenant de chaleur et répandant des volées de paternalisme et de santé.

Sissy Hankshaw se tenait exactement sous ce portrait du président, dans la salle du bureau de poste de LaConner, Washington. Elle regardait le portrait du président comme si c'était le fantasme anodin d'un dessinateur de bandes dessinées témoin de Jéhovah – tout en attendant son courrier au guichet.

LaConner, Washington, était un des six endroits du pays où Sissy recevait du courrier. Les autres endroits étaient Taos, Nouveau Mexique ; Pine Ridge, Dakota du Sud ; Cherokee, Caroline du

tom robbins

Nord ; Pleasant Point, Maine ; et encore une autre ville. Ce que ces bureaux de poste avaient en commun était d'être tous situés sur ou à côté d'une réserve indienne.

Le président qui se trouvait sur le mur du bureau de poste de LaConner, Washington ce matin-là n'était pas Ike. Oh ! non. Ike avait conduit son peuple quand Sissy était enfant et jamais il ne s'était soucié de quelques pouces que ce soit sinon de leur habileté à tenir une canne de golf. Sissy avait fui Richmond juste au moment où les années Eisenhower dépérissaient. (Mouraient d'ennui, pourrait-on dire – quoique les années Eisenhower et les années 1950 aient été parfaitement faites les unes pour les autres ; elles allaient ensemble comme Hi et Lois*. C'est quand les années Eisenhower s'en *revinrent*, en 1968 et, pire, en 1972 – époques trop complexes psychiquement, trop avancées technologiquement et trop instables socialement pour supporter la bêtise à si grande échelle – que cette civilisation qui n'avait déjà pas le teint frais a commencé à branler du chef pour de bon.)

Plus de dix ans s'étaient passés depuis que Sissy avait pris sa décision, décennie au cours de laquelle elle avait obsessionnellement, continuellement, solitairement et formidablement pratiqué l'auto-stop. Et elle était devenue une légende parmi les fanatiques de la chose.

Être une légende n'est pas toujours avantageux financièrement. Il n'y a pas de syndicat des Légendes assurant à ses membres des compensations pour leur labeur légendaire à un salaire minimum de 5,60 dollars l'heure. Les Légendes n'ont pas de groupe de pression dans la capitale fédérale. Il n'y a même pas de Semaine du "Offrez un Repas à une Légende". Par conséquent, Sissy devait se fier à autre chose qu'à son auto-stop légendaire pour avoir de quoi manger (et pour les Tampax et le dentifrice et les réparations de chaussures). C'est pour cette raison qu'elle travaillait parfois pour la Comtesse. Et c'est parce que la Comtesse devait avoir un moyen d'entrer en

---

* Couple dérisoire, héros d'une bande dessinée américaine. (Toutes les notes sont du traducteur.)

78

contact avec elle que Sissy passait à la poste restante chaque fois qu'elle se trouvait vers La Conner, Taos, Pine Ridge, Cherokee, Pleasant Point ou l'autre ville. Il est certain que personne d'autre que la Comtesse n'écrivait à Sissy. Elle n'avait plus eu de nouvelles de sa famille et n'avait pas non plus rétabli le contact avec elle depuis que le stop l'avait emportée dans le couchant. (En fait, bien entendu, il faisait nuit lorsque Sissy se carapata. Mais quand on se rappelle South Richmond, il est facile de confondre le souvenir des vieilles briques et le souvenir des couchers de soleil, tout comme il est facile de mélanger par inadvertance dans ses souvenirs l'odeur du tabac qui grille et l'odeur du sang : encore une des petites plaisanteries du cerveau.) Sissy souhaitait violemment avoir un message de la Comtesse ce jour-là car il lui restait moins d'un dollars en poche. Le souhait se réalisa. Sous le sourire rayonnant du président, le postier revint au guichet avec une enveloppe mauve bien roulée, rédigée à l'encre couleur puce et fleurant (tandis qu'elle se pelotonnait dans la main du postier) le boudoir.

— Merci, fit Sissy en emportant la missive sur le trottoir.

Venir en stop à LaConner, Washington avait été comme descendre en stop un vieux puits plein de mousse. Sombre, humide et très vert. Il y avait des flaques d'eau dans la rue et tout sentait le champignon. Le ciel était une cruche de nuages caillés. Des canards sauvages barbotaient à portée de caquetage de la poste du village et, comme en signe de bienvenue, dix mille queues de chats autostoppeurs pointaient leur gros pouce en l'air.

D'où elle était ; elle entendait l'humidité travailler les murs, et tout horizon sur lequel elle essayait de concentrer ses regards était mystérieusement brouillé, comme léché par le bout de la langue du Totem. Des escargots progressaient sur les tas de bois. Les pins tenaient bon.

Juste de l'autre côté du marécage qui bordait le village se trouvait la réserve Swinomish. De fait, plusieurs Indiens croisèrent Sissy à la poste, la distrayant un moment de la lettre de la Comtesse.

Elle finit cependant par l'ouvrir et eut la surprise de ne lire que ceci :

Sissy, Précieuse Créature,

Comment vas-tu, mon extraordinaire ? Je m'en fais beaucoup. La prochaine fois que tu es près de Manhattan, passe-moi un coup de fil. Il y a un homme à qui il faut tout simplement que je te présente. Frissons !

LA COMTESSE

Repliant la feuille de coûteux papier à lettres, Sissy la réchauffa un moment entre ses paumes, comme si, à l'instar du vieux dégueulasse qui s'était assis sur un biscuit de guidoune en espérant couver un gâteau au chocolat, elle pouvait se métamorphoser en une commande de travail. Mais quand elle la relut, hélas, c'était le même message inepte.

— On aurait cru que la Comtesse me connaissait mieux que ça, murmura-t-elle ; ça fait six mois que je n'ai pas reçu de chèque et tout ce que la Comtesse trouve à me proposer, c'est de me présenter à un homme. Nom de nom !

À ce moment, sur le marécage, quelques Indiens passèrent à fond de train dans un long canoë (un antique canoë de guerre au nez en forme de pelle) en psalmodiant furieusement en langue Skagit. C'était des mâles Swinomish, pour la plupart footballeurs de collège ou jeunes vétérans sans emploi, qui s'entraînaient pour la course annuelle de canoës du 4 Juillet contre les Lummi, les Muckelshoot et autres tribus de la région du Puget Sound. Sissy jeta la lettre parfumée dans une corbeille à papiers.

Une fois, à la télévision, elle avait vu un western de quatre sous intitulé *Représailles*. Guy Madison jouait un métis qui passait de l'autre côté. Mais finalement, il était aigri par le Système et retournait aux bonnes vieilles mœurs sauvages. "Je rejette cette part de moi qui est blanche" s'écriait-il.

Sissy avait parfois pensé suivre l'exemple de Guy Madison. Ah ! faire des pitreries sous l'ombre des pins qui recouvre les rues de LaConner et rejeter ce qui en elle était civilisé et pâle !

Mais ce serait rejeter les quinze seizièmes d'elle-même.

Comment serait-ce, de ne vivre qu'à un seizième ?

a. Ce serait comme cette partie du papillon de nuit que la bougie brûle en dernier.

b. Comme une "lente danse sur le terrain d'exécution".

c. Pas si mal que ça, en fait au pays des raisins pourris, le raisin sec est roi.

d. Comme une paire de pouces auxquels il manque un cerveau, un cœur, un con.

18

Il n'était jamais venu à l'idée de Sissy (au contraire de Julian et du docteur Goldman) que son goût pour l'indianité et sa passion pour le transport automobile étaient peut-être incongrus, sinon mutuellement exclusifs. Après tout, la première voiture qui s'était jamais arrêtée pour elle portait le nom du grand chef des Ottawas : Pontiac.

Sissy était peut-être du nombre de ceux qui croient que la nature et l'industrie peuvent dormir entre les mêmes draps à fleurs. Elle entretenait peut-être des visions d'un avenir sauvage où bisons et Buick feraient bon ménage dans l'harmonie et le respect mutuel, une prairie néoprimitive où pinto à pattes et Pinto à roues* iraient en liberté.

Peut-être. Les visions d'une femme partie sur sa lancée sont difficiles à jauger, et il n'en fut pas question lorsque Sissy, munie de barres chocolatées Three Musketeers, fit frémir les queues des chats municipaux de LaConner par la manière dont elle s'y prit pour quitter la ville en stop. Comme mentionné précédemment, Sissy avait pour pratique générale de ne jamais prévoir d'itinéraire ou de fixer de destination – mais qu'y pouvait-elle si la seule route sortant de LaConner, Washington, allait directement à New York ? Tout comme l'implorante question du chef Pontiac – "Pourquoi supportez-vous que l'homme blanc s'installe chez vous ?" – avait pénétré

---

* Un pinto est un poney tacheté ; la Pinto une marque de voiture.

comme une flèche en pleine âme de son peuple, la seule route sortant de LaConner visait droit sur Park Avenue et la Comtesse.

— Honnêtement, j'ignore comment je suis arrivée ici si vite, avoua Sissy à la Comtesse. Quand je suis entrée dans le bazar de ravitaillement de LaConner pour m'acheter des sucreries, quelques Indiens qui se tenaient près de la glacière à bières ricanèrent en voyant mes mains. J'ai flippé et quand je suis revenue à moi, on approchait du Holland Tunnel. Je me suis réveillée sur le siège avant d'une décapotable. La capote était baissée et ma première impression a été qu'on avait été scalpés.

19

Le sourire de la Comtesse ressemblait à la première éraflure d'une voiture neuve. Aussi regrettable et aussi immanent. Qui gâchait tout. Rappel déplaisant de l'inévitabilité de la détérioration.

Et comme pour dégrader davantage une surface déparée, un fume-cigarettes d'ivoire faisait périodiquement s'ouvrir les bajoues épineuses de la Comtesse. La cendre de cigarettes françaises venait se déposer sur le costume de toile blanche qu'il portait tous les jours sans distinction de saisons, venait se déposer sur la fleur vieille d'un mois qui ornait sa boutonnière. Son monocle était tacheté de chiures de mouches, son plastron de sauce de steak, son dentier se prenait pour des castagnettes dans un monde dansant le fandango.

La Comtesse s'en fichait pas mal. Il était riche, pas un sou de moins. Vous seriez riche aussi si vous aviez inventé et manufacturé les produits d'hygiène féminine les plus populaires du monde.

La Comtesse avait bâti sa fortune sur ces odeurs particulières à l'anatomie féminine. Il était le General Motors des produits de beauté, le U.S. Steel des rafraîchissants intimes. Et maniaque comme n'importe quel autre génie, il surveillait chaque phase des activités de son entreprise, depuis la recherche jusqu'à la distribution sur le marché en passant par les campagnes de publicité. Et c'est là que Sissy entrait en scène : elle était son mannequin préféré.

même les cow-girls ont du vague à l'âme

Il l'avait découverte des années auparavant sur Times Square, alors qu'une foule s'était massée pour la regarder traverser la 42ᵉ Rue sans tenir compte des feux. Il avait, rarissime concession, essuyé son monocle. Elle avait une silhouette de mannequin idéale, elle était blonde et juteuse, un maintien de reine – sauf sa bouche :

— Elle a des yeux de poétesse, un nez d'aristocrate, un menton de noble et une bouche de suceuse dans un numéro de music-hall de troisième zone, s'était écrié la Comtesse ; elle est parfaite.

— Mais, Dieu qui règne tout là-haut, avait protesté le vice-président de la Chase Manhattan Bank avec qui il venait de déjeuner, et ses mains ?

Les comptables ne devraient jamais discuter avec les génies.

La Comtesse avait un très bon photographe à son service. Le décor était essentiel dans les tableaux romantiques mais imperceptiblement évocateurs grâce auxquels il tentait de séduire les consommatrices en puissance des vaporisateurs Rosée et des poudres Yoni Miam. Il expédiait fréquemment son opérateur sur place, aussi loin que Venise ou le Taj Mahal. Il ne regardait jamais à la dépense pour obtenir l'image qu'il voulait, et apprit à attendre patiemment que Sissy se rende en stop sur ses différents lieux de travail.

Mais ses mains n'étaient jamais prises en photo.

À l'époque où les cigarettes Lucky Strike patronnaient l'émission de télévision "Votre Hit Parade", on pouvait y voir une chanteuse du nom de Dorothy Collins, qui apparaissait invariablement portant des chemisiers ou des robes à col haut. Finalement, ces cols hauts suscitèrent une rumeur selon laquelle Miss Collins cachait quelque chose. On disait qu'elle avait une cicatrice ou un goitre ou un grain de beauté costaud. Il se pouvait qu'un vampire ait laissé à Dorothy Collins une pustule indélébile. Il y avait toutes sortes d'histoires. Puis au bout de quelques années, la chanteuse fit brusquement son apparition dans "Votre Hit Parade" (pour chanter "Les bateaux de pêche à la crevette rentrent au port" ou quelque chose de ce genre) vêtue d'une robe décolletée – sa gorge était aussi normale que la vôtre ou la mienne. Un collègue du docteur Dreyfus pouvait évidemment avoir usé d'un peu de magie plastique. Nous n'en saurons probablement jamais rien.

Quoi qu'il en soit, à force de voir Sissy Hankshaw sur tant d'affiches pittoresques vanter Yoni Miam et Rosée, il ne fallut guère plus d'un an aux yeux aiguisés pour remarquer que ses mains ne figuraient jamais sur les photos. Elles étaient derrière son dos, ou coupées, ou alors quelques frondaison tropicale ou proue de gondole les dissimulait. Et les bruits à la Dorothy Collins se répandirent dans Madison Avenue. Les histoires habituelles circulèrent – elle avait des verrues ou des taches de naissance ou des tatouages ou six doigts alors que cinq feraient bien l'affaire. Mais une version persistait : elle avait un jour accepté une bague de fiançailles et un autre amant jaloux lui avait élagué les mains avec un couteau à poisson. La Comtesse, bien entendu, la fermait. Il maintenait secrète l'identité de Sissy et payait des suppléments à ses photographes pour qu'ils développent leurs tendances à la paralysie des mâchoires. C'était le genre de jeu que la Comtesse adorait. Prêtant l'oreille aux rumeurs concernant son mannequin mystère, il fouillait son sourire mauvais avec son fume-cigarettes et son dentier claquait comme la mâchoire d'une oie mangeant des dominos.

Des années après, lorsqu'il eut cessé de n'employer exclusivement que Sissy, La Comtesse posa lui-même en femme dans une réclame pour Rosée. Il ne dédaignait pas ce genre de blague. Mais Sissy Hankshaw l'avait véritablement comblé. Entre autres choses, il la tenait pour responsable de l'intérêt porté aux survêtements par la gent féminine occidentale à la fin des années 1960, et la situait à l'avant-garde de la mode. Mais oui, c'est vrai : Sissy porta des survêtements bien longtemps avant les rédactrices de *Vogue* ; mais il est vrai aussi qu'elle continua à en porter après qu'ils fussent passés de mode. Les survêts à fermeture éclair étaient à la vérité le seul vêtement qu'elle pouvait porter – puisqu'elle éprouvait des difficultés avec les boutons.

Sissy ne se plaignit jamais qu'on censure ses mains, bien qu'elle eût préféré par fierté qu'on les voie largement. Il faut mettre au crédit de la Comtesse qu'il avait souvent exprimé le désir de laisser voir les pouces de Sissy sur les photos, rien que pour le contrepoint phallique, mais il craignait que le public américain ne soit pas prêt pour ça.

Il tenterait peut-être un coup de pouce au Japon, déclarait-il, car chez les Japs sa maison avait déjà ramassé des millions avec une publicité paraphrasant un haïku du poète du XVIIIe siècle, Buson :

La courte nuit est passée :
sur la chenille duvetée
de petites gouttes de Rosée.

Interlude cow-girl (Le Dakota sous la lune)

La lune ressemblait à une tête de clown trempée dans du miel.

Elle pendait dans le ciel comme un ballon, laissant couler un mélange de blanc de clown et de gelée d'abeilles sur les collines du Dakota.

Des hurlements de coyote (ou était-ce des houpements de grues ?) zébraient le maquillage céleste de rides auditives.

Les rayons de lune tombaient sur Bonanza Jellybean qui, penchée sur l'auge à chevaux, se grattait le derrière. (Une chaude journée passée à rebondir sur une selle a de quoi tacher la culotte d'une fille.)

Les rayons de lune coulaient à travers les fenêtres du dortoir, rivalisant avec la lampe qui éclairait les pages de la *Sainte Bible* de Mary, de *Romances au ranch* de Big Red et de *La voie du zen* de Debbie.

Les rayons de lune donnaient un teint de spectre aux joues des filles qui dormaient et des filles qui faisaient semblant.

Un seul rayon de lune tremblotait timidement sur le manche du fouet tressé en peau de colubridé de Delores del Ruby, là où le manche dépassait de sous le sachet de boutons de peyotl qui lui servait d'oreiller la nuit.

Les rayons de lune alléchèrent Kym et Linda qui sortirent en chemise de nuit pour s'appuyer contre la barrière du corral dans un silence extasié.

Notre lune, de toute évidence, n'a rien cédé de ses doux charmes à la technologie. Les petits pas des bottes de l'espace n'ont en aucune manière diminué son mystère.

tom robbins

En fait, les explorations des mécaniciens Apollo n'ont rien révélé d'important qui ne figurât déjà dans le tarot de Luna.

Presque rien. Il y a eu une seule découverte intéressante. Certains rochers lunaires diffusent des ondes d'énergie. On a d'abord craint qu'elles soient radioactives. Les instruments prouvèrent rapidement que ces diffusions étaient propres, mais la NASA s'interrogeait encore sur la source et la nature de ces vibrations. Des échantillons de roche furent rapportés sur Terre par les astronautes pour être longuement analysés en laboratoire.

Comme les propriétés électromagnétiques précises des roches lunaires continuaient à dérouter les chercheurs, un savant décida, juste pour voir l'effet, de convertir les ondes en son. C'est un processus simple.

Lorsque les vibrations lunaires furent canalisées dans un amplificateur, les pulsations qui en sortaient semblaient faire "Joie, joie, joie."

20

— Assieds-toi, ma chère, assieds-toi donc. Mets tes charmants petons à l'aise. Oui, assieds-toi là. Un peu de sherry, ça te dit?

La carafe que la Comtesse souleva était couverte de poussière à l'extérieur, vide et collante à l'intérieur; une mouche raide gisait pattes en l'air sur le rebord.

— Oh! merde de Dieu. Plus une goutte de sherry. Qu'est-ce que tu dirais d'un peu de Ripple* rouge?

Il en prit une bouteille dans le réfrigérateur nain à côté de son bureau et, au prix d'efforts pitoyables, en arracha la capsule et remplit deux verres.

— Tu sais comment on appelle le Ripple, pas vrai? Le vin de ripailles qu'on boit avec une paille! Hi hi hi!

Sissy s'arracha un sourire poli. Timidement, elle contemplait son verre, dont la surface portait tant d'empreintes digitales qu'on aurait

* Vin américain bon marché et outrageusement chimique.

dû l'enterrer avec J. Edgar Hoover. (Au quartier général du FBI à Washington, D.C., il y a un agent qui repère tous les trompettistes lorsqu'il passe en revue les fichiers d'empreintes digitales. C'est peut-être le même agent qui renvoyait systématiquement la fiche de Sissy au bureau régional de Richmond en exigeant de savoir pourquoi il n'y avait pas d'empreintes des pouces. Il tenait le bon bout sans s'en douter. Il y a eu aussi une famille de Philadelphie qui n'a laissé aucune empreinte pendant quatre générations ils étaient comme ça de naissance, le seul cas connu dans l'histoire. "Voilà qui pourrait présenter un sacré problème pour appliquer la loi, déclara un fonctionnaire. Mais non, répliqua un autre. Si la police trouve jamais une arme ayant servi à un meurtre à Philadelphie et ne portant pas d'empreintes digitales, on saura immédiatement que c'est l'un d'eux.")

La Comtesse leva son verre :

— À ma Sissy spécialement à moi, porta-t-il en toast. Santé ! Et bienvenue… Alors, ma lettre t'a fait accourir, hein ? Eh bien, j'ai peut-être une petite surprise pour toi. Mais parle-moi de toi, d'abord. Ça fait six mois, non ? Ça fait une demi-année, dans certains milieux. Comment vas-tu ?

— Fatiguée, fit Sissy.

Il la contempla avec compréhension.

— C'est vraiment la première fois depuis les siècles que je te connais que je t'entends te plaindre. Tu dois *vraiment* être fatiguée. Tu as supporté les plus dures épreuves sans un gémissement. J'ai toujours dit : "Sissy Hankshaw ne manque jamais de chance parce qu'elle ne voit la malchance nulle part. Elle n'a jamais subi d'infamies parce qu'il n'est rien d'infâme pour elle." Et te voilà fatiguée, pauvre chérie.

— Il y a des gens pour dire que j'ai pas eu la chance de mon côté à la naissance, et qu'après avoir eu à faire face à ça, tout le reste était facile. Un freak né ne peut plus que remonter la pente.

— Freak, bernique ! Nous sommes tous des freaks d'une façon ou d'une autre. Essaie d'être née comtesse russe mâle dans une famille baptiste de la bourgeoisie blanche du Mississippi et tu verras ce que je veux dire.

— Je comprends bien. Je plaisantais, d'ailleurs. Tu sais bien que j'ai toujours été fière de la manière dont la nature m'a singularisée. C'est pour les gens que la société déforme que j'ai de la peine. Nous pouvons supporter les expérimentations de la nature et les tourner à notre avantage, si elles ne sont pas trop ignobles. Mais la déformation sociale est sournoise et invisible ; elle transforme les gens en monstres – ou en souris. Mais je vais bien. Tu comprends, ça fait onze ans et quelques mois que je bouge sans arrêt, et je crois que je suis un rien épuisée. Je devrais peut-être me reposer un moment. Je ne suis plus aussi jeune qu'avant.

— Oh ! merde du Seigneur, tu n'auras trente ans que dans un an. Et tu es plus belle que jamais.

Son survêtement était orné de rouges-gorges et de pommiers en fleurs. Un doux parfum témoignait de son récent passage à la teinturerie, mais des plis indiquaient qu'il avait été plié dans son sac à dos. Ses cheveux blonds assez longs tombaient droits. Il eut été plus commode d'en faire des tresses pour voyager mais, hélas, comment faire des tresses avec des pouces pareils ? Un masque de poussière et de saleté routière qu'aucun débarbouillage dans les toilettes pour dames des stations service n'aurait pu convenablement enlever lui collait au visage. Dans les pores de son nez craquelé et de son haut front logeaient les restes de divers combustibles fossiles et autres particules grosses comme des yeux de puces ramassées dans l'Idaho, le Minnesota et l'ouest du New Jersey, argile, sable, terre, boue, pollen, ciment, minerai et humus. Le voile de saleté dont l'auto-stop avait recouvert ses traits expliquait en partie pourquoi son identité de mannequin avait été assez simple à dissimuler. Si la Comtesse voulait la faire poser, il devrait la faire tremper un jour ou deux dans sa salle de bain particulière. Toutefois, le soleil qui traversait les fenêtres du bureau après avoir passé par le filtre vert de Central Park montrait que la Comtesse n'était pas un perfide flatteur : Sissy était vraiment une beauté.

— Dois-je comprendre que tu as un travail à me donner ?

Il y eut une longue pause, durant laquelle la Comtesse tapota son monocle contre son fume-cigarettes, durant laquelle un écureuil réussit à traverser Park Avenue, durant laquelle le XXᵉ siècle escamota une fois de plus la bonne carte, coinçant encore quelques millions de pauvres types là où ils ne s'y attendaient pas.

— Tu as été la Fille Yoni Miam/Rosée de, voyons, de 1962 à 1968 compris. C'est une longue période dans ce métier. Ce fut une brillante campagne, il faut le dire, et ce fut une bonne association. Mais on ne peut pas la répéter. On ne peut pas se répéter. Pas si on veut extraire le moindre parfum de la vie. Puis je t'ai utilisée deux ou trois fois par an depuis, dans des magazines professionnels uniquement. Et il se peut que je t'utilise encore. Je le ferai probablement. Tu es ma préférée éternelle. La princesse Grace elle-même ne pourrait faire mieux, même si elle possédait ta personnalité, ce qui n'est pas le cas. Je suis l'hygiéniste féminin officiel appointé par la cour de Monaco et je sais de quoi je cause. Mais je dévie. De toute façon, ma chérie, je ne fais plus de photographie maintenant ; je suis passé à l'aquarelle. Toute une nouvelle campagne sur le point de démarrer, montée autour d'aquarelles incroyablement lyriques. Ah ! comme la conversation tourne en rond ! Nous revenons à notre point de départ. L'homme que j'ai voulu que tu rencontres est précisément mon peintre, l'aquarelliste.

Sissy se permit une gorgée de Ripple.

— Si je ne vais pas poser pour lui, pourquoi veux-tu que je le rencontre ?

— Strictement personnel. Je crois que vous pouvez vous plaire.

— Mais Comtesse…

— Allons, allons. Ne t'énerve pas. Je sais bien que tu as toujours évité autre chose que des rencontres les plus rudimentaires avec les hommes et, ajouterai-je, tu as bien fait. Les relations hétérosexuelles ne semblent mener qu'au mariage, et pour la plupart des pauvres femmes qu'on abrutit et à qui on lave le cerveau, le mariage est l'expérience la plus forte. Pour les hommes, le mariage est une affaire de logistique efficace ; l'homme trouve sa nourriture, son lit, son entretien, la télé, la minette, les rejetons et autres petites douceurs réunis sous le même toit, ce qui lui permet de ne pas trop y penser et d'épargner ainsi son énergie psychique. Et il est libre alors d'aller livrer les batailles de la vie, à quoi se résume l'existence. Mais pour une femme, se marier c'est se rendre. Le mariage, c'est quand une fille abandonne la lutte, sort du champ de bataille et laisse dès lors l'action vraiment intéressante et importante à son mari, qui a marchandé pour "s'occuper" d'elle. Quel triste marché de dupes ! Les femmes vivent plus longtemps que les hommes parce qu'elles n'ont pas vraiment vécu. Mieux vaut être terrassée par une crise cardiaque à cinquante ans qu'être une veuve bien portante de soixante-dix ans qui n'a plus rien vécu de la vie depuis qu'elle était petite fille. Ô Seigneur de merde, me voilà encore parti.

La Comtesse emplit à nouveau son verre. L'écureuil voulut retraverser Park Avenue mais n'y arriva pas. Un chauffeur en uniforme descendit d'une limousine et ramassa la petite bête écrasée pour que puisse la voir la passagère d'un âge avancé qui la semaine suivante ferait un don de vingt-cinq dollars à la SPA.

— Seulement, voilà : tu es encore vierge – tu es encore vierge, n'est-ce pas ?

— Ben, oui, techniquement. Jack Kerouac et moi, nous nous sommes drôlement approchés l'un de l'autre, mais je crois que je lui ai fait peur…

— Oui, enfin, ce que je veux dire c'est que vient un moment où il est psychologiquement impossible à une femme de perdre sa virginité. Elle ne peut pas attendre trop longtemps, tu vois. Bon, il n'y a aucune raison que tu *doives* perdre la tienne. Tu t'en sors bien mieux que la plupart des femmes. Tu n'as pas quitté le champ de bataille, la scène centrale, faisant l'expérience de la vie et, ce qui compte encore plus, faisant l'expérience de toi faisant celle de la vie. Tu n'as pas été réduite à n'être qu'un pion dans l'existence d'un autre. Je ne suggère pas que tu capitules. Mais tu devrais peut-être marquer un arrêt – ta lassitude actuelle est une occasion rêvée – et réfléchir si tu n'es pas en train de manquer une expérience de grand intérêt ; réfléchir si tu ne voudrais pas connaître une relation romantique avant, eh bien, franchement, avant qu'il ne soit trop tard. Je veux dire, y penser un petit peu, c'est tout.

— Qu'est-ce qui te fait penser que cet aquarelliste et moi pourrions vivre une relation romantique ?

même les cow-girls ont du vague à l'âme

Le front de Sissy jouait aux spaghetti.

— Je n'en ai aucune certitude. De plus, je ne vois pas pourquoi je voudrais absolument que ça vous arrive. Ce que je pense, c'est que tu as toujours *senti* si bon. Comme une petite sœur. Cette ironie m'a toujours foutu par terre. (Les dents de la Comtesse accélérèrent leurs claquements.) Que toi, la Fille Rosée, sois une des rares à ne *pas* avoir besoin de Rosée. J'abhorre la puanteur des femmes ! (Le clic-clac s'intensifia.) Elles sont si douces telles que Dieu les a faites ; puis elles se mettent à folâtrer avec les hommes et les voilà bientôt qui puent. Comme des champignons pourris, comme une piscine javellisée à l'excès, comme un thon qui prend sa retraite. Elles puent *toutes*. De la reine d'Angleterre à Bonanza Jellybean, elles puent.

Le flamenco dental atteignit un tempo délirant, une *buleria*, une panique gitane de trop de notes trop en même temps.

— Bonanza Jellybean ?

— Quoi ? Ah ! oui. Hi hi ! Jellybean. (Les muscles maxillaires de la Comtesse se calmant, son dentier adopta une souple samba.) C'est une jeune créature qui travaille dans mon ranch. S'appelle en réalité Sally Jones ou un nom stupide de ce genre. Elle est futée comme un taco brûlant à la crème et bien sûr il faut de la verve pour changer son nom de manière si charmante. Mais elle pue quand même comme une catin.

— Ton ranch ?

— Oh ! ma chère, oui, j'ai acheté un petit ranch dans l'Ouest. Une espèce de tribut aux femmes d'Amérique qui ont coopéré avec moi pour éliminer leur odeur. Une combine pour payer moins d'impôts, en réalité. Faudra que tu y ailles, un de ces jours. En attendant, revenons à nos moutons. Vas-tu accepter de rencontrer mon artiste ? Tu as reconnu que tu avais besoin d'un peu de repos. Je pars quelques jours à East Hampton pour papoter avec Truman ; tu peux atterrir chez moi et te détendre. Je dirai à Julian qu'il t'y contacte. Vous pouvez peut-être sortir ensemble, vous amuser un peu. Allez, Sissy chérie, fais un essai. Qu'as-tu à perdre ?

La Comtesse était un génie, il n'y a pas à dire. Il avait posé *la* question à laquelle Sissy n'avait jamais pu répondre : qu'as-tu à perdre ?

tom robbins

— Bon, d'accord. Je vais essayer. Je ne vois pas pourquoi, mais je vais essayer. Rien que pour toi. Ça fait un peu bête, quand même, que je sorte à New York avec un artiste. Mais enfin… (Notre vieux téléphone limbaire était-il là en train de ronronner à nouveau ? Après tout, elle avait mis son numéro sur liste rouge.)

— Bien, bien, bien, roucoula la Comtesse. Ça te plaira, tu verras. Julian est un gentleman.

Tout d'un coup, la Comtesse pivota dans sa chaise de bureau et se pencha en avant. Baissant son verre de vin, il fixa directement et intensément Sissy dans ses yeux bleus. Son éraflure de sourire se détériora jusqu'à être bon pour la casse. Il attendait cet instant depuis longtemps.

— Au fait, Sissy, prononça-t-il très lentement, accentuant chaque syllabe, mesure après mesure. Au fait, il est Indien pur sang.

21

Elle avait fait se cabrer sur leurs essieux des camions géants, fait oublier Wagner à des Mercedes-Benz, fait arrêter des Cadillac aussi sec que la crise cardiaque d'un bonhomme de neige. Pour elle, des torpilles dévièrent leur trajectoire, des avions descendirent en piqué, des sous-marins firent surface, les Lincoln Continental redressèrent leur cravate. Partout où coulait la circulation, elle avait pêché dans ses eaux, attrapant Barracudas et Pastenagues, rejetant minimotos Honda et tracteurs de jardin. Sur un signe d'elle, Jeep et Chrysler se disputaient pour la prendre, Mercury et Rambler entraient en transe, les Volkswagen stoppaient avec une exactitude toute prussienne, les Chevrolet se dandinaient de toutes leurs roues et les bambins suppliaient qu'on l'emmène à San Francisco dans leur petite voiture rouge. Une fois, elle fit freiner une Rolls Royce si brusquement qu'on dut faire venir un mécanicien pour ramasser le sabot de frein à la petite cuiller. Tandis que les autocollants se décollaient des pare-chocs, que les drapeaux s'enroulaient autour des antennes de radio et que les tuyaux d'échappement pétaient l'ouverture de *My Fair Lady,* elle avait réquisitionné tous les véhicules que l'homme a pu fabriquer dans sa manie chevauxvapeurophile, de la Stutz Bearcat à la Katz Pajama. Mais elle ne parvenait pas à attirer cet ascenseur.

Il faut peut-être téléphoner pour que l'ascenseur monte jusqu'à la terrasse. Peut-être que la sonnerie est cassée. Peut-être que je fais quelque chose de travers.

Sissy attendait depuis dix minutes. Elle se sentait coincée. Où était l'ascenseur ? Pourquoi ne réagissait-il pas ? Des larmes pointaient leur tête chauve hors de ses canaux lacrymaux.

Il n'y avait pas que l'ascenseur. Trois jours auparavant, la Comtesse lui avait procuré une robe et l'y avait boutonnée. Elle s'y était trouvée très bien, puis il était parti – monocle, fume-cigarettes et le reste – pour Long Island, la laissant seule. Le premier soir, l'aquarelliste n'avait pas appelé. Sissy ne pouvait pas déboutonner sa robe, et dormir avec l'aurait gériatriquement chiffonnée. Elle avait donc veillé toute la nuit. Elle avait regardé la télévision, siroté du Ripple (la seule boisson dont disposât son hôte), lu le *New York Times* et risqué quelques regards satisfaits dans la glace. Seule par une nuit de juin dans sept pièces sur terrasse. Étrange.

À dix heures du matin approximativement, le téléphone sonna. Une voix qui aurait pu appartenir à une urne grecque, tant elle résonnait de douceur et de rondeur et de culture, s'identifia comme appartenant en fait à Julian Gitche. Sissy Hankshaw voudrait-elle dîner avec Julian Gitche et ses amis le vendredi suivant ? Oui, Sissy Hankshaw voulait bien. L'écouteur de la Comtesse (un téléphone Princesse* – noblesse oblige) et, sans doute, celui de Julian Gitche furent reposés. Dîner vendredi. On était alors mercredi.

Tout au long de sa seconde nuit bercée par le bourdonnement de la télévision, assise bien droite dans la position de yoga connue comme l'*asana de protection des robes,* elle se rappela Betty Clanton et les autres filles de la classe de South Richmond qui se crêpaient les cheveux, les peignaient, se maquillaient les lèvres, s'empourpraient les

---

* Type de téléphone lumineux qui fut un temps à la mode aux États-Unis.

joues, lavaient leurs tricots, repassaient leurs jupes – petites paonnes qui mettent les heures et les jours de leur jeunesse sur leur trente et un dans l'espoir d'arracher un instant un garçon au football. La nature avait épargné cela à Sissy dans son jeune âge – mais, maman, regardez-la maintenant ! Toutes les heures environ, elle se fâchait contre elle-même, bondissait et annonçait à la personne qui, sur l'écran, lui faisait face à ce moment-là qu'elle allait se coucher. Mais elle n'alla pas se coucher.

La nuit de jeudi fut à peu près la même, sauf qu'elle avait bien plus sommeil, était bien plus en colère, bien plus énervée. Les journaux, avec leurs bizarres comptes rendus politiques et économiques, la télévision et ses policiers héroïques ne l'amusaient plus du tout. Du Ripple à la main, elle s'enfuyait sur le balcon. Elle avait dépassé le stade où l'air frais pouvait encore la réveiller, mais elle se sentait moins confinée en arpentant une terrasse dans le ciel de New York.

C'est stupide, c'est vraiment bête, se disait-elle. *Mais si je veux le faire, je dois le faire comme il faut. Je ne peux pas aller dîner dans un grand restaurant de New York avec un sac chiffonné sur le dos. Je suis habituée à ne pas dormir quand je suis sur la route ; je peux y arriver.* Sa bouche retrouva sa sérénité mais ses yeux, sur lesquels les paupières tombaient comme des bedaines de détectives, ne suivirent pas.

C'était une nuit sans nuages, assez peu fournie en smog. Un vent de nord-est touffu soufflait sur Coney Island et Brooklyn, apportant jusqu'en haut du East Side des bouffées taquines d'océan. Tremblant d'énergie, incapable de se contenir, Manhattan faisait des tours d'honneur sous le balcon. De tous côtés, ses yeux fatigués voyaient des lumières qui scintillaient, des lumières qui carambolaient sur l'horizon et rejoignaient les étoiles dans le ciel. La métropole semblait inhaler de la benzédrine et exhaler de la lumière ; un Bouddha aux poumons de néon psalmodiant et vibrant dans un temple d'immondices.

Il lui était difficile d'imaginer qu'un Indien américain se sentît chez lui quelque part dans cette masse. Où habitait-il exactement ? Quelles étaient les lumières qui éclairaient ses fenêtres ? Que faisait-il en ce moment ? Est-ce qu'il dormait ? (Dormir occupait une grande place dans ses pensées.) Buvait – comme les Indiens boivent à LaConner, Taos, Pine Ridge, etc. ? Exécutait une clandestine danse des esprits ou psalmodiait devant son totem intime comme le prescrit la religion ? Regardait *Custer* à la télé ? Peignait des aquarelles ? Jusqu'au petit matin, elle retourna tout cela dans sa tête en faisant les cent pas.

Le jour qui suivit ne fut qu'une brume d'ennui et de détresse ; elle était plus endormie qu'éveillée. Elle trouva un pain et roula les fines tranches déjà coupées en boules, comme elle faisait étant gamine, puis les mangea sur le balcon en regardant la circulation. En gros, elle passa son temps assise ici ou là. (Si cette expression n'était pas pour elle trop faible, nous pourrions dire qu'elle se tourna les pouces.) Toutefois, lorsqu'à huit heures moins le quart du soir, Julian Gitche sonna pour annoncer qu'il était en bas, son système nerveux central s'offrit une double décharge d'adrénaline on the rocks. Elle revint en un éclair à la pleine conscience, s'examina – vierge de tout pli ! – dans la glace, fit pipi et s'élança vers l'ascenseur. Elle avait dit qu'elle le retrouverait dans l'entrée de l'immeuble. Il lui avait en quelque sorte paru inconvenant de recevoir M. Gitche dans l'appartement de la Comtesse, avec son décor froufroutant, négligé et décidément non-Indien.

Et maintenant, Sissy attendait un ascenseur. Elle attendait avec le mélange – approximatif à cause de la fatigue – de stoïcisme et d'angoisse avec lequel les gens attendent le Grand Événement qui transformera leur vie et qu'ils manquent invariablement quand il arrive effectivement puisque stoïcisme aussi bien qu'angoisse les aveuglent.

Enfin, au bord des larmes, elle entendit un ping et vit une perle de vert. Une porte s'ouvrit avec un ronronnement mécanique, révélant un garçon d'ascenseur en uniforme, à l'air penaud et pas entièrement rassuré. Ayant souffert du courroux de la Comtesse à des occasions précédentes, il craignait une canne qui pourrait prendre son crâne pour une allée de promenade. Soulagé de voir Sissy seule, il la transporta au rez-de-chaussée à la vitesse maximum.

La moquette avait le moelleux de l'herbe d'une prairie sous ses pieds hallucinés. La fontaine de bronze avait le son d'un ruisseau de montagne. Son Peau-Rouge surgit furtivement de derrière un arbre (qu'est-ce que ça peut faire, si c'était un palmier en pot ?) Il portait un veston écossais et une ceinture-turban jaune. De taille moyenne, il avait les épaules étroites et un visage puéril et puddingesque. Il souriait timidement en s'approchant d'elle. Il s'apprêta à lui serrer la main – et s'écroula aussitôt sur ses genoux, terrassé par une crise d'asthme.

Interlude cow-girl (Histoire d'amour)

Quelques-unes des filles du ranch les plus jeunes – Donna, Kym et Heather ; Debbie également – se sont demandé à voix haute pourquoi *Même les cow-girls ont du vague à l'âme* n'était pas qu'une simple histoire d'amour.

Malheureusement, mes petites chéries, ça n'existe pas, une simple histoire d'amour. Le béguin le plus transitoire est très compliqué, au point de dépasser de loin la portée de l'entendement humain. (Le cerveau a la dangereuse habitude de jouer avec ce qu'il ne peut pas et ne saurait comprendre.)

Votre auteur s'est aperçu qu'en amour, c'est le grand voyage, le tour complet. Tombez amoureux, et vous visitez le Ciel et l'Enfer pour le prix d'un aller simple. Et cela ne veut encore rien dire. Si on peut définir le réalisme comme une des cinquante-sept manières de décrire la réalité, pouvons-nous dès lors espérer avoir une estimation réaliste de l'amour ?

Non, l'auteur ne peut éclairer le sujet d'aucune lumière nouvelle. Après tout, bien qu'on compose des chansons d'amour depuis mille ans au moins, il a fallu attendre la fin des années 1960 pour qu'une ballade romantique exprime enfin une idée nouvelle. Dans sa chanson *Triad* ("*Pourquoi ne pas rester tous les trois ?*"), David Grosby présenta le ménage à trois comme le remède heureux du triangle classique qui semble être à l'amour ce que la fièvre aphteuse est au bétail (pour employer une analogie compréhensible de toute cow-girl). Le hardi David (c'est Grace Slick du Jefferson Airplane qui enregistra sa chanson) tenta de porter l'amour plus loin que ses limites dualistes ; d'accepter le triangle comme inévitable, de le percevoir comme positif, en bâtissant dessus, en l'élargissant, en le prolongeant dans différentes directions ("... *avec le temps, il y en aura peut-être d'autres*"). Mais l'approche euclidienne de Grosby complique l'amour plutôt qu'elle ne le simplifie. Et il est peu probable que beaucoup d'amoureux supportent encore plus de complications. Comme un visiteur de l'horloge l'entendit une fois dire au Chinetoque : "Si ça coule, mangez au-dessus de l'évier."

Aussi, faites trotter vos poneys, poupées, et acceptez le méli-mélo des faits en sachant que votre auteur préférerait écrire une histoire d'amour simple si c'était possible. Quel rafraîchissement de traiter d'un sujet subjectif, intuitif ou, mieux que tout, mystique ! Mais l'écrivain sérieux, comme son frère le savant, est réduit à ne traiter que le strictement objectif.

22

Tout comme un bout de coquille peut gâcher tout le plaisir d'un sandwich à l'œuf et à la salade, tout comme l'avènement d'une Ère Glaciaire peut foutre par terre un million de garden-parties, tout comme l'incrédulité en la magie peut forcer un pauvre hère à croire au gouvernement et aux affaires, une crise d'asthme peut passablement gâcher le premier rendez-vous d'une jeune femme et d'un Indien.

Sissy ne sut pas quoi faire. Initialement, elle crut que Julian réagissait à la vue de ses pouces, bien que la Comtesse ait juré avoir parfaitement mis au courant son aquarelliste des ornements anatomiques de Sissy. Ici et là, les gens avaient ricané, l'avaient montrée du doigt, avaient blêmi, cligné des paupières, gloussé, pris à toute vitesse des instantanés, mordu leur langue et étaient tombés de leur tabouret de bar, mais cette réaction-ci, c'était le bouquet, et tout le champ de fleurs même. Ils n'étaient quand même pas si gros que ça !

Devait-elle essayer de lui venir en aide ou s'enfuir ?

Traversant le hall, les amis de Julian eurent la bonne idée d'arriver à la rescousse. C'étaient deux couples très soignés dans leur tenue, blancs, dans les trente-cinq ans, classe moyenne. L'homme le plus jeune prit les choses en main et cassa une ampoule d'épinéphrine sous les narines de Julian. L'hormone d'épinéphrine détendit les muscles lisses des petites bronches des poumons de la victime, permettant à l'air d'aller et venir plus librement. En quelques instants, sa respiration s'améliora. Mais l'attaque avait été grave, et Julian continuait à avoir une respiration sifflante. Sa poitrine résonnait comme la section de trombones du vieil orchestre de Stan Kenton et elle jouait *Stars Fell on Alabama*. Personne ne dansait.

— On va te ramener à la maison, dit à Julian celui qui s'était occupé de lui.

Il s'avéra que Julian et lui avaient autrefois partagé la même chambre, et qu'ainsi il savait comment lui porter secours.

Gêné, et paraissant sous le rouge de la gêne encore plus Indien qu'auparavant, Julian pria Sissy de lui pardonner. Dans un discours ventilé par les sifflements et secoué par la toux, il parvint à lui dire :

— Cela fait des années que je suis sous le charme des photos de vous. Lorsque la Comtesse m'a laissé entendre que vous aimeriez peut-être me rencontrer – sans jamais m'expliquer pourquoi –, j'aurais été prêt à peindre gratuitement pour lui. Et voilà que je gâche tout.

Ce fut au tour de Sissy de rougir. Son seizième de sang indien monta à la surface, ne déparant pas la pleine mesure de sang non mélangé de Julian. Bien que mal à l'aise, elle fut émue par ses lamentations. Les émotions qu'elle ressentit étaient presque l'inverse de celles que cet Indien talentueux, avait-elle imaginé, lui inspirerait. Une fois de plus (comme dans la caravane de Madame Zoé), c'est elle qui dominait la situation et non l'inverse. Sous le fard, son sourire mystérieux, calme, s'ébroua et remua lentement les ailes, oiseau de mer qui s'élève à travers une brume de soupe à la tomate.

L'homme qui avait pris les choses en main s'appelait Rupert et était représentant d'une maison d'édition. Sa femme Carla était mère de famille, comme on dit. L'autre couple était composé de Howard et Marie Barth, tous deux rédacteurs dans une agence de publicité. Pendant que Rupert aidait Julian à sortir, Howard hélait un taxi, et Carla et Marie s'agitaient autour de Sissy.

— C'est terrible, fit Marie, baissant la voix pour parler sur un ton confidentiel, vous savez que c'est la tension émotionnelle qui provoque les crises d'asthme. Le pauvre Julian est tellement nerveux. L'excitation de la rencontre – c'est que vous faites le poids, ma chérie ! – a dû bouleverser son équilibre chimique.

Carla hocha la tête :

— Ça va s'arranger, chérie. Ce n'est pas si grave que ça.

Elle fut sur le point de tapoter la main de Sissy, puis se ravisa. Ils se serrèrent tous les six dans un taxi. Devinez-vous quelle humiliation ce fut pour Sissy d'être poussée avec rudesse dans un véhicule qu'elle n'avait pas pris au filet de son fameux geste de la main ? Est-ce que vous vous rendez compte qu'elle a dû se sentir un oiseau-mouche collé au macadam comme un vulgaire piéton ? Empêcheriez-vous Thelonius Monk de jouer un morceau sur votre piano si vous l'invitiez chez vous ? Pousseriez-vous une vieille bique arthritique dans l'arène où attend El Cordobes ? Mon Dieu ! Elle s'assit sur les coussins de ce taxi avec une répulsion glaciale, comme une reine contrainte de s'accroupir au-dessus d'une latrine de campagne. Et pourquoi pas ? Car elle était Sissy Hankshaw, qui s'était taillé son identité à la force du pouce au lieu de se la tailler dans la chair des autres, comme c'est normalement le cas. Sissy Hankshaw qui, suivant en cela une suggestion de la nature, s'était créée elle-même avant de promener sa création devant vous, dieux et planètes, qui tournoyez par-dessus notre routine quotidienne. Sissy Hankshaw, qui prouva qu'une ambition grandiose n'est pas forcément faustienne, en tout cas pas pour une femme qui va son chemin. Einstein, ayant observé le mouvement, découvrit qu'espace et temps sont relatifs ; Sissy, s'étant dévouée au mouvement, avait découvert qu'on peut modifier la réalité par la perception qu'on en a – et ce fut cette découverte, en rien inférieure sans doute à celle d'Einstein, qui lui permit finalement de balayer d'un sourire son

tom robbins

humiliation tout comme elle avait, quelques instants plus tôt, éliminé d'un sourire son épuisement.

Le taxi, qui n'avait pas de libre arbitre, descendit jusqu'au centre-ville.

23

New York. 21 juin 1972. Vingt heures trente, selon la position de deux aiguilles mécaniques sur un cadran arbitraire. Mars est dans la Vierge, Jupiter est dans la Plus-Value et Vénus est dans la choucroute. Le temps : une chaleur de chiasse de chiot, avec des formations de paranoïa industrielle à cent quatre-vingts mètres. Manhattan a l'odeur de la boîte où le Chaton du Monde fait ses besoins. Il a replié son corps dans *l'asana de la crotte de chien*. Tout près mais très loin, dans un univers au-delà des odeurs, les fantômes des premiers habitants rient à en perdre leurs plumes en se rappelant comment ils ont bien eu les diables blancs en leur laissant ce coin de terre maudit contre quelques verroteries très chics et une boîte de cigares Dutch Masters. La Grosse Pomme, briquée au crachat Rockefeller et essuyée sur les pantalons moulants d'une multitude de Portoricains, est prête pour les petits coups de dents des fêtards du vendredi soir venus de partout. Les camés s'agitent dans leur clapier, les pizzas se mettent sur leur trente et un dans leur four, Wall Street repose son trou du cul sanglant et la Statue de la Liberté porte un air soucieux qui ne la quitte jamais. Tandis que des professeurs du City College, maussades devant leur Martini, parlent de tout plaquer et d'aller cultiver la rhubarbe dans l'Oregon, des néons se réjouissent dans toute la ville en annonçant que c'est la nuit la plus courte de l'année. Gros titre en première page du *New York Daily News* : LE CHINETOQUE RÉSUME LA SITUATION ET DÉCLARE "LA VIE EST DURE SI VOUS PENSEZ QU'ELLE EST DURE." New York. Ça tourne. Pas une cow-girl en vue.

Les taxis s'arrêtent devant les restaurants et les cinémas, et nous nous arrêtons devant un vieil immeuble restauré dans la 10e Rue Est, entre la 3e et la 2e Avenue, à quelques centaines de mètres à l'ouest de Tompkins Square Park que les jeunes Latino-Américains sont encore loin d'avoir ravi aux vieux Ukrainiens et aux alcooliques d'âge incertain et d'origine nationale. Ce bâtiment de la 10e Est fraîchement repeint conserve une certaine classe : derrière ses fenêtres à barreaux et ses portes bouclées à triple tour avec chaînes à la mode, des professionnels, dont certains font dans la création, tiennent bon contre les assauts continus de la poussière, des cafards et des cambrioleurs. C'est dans cet immeuble que Hubert Selby Jr. écrivit *Last Exit to Brooklyn* et qu'un célèbre critique d'art médite heure après heure sur le problème que le figuratif pose à l'évolution constante du modernisme. Le taxi s'est arrêté devant l'immeuble où réside ce Julian Gitche qui siffle en respirant, et débarque ses passagers, un peu trop lentement au goût de Sissy Hankshaw, qui ne tient en respect son épuisement et sa répulsion qu'à l'aide du Grand Secret (à savoir : on possède non seulement la capacité de percevoir le monde mais aussi celle de modifier la perception qu'on en a ; ou, plus simplement, on peut changer les choses par la manière dont on les envisage).

Aussi fatiguée qu'elle soit, Sissy n'a qu'un désir ardent : se remettre sur la route et arborer ses pouces en plein vent. Seulement, elle est boutonnée dans une robe de tissu précieux, cernée par quatre personnes persuasives et retenue par une imperceptible curiosité envers cette parodie d'Indien tirée à quatre épingles qui recrache du mucus chaque fois qu'il essaie de lui parler. Aussi elle a recours à son Grand Secret pour transformer sa fâcheuse situation en une expérience enrichissante sinon distrayante.

L'appartement de Julian est au second, sur la rue. Il est clair et propre, avec des parquets de bois dur ciré, un mur de briques nues, un piano blanc, des livres et des tableaux partout. Il y a un sofa de velours bleu où l'on fait s'étendre Julian. Pendant que Howard prépare des scotch au soda, Rupert emplit une seringue avec un flacon d'aminophylline qu'il a pris derrière un plat à salade dans le réfrigérateur, et fait une piqûre à Julian.

— Là, ça devrait soumettre ces emmerdeuses de bronches, dit-il à Julian. (Puis, à Sissy :) J'étais infirmier dans l'armée. J'aurais vraiment dû devenir docteur. Mais il m'arrive parfois de penser que faire avaler des livres ressemble drôlement à faire avaler des médicaments. Prenez des livres comme des pilules. J'ai des pilules qui soignent l'ignorance et des pilules qui soignent l'ennui. J'ai des pilules pour remonter le moral et des pilules pour ouvrir les yeux des gens à l'effroyable vérité des remontants et des défonçants, pour ainsi dire. Je vends des pilules qui aident certains à se trouver et d'autres à se perdre quand il ont besoin d'échapper aux pressions et aux angoisses de la vie dans une société complexe…

— Dommage que tu n'aies pas une pilule pour les conneries.

Carla sourit comme si elle plaisantait, mais elle a dit cela avec aigreur. Rupert la regarde furieux et mord un bon coup dans son scotch.

— Où habitez-vous, Miss Hankshaw, demande Howard, essayant peut-être de changer de sujet.

— Je suis chez la Comtesse.

— Je sais, fait Howard, mais où habitez-vous quand vous n'êtes pas de passage à New York.

— Je n'habite pas.

— Vous n'habitez pas ?

— Eh bien, non, je ne réside nulle part en particulier. Je bouge sans arrêt.

Tout le monde a l'air un peu étonné, y compris Julian, toujours allongé.

— Voyageuse, hein ? fait Howard.

— Si vous voulez, dit Sissy, bien que pour moi, ce ne soit pas voyager.

— Mais alors, qu'est-ce que c'est pour vous ? demande Carla.

— Je me déplace.

— Oh ! fait Carla.

— Comme c'est… inhabituel, ajoute Marie.

— Mmmm, marmonne Howard.

Rupert remord son scotch. Julian émet un sifflement aqueux. Le silence qui suit est bientôt rompu par Carla.

— Rupert, avant que tu soies entièrement absorbé par tes recherches sur le scotch comme remède contre le vieillissement, ne

même les cow-girls ont du vague à l'âme

penses-tu pas que tu devrais appeler chez Elaine et annuler la table que nous avions réservée ? Ils ne nous voudront plus jamais comme clients si nous n'arrivons pas.

— Que ferions-nous sans toi, Carla ? Sans notre petite experte en efficacité, Carla, ce serait la débâcle complète. Carla pense être candidate à la mairie l'année prochaine, n'est-ce pas, Carla ?

— Je t'emmerde, Herr Doktor Représentant en Livres. Les exigences de ta clientèle médicale te permettront-elles d'appeler chez Elaine ou dois-je m'en charger ?

— Oh ! moi je vais appeler, pleurniche Marie.

Cette petite brunette pleine de vivacité descend de ses chaussures à hautes semelles et glisse sur ses bas jusqu'au téléphone.

— En parlant de candidature, fait Howard plaisamment, quelqu'un ici croit-il que McGovern a une chance ?

— Une chance de quoi : d'être canonisé ou d'être assassiné ? demande Rupert.

— Si Rupert a besoin d'une pilule pour les conneries, Hubert Humphrey en a besoin de deux, déclare Carla. Et c'est peut-être là le rôle de McGovern. S'il peut arrêter la fontaine à foutaises de Humphrey, McGovern rendra un grand service à la sensibilité de l'Amérique, même s'il force son parti à nommer à Miami un débile chauvin comme Scoop Jackson.

Comme un grand nombre de leurs semblables libéraux, les amis de Julian Gitche ont perdu leurs illusions politiques, mais aussi comme leurs semblables, ils n'ont pas réussi à découvrir quelque chose qui remplacerait la politique et en quoi ils placeraient leur foi, canaliseraient leur humanisme ou satisferaient leur penchant pour les conflits et les spéculations. C'est ainsi que la conversation partie du Peau-Rouge souffrant sur le sofa bleu aboutit aux prochaines conventions électorales nationales.

Sissy quitte sa chaise et erre à travers l'appartement. Les étagères chargées de livres lui rappellent des bibliothèques publiques où elle a roupillé. Et ce faisant, elle tient ses pouces tout contre elle, de peur de pousser une antiquité, de faire trébucher un objet d'art, de souiller le verre d'une gravure ou de troubler le caniche domestique. Elle est intriguée mais n'est sous le coup d'aucune illusion : elle sait qu'elle est dans un milieu qui lui est étranger.

Finalement, ses explorations la mènent dans la chambre à coucher, où elle trouve, recouverte, une cage à oiseaux de style florentin. Elle souhaiterait que ses occupants ne soient pas en train de dormir car elle "s'y entend" avec les oiseaux. Elle repense à Boy, la perruche en cavale qui fut un certain temps la seule exception à sa règle de voyager toujours seule. Les maîtres de Boy lui avaient raccourci les ailes, mais une fois que Sissy le lui avait appris, il avait fait du stop avec autant de facilité que certains oiseaux volent. Ce Boy est un numéro gagnant au Panthéon des Perruches.

Espérant entendre un piaulis indiquant de l'insomnie dans la cage, Sissy s'assied sur le lit double. Et progressivement, elle s'allonge. *Pas de couvertures indiennes*, remarque-t-elle, *pas de couvertures indiennes*. Et c'est sa dernière pensée avant de sombrer.

Deux heures passent avant qu'elle soit réveillée – par un bruit encore plus faible qu'un piaulement : le bruit de boutons passant à travers des boutonnières. Ces boutons qui n'ont pas respiré librement depuis trois jours poussent un soupir de soulagement, défaits de leur joug, libérés de leur collet. L'un après l'autre, les cols de boutons sont délivrés du piège qui est le sort de la plupart des boutons, comme le compromis est le sort de la plupart des hommes. Bientôt Sissy ne peut plus seulement entendre la libération des boutons : elle la sent.

Quelqu'un est en train de la déshabiller.

Et ce n'est pas Julian Gitche.

24

— Où sont les autres ? demanda Sissy d'une voix que le sommeil voilait.

— Oh ! Rupert et Carla se sont un peu disputés et sont rentrés, dit Howard.

— Julian s'est endormi sur le canapé et nous l'avons couvert, ajouta Marie.

même les cow-girls ont du vague à l'âme

— Nous nous sommes dit que nous allions te mettre aussi à ton aise, précisa Howard.

— Oui, ma douce, fit Marie. Nous étions ici à te regarder dormir et tu avais l'air d'un ange. Nous avons pensé t'aider à mieux dormir.

Sissy trouva cela bien attentif de la part des Barth. C'était un couple aussi amical que beau. Elle se demanda pourtant pourquoi ils étaient tous les deux en sous-vêtements.

À eux deux, ils lui eurent enlevé sa robe en un rien de temps.

— Là, c'est pas mieux comme ça ? demanda Marie.

— Si, merci, fit Sissy.

Elle se sentait effectivement plus à son aise, mais elle avait également l'impression qu'elle devrait s'excuser de ne pas porter de soutien-gorge. Les crochets de soutien-gorge peuvent mettre au défi les pouces les plus agiles, comme peut en témoigner maint garçon frustré, et depuis qu'elle avait quitté sa maman, Sissy avait été dans l'incapacité de porter cette pièce d'habillement dont le nom français, "soutien-gorge", se dit énigmatiquement en anglais "brassière". La lumière filtrant de la porte de la salle de bain entrouverte donnait une couleur fraise à ses mamelons en forme de boules de gomme. Elle espéra ne pas être en train de gêner ces gens si gentils.

Oh ! bonté divine, mais c'était certainement le cas, car en un éclair, Marie avait enlevé son propre soutien-gorge s'efforçant visiblement d'être comme Sissy.

Marie approcha sa poitrine nue de celle de Sissy. Les deux paires de mamelons se durcirent en un salut officiel, comme les diplomates de deux petites nations.

— Les miens sont plus gros, mais les tiens ont une forme plus parfaite, observa Marie.

Elle s'approcha encore. Les envoyés diplomatiques échangèrent des secrets d'État.

— Hautement discutable, fit Howard. Je gage qu'ils ont exactement la même grosseur.

Avec sagesse, dans l'esprit de fair play qui caractérise sa profession, il prit dans sa main gauche un sein de Marie et dans sa droite un de Sissy.

Il les soupesa dans ses paumes, les pressa à la façon dont un épicier honnête presse l'excès d'eau d'une laitue, en apprécia la circonférence de ses doigts écartés.

— Hmm. Les tiens sont plus gros, Marie, mais ceux de Miss Hankshaw – de Sissy – sont plus fermes. On aurait pu croire qu'ils auraient commencé à s'affaisser, à ne pas porter de soutien-gorge, je veux dire.

— Howard ! Surveille tes manières. Tu l'as fait rougir. Allez, Sissy, *moi*, je vais comparer.

Marie saisit le sein de Sissy resté libre, rapidement, comme un singe qui attrape un fruit, le roulant dans ses petits doigts affamés, le frottant avec son menton et ses joues.

Sissy s'éveilla alors un peu mieux. La conscience lui revint et lorsqu'elle en souleva le couvercle elle y trouva de la méfiance. Elle ne devrait pas rester sans y avoir été invitée dans la chambre d'un monsieur malade à qui elle a à peine parlé. Elle devrait rentrer chez la Comtesse. Mr. et Mrs. Barth avaient-ils vraiment à cœur les intérêts de Sissy ? Elle s'était senti tellement mieux, débarrassée de cette robe, qu'elle n'avait pas flairé le panneau. Elle se demanda si ce couple sympathique ne mijotait pas quelque chose.

Sa question trouva pour réponse une main – à qui, cette main ? – qui s'enfonçait dans sa culotte. Elle tenta d'échapper à cette exploration mais son con, sans qu'elle s'en rende compte ou l'ait permis, s'était tout mouillé, et un doigt s'y glissa presque comme par accident.

Baissée résolument, comme un drapeau à l'extinction des feux, sa culotte se retrouva bientôt plus bas que ses genoux. Elle eut l'impression qu'un deuxième doigt se coulait dans sa chatte, mais avant qu'elle en ait confirmation, voilà encore un autre doigt qui s'introduisait énergiquement dans son cul… et… ohhh. C'était comme à ses débuts en stop. C'était nostalgique. C'était dégoûtant. C'était… ohhh.

Philosophes, poètes, peintres et érudits, débattez tant que vous voulez de la nature de la beauté !

Prunes des Tropiques. Vin dans une barque. Nuages, bébés et Bouddhas qui se ressemblent tant. Sonnettes de bicyclettes.

Chèvrefeuille. Parachutes. Étoiles filantes vues à travers des rideaux de dentelle. Radio d'argent qui attire les papillons. Déjà qui n'en a pas fini d'être vu. Han-Shan écrivit après un moment d'extase : "Ce lieu est plus beau que là où je vis !"

Sur les lèvres de Sissy passa la langue de Marie, puis la langue de Howard, puis un nichon de Marie, puis de Howard… Howard… Howard… !!! Un à un, comme les appartements d'une tour, les orifices se remplissaient.

Anima mêlée d'animus. C'était Marie qui montait sur elle, tournait autour d'elle, arrachant sa propre culotte d'une main sauvage. Le nez de Marie fouillait du côté des mollets de Sissy, puis de ses cuisses. La bouche de Marie, débordant d'une brûlante salive, avait apparemment une destination. Mais avant qu'elle y parvienne, Howard pénétrait sa femme de l'arrière.

Ah ! Sire pénis, on veut être de la fête, hein ! Et on est toujours prêt à tirer la couverture à soi, en matinée comme en soirée. Marie grognait, à défaut de sucer.

Comme un disc-jockey tombé du Paradis, Howard retourna Marie et joua son autre face. Régulièrement, il essayait d'attraper Sissy pour qu'elle ne se sente pas exclue, mais certaines lois de physique voulaient absolument être obéies. De manière répétée, Marie appelait Sissy, mais ses yeux étaient à moitié fermés, et ses caresses aveugles et dispersées.

Les Barth y allaient de bon cœur. Il en aurait coûté une journée de rendement à l'usine de la Comtesse pour étouffer le parfum d'amour qui envahissait cette pièce. Marie poussait des espèces de miaulements qui ressemblaient tellement à ceux d'un chat que le caniche se mit à grogner dans la cuisine. Dieu sait ce que pensaient les oiseaux dans leur cage.

Alors, c'est donc comme ça, pensait Sissy. Fascinée, elle se souleva sur ses coudes pour observer. Elle avait souvent imaginé l'acte en question, mais n'avait jamais été entièrement sûre qu'elle imaginait correctement, même après cette soirée de corps-à-corps avec Kerouac dans un champ de blé du Colorado. *Alors, c'est donc vraiment comme ça.* Le Grand Secret pouvait être remis dans son flacon.

Les transformations sensorielles ne servaient plus. *Ça*, c'était réellement enrichissant.

À la vérité, Sissy trouva cela plus intéressant que les courses de canoë à LaConner, Washington, plus intéressant que la Faille de San Andreas, ou que les chutes du Niagara, ou que le parc national Bonnie & Clyde, ou que le Pudding National de Tapioca – bien entendu, Sissy n'avait jamais fait grand cas des attractions pour touristes. Elle trouva cela même plus intéressant que la Fête du Tabac, quoique mettant moins à l'épreuve les séductions de ses pouces.

Mais avant la fin du spectacle, et à la consternation de Howard et de Marie, Sissy quitta le réduit à la faveur d'une pirouette particulièrement haute et sortit de la chambre. Elle trotta jusqu'au canapé de la salle de séjour et se glissa sous la couverture avec Julian. Elle y resta trois jours.

25

Ils avaient beaucoup à se dire.

Julian portait encore son pantalon de soirée et sa large ceinture nouée, alors que Sissy était nue depuis un bon moment et était barbouillée, qui plus est, de ces liquides féminins, les siens et ceux de Marie, qui donnaient à la Comtesse des ennuis de narines. Mais les occupants du sofa refusèrent de laisser ces différences les gêner. Ils avaient beaucoup à se dire et il y avait des différences plus grandes que l'habillement.

Il paraissait que Julian Gitche avait appréhendé le monde en combinant des pigments avec de l'eau selon diverses viscosités et en répandant, arrosant, éclaboussant, versant, aspergeant, trempant ou pliant ce mélange sur un format de papier sélectionné selon des tons, des nuances, des volumes, des formes et des lignes choisis. Sissy Hankshaw avait appréhendé le monde en pratiquant l'auto-stop avec un dévouement, une perspective et un style que le monde n'avait jamais vus. Il était aussi ahurissant pour Sissy qu'un Indien passe sa vie à peindre des aquarelles de bon ton dans un milieu

même les cow-girls ont du vague à l'âme

bourgeois qu'il était abasourdissant pour Julian qu'une jeune femme intelligente, jolie même si elle était affligée d'une légère anormalité, et promise à une belle carrière de mannequin passe la sienne à faire de l'auto-stop tout au long de l'année.

— Tu as une conception romantique des Indiens, dit Julian. Ce sont des gens comme tous les autres ; des gens dont l'heure n'est plus. Je ne vois aucun mérite à se rouler dans le passé, spécialement un passé bien souvent misérable. Je suis un Indien Mohawk au même titre que Spiro Agnew est grec : un descendant, rien de plus. Et crois-moi, les Mohawk n'approchèrent jamais la gloire que connut la Grèce. Mon grand-père fut un des premiers Mohawks à travailler comme monteur de poutres d'acier à New York. Tu sais que les Mohawks travaillent énormément dans la construction des gratte-ciel parce qu'ils sont insensibles au vertige. Mon père travailla à la construction de l'Empire State Building. Par la suite, il créa sa propre équipe de constructeurs de gratte-ciel et, en dépit des préjugés contre lui des syndicats et de toute cette bande du fait qu'il n'était qu'un sale Peau-Rouge, il gagna beaucoup d'argent. Assez pour m'envoyer à Yale. J'ai un diplôme supérieur des Beaux-Arts et des liens assez solides avec les milieux artistiques de Manhattan. Les cultures primitives, indiennes ou autres, exercent sur moi une attraction réduite. J'adore le solide ordre symétrique qui caractérise la civilisation occidentale et la distingue des sociétés plus hétérogènes et aléatoires de ce monde imparfait.

Dans l'espace limité du sofa, Sissy se retourna, cognant un de ses mamelons accentués par Howard-et-Marie contre un des boutons-pression de la chemise de Julian.

— Je n'y entends rien à ces histoires d'ordre et de symétrie. J'ai plaqué le lycée et j'appartiens à une race – la race des Pauvres Prolos Blancs – qui n'a rien fait d'autre pendant dix siècles que ramasser des cailloux, arracher les mauvaises herbes, suer dans les usines et partir à la guerre chaque fois qu'on le lui disait. Et à chaque génération, le lopin à patates rapetissait. Mais j'ai passé du temps dans les bibliothèques, pas entièrement à dormir, et j'ai appris que chaque peuple civilisé de l'histoire a traité par la discrimination ses membres anormaux. "Schizophrénie" est un terme de la civilisation occidentale, tout comme "sorcière" et "inadapté" – des termes utilisés pour rationaliser les punitions cruelles et étranges distribuées à ceux qui sortent de l'ordinaire. Pourtant les tribus d'Indiens américains, comme tu devrais le savoir, traitaient leurs anormaux comme des êtres particuliers. Leurs schizoïdes étaient reconnus comme possédant un don, le pouvoir de visions, et on les révérait pour cela. Les malformés étaient également tenus comme les préférés du Grand Esprit, comme des accidents rompant avec bonheur la monotonie de la régularité anatomique, et tout le monde les aimait, se plaisait avec eux et leur rendait grâce. Dans cette Grèce ancienne que tu trouves si glorieuse, quelqu'un comme moi aurait été tué à la naissance.

— Allons, Sissy, tu es exagérément sensible et sur la défensive. Tu as bien vu comment t'ont traitée hier soir mes amis hautement civilisés. Enfin, pas un de nous ne s'est permis de regarder tes… tes… tes pouces.

— C'est bien ce que je dis, fit Sissy.

Et ainsi continua cette discussion-là. Quant à l'autre, elle donnait à peu près ceci

— À part tout le reste, Sissy, ce qui m'échappe, c'est comment tu as pu même survivre. Mon Dieu ! Une fille seule sur les routes pendant des années. Et ni tuée, ni blessée, ni violée, ni malade.

— Les femmes sont dures et assez rudes. Elles ont été bâties pour le dur et rude labeur de porter des enfants. Tu serais surpris de ce qu'elles peuvent faire quand elles détournent cette énergie qui sert à couver les bébés sur quelque autre entreprise.

— D'accord, c'est peut-être vrai. Mais quelle entreprise ! L'autostop. Se faire prendre par des bagnoles. Quand je pense à l'autostop, je pense à des étudiants, à des troufions et à des hippies sans le sou. Je pense à des petites frappes en jeans graisseux et à des maniaques cachant un couteau de boucher dans leur ballot d'affaires chiffonnées…

— On m'a dit que j'avais l'air d'un ange au bord des autoroutes.

— Oh ! mais je suis sûr que tu es une exception magnifique à la règle. Mais pour quoi ? Pourquoi faire tout ça ? Tu as voyagé toute ta vie sans destination. Tu bouges mais tu n'as aucune direction.

— Quelle est la "direction" de la Terre quand elle tourne ? Où "vont" les atomes dans leur trajectoire ?

— Il y a un ordre réglé, un but final dans les mouvements de la Nature. Tu n'as pas cessé de bouger pendant presque douze ans : qu'as-tu prouvé ?

— J'ai prouvé que les individus ne sont pas des arbres, et qu'il est faux de parler de racines.

— Ça ne mène à rien…

— Pardon. Bien au contraire. Ce qu'il y a, c'est que mon but à moi ne ressemble pas à celui de la plupart des gens. Il y a un tas de gens sans but sur la route, c'est sûr. Des gens qui vont en stop d'une bringue à une autre, sans répit, en cherchant quelque chose : en cherchant l'Amérique, comme le dit Jack Kerouac, ou en se cherchant eux-mêmes, ou en cherchant un lien entre l'Amérique et eux. Mais moi je ne cherche rien. J'ai *trouvé* quelque chose.

— Et tu as trouvé quoi ?

— L'auto-stop.

Voilà qui la coupa à Julian pour un bon moment, mais le deuxième jour, longtemps après que Howard et Marie se fussent glissés sur la pointe des pieds hors de son appartement, il revint à la charge. Il n'arrivait pas à apprécier les exploits de Sissy : Qu'est-ce que ça faisait si elle avait un jour arrêté trente-quatre voitures à la file sans en louper une ? Quel mérite dans la prouesse de traverser le Texas aveuglée par un cyclone avec une perruche sur le pouce ? Il considérait ces hauts faits comme pathétiquement et prétentieusement gratuits. Il hochait tristement sa tête dépourvue de peintures de guerre et de plumes lorsqu'il pensait au casier judiciaire (arrestations pour vagabondage, sollicitation illégale de transport automobile et, ironiquement, soupçon de prostitution) d'une femme essentiellement respectable.

Et il la gronda si efficacement qu'une vague ombre de culpabilité s'insinua dans ses yeux, n'en menant pas large. Il lui arracha des demi-sanglots et lorsqu'elle fut convenablement malheureuse, il la consola. Il la serra dans ses bras protecteurs, construisit un château autour d'elle, creusa une douve, leva le pont-levis. Seule sa maman l'avait jamais tenue comme ça, à lui roucouler dans l'oreille. Il la

111

dorlota avec des mains apaisantes, des mains si douces qu'elles pourraient se blesser en mangeant avec des baguettes. Il la blottit contre lui comme si c'était un nourrisson. Il calma ses nerfs à vif. Et elle, Sissy, qui n'avait trouvé à se nicher que dans les intempéries, délaissée et ignorée, elle se pelotonna tout au fond de la tendresse paternelle de Julian et se laissa dorloter.

C'est à ce moment – Julian roucoulant, Sissy ronronnant – que le charme magique qui émanait de ses pouces depuis l'instant où elle s'était engagée dans une vie moins superficielle, sûre et minuscule que celle que la société exige de nous, s'excusa, sortit de l'appartement sur la pointe des pieds comme Howard et Marie, et alla se prendre une bière au Stanley's Bar dans l'Avenue B.

Seulement, la bière ne satisfait pas un charme. Aussi commanda-t-il une tournée de Harvey Wallbangers. Mais il faut un peu plus que de la vodka pour remonter le moral d'un charme. Il faut des risques. Il faut des EXTRÊMES.

Interlude cow-girl (Delores del Ruby)

Il y en avait qui racontaient qu'elle avait déplâtré le mur d'un couvent de San Antonio et s'était sauvée avec un cirque mexicain. D'autres prétendaient qu'elle avait été la fille préférée d'une éminente famille créole de la Nouvelle-Orléans, jusqu'au jour où elle s'était trouvée mêlée à un culte des alligators pratiquant l'usage du peyotl. D'autres encore affirmaient qu'elle était bohémienne, sang pour sang, tandis qu'une autre source soutenait que – comme tant d'autres danseuses "espagnoles" – elle était en fait italienne ou juive, et qu'elle avait ramassé ses petits numéros en regardant Zorro à la télévision dans le Bronx.

Mais une chose sur laquelle toutes les cow-girls étaient d'accord était que leur chef d'équipe avait la mèche bien dressée, aussi personne ne mettait en doute l'histoire qui voulait qu'elle ait reçu son premier fouet à l'âge de cinq ans, don d'un oncle qui lui aurait dit en le lui donnant : "Qui aime bien châtie bien."

Le jour où Delores del Ruby arriva à la Rose de Caoutchouc, un serpent traversa la route poussiéreuse qui menait au ranch, une carte plantée sous sa langue fourchue. C'était une dame de pique.

26

Chaque fois qu'il se levait, que ce soit pour aller aux toilettes ou pour donner à manger à ses animaux domestiques, Julian enlevait un vêtement, si bien qu'arrivé au troisième jour de leur sofa-in, il était presque aussi nu qu'elle.

Le claquement des baisers retentit de plus en plus fréquemment dans la pièce, tandis que discussions et roupillons se raréfiaient. Après qu'elle se fut effondrée et se fut abandonnée à ses soins protecteurs, les toutes dernières traces d'asthme s'évaporèrent comme du pipi de mite sur une ampoule de 60 W et notre Julian accueillit une érection.

Sissy savait très bien comment l'entretenir. Elle avait récemment appris. Elle la caressa. Elle retroussa sa peau. Elle fit un anneau autour de sa partie rose. Elle la laissa palpiter le long de sa cuisse et, mieux encore, le long de son pouce. Elle manœuvra pour se mettre en dessous et guider cette petite pomme sauvage vers la fente qui ouvrait sa personne. Comme une boule de chair de poisson bien tassée, elle alla droit au but.

Hélas ! le carillon de Julian sonna mâtine plus tôt que prévu, et il fut soudain victime de cette bonne vieille précoce. Et Sissy resta avec sa virginité intacte à travers son guichet humide. Ah ! poisse de Gitche.

L'aquarelliste présenta ses excuses, les yeux baissés. C'était au tour de Sissy de le réconforter. Elle le rassura avec tant de conviction qu'il se rasséréna bientôt et se remit à papoter sur des génies tels que Shakespeare et Edward Albee, Michel-Ange et Marc Chagall.

— La civilisation occidentale se mesure à ceci, fit-il, qu'elle englobe dans son harmonie et, pour ainsi dire, réussit l'équilibre entre des chefs-d'œuvre aussi divers que *Le songe d'une nuit d'été* et

Le rêve américain, ou que le dôme de la chapelle Sixtine et le plafond de l'Opéra de Paris.

Sissy se redressa. Ses yeux se promenèrent à travers l'appartement, s'attardant sans les voir sur les tentures de macramé et les volumes de Robert Frost.

— Qu'est-ce qu'il y a ? demanda Julian

Au bout d'un moment, Sissy répondit :

— J'ai froid.

— Attends, je vais baisser l'air conditionné.

— Ce n'est pas l'air conditionné qui me donne froid.

— Ah !... Alors, c'est quoi ? C'est... moi ?

Yeux baissés de nouveau.

— C'est le piano.

— Le piano ? Tu n'aimes pas mon piano blanc ? Oh ! si tu préfères, je veux dire, si tu dois venir ici souvent – et je l'espère –, je pense que je peux le faire enlever. Ce sera aussi bien. Je joue mal. J'ai étudié des années mais je ne vaux rien. La Comtesse dit que je suis le premier Indien de l'histoire à être scalpé par Beethoven. Ha, ha !

— Ce n'est pas le piano.

— Ah !... C'est quoi, alors ? Moi, hein ?

— C'est les livres.

— Les livres ?

— Non. C'est les peintures.

— Les peintures ? Mes aquarelles ? Oh ! en effet, j'utilise beaucoup de bleus et de verts.

— Non, ce n'est pas tes peintures.

— Pas mes peintures ?

— C'est le *calme*.

— Ma maison est trop tranquille pour toi ? demanda Julian avec incrédulité, car il entendait parfaitement bien des Portoricains taper sur des poubelles dans l'immeuble voisin.

— Pas tranquille. *Calme.* Rien ne bouge ici. Même pas tes oiseaux.

Sissy se leva. La Comtesse avait envoyé un laquais lui porter son sac à dos, et elle s'en approcha.

— Qu'est-ce que tu fais ?

même les cow-girls ont du vague à l'âme

— Je m'habille. Il faut que je parte.

— Mais je n'ai pas envie que tu t'en ailles. Reste, s'il te plaît. Nous irons dîner. Je te dois un dîner. Et ce soir… nous pourrons… vraiment faire l'amour.

— Je dois partir, Julian.

— Pourquoi ? Pourquoi dois-tu partir ?

— Mes pouces me font mal.

— Oh ! je suis navré. Est-ce habituel ? Que peut-on faire pour eux ?

— J'ai fait une erreur. J'ai été négligente. Je ne me suis pas exercée. Il faut que je fasse un petit peu de stop chaque jour, il n'y a pas à dire. C'est comme un musicien qui fait ses gammes. Si je ne m'entraîne pas, je perds mon rythme, mes pouces se raidissent et me font mal.

À cela, Julian ne pouvait rien rétorquer. Sissy Hankshaw était un de ces mystères qui tombent sur terre sans qu'on les aie demandés, et peut-être sans qu'on ait rien fait pour les mériter, comme la grâce – comme les horloges. Les ancêtres de Julian Gitche auraient peut-être su comment la prendre, mais lui ne savait pas. Tout d'un coup, sa présence semblait échapper complètement à son système de références. Son appartement cessait d'être immobile quand elle s'y déplaçait, grande, bien moulée dans son survêtement, avec des bulles d'air en orbite autour d'elle comme des planètes de roses musicales. Elle faisait osciller les sculptures sur leur piédestal. Les petits oiseaux de la chambre revenaient à la vie et voletaient dans leur cage. Julian ne comprenait plus du tout qu'à peine quelques heures plus tôt, il ait pu se prendre pour son papa consolateur.

Julian avait un caniche appelé Butterfinger, baptisé du nom des sucreries que mangeait F. Scott Fitzgerald au moment où il succomba à une surprise coronarienne. Julian l'appelait Butty pour faire plus court.

Butty possédait tous les défauts connus du chien. C'était un lécheur de figure et un renifleur d'entrejambes, un éparpilleur de poils et un chieur dans les coins, un mâcheur de chaussures et un mordeur d'invités, un faiseur de trous dans les jardins et un intimideur de chats, un accrocheur de nylon et un salisseur de chaises,

115

un pleurnicheur de susucres et un blotisseur de genoux, un chasseur de voitures et un profanateur de buissons, un renâcleur au nettoyage et un pollueur atmosphérique, un pilleur de poubelles et un emberlificoteur de jambes et, qui plus est, un jappeur au style de jappement aigu, gâté et détestable que seuls les caniches peuvent revendiquer.

(Sissy, à la différence de la plupart des humains se déplaçant à pied et donc sujets aux aboiements et aux morsures de la fantaisie canine, ne haïssait pas les chiens *per se*; le dingo de l'Australie jouissait de son plus sincère respect.)

Butty, donc, jappait tandis que Sissy quittait l'appartement de Julian. Et pour une fois, ce jappement fut peut-être un bruit acceptable. Grâce à lui, Julian ne l'entendit pas descendre les escaliers en vitesse, presque à la course, et Sissy n'entendit pas la bruyante respiration qui sortait à grand-peine des poumons de Julian comme du hachis de vent qui séparerait de son souffle leurs mondes respectifs.

Son charme la rattrapa dans la 14e Rue, tandis qu'elle avançait vers le pont George Washington.

27

La Comtesse pratiquait le karaté dentaire. Cloc doc doc. Son téléphone lumineux risquait à tout moment de recevoir un sale coup de mandibule.

— Alors, elle a quitté la ville, fit-il – doc doc. Mais il ne faut pas que ça t'étonne. Quitter la ville, c'est justement une des occupations principales de Sissy. Mais dis-moi : quelle impression t'a-t-elle fait ?

— Extraordinaire !

— C'est le moins qu'on puisse dire. Seigneur ! Que préféreriez-vous avoir : un million de dollars ou un des pouces de Sissy bourré de pièces de monnaie ?

— Vous, alors ! Mais je ne parle pas de ses mains. Je reconnais qu'il serait difficile de les ignorer, mais je parle de toute sa personne. Elle est tout entière extraordinaire. Sa façon de parler, par exemple. Elle a une telle aisance de parole.

même les cow-girls ont du vague à l'âme

— Il est grand temps que tu te rendes compte, mon chou, qu'une femme peut arriver à parler la langue anglaise sans donner les meilleures années de sa vie à l'université de Radcliffe ou à Smith. En outre, ces intellectuelles sentent aussi mauvais que les autres. Pire, à mon avis. Une seule serveuse saine utilise probablement plus de Yoni Miam par semaine que l'ensemble du doyenné de Wellesley.

Cloc !

Julian soupira.

— Je ne saurais me prononcer là-dessus, fit-il. Mais elle est vraiment extraordinaire. Je ne la comprends pas du tout et pourtant, je suis irrésistiblement attiré. Comtesse, je suis dans tous mes états. Elle me fait tourner la tête.

— Quatre-vingt-dix degrés à gauche, j'espère. Cloc clac clic. Quels sont ses sentiments pour toi ?

Nouveau soupir sifflant.

— Je crois qu'elle est déçue que je ne sois pas plus, euh, disons, atavique. Elle se fait certaines idées naïves et sentimentales sur les Indiens. Mais je suis sûr qu'elle m'aime bien, malgré tout ; elle m'a gratifié de bien des choses indiquant qu'elle m'aime bien. Mais… seulement, elle est partie.

— Elle part *toujours*, idiot. Ça ne veut rien dire. Et au lit ? Ça lui a plu, au lit ?

Même la moto de Evel Knievel* n'aurait pas pu franchir le silence qui suivit. Finalement, Julian demanda :

— Ça lui a plu quoi, au lit ?

— Plu *quoi* ? Cloc ! Clac ! Qu'est-ce que tu racontes ?

— Ben… euh…

— Douce merde, Julian ! Tu ne vas pas me prétendre que vous avez passé trois jours ensemble sans vous y mettre ?

— Oh on s'y est mis, mais on pourrait dire qu'on n'y a pas tout mis.

— À qui la faute ?

---

* Célèbre cascadeur américain.

— Je pense que c'est ma faute. Oui, c'est vraiment ma faute.

— D'une certaine façon, je suis soulagé que ce ne soit pas de sa faute à elle. Je me suis fait du souci pour sa virginité psychologique. Seulement maintenant, je me fais du souci pour toi. Voilà, on envoie un chaman ou un cannibale quatre ans à Yale et il n'est plus bon qu'à occuper un bureau du complexe militaro-industriel et un siège du troisième rang à une comédie de Neil Simon. Par Jésus-Christ Toutes Voiles Dehors ! Si Harvard ou Princeton mettaient la main sur le Chinetoque pendant trois ou quatre trimestres, il serait bon pour la promotion des ratatinés en nœud-papillon. Swingante horreur !

— Ce n'est pas non plus la peine de tomber dans le snobisme inverse sous prétexte que la Vieille du Mississippi a été la seule université du pays qui a bien voulu de vous. Si les anciens étudiants comme moi ne sont pas assez près de la terre pour s'entendre avec les gars de la campagne comme vous, au moins nous ne nous laissons pas aller à employer des expressions racistes comme "Chinetoque". Si ça continue comme ça, vous allez bientôt m'appeler "chef".

— Mais "Chinetoque" est le nom du bonhomme, sapristi.

— Quel bonhomme ?

— Bof, c'est un vieux louf qui vit dans les collines, dans l'Ouest. Il fait trembler mon ranch, il sème la frousse. Mais il a beau être vieux et dégoûtant, je suis prêt à parier qu'il est encore bien vivant jusqu'au bout de ses orteils. Il n'est pas encore réduit à un jus qu'on conserve dans un bocal à New Haven. Cette alma mater de l'affectation d'où tu sors a de quoi faire perdre son poil à un loup-garou. Mieux vaut que Sissy reste vierge plutôt qu'elle perde sa virginité sur les accords de *The Whiffenpoof Song*.

— Le sexe n'est pas tout, rien que parce qu'il vous tient en activité. Et en parlant d'activité, c'est *vous* qui devriez faire attention. Parce que votre mannequin-mystère m'a mis dans un état tel que je ne peux plus peindre.

— Fais-moi confiance que tu vas peindre, mon joli coco. Tu peindras parce que tu es sous contrat pour peindre. En plus, tu vas peindre mieux que jamais auparavant. Rien de tel qu'un peu de souffrance pour donner un peu de nerf à l'art. Tu t'es mis à fumer et à boire à cause d'elle ? Très bien ! La créativité se nourrit de poisons. Tous les grands artistes étaient dépravés. Regarde-moi ! Cette petite liaison va t'inspirer les meilleures aquarelles de ta carrière – aussi sûr que Raoul Dufy fait son pipi par-dessus le bord de la barque de l'Éternité. Allez, dis à ton sale caniche d'arrêter de pleurnicher, et mets-toi tout de suite au travail !

— Ce n'est pas le caniche.

— Oh, fit la Comtesse. En tout cas, douce merde de moi, accroche-toi, tu m'entends. Ne recommence pas avec ton asthme. On va lui écrire une lettre, si tu veux. On en enverra un exemplaire à Taos, LaConner, Pine Ridge, Pleasant Point, Cherokee et l'autre endroit encore. Je vais aller me chercher du Ripple ; j'arrive tout de suite.

Les yeux de la patate céleste contemplèrent rarement une collaboration épistolaire aussi frénétique que celle de ce soir-là.

28

Le Chinetoque a raison : la vie est essentiellement un jeu.

Bien sûr, le jeu est un peu dur, parfois.

La vie est peut-être comme un bébé gorille : elle ne connaît pas sa propre force.

La vie était en train de sucer Julian Gitche et Sissy Hankshaw jusqu'à la moelle. Ils avaient l'estomac sens dessus dessous et ils étaient dans le sentiment jusqu'aux gencives. La vie ne cesse de faire ce numéro aux hommes et aux femmes, puis de jouer la surprise et l'innocence, comme si elle ne s'était pas rendu compte qu'elle fait mal à quelqu'un.

En surface, pour l'œil non-expert, Sissy faisait de l'auto-stop tout comme elle l'avait toujours fait. Elle avait même mis au point quelques nouveaux trucs, comme de se servir de ses deux pouces en même temps, destinant l'un des appendices aux files de circulation les plus éloignées tout en utilisant l'autre à faire des petits signes spirituels aux voitures qui passaient près du bord de la route. Elle avait également perfectionné un grand coup de bras vers la gauche, comparable au "tour de main américain" employé dans le service au tennis. Et elle accomplissait tout cela avec brio mais sans vraie joie, sans intérêt ni spontanéité. C'était ce qu'on appelle du travail de virtuose. Mais ça manquait d'âme. Vous connaissez ça. Le monde du spectacle foisonne d'artistes de ce genre, qui ont tous plus de carreaux dans leur piscine que vous ou moi.

Un sentiment de nécessité s'était glissé dans son style. Alors que par le passé, Sissy avait conservé son étonnante allure par pur bonheur d'être unique et d'être libre, elle continuait à présent à avancer parce qu'elle avait peur de s'arrêter. Car lorsque les obligations biologiques la contraignaient à s'arrêter, le temps et l'espace qu'elle avait jusqu'alors tenus en suspens (comme si elle était quelque horloge faite femme) lui dégringolaient dessus à toute blinde. Le temps et l'espace lui tombaient dessus comme quinze volumes d'encyclopédie tombent de la bibliothèque d'un missionnaire sur un Pygmée. Et le temps amenait avec lui sa secrétaire, la mémoire ; et l'espace amenait son moutard, la solitude.

Autrefois, elle avait été l'objet des risées, de la pitié, du respect et de la convoitise. Maintenant, elle était confrontée à la tendresse et au besoin. C'était mieux et pire. Comme il arrive à beaucoup d'individus forts, elle avait succombé à la tyrannie des faibles.

Quant à Julian, il se pintait au whisky. Dès le matin. Avant même qu'il ait avalé ses flocons de blé Mère de Dieu (ou était-ce ses Joyce Carol Oats* ?). Un soir, il se rendit au Max's Kansas City et provoqua un petit chahut en hurlant, d'une voix sifflante : "Jackson Pollock était une andouille !"

Un sculpteur lui fit saigner le nez sans efforts, et un étudiant en biologie obsédé le suivit jusque chez lui parce qu'il avait cru entendre que Pollock était une *grenouille*. (Il y en a de toutes sortes, mes chéries, à New York.) Julian écoutait du Tchaikovsky et ne se coiffait plus.

Parfois, on dirait que la vie se croit encore à Paris dans les années 1930.

---

* Jeu de mots sur le nom de l'écrivain J.C. Oates, "oat" signifiant littéralement "avoine".

29

La lettre de Julian Gitche rattrapa Sissy Hankshaw à Cherokee, Caroline du Nord, la veille de Noël. Sissy la retira à onze heures du matin, juste avant que la poste ferme pour les jours fériés. Après l'avoir lue deux fois, elle l'escorta jusqu'à un bouge (où des ivrognes médusés réagirent à ses pouces comme s'ils étaient un petit renne infernal précédant une sorte d'anti-Père Noël) où elle la relut encore une fois. La Comtesse lui avait avancé quatre cents dollars lorsqu'elle était revenue à New York au début de l'été, et il lui en restait assez pour s'acheter une bouteille de vin. Elle choisit du Ripple rouge, en souvenir des vieux jours, et s'empressa d'en répandre un peu sur la lettre. Tandis qu'un Bing Crosby en juke-box fredonnait *I'm Dreaming of a White Christmas*, un Eisenhower sur timbre faisait passer à travers une petite flaque de vin son fameux rictus Je-suis-arrivé-jusqu'en-haut-de-l'échelle-mais-je-ne-comprends-toujours-pas. Sous le gui en plastique, les boules de billard s'embrassaient. Des petites lumières bleues clignotaient sur un sapin en papier argenté. La vulgarité gueulait, et on l'écoutait.

Arrivée à la moitié de la bouteille, Sissy se leva pour aller aux toilettes et, en fait, entra dans la cabine téléphonique.

Julian, retenant ses sifflements de poumons avec des efforts herculéens, lui déclara qu'il l'aimait. Elle rétorqua qu'il ne la connaissait même pas. Abandonnant tout ce qu'il avait appris à Yale, il répliqua que le sentiment est plus fort que la connaissance.

— Je t'aime, dit Julian.

— Tu es idiot, fit Sissy.

— Je t'offre de l'amour et tu le rejettes. C'est peut-être toi qui es idiote.

Allez savoir !

Une semaine après le Nouvel An, le stop la déposa à Manhattan. Accompagnée de la Comtesse, qui méprisait les mœurs des hommes et l'odeur des femmes, et qui leur servit de témoin sarcastique, Sissy et Julian se rendirent à la Petite Église de la Pensée Positive, où les maria un protégé du docteur Norman Vincent Peale.

Ainsi se termina à toutes fins utiles ce qui est selon l'auteur une des carrières les plus remarquables et les moins comprises de l'histoire humaine.

Mais une carrière, aussi étrange qu'elle soit, n'est pas toute une histoire. Et l'histoire de Sissy, parce qu'elle rejoint les histoires des cow-girls de la Rose de Caoutchouc et de l'horloge du Chinetoque, et qu'elle révèle la crêpe qui existe peut-être sous le sirop épais et le beurre glissant de la vie, est loin d'être finie.

Interlude cow-girl (Poum)

Dans le verger, à l'ombre d'un arbre croulant sous les cerises, des cow-girls se reposaient et se passaient des fruits. Un jus noir coulait sur les fossettes. La chair de cerise tachait narines et sourires.

Kathy brodait un arc-en-ciel sur le dos de la chemise de travail de Heather. Inspirée, Linda exécuta un arc-en-ciel rouge cerise sur le ventre nu de Debbie, et Kym, s'enfonçant légèrement sous la ceinture, y ajouta une touche d'or. Peinture à la cerise.

Le jus de fruit attira bientôt les mouches et nos cow-girls, imitant leurs chevaux entravés, les chassèrent en fouettant leurs cheveux. Un nuage cheminait par là ; s'il ne partait pas d'ici le coucher du soleil, il se retrouverait peint, lui aussi.

Le chef d'équipe, Delores del Ruby, avait quitté le ranch en quête de peyotl. Big Red la remplaçait, et elle accordait là aux filles une pause très prolongée. Les chèvres qu'elles devaient surveiller s'égaillaient ; quant aux oiseaux, on ne les voyait pas depuis le cerisier.

Replaçant son Nouveau Testament dans sa sacoche de selle, Mary lança :

— Eh les filles, vous croyez que c'est bien, de flemmarder comme ça ?

— Je me fiche que ça soit pas bien du moment que c'est marrant, dit Big Red.

— Je me fiche que ce soit marrant du moment que c'est vrai, ajouta Kym.

— Je me fiche même que ce soit vrai, conclut Debbie.

Elles ne comprirent pas toutes ce qu'elle voulait dire.

30

Si vous pouviez attacher votre toquante à un rayon de lumière, elle continuerait à toquer mais les aiguilles ne bougeraient plus. C'est parce qu'à la vitesse de la lumière, il n'y a plus de temps. Le temps est fonction de la vitesse. À grande vitesse, le temps est littéralement étiré. La lumière étant la vitesse ultime, à la vitesse de la lumière le temps est étiré jusqu'à l'absolu et devient statique. C'est Albert Einstein qui a trouvé cela. Il est inutile de traîner du côté de l'horloge et d'embêter le Chinetoque avec ça.

En supposant que notre cerveau se soulève de son gros derrière, pour une fois, et joue au football cosmique avec nous, nous permettant de comprendre complètement le *non-temps,* nous pourrions essayer de nous représenter (si "représenter" est le mot juste) ce que voulait dire Einstein lorsqu'il définit "l'espace" comme l'"amour".

Einstein en savait un bout sur l'espace – il détermina par exemple qu'au-delà du volume en expansion de l'univers, l'espace cesse d'exister, et nous voilà aux prises non seulement avec le *non-temps* mais aussi avec le *non-espace* – et il se peut qu'il ait eu également certaines vues spéciales sur l'amour. Mais le premier de ses deux mariages fut un échec : Einstein épousa une fille ayant un défaut physique.

Cette Mileva Marić souffrait d'une espèce de claudication dingue, une excentricité du pied. Quelques jours après la cérémonie civile à Zurich, un des amis du jeune Einstein confessa : "Je n'aurais jamais le courage d'épouser une femme qui ne serait pas absolument normale." Et pourtant, quoi qu'en ait dit ce garçon, ce fut peut-être la contemplation quotidienne des orteils sauvages de sa Mileva qui conduisit Einstein à percevoir les inimaginables mécanismes de la Nature d'une manière sans précédent.

Mais passons. Nous savons à n'en pas douter qu'il fallut plus qu'une sardine de courage à l'aquarelliste Julian Gitche pour épouser l'"anormale" Sissy Hankshaw. Cette union modifia la vie de celui-là presque aussi radicalement que la vie de celle-ci.

Adieu aux dîners. Sissy maniait mal l'argenterie et, comme on l'a remarqué précédemment, avait tendance à renverser le vin. Les invitations étaient systématiquement refusées, et ils n'en lançaient jamais. Leur livre de cuisine *Julia Child* fut bientôt recouvert de poussière. Du bout des dents, ils grignotaient des petites baguettes salées et des Big Mac, seuls dans leur appartement. Julian se mit à se plaindre de maux d'estomac. La margarine lui donnait des ulcères, affirmait-il. Assis à la table de la cuisine, sous l'abat-jour en papier imitation Tiffany, il se perdait du regard dans le fond de son hamburger en se demandant qui dînait chez Elaine ce soir-là.

Pendant que son mari peignait, Sissy regardait par les fenêtres défiler les voitures. Ou alors elle feuilletait les magazines automobiles qu'elle achetait régulièrement, quoique Julian, ne sachant pas conduire, ait juré de ne jamais avoir de voiture. Ses pouces lui faisaient mal, et pour les soulager, elle se remit à l'auto-stop imaginaire, le jeu auquel elle jouait étant enfant. Elle fit du stop aux boutons de garniture des rideaux qui rôdent au bord des fenêtres. Elle fit du stop à l'ombre noire projetée par le piano blanc. Les cafards détalaient quand on allumait dans la salle de bain : elle tenta de les faire s'arrêter. Ce retour à ses débuts de fillette l'amusait, l'apaisait. Julian était assez sensible pour reconnaître que leurs rapports avaient une certaine qualité, même si leur caractère très particulier provoquait une toux à lui rompre les poumons. Elle faisait une fichue maîtresse de maison, dont elle n'avait ni l'expérience, ni l'aptitude. Donc Julian, en plus de sa peinture, de ses entrevues avec les marchands de tableaux, les collectionneurs et les gens de la publicité, devait s'occuper des tâches ménagères. Lorsqu'il faisait la vaisselle, Sissy, un rien gênée, se retirait dans la chambre pour bavarder avec les oiseaux. Les oiseaux et Sissy entretenaient des rapports authentiques. Était-ce un intérêt commun pour la "liberté de mouvement" ?

Un dimanche, les nouveaux mariés allèrent ensemble au musée de l'Indien américain dans la 155e Rue. Une idée de Sissy. Il n'y avait rien sur la tribu des Siwash, pas même une perle. En rentrant, ils se disputèrent.

Au moins une fois par semaine, Howard et Marie venaient passer un moment (Rupert et Carla s'étaient séparés) pour "jouer au Botticelli" et discuter de la situation internationale, désespérée, comme d'habitude. De temps à autre, lui ou elle attrapait Sissy (elle était encline à s'écarter du groupe) et essayait de l'embrasser et de farfouiller dans ses vêtements. Ce n'était pas bien, mais elle comprenait mieux cela que la politique ou Botticelli.

Des potins morbides se répandirent au sujet du couple, le Mohawk élégant et plein de talent, la ravissante et difforme Fille Yoni Miam/Rosée (enfin découverte !). Sissy était immunisée, mais les ragots mettaient Julian au supplice. Quand on lui posait des questions sur le passé de sa femme, il mentait et disait que le peu d'auto-stop qu'elle avait pratiqué faisait partie d'un coup publicitaire monté par la Comtesse. Ensuite, il se sentait coupable, et elle prit sa culpabilité pour du mécontentement.

La nuit dans leur lit, et le matin aussi, sous des couvertures qu'aucun Indien n'avait tissées, cette tension se dissolvait dans la tendresse et la passion. Ils se caressaient jusqu'à ce que leur peau en luise. Ils se serraient jusqu'à ce que les deux cent six os de leur corps en crissent comme des petites souris. Leur lit était un bateau sur un océan singulier.

Si l'espace est amour, Professeur, alors est-ce que l'amour est de l'espace ? Ou bien l'amour est-il quelque chose que nous employons pour *remplir* l'espace ? Si le temps mange le gruyère, l'amour mange-t-il les trous ?

31

Il y avait quelqu'un à la porte. La sonnette s'entêtait à nasiller comme un canard entiché d'un hanneton. Ça devait être la Comtesse.

Comme si les Gitche ne subissaient pas assez de pressions, il y avait aussi les vacheries de la Comtesse.

Nul ne reconnaissait plus lucidement que la Comtesse avec quel héroïsme Sissy tentait de parvenir à la féminité normale ; personne ne pouvait mieux que lui énumérer les sacrifices consentis par Julian à son mariage (le peintre avait été jusqu'à se débarrasser de son caniche). Mais la Comtesse ne pouvait s'empêcher de leur lancer sarcasmes et railleries. Il souffrait peut-être de la honte qui mine en secret les hommes qui barrent les rivières et dressent les chevaux. La Comtesse était après tout à l'origine du mariage qui avait "apprivoisé" Sissy Hankshaw – et sa seule récompense consistait en ce ménage banal et en une campagne publicitaire réussie, une de plus : les aquarelles de Julian faisaient au moins autant fureur que les anciennes photos de Sissy.

On était à la mi-septembre. Leur mariage avait neuf mois. La veille au soir, ils avaient eu une telle prise de bec qu'il avait fallu la nuit presque entière pour raccommoder les choses. Et ce matin, ils jouissaient d'un bonheur fragile et vulnérable. Ils se seraient tout à fait bien passés de la curiosité cynique de la Comtesse.

Dès l'instant où il franchit leur seuil, il fut néanmoins évident que la Comtesse n'était pas venue uniquement pour se donner du plaisir sur leur dos. Il agitait son porte-cigarettes comme un serre-frein agite sa lanterne, et son dentier coursait ses paroles comme Tom court après Jerry.

— Sissy, Sissy, rougissante épouse, tu peux cesser de tracer des sentiers dans ces parquets de chêne. La Comtesse arrive avec un travail pour toi, et quel travail…

— Un travail pour *moi* ?

— N'interromps pas tes aînés, surtout s'ils sont royaux. Un travail pour toi, oui. Je suis sur le point de défrayer une fois encore la chronique de la publicité. Et toi seule, la Fille Yoni Miam/Rosée originale, est en mesure de m'aider. Julian, ne t'excite pas ! Fais disparaître de ton visage cet air de lapin blessé. Et si tu émets le moindre chuintement, je te dégomme illico de mon totem. Cet emploi ne gênera en rien ta campagne d'aquarelles, qui doit durer, comme tu le sais, dix-huit mois. Et si tu es un bon petit N'indien, je renouvellerai sans doute ton contrat. Non, ce projet n'est pas du tout destiné aux magazines. Je vais filmer une séquence publicitaire comme la télévision n'en a jamais vue.

— Mais vous n'avez pas utilisé de séquence TV depuis des années, protesta Julian. Je croyais que vous en aviez fini avec le petit écran.

— Une comtesse a le droit de changer d'avis. Douce merde de moi, il *faut* que j'en revienne à la télé. Je n'ai pas d'autre choix. Vous n'avez rien lu dans les journaux ? Ces Samaritains navrés du gouvernement se sont mis en tête de me couler ! Écoutez un peu.

D'un des nombreux plis de son costume de toile froissé, la Comtesse sortit une coupure de journal qu'il se mit en devoir de lire :

WASHINGTON (UPI). – Le Bureau de l'Alimentation et des Drogues a déclaré mercredi que les déodorants féminins en bombes sont médicalement et hygiéniquement sans valeur, et qu'ils peuvent provoquer des réactions aussi nuisibles que des ampoules, des brûlures et des éruptions. Il propose que chaque bombe porte une étiquette indiquant aux consommatrices :

"Attention : Pour usage externe uniquement. Ne pas projeter à moins de vingt centimètres de la peau. Utiliser rarement et jamais plus d'une fois par jour pour éviter les irritations. Ne pas employer ce produit sur les tampons périodiques. Ne pas mettre sur les peaux gercées, irritées ou qui démangent. Toute odeur persistante ou inhabituelle peut indiquer l'existence d'un état nécessitant de consulter un médecin. En cas d'irritation, d'éruption, de sécrétion ou de gêne vaginale anormale, arrêtez immédiatement l'emploi et consultez un médecin."

En plus de cet avertissement, ces produits n'auraient pas le droit de prétendre à une valeur médicale ou hygiénique.

Le Bureau a indiqué qu'il prenait cette décision à la suite de plaintes de consommatrices, dont certaines ont souffert de troubles plus graves qu'une simple irritation ou éruption.

Le communiqué ajoute que "bien que le BAD ne juge pas les réactions rapportées suffisantes pour faire retirer ces produits du marché, elles justifient néanmoins la proposition d'un avertissement obligatoire".

— Douce merde de moi, c'est assez pour me rendre *moi* asthmatique. Ces nabots, quel culot ! Qu'est-ce qu'ils y connaissent à l'odeur des femmes ? Aucun de ces politicards ne dort avec sa femme. Ils vont tous voir des putains, et les putains savent s'entretenir. Elles sont mes meilleures clientes. Je parierais que Ralph Nader est derrière ce coup-là. Tiens, je suis sûr qu'il a son bataillon de jeunes étudiants en droit qui inspectent les vagins d'une côte à l'autre en cherchant des ampoules fraîches et des écoulements pas ordinaires. C'est un affront à une nation chrétienne. Je suis le seul à tenter de nettoyer tout, de débarrasser la race humaine de sa puanteur la plus païenne. Mais croyez-vous que ces dupes le comprennent ? Et après ma belle contribution aux fonds de la campagne présidentielle ! La Maison Blanche va en entendre de toutes ses oreilles avec cette histoire. Et j'irai jusqu'aux tribunaux ; vous allez voir, un peu. Ils ont accepté mes dons, et ils savent bien qu'il vaut mieux qu'ils servent mes intérêts. Sans cela, j'irai porter mes fonds à d'autres qui y veilleront. Ces porcs ne sont pas les perles dont j'avais rêvé.

"Mais ça va prendre du temps, un temps précieux, pour déjouer ce complot du BAD. Le gouvernement bouge encore moins vite qu'un étron confit. Alors en attendant, pour contrebalancer leur entourloupette, j'ai l'intention de balayer la télé avec une annonce qui fera tournoyer les pupilles et qui gagnera les cours par millions. Ne m'interrompez pas !

"Voici mon idée. Vous avez entendu parler de mon ranch dans l'Ouest ? C'est un ranch de beauté. Oh ! j'y ai quelques têtes de bétail pour faire couleur locale et diminuer les impôts, mais c'est un ranch de beauté, un endroit où vont les femmes malheureuses – divorcées et veuves, principalement – pour maigrir, faire disparaître leurs rides, changer de style de coiffure et se retaper en vue de la déception suivante. Vous avez certainement entendu parler de ce genre d'endroit. Seulement, mon ranch est différent. Il est vraiment utile à quelque chose. Mon personnel apprend aux clientes à faire face à leurs plus intimes problèmes de beauté, ces problèmes que les salons chics n'abordent pas, que les autres stations de cure ignorent. Vous

même les cow-girls ont du vague à l'âme

savez bien ce dont je parle. Quoi, si mon ranch s'appelle la Rose de Caoutchouc, c'est du nom du procédé Rose de Caoutchouc, de ma propre invention, et que soit bénie sa petite poire rouge, la poire à injections la plus populaire du monde.

"Alors, voilà où je veux en venir. À un bout du ranch, il y a un lac marécageux sans valeur qui se trouve être sur le trajet de migration des grues, du dernier vol de grues sauvages qui existe encore. Donc, ces grues font un arrêt à mon petit étang – le lac Siwash, qu'il s'appelle – deux fois par an, en automne et au printemps, sur les bords duquel elles passent chaque fois quelques jours à se reposer, se nourrir et faire ce qui est habituel aux grues. Comprenez que je ne les ai jamais vues, mais on dit qu'elles sont magnifiques. De très grands spécimens – je veux dire, des bonnes mamans *énormes* –, blanches comme neige (les expressions sont toutes faites pour s'en servir), sauf des taches noires sur leurs ailes et les plumes de leur queue, et avec des têtes rouge vif. Bien. Or les grues, au cas où vous ne le sauriez pas, sont réputées pour leur danse d'amour, qui est le spectacle vraiment le plus dément de la nature. C'est probablement pour ça que la contemplation de la gent ailée avait tellement de succès auprès des vieilles filles et des doyens. Représentez-vous ces oiseaux rares, magnifiques et géants en pleine danse – bondissant jusqu'à deux mètres au-dessus de la boue, arquant leur dos, faisant claquer leurs ailes, puis s'aplatissant au sol pour se pavaner. Mes choux, c'est fascinant. Alors maintenant, représentez-vous ces oiseaux accomplissant leur danse sexuelle à la télévision. Là, en plein écran familial, le rite sexuel le plus élaboré de la création – et pourtant assez propre et pur pour convenir au pape lui-même. Et avec la belle Sissy Hankshaw – excusez-moi, Sissy Gitche – au premier plan. Dans une robe blanche à capuchon rouge et à grandes manches en plumes noires. Dans une imitation très atténuée de la grue femelle, elle danse/marche vers un grand nid où repose un flacon de Yoni Miam. Et un flacon de Rosée. En fond sonore, un quatuor à cordes joue Debussy. Une voix sensuelle lit quelques vers sur la cour et l'amour. Vous commencez à piger ? Est-ce que le duvet que vous avez sur le cou ne se dresse pas pour applaudir ? Grâce suprême !"

Julian était impressionné, et Sissy, bien qu'elle ait compris que les grandes manches de son costume seraient destinées à dissimuler ses mains, était flattée. Grattant sa barbe de trois jours avec son fume-cigarette, la Comtesse reprit.

— Grandiose, lyrique, érotique et niais comme une girl-scout : on ne peut faire mieux. Inutile de dire, cependant, que ça ne va pas être facile. Dites, vous n'auriez pas un peu de Ripple avec des glaçons ? J'ai engagé une équipe d'experts des studios Disney, les meilleurs opérateurs qu'on puisse trouver pour filmer la vie sauvage. Pas de Ripple ? Dommage. Ça ne fait rien ; le whisky ne me réussit pas. Ugh ! Tu ne savais pas que je parlais indien, pas vrai, Julian ?

"Oh ! je me rends compte que vous baignez tous deux dans une fondrière de félicité matrimoniale, et je répugne à vous séparer, même pour quelques semaines. Mais il se passe que les gars de chez Disney vont se mettre en route pour le Dakota d'un jour à l'autre pour commencer à tout installer. C'est que ces grues ne supportent pas le moindre brin d'êtres humains – elles ont probablement un sens de l'odorat très développé, pauvres oiseaux –, et l'équipe de tournage doit construire des caches et camoufler son équipement. C'est un travail très délicat. Alors, je veux que Sissy soit sur place d'ici une semaine. Elle devra faire la connaissance de l'équipe et se familiariser avec les exigences très particulières de ce travail. Les grues se ramènent au lac à n'importe quel moment entre fin septembre et fin octobre. On ne peut pas dire d'une année à l'autre, et il faut que nous soyons prêts, que tout soit réglé au quart de tour quand elles arriveront. Vu ?

"En outre, ma Sissy en sucre, tu peux me rendre un service personnel, là-bas. Comme si je n'étais pas déjà assez occupé, il faut que je file à Washington tirer les oreilles à mes gars de la Maison Blanche à propos de ces rustres du BAD. Je ne pourrai arriver dans le Dakota qu'à la toute dernière minute. Aussi, j'aimerais que tu examines vraiment soigneusement ce qui se passe à la Rose de Caoutchouc, si tu veux bien, et que tu me fasses un compte rendu. J'ai eu

même les cow-girls ont du vague à l'âme

quelques ennuis avec ce ranch et je m'accommoderais bien de quelques renseignements de l'intérieur."

Les yeux de Julian se rétrécirent, et il demanda :

— Quel genre d'ennuis ?

— C'est une longue histoire, fit la Comtesse, dont les dentiers se débattaient dans la cavité buccale comme deux animaux marins à coquille dure tentant de s'accoupler dans une poche de corail rose. C'est une longue histoire et vous n'avez pas de boisson décente pour l'arroser. Enfin, j'essaierai en deux mots. Il y a quelque temps de ça, une sacrée petite diablesse, une adolescente de Kansas City qui crevait d'envie de devenir cow-girl, découvrit l'existence de la Rose de Caoutchouc et m'amadoua assez pour que je lui donne un boulot dans le ranch. Elle se faisait appeler Bonanza Jellybean, et voilà qui aurait dû me mettre la puce à l'oreille. Mais comme un imbécile, je l'ai quand même engagée et lui ai confié de menues tâches dans la maison et les étables, comme une sorte de bonniche pour Miss Adrian. Miss Adrian dirige mon ranch ; elle dirigeait autrefois le Village de Beauté de Minnie Mouse à Opa Locka, en Floride, et elle connaît vraiment son affaire. Alors, il ne s'est pas écoulé longtemps avant que cette môme passe plus de temps en selle qu'à la vaisselle ; elle accompagnait les cow-boys, suivait toutes les expéditions et assumait d'elle-même de plus en plus de responsabilités. Julian, il est certainement plus agréable de te rendre visite sans que ce caniche prenne ma jambe gauche pour Lassie. As-tu régulièrement des nouvelles de Butty ? Cher vieux cabot !

"Bref. Au début du printemps, juste avant le début de la saison, Jellybean et deux ou trois autres esthéticiennes – Dieu sait comment elle les a gagnées à sa cause – se barricadèrent dans la maison, retenant Miss Adrian en otage, et ont commencé à me téléphoner leurs exigences à New York. Elles exigèrent que je renvoie tous les employés masculins du ranch et que je les remplace par des femmes. Douce merde de moi ! Jelly prétendait que mon entreprise exploitait les femmes depuis des années. Elle m'accusait d'avoir fait fortune sur le dos des femmes et déclara qu'il était temps que je fasse quelque chose pour elles en retour – comme si toute ma vie adulte n'avait pas

131

été consacrée à l'amélioration du sexe féminin. Et on ira encore parler d'ingratitude ! Miséricorde ! Elle déclara que si la Rose de Caoutchouc était un ranch pour les femmes, il devrait alors être géré exclusivement par des femmes ; celles-ci ne devraient pas être reléguées à des tâches serviles et caduques tandis que les hommes exécuteraient tout le travail intéressant dehors. Voilà mot pour mot ce qu'elle me dit : 'Je ne suis ni une coiffeuse, ni une foutue laveuse de vaisselle ; je suis une cow-girl. Et c'est des cow-girls qui vont faire marcher ce ranch, sans ça, il n'y aura plus de ranch à faire marcher.' Et où une jeune femme de notre dévot Midwest a-t-elle appris à parler comme ça, je vous le demande ? Chez le docteur Spock, je suppose."

Julian martela son exemplaire de l'ouvrage de Sir Kenneth Clark, *Civilisation*, d'un poing mou et basané.

— Vous ne l'avez pas laissée s'en tirer ainsi, n'est-ce pas ? Bon sang, moi j'aurais…

— Il aurait été simple de prévenir la patrouille de l'État du Dakota et de faire expulser ces petites morveuses de la propriété. Mais en fait, l'idée de Jelly, bien qu'elle fût inspirée par l'égoïsme, se défendait plutôt. Voyez-vous, la plupart des pensionnaires de la Rose de Caoutchouc sont solidement établies, grâce au versement de primes d'assurances, de pensions alimentaires et ainsi de suite. Un nombre choquant de mes cow-boys s'avérèrent des chasseurs de fortune, décidés à épouser ces vieilles filles stupides pour leur argent. Et même les gars qui étaient d'honnêtes pères de famille créaient un problème car au cours des expéditions au clair de lune, des piqueniques avec voiture-cantine et autres récréations organisées, les pensionnaires tombaient sans arrêt amoureuses d'eux, traînaient autour d'eux, leur collaient aux basques et se battaient même pour eux. Mes choux, il y avait un roulement incroyable dans ce ranch. Quelle pagaille ! Mais un personnel entièrement féminin éliminerait ces embêtements. Et cela éliminerait les cow-boys grossiers qui traînaient en ricanant devant le pavillon où les pensionnaires étaient entraînées aux super-injections, à l'huile d'amour et à la cire à mamelons ; pensionnaires comme personnel trouvaient cela gênant. Qui plus est, je n'aurais plus sur le dos les gouines américaines, une bonne fois pour toutes. Ce n'était pas la première fois qu'elles s'en prenaient à moi. Il y a un tas de mécontents dans notre société, au cas où vous ne l'auriez pas remarqué. Oui, plus j'examinais cette idée, plus elle me plaisait. Finalement, je donnai le feu vert à Jelly et lui dis de m'engager une bande de cow-girls, si elle en trouvait, et que si elles faisaient correctement le travail, je leur donnerais des salaires d'hommes et les soutiendrais à fond. C'est ainsi que je suis devenu propriétaire du plus grand ranch exclusivement féminin de l'Ouest. Tralala itou vache vache, tralalère d'une vache youpi hé !

— Comment ça a marché ? demanda Julian.

— En toute sincérité, je n'en sais rien. Les communications avec le ranch se sont raréfiées et espacées. J'ai appelé Miss Adrian plusieurs fois, mais le téléphone est le plus souvent en dérangement – c'est une région passablement perdue – et quand j'ai réussi à l'avoir, elle a été vague. Je crois que les cow-girls la menacent. Par-dessus le marché, il y a cet ermite dément assis sur son perchoir qui surveille l'endroit tout le temps. Le vieux nigaud ourdit probablement une chinoiserie maléfique sur toute l'affaire. Ça me fait frissonner. Vous pouvez comprendre pourquoi je suis curieux. Et pourquoi j'aimerais que Sissy passe tout le tableau au peigne fin. Qu'en dis-tu ?

Julian répondit pour les deux :

— Laissez-nous cette nuit pour en parler. Nous vous donnerons notre réponse demain matin.

La Comtesse n'était pas habitué à se voir rabroué, mais il accepta. Avec son monocle lançant un éclair sec sur la tapisserie, et son au revoir passé à l'émeri du dentier, il se retira.

Après un début assez doux, la discussion entre les jeunes mariés monta rapidement. Ils reconnurent vite que l'offre était pleine d'intérêt. Ils avaient respiré le même air depuis neuf mois, nuit et jour, et un peu de vacances les rafraîchirait l'un comme l'autre. L'ennui qu'éprouvait Sissy pour sa nouvelle vie inactive était la principale source de leurs frictions. Un travail de mannequin, spécialement aussi intéressant et lucratif que celui-là, la revivifierait. En son absence, Julian pourrait inviter quelques personnes autour du poulet sauté aux herbes de Provence (sa spécialité), et peut-être retrouver quelques amis chez Elaine. De toute façon, une courte séparation aurait des effets salutaires.

Ce fut lorsque Sissy annonça son intention de se rendre au Dakota en *auto-stop* que la conversation s'aigrit et que Julian se mit à écumer de rage et à siffler des poumons. Il ne pouvait comprendre cela ; il ne pouvait saisir cela ; il ne pouvait concevoir cela ; il ne pouvait (choisissez vous-même un synonyme). Cela l'effrayait, l'attristait, le menait à la bouteille de whisky et même à l'armoire à pharmacie pour caresser dans un geste théâtral ses ciseaux à ongles (étant imberbes, les Indiens possèdent rarement un rasoir). Il lâcha tir de barrage sur tir de barrage de sa plus lourde artillerie asthmatique. Mais Sissy tint bon, et le lendemain matin, lorsque la Comtesse appela, Julian lui déclara :

— Elle est enchantée de se mettre à votre service. Elle partira dimanche. Elle part tôt car (sanglot) elle veut absolument y aller en stop. Bon Dieu, juste quand je pensais qu'elle commençait à l'oublier. Ces satanés pouces, ces malheureux excédents, ils ne signifient rien du tout, mais comme ils nous compliquent la vie !

De la chambre, où elle triait ses anciens survêtements, Sissy surprit cette plainte. Lentement, elle tourna ses mains devant la glace, comme des tiges, comme des dagues, comme des bouteilles sans étiquette.

Ils lui paraissaient la plus belle partie de son corps, ses pouces. La part substantielle et la plus claire. Aucun orifice ne les trouait ; aucun poil ne les ornait ; ils ne sécrétaient rien et n'abritaient aucune sensualité latente. Ils ne contenaient aucunes entrailles visqueuses ; ils n'étaient ornés d'aucun ganglion ; ils ne produisaient rien qui puisse se comparer au cérumen, à la carie ou aux cors au pied. Ils n'étaient que la chair suave, non frelatée et potelée de sa vie, là, dans leur souple volume et leur forme achevée, complets.

Et tremblant en faisant ce geste, puis rougissant après l'avoir accompli, elle les embrassa. Elle bénissait son existence.

Ces pouces. Ils lui avaient créé une réalité quand elle était promise à la conception bancale de la réalité d'autrui, à quelque parodie socialement sanctionnée de la réalité. Et maintenant, ils allaient la transporter jusqu'au Ranch de la Rose de Caoutchouc.

Jusqu'à ces grands oiseaux qui s'ébattaient dans un lac baptisé du nom de ses ancêtres Siwash.

Jusqu'à cette contrée où l'Ours Smokey pose sa bêche pour badiner avec de plus folâtres bêtes.

Jusqu'à ce pays où la lumière des étoiles n'avait pas d'ennemis et le mauvais vent pas d'amis.

Jusqu'où le boogie s'arrête et le woogie commence.

TROISIÈME PARTIE

Bien qu'il y ait eu de temps immémorial des filles capables de monter les chevaux sauvages dans les ranchs, elles encouraient la désapprobation si elles le faisaient, et elles n'en tiraient pas gloire. Et même de nos jours, dans les pays du Sud qui possèdent de grands troupeaux, aucune femme ne monte, sauf pour voyager, et je ne crois pas qu'il y ait aux États-Unis beaucoup de femmes qui participent à la prise des taureaux au lasso ou au rassemblement du bétail.

SIR CHARLES WALTER SIMPSON

32

Le sac de papier marron est le seul objet produit par l'homme civilisé qui paraisse avoir sa place dans la nature.

Froissé en boule comme le cerveau fossilisé d'une dryade, semblant avoir survécu aux intempéries, paraissant assez grossier pour être le résultat d'une lente évolution naturelle, d'un brun n'ayant rien à envier au marron sombre – sale mais pur – de la pelure de pomme de terre ou de cacahuète, d'une parenté avec l'arbre (le Nœud et le nid) que l'écrasante cruauté de l'industrie n'a pas occultée, absorbant les éléments comme n'importe quelle autre entité organique, se confondant avec la roche et la végétation comme s'il était un paillasson à l'entrée de chez un hibou où le slip de Jeannot Lapin, un sac de papier Kraft modèle n° 8 gisait à l'abandon dans les collines du Dakota, où il semblait avoir toujours vécu.

À présent vide et aussi froissé que du cuir, ce sac avait été deux fois plein. Une première fois, il y a longtemps, il avait transporté des petits pains et un pot de moutarde à un rendez-vous avec de la viande hachée. Puis récemment, il avait contenu des lettres d'amour.

De même qu'un trou dans un chêne recèle les bijoux de famille des écureuils, ce sac avait dissimulé des lettres d'amour tout au fond d'une malle du dortoir. Et puis un jour, après le travail, la petite cowgirl au nez rond à qui ces lettres étaient adressées avait mis le sac et son contenu sous son bras, s'était glissée jusqu'au corral, laissant la main-d'œuvre du ranch jouer à lancer des fers à cheval et à faire voler des cerfs-volants tibétains, s'était mise en selle et était partie au petit trot dans les collines. Arrivée à deux kilomètres environ du dortoir, elle était descendue de cheval et avait allumé un petit feu. Elle nourrit le feu avec les lettres, l'une après l'autre, comme son petit ami lui avait un jour donné à manger des frites une à une.

Tandis que des mots comme *mon cœur, mon lapin en sucre, à jamais* et *toujours* partaient en fumée, la cow-girl éjecta quelques larmes. Les yeux embrumés, elle en oublia de brûler aussi le sac.

Lorsqu'elle fut de retour au dortoir, au crépuscule, ses compagnes firent semblant de ne pas savoir où elle était allée et pour quel motif. Big Red lui offrit un morceau de gâteau de ménage et ne fut pas surprise de le voir refusé. Avant d'aller se coucher, Kym lui barbouilla un bécot vite fait sur les lèvres l'air de rien, comme si elle chassait une petite peluche. Et Jelly, qui avait gratté tant bien que mal une chansonnette sur une vieille Gibson qui en avait tant vu, lui lança en la regardant :

— Tu sais, ma vieille, on m'a toujours dit que je ne devrais pas me servir d'une guitare pour aller à la pêche au ton !

Elle faisait partie du groupe, maintenant. Ah bon sang, que c'est bon d'être une cow-girl !

33

La radio des toilettes extérieures jouait *La polka des Arméniens qui meurent de faim.* La pluie, une averse soudaine, une petite sauce d'été normale dans le Dakota, avait coincé Bonanza Jellybean et Delores del Ruby au petit coin. Delores la première, puis Jelly finirent leur affaire et se refroquèrent. Mais elles restèrent sur leur siège.

— Oh ! je n'ai pas peur d'un peu de pluie, déclara Jelly.

— Moi non plus, fit Delores, qui n'aurait jamais reconnu avoir peur de quoi que ce soit.

Mais aucune des deux ne fit mine de sortir. Elles contemplaient par la porte ouverte l'escalier d'eau qui ressemblait tant à celui sur lequel les sirènes accueillent les marins noyés ("Tu montes avec moi, chéri ? demande une sirène qui n'est guère plus vieille qu'une cow-girl. — Et comment, et comment !" glougloute le matelot tout excité qui rend grâce en silence à l'officier recruteur de sa ville natale de ne pas avoir eu la malchance de périr sur la terre ferme). Cet escalier d'eau ne bougeait pas de là, suspendu dans ce qui a toujours été l'air, comme si on attendait qu'un sous-marin nain descende sur la rampe.

— Autant l'affronter, dit Jelly en s'approchant de la porte.

C'était elle le chef du ranch et elle devait donner l'exemple.

— Sûr, approuva Delores, chef d'équipe. Je sais pas ce qu'il en est pour toi, mais moi, je suis pas assez douce pour fondre.

Elle lança un coup de fouet à un halicte qui s'était lui aussi réfugié dans les cabinets (en fait, ce n'est pas l'halicte qu'elle avait essayé de blesser mais la photographie de Dale Evans sur laquelle il s'était posé).

Il y avait une réunion dans le dortoir ce samedi matin-là, une réunion à laquelle devaient assister toutes les cow-girls à l'exception de celles qui surveillaient les oiseaux, et que devaient présider Jelly et Delores. Si les cheftaines ne s'étaient pas arrêtées en route, chacune de leur côté, pour se soulager les boyaux (habitude que devraient prendre tous les présidents d'assemblées *avant* d'ouvrir la séance) et n'avaient été coincées par une averse, la réunion aurait déjà commencé. À la manière dont se déroulaient les réunions de la Rose de Caoutchouc, celle-ci ne risquait pas de sortir de l'ordinaire. Mary se plaindrait qu'une fois de plus, certaines cow-girls avaient dormi à deux par couchette, violant le règlement qui cantonne les "actes contre nature" au grenier à foin. Debbie déclarerait qu'elle se fichait pas mal de qui s'envoyait en l'air, avec qui et où et comment, mais que les gémisseuses, grogneuses et autres crieuses devraient baisser un peu le volume quand les autres essaient de dormir ou de méditer (on rougit ici ou là). Big Red proférerait un témoignage spontané sur la qualité et la quantité de la cuisine de la Rose de Caoutchouc, attestant que chaque pomme de terre bouillie, chaque goutte de sauce était plus maigre et moins appétissante que la précédente. Et plusieurs cow-girls exprimeraient leurs inquiétudes quant aux conséquences que pouvait avoir le fait de garder les échassiers. Mais Jelly calmerait chacune, comme d'habitude, et à la fin de la réunion, ce ne serait que sourires, accolades et expressions de solidarité. Cela promettait d'être une réunion comme les autres, mais elle avait été convoquée et il fallait donc la tenir. Jelly et Delores n'avaient pas le droit de la retarder davantage sous prétexte qu'il pleuvait des bananes et des bouteilles de Coca. Qu'elles se trempent un peu !

S'armant de tout leur courage pour avaler ce grand verre d'eau, cul sec, rien pour pousser, elles allaient s'élancer de la porte des chiottes lorsqu'elles virent soudain une cow-girl nu-pieds – Debbie, en vérité – traverser la cour en courant, vêtue de sa tenue de karaté, sauter sur l'Exercyclette qui rouillait parmi les mauvaises herbes et se mettre à pédaler furieusement sous la pluie papotante.

— Par mon crocodile sacré ! s'écria Delores. Elle est devenue maboule.

Mais, holà là, en une minute les autres rejoignirent Debbie, toutes les filles en fait ; le dortoir au complet, quelque trente jeunes cow-girls qui piaillaient et gloussaient, nues ou presque, toutes en fossettes et en hormones. Elles glissaient et se roulaient dans l'herbe humide, se poussaient les unes les autres dans la boue qui se formait près de la palissade du corral, se poursuivaient à travers les plis épais des tentures de pluie, plongeaient leurs ripatons mignons dans les flaques et faisaient des plat-ventres dans l'auge à chevaux qui débordait. L'averse devint un lustre de cristal dont elles étaient les flammes scintillantes.

Patronne du ranch et chef d'équipe échangèrent des coups d'œil étonnés. Les filles les appelèrent. Jelly se sentit des fourmis dans le sang et se déshabilla en vitesse. Plus hésitante, Delores se dévêtit et resta avec son petit linge en peau de vipère. Puis elles bondirent de concert dans la chaude pluie.

Les cow-girls batifolèrent jusqu'à ce que la pluie s'en reparte aussi brusquement qu'elle était venue. Le jeu cessa. Le soleil planta ses banderilles dans les gouttes qui pendaient à leurs boucles de cheveux. Elles haletaient comme de jeunes chiennes, s'appuyant les unes sur les autres ou se retirant des petites mottes de boue des cheveux.

— Je propose que la réunion soit ajournée, articula Elaine à bout de souffle.

même les cow-girls ont du vague à l'âme

Debbie appuya la proposition, et y épingla un proverbe zen :

— À la fin du jeu sans fin, il y a l'amitié.

— Que diantre a-t-elle voulu dire là ? demanda Heather qui utilisait les toilettes quand Jelly revint y prendre ses vêtements.

Jelly observa les cow-girls épuisées et trempées jusqu'aux os rentrer dans le dortoir bras dessus bras dessous.

— Ah ! ciel, si tout se faisait ainsi ! commenta-t-elle seulement.

34

Alors qu'elle était à l'autre bout de l'État, à Fargo, pour conclure la vente du fromage de chèvre, Bonanza Jellybean s'était arrêtée à une braderie et avait ramassé un lot de vieilles robes et de vieux chapeaux. Nos cow-girls les essayaient devant la glace du dortoir. Kym s'était collé un chapeau rose et flasque qui ressemblait au croisement d'une tarte en mousseline de fraise et d'un lévrier de course. Accaparant la glace, Jody palpitait dans un kimono vert plein de plis. Delores demanda d'un ton maussade s'il y avait quelque chose de noir. Elaine et Linda…

Attendez. Attendez un instant, s'il vous plaît. Même si nous sommes d'accord que le temps est relatif, que ses conceptions les plus subjectives sont aussi erronées que ses descriptions les plus objectives sont arbitraires ; même si nous faisons tout ce que nous pouvons pour nous extirper de son terrible flux (au point de ne pas tenir compte lorsqu'un auteur demande "Attendez un instant, s'il vous plaît", car un moment n'est après tout qu'une petite miette de temps) ; même si nous faisons vœu d'allégeance au *hic et nunc*, ou que nous considérons le temps comme une boîte vide à remplir de notre génie, ou que nous restructurons les concepts que nous en avons pour qu'ils correspondent au tic-tac sauvage de l'horloge ; même comme ça, nous en sommes venus à attendre que, pour le meilleur ou pour le pire, les livres que nous lisons présentent une forme ou une autre d'ordre chronologique, car la fonction de la littérature est de donner ce qui manque à la vie. À la lumière de ces explications, donc, votre auteur marque un temps pour vous informer que les événements décrits dans les chapitres du début de la troisième partie, ainsi que la plupart de ceux que rapportent les divers Interludes cow-girls de la première et de la deuxième, se produisirent *après* que Sissy Hankshaw Gitche est venue à la Rose de Caoutchouc et en est repartie.

Les choses étaient quelque peu différentes lorsque Sissy arriva au ranch en septembre 1973 pour son travail de mannequin. Visible-ment, Miss Adrian le dirigeait encore à l'époque ; la Rose de Caout-chouc fonctionnait encore comme ranch de beauté et le nombre des cow-girls n'excédait pas quinze. Les plans imaginés au début par la Comtesse avaient à n'en pas douter subi des modifications radicales, mais la situation n'était pas encore celle que l'auteur vous a déjà rapidement décrite.

S'il vous a emmêlé les idées, l'auteur vous présente ses excuses. Il jure de garder les événements dans l'ordre historique normal à partir de maintenant. Il ne désavoue pourtant pas les impulsions qui l'ont conduit à présenter des scènes cow-girls en dehors de l'ordre chronologique, et il n'adopte pas non plus l'idée que la littérature devrait refléter la réalité (comme la glace du dortoir reflétait les jeunes cow-girls en vieilles fripes, et dans n'importe quel ordre, d'ailleurs). Un livre ne renfermera pas plus la réalité qu'une horloge le temps. Un livre mesure sans doute autant de prétendue réalité qu'une pendule mesure de prétendu temps ; un livre peut créer une illusion de réalité comme une pendule crée une illusion de temps ; un livre est aussi vrai qu'une horloge (les deux étant peut-être plus vrais que les idées qu'ils évoquent). Mais ne nous faisons pas d'illusion – tout ce qu'une horloge contient, c'est des roues et des ressorts, et tout ce qu'un livre contient, c'est des phrases.

Heureusement, votre auteur n'est lié par aucun contrat à aucune des muses qui fournissent les écrivains de bonne réputation, et il a donc accès à un très large éventail de phrases qu'il peut étaler et étendre d'une marge à l'autre tout en vous contant les aventures de notre Belle aux Pouces Géants, du ranch dont une poire à injections fit la fortune et – ô enfants, dressez ici l'oreille ! – de l'horloge et de son Chinetoque. Par exemple

même les cow-girls ont du vague à l'âme

Cette phrase-ci est faite de plomb (et une phrase en plomb donne au lecteur une sensation tout à fait différente d'une phrase en magnésium). Celle-ci est en laine de yack. Celle-ci est faite de soleil et de prunes. Cette phrase est en glace. Cette phrase est écrite avec le sang du poète. Cette phrase est made in Japan. Cette phrase luit dans le noir. Celle-ci est née coiffée. Cette phrase en pince pour Norman Mailer. Cette phrase est une alcoolique et elle se fiche pas mal de qui le sait. *Comme beaucoup de phrases en italique, celle-ci a des liens avec la Mafia.* Cette phrase est double Cancer ascendant Poissons. Cette phrase a perdu la tête en cherchant le paragraphe parfait. Cette phrase refuse d'être schématisée. Cette phrase s'est enfuie avec une proposition adverbiale. Cette phrase est cent pour cent naturelle : elle ne contient aucun produit artificiel de fraîcheur comme les phrases de Homère, Shakespeare, Goethe et Cie, bourrées de conservateurs. Cette phrase a une fuite. Cette phrase n'a *pas l'air* juive… Cette phrase a reconnu Jésus-Christ comme son sauveur personnel. Cette phrase a un jour craché dans l'œil d'un critique littéraire. Cette phrase sait danser le funky chicken. Cette phrase a vu trop de choses et n'en a pas oublié assez. Cette phrase sait comment planter les choux. Cette phrase est sans doute loin d'être finie, car elle a oublié son point final Sept fraze ai kriblé de fot daurtaugraf – mais vous voyez bien qu'elle a survécu. Si cette phrase avait été un serpent, elle vous aurait mordu. Cette phrase est allée en prison avec Clifford Irving. Cette phrase était à Woodstock. Et cette petite phrase a fait trois petits tours et puis est rentrée dans la ligne. Cette phrase-ci est fière d'être de l'équipe de *Même les cow-girls ont du vague à l'âme.* Cette phrase ne sait trop quoi penser de tout ça.

35

L'ennui avec les mouettes, c'est qu'elles ne savent pas si elles sont des chats ou des chiens. Leur cri est exactement à mi-chemin entre l'aboiement et le miaulement.

Il n'y a pas d'ambivalences de ce genre dans les Dakotas. Le ciel du Dakota est d'un seul morceau ; le vent du Dakota n'est pas autre chose que direct ; la poussière du Dakota ne souffre d'aucune crise d'identité ; les grues qui séjournent deux fois par an dans les Dakotas (où les mouettes ne risquent pas de s'aventurer) savent exactement ce qu'il en retourne – leurs inimitables craquettements en attestent.

Comme on peut s'y attendre d'un territoire si singulièrement franc et sensé, la topographie des Dakotas est presque uniformément plate. De larges perspectives d'herbages arides, ouvertes et régulières, assoiffées et découvertes, aussi plates et égales que le dos d'un enfant qui n'a pas encore eu d'acné et qui se tient encore droit, s'étendent d'un horizon à l'autre comme l'accord le plus vieux et le plus abandonné sur l'harmonica de Dieu. Du danger ou de l'ennui, on n'y trouve point d'endroit où s'abriter. À travers ces plaines solitaires, Pan n'a jamais poursuivi une nymphe qui glousse.

À la limite occidentale des Dakotas, toutefois, la monotonie du paysage qui commence à basculer graduellement vers les montagnes Rocheuses est interrompue par un désordre topographique si aigu et si sauvage que les humains, avec un sens de la moralité qui doit amuser l'amorale Nature, ont jugé bon de l'appeler les Badlands – le Mauvais Pays. Véritable Ziegfeld Follies de l'érosion, ces Badlands font étalage de leur vilaine géologie par des buttes-témoins ressemblant à des tours – superposant couche après couche de roc et de sol tourmentés vers le ciel – et par des canyons sculptés, si profonds et si chaotiques qu'ils briseraient le cœur du diable.

(Quand on écrit sur les Dakotas, il est facile de parler de dieux et de diables, tout comme il est préférable de les ignorer quand on écrit sur des sujets de spiritualité.)

Entre la grande crêpe de la prairie délaissée et les étranges ruines des Badlands, vous trouverez un étroit ruban de collines bien dodues, vertes et pastorales. Mesurant moins de trois kilomètres de largeur par endroits, ce ruban paraît doux et sympathique comparé aux excès physiographiques qui le bordent de chaque côté. De petits lacs miroitent en ses creux, et les bosquets ne manquent pas. Il n'en demeure pas moins qu'il a droit à sa pleine ration d'ardeurs estivales et de tempêtes de neiges hivernales. Le vent presque constant du Dakota ne lui accorde aucun privilège spécial. Les orages, avec la bonne conscience d'un pilote de B-52 survolant un orphelinat, le bombardent copieusement de gouttes de pluie et de grêlons. Les tornades ont noté son numéro dans leur petit carnet noir, et elles appellent parfois. Néanmoins, s'il n'est pas vraiment une oasis, ce ruban de tertres est incontestablement la bande la plus douce du Dakota. Les collines sont recouvertes d'un tapis d'herbe de moyenne hauteur. Les vaches se régalent de cette herbe, comme les bisons avant elles, car ici le sol abonde en chaux et fournit le calcium dont les animaux de pâture ont besoin dans leur fourrage. Ces collines du Dakota sont donc divisées en ranchs d'élevage.

Petite selon les normes locales, la Rose de Caoutchouc occupe quatre-vingts hectares de cette terre verte et bosselée, et un voyageur texan qui la vit un jour déclara : "J'croâ que j'vais m'envelopper ce p'tit endroâ dans un mouchoâr de poche pour l'ramener chez moâ." C'est aussi un des ranchs les plus isolés : à cinquante kilomètres de la ville la plus proche, et à vingt-cinq de la maison d'à côté. Il fut un temps où il faisait partie, et constituait presque la totalité de la Réserve indienne Siwash.

Les constructions du ranch sont regroupées à l'extrémité ouest, du côté des Badlands, à la base d'une butte plus élevée, plus large et plus longue que celles qui l'environnent. En fait, c'est une des arêtes les plus excessives des Badlands tout entier, et d'autant plus apparente que située sur le périmètre oriental des Badlands proprement dits, une ultime ruade de ceux-ci, pour ainsi dire. Présentant la forme d'un gâteau de mariage en sucre-glace immaculé dans lequel des misogames auraient mordu cyniquement deux ou trois fois – non la forme plutôt d'un navire qui, canonné d'importance, s'est détaché du convoi (les autres buttes) pour venir s'échouer contre les brisants des basses collines vertes, cette superbutte s'amollit ici ou là en lopins d'herbe et en buissons, mais reste pour l'essentiel un monolithe dénudé trop accidenté et à pic pour qu'un humain ordinaire l'escalade. Elle est connue sous le nom de Siwash Ridge. Si c'est un navire, elle transporte une cargaison de calcaire et

tom robbins

de fantômes. Si c'est un navire, elle bat le pavillon des exclus. Si c'est un navire, le Chinetoque en est le capitaine, car il vit dans la solitude de sa passerelle volante.

Le lac Siwash, lui, est de l'autre côté du ranch, à l'extrémité est ; c'est un œil noisette qui lit et relit la page 1 de la prairie.

Et quelque part dans cette prairie, réduisant les kilomètres entre elle et la Rose de Caoutchouc, ses pouces ne déparant pas l'immensité qui l'entourait, Sissy Hankshaw Gitche dévalisait la circulation. Une part d'elle-même, la plus grande vraisemblablement, débordait d'extase d'être libre, de balayer à nouveau le continent, de faire cette chose dingue et apparemment absurde qu'en dépit d'un arrêt de neuf mois, elle pratiquait encore en maître. Mais une autre part d'elle-même se languissait de Julian, souffrait d'être privée des attentions qu'il prodiguait à son corps et à son esprit. Ainsi partagée, elle qui avait été jadis aussi intraitable que les grues, tenait maintenant davantage de la mouette.

36

Elle fit son entrée dans Mottburg à bord d'une Chevrolet au pare-chocs relâché qui tremblait plus que les dentiers de la Comtesse. En comparaison, l'éleveur de bétail qui était au volant était le silence même. Il avait la lèvre sévère et le regard perdu ; les hommes du Dakota sont comme ça.

Déposée devant le magasin de ravitaillement, elle dirigea ses longues foulées immédiatement sur la sortie de la ville. Toute proche. Là, elle s'arrêta pour échanger quelques mots avec une vieille dame qui dodelinait de la tête, assise sur une chaise en osier tressé devant une petite station-service-épicerie-bazar du genre pépé-mémé. La vieille femme tenait l'été indien sur ses genoux comme un chat.

— Excusez-moi, m'dame. Pourriez-vous m'indiquer le chemin d'un ranch qui s'appelle la Rose de Caoutchouc ? Mottburg est censé en être la ville la plus proche.

même les cow-girls ont du vague à l'âme

Les yeux à demi clos comme ceux d'un lézard, la femme releva le menton sans soulever les paupières.

— Est-ce qu'ils sont vrais ? fit-elle d'une voix étonnamment éveillée.

— Vous voulez parler de mes pouces ? Oui, ils sont très très vrais.

— Oh ! alors euh, excusez-moi, ma petite ; je ne pensais pas poser une question personnelle. Comme vous parlez de ce Ranch de la Rose de Caoutchouc, je pensais que vous faisiez peut-être partie du film qu'ils font là-bas. Je me suis imaginé que c'était peut-être des *accessoires*, du décor, vous voyez ? Vous allez être dans ce film ? De quoi s'agit-il, d'ailleurs ?

Sissy s'apprêtait à expliquer à la vieille dame que les cinéastes qu'elle avait de toute évidence vus se diriger vers la Rose de Caoutchouc venaient filmer les grues, mais quelque chose – quelque instinct de protection peut-être – la retint. Elle ne savait pourquoi, mais elle se demanda s'il fallait qu'elle parle des grues.

Cette femme de la plaine remarqua que Sissy hésitait.

— Bah ! ça fait rien, fit-elle. Ça ne passera probablement jamais à Mottburg, de toute façon. Surtout si c'est un de ces films de nus déconseillés par la censure. Le cinéma d'ici ne montre jamais que des films gnangnan produits par l'Église mormone. Et puis chaque Noël, ils repassent *La Mélodie du bonheur*. Seigneur, je l'ai vu quatre fois. S'ils essaient de m'emmener encore cette année, je leur dirai que mes yeux sont trop faibles. Je n'aime pas beaucoup raconter des histoires, mais trop c'est trop, croyez pas ? Mais s'ils voulaient faire venir un film de Bette Davis... Ça, c'est mon morceau. Z'aimez Bette Davis ?

Sissy sourit.

— Je ne me rappelle pas l'avoir vue, mais on dit que c'est une actrice merveilleuse.

Sissy ignorait si elle aimait Bette Davis ou pas, mais cette vieille femme lui plaisait bien.

— Oh ! je l'ai vue plus d'une fois, et Joan Crawford aussi. Autrefois, j'avais l'intention de devenir une dame sophistiquée comme elles, mais je suis restée coincée dans ce bled. Je suis restée coincée et je n'ai jamais pu en ressortir. J'ai dirigé pendant trente ans le syndicat des éleveurs. On m'a mise à la retraite il y a un moment. Ils se sont dit que j'étais sénile. Ils se figurent que la mère Schreiber n'y est plus, mais je sais tout ce qui se passe, de a jusqu'à z.

Sissy posa par terre son sac à dos.

— Dites-moi, mademoiselle Schreiber…

— *Madame* Schreiber. Comment une femme resterait-elle coincée dans un endroit pareil si ce n'est à cause d'un bonhomme ? Mon Dieu !

— Madame Schreiber donc, je me demandais si vous sauriez quelque chose sur les Indiens Siwash. N'est-ce pas une tribu de cette région ?

— Oui et non. Les Siwash ? Oui et non. Poulette, il faut m'excuser si je vous regarde avec tant d'insistance. Je sais que c'est malpoli, mais on voit rarement des filles comme vous.

— Ça ne fait rien, madame Schreiber. J'ai l'habitude qu'on me regarde. Et je parie qu'une personne aussi sophistiquée que Bette Davis regarderait mes pouces. Alors, les Siwash ?

— Oui, les Siwash. N'étaient pas du coin, au départ. Les Siwash étaient une petite tribu qui a été chassée de la côte du Pacifique par ses ennemis. On disait qu'ils trafiquaient beaucoup avec des mauvaises plantes et que les autres tribus les haïssaient. Alors, ils ont fait tout le chemin jusqu'au Dakota, et les Sioux du Dakota les ont recueillis et se sont occupés d'eux, leur donnant un bout de leur propre terre. Plus tard, après l'organisation des réserves, les Sioux ont persuadé le Congrès d'attribuer aux Siwash cent hectares pour qu'ils aient leur petite réserve à eux. Pendant la guerre, la Seconde Guerre mondiale je crois que c'était – sapristi, il y en a eu tellement que je m'y retrouve à peine –, ce qui restait des Siwash est parti dans les villes pour trouver des métiers. Ils ont permis au Congrès de vendre la terre de leur réserve à des propriétaires blancs. Toute leur terre sauf, faut dire, Siwash Ridge. Ils ont déclaré que cette vieille butte – on la voit d'ici si le vent ne s'est pas levé et qu'on fixe avec

même les cow-girls ont du vague à l'âme

assez d'attention – était sacrée et qu'ils ne la lâcheraient jamais. C'est comme ça que cette crête est encore territoire Siwash. Mais il ne reste plus de Siwash dans les parages. Sauf si on compte le vieux fou qui vit au sommet de la butte.

— Vous voulez parler de l'homme qu'on appelle le Chinetoque ? Est-il indien ? Je croyais qu'il était chinois.

La vieille toute ridée gigotait comme un perroquet au soleil.

— Peut-être que c'est un Chinois et peut-être que pas. Tout ce que je sais, c'est qu'il a un papier des Siwash qui dit qu'il est leur homme-médecine numéro un et qu'il a le droit de vivre sur leur montagne sacrée. (Et la vieille s'agitait.) C'est peut-être un Chinois. Peut-être autre chose. Les gens ici chez qui il fait son petit commerce ne savent pas au juste ce qu'il est. Ils croient que c'est à moitié un animal, une espèce de revenant. (Elle arrêta de remuer.) Mais il a toujours un clin d'œil et un petit boniment pour Mémé Schreiber, et c'est plus que ce que récoltent les autres vieilles taupes de Mottburg. Bon sang, j'irais n'importe quand au bal du samedi soir avec lui. Mémé Schreiber danse encore la polka, vous savez ?

Sissy éclata de rire puis ramassa son sac à dos.

— Je suis sûre que vous dansez mieux que moi, fit-elle. J'étais très contente de vous parler, madame Schreiber. Pourriez-vous me dire comment on arrive à la Rose de Caoutchouc ?

— Suivez la grand-route qui sort de la ville pendant quinze bons kilomètres. Vous verrez un petit chemin en terre battue partir à droite. Faites bien attention. Il n'y a pas de poteau, mais il y a un tas de cailloux qui a été passé à la chaux. Vous suivez cette route jusqu'à ce que ça commence à monter. Alors il y a un autre chemin là qui bifurque, guère plus large qu'un sentier, mais là il y a un panneau. Vous ne m'avez pas dit si vous alliez jouer dans ce film, ou si vous alliez trouver le Chinetoque comme d'autres jeunes sots avant vous ou si vous alliez travailler dans le ranch. Je sais que ça ne me regarde pas, mais je sais que vous n'y allez pas pour les soins de beauté : vous êtes trop jolie pour ça. À moins qu'ils puissent faire quelque chose pour vos pouces…

Sissy fit un signe en s'éloignant.

— Je veux qu'on ne fasse rien à mes pouces, madame Schreiber. Merci beaucoup de votre aide. Je verrai s'il y a un rôle pour vous dans le film.

— Oh! oui, oh! oui, fit la vieille femme.

Elle eut un petit rire saccadé. Puis elle se détendit paresseusement, comme pour caresser l'été indien derrière les oreilles.

37

Sissy trouva la route en terre battue. Elle soulevait de petits nuages de poussière en marchant. Un crotale réchauffait son sang froid sur un rocher. Il y avait dans l'air une sensation de youpi et de youhouhou. Au loin, Siwash Ridge leva son chapeau – mais sans dire salut.

De la direction où le ranch était censé se trouver approchait un minibus Volkswagen, décoré de mandalas, de dorjes lamaïques et autres symboles représentant "la claire lumière du vide" – un sacré enjolivement pour la fleur de l'industrie automobile allemande.

Lorsque le minibus fut à hauteur de Sissy, il s'arrêta. Il transportait deux hommes et une femme. Ils avaient dans les vingt-quatre ans et leur expression était tendue. La fille assise au milieu parla :

— Êtes-vous en pèlerinage ?

— Non, je suis plutôt une Indienne, répondit Sissy, à qui il manquait de nombreux repas de Thanksgiving[*].

Le trio ne se dérida pas.

— Elle veut dire : est-ce que vous allez voir le Chinetoque ? expliqua le conducteur.

— Oh! peut-être bien que oui et peut-être bien que non, fit Sissy. Mais mon but principal ici n'est pas d'aller le voir.

— Parfait, reprit le conducteur. Parce que vous ne pourrez pas le voir. Nous, on est venus de Minneapolis rien que pour le voir et ce salaud a voulu nous lapider.

---

[*] Rappelons que le jour de Thanksgiving commémore aux États-Unis l'accueil pacifique que les premiers colons reçurent des Indiens.

même les cow-girls ont du vague à l'âme

— Oh ! Nick, tu exagères, dit la fille. Il n'a pas essayé de nous tuer, mais il nous a effectivement jeté des cailloux pour nous chasser. Il nous a empêchés d'approcher à moins de quarante mètres de lui.

— T'as qu'à regarder le bras de Charlie, fit le conducteur à la fille. (Puis, à Sissy :) Cette vieille bique a fait tomber Charlie. Il a un bleu de la taille d'une orange. Il a eu de la chance de pas se casser le cou.

À l'autre bout du camion, Charlie se tenait l'épaule, méditatif.

D'un long doigt décharné – d'autant mieux fait pour explorer les moindres lézardes du cosmos –, la fille remonta sur son nez ses lunettes sans monture.

— Je vous avais dit qu'on aurait dû prier avant d'escalader la butte. Nous n'étions pas assez concentrés.

— Des couilles ! s'exclama le conducteur. On est le troisième groupe de pèlerins qu'il chasse ce mois-ci. Un type de Chicago, un vrai mystique, n'a réussi à arriver à l'entrée de la grotte au printemps dernier que pour se faire donner un coup de bâton sur la tête. Le Dalaï Lama en personne n'a pas obtenu d'audience de ce dingo. Il a perdu la boule, sur son rocher.

— Excusez-moi, dit Sissy, mais pourquoi est-ce que les "pèlerins" comme vous veulent voir le Chinetoque, exactement ?

— Pourquoi fait-on un pèlerinage pour voir un saint ? Pourquoi les novices cherchent-ils un gourou ou un maître ? Pour recevoir une instruction. Nous voulions apprendre. Et s'il avait été accueillant, nous voulions l'inviter à diriger un séminaire dans notre communauté, le Centre Bouddhiste du Missouri.

— Ouais, ajouta le conducteur, mais maintenant, je ne crois plus que ce bonhomme soit un maître. C'est un vieux montagnard sale et prétentieux. Quoi, il a sorti sa quéquette en la secouant vers Barbara. Je ne m'en approcherais pas si j'étais de vous, ma brave dame. Dites, vous n'allez pas là-bas en espérant une guérison par la foi, n'est-ce pas ?

Sissy dut sourire.

— Certainement pas, fit-elle d'un ton tranchant. Je suis en parfaite santé.

153

Et elle poursuivit son chemin d'un pouce alerte, tandis que les pèlerins discutaient pour savoir si la douche de cailloux et le branle de la quéquette n'étaient pas en fait des messages spirituels.

38

À défaut d'autre chose, le cerveau est un jouet éducatif. Bien qu'il puisse parfois être un joujou frustrant – dont les détails les plus fins vous échappent juste au moment où vous croyez les maîtriser –, il n'en reste pas moins éternellement fascinant, souvent surprenant, occasionnellement gratifiant, et en plus il est tout monté : vous n'avez pas besoin de l'assembler le matin de Noël.

Le problème que pose la possession de ce jouet attrayant est que les autres aussi veulent jouer avec. Parfois, ils préfèrent même jouer avec le vôtre plutôt qu'avec le leur. Ou alors, ils protestent si vous ne jouez pas avec le vôtre comme eux avec le leur. Le résultat est qu'on choisit éternellement les mêmes jeux dans les rayons. Si vous ne jouez pas aux jeux des autres, ils prétendent que vous avez "perdu vos billes", incapables de comprendre que si le jeu de dames chinois est un passe-temps charmant, on peut également avec son cerveau jouer aux dominos, aux échecs, au strip poker, au jeu de la puce, au savon qui glisse ou à la roulette russe.

Un de ces bidules largement pratiqué, même si c'est avec médiocrité, s'appelle la "pensée rationnelle". Bien que ses ancêtres n'aient aucunement connu ce jeu et qu'ils n'y eussent probablement pas joué dans le cas contraire, Julian Gitche en raffolait. Il tenta de l'inculquer à son épouse, dont la conception "les-pouces-d'abord" de l'existence lui apparaissait perturbante, irrationnelle et frivole (Vive la seconde phalange !). Sissy n'en fit qu'une bouchée. Elle manquait de divertissements dans l'appartement de la 10e Rue – et ayant survécu à neuf mois de vie conjugale, en quoi la "pensée rationnelle" aurait-elle pu lui faire peur ? Elle apprit les rudiments de la logique et, encouragée par Julian, décida de les appliquer à son voyage vers la Rose de Caoutchouc.

même les cow-girls ont du vague à l'âme

Aussi, lorsque, approchant de sa destination, elle s'assit pour se reposer sur une grosse bûche pétrifiée (toute multicolore et ressemblant à un pain de mie préhistorique), au lieu de laisser son esprit vagabonder sur les plaisirs et les possibilités de l'auto-stop, pour en savourer toutes les nuances, les rythmes et les tensions spatiales, elle se rappela les tâches qui l'attendaient et essaya de les passer en revue, comme aurait fait tout Grec de l'Âge d'or.

1. Elle poserait pour les caméras louées par la Comtesse et exercerait de son mieux ses talents de mannequin.

2. Se mêlant aux cow-girls, au personnel et aux invitées, elle tenterait de dresser un bilan de la situation qui régnait au ranch.

3. Elle repartirait de la Rose de Caoutchouc aussi vite que possible.

Voilà ! Les trois grands buts. Maintenant, elle allait sous-diviser en 1a, 1b, etc. C'était marrant, au fond, la logique.

Hélas ! Le cerveau est un jouet qui a ses propres jeux, parmi lesquels il préfère entre tous celui du une-chose-en-amène-une-autre. Vous le connaissez. C'est comme ça : lorsque Sissy pensa "passer en revue", elle pensa qu'elle devait cette habitude à Julian, ce qui la fit penser à Julian lui-même, ce qui la fit penser que Julian l'aimait, ce qui la fit penser à l'amour. Une chose en amène une autre. Les yeux bien fermés sous le brasier du ciel bleu pâle du Dakota, les herbes murmurant son nom par vagues, les sturnelles à collier gaspillant pour elle leurs chansons, elle se mit à se tortiller sur la pierre chaude. Elle ouvrit son survêtement à l'entrejambe et, comme si elle cherchait *Éros* dans les pages historiques du dictionnaire, laissa ses doigts faire le reste.

À vous toutes et tous qui n'avez commis la chose que dans votre lit ou dans les toilettes de l'école, Sissy peut assurer que rien ne vaut le milieu d'une prairie déserte – dans un océan de brins d'herbe gonflés de soleil qui repoussent le ciel de tous côtés, tandis que la brise parfume à petits coups les baisers de la terre. À son insu, Sissy suivait là les traces d'un bon nombre des petites dames qui tenaient ce ranch. Même les cow-girls ont du vague à l'âme…

Malheureusement, Sissy n'avait tourné que quelques pages quand elle fut interrompue par une Cadillac qui surgit du terrier d'un chien de prairie.

39

Mais non. Non non non. Bien sûr que non. La Cadillac ne sortit pas du terrier d'un chien de prairie, mais arriva par le chemin que Sissy avait emprunté. Seulement elle surgit si soudainement – en dépit du fait qu'on voyait au moins à trente kilomètres à la ronde – que Sissy eut à peine le temps de se rajuster, et se dit : *Mais d'où sort cette voiture ? Du terrier d'un chien de prairie ?*

C'était la première fois dans sa carrière d'auto-stoppeuse qu'elle voyait à regret une voiture approcher.

Au volant de la Cadillac se trouvait une adolescente coiffée d'un Stetson. Ce fut la porte arrière de la limousine qui s'ouvrit, cependant, et une voix raffinée de matrone en sortit :

— Seriez-vous Sissy Hankshaw par hasard ?

— Oui, c'est moi, dit Sissy Gitche.

Qui d'autre pouvait-elle être ?

Une femme élégante d'âge moyen se pencha par la portière.

— Bonté divine ! Pourquoi n'avez-vous pas téléphoné ? Quelqu'un serait venu vous chercher à Mottburg. Je suis Miss Adrian. Du ranch. La Comtesse a écrit pour annoncer votre arrivée. Montez, voulez-vous ? Vous devez être épuisée. Il fait chaud aujourd'hui. Gloria, occupez-vous des bagages de Miss Hankshaw.

Gloria fit un signe amical à Sissy mais n'esquissa pas le moindre mouvement pour l'aider. Sissy balança son sac à dos dans le spacieux véhicule, s'apprêtant à le suivre, mais prit le temps d'envoyer un coup de pouce (mieux vaut faire du stop à une voiture déjà arrêtée que n'en pas faire du tout). Puis elle monta et s'assit à côté de Miss Adrian, tirée à quatre épingles. Quelque chose chez cette dernière rappelait à Sissy le piano blanc de Julian. Dans sa tête, Sissy posa un vase de roses sur le crâne de Miss Adrian. C'est juste là qu'elles devaient être.

À l'instant où Sissy claqua la portière, la cow-girl-chauffeur écrasa l'accélérateur et la Cadillac bondit en avant dans un nuage de

même les cow-girls ont du vague à l'âme

poussière aussi flou qu'un film amateur. Les roses dégringolèrent du piano, qui montra les dents :

— Petite sotte !

C'était dit dans les graves et les basses : fa dièse en dessous de l'ut du milieu de la gamme.

Miss Adrian retrouva son maintien.

— Vous auriez vraiment dû téléphoner. Je suis affreusement navrée que vous ayez dû faire tout ce chemin à pied, en plein milieu de cette nature sauvage. Vous n'avez pas tenté de m'appeler, non ? Nous étions justement à Mottburg pour escorter quelques invitées jusqu'au train de l'après-midi. (Miss Adrian soupira. Un soupir de colère.) La plupart des pensionnaires partent plus tôt que prévu. Trois sont parties aujourd'hui même. Elles avaient décidé de se transférer au centre Elizabeth Arden de Phoenix, Arizona. Ça coûte mille dollars par semaine chez Elizabeth Arden. À la Rose de Caoutchouc, c'est sept cent cinquante dollars, et moins si on reste un mois. Alors, pourquoi nos clientes partent-elles pour aller chez Elizabeth Arden ?

Miss Adrian marqua une pause. Elle appuya sur un bouton, faisant glisser une cloison de verre isolant qui séparait les sièges des passagers du siège du conducteur. À travers le verre, Sissy vit, sans l'entendre, Gloria rigoler. Miss Adrian reprit :

— Je vais vous dire pourquoi. Ce sont ces pestes de cow-girls. Miss Hankshaw, je n'attends que l'arrivée de la Comtesse pour qu'il mette bon ordre à tout ça. Vous ne pouvez pas vous imaginer comme c'est devenu affreux. Au début, quand elles se tenaient tranquilles, ça pouvait aller. Je dois reconnaître qu'elles s'acquittaient des travaux du ranch pratiquement aussi bien que les employés masculins. Mais graduellement, elles se sont infiltrées dans tous les secteurs de notre organisation. Celle qui s'appelle Debbie se considère experte en exercices physiques et en régimes alimentaires. Avec la permission de Bonanza Jellybean, et contre les ordres explicites, elle force les pensionnaires à essayer quelque chose dénommé yoga du kundalini. Savez-vous de quoi il s'agit ? Je vais vous éclairer : il s'agit de forcer mentalement un serpent de feu à vous remonter la colonne vertébrale.

157

tom robbins

Miss Hankshaw, nos pensionnaires n'arrivent pas à assimiler le yoga du kundalini, encore moins à le pratiquer. Et Debbie a également pris en main tous les menus. Un mois, elle ne donne à manger que du riz complet ; le mois suivant, c'est un prétendu régime non muqueux et le suivant, c'est encore autre chose. Hier, d'ailleurs, elle a commandé un nouveau livre de cuisine d'un nègre tibétain intitulé *Le troisième œil dans la cuisine : les aliments himalayens pour l'âme.* Dieu sait à quoi ça ressemblera. Même les autres cow-girls se plaignent.

"Miss Hankshaw, je suis fière de la Rose de Caoutchouc. Fondamentalement, nous offrons le même programme que chez Elizabeth Arden : exercices au sol, natation, sauna, bains de vapeur, bains à la paraffine solide, massages, soins du visage, bains massants, traitement du cuir chevelu, entraînement aux régimes alimentaires, manucure, pédicure, coiffeur-styliste, leçons de maquillage. Mais c'est plus drôle ici. L'établissement Arden est élégant et huppé. Nous, nous offrons une atmosphère rustique et détendue de ranch de jeunes avec promenades à cheval, sorties pique-niques et ainsi de suite. Mais ce qui nous différencie réellement d'Arden et des autres établissements, c'est notre programme de formation intime. Miss Hankshaw, nous sommes des adultes, vous et moi ; nous pouvons parler franchement de ces choses. Lorsqu'une femme se rend dans un établissement de soins de beauté, c'est pour se rendre sexuellement attirante pour les hommes. Voilà la vérité toute nue. Il y a souvent d'autres aspects, c'est certain, mais pour l'essentiel, notre cliente est une oiselle sans compagnon qui a besoin d'apprendre à se lisser les plumes. (Cette allusion ornithologique amena Sissy à penser aux perruches d'antan et aux grues à venir.) Les autres établissements le savent bien, mais ils ne vont pas assez loin. À quoi sert d'attirer un homme dans son lit, pardon de le dire de but en blanc, si c'est pour y être froissée ou déçue ? C'est pour ça que nous, à la Rose de Caoutchouc, nous insistons sur l'hygiène féminine, les exercices de resserrement du vagin et tout le tremblement. Eh bien, cette semaine les cow-girls ont envahi la salle de reconditionnement sexuel, et je me refuse à répéter les pratiques grossières qu'elles y suggérèrent. C'est choquant au-delà de ce qu'on peut croire. Ces petites barbares détruisent tout ce que j'ai édifié et ridiculisent tout ce que notre maison représente. Quand la Comtesse arrivera… J'ai craint de me plaindre jusqu'à présent. Oh ! Jellybean est surtout forte en gueule, et la plupart de ces filles, en dépit de leurs mauvaises manières, ne feraient pas de mal à une mouche. Mais il y a une nouvelle, une qui s'appelle del Ruby. Elle a la bonne volonté d'un scorpion ; oh ! si vous voyiez comme elle me regarde ! Bref, j'ai pensé qu'il serait plus prudent d'éviter une confrontation qui bouleverserait encore plus les pensionnaires. Mais maintenant que la saison est presque finie – nous fonctionnons d'avril à septembre – et que la Comtesse arrive enfin…"

Elles étaient dans les collines, à présent. Le soleil baissait. Emportant son tambourin sous le bras, le vent rentra chez lui pour dîner. L'herbe perdit le tempo et se recoucha. Une solitude américaine, qui n'est pareille à aucune autre solitude au monde, se répandait tout autour de la Cadillac, sortant du sol qui se refroidissait et de l'air même. Une solitude d'une douce puanteur, rouge comme les pieds d'un représentant fatigué que ses chaussures font souffrir ; une solitude aux relents de sueur, de bière et de frites ; une solitude hantée par des rêves d'enfance et des fantômes d'Indiens – un isolement de crépuscule qui se love comme un serpent de brume surgissant de la valise cabossée du continent américain. Et la limousine traversait le silence comme une fraise de dentiste.

À l'intérieur du véhicule, Miss Adrian avait continué de parler. Elle était de toute évidence hors d'elle. Sissy ne disait rien. Elle n'écoutait peut-être même pas. Qui aurait pu le dire ? Sissy était assise comme à son habitude, ses pouces tendrement posés sur ses jambes croisées – sourire aux lèvres. Elle affichait ce large sourire de douceur invincible que certains associent à la folie, que d'autres attribuent à la profondeur spirituelle mais qui, en réalité, est simplement le sourire qui vient du cœur secret des expériences les plus intimes.

tom robbins

40

Pan ! Pan pan pan ! Pan au carré et pan au cube. Pan conjugué à tous les temps et Pan à la carte.

Elles arrivèrent au ranch au son des coups de feu.

— Oh ! Jésus miséricordieux ! s'écria Miss Adrian. Elles massacrent les pensionnaires !

La maison principale, le dortoir, les étables et les dépendances étaient vides. Personne en vue sauf deux hommes en maillot Hollywood, traînant à côté du corral. Et de plus en plus de coups de feu.

Miss Adrian devint hystérique. Elle se rua sur un des hommes et l'agrippa par les épaules.

— Où sont les pensionnaires ? hurla-t-elle.

L'homme paraissait indigné.

— Ne vous énervez pas, ma bonne dame. Elles sont parties faire un petit tour à cheval avec les cow-girls. Elles ont disparu derrière cette colline. Vous êtes Miss Adrian, n'est-ce pas ? Nous devons vous parler du tournage.

— Pas maintenant, imbécile, pas maintenant. Ces garces déchaînées ont emmené d'innocentes femmes et elles sont en train de les massacrer. Nous allons tous être tués. Oh ! Ouh là là !

L'autre cameraman cracha une boule de chewing-gum, la projetant selon une trajectoire qui la fit atterrir de l'autre côté de la palissade du corral.

— Pour sûr que ça massacre, mais c'est pas les grosses bonnes femmes qui y passent. Vos employées sont en train d'abattre le bétail. (Son regard coupable fixait cette gomme rose trop ruminée qui gisait à présent parmi les mottes de terre et le crottin de cheval.) Ça ne fait rien si un bourrin marche dessus, je crois. Le chewing-gum est fabriqué avec du sabot de cheval, pour commencer. Tout retourne d'où il vient, même la gomme pharmaceutique.

Dans le crépuscule, Miss Adrian avait le teint d'une cuillère d'argent qu'on aurait laissée toute la nuit baigner dans la mayonnaise.

— Le bétail ? Elles tuent les vaches ? Elles les exterminent ?

160

— C'est ce qu'elles ont dit, Miss Adrian. Elles ont invité vos pensionnaires pour leur faire voir ce que c'est vraiment que la vie de ranch. Elles ont invité aussi le personnel. Il commence à faire sombre. Elles ne devraient pas tarder à… tiens, les voilà.

Lorsque le groupe fut bien en vue, Miss Adrian compta les pensionnaires. Toutes présentes. Elle compta son personnel. La manucure et la masseuse s'en étaient payé une tranche. Elles n'avaient jamais eu le droit de participer à une randonnée à travers la Rose de Caoutchouc. Si Miss Adrian avait également compté les cow-girls, elle se serait aperçue qu'il en manquait quatre : les trois qui étaient restées garder le bétail abattu – et Debbie qui, végétarienne, refusa de participer au massacre et qui en ce moment même était au lac Siwash, dans l'abri camouflé des cinéastes en compagnie de l'un d'eux et en train de faire l'amour, pas le pot-au-feu.

41

Recette du robuste ragoût *Même les cow-girls ont du vague à l'âme* : Épluchez des oignons, des pommes de terre et des carottes. Coupez de la viande en morceaux de la grosseur d'une bouchée. Versez dans l'eau bouillante. Ajoutez un peu de persil, de sauge, de romarin, de simon et de garfunkle. Avis : N'utilisez en aucun cas de bœuf provenant du ranch de la Rose de Caoutchouc.

Pour un vétérinaire, le troupeau de la Rose de Caoutchouc était une des grandes attractions de la terre.

Des ascarides ? Mais les vaches de la Rose de Caoutchouc avaient tellement d'ascarides dans les bronches qu'elles toussaient du matin au soir comme une fumerie d'opium emplie de Julian Gitche. Des boules de poil ? Ces vaches en avaient l'estomac tapissé. Elles avaient des fièvres et des sillons et des gaz et des moucherons. Elles avaient des hernies du rumen et des hernies de la reinette. Le troupeau entier souffrait de la variole, leurs pis et leurs trayons couverts des éruptions pustuleuses qui la caractérisent. L'actinomycose, que les fermiers surnomment la "mâchoire gonflée" ou la "langue de bois", faisait claquer la denture de ces bovins. Un simple coup d'œil au fond de leur gorge aurait révélé des preuves de parotidite, pour ne rien dire de polypes pharyngiens gros comme des baies de Boysen. Sans compter les cas isolés de patte infectée, de paupière retournée et de dartre des oreilles, et le taureau qui souffrait d'une telle orchite qu'il avançait en écarquillant les pattes, sans quoi ses testicules rouges comme des géraniums auraient fait un gong douloureux contre ses cuisses.

Selon Bonanza Jellybean, le troupeau de la Rose de Caoutchouc trahissait les calculs de la Comtesse. À en croire Jelly, il avait commencé par acheter une race faible et de peu de prix, sur quoi de mauvais soins administrés par une succession de cow-boys négligents avaient fini de l'achever. Après de vaines tentatives pour ramener le troupeau à la santé, Jelly décida de mettre fin à son supplice. En fait, c'était une idée de Delores. Debbie, qui n'aurait pas fait de mal à une créature vivante et qui pensait que la nature devait suivre son cours, s'opposa à l'euthanasie. Miss Adrian, naturellement, s'y opposa également. Cette décision la rendait, furieuse. "Comment osez-vous massacrer le bétail de la Comtesse ? Attendez un peu qu'il vous frotte le derrière ! Qu'est-ce qu'un ranch sans vaches ?" Et ainsi de suite.

La réponse de Jelly – "Nous allons les remplacer par des chèvres" –, ne faisait qu'augmenter sa fureur. Elle était d'avis de téléphoner à la Comtesse le soir même, mais les cinéastes parvinrent à lui glisser un mot à l'oreille pour l'informer qu'ils avaient déjà essayé, en vain, d'appeler la Comtesse – il était l'invité du Président à la Maison Blanche et on ne pouvait lui parler.

Ils étaient d'ailleurs eux-mêmes quelque peu désemparés. Ils avaient reçu le jour même une lettre d'instructions de la Comtesse, et ils venaient seulement de comprendre que le magnat de la poire à injections entendait qu'ils filment une danse d'amour. Une danse d'amour ? Oh ! Seigneur. Comme la plupart des génies, la Comtesse était une personne très limitée. Sigmund Freud était tellement ignare en matière d'art que les peintres surréalistes durent lui expliquer sans fin qu'ils utilisaient des symboles freudiens et malgré tout, il ne pigea jamais. Einstein oubliait toujours de sortir ses biscuits du

même les cow-girls ont du vague à l'âme

four. Les mêmes forces qui poussent un génie à créer les choses ou les idées qui nous divertissent ou nous illuminent engloutissent souvent une telle part de sa personnalité qu'il ne lui reste rien pour les agréments de société (si vous invitiez Van Gogh chez vous, il monterait peut-être sur votre divan avec ses bottes pleines de boue et pisserait où il aurait envie), et l'acte même de création exige une concentration si intense que de larges pans de savoir peuvent être délaissés. Bien. Et alors ? Rien ne prouve que des talents généraux soient de quelque manière supérieurs à une spécialisation brillante, et il est certain que la petite flamme infaillible des esprits médiocres connue sous le nom de "sens commun" n'a jamais rien produit qui vaille la peine d'être célébré. Mais revenons à nos grues. La Comtesse, dépassée par son propre génie, avait laissé de côté un tout petit fait de la nature : *les oiseaux s'accouplent au printemps.*

Les oiseaux s'accouplent au printemps. On pourra les cajoler, stimuler leur lasciveté ou les bourrer de graines aphrodisiaques tant qu'on voudra, rien ne les fera se rentrer dedans avant terme. Même les grands-ducs ne s'accouplent qu'au printemps.

La Comtesse avait engagé une équipe de cinéastes experts de la vie des animaux sauvages pour filmer des grues. Mais il s'y prenait un peu tard pour les aviser qu'il voulait de la pellicule sur leur rite d'accouplement. Les cinéastes étaient fâchés, mais ils proposèrent une autre solution qui éviterait de transporter les opérations sur la côte du Golfe et d'attendre le printemps. Il semble, dirent-ils à Miss Adrian, que les grues dansent parfois en dehors de leur cycle de reproduction. On sait qu'elles exécutent parfois leur ballet par simple défoulement physique ou émotif. Une grue exécute quelquefois une courte mais éblouissante danse pour le seul plaisir. Il se pouvait qu'une grue ou quelques-unes aient l'inspiration de danser à l'occasion de leur arrêt au lac Siwɔsh. Si les cameramen étaient attentifs, ils pourraient peut-être filmer assez de danse pour remplir les souhaits de la Comtesse. Mais pour ce qui était de ce mannequin censé être dans le film, il faudrait la prendre séparément et la superposer.

Miss Adrian ne savait que leur dire.

— Il faudra que vous en parliez avec la Comtesse, fit-elle.

163

Elle avait un mal de crâne carabiné.

— Suivez-moi, Miss Hankshaw, prononça-t-elle à travers son mal de tête. Je vais vous montrer votre chambre et veiller à ce qu'on vous donne à manger – s'il y a quelque chose à manger en dehors du riz complet et de haricots.

Les cameramen regardèrent bouche bée la paire de pouces qui surgit gaillardement de l'autre côté de la Cadillac : des piliers de sucre, des nuages de chair qui en mettaient plein les lentilles de leurs yeux-caméras.

Un des hommes s'essuya le front.

— Tu peux revenir sur terre, Walt, tout est pardonné, gémit-il.

La Rose de Caoutchouc. Il n'y avait jamais rien eu de pareil chez Disney.

42

Pendant les quelques jours qui suivirent, le ranch se tint sur une seule jambe (plus pour imiter l'angoisse du flamant que pour plagier ce que le poète Garcia Lorca a appelé "l'extase des grues"). Le ranch ne reposerait pas l'autre pied avant l'arrivée de la Comtesse.

Pendant ce temps, les cow-girls creusèrent un trou à chaux où enterrer le bétail descendu. Une fois creusé, elles durent le reboucher. C'est comme ça avec les trous ; ils sont insatiables. Les filles travaillaient de l'aurore au couchant. Elles prenaient leurs repas à la cantine ambulante, et dès la fin du dîner, rentraient au dortoir pour s'écrouler directement sur leur lit. De sa fenêtre, Sissy les observait aller et venir, entendait leurs rires fatigués et voyait les plis de leurs Levis collants s'ouvrir et se fermer comme des gueules de poissons tropicaux.

Miss Adrian profita de leur absence pour tenter de rétablir sa mainmise sur le programme de soins de beauté et santé. Les dames ne se perdirent plus dans les complications des hydrates de carbone, en essayant de faire sortir un "serpent de feu" de leur colonne vertébrale.

même les cow-girls ont du vague à l'âme

Sissy eut droit à une visite des installations, dont la plupart étaient regroupées dans une aile du pavillon principal; le sauna et les bâtiments abritant les bains de vapeur et les mystères du "reconditionnement sexuel" étaient à l'écart, à quelques mètres de là. Miss Adrian invita Sissy à utiliser la piscine et le sauna tant qu'elle le voudrait, mais la directrice était tellement occupée à tout remettre en ordre qu'elle eut peu de temps à consacrer à ce mannequin tout en pouces venu de New York.

Les cinéastes lui parlèrent dès le matin qui suivit son arrivée, tandis qu'ils entassaient des suppléments de victuailles dans les cachettes dont ils n'oseraient plus sortir en raison de l'approche présumée de l'Heure Grue. Ils lui proposèrent de lui faire voir l'étang et les cachettes, mais répétèrent ce qu'ils avaient dit plus tôt : ils devraient la filmer séparément. "Aucune grue ne vous laisserait approcher. Bon sang, ces bestioles n'aiment même pas que les autres oiseaux s'approchent." Ils n'étaient d'ailleurs même pas sûrs qu'on pourrait tourner. Personne ne savait plus rien tant que la Comtesse ne serait pas arrivée.

Alors, le ranch se tenait sur une seule jambe et attendait.

Et pendant tout ce temps-là, scrutait nonchalamment – lorgnait à loisir, diraient certains – un petit bonhomme à longue barbe blanche et au pied sûr dont les apparitions périodiques sur la dunette érodée et les tourelles rongées par les vents de Siwash Ridge avaient une telle allure mystérieuse et surnaturelle qu'il y avait de quoi exciter les imaginations de maint esprit réceptif, tandis que d'autres l'auraient trouvé simplement troublant et auraient secoué la tête avec méfiance.

Mais pour l'instant, tandis que nous observons ce qui se passe au ranch, que nous observons le vieux monsieur qui observe tout cela, l'heure n'est ni à l'exaltation irréfléchie, ni aux railleries cyniques. Nous devons envisager toute cette affaire calmement, objectivement, globalement. Nous devons suspendre temporairement toute approche critique ou analytique. Il nous faut plutôt amasser des faits, tous les faits, sans tenir compte de leur attrait esthétique ou de leur valeur sociale théorique, et étaler devant nous tous ces faits, non comme le devin étale les boyaux d'une dinde mais comme un journal étale ses colonnes. Soyons donc des journalistes. Et comme tous les bons journalistes, présentons nos faits dans un ordre qui satisfasse à la fameuse règle des cinq *Ou* : ouh là là !, ouille !, ouais ouais !, ouste !, et ouf !

43

Le matin de son cinquième jour, au moment où le soleil de l'été indien émergeait de derrière les collines comme un scout souffrant d'hyperthyroïdie qui crève de faire plein de BA, Sissy fut réveillée par le tintement des plateaux du petit déjeuner. Elle bâilla et s'étira et leva ses pouces en plein soleil pour s'assurer que rien n'avait changé pendant la nuit. Puis elle s'adossa contre ses oreillers – elle se sentait reposée mais mal à l'aise – et attendit qu'on frappe à sa porte.

Le petit déjeuner au lit était une tradition implantée par Miss Adrian à la Rose de Caoutchouc. Sissy trouva que c'était une chouette idée jusqu'au moment où elle retira le tissu qui recouvrait son plateau, le premier matin, et se trouva nez à nez avec du café décaféiné à la saccharine, du pamplemousse frais sans sucre et un morceau de toast : les hôtes suivaient un régime strict de neuf cents calories par jour. Sauf quand Debbie s'occupait de la cuisine. Sissy avait eu des petits déjeuners plus luxueux en prison.

La serveuse du matin – qui faisait également office d'aide-baigneuse – lui apporta son plateau ce cinquième jour et resta à la regarder, comme si elle prenait un plaisir sadique à voir Sissy dévoiler un repas qui aurait débecté les papilles gustatives d'un saint. Mais quand notre Sissy enleva le tissu, elle découvrit (en plus d'un vase de marguerites) un double cheeseburger à la viande, une brioche fourrée, une canette de Dr. Pepper bien froid et une barre de Three Musketeers ; en bref, exactement le genre de repas qu'elle se serait sans doute procuré si elle avait été sur la route.

Un dragon à qui on aurait servi la princesse Anne sur un plat n'aurait pas eu plus large sourire de satisfaction gastronomique.

— Avec les compliments de Bonanza Jellybean, fit la serveuse. Elle vient vous voir personnellement.

même les cow-girls ont du vague à l'âme

Et de fait, juste au moment où Sissy faisait tomber d'une pichenette l'ultime gouttelette du gazeux nectar du bon docteur et se tapotait les lèvres pour en enlever une dernière trace de chocolat, un poing heurta la porte qui s'ouvrit pour laisser place aux petites boucles, aux petites dents et aux petits seins d'une cow-girl si ravissante que Sissy en rougit rien qu'à la regarder. Elle portait un Stetson brun orné d'une marguerite, une chemise de satin vert brodée d'étalons cabrés aux naseaux crachant des flammes orange, un foulard, un boléro d'un cuir aussi blanc qu'un cadavre, une jupe du même cuir cadavérique et si courte que si ses cuisses avaient été les aiguilles d'une pendule la jupe aurait été à minuit moins cinq, et une paire de bottes Tony Lama faites main dont la pointe était si effilée que vous auriez pu vous curer les dents avec. Des éperons d'argent étaient fixés à ses bottes et, ceignant sa taille mince, juste au-dessous de son petit ventre dodu, une ceinture cloutée de turquoises, d'où pendait un étui et un habitant d'étui, un authentique six-coups au canon long comme des mauvaises nouvelles de la clinique. Elle montrait des cuisses de miel en marchant, ses seins rebondissaient comme des petits pains gonflés à l'hélium et, entre des joues rouges dont la tendre chair prenait son temps pour mûrir, elle affichait un petit sourire qui avait de quoi rappeler aux minéraux et aux plastiques leurs anciennes origines vivantes.

Elle prit Sissy par le coude (n'osant pas s'approcher trop du pouce) et s'assit au bord du lit.

— Bienvenue, partenaire. Bon Dieu, c'est génial de t'avoir ici. C'est un honneur. Désolée d'avoir mis tant de temps à venir te voir mais on a eu une tonne de sale boulot ces derniers jours – et un monceau de choses à préparer.

En prononçant le mot "préparer", sa voix eut un ton de conspiration presque inquiétant.

— Euh, tu sembles savoir qui je suis, répliqua Sissy, et peut-être même ce que je suis. Merci pour le petit déjeuner.

— Oh ! mais je n'ignore pas qui est Sissy Hankshaw. J'ai moi-même fait un peu d'auto-stop. Mais je suis bête, c'est comme de dire

167

tom robbins

à Annie Oakley* que vous êtes tireur d'élite sous prétexte que vous avez un jour dégommé une tomate de sur une souche d'arbre avec une caillasse. Je n'ai pas fait une lichette de stop sérieux, en fait. Mais à partir d'onze ans environ, je me sauvais de chez moi tous les deux mois pour essayer de trouver un endroit où devenir cow-girl. Mais on me renvoyait toujours à Kansas City. Aucun ranch ne voulait me garder et à certains endroits on m'a enfermée. Des tas de fois, les flics m'ont alpaguée avant que je sois sortie du Kansas. Mais j'ai tourné assez pour entendre parler de *toi*. La première fois, c'était dans le Wyoming. Un sous-fifre quelconque me dit : "Pour qui tu te prends ? Sissy Hankshaw ?" J'y ai fait : "Mais non, gros con, je suis Margaret Meade." Il m'a flanqué une bonne dérouillée, mais ma curiosité avait eu le temps d'être éveillée à propos de cette Sissy Hankshaw. Par la suite, des gens m'ont raconté des histoires sur toi, dans les cellules de prison et aux arrêts de camions. J'ai entendu parler de tes, euh, de tes pouces merveilleux, et j'ai entendu dire que tu étais la petite amie de Jack Kerouac…

Posant son plateau sur la table de nuit, Sissy l'interrompit.

— Non, je suis désolée mais cet épisode-là n'est pas vrai. Jack était intimidé par moi et me suivait à la piste. On a passé une nuit à causer et à se peloter dans un champ de blé, mais on ne peut pas dire qu'il a été mon amant. Il était bien gentil, et c'était un plus honnête écrivain que ses critiques, y compris Truman**, le petit copain de la Comtesse, qui a écrit des choses tellement dégueulasses sur lui. Mais en tant qu'auto-stoppeur, c'était vraiment un primitif. En outre, j'ai toujours voyagé seule.

— Enfin, ça ne fait rien, reprit Jelly. Cet épisode ne m'a jamais intéressée, de toute façon. Les beatniks, c'était avant mon époque, et les hippies ne m'ont jamais refilé que de la came de merde, des clichés et la chtouille. Mais toi, même si tu n'étais pas une cow-girl, tu m'as en quelque sorte inspirée. L'exemple de ta vie m'a aidée dans mon combat pour devenir cow-girl.

* Une autre étoile du Far West.
** Truman Capote.

même les cow-girls ont du vague à l'âme

New York met sa part de soleil sur un compte en banque suisse et essaie de s'en sortir avec les seuls intérêts trimestriels. Par contraste, le soleil du Dakota est aussi ouvert que les livres de comptes d'une chapelle de village, et même en septembre après qu'ait été dépensée la grosse galette de l'été, il est si charitable que personne ne songerait à exiger une vérification des écritures. Les rayons de soleil remplissaient la colonne crédit de la Rose de Caoutchouc, déposant régulièrement de chauds versements sur les jambes nues de Bonanza Jellybean et sur les jambes relevées de Sissy H. Gitche, nues, elles aussi, sous l'édredon. À l'occasion d'un arrêt ensoleillé de leur conversation, elles entendirent les pensionnaires souffler et haleter sous leurs premiers exercices et, sans motif valable, les deux femmes se mirent à rire bêtement.

— Raconte-moi ça, fit Sissy.

— Quoi ?

— Devenir cow-girl. Qu'en est-il, en fait ? Quand tu prononces ce mot, on dirait qu'il est inscrit au radium sur une perle.

Jelly posa ses pieds sur le lit, indifférente au fait que ses bottes témoignaient de la faculté digestive de la race chevaline.

— J'ai vu ma première cow-girl dans un catalogue de chez Sears. J'avais trois ans. Jusque-là, je n'avais entendu parler que de cow-*boys*. J'ai dit : "Maman, papa, c'est ça que je veux que le Père Noël il m'apporte." Et j'ai eu une panoplie de cow-girl ce Noël-là. Le Noël suivant, j'en ai eu une autre parce que j'avais usé la première jusqu'à la corde. J'ai demandé un costume de cow-girl, comme on les appelait, à chaque Noël jusqu'à ce que j'aie dix ans, et où mes vieux m'ont dit : "Tu es trop grande, maintenant ; le Père Noël n'a plus de costume de cow-girl à ta taille. Qu'est-ce que tu dirais d'une grande poupée avec sa garde-robe à la mode ?" Je leur ai dit : "Des clous ! Dale Evans porte un costume de cow-girl et elle est drôlement plus grande que moi. Je veux des vêtements de cow-girl neufs et un pistolet qui tire vraiment." Mes copines de classe me taquinaient depuis un bon moment à cause de ce rêve étrange, mais c'est cette année-là que mon combat a vraiment commencé.

169

Comme aiguillonnée par un douloureux souvenir d'enfance, Jelly se redressa en faisant craquer le lit. Sissy rajusta sa propre position, émettant un autre craquement. Le craquement de Sissy suivit le craquement de Jelly jusqu'au bout du palais de l'éternité sonore. Le son continue à circuler dans l'espace longtemps après que les ondes qui le forment cessent de pouvoir être détectées par l'oreille humaine. Certains sons traversent carrément l'ionosphère et déboulent en plein cœur du cosmos, tandis que d'autres rebondissent de-ci, de-là avant d'être absorbés dans les champs vibratoires des barrières terrestres. Mais leur énergie ne succombe dans aucun des cas ; elle poursuit son chemin pour toujours – et c'est pourquoi nous devrions, chacun de nous, nous efforcer de produire de douces notes.

— Je viens d'employer "rêve" et "combat" dans la même phrase et sur un certain plan au moins, je crois que c'est de ça qu'il s'agit. C'est ça pour les cow-girls, et pour tout le monde peut-être. Une grande partie de l'existence revient à la question de savoir si la personne va être capable de réaliser ses rêves ou ne survivra en fin de compte que grâce à des compromis. À la manière dont je vois les choses, le paradis et l'enfer sont tous les deux ici sur terre. Le paradis, c'est de vivre dans ses espoirs et l'enfer de vivre dans ses peurs. C'est à chaque individu de faire son choix. (Jelly s'interrompit.) J'ai dit ça au Chinetoque une fois, et il m'a dit : "Chaque peur est en partie espoir et chaque espoir est en partie peur – arrête de diviser les choses et d'être d'un côté ou de l'autre." Enfin, le Chinetoque est comme ça. Qu'est-ce que t'en penses ?

— Je voudrais avoir plus de données, répliqua Sissy, qui n'était pas sans ressentir une certaine parenté avec ce pimpant paquet de muscle farouche et de chair tendre. Tu peux être plus précise ?

— Précise ? D'accord. Je parle de nos rêves. Tu connais la différence entre le rêve et la réalité, pas vrai ? Le rêve, c'est quand tu te réveilles à quatre heures le matin de Noël et que t'es tellement toc-toc d'excitation que tu ne peux absolument pas te rendormir. Mais quand tu descends au rez-de-chaussée et que tu regardes au pied du sapin – eh bien, partenaire, ça c'est la réalité. On nous apprend à

croire au Père Noël, hein ? Et au Lapin de Pâques. Deux personnages prodigieux. Puis un jour on vous dit : "Écoute, en vérité le Père
Noël ou le Lapin de Pâques n'existent pas, c'était papa et maman"
et on se sent un petit peu trompé mais on l'accepte, parce qu'après
tout on a bien eu les bonnes choses, peu importe d'où elles
venaient, et de toute façon la Fée qui changeait votre dent en
bonbon n'était pas très crédible. Bien. Alors on vous laisse vous
habiller en cow-girl, et quand vous déclarez : "Je serai cow-girl
quand je serai grande", ils rient et disent : 'Qu'elle est mignonne !"
Et puis un jour, ils vous disent : "Écoute, chérie, les cow-girls ne
sont que du jeu. Tu ne peux pas *vraiment* en être une." Et c'est alors
que je gueule : "Une minute ! Pardon ! Le Père Noël et le Lapin de
Pâques, j'ai compris ; c'était de beaux mensonges et je ne vous
reproche rien là-dessus. Mais maintenant, vous êtes en train de
déconner avec mon identité personnelle, avec mes plans d'avenir.
Qu'est-ce que vous racontez que je ne peux pas être cow-girl ?"
Quand j'ai eu la réponse, j'ai commencé à comprendre que la différence entre mon frère et moi était énormément plus grande que ce
que je voyais dans la baignoire.

"Tu piges, n'est-ce pas ? Un petit garçon, il peut jouer au pompier
ou au flic – bien que de moins en moins fassent semblant d'être flic,
Dieu merci –, ou plongeur sous-marin ou arrière-gauche ou cosmo-
naute ou star du rock'n roll ou cow-boy, ou tout autre métier
fascinant et excitant (Note de l'auteur : Et romancier, Jellybean ?) ;
et bien qu'il y ait de fortes chances qu'arrivé au lycée, il se rabatte sur
des ambitions plus sages et plus plates, la grande vérité est qu'il peut
être une de ces choses, qu'il peut réaliser n'importe lequel de ces
rêves s'il en a la force, le culot et le désir sincère. Ouais, c'est la
vérité : n'importe quel gars n'importe où peut devenir cow-boy
quand il grandit, même aujourd'hui, s'il le veut vraiment à fond. Un
des meilleurs bouviers actuellement en activité est né et a été élevé
dans le Bronx. Il se peut que les petits garçons soient découragés de
leurs rêves d'aventure par les parents et les professeurs, mais leurs
rêves ont quand même libre cours, et les possibilités de concrétiser
leurs vœux d'enfant existent effectivement. Mais les petites filles ?

Partenaire, tu connais cette histoire aussi bien que moi. Refilez-leur des poupées, des services à thé et des cuisinières modèle réduit. Et si elles manifestent un penchant pour les jouets plus audacieux, traitez-les de garçon manqué, laissez faire quelques années et puis balancez-leur la mauvaise nouvelle. Si vous avez une fille qui persiste à s'imaginer un avenir plus exaltant que les travaux ménagers, le secrétariat ou la maternité, il ne vous reste qu'à l'amener chez un psychologue pour enfants. Forcez-la à voir la réalité en face. Et la réalité, c'est qu'on a à peu près autant de chances d'être cow-girl plus tard que les Eskimos de devenir végétariens. C'est comme je te dis."

Le pouce droit de Sissy, qu'elle avait hésité à remuer pour ne pas déranger l'envolée oratoire de Jelly, s'était endormi – et quand un pouce de Sissy s'endort, il RONFLE ! Elle le massa vigoureusement.

— Et dans les films et les rodéos ? s'enquit-elle.

— Tu parles ! reprit Jelly avec un dédain tragique. Les films. Il n'y a plus eu de cow-girl à Hollywood depuis l'époque des westerns-comédies musicales. La dernière cow-girl de cinéma a disparu lorsque Roy et Gene[*] ont eu cinquante ans et une grosse bedaine. Et il n'y a *jamais* eu un seul film *sur* les cow-girls. Delores del Ruby en a vraiment après Dale Evans. Elle dit qu'elle n'était qu'un accessoire auprès du brave type au chapeau blanc, une faible créature qu'il faut protéger, un soupçon d'intérêt sexuel mais qui ne s'envoyait personne. Je sais pas. Je trouvais que la vieille Dale avait tout de même belle allure sur les écrans. Mais elle n'était que la selle en second, pas de doute. Ben, c'était mieux que rien de se tirer le cul au galop pour échapper aux voleurs de canassons. Aujourd'hui, on n'a plus rien.

Quand, à force de se pétrir le pouce, Sissy y eut rétabli la circulation, il fit voir un éclat rosâtre, pareil au chérubin de la Renaissance qui mordait en douce un bout de l'auréole de la madone. Jelly, étonnée, n'en continua pas moins de parler.

— J'en viens aux rodéos. À la Grande Salle de Rodéo d'Oklahoma City, il n'y a que deux cow-girls. Deux. L'Association des Cow-boys de Rodéo compte plus de trois mille membres.

---

[*] Gene Autrey, autre vedette des années 1950.

même les cow-girls ont du vague à l'âme

Combien crois-tu qu'il y a de femmes ? Tu pourrais les compter sur les doigts de tes mains, sans les pouces. Et elles ne font toutes que des passes. Les passes sont ce que les cow-girls ont presque toujours fait dans les rodéos. C'est sûr que notre société aime voir ses femmes hors du commun faire des passes. C'est comme ça que les prostituées appellent ça, tu sais : "des passes".

Pendant neuf ans, de 1924 à 1933, les femmes ont été autorisées à participer aux numéros au même titre que les cow-boys : elles pouvaient payer leurs droits d'entrée, monter sur les chevaux sauvages qui se cabrent, lutter contre les taureaux, attraper les veaux au lasso, faire tout ce que les hommes faisaient. Et elles s'en sortaient bien. Tad Lucas, la plus grande cow-girl de tous les temps gagnait dix mille dollars par an rien qu'en prix qu'elle remportait et ça, à une époque où six ou sept mille dollars constituaient une sacrée bonne saison pour un cow-boy de rodéo. Mais l'Association des cow-boys de Rodéo les a interdit en 1933 en disant que c'était trop dangereux. Bien sûr que c'était dangereux. Tad Lucas s'est brisée presque tous les os dû corps d'une chute à l'autre. Les taureaux de Brahma ont bien failli en faire du chop suey. Mais les hommes aussi se blessaient. Ils étaient raccommodés au fil de fer, la plupart d'entre eux, comme des cages à oiseaux. Seulement voilà, c'était moins brutal si ça arrivait à un homme. Pourquoi est-ce que les hommes ont le droit de faire des choses dangereuses et de se déglinguer, et pas les femmes ? Je ne sais pas. Mais ce que je sais, c'est qu'ils ont interdit les cow-girls, sauf celles qui faisaient des passes et les reines de défilés. Une femme n'a pas eu le droit de participer à un concours de rodéo depuis quarante ans. Dis donc, partenaire, c'est vraiment quelque chose comme ton pouce se met à briller quand tu le frottes. Comment est-ce que tu y arrives ?

Le doigt en question était maintenant tout à fait éveillé. On a dit que la conscience de la lumière *est* la lumière, ce qui expliquerait les grosses crêpes lumineuses qui tournent derrière la tête des Bouddhas et des Christs. Mais la chair-de-pouce peut-elle posséder une conscience, avoir un dynamisme propre, recéler l'esprit ?

— Je crois que c'est le sang, dit Sissy. Il y a de grosses veines à fleur de peau là-dedans.

Remonté comme il était, Sissy aurait préféré le planter en l'air au bord de quelque route où filent les voitures, mais elle garda son pouce sous l'édredon. Jelly le regardait avec des yeux qui laissaient entendre qu'elle aurait bien aimé être là où il était.

— Apparemment, risqua Sissy, il n'y a aucune demande pour les cow-girls.

— Ce n'est pas tout à fait exact, répliqua Jelly lentement mais vigoureusement. Pas tout à fait exact. Le Système n'a aucun besoin de nous ; en cela tu as raison. Mais il existe un besoin – et ce besoin vient du cœur des petites filles. Les cow-girls existent en tant qu'image. Une image assez courante, d'ailleurs. L'*idée* des cow-girls s'est maintenue dans notre culture. Il me semble donc que le *fait* cow-girl devrait pouvoir exister. Sans ça, nous nous faisons arnaquer encore une fois. Je veux dire, n'est-ce pas de cette manière que les religions déforment l'esprit des gens : des concepts magnifiques sans rien de concret à la base ? Quand j'étais gosse et qu'on m'a dit que ce rôle qu'on m'avait autorisée à tant aimer était impossible à tenir, ouah ! je suis devenue dingue. Et je suis dingue, depuis. Alors j'ai décidé d'essayer d'y faire quelque chose – de satisfaire mes besoins intérieurs personnels et de montrer à la société qu'elle ne pouvait pas s'en sortir comme ça, à me laisser aimer quelque chose qui n'existait pas.

Incapable de se retenir plus longtemps, Jelly posa la main sur le monticule ovoïde que faisait le pouce de Sissy sous la couverture. C'était chaud.

— Et toi, Sissy ? Voulais-tu être une cow-girl quand tu étais petite ?

— On peut pas dire. Mais tu dois te rendre compte que j'étais un cas plutôt spécial. (Qu'aurait pensé Bonanza Jellybean si Sissy avait révélé qu'elle voulait être un Indien en grandissant ? "Prendre eux grand tas scalps au bord de la rivière bleue du ciel.") C'est marrant je me suis fait prendre une fois en chameau-stop en Afghanistan, mais je ne suis jamais montée sur un cheval de ma vie.

— Nous veillerons à réparer cela. Tu es à la Rose de Caoutchouc, maintenant. Mais je dois t'avouer quelque chose avant que tu me prennes pour une Tad Lucas bis. Jusqu'à l'année dernière, la seule chose que j'aie jamais enfourchée était les poneys Shetland du zoo de Kansas City. Et un homme ou deux, bien entendu. Mais je suis une cow-girl. J'en ai toujours été une. Je me suis pris une balle d'argent alors que je n'avais que douze ans. Mais maintenant, je suis en mesure d'aider les autres à devenir cow-girl. Si une enfant veut devenir cow-girl quand elle sera grande, elle devrait en avoir la possibilité, ou alors ça ne vaut pas le coup de vivre dans ce monde. Je veux que chaque petite fille – et chaque petit garçon aussi, d'ailleurs – soit libre de réaliser ses rêves. Sinon, tout est inacceptable pour moi.

— Tu es dans la politique, alors ?

Sissy s'était initiée à la politique avec Julian.

— Non m'dame, fit Jelly. Point du tout. Il y a des filles, à la Rose de Caoutchouc, qui sont politisées ; mais je ne partage pas leurs vues. Je n'ai pas d'idéologie cow-girl à exposer. Je ne recrute pas et je ne convertis pas. Il m'est indifférent qu'une fille de plus choisisse la voie cow-girl. C'est une affaire personnelle. Ce que je veux, c'est aider les autres cow-girls ; leur rendre les choses plus faciles qu'elles ne l'ont été pour moi. Mais ne va pas te mettre dans l'idée que j'essaie de créer ou de participer à un mouvement. Delores del Ruby fait un gros tapage à propos du cow-girlisme comme forte d'opposition au cow-boyisme, mais moi je suis trop contente d'être cow-girl pour me soucier de ces histoires-là. La politique est pour les gens qui ont la passion de changer la vie, mais qui manquent de passion pour la vivre.

Sous la tendre pression de Jelly, le plasma de Sissy, comme un essaim d'abeilles rouges, suivait ses canaux familiers dans les couloirs intérieurs du pouce. Jelly pressait légèrement sur cette ruche où bourdonnaient de grandes quantités de sang, donnant à leur détentrice un air qu'il aurait bien fallu qualifier de penaud même sur la figure d'un bouvier.

— Est-ce que cette dernière réflexion semble trop profonde pour sortir vraiment de ma bouche ? Elle n'est pas de moi. Je la dois au Chinetoque.

— Vraiment ? Le Chinetoque, hein ? J'ai cru comprendre que tu lui parlais quelquefois. Qu'as-tu appris d'autre du Chinetoque ?

tom robbins

— Appris du Chinetoque ? Ouh la. Oh ! oh. Difficile à dire. En gros, nous… Euh, il raconte surtout beaucoup d'idioties. (Jelly marqua un temps.) Ah ! ouais, maintenant que j'y pense, le Chinetoque m'a appris quelque chose à propos des cow-girls. Est-ce que tu sais que les cow-girls existent depuis des siècles ? Bien avant l'Amérique. Dans l'Inde ancienne, le soin du bétail était toujours laissé à des jeunes femmes. Les cow-girls de l'Inde s'appelaient les *gopis*. À force d'être toujours seules avec les vaches, les *gopis* finissaient par avoir sacrément le feu aux fesses, tout comme nous ici. Chaque *gopi* était amoureuse de Krishna, un beau et jeune dieu qui jouait de la flûte comme personne. À la pleine lune, ce Krishna jouait de sa flûte sur les rives d'un fleuve et faisait venir les *gopis* à lui. Puis il se démultipliait en seize mille fois lui-même – une fois pour chaque *gopi* – et faisait l'amour avec chacune de la façon dont elle le désirait le plus. Il fallait voir ça, seize mille *gopis* en train de s'envoyer Krishna sur le bord du fleuve, et l'énergie de leur fusion était si grande qu'elle créait une énorme unité, une union totale d'amour, et c'était ça, Dieu. Ouah ! Tu vois le tableau ? Lorsque j'ai rapporté cette histoire à Debbie, son enthousiasme a été tel qu'elle voulait que nous nous rebaptisions *gopis*. Mais nous en avons discuté à une réunion du dortoir et avons conclu que "gopis" ressemblait trop à "groupies". Et c'est pas ce qu'il nous faut. On vient déjà assez fourrer son nez dans nos affaires, avec les gens de Mottburg qui nous qualifient de roulures. Et de lesbiennes.

Le pouce de Sissy se crispa. Jelly avala péniblement sa salive. Leur regard se perdait l'un dans l'autre, Sissy essayant de se rendre compte comment Jelly s'était sentie en prononçant ce mot, Jelly essayant de constater comment Sissy s'était sentie en l'entendant, tandis que de douces petites explosions dansaient comme des huîtres ivres mortes gonflant le jabot sur une corde de harpe.

Elles auraient pu se fixer comme ça jusqu'à ce que les vaches rentrent à l'étable, sauf que les vaches étaient récemment décédées et qu'en plus, un sifflement perça les rayons du soleil au pied de la fenêtre.

— Ça ne serait pas Krishna, non, des fois ? dit Jelly en souriant. Un peu trop aigu pour une flûte. C'est bien notre chance.

176

même les cow-girls ont du vague à l'âme

Elle alla jusqu'à la fenêtre et échangea des signes de main avec quelqu'un au-dehors. Se tournant vers Sissy, elle déclara :

— Faut que je file maintenant. Delores me dit qu'on a besoin de moi. Quelqu'un vient d'arriver. C'est peut-être la Comtesse. (Elle dégaina en un éclair son six-coups et le fit tournoyer avec maîtrise autour d'un de ses doigts bien roses.) Sissy, l'histoire des cow-girls est sur le point de se faire. Je suis sacrément contente que tu sois là pour en être témoin.

Et de ses phalangettes flingomotrices, elle lui envoya un baiser et disparut.

Un éternuement se déplace à une vitesse maximum de trois cent vingt-deux mètres à l'heure. Un rot, plus lentement ; un pet, plus lentement encore. Mais un baiser lancé du doigt… son démarrage est brusque, son arrivée ambiguë, et aucune source ne peut certifier les vitesses atteintes en cours de vol.

44

Quand ses mirettes eurent fini de papilloter, Sissy bondit de son lit. De la fenêtre, elle vit les cow-girls s'assembler en cercle. Quelqu'un ou quelque chose se trouvait au centre du cercle. Sissy fit une toilette rapide, enfila un survêt rouge et se rua dehors. Peu lui importait de ne pas savoir ce qui l'attendait. Cela avait toujours été ainsi.

Ce qu'il y avait au milieu du cercle, c'était une chèvre. Billy West, le vadrouilleur de cent trente-cinq kilos de Mottburg, l'avait laissée en passant, comme échantillon. Il y en avait autant qu'elles en voulaient, avait-il ajouté ; pour les cow-girls, ristourne de vingt dollars par chèvre.

Debbie grattait les oreilles de la bête, l'étreignait.

— Je suis comme Mahatma Gandhi, s'écria-t-elle. Je ne me passerai plus jamais de chèvre.

— C'est mignon, fit Kym. Bien plus mignon qu'une vache.

— Les chèvres sont tout le temps en train de vous mettre à l'épreuve, reprit Debbie. Elles sont comme des maîtres zen. Elles savent tout de suite si vous jouez la comédie. Alors elles jouent à des petits jeux avec vous pour que vous restiez fidèle. Les gens devraient aller consulter des chèvres au lieu de psychiatres.

— Elles sont tellement aimantes, ajouta Gloria, coupant Debbie pour embrasser l'animal.

— Les chèvres sont l'aboutissement du mâle et de la femme, dit Debbie. On comprend ce qu'il en retourne de l'affaire mâle-femelle quand on observe une paire de chèvres. On devrait donner une paire de chèvres à tous les jeunes mariés. Il n'y aurait plus besoin de conseillers matrimoniaux.

— Regardez ces yeux sages et enjoués, roucoula Heather.

— Quand peut-on en avoir d'autres ? demanda Elaine.

— Oooh ! Elle m'a donné un coup de langue ! s'exclama Gloria.

Lorsqu'elle se fut lassée de regarder la chèvre, Sissy s'en revint vers sa chambre. Elle se dit qu'elle allait faire du stop à la tapisserie, n'importe quoi. Mais Jelly la rattrapa.

— On dirait que nous allons nous transformer en chèvre-girls !

— Est-ce que ça y changera quelque chose ? demanda Sissy. Quelque chose à ton rêve, je veux dire.

— Pas un grain, fit Jelly. C'est comme l'histoire du gourmet que m'a racontée le Chinetoque, qui avait tout abandonné, avait fait des milliers de kilomètres et avait dépensé jusqu'à son dernier liard pour arriver jusqu'à la plus haute lamaserie de l'Himalaya et goûter le plat dont il avait voulu manger toute sa vie, le flan à la pêche tibétain. Quand il y parvint, transi, épuisé et ruiné, les lamas lui apprirent qu'il y avait pénurie complète de pêches. "D'accord, dit le gourmet, va pour les pommes." Pêche, pomme ; vaches, chèvres... Tu vois ?

Sissy pensa que cela avait à voir avec la primauté de la forme sur la fonction, se rapprochant par là de sa propre conception de l'auto-stop, selon laquelle la structure émotionnelle et physique créée par des variations et des intensifications de l'acte auto-stoppeur comptait bien plus que les buts utilitaires communément censés constituer l'unique objet de cet acte. Elle y réfléchissait toujours lorsque Jelly déclara :

— Dis donc, il y a une classe de reconditionnement sexuel dans cinq minutes. On va s'y ramener à quelques-unes pour fournir des

même les cow-girls ont du vague à l'âme

renseignements utiles et corriger certaines conceptions erronées. Ça te dit d'en être ?

Le pavillon de RS avait un extérieur rustique et aurait pu passer pour une forge de maréchal-ferrant. À l'intérieur, il y avait d'épais matelas de caoutchouc et des coussins de harem sur toute la surface d'une seule pièce faiblement éclairée. Au fond de la pièce, en partie caché par un rideau broché, on voyait un w.-c. avec chasse, dont la porcelaine miroitait avec ostentation comme une des incisives de la Comtesse. Devant, il y avait une longue table basse recouverte d'une forêt de flacons, de bouteilles, de petites boîtes, de vaporisateurs et de tubes à onguent, ainsi que deux appareils en plastique d'un rose coquet ressemblant aux nièces jumelles d'une poire à injections. Environ une douzaine de femmes étaient assises par terre, face à la table. La moitié était visiblement obèse ; plusieurs autres étaient aussi décharnées que des mauvais vers et semblaient autant au bout du rouleau que des vieilles bougies d'allumage. Mais quelques-unes parurent tout à fait séduisantes à Sissy et ne nécessitant nullement les services du Ranch de la Rose de Caoutchouc. Sissy se demanda quels citrons son destin devrait sucer avant qu'elle se retrouve peut-être un jour dans un endroit pareil.

Sous la conduite de Debbie, les cow-girls se mirent illico au travail.

— Il n'y a qu'une seule raison de faire des injections, apprit Debbie à son public captivé. C'est dans le cas d'une irritation ou d'une infection. Auquel cas, vous avez intérêt à faire drôlement attention à ce dont vous aspergez les tissus enflammés. Il existe onze herbes ou substances naturelles qui conviennent pour nettoyer le vagin. Ce sont le fenouil, le sucepin, l'orme rouge, la gomme arabique, le nénuphar blanc, la guimauve…

— La guimauve ? demanda l'une des très obèses dames, incrédule.

Debbie parlait sérieusement.

— La guimauve ou *Althaea officinalis* est une plante aux fleurs roses qui pousse dans les endroits marécageux. C'est une excellente herbe médicinale, fait généralement dissimulé par la pâte douce et blanche que l'on fabrique en confiserie en faisant réduire ses racines

179

tom robbins

mucilagineuses. Alors, je disais donc : la guimauve, l'heuchère sauvage, l'uva-ursi, la trigonelle, l'écorce de cirier…

Debbie faisait résonner les noms d'herbes, mais la grosse femme n'écoutait plus. Ses yeux s'étaient voilés tandis qu'elle méditait les plaisirs d'une injection à la guimauve, sa conscience se perdant dans des visions de délices vaginaux au caramel, à la mélasse et à la crème fraîche.

Un peu plus tard au cours de la conférence, Delores s'empara d'une bombe de Rosée et la lança en l'air. Jelly sortit son six-feux et tenta de la dégommer avant qu'elle retombe. Elle rata son coup, mais la classe comprit la leçon. Le coup de feu fit venir Miss Adrian au galop depuis le pavillon principal, où elle s'était attardée à essayer une fois de plus d'appeler la Comtesse à Washington. Elle arriva à temps pour entendre :

— Pas un seul homme, à moins d'être un masochiste fétichiste des produits chimiques, n'irait se tremper les organes sexuels dans le chlorure de benzéthonium, et les femmes qui s'en aspergent sont des dupes.

Pensant à l'image du ranch, et pensant peut-être aussi au fouet de Delores et au pistolet de Jelly, Miss Adrian s'efforça de se contenir.

— Les filles, fit-elle, allons, les filles !

— Encore une minute, M'dame, dit Jellybean fermement. On a presque fini. Nous avons encore un renseignement spécifique et pertinent à communiquer. Une dame éveillée comme vous pourrait le trouver intéressant.

Elle invita Miss Adrian à s'écarter, puis se retourna vers l'auditoire.

— Et comme Debbie l'a précédemment indiqué, non seulement l'essence naturelle de la femme ne doit être le sujet d'aucune honte, mais la vérité est que c'est une chose positive qui travaille pour nous. Voici donc une petite célébration de soi à laquelle je parie que vous n'avez jamais pensé, mesdames. Ce que vous faites, c'est de prendre sur vos doigts un peu de votre liquide, puis de vous en frotter l'arrière des oreilles…

— L'arrière des oreilles ???

180

même les cow-girls ont du vague à l'âme

Voilà qui eut la pleine attention de la classe ; la grosse dame fut
même ramenée du paradis de la guimauve. Miss Adrian fut amenée,
elle, au bord du sec évanouissement.

— Ouais, derrière les oreilles. Et un chouïa sur le cou, si vous
voulez. Quand ça sèche, ça ne laisse aucun relent de marée basse.
C'est un parfum merveilleux. Très subtil et très malicieux. Ça attire
les hommes, je vous le garantis. Quoi, ça fait des siècles que les
femmes l'utilisent en Europe ! C'est pour ça que les Napolitaines
sont si séduisantes. Vous ne me croyez pas, n'est-ce pas ? Eh ben je
vais vous prouver comme c'est bien.

Jelly glissa sa main par-dessous sa jupe et se mit à récolter
l'essence en question. Mais avant qu'elle ait pu terminer sa démonstration, Miss Adrian, pâle et tremblante, se mit à pleurer. Elle diva-
guait et personne ne comprenait ce qu'elle disait. Elle se précipita
soudain sur le revolver de Jelly mais celle-ci, qui devenait plutôt
bonne au dégainé rapide, retira sa main de son entrejambes assez
vite pour parer le gambit de son aînée. Les cow-girls pensèrent qu'il
était temps de battre en retraite.

Jacassant et pouffant de rire, elles allèrent aux étables et sellèrent
des chevaux. Jelly et Big Red aidèrent Sissy à monter sur une calme
jument. Elles chevauchèrent vers l'est pendant quatre ou cinq kilomètres, jusqu'à un endroit où les collines commençaient à s'aplanir
vers la prairie. La brise qui soufflait dans les herbes faisait le bruit
d'un manteau d'opéra bordé de soie qui tombe sur le plancher d'une
calèche. Sans arrêt. Sauf que la brise dans les herbes était bien la
brise dans les asters car, où qu'aille ou regarde la petite troupe, les
asters se balançaient sur le sol, des yeux jaunes et des pétales violets
pareils à des pâquerettes tachées de vin après une orgie des dieux.

Plus d'une cow-girl songea à ce bon vieux Wordsworth des
classes d'anglais du lycée, quand errant solitaire comme un nuage
qui flotte au-dessus des vallées et des collines, il vit soudain une foule,
une armée de narcisses d'or. Mais ces asters n'étaient ni une foule, ni
une armée c'était une planète, un univers, une foutue *infinité* de
fleurs. Qui aurait cru que la prairie de Gary Cooper, la prairie de
Crazy Horse, la prairie de *Vers l'ouest, les chariots !*, la prairie du ventre

181

plat et dur de l'Amérique devenait en septembre un paisible parterre floral ? Partout les asters balançaient comme s'ils pratiquaient l'art de se balancer. La pureté de ce mouvement donna aux pouces de Sissy la Grande Démangeaison mais les cow-girls étaient apaisées par ce spectacle, et toutes rentrèrent au ranch avec dans la tête un bruissement de paix.

En arrivant, elles trouvèrent la chèvre, qu'elles avaient attachée par une longue corde à la palissade du corral, en train de manger soigneusement le capot en toile de la décapotable des cinéastes. Elle avait déjà dévoré le cuir des sièges avant et une partie du volant de la Cadillac de Miss Adrian. Et, comme hors-d'œuvre sans doute, elle avait passé entre ses dents tout ce qui pendait à la corde à linge du dortoir, dévorant pas moins de quatorze culottes dont celle en peau de serpent des bayous de Delores, le bikini en dentelle de Heather et les deux seules chemisettes au décolleté en dentelle forme valentine de chez Frederick's of Hollywood appartenant à Kym.

Ce soir-là autour du feu, on réexamina soigneusement le problème des chèvres.

45

— La molécule du lait de vache est cent fois plus grosse que celle du lait de maman. Mais la molécule du lait de chèvre et la molécule du lait humain ont pratiquement la même taille. C'est pour ça que nous digérons facilement le lait de chèvre, alors que le lait de vache est comme du sable dans le carburateur des boyaux.

— Avez-vous déjà goûté du lait d'gator ? demanda Delores. Debbie ne sut pas comment prendre cette question.

— Debbie a raison, s'écria Bonanza Jellybean. De plus en plus de gens s'aperçoivent que le lait de vache est impropre à la consommation par les humains. Billy West affirme que si nous produisons du lait de chèvre en quantité suffisante, il le transportera régulièrement à Fargo. Il a gagné aux dés une part des actions d'une usine de fromage de la ville. Ils fabriqueraient du fromage de chèvre à partir de notre lait et approvisionneraient les magasins de produits biologiques des États de la plaine. Si nous pouvions produire une quantité suffisante – et empêcher les chèvres de nous bouffer nos foutues bottes de sur nos pieds –, le ranch pourrait suffire à ses besoins.

— Et nous ferions une bonne action, ajouta Debbie, toujours soucieuse de karma. Le lait de chèvre est tellement bon pour les bébés que la mère ne peut nourrir au sein.

— En parlant de bébés, observa Delores, j'espère que celles-là qui ont leur petit truc qui les démange et qui se carapatent tous les soirs jusqu'au lac prennent leurs précautions.

Aucune réaction vocale, mais quelques tortillements de nervosité – et d'irritation. Delores continua :

— Je sais bien que Tad Lucas a monté des chevaux sauvages jusqu'à son neuvième mois, mais je ne crois pas que des cow-girls enceintes seraient un atout pour ce ranch. C'est déjà assez embêtant d'avoir les grues ; on n'a pas besoin en plus du passage des cigognes. Je crois qu'il faudrait faire partir ces cinéastes de la Rose de Caoutchouc dès que possible. Les hommes ne peuvent que créer des histoires, ici. Je pense également que notre invitée (Elle désigna Sissy d'un mouvement de ses noires bouclettes.) devrait être dispensée de la suite de nos débats.

Jelly s'apprêtait à parler en faveur de Sissy quand celle-ci, assurant à toutes qu'elle comprenait parfaitement, se leva et quitta le dortoir.

Une lune était suspendue au-dessus du ranch comme le museau d'une mule mélancolique. Préférant le clair de lune à la lumière électrique du pavillon principal où les pensionnaires jouaient au bridge et lisaient des romans de John Updike, Sissy fit un petit tour sur les terres. Elle réfléchit au fait que cette même lune qui déversait son lait de mule (renseignements sur sa composition moléculaire par rapport au lait humain non disponible pour le moment) sur le sommet des collines, sur les saules et les intrigues de cow-girls était celle qui éclairait le toit de l'immeuble rénové de Julian. C'était une réflexion rebattue, le genre de pensée que l'on trouve dans les chansons guimauve des compositeurs amateurs et des collégiens en mal d'amour, mais qui lui suggéra de plus savoureuses idées. Elle et Julian Gitche, unis émotionnellement et légalement (quoi que cela signifiât), étaient également liés par la lune. Et par des forces encore plus incertaines et obscures. Il se pouvait que tout soit lié à tout d'une manière perceptible mais nébuleuse ; et si on pouvait seulement repérer les fibres et filaments de ces liens, on pourrait peut-être… On pourrait peut-être quoi ? Observer le Grand Dessein Universel ? Démêler tous les fils de marionnette et découvrir à qui appartiennent les mains (ou les griffes) qui les manipulent ? Mettre fin à l'antique quête d'ordre et de sens universels ? "Sapristi", soupira Sissy en donnant un coup de pied dans un crottin de cheval (ou était-ce une crotte de chèvre parfumée au nylon ?). "Si j'avais le cerveau de la même taille que mes pouces, je pourrais peut-être voir tout le tableau en un seul coup d'œil."

Ne parie pas si vite, Sissy chérie.

Si ton cerveau était substantiellement plus gros, assez gros pour faire supporter à ton cou de princesse Grace la tension que tes doigts considérables imposent à tes poignets, on peut penser que tu posséderais une intelligence supérieure. Mais on peut penser aussi qu'avec le système nerveux nécessaire pour faire fonctionner un cerveau de cette taille, tu serais si sensible aux folies de la civilisation que tu te verrais dans l'obligation de gagner le large comme le fit le dauphin à la grosse cervelle. Ton certificat de décès parlerait de "suicide" et de "noyade", comme si ton certificat de décès constituait le commentaire d'un dépliant touristique sur le Golden Gate Bridge. Non, les gros cerveaux sont pour les dauphins, qui sont de grands nageurs, et pour les Martiens qui, à en juger par la rareté de leurs visites, ne semblent pas trouver la Terre bien affriolante. Notre cerveau est probablement déjà trop gros comme ça.

De récentes recherches neurologiques indiquent que le cerveau est régi par des principes qu'il ne peut pas comprendre. Et s'il est faible ou timide au point de ne pouvoir saisir les principes qui le régissent et les lois physiques qu'il parait devoir suivre, il sera alors de peu d'utilité à quiconque de confronter les Questions Ultimes –

même les cow-girls ont du vague à l'âme

quand bien même le cerveau aurait la grosseur d'une huche à pain (beurk, quelle pensée écœurante !). L'auteur conseille ici à ses lecteurs de tirer le meilleur parti de leur cerveau – c'est un bon espace pour entreposer des choses à un prix convenable –, et puis de passer à autre chose.

Ainsi que le fit Sissy, par exemple, qui après s'être fatiguée à réfléchir à des liens invisibles, se rabattit sur ses pouces et se mit à faire du stop au cricri des grillons tandis qu'elle revenait vers sa chambre.

46

C'était le sixième jour, le jour où, selon la version judéo-chrétienne de la Création, Dieu dit : "Que la chaise d'enfant et la libre entreprise soient !" En sortant du pavillon principal, Sissy tourna immédiatement son regard, comme elle le faisait invariablement, vers Siwash Ridge.

Elle y distinguait parfois une silhouette humaine dont le profil se détachait sur les couleurs multiples de la chaux ou qui émergeait plus près de la base et surgissait des buissons de genièvre en traînant sa barbe dans son sillage. Ce matin-là, elle eut droit au spectacle flou et aux échos étouffés d'une bagarre.

Des cow-girls contemplaient également la butte, appuyées contre le véhicule appelé "fourgon à peyotl", un pick-up Dodge portant un abri en bois construit à la main. L'avancée du toit était sculptée de manière à ressembler à des gueules ouvertes d'alligator, tandis que des caïmans, verts de peau et terrifiants de dents, sortaient en bas-relief des deux côtés peints de couleur fauve du petit abri. Des images d'iguanes et de sauriens à la langue ondulante ornaient les portes arrière ; des gueules de mocassins d'eau d'un blanc d'hôpital béaient de tous les endroits où n'ondulaient pas déjà les enroulements meurtriers, les serpentements squameux et les pupilles hypnotiques des rampeurs de marais et autres manifestations du Totem originel. On ne pouvait se tromper sur l'identité de celle qui possédait ce

tom robbins

véhicule, toute habillée de noir qu'elle était, de son chapeau équestre de style espagnol à ses bottes en peau de mamba : Delores (avec un "e") del Ruby.

Ce fut cette même Delores qui, tandis que Sissy s'approchait, s'éloigna à grands pas en lançant froidement par-dessus son épaule :

— L'industrie de l'hygiène féminine ramasse chez les femmes cinquante millions de dollars par an.

Sissy fut abasourdie par cette référence hostile à ses activités de Fille Yoni Miam/Rosée. Comme si elle était un bébé vipère sorti de l'avant du fourgon à peyotl, sa lèvre inférieure fut saisie de spasmes imperceptibles. Elle était habituée à ce qu'on tourne en ridicule ses pouces et l'usage qu'elle en faisait, mais sa modeste carrière de mannequin était la seule chose de sa vie qu'on estimait généralement valable.

— Ne fais pas attention à Delores, dit Kym. Elle est mal embouchée, en ce moment.

— Oui, approuva Debbie. Je serai bien contente quand elle aura eu sa Troisième Vision. (Le front de Debbie faisait lui-même des mouvements vipérins.) Mais à y réfléchir, je ne serai peut-être pas contente du tout.

Les cow-girls eurent quelques rires maussades. Elles paraissaient gênées de l'impolitesse de Delores, mais en considérant ce qui s'était passé la veille dans la classe de reconditionnement sexuel, Sissy avait toutes les raisons de croire qu'elles partageaient le dédain de leur chef d'équipe pour l'industrie qu'elle représentait. Peut-être qu'elles commençaient à changer d'idée. En tout cas, pour l'instant, il y avait du raffut sur cette crête censée être sacrée pour un seizième de sa personne.

— Euh, qu'est-ce qui se passe là-haut ? fit Sissy en espérant que sa voix ne tremblait pas.

Kym répondit :

— Oh ! c'est encore une poignée de quêteurs de salut qui essaient de voir le Chinetoque. Il est en train de les chasser, comme d'habitude. Quelle farce !

— Merde, jura Big Red ; c'est la faute de Debbie. Elle a écrit à tous ses amis en leur racontant qu'il y avait ce grand gueulard qui

186

vivait là-haut, et la nouvelle s'est répandue comme du beurre fondu. Alors comme ça maintenant, ils se ramènent même de Frisco en croyant que ce vieux péteux va leur dire la bonne parole. Seulement, il dit jamais rien à personne.

— Il en dit beaucoup à Jellybean, rectifia Debbie.

— Peut-être bien que oui et peut-être bien que non, répliqua Big Red. Je soupçonne Jelly de se prêter à ses caprices pour l'empêcher de nous chercher des histoires – et vice versa. Tiens, les voilà qui s'en vont. Regarde tes pèlerins qui se font la malle, Deb. Fera bientôt trop froid pour venir chercher le salut ; peut-être que le vieux singe aura la paix quelques mois. Il ne le mérite même pas.

Sissy se demanda pourquoi Debbie tenait le Chinetoque pour un gueulard de première classe, et elle posa la question.

— Bonne question, fit Debbie, qui était approximativement aussi adorable que Bonanza Jellybean, bien que plus convention-nellement parée, comme ses compagnes. C'est une bonne question. Tu sais, Sissy, les sages ou les saints ou les chefs spirituels ou ce qu'on veut bien les appeler ne se baladent pas en prêchant, en écrivant des livres, en rassemblant des disciples ou en tenant des rallyes à l'Astro-drome de Houston. Certains restent presque invisibles parmi nous. Swami Vivekananda déclara un jour que le Bouddha et le Christ étaient des héros de seconde zone. Il dit que les plus grands hommes qui vécurent jamais sont passés sans qu'on les reconnaisse. Ils n'ont aucune prétention pour eux-mêmes, ne fondent aucune école ou aucun système en leur nom. Ils ne provoquent aucun remous mais se contentent de se fondre dans l'amour…

— L'amour ! interrompit Big Red. Dis plutôt dans le saindoux.

Debbie sourit patiemment.

— Vivekananda avertit que les hommes d'État, les généraux et les grands magnats qui nous paraissent si importants sont en réa-lité des figures de basse catégorie. Il dit : "Les vrais grands hommes sont calmes, silencieux et inconnus." N'est-ce pas magnifique ? Les vrais maîtres se révèlent rarement, sauf par les vibrations qu'ils laissent sur leur passage et sur lesquelles les gourous de moindre envergure édifient leurs doctrines. Mais il existe des manières de les reconnaître. Le Chinetoque, comme on l'appelle, semble être difficile d'accès – il n'a même pas un soubresaut de rire pour moi –, mais par son silence et ses mystérieuses manières, il donne des signes de…

— Tu parles ! Si on peut appeler un signe le fait de secouer sa quéquette, s'écria Big Red.

— … des signes de grande sagesse, continua Debbie. J'ai eu tort, je le vois bien maintenant, d'écrire à mes anciens frères et sœurs de la Ligue de l'Avatar Atomique de l'Acide pour le leur faire connaître, même si plusieurs d'entre eux ont désespérément besoin d'illumination. Mais je ne me trompe pas dans la manière dont je l'apprécie ; je suis sûre de cela. (Elle s'arrêta de parler, frottant ses doigts chargés de bagues sur les ondulations d'un serpent en corail sculpté.) Je voulais justement te demander à toi, Sissy : j'ai entendu dire que tu as voyagé plus que quiconque. Dans tes déplacements continuels, n'as-tu jamais rencontré une personne d'une sagesse supérieure et qui semblait posséder le savoir sur l'existence qui fait défaut au reste d'entre nous ?

Cette question était posée sérieusement, et Sissy y réfléchit posément. Étrangement, elle n'avait pas vraiment eu affaire à tant de gens, et ne les avait pas non plus vraiment observés. Elle avait collectionné les trajets en stop, pas les conducteurs. Quant aux piétons… des ombres sur un passage clouté. Malgré tout, il y avait eu cette fois-là, au Mexique, pas bien loin en dessous de la frontière. Sissy faisait du stop sur une route si poussiéreuse qu'un chameau y aurait attrapé le hoquet. À un endroit, la route passait devant l'atelier-domicile d'un ébéniste. Quinze ou vingt pièces de mobilier nouvellement fabriquées étaient alignées en pleine chaleur le long de la route, et un homme d'âge indéterminé les vernissait. Le Mexicain appliquait avec soin du vernis à l'aide d'un pinceau qu'il trempait dans un bidon de sept litres. Chaque fois qu'une voiture ou qu'un camion passait, ce qui était assez fréquent, d'épais nuages de poussière se soulevaient et venaient se poser sur les meubles encore collants comme des souvenirs de Lawrence d'Arabie. Mais le Mexicain poursuivait son travail en souriant et en chantant entre ses dents,

même les cow-girls ont du vague à l'âme

aussi peu soucieux de la poussière que si cela avait été un programme de radio dans une langue étrangère. Sissy fut si impressionnée qu'elle s'arrêta presque pour parler à cet homme ; il lâchait dans son cœur de grands ballons aux couleurs vives. Mais en fin de compte, elle avait poursuivi son stop – ne pensant plus par la suite au vernisseur qu'aux périodes de tension, de frustration et de doute.

Aborder de tels sujets gênait Sissy, mais elle s'apprêtait à parler à Debbie de ce merveilleux Mexicain quand Jelly arriva en trottant sur son cheval. Jelly avait observé le chahut de Siwash Ridge de plus près, s'assurant qu'il n'aurait pas de répercussions sur le ranch. Elle lança aux cow-girls :

— Hé, vieilles branches, Delores vous attend au dortoir pour l'exercice. Et que ça saute !

— L'exercice ! souffla Big Red. J'aurais dû rester chez ces foutues Auxiliaires féminines.

— C'est une erreur, fit Debbie. Il y a des voies plus élevées à suivre quand on est une femme.

Qui avec empressement, qui en rechignant, les cow-girls s'éloignèrent vers le dortoir. Jelly descendit de selle.

— N'est-ce pas que c'est une chouette bande de nanas ? demanda-t-elle.

Sissy opina.

— D'où viennent-elles ?

— Oh ! elles sortent de nulle part, de partout, et du nid de coucou. Beaucoup ont grandi dans une ferme, un ranch, et elles en aimaient la vie. Mais en sortant du lycée, elles ne pouvaient que se marier avec un paumé du coin ou alors essayer de faire une faculté qui n'était pas en mesure de leur apprendre quelque chose qu'elles désiraient vraiment savoir. Deux ou trois comme Kym et Debbie sont sorties à grand fracas des banlieues petites-bourgeoises. Big Red était la seule cow-girl de métier ; elle a participé à des courses dans tout le Texas. Évidemment Big Red a vingt-sept ans ; les autres, nous sommes drôlement plus jeunes. Sauf Delores. Personne ne sait son âge ou ce qu'elle fabriquait avant de se pointer ici, mais nom de Dieu, elle s'y entend sur selle et au lasso. Je cherchais des

189

filles qui voulaient être cow-girls et je ne leur ai jamais trop posé de questions. Celles que j'ai essayé d'éliminer, c'est celles qui étaient amoureuses des chevaux. Le truc freudien, tu vois. Des tas de parents, quand leur petite fille commence à se faire deux petites bosses sur la poitrine, ils lui achètent un cheval pour détourner son attention des garçons. Mais ce qu'ils lui achètent en réalité, c'est un vibromasseur vivant de quatre cent cinquante kilos. Un cheval est l'idéal pour de la bonne et propre masturbation genre mains-sorties-des-couvertures, et il y a certaines filles qui ne dépassent jamais ce pied-là. Celles-là ne font jamais de vraies cow-girls.

Siwash Ridge était redevenue aussi tranquille et inerte que le manuel de géologie qui décrirait sa formation. L'été indien, ce vieux cabot, faisait un rappel de rideau de plus et les collines d'une humeur expansive amassaient à ses pieds des bouquets d'asters. De gerbes d'or également. Et d'asclépiade tubéreuse. Pareils à des épouvantails camés en manque, des tournesols géants somnolaient dans un coin, leur tête sèche tombant sur leur sternum. Leur existence prolongée d'un jour encore, les mouches bourdonnaient sur tout ce qu'elles avaient à portée d'ailes, s'adressant à elles-mêmes des éloges monotones, comme ces patriotes qui persistent à louer la gloire d'une culture longtemps après qu'elle soit tombée dans une décadence qui la condamne définitivement.

Finalement, Jelly reprit :

— T'as vraiment ramené le soleil avec toi. Si tu regardes autour de toi aujourd'hui, tu n'imaginerais jamais la neige et les vents enragés qui vont dégringoler sur cet endroit dans un mois ou deux.

— New York également est spécialisé dans le frisson continu, dit Sissy. Je n'ai jamais passé un hiver entier dans un seul endroit jusqu'à maintenant, sauf quand j'étais gamine.

— On se pelotonne, fit Jelly en coulant un regard vers le dortoir. Miss Adrian, quand elle m'a annoncé que tu venais ici, a dit que tu t'étais récemment mariée.

— Il y a neuf mois à peu près.

— Huhum. Ouais ouais. J'aurais pas cru que t'étais du genre à te marier et à te fixer.

même les cow-girls ont du vague à l'âme

— Personne, fit Sissy en riant à moitié. Pas même moi. Mais ça va bien.

— Moi, j'ai une théorie, reprit Jelly. Les hommes – en général – sont emballés par les femmes qui leur sont attachées. C'est un défi à leur moi de rompre cet attachement et de le transférer sur eux-mêmes. Les femmes – en général – sont emballées par les hommes qui n'ont pas d'attaches. La liberté les excite. Inconsciemment, elles désirent ardemment y mettre fin. (Jelly examinait attentivement le visage de Sissy.) Mais cela aurait donc été le contraire dans ton cas. Est-ce que ça s'est passé comme ça ?

— Je ne sais pas. Peut-être. Je n'y ai jamais pensé de cette manière. Tu vois, Jelly, j'ai été seule très, très longtemps. Peu de femmes sont seules par choix – c'est peut-être notre faiblesse principale –, mais suivant les conseils de la nature, j'ai choisi de ne pas être enfermée ou de suivre la ligne générale. Seule, j'ai pu danser sur le grand tempo, danser la quatrième dimension et faire perdre la tête à la notion de transport. Seulement tout le monde s'en fichait. Oh ! peut-être que Jack Kerouac et une douzaine d'autres âmes désespérées eurent l'intuition que j'étais plus que la championne du monde, mais personne d'autre. Bon, et alors ? Je croyais vraiment que ce que j'accomplissais pourrait élever l'esprit de l'humanité, de même qu'une comète emplit les gens de joie sans raison logique ou féconde lorsqu'elle traverse le ciel. S'ils avaient fait attention. Ils n'en ont rien fait, et c'est très bien comme ça, parce qu'en vérité, je faisais de l'auto-stop pour moi-même. Moi-même et les grands pouvoirs des vents. Et puis tout d'un coup, il y a eu quelqu'un qui avait besoin de moi. Pour la première fois de ma vie, on avait besoin de moi. C'était quelque chose de puissamment attirant.

Jelly grattait les oreilles de son cheval. La bête s'appelait Lucas, d'après Tad.

— Je suis sûre que les hommes ont besoin d'une épouse, fit-elle ; tout comme les femmes *s'imaginent* qu'elles ont besoin d'un mari.

— Julian voulait plus qu'une épouse, dit Sissy. Selon les normes les plus courantes, je ne suis même pas une très bonne épouse. Au niveau conscient, Julian ne m'apprécie pas ou ne me comprend pas un brin mieux que n'importe qui d'autre, mais il sait quelque part en lui qu'il a besoin de ce que seule une personne comme moi peut offrir. Julian est un Indien Mohawk que la société a déformé. Il nie être Mohawk, nie tout apport physique ou psychique que cela pourrait lui amener. Il a besoin d'être aimé d'une manière qui le mette en contact avec son sang. Et c'est de cette manière que j'essaie de l'aimer.

Jelly monta en selle, prenant son temps.

— Cela présente un certain sens, fit-elle. Si l'amour ne recrée pas les amants, à quoi sert-il ? Mais permets-moi de te donner cet avertissement, Sissy, sacrée bonne femme : l'amour est de la came, pas de la soupe au poulet.

Sissy ayant l'air consternée, Jelly ajouta :

— Je veux dire que l'amour est quelque chose qui doit circuler librement, et non être poussé dans le gosier des gens pour leur bien par une mère juive qui l'a mitonné dans son coin.

Là-dessus, Jelly se pencha le long des flancs de Lucas, imitant un numéro d'acrobatie exécuté un jour à grande vitesse par l'homonyme du cheval, et embrassa Sissy, à moitié sur la bouche, à moitié sur le menton. Puis elle se redressa et partit au galop.

Cet après-midi-là, dans le dortoir, quand Gloria fit une comparaison entre les pouces de Sissy et le bossu de Notre-Dame, Bonanza Jellybean lui claqua le museau.

47

La polka de la saucisse polonaise fut coupée par un bulletin d'informations sur la situation internationale qui, comme l'apprirent bientôt les auditrices du dortoir, était désespérée, comme d'habitude. En parlant de désespoir, une expression de légère désespérance se lisait sur le visage de Big Red lorsque, sans frapper, elle ouvrit la porte de la salle d'exercice principale.

Clientes et personnel confondus se raidirent à l'entrée de Big Red car elles étaient toutes assez mal à l'aise avec les cow-girls et Big Red, véritable tour de taches de rousseur flamboyantes, était la cow-girl la plus costaud de toute la propriété. Il n'y avait toutefois pas de raison de s'alarmer. Big Red avait entendu Miss Adrian annoncer que le pesage final aurait lieu ce jour-là. À la fin des activités de la journée, les pensionnaires devaient s'assembler dans la salle d'exercice principale pour passer pour la dernière fois sur la balance de la Rose de Caoutchouc. Le lendemain, au barbecue basses calories qui marquerait la fin officielle de la saison du ranch, des prix seraient décernés à celles qui auraient éjecté le plus de kilos dans l'air sec du Dakota. Big Red ne convoitait aucune récompense, n'avait droit à aucune et, franchement, n'en méritait pas ; mais de fait, elle voulait consulter la balance. Vêtue de son maillot de bain une pièce couleur vert forêt, elle prit une place dans la file qui allait vers l'oracle. Après avoir obtenu sans difficulté la permission des pensionnaires, Miss Adrian fit passer Big Red en tête.

La plus énorme cow-girl se pesa, fit la grimace, grogna et, au soulagement général, repartit comme elle était venue. En retournant au dortoir, tandis que l'été indien rendait hommage aux chairs qui débordaient de son maillot de bain, Big Red eut une vision, une visitation mentale sans doute aussi intense que la Première et la Deuxième Vision de Delores del Ruby. Big Red se dit : *Ne serait-ce pas fichtrement merveilleux s'il existait un appareil qu'on pourrait installer sur son assiette de nourriture et qui en extrairait les parfums. Après avoir mangé tout ce que le ventre pourrait confortablement contenir, on se planterait un tube en plastique dans la bouche, on brancherait la petite machine, et les parfums continueraient à vous couler dans la bouche aussi longtemps qu'on en aurait envie, sans rien avaler de plus qui rende votre bidon gros et gras. Mmm, Seigneur ! Jarret en sauce, fromage et tarte à l'oignon, chili, flan au riz, Seigneur !*

Il y avait un marché immédiat pour un tel appareil dans la salle d'exercice principale de la Rose de Caoutchouc et, à n'en pas douter, les ventes se compteraient par dizaines de millions dans le monde entier, sans tenir compte de la situation internationale. Cela constituerait en outre un bienfait sans précédent pour l'humanité, gardant chez eux autant de gens que la télévision et sauvant plus de vies qu'un traitement anticancéreux.

C'est pourquoi, dans l'intérêt public, *Même les cow-girls ont du vague à l'âme* offre l'idée du système à parfum de Big Red gratuitement à tout inventeur qui la réalisera.

48

— Julian, j'ai une amie.

— Tu dis une amie, chérie ? (La communication était à peine audible.) Mais c'est bien. C'est chouette, d'avoir de nouveaux amis.

— Tu ne comprends pas. C'est *une* amie. Je n'ai jamais eu d'amie fille auparavant.

— Oh ! voyons, chérie, tu exagères. Marie n'est pas ton amie ?

— Marie est *ton* amie. Elle ne s'intéresse à moi que comme con exotique.

— Sissy ! Pas au téléphone !

— Désolée. Je voulais simplement te parler de Jelly, mais ça ne fait rien.

— Jelly est cette fauteuse de troubles que tu es censée avoir à l'œil pour la Comtesse, n'est-ce pas ? Comment ça se passe avec ces cow-girls ? J'espère que tout se passe en douceur. Je me fais sans arrêt du souci pour toi.

— Pas besoin de t'en faire pour moi ; jamais. Je transporte mes anges gardiens partout avec moi, sur mes mains.

— Sissy, tu ne dois pas te moquer de toi-même comme ça ; ce n'est pas sain. Et euh… tu vois, chérie, le souci que je me fais pour toi ne m'a pas totalement empêché de m'amuser. J'ai beaucoup mangé à droite gauche. Chez Elaine, à la Grenouille, à la Caravelle. J'ai été danser vendredi soir au Kenny's Castaways, avec les Wrights et les Sabols. Howard travaillait tard, et Marie est venue avec ce type, là, Colacello. Danser joue contre joue est la *fureur* à New York ces temps-ci. Je ne m'en étais pas rendu compte. J'espère que nous irons ensemble à ton retour. Tu adorerais si tu essayais un coup. J'ai quelques personnes qui viennent ici ce soir pour que je leur fasse un poulet. Peinard. J'ai installé la table de trictrac. Dommage que tu ne

même les cow-girls ont du vague à l'âme

sois pas là. Oh ! j'ai acheté aujourd'hui une ravissante poupée à la boutique de cadeaux du musée de Brooklyn, – de l'art populaire. Tu verras ça. J'ai presque fini la peinture que j'avais commencée la veille de ton départ, la grande dont tu pensais que ce serait un wigwam. Ce n'est pas ça du tout, bien sûr ; c'est…

— Julian, qu'est-ce qui fait ce bruit ?

— Quel bruit ? Oh ! ça ? C'est une surprise, chérie. C'est… Tu ne devines pas ? C'est *Butty* ! Carla et Rupert se sont remis ensemble. Bon sang, mais oui, je voulais te l'annoncer. Carla s'est réinstallée en ville et elle ne peut plus garder Butty dans leur appartement. Alors, le vieux garnement est à nouveau ici. Si ça te gêne, je peux toujours le vendre. Les chiens comme Butty font *fureur* à New York maintenant ; tous les gens qui font la mode en possèdent au moins deux. Andy Warhol a amené son dachshund miniature, Archie, chez Kenny's Castaways l'autre soir. Tu te rends compte ? Bien, Sissy, à propos de ces cow-girls que tu fréquentes, tu fais bien attention, n'est-ce pas ?

Les fils des communications à longue distance éructaient des bruits tenant autant du gargouillement que du hoquet ; des sons qu'un bébé robot pourrait émettre dans son berceau. Des mots tendres furent échangés puis Julian raccrocha sans se douter que la communication qu'il venait de conclure avait été rendue possible par Bonanza Jellybean qui, par amitié, avait retardé la coupure des câbles téléphoniques de la Rose de Caoutchouc.

49

Si l'on peut dire que l'homme civilisé est intelligent mais non sage, on peut également dire que la prairie est sèche – mais qu'elle ne manque pas d'eau. Sur la prairie, on trouve parfois des rivières, des ruisseaux, des lacs, des étangs et des trous bourbeux où se roulent les bisons. Comme le Système américain lui-même, la plupart des mares et des lacs de la prairie sont des opérations aéroportées de nuit. Bien qu'ils puissent temporairement déborder, faisant vivre une chaîne nutritive foisonnante qui peut aller des plantes aquatiques aux rats musqués et aux hiboux, des insectes à nymphe aux poissons-lunes et aux chélydres serpentines, ou des salamandres aux pies et aux belettes, les mares et les lacs sont finalement envahis de végétation, envasés par le limon et éliminés durant les sécheresses d'été, finissant par rendre le dernier souffle (!) et mourir, se transformant en marécage et redevenant finalement prairie. Il arrive souvent qu'une mare de prairie ne survive pas assez longtemps pour mériter un nom.

Depuis qu'il trouva asile au fond d'une dépression relativement profonde entre les collines des moraines frontales laissées par la couche de glace continentale, le lac Siwash a joui d'une certaine permanence, bien que ses rives implosées couvertes de flèches d'eau, de massettes et de roseaux prouvent qu'il entre lui aussi dans la phase marécageuse de son existence et ne pourra finalement plus donner même assez d'humidité pour rallonger d'eau le whisky on the rocks d'un têtard.

Le petit lac a toutefois quelques bonnes années devant lui encore, et il miroitait comme une goutte d'encre sympathique quand Sissy et Jelly l'aperçurent de la colline qui dominait la cachette des cinéastes. Sissy et Jelly marchèrent jusqu'au sommet de la colline après avoir attaché leur cheval au cerisier, et en dessous le lac jouait au lac. Du chiendent et des asters jusqu'aux genoux, Sissy et Jelly marchèrent nues jusqu'au sommet de la colline, après avoir laissé leurs habits près du cerisier, et en dessous le lac miroitait. Sissy et Jelly marchèrent nues jusqu'au sommet de la colline, pour emmagasiner le maximum de soleil ; et alors qu'elles fixaient le lac Siwash, il était réellement difficile de croire qu'elles aussi, Sissy et Jelly, étaient pour la plus grande partie composées d'eau. (Que le cerveau, avec ses qualités fragmentaires et intangibles, soit fait d'eau, certes ; mais la chair du corps ?)

Puisque les caméras cachées étaient braquées sur les berges du lac, elles ne pouvaient pas enregistrer les images qui bougeaient au sommet de la colline, et les micros dissimulés ne pouvaient pas non plus surprendre les conversations. Sissy et Jelly parlaient en gravissant la colline, et après avoir observé un moment le lac, elles s'assirent et reprirent leurs propos.

même les cow-girls ont du vague à l'âme

— Elle aurait vécu en Louisiane, dans un bidonville construit par des esclaves en fuite tout au fond des bayous. En tout cas, c'est une version. On m'a également raconté qu'elle voyageait dans le Yucatan avec un cirque et faisait sauter avec un fouet les faux cils d'un singe dressé. Peu importe. Quel que soit l'endroit où elle se trouvait, elle mangea un soir du peyotl et eut une vision. Niwetukame, la Déesse Mère, vint vers elle montée sur une biche, des colibris avalant à petites gorgées les larmes qu'elle versait, et la Déesse implorait : "Delores, tu dois conduire mes filles contre leur ennemi naturel." Delores y réfléchit longtemps – c'était quand même une sacrée vision éblouissante – et finit par conclure que l'ennemi naturel des filles étaient les pères et les fils. Cette nuit-là, elle fouetta son amant noir jusqu'à ce qu'il en fasse sur lui, ou bien c'était le propriétaire du cirque – peu importe –, et elle s'enfuit. Elle alla au hasard pendant un certain temps et vécut en vendant des boutons de peyotl à des hippies. Puis Niwetukame revint la voir, déclarant qu'elle devait se rendre en un certain lieu où se préparer pour sa mission, dont les détails lui seraient révélés à l'occasion d'une autre vision. L'endroit où la Mère du Peyotl lui enjoignit de se rendre était le Ranch de la Rose de Caoutchouc. N'est-ce pas incroyable ? Elle s'envole avec le peyotl une fois par semaine au moins mais jusqu'à présent, pas de Troisième Vision. Et en attendant, elle rivalise avec Debbie et on dirait deux lycées chacun à un bout d'une petite ville. La tension. La tension chez les cow-girls. Quelle barbe !

— Quelle est la position de Debbie ? demanda Sissy.

Un petit coup de vent frappa sa cage thoracique avec des brins d'herbe.

— Eh bien d'après ce que je comprends, Debbie pense que les gens tendent à devenir ce qu'ils haïssent. Elle affirme que les femmes qui haïssent les hommes se transforment en homme. Hi hi, l'herbe chatouille, non ? (Jelly prenait les brins, elle aussi.) Debbie déclare que les femmes sont différentes des hommes et que cette différence fait leur force. Bien avant le judaïsme et la chrétienté, les femmes s'occupaient de tout, du gouvernement, de l'économie, de

197

la famille, de l'agriculture et spécialement de la religion – Debbie et Delores sont d'accord là-dessus. Mais Debbie prétend que si les femmes doivent reprendre les choses en main, ce doit être de manière féminine, elles ne doivent pas avoir recours à des méthodes masculines violentes et agressives. Elle affirme que c'est aux femmes de se montrer meilleures que les hommes, d'aimer les hommes, de leur donner de bons exemples et de les guider avec tendresse vers le Nouvel Âge. C'est une vraie rêveuse, cette Debbie adorée.

— C'est donc que tu n'es pas d'accord avec elle ?

— Je ne dirais pas cela. Je crois qu'elle a raison, au bout du compte. Mais je suis avec Delores s'il s'agit de me battre pour ce qui me revient. Je ne comprends pas pourquoi Delores en veut tellement au Chinetoque ; il lui apprendrait probablement deux ou trois petites choses. Ou comment peut-on ne pas aimer Billy West, ce bon vieux sacripant ? Dieu sait que j'aime les femmes, mais rien ne peut remplacer un homme à la hauteur. Mais ici, c'est un territoire cow-girl et je me battrai aux côtés de Delores contre tous les salauds qui le nieraient. Je crois que j'ai toujours été une bagarreuse. Regarde. Cette cicatrice. Douze ans seulement et déjà abattue par une balle d'argent.

Jelly prit la main de Sissy, évitant soigneusement le pouce, et lui fit tâter le trou dans son ventre. C'était comme si elle avait acheté son nombril au prix de deux pour un.

Ignorant qu'elle ait pu piquer la curiosité de Sissy ou brancher son standard limbaire, Jelly continuait :

— Bon Dieu, c'est que ça me plaît, ici. Cet espace nu. Personne ne l'a jamais fait sien. C'est trop grand et trop dur. Les hommes y ont vu un défi ; ils ont voulu l'affronter ou le conquérir. Comme en gros ils n'ont pas réussi, maintenant ils le haïssent. Mais les femmes peuvent le considérer d'un autre œil. Nous pouvons nous y couler, nous y fondre et l'aimer. Le Chinetoque dit que ces plaines existent au bord du sens, dans une zone située entre le sens et quelque chose de si grand que ça n'a pas de sens. Je crois comprendre. Je ne sais pas comment une cow-girl n'y serait pas contente, mais il me semble que certaines gens ne peuvent pas s'amuser si tous les autres ne s'amusent pas aussi.

même les cow-girls ont du vague à l'âme

Sissy avait gardé la main sur le bide de Jelly car dès que la cow-girl cesserait de parler, elle avait l'intention de lui demander comment il s'était fait qu'une balle d'argent fût venue se loger dans un si tendre endroit à un si tendre âge. Mais avant qu'elle ait eu une seconde pour lui poser cette question, Jelly lançait elle-même :

— Dis donc, Sissy, toi qui as travaillé pour la Comtesse et tout le bazar, je me demandais si tu avais jamais essayé la combine pour se parfumer dont nous avons parlé l'autre jour aux invitées ?

— Euh, ma foi, non. Et ça marche vraiment, hein ?

— Et comment que ça marche ! Pourquoi n'essaies-tu pas ?

— Maintenant ?

Oui, Sissy, elle voulait dire maintenant, *now. N* comme Narcisse, *N* comme Naze, *N* comme *nigi* (*Nigi* veut dire "arc-en-ciel" en japonais. Cela veut aussi dire "deux heures". C'est ainsi qu'au Japon, il y a toujours au moins deux arcs-en-ciel par jour) ; *O* comme orchidée, *O* comme odoriférant, *O* comme om (le tapis de méditation est la monture du yogi ; hue ! hue ! p'tit yogi, faut arriver à El Souffler La Bougie avant le coucher du soleil-la-la-la-la-lère… le seul mantra connu à l'ouest du Pecos*) ; *W* comme wistarie, *W* comme Walkyrie, W comme Walla Walla (ville à l'est de l'État de Washington), Wagga Wagga (ville dans le Sud-Est australien) et le Wooga Wooga (un café dans les étoiles où Charlie Parker fait un bœuf tous les samedis soirs) : *N.O.W., now.* Maintenant. Elle désirait te le voir écarter, Sissy, l'ouvrir comme un chausson de danse, comme un coquillage béant. Elle désirait l'écarter elle-même, Sissy, de ses doigts menus et patouiller dans ce terrain uligineux, en faire monter la température, en élargir le sourire. Oh ! pourquoi est-ce si difficile entre femmes ? Entre un homme et une femme, c'est oui ou non. Entre femmes, c'est toujours peut-être. Une seule erreur et l'autre se sauve. Même quand elles se donnent l'accolade, les femmes doivent faire tenir leur cœur tranquille, yeux vides. Quant aux

---

* Rivière qui traverse le Texas et le Nouveau-Mexique et qui séparait traditionnellement l'Ouest du Far West.

199

paroles, il n'en est pas question. Mais ça en vaut la peine, Sissy ; ça vaut tous les faux semblants, les interruptions et la prudence. Quand un homme est en vous, vous ne pouvez imaginer ce que son corps ressent, et il ne peut savoir exactement quels sont vos plaisirs. Entre femmes, chacune a une conscience aiguë de l'autre quand elle fait ça, elle est sûre que l'autre ressent ça. Et c'est si doux, Sissy. Si doux.

Krishna ou, comme on l'appelle en Occident, Pan, le dieu que Jésus-Christ a chassé dans le maquis, était le seul dieu qui comprenait les femmes. Krishna/Pan attirait les vierges dans les bois, mais il ne les violait jamais et ne les séduisait jamais avec des fausses promesses ou d'insincères déclarations d'amour. Il les éveillait grâce à une bonne vieille combine ; il les branchait. C'est ainsi que les femmes se visitent : comme la musique, comme les clowns.

La femme ne s'est pas accommodée avec joie de la civilisation. On a suggéré, en fait, que toute la civilisation n'avait été qu'une digue levée par les hommes qui craignaient la rivalité sexuelle afin "de retenir les sauvages et turbulentes eaux féminines". Il n'en reste pas moins que c'est Elle maintenant qui accapare les brillantes inventions de l'homme et qui les détourne à ses fins obscures. Par exemple, le baiser.

Le baiser est la plus grande invention de l'homme.

Tous les animaux copulent, mais seuls les humains s'embrassent.

Le baiser est l'accomplissement suprême du monde occidental.

Les Orientaux, y compris ceux qui veillaient sur le continent nord-américain avant le grand ravage, se frottent le nez, et ils sont encore des milliers à le faire. Pourtant, en dépit des fruits d'or produits au cours des millénaires – ils nous ont donné le yoga et la poudre, Bouddha et l'épi de maïs –, eux, leurs multitudes, leurs saints et leurs sages n'ont jamais produit le baiser.

La plus grande découverte de l'homme civilisé est le baiser.

Primitifs, pygmées, cannibales et sauvages se sont manifesté leur tendresse par différents modes tactiles, mais babine contre babine n'a jamais été leur style.

Les perruches se frottent le bec. Oui, c'est vrai, c'est exact. Mais seuls les partisans acharnés de l'éjaculation précoce ou les petites vieilles qui assassinent des enfants avec des aiguilles à tricoter pour leur voler leur argent du repas et acheter des rognons frais pour les matous placeraient le bécotage des oiseaux dans le domaine du baiser.

Les Noirs d'Afrique se touchent les lèvres. Tout à fait juste ; certains le font, de même que certaines tribus aborigènes d'autres contrées dans le monde – mais si leurs lèvres s'attouchent, elles ne restent pas collées. Le bécot, c'est une roue carrée, difficile à manier et légèrement inquiétante. Avec quoi, sinon un bécot, Judas a-t-il trahi Notre Sauveur net, sec et sans l'usage de la langue ?

La tradition nous apprend que le baiser tel que nous le connaissons fut inventé par les chevaliers médiévaux dans le but utilitaire de déterminer si leur épouse avait été à la barrique à hydromel tandis qu'ils allaient à leurs devoirs. Si l'histoire est exacte, donc, le baiser fut créé pour capter les messages gustatifs, pour fureter dans les bouches – bref, une espèce de ceinture de chasteté alcoolique. La forme ne se plie cependant pas toujours à la fonction et finalement, le baiser pour le baiser se popularisa dans les cours, se répandant parmi les marchands, les paysans et les serfs. Et pourquoi pas ? Car embrasser est doux. Ce fut comme si toute la douceur atavique restant encore dans l'homme occidental était canalisée dans le baiser et dans lui seul. Il n'y a pas de meilleure chair que la chair des lèvres ! Pas de meilleure viande que la viande de la bouche ! Le cliquetis musical des dents les unes contre les autres, la merveilleuse curiosité des langues.

Si les femmes furent ravies par des inventions mineures comme la roue, le levier et la lame d'acier, elles applaudirent au baiser, le pratiquant avec leurs hommes par plaisir et par intérêt, et l'une avec l'autre – dans certaines limites. Étant faites pour donner le sein à l'enfant mâle comme à l'enfant femelle, les femmes n'ont pas autant d'interdits sexuels que les hommes. Elles ont toujours été enclines à embrasser les autres femmes, pratique qui a mis notre Foi bien mal à l'aise et a fait pâlir les amateurs de cochonneries. En 1899, une victorienne aussi relativement libérale que le docteur Mary Wood-Allen se sentit obligée d'écrire dans son traité *Ce que doit savoir une jeune femme* : "Je voudrais que les amitiés de filles soient plus viriles. Deux amis hommes ne s'étalent pas l'un sur l'autre pour s'embrasser et donner dans la sensiblerie. Les amitiés de filles où l'on se fait des mamours et des câlineries sont non seulement stupides mais même dangereuses."

QUI CHANTERA LES LOUANGES DES STUPIDES ET DANGEREUX BAISERS ? Elle avait peur de cajoler tes parties secrètes, Sissy, et tu avais peur de te les cajoler devant elle. Mais vos bouches étaient hardies – et stupides et dangereuses – et vous vous penchâtes en faisant glisser lentement vos joues l'une vers l'autre pour vous embrasser. Après s'être rencontrées aussi légèrement qu'un vol d'abeilles, vos bouches s'écrasèrent jusqu'à ce que bientôt vos langues s'emmêlent avec des bulles et des soupirs. De longues et épaisses langues qui, se peignant l'une l'autre de matière langue, lavaient progressivement les frayeurs féminines, si bien que tes doigts purent s'extraire de cette cicatrice sterling et descendre sur son ventre. Lorsque les poils et le liquide au bout de tes doigts murmurèrent des mots cochons comme "chatte", "con" et "moule" –, tu pensas à Marie qui t'attrapait toujours par là, et tu faillis reculer. Mais Jelly gémit dans ta bouche, l'inondant de douceur, et un instant après, sa main explorait les plis brûlants de ta vulve.

Enlacées, vous culbutâtes dans le chiendent. Son Stetson tomba et roula dans la direction d'Oklahoma City : il voulait peut-être aller dire un petit bonjour à Tad Lucas. Tes yeux dépêchèrent une expédition archéologique sur le visage de Jelly, et elle en fit autant ; les deux déterrèrent certaines inscriptions et se penchèrent sur leur signification. Elle murmura que tu étais belle et parfaite. Elle t'appela "héros", voulant dire "héroïne", mais ses doigts ne s'y trompaient pas. Tu tentas de lui dire combien son amitié comptait pour toi. Arrivas-tu ou pas à prononcer ces mots ? Dents de salive, lèvres en tarte.

Après un ralentissement affamé, comme un entracte dans la danse du loup, des rythmes s'établirent. Et maintenant vous vous rentriez dedans, puisque la chose avait été reconnue et approuvée, et vous vous êtes cambrées et vous avez poussé et tourné en spirale et sursauté, doucement mais avec une cadence prononcée. L'amour du bout des doigts est un art. Les hommes s'y livrent ; les femmes y excellent. Ohh ! Que les pompiers sauvent mon enfant !

même les cow-girls ont du vague à l'âme

Tu avais l'impression que ta main avait remonté dans un juke-box, un Wurlitzer de chair crachant des étincelles électriques de couleur tout en se démantelant sur une musique déclenchée par les Cent Balles du Siècle. Ton clitoris était un bouton qu'on ne peut plus tourner sur "arrêt". Elle le gardait sur "marche" marche marche et marche encore. Tu enroulas ta langue autour d'un mamelon en érection. Elle sourit à tes tressaillements lorsqu'elle t'entrouvrit les fesses.

Tout s'embrouillait. Vous vous berciez l'une l'autre dans des berceaux de sueur et de salive jusqu'à ne plus rien distinguer. Tu l'imaginas dans un trousseau de mariée, la vis en jument. Avez-vous fermenté, l'une contre l'autre ? Vous en eûtes l'odeur. Des éventails de fièvre juteuse s'ouvrirent et se refermèrent ; les mentons scintillaient du sirop des baisers. Vous fûtes ballottées et basculées. Ton pouce tapait contre son ventre en cadence, ajoutant aux excitations – la sienne et la tienne.

Yeux fermés ou peut-être simplement embués, tu te représentas son machin-truc-chouette ferme et jeune. Poil mouillé par poil mouillé, il béait devant toi. Ton propre clitoris te donnait l'impression d'être aussi rose et gonflé qu'un cigare en chewing-gum. Oh ! ces choses étaient faites pour être aimées !

Soudain, tu te mis à pleurer. Un souffle sonore sortit de toi. Tu lanças "Jelly Jelly" alors que tu ne voulais que murmurer "hummm". Ça ne faisait rien. Jellybean ne t'entendait pas. Elle criait. Hystérie sortie de cette douceur bouillante de l'amour des filles.

Bon sang, comme cette pouliche peut jouir, pensas-tu après que tes propres spasmes se furent calmés. En même temps, Jelly se demanda comment un appartement urbain aurait pu contenir tes cris d'amour. Car Jelly aussi se reposait, maintenant. Ce n'est que graduellement que vous vous rendîtes toutes les deux compte qu'un troisième ingrédient auditif s'était mêlé aux cris de Jelly et aux gémissements de Sissy – un bruit plus farouche et plus impudent, bien que sorti à l'évidence de la plume du même compositeur.

Les doigts collants se retirèrent des melons. Trempées dedans comme dehors, vous vous assîtes toutes deux. Ce bruit résonna à nouveau, mais plus fort et plus mystérieux. S'ils n'avaient été si humides, vos poils et cheveux, longs et courts, se fussent dressés sur votre corps. C'était une puissante sonnerie de trompette, un appel comme celui que l'Univers fit sans doute le jour de sa naissance.

C'est alors que vous, mesdames, dont le corps rose était marqué par des dessins de feuilles et de tiges écrasées, vous avez levé les yeux et aperçu une escadrille de grands avions blanc satin tournoyant au-dessus du lac Siwash, une bande d'oiseaux si magnifiques, énormes et élégants que votre cœur en fit gicler le dentifrice de l'éternité.

50

Décrivez la grue *(Grus americana)* en vingt-cinq mots ou moins.

La grue est un très grand et très majestueux oiseau blanc aux longues pattes noires, au cou onduleux et à l'impressionnante voix de trompette.

D'accord. Je vous donne 13.

Rien que 13 ? Est-ce que je peux essayer encore une fois ?

Allez-y.

Notre échassier indigène le plus spectaculaire, la grue fait 1,50 m environ de haut et a une envergure de près de 2,40 m.

Ce n'est pas mieux, désolé. Vous restez à 13.

J'essaie encore ?

Faites donc.

Imaginez Wilt Chamberlain avec un yarmulke rouge et des plumes de neige...

Minute. Vous croyez que le lecteur sait qui est Wilt Chamberlain ? Beaucoup de gens ne suivent pas le basket-ball et ne peuvent pas comprendre que Wilt représente la taille, la force et l'arrogance que rend supportables la grâce.

J'abandonne. La grue pénètre dans votre esprit dès l'instant où elle pénètre vos sens. C'est un monstre du ciel parfaitement rayonnant et je suis incapable de la décrire.

Voilà qui est mieux. 17.

51

— Les Indiens Paiute appelaient la grue *kodudu-dudududu,* dit Sissy. Quel drôle de nom !

Jellybean fut enchantée.

— Redis-le.

— *Kodudududududu.* Six *dus. Kodudududududu.*

Elles rirent de concert.

— Tu sais beaucoup de choses sur les Indiens, pas vrai ? demanda Jelly en enlevant des feuilles de cerise écrasées de sa culotte avant de la remettre.

— Un petit peu, fit Sissy en mettant lentement ses sous-vêtements à cause de ses pouces.

— Et sur les oiseaux aussi. Je n'en reviens pas de la manière dont ils te laissent t'approcher si près d'eux. On dit que les grues sont vraiment fantasques, spécialement en période migratoire.

— Peut-être qu'elles n'ont jamais vu d'être humain nu, jusqu'à présent. Nous n'avons pas la même allure lorsque nous sommes nus. Mais c'est vrai, je sais m'y prendre avec les oiseaux, je crois. Je t'ai parlé de Boy, seule perruche à avoir jamais rabattu un Diesel.

Sissy jeta un coup d'œil aux tétons rebondis de Jelly qui disparaissaient dans une chemise satinée représentant des cactus dans le couchant, et ses yeux bleus se firent solennels.

— Je pige quelque chose aux Indiens et aux oiseaux, fit-elle doucement, mais je ne sais pas si je comprends bien ce qui vient de se passer.

Le regard de Jelly accrocha celui de Sissy, et l'éleva.

— Il vient de se passer quelque chose de *bien.*

— Oui, reconnut Sissy, c'était bien.

— Est-ce que ça te gêne ?

— Oh ! non, non. Ça ne me gêne pas. Ça me fait… différente. Ou peut-être que je ne me sens pas différente ; peut-être que j'ai l'impression que je *devrais* me sentir différente. (Elle réfléchissait en remontant sa fermeture Éclair.) As-tu eu beaucoup de rapports sexuels avec des femmes jusqu'à présent ?

tom robbins

— Seulement depuis que je suis à la Rose de Caoutchouc. À elles deux, Miss Adrian et Delores ont chassé tous les hommes acceptables d'ici, et il y a généralement des histoires d'une sorte ou d'une autre si nous allons nous frotter aux ploucs de Mottburg. Ça nous laisse les doigts ou les autres filles, et la moitié au moins des cow-girls du ranch se sont farfouillé dans la culotte, maintenant. Mais pas une n'est homo, du reste. C'est simplement chouette et naturel de faire ça. Les filles sont si proches et gentilles. Pourquoi ai-je mis tant de temps pour me rendre compte que ce n'est pas mal d'avoir des parties de jambes en l'air avec elles ? C'est particulièrement bien quand c'est avec quelqu'un qu'on aime vraiment beaucoup.

Elle prit Sissy dans ses bras et lui saupoudra quelques baisers sucrés sur le cou et les oreilles.

Deux sourires partirent au trot à travers les collines du Dakota.

Aux obstacles qui contribuèrent à empêcher Sissy Hankshaw Gitche, blanche et protestante de South Richmond, Virginie, d'atteindre la normalité, de tenir un rôle responsable et respectable, et d'enrichir la communauté humaine par sa productivité et son conformisme, il faut à présent ajouter son amitié avec Bonanza Jellybean. Il était impossible de juger à son sourire plein de joie et d'appréhension à la fois si ce dernier obstacle devait élever Sissy ou lui donner la chiquenaude qui lui ferait atteindre ce point de rupture où l'on raconte qu'une certaine goutte fait déborder un certain vase. Il est de peu ou de pas de valeur d'analyser des états mentaux comme celui-là. Le royaume des idées formelles sera toujours un piètre voisin de l'empire des frissons, et Sissy était une princesse du frisson. Le sang faisait des grappes dans sa tête comme des raisins dans une perruque, et il y chantait une ballade populaire même si la seule station de radio de la région ne passait que des polkas. Jelly avait promis de venir la rejoindre dans sa chambre cette nuit-là, avec de la marijuana et de nouvelles positions. Ces perspectives l'excitaient tout autant que le souvenir des grues, dont la vue coupait d'autant mieux le souffle qu'on savait ces énormes et élégants fuyards peu nombreux et perchés précairement au bord de l'extinction totale. Pas

même les cow-girls ont du vague à l'âme

d'échauffement, pas de souffrances, pas de combat sanglant : rien qu'une bande de créatures exquises (que l'univers ne pourra remplacer par rien) campées avec placidité – et morgue ! – sur la paupière clignante de la disparition.

Peut-être que grue et cow-girl se mêlaient dans son esprit en un seul lutin voluptueux au regard vif et au nez crochu. Si c'était ça, cet être s'évanouit lorsqu'elle arriva avec Jelly au corral. Delores et Big Red les rejoignirent à la hâte.

— Il est là, annonça Delores, fouet tendu.

Et de fait, de l'autre côté de la cour, en plein milieu du barbecue basses calories qui battait alors son plein, monocle reflétant le soleil et fume-cigarette sabrant l'air, se tenait la Comtesse. Mis à part les taches de ketchup de la Maison Blanche sur son plastron, il était pareil à lui-même ; et quelle différence y aurait-il pu y avoir, puisqu'il ne s'était passé que deux semaines depuis la dernière fois que Sissy l'avait vu, bien que cela parût des années ?

— Regardez-le, siffla Delores, pervers comme un cornichon rose.

— Aussi vicieux que la brigade des mœurs, compléta Big Red.

— Il est dans tous ses états, ajouta Delores. Il veut te voir tout de suite après le barbecue.

Jellybean gloussa d'un rire sardonique et descendit de selle :

— Rassemblez les filles. C'est tout de suite qu'il va me voir.

Abandonnée abruptement dans le corral avec un cheval qu'elle était incapable de desseller, Sissy s'alarma. Une confrontation se préparait de toute évidence, et elle ne voulait pas s'en mêler. Depuis combien d'années la Comtesse était-il son bienfaiteur ? De nombreuses années. Sans lui, elle n'aurait probablement pas survécu. Lorsqu'elle l'aperçut, son impulsion fut de se précipiter pour le saluer affectueusement. Mais elle n'osa pas. Gênée et doublement gênée, sa loyauté déchirée, sa culpabilité grandissant, elle abandonna le cheval et se fraya aussi furtivement que possible un chemin jusqu'à l'arrière de la maison, ne trébuchant qu'un instant sur la chaîne de la chèvre.

Elle se glissa à travers la cuisine, où des sacs de riz complet commandés par Debbie se tenaient avec un ascétisme oriental, ignorant stoïquement le fumet du veau qui rôtissait sur le barbecue. Elle franchit l'entrée à petits bonds, pénétra dans sa chambre et s'enferma. Comme le loquet tournait, elle entendit Jelly déclarer quelque chose comme :

— Celles d'entre vous qui voudraient se joindre à nous sont les bienvenues et sont invitées à rester ici comme équipières à temps complet de la Rose de Caoutchouc. Le reste de ces dames peut faire ses bagages – je veux dire tout de suite. Vous avez un quart d'heure pour tirer votre gros cul de ce ranch.

Ce ne furent que hoquets bruyants, murmures de panique et pleurnicheries barbecuesques. La porte s'ouvrit en hurlant et Sissy entendit un chaos de pas dans l'entrée.

De sa fenêtre, Sissy vit et entendit Miss Adrian lancer des menaces d'emprisonnement et autres punitions aux cow-girls. La Comtesse, de son côté, paraissait prendre l'incident du bon côté. Il se tenait là calmement, réduisant l'existence matérielle d'une cigarette française et observant Jellybean et ses sœurs avec une expression d'amusement sarcastique. "Pauvres petites mignonnettes de rien du tout, semblait-il dire. Est-ce que vous croyez vraiment que ce déballage enfantin et mélodramatique fait avancer la cause de la liberté ?"

— Tu nous dois ce ranch-ci, en paiement symbolique de ta dégoûtante exploitation, déclara Jelly.

— Prenez-le, alors, fit la Comtesse tranquillement.

Il avait peut-être dit cela pour se conformer à leur demande mais les cow-girls le prirent comme un défi.

Jelly lança un ordre. Les filles, armées de haches, de pioches, de fourches et de pelles, reculèrent. La Comtesse, le sourire toujours aux lèvres, saisit un hors-d'œuvre et soumit sa cigarette à une bouffée mesurée et pleine d'assurance. Miss Adrian hurla en secouant le poing, comme si ses troupes venaient d'être mises en débandade :

— Retournez dans votre dortoir et restez-y !

Les pensionnaires emballaient leurs affaires dans leurs chambres, sauf une seule femme qui avait balancé sa tasse de punch dans la figure de Miss Adrian et qui avait rejoint la révolution. La masseuse les avait également rejointes et incitait les membres restants du

même les cow-girls ont du vague à l'âme

personnel regroupés sur un côté de la fosse à barbecue en espérant paraître neutres à en faire autant. Quand elles eurent reculé de trente mètres, les cow-girls s'arrêtèrent. Avec une étonnante rapidité, elles se débouclèrent, se déboutonnèrent et se défirent, avant de retirer jeans et culottes. Dans cette tenue, nues à partir de la ceinture, leur pubis de chaume porté en avant et menant la marche, elles commencèrent à avancer. Le sourire de la Comtesse descendit dans sa gorge comme l'eau d'un bain dans le tuyau d'évacuation.

— Attrapez vite vos bombes vaporisantes ! dit Gloria d'un ton provocant.

— Pas une de ces chattes n'a été lavée depuis une semaine ! hurla Jellybean.

Assez pâle à présent, le nez se tortillant, la Comtesse laissa tomber le canapé au caviar qu'il tenait dans sa main. Une fourmi de prairie se servit sur les restes, la première fourmi de l'histoire des Dakotas réunis à s'emparer d'un grain de caviar iranien. Cette fourmi aura son nom dans le Panthéon des Fourmis.

Et nos vachères avançaient tandis que, dans leur dos, quinze petits tas séparés de jeans et de culottes se plaquaient en rangs contre le sol, comme un pèlerinage de haillons musulmans à La Mecque des fringues. Les vachères avançaient, pelvis protubérant et mettant bas ce que la tremblante Comtesse croyait être un barrage d'exhalaisons fauves et dévastatrices.

Égarée dans sa propre hystérie, Miss Adrian chargea. Une brochette de barbecue qu'elle lança fit saigner le sourcil de Heather. Rapide comme une langue de grenouille, le fouet de Delores claqua. La lanière fit une boucle autour des chevilles de la patronne du ranch, et ses pieds s'effondrèrent sous elle. Elle heurta le gazon avec un cliquetis de bijoux et un grand râle. Puis ce fut la folie.

Un cocktail Molotov dit au revoir à Big Red et bonjour au pavillon de reconditionnement sexuel. En quelques minutes, le bâtiment était en flammes. D'autres cow-girls, cul nu rebondi, prirent d'assaut l'aile du pavillon principal où étaient l'institut de beauté et les salles d'exercice. La maison résonna du bruit du verre cassé et du bois qui vole en éclats. L'atmosphère grillait aux cris de

"Youhou !", "Youpi", "Hardi hardi !" et "Le vagin est un organe auto-nettoyant".

Sissy ne savait vraiment pas quoi faire. Sa Jellybean chérie l'avait de toute évidence oubliée. La Comtesse allait être furieuse qu'elle ait manqué de l'avertir de la révolte qui menaçait. Julian ne serait pas content, lui non plus. Et à tout prendre, elle était peut-être physiquement en danger. Delores et ses copines l'identifiaient bien avec les affaires de la Comtesse. Le sauna brûlait à présent, et le ranch était dans des tourbillons de fumée.

Agissant sur les ordres de cette très vaste portion du cerveau qui se désintéresse complètement de tout ce qui n'est pas la survie, Sissy s'enfuit de la maison par où elle y était entrée. Traversant le court de croquet et longeant la piscine, elle courut jusqu'au pied de Siwash Ridge qu'elle suivit vers le sud. Finalement, elle arriva à un endroit où les buissons de genévrier s'entrouvraient devant un sentier primitif qui montait à pic. La butte offrant à la fois protection et vue sur les événements en cours, Sissy choisit de monter.

Elle se frayait un chemin en repoussant avec les épaules les branchages bas et argentés. Ce sentier allait drôlement : il revenait en arrière alors qu'il n'y avait aucun motif ou partait droit sur le bord de la falaise pour ne tourner qu'au tout dernier centimètre, puis repartir en dents de scie comme s'il rigolait. Ce sentier semblait avoir un esprit bien particulier, un esprit dérangé, autant dire.

Sissy marchait avec légèreté mais fermeté, comme si elle tentait de calmer la piste, de lui appliquer une thérapie. Sans réaction.

En nage et à bout de souffle, sursautant à chaque lapin et à chaque pie, elle saisit la première occasion – approximativement à mi-chemin et après vingt minutes d'escalade – de se reposer sur un rocher plat d'où elle pourrait dominer la Rose de Caoutchouc. Le ranch était encore plus loin que ce que le sentier trompeur lui avait fait imaginer.

La sauterie faisait encore rage. Vacarme et fumée. La maison principale avait échappé à la torche mais plusieurs dépendances étaient en cendres. Il lui sembla distinguer des cow-girls tentant d'apaiser des chevaux qui paniquaient dans les corrals. Elle vit bien

même les cow-girls ont du vague à l'âme

la Cadillac de Miss Adrian bondir sur le chemin mais il lui fut impossible de voir quels passagers elle emportait. Peu après, la décapotable louée par les cinéastes et le camion d'équipement partirent également. Avaient-ils été évincés ou d'autres s'étaient-ils emparés de leurs véhicules ? Assise, Sissy se posait des questions. Elle se demandait si elle devrait retourner au ranch, et quand. Le soleil s'agenouillait déjà au seuil de l'occident et la nuit approchant, elle sentit sa peau piquer de froid.

Et au bout d'un moment, elle sentit aussi quelque chose d'autre. Des yeux, oui. Des yeux qui l'observaient. Pas des petits yeux roses de lapin ou de grands yeux agités d'oiseaux. Mais de gros yeux carnivores. Un chat sauvage ou un loup, sûrement. Et qui lança les ordres une fois de plus ? La solide batterie de l'efficace puissance mentale qui est insensible à la beauté, à la fredaine, à la rigolade ou à la liberté ; méfiante et prudente, aussi traditionaliste que le bifteck-frites ; aussi morne que des chaussettes de banquier ; cette vieille baderne d'ADN si collet monté qui se trouve être l'actionnaire principal de la conscience humaine. Obéissant, car il n'est pas d'ordres plus difficiles à ne pas suivre que ceux-là, Sissy ramassa une pierre et se retourna lentement.

— Ha ha, ho ho et hi hi, ricana la chose qui l'avait observée.

Cette chose se tenait à dix mètres d'elle. Cette chose était, on s'en doutait, le Chinetoque.

Le problème du Chinetoque était qu'il ressemblait au Petit Homme qui possède les Grandes Réponses. Cheveux blancs qui descendent sur les épaules et peignoir crasseux, face marquée par le temps et sandales faites à la main, dents qui auraient rendu jaloux un accordéon, yeux qui clignotaient comme des ampoules de bicyclette dans la brume. Il était courtaud mais musclé, âgé mais bel homme et ô ! le fumet de son immortelle barbe. Il avait l'air d'être descendu du plafond de la Chapelle Sixtine en faisant un détour par une fumerie d'opium de Yokohama. Il semblait être capable de discuter avec les animaux de sujets que le docteur Dolittle n'aurait pas compris. Il paraissait être sorti en une galipette d'un parchemin zen, paraissait dire "presto" souvent, paraissait connaître le sens des éclairs et l'origine des rêves. Il avait l'air de boire la rosée et de baiser les serpents. Il avait l'air de la cape qui passe en un frou-frou sur l'escalier de service du Paradis.

L'une et l'autre se scrutèrent avec une fascination mutuelle. Sissy retint son souffle et le Chinetoque fit :

— Ha ha, ho ho et hi hi.

Elle pensa enfin à dire quelque chose mais, comme s'il avait senti qu'elle s'apprêtait à parler et qu'il ne voulait pas que ses paroles pénètrent dans ses oreilles étrangement pointues, il pirouetta sur lui-même et détala vers le sommet d'où il était venu.

— Attends ! s'écria-t-elle.

Avec circonspection, il s'arrêta et se retourna, prêt à fuir à nouveau. Sissy sourit.

Elle leva son pouce droit bien mûr.

Et par saccades, à grands moulinets et en en exprimant jusqu'au dernier scintillement, comme si c'était là son ultime représentation et que son pouce devait gagner la faveur des dieux, elle fit du stop à l'ermite et à sa montagne.

Et l'horloge s'arrêta pour la prendre.

QUATRIÈME PARTIE

Je ne suis pas de votre race. Je suis du clan mongol qui apporta une vérité monstrueuse : l'authenticité de la vie, la connaissance du rythme… Entourez-moi des cent mille baïonnettes de la lumière occidentale, car malheur à vous si je sors du noir de ma caverne et si je me mets à chasser vos bruits.

BLAISE CENDRARS

52

Pour Noël cette année-là, Julian offrit à Sissy un village tyrolien miniature remarquablement exécuté.

Il y avait une minuscule cathédrale dont les vitraux faisaient de la salade de fruits avec les rayons du soleil. Il y avait une petite place et *ein Biergarten*. Le *Biergarten* était très bruyant les samedis soirs. Il y avait une boulangerie qui fleurait toujours le bon pain chaud et le strudel. Il y avait une mairie et un poste de police, avec des coupes transversales révélant la masse habituelle de routine administrative et de corruption. Il y avait des petits Tyroliens en culottes de peau piquées avec raffinement et, sous les culottes, des organes génitaux tout aussi remarquablement exécutés. Il y avait des magasins de ski et beaucoup d'autres choses intéressantes, y compris un orphelinat. L'orphelinat était construit de manière à prendre feu et à être dévasté par les flammes chaque nuit de Noël. Les orphelins se jetaient dans la neige dans leur chemise de nuit en feu. Terrible. Vers la deuxième semaine de janvier, un inspecteur de la sécurité contre les incendies venait fouiller parmi les ruines et murmurait : "Si seulement on m'avait écouté, ces enfants seraient vivants à l'heure qu'il est."

C'était un cadeau fascinant et non de peu de prix, mais Sissy aurait peut-être pu se rendre compte qu'il était en quelque sorte piégé.

Julian fut incapable de garder bien longtemps pour lui le fait que ce village avait été fabriqué par un jeune homme amputé des deux bras à la suite d'un accident de tricycle à l'âge de trois ans. Il avait fabriqué tout le village avec ses orteils. Qui plus est, ce gars était dans une école professionnelle et étudiait pour devenir pâtissier. D'ici un an, il décorerait les gâteaux.

Évidemment, tout cela était censé inspirer Sissy.

Julian s'arrangea même pour que Sissy rencontre le maître-pâtissier en herbe, qui s'appelait Norman. Il laissa les deux invalides seuls dans un café où ils pourraient se parler cœur à cœur pendant une demi-heure. Lorsque Julian revint, il apprit que Sissy avait persuadé Norman de lui sculpter un Tyrolien avec des pouces géants qui ferait du stop tout le long des rues de son petit village.

53

Les vacances de Noël furent douces et douillettes pour les Gitche, après un automne passablement turbulent.

Sissy était rentrée à New York le 8 octobre, pour se retrouver face à un mari anxieux et en colère, et à une Comtesse incrédule. Où avait-elle été ? Pourquoi n'avait-elle pas téléphoné ? S'était-elle faite la complice du coup d'État de la Rose de Caoutchouc, et ainsi de suite ? On la FBIsa de fond en comble ; on la kafkaïsa de même. Les interrogatoires ne cessèrent que lorsqu'elle menaça de repartir.

En ce qui concernait la Comtesse, son attitude envers la révolte de son ranch était ambivalente. Un jour, il maudissait les cow-girls, la plus répugnante bande de chattes malpropres à avoir jamais agressé narine décente, et le lendemain il répétait toute l'admiration qu'il avait pour des femmes capables de faire leur chemin sans hommes, et il leur souhaitait bonne chance. Le ranch ne l'intéressait plus, ajoutait-il. Maintenant qu'il avait des amis à la Maison Blanche, les impôts que la Rose de Caoutchouc lui épargnait n'étaient qu'une goutte dans le fleuve et il pouvait économiser plus avec un seul coup de téléphone.

— Ce ranch est un vrai supplice anal, se plaignait la Comtesse tandis que son dentier besognait son fume-cigarette d'ivoire comme un chiropracteur redressant l'épine dorsale d'un chihuahua. Quand le marché va remonter, je le revendrai. Puis nous verrons comment les nouveaux propriétaires s'y prendront avec ces petites primitives. Dis-moi, es-tu certaine que ce vieux sac de puces qui vit sur la butte n'a rien eu à faire avec tout ça ?

La Comtesse ne se satisfit jamais tout à fait des explications de Sissy mais il se lassa rapidement de vouloir tirer l'affaire au clair. Il laissa tomber son idée de publicité télévisée avec les grues et se jeta dans de nouveaux projets.

Quant à Julian, on dut le forcer à faire taire ses interrogations ; mais dès lors, ses doux yeux marron se rétrécissaient durement à la moindre et la plus innocente allusion de Sissy à son séjour à la Rose de Caoutchouc. Une fois, il éteignit la radio quand le présentateur annonça une chanson de Dakota Staton.

À la vérité, Sissy aurait apprécié d'avoir quelqu'un à qui parler de Jellybean et du Chinetoque. Mais elle ne pouvait, lui semblait-il, se tourner vers personne. Il est certain que Julian n'était pas fait pour bien l'écouter. En fait, il passait énormément de temps, même devant son chevalet, à se poser des questions sur les changements intervenus chez sa femme, sur leur origine, et à se demander si c'était pour le meilleur ou pour le pire. Avant son voyage dans l'Ouest, Sissy était une amante ardente mais une étudiante de mauvaise volonté. Depuis son retour, par contre, elle faisait preuve de voraces appétits intellectuels pour les discours que Julian tenait sur l'histoire, la philosophie, la politique et les arts. Mais ses réactions entre les draps ne semblaient plus que de pure forme. Notre homme de Yale avait-il gagné un cerveau et perdu un vagin ? Et l'Indien en lui s'en réjouissait-il ?

Comme je l'ai dit plus haut, les réjouissances de Noël mirent fin à leur discorde. Un jour, pendant qu'ils faisaient des courses dans des boutiques de l'East Village, Sissy sortit soudain de l'abrutissement où elle était depuis des semaines et, tenant un rameau de gui entre son index et son majeur par-dessus la tête de Julian, elle l'embrassa en pleine rue. Elle fredonna un chant de Noël tandis qu'ils rentraient chez eux. Tout au long des vacances, elle fut gaie et détendue, son regard ne se perdant dans le vague que de temps en temps.

Et puis le 31 décembre, quelques heures avant que les Gitche rejoignent les Barth pour passer la Saint-Sylvestre au Kenny's Castaways, se répandit la nouvelle que plusieurs hôpitaux américains et danois avaient secrètement suivi la politique de laisser mourir les bébés difformes. On entendit un certain docteur déclarer aux informations du soir : "Si un bébé est trop difforme pour être aimé, sa vie sera un enfer. La mort est un acte de pitié envers ceux qu'on ne peut aimer." Cette révélation précipita Sissy dans un puits de désespoir, dont elle ne commença à ressortir qu'un jour de février où elle tomba par hasard sur un entrefilet du *Times*.

MANILLE, Philippines (AP) – Un journal de Manille a annoncé hier la naissance d'un petit garçon ayant six doigts à chaque main et six orteils à chaque pied.
"Cela portera chance à la famille", a déclaré pleine de joie la mère du nouveau-né.

54

Sautillant et titubant tour à tour, une Sissy comblée était redescendue du sentier Siwash après avoir passé trois jours avec l'horloge. Elle trouva une troupe au travail, sous la direction de Delores, qui retirait séchoirs à cheveux et exercycles de l'aile dévastée du pavillon principal tandis qu'un second groupe dirigé par Big Red remettait fiévreusement en état les toilettes du vieux ranch. Bonanza Jellybean n'était visible nulle part. Kym révéla que Jelly et Debbie avaient transporté deux sacs de riz brun jusqu'au lac Siwash dans la cantine roulante. Elles allaient donner à manger aux grues, dont la bande était maintenant au complet, et voir si on ne pouvait pas amener par la séduction les échassiers à prolonger leur séjour habituel sur les terres du ranch. Les cinéastes avaient déserté l'étang et filé sur la côte nord-ouest du Pacifique pour tourner un nouveau film Walt Disney pour les familles, *La vie d'une flaque de boue*. Ils allaient passer beaucoup de temps à braquer leurs lentilles à grand angle sous des rochers mouillés.

Sissy se demanda si elle attendrait le retour de la chef cow-girl. Elle fit ses bagages lentement, mais quand elle eut refermé sèchement son sac à dos, il n'y avait toujours pas de Jellybean. Kym suggéra que Jelly et Debbie s'étaient peut-être arrêtées en route pour une petite partie de jambes en l'air. Cela régla la question. Sissy mit son sac à dos à l'épaule et partit en traînant la patte. Elle n'avait pas fait cinq kilomètres que la Cadillac bouffée par la chèvre – la voiture, s'avéra-t-il, appartenait à la Rose de Caoutchouc – vint s'arrêter à ses côtés. Kym se pencha par la vitre :

— Eh ben quoi ! Tu ne vas pas me faire du stop ?

Kym, qui avait défié Delores pour pouvoir conduire Sissy un bout de chemin, la déposa sur l'autoroute. Elle la serra dans ses bras et dit :

— Tu seras toujours la bienvenue.

Par-dessus l'épaule de la cow-girl, des kilomètres de chiendent luisaient comme les poils brossés d'une *gopi*. Des collines violettes et des buttes couleur terre d'ombre brûlée reposaient dans leur quiétude américaine comme des romans dans la bibliothèque de Zane Grey*. Le soleil, qui dans ces régions semble être un métis – avec un feu de prairie comme père et une morsure de loup comme mère –, passait Siwash Ridge dans un shampooing de sang et la faisait ressembler à une tête de trappeur fraîchement scalpée. C'était ça, l'Ouest. Le Dakota. De retour à Manhattan… Sissy qui fixe le bord primordial…, shakers à cocktail… casseroles… petits verres à brandy. Sissy qui écoute les coups d'accélérateur des voitures qui passent dans la 10ᵉ Rue. Sissy qui contemple le minuscule caniche. Sissy qui, lorsque Marie lui refit des avances, la surprit en passant à l'offensive et après, en se rhabillant, se dit que c'était une erreur et se jura de ne plus toucher aux femmes. Sissy qui pompe idées, faits et opinions chez Julian – interrompant parfois ses cours pour

---

* Célèbre auteur de récits sur la vie dans l'Ouest.

ricaner : "Ha ha, ho ho et hi hi". Sissy qui se peint les ongles pour déclencher une tempête de petits points rouge cerise quand elle fait du stop d'une pièce à l'autre. Sissy en pleine introspection, Sissy en pleine méditation. Sissy aussi calme que toujours sauf que son éternelle sérénité semblait légère et fragile et qu'elle donnait aux gens l'impression troublante qu'elle pouvait à n'importe quel moment partir en flèche dans une direction imprévue.

Julian se refusait à la laisser comme elle était. "Elle manque de maturité et ne fait aucun effort, expliquait-il, mais ces traits de caractère peuvent se dépasser." La conviction de notre Mohawk était que sa femme était née d'une famille normale, le plus normalement du monde, et que si quelque gène n'avait pas craqué sous les pressions, si quelque chromosome n'avait pas dérapé pour se rétamer sur le cul, elle aurait pu devenir une femme comme une autre.

— Elle est charmante et intelligente. Elle n'a besoin que d'apprendre à surmonter son infirmité au lieu de s'en délecter.

— Vous avez très probablement raison, reconnut le docteur Goldman. Comme vous le savez, certains cas de déviance sociale ou du comportement élaborent des sous-cultures qui, à l'instar des ghettos ethniques et raciaux, constituent des havres où les individus peuvent vivre librement, en se soutenant mutuellement et en affirmant qu'ils valent bien les autres. Les déviants sociaux comme les homosexuels et les drogués s'agglomèrent parfois dans des enclaves ou vivent dans de petites communautés, adoptant le point de vue qu'ils sont non seulement aussi bons mais en fait meilleurs que les "gens normaux", et que l'existence qu'ils mènent est supérieure à celle de la majorité. En entrant dans une sous-culture, l'individu socialement stigmatisé accepte son aliénation par rapport à l'ensemble de la société, et en s'identifiant à des âmes sœurs proclame qu'il est un être humain à part entière, "normal" ou même supérieur, et que ce sont les autres à qui il manque quelque chose. Ce type d'adaptation est bien plus accessible aux minorités ethniques comme les juifs, les Polynésiens ou les Panthères Noires, et aux déviants socialement désignés comme les hippies, les drogués et les homosexuels, qu'aux aveugles, aux sourds et aux handicapés orthopédiques. Il se peut donc que votre épouse ait choisi de devenir une sous-culture à elle seule, pour ainsi dire.

"Vous me dites qu'elle fait fréquemment des efforts sincères pour fonctionner comme une femme normale dans un foyer normal. Justement, chaque non-conformiste croit secrètement être en mesure de mener une existence normale s'il ou elle le choisissait, et il ne fait pas de doute que votre épouse brûle d'envie de prouver que, dans la limite de sa dextérité, elle est capable de s'adapter à volonté. Toutefois, comme vous le dites, tant qu'elle se complaira dans son handicap et dans la vie de fantaisie qu'elle a construite autour, il y a peu de chances qu'elle y parvienne. Mais dans les circonstances présentes, je ne crois pas utile de la forcer à venir dans notre clinique contre sa volonté."

— Non, non, je ne le voudrais pas, dit Julian.

Mais ce soir-là, quand il rentra et vit ce que Sissy avait fait, il appela le docteur Goldman.

— Je vous l'amène, souffla-t-il.

55

"Il y a deux catégories de fous", déclarait le docteur Goldman en privé à ses amis proches, et sans intention d'être cité. "Il y a ceux dont les instincts primaires, sexuels et d'agression ont été égarés, émoussés, troublés ou brisés à un très jeune âge par des facteurs de milieu de vie et/ou biologiques échappant à leur contrôle. Seul un nombre réduit de ces individus peut retrouver complètement et de façon permanente cet équilibre que nous appelons 'santé mentale'. Mais on peut leur permettre de faire face à la source de leurs ennuis, de les compenser, de diminuer les substitutions désavantageuses qu'ils opèrent, et de s'adapter assez pour vivre la plupart des exigences sociales sans de douloureuses difficultés. Ma joie dans la vie est d'aider à l'adaptation de ces personnes.

"Mais il y a d'autres gens, des gens qui *choisissent* d'être fou pour affronter ce qu'ils tiennent pour un monde dément. Ils ont *adopté* la folie comme style de vie. J'ai constaté mon impuissance envers ces gens car la seule manière de les amener à renoncer à leur folie est de les convaincre que le monde est sensé. Or, je dois avouer avoir constaté qu'il était presque impossible de soutenir une telle conviction."

Selon les classifications officieuses du docteur Goldman (qu'il aurait été le premier à qualifier de personnelles et d'extrêmement simplistes), les "problèmes" mentaux de Sissy Hankshaw Gitche auraient dû entrer parfaitement dans la première catégorie, car elle avait sans nul doute subi suffisamment de traumatismes dans ses années de formation. Cependant, après deux entretiens avec elle – et après lui avoir administré le sérum de parole pour briser ses réticences –, le docteur Goldman resta avec la désagréable impression que Sissy appartenait en partie, sinon entièrement, à la catégorie des déments volontaires.

Étant frustré, embarrassé et même légèrement effrayé par cette seconde catégorie, le docteur Goldman décida de diriger le cas de Sissy vers un de ses assistants. Plus précisément, il avait décidé de balancer le cas de Sissy au docteur Robbins, le jeune interne qui n'avait pris de responsabilités que récemment à la clinique de l'Upper East Side.

Le docteur Robbins passait une grande partie de son temps dans le jardin, un air rêveur sur le visage. Il ressemblait à Doris Day avec une moustache. On l'avait entendu hurler à un patient qui se plaignait de manquer de but dans la vie : "Un but ! Les buts sont pour les animaux qui possèdent sacrément plus de dignité que la race humaine ! Tout ce que vous pouvez faire dans la vie, c'est de grimper en vitesse sur cette étrange torpille et de vous laisser porter jusqu'où il lui plaira d'aller."

À un patient qui exprimait le souhait de surmonter sa prétendue irresponsabilité, le docteur Robbins avait déclaré : "L'homme qui se considère comme 'responsable' n'a pas honnêtement examiné ce qui le motive."

À un patient qui se disait victime d'excès, le docteur Robbins avait crié : "Ne subissez pas les excès ; soyez excessif !"

Deux patients au moins avaient reçu du docteur Robbins l'avertissement suivant : "Vous pensez avoir raté votre vie, pas vrai ?

même les cow-girls ont du vague à l'âme

Ma foi, c'est sans doute vrai. Où est le mal ? Avant toute chose, si vous avez le moindre soupçon de jugeote, vous devez savoir maintenant que nous payons nos triomphes aussi cher que nos défaites. Alors, allez-y, ratez ! Mais ratez avec esprit, ratez avec grâce, ratez avec style. Un échec médiocre est aussi insupportable qu'un succès médiocre. Adoptez l'échec. Débusquez-le. Apprenez à l'adorer. C'est peut-être la seule manière dont certains d'entre nous seront jamais libres."

Rien de surprenant, par conséquent, à ce qu'une partie du personnel de la clinique regardât le nouvel interne avec moins que de la sympathie. Le docteur Goldman, toutefois, résistait aux pressions qui voulaient le faire renvoyer. "Ces jeunes types qui sortent à présent des écoles ont encore la tête bourrée d'Erik Erikson et de R.D. Laing. Robbins est doué et ces idées radicales exercent une attirance temporaire. Quand il aura été en action pendant six mois, il comprendra combien toutes ces salades sont idéalistes et les rejettera graduellement."

Le docteur Goldman fit venir le docteur Robbins du jardin où il tripotait un crocus. Il lui remit le dossier de Sissy.

— Lorsque vous interrogerez Mrs. Gitche, vous voudrez bien tenir compte des variables suivantes : dépression – tensions se combinant à la culpabilité dérivée de la croyance que l'infirmité est une punition, tendant à immobiliser l'infirme et résultant en tristesse, sentiment d'impuissance et d'imperfection ; pessimisme – défense contre le milieu ambiant reflétée par la verbalisation d'un niveau limité d'aspiration ; insuffisante identification au rôle féminin – faible indentification à ce qui dans notre société constitue la féminité, avec passivité et léthargie comme résultat ; impulsivité sociopathique – émotions traduites par des actions agressives sans tenir compte des conséquences pour les autres ; insuffisance d'ambition compensatoire – incapacité de mobiliser un surcroît d'effort pour surmonter les limitations physiques de l'infirmité ; et spécialement dans le présent cas, compensation par inversion – déni de l'infirmité ou alors capitalisation irrationnelle sur l'infirmité, exagérée jusqu'à l'illusion de grandeur. Une série bien préparée de questions devrait assez vite réduire ces variables à une ou deux d'intérêt fondamental, et mon impression personnelle est que c'est sur la dernière composante citée que vous vous retrouverez au travail.

Néanmoins, lorsqu'il rencontra Sissy le lendemain matin, le docteur Robbins ignora la série de questions suggérée par le docteur Goldman, et demanda directement et simplement à Sissy :

— OK. Pourquoi avez-vous relâché les oiseaux de votre mari ?

— Je ne supportais plus de les voir en cage, répondit Sissy. Ils méritaient d'être libérés.

— Ouais, je pige. Mais quand même, vous vous rendez bien compte que ces oiseaux avaient été en cage toute leur vie et que quelqu'un les soignait. À présent, il faut qu'ils se débrouillent tout seuls dans une ville immense et inconnue dont ils ignorent les lois et où ils sont probablement effrayés et perdus. Ils ne seront pas heureux parce qu'ils sont libres.

Sissy n'eut pas d'hésitation.

— Il n'y a qu'une seule chose qui vaille mieux que le bonheur dans cette vie et c'est la liberté. Il est plus important d'être libre que d'être heureux.

Le docteur Robbins eut une hésitation.

— Comment avez-vous acquis cette opinion ? s'enquit-il.

— J'ai sans doute toujours senti ainsi, fit-elle. Mais c'est le Chinetoque qui a su l'exprimer pour moi.

Cette fois, le docteur Robbins hésita plus longtemps. Comme s'il pouvait en jouer à la manière d'un archet sur un violon, il passait et repassait son doigt à travers sa moustache broussailleuse. La musique qui en résultait était douce et sèche ; en l'entendant une pellicule aurait pu dire à une autre : "Chérie, ils passent notre chanson." Puis notre interne appela le bureau par le téléphone intérieur.

— Miss Waterworth, annulez mes rendez-vous pour le reste de la journée.

Le docteur Robbins se leva, et sa moustache avec lui.

— Sissy, dit-il avec un sourire, trouvons-nous une bouteille de vin et sortons dans le jardin.

56

Le jardin était une leçon d'anatomie sur les calices et les pistils. Sans plus de gêne qu'un vieux professeur, le printemps tournait les pages. Sur des divans de cuir dans toute la clinique, dans tout l'Upper East Side, en fait, des individus confessaient les détails les plus bizarres et les plus ennuyeux à un analyste après un autre. Mais entre les murs du jardin du docteur Goldman, les fleurs s'en fichaient pas mal. Les fleurs étaient campées tous pétales dehors, attendant avec lascivité les abeilles qui arriveraient à traverser le "smog". Et les fleurs se balançaient des différences entre la première et la seconde catégorie de psychose.

Sissy s'en balançait pas mal aussi. Julian lui avait promis que si elle était une "bonne fille" et restait à la clinique trente jours au moins, il l'emmènerait voir sa belle famille. Le père et le père du père de Julian étaient décédés, et sa mère ainsi que sa grand-mère paternelle étaient retournées près de Mohawk, État de New York où, au désagrément de Julian, elles avaient repris certaines des anciennes façons. Depuis qu'ils étaient mariés, Sissy brûlait de sonder l'indianité du passé de son mari. Pourtant, ce n'était pas simplement la perspective de rencontrer finalement les squaws cachées dans le buffet de famille de Julian qui lui donnait ce teint de rose par ce matin de mai. Sissy était affable avec le docteur Robbins, Sissy avait ses mirettes dans tous leurs carats principalement à cause de la lettre qu'elle venait de recevoir.

Cette lettre avait été livrée plus tôt dans la matinée par un des larbins de la Comtesse. Elle était en fait adressée à elle c/o la Comtesse, avec ces mots sur l'enveloppe : "Faire suivre SVP – sinon gare à vos fesses." Le cachet de la poste portait le nom DAKOTA comme la reine d'encre porterait un collier.

Très chère Sissy,

Bon sang, ça, fait un bail, non ? C'est pas que j'aie pas eu le temps d'écrire. On a été enterrées sous la neige tout le saint hiver, comme d'habitude, et il n'y avait pas grand-chose à faire. Mais bien que j'aie pensé à toi mille millions de fois, je n'ai pas pu arriver à rédiger une lettre. Mais aujourd'hui, les premières grues sont revenues, cap au nord pour couver leur marmaille, et ç'a été un tel flash-back de les revoir au bord du lac que tu m'as soudain terriblement manqué et que j'ai dû mettre la main à la plume, comme on dit.

Alors, voyons quelles sont les nouvelles ? Eh ben on a échangé notre Cadillac avec Billy West contre quarante chèvres. Delores prétend que c'est du vol qualifié, mais de quelle autre manière aurions-nous pu avoir un troupeau de chèvres ? Je te le demande. Nous n'avons autant dire pas d'argent et ces chèvres sont toutes des bêtes de choix, volées dans le Minnesota, mais pas la peine de le crier sur les toits.

Nous avons donc mis nos chèvres à paître et nous avons eu à faire avec le jardin qu'il a fallu semer et avec les réparations nécessaires. Le ranch a été mis sens dessus dessous lors de notre coup de force ; je crois que tu as vu ce qui s'est passé. Désolée de t'avoir laissée tomber à ce moment-là, mais j'étais sous une sacrée pression pour que notre petite sauterie se passe bien. Je suis bien contente que tu te soies tirée, et j'espère que la Comtesse, comme il se fait appeler, ne t'a pas fait d'histoires à ce propos.

Nous avons un paquet de nouvelles cow-girls, et on est presque le double d'avant. Elles sont venues de partout. Certaines étaient des militantes politiques radicales, d'autres travaillaient dans les mouvements pacifistes et d'autres encore avaient des sacrés problèmes de drogue. Nous avons même une dame branchée sur Jésus et citant sans arrêt les Évangiles ; elle s'appelle Mary. Linda est la fille d'un professeur de Berkeley – Kym et elles sont vraiment en très bons termes. Et il y a Jody ; c'est une fille de ranch simple et normale sortie de je ne sais où dans le Nebraska. Mais toutes sont des cow-girls à présent.

On en a perdu deux, aussi. Cette femme riche de Detroit, cette cliente qui s'était jointe à nous, a attrapé une telle fièvre vers février qu'elle a loué les services d'un hélicoptère pour qu'il vienne la chercher et la sortir de là. Elle délirait complètement. Et puis Gloria, qui s'est arrangée pour se faire mettre en cloque à Mottburg. J'étais vraiment désolée que Gloria parte ; c'était une des esthéticiennes du début qui m'avait aidée à faire venir les premières cow-girls à la Rose de Caoutchouc. Mais Delores a formellement refusé que Gloria accouche au ranch, et il lui était évidemment impossible de se faire avorter dans les Dakotas. Aussi elle a dû se tailler. Et c'était bizarre parce que Delores et Gloria étaient proches amies. Dolores et Debbie n'arrêtaient pas de s'accrocher là-dessus. Delores affirmait que si les femmes veulent jamais espérer sortir de sous le pouce des hommes — oh là là ! pardon, Sissy, je dois m'exprimer autrement —, sortir de l'esclavage où les hommes les ont réduites, il faut qu'elles contrôlent complètement leur rôle biologique et se libèrent de la maternité. C'est la maternité, le fait en même temps que sa menace, qui nous rend — attends une minute, faut que je vérifie ce mot dans le dictionnaire de Kym — vulnérables (selon Dolores). Elle est à fond pour les bébés-éprouvettes, fabriqués en laboratoires et soignés par des crèches professionnelles. Debbie, elle, dit que ces idées sont stupides. Elle dit que la reproduction sexuelle est la différence primaire et fondamentale entre hommes et femmes, et qu'on a intérêt à pas l'oublier. Elle affirme que la capacité de faire naître la vie met la femme plus près du Divin Mystère de l'univers que ne le sont les hommes, et que ce sont ses sentiments maternels qui lui donnent ses qualités de protection et de paix, et expliquent ce qu'il y a de meilleur en elle — et de meilleur dans la race humaine. Elle dit que la capacité de maternité est la source de la force des femmes. Seules les femmes se dressent entre la technologie et la destruction de la nature, dit Deb. Si nous devons jamais remettre l'univers sur ses pattes, le réaccorder sur les rythmes naturels, si nous devons entretenir la terre, la protéger, en tirer du plaisir et des enseignements — ce que les mères font avec leurs enfants —, nous devons alors remettre la technologie (système masculin agressif) à sa place, qui est celle d'un outil à utiliser avec mesure, dans la joie, en douceur et uniquement en pleine coopération avec la nature. C'est la nature qui doit diriger la technologie, et non le contraire. Alors seulement pourra cesser toute *oppression. Rien n'est plus vital pour l'espèce humaine que la reproduction de la vie. Là est l'atout de la femme. Mais si nous permettons que les bébés soient créés dans des matrices en plastique ou tout autre procédé non naturel, nous laisserons le processus sacré de la vie tomber entre les mains des hommes. Le plus grand et ultime pouvoir sur terre sera entre les mains de technocrates creux, déments de logique et dérangés de raison. Ils possèdent déjà la mort, qu'ils emploient pour réprimer la vie. Si les femmes les laissent faire, ils peuvent également s'emparer de la vie.*

Que penses-tu de tout ça ? Moi, je crois que je me mets du côté de Debbie cette fois-ci. Il se peut toutefois que je ne sois pas objective, car il m'est impossible d'être enceinte. Résultat d'avoir pris cette balle d'argent.

Oh ! Sissy, maintenant je repense à tes douces mains sur ma cicatrice !

Dans quelques minutes, je retournerai sur les lieux de notre amour. L'automne dernier, Debbie et moi avons laissé des montagnes de riz complet pour que les grues aient de quoi s'en mettre plein les mâchoires, et elles sont restées sur les bords de l'étang plus longtemps que jamais par le passé. Ce coup-ci, nous allons essayer un régime différent pour voir si elles ne resteront pas encore plus longtemps.

Au fait, ça t'intéressera peut-être de savoir que le Chinetoque a survécu à l'hiver de belle manière. Je retourne le voir une fois par semaine. Maintenant tu connais mon petit secret, pas vrai ? Alors comme ça, j'apprends que tu n'es pas exactement restée assise à ses pieds à écouter des anecdotes bibliques. Ha, ha ! C'est un sacré gaillard, pas vrai ? Le vieux bouc !

Voyons, quoi d'autre ? Delores n'a toujours pas eu sa Troisième Vision. Le peyotl lui donne un air vert autour des mâchoires. Billy West va essayer de nous chiper une stéréo parce que cette foutue radio ne continue à passer que des polkas. Le sourcil de Heather a très bien guéri. Big Red a dirigé une révolte contre la cuisine de Debbie, alors maintenant c'est chacune son tour à la cantine. Kym aura peut-être un poème publié dans Rolling Stone. *Elaine a une infection de la vessie. Je crois que c'est toutes les nouvelles pour l'instant.*

Sissy tu es vraiment quelqu'un à part. Je ne peux te dire ce que tu représentes pour moi. J'espère que tu es heureuse. Oh ! je sais que tu l'es. Tu es tellement au-dessus de tout que tu ne pourrais jamais être malheureuse. Tu es un exemple pour nous, ici.

Je suis assez heureuse, quant à moi. Chevauchant à travers le ranch au soleil printanier, j'aperçois mon ombre sur l'herbe et je jure que cette ombre s'étend bien plus loin que cet endroit. Que cette prairie. Que ce monde. C'est comme si ma vie étincelait dans toutes les directions, à travers tout l'espace et tout le temps. S'il y a quelqu'un qui me comprend, c'est toi.

Je t'aime,
Bonanza Jellybean

même les cow-girls ont du vague à l'âme

Comme un cadeau en rien prévu ou mérité, cette lettre avait fait renaître Sissy. L'observant, le docteur Robbins sentit ce réveil. Il savait qu'il serait difficile de nommer et de trouver la trace de cette chose – comme ça l'est toujours. Et il considérait qu'aucun docteur, pas même au nom d'une quelconque guérison, n'a le droit de piétiner les plates-bandes en fleur de l'âme humaine. Il versa du vin. Il inhala le jardin (mais pas profondément, car la 86e Rue Est n'était qu'à un mur de là). Il contempla Sissy. Les rayons de soleil rehaussaient sa blonde chevelure, son teint de fruit et ses lèvres charnues. Les rayons de soleil faisaient même quelque chose pour les pattes de dinde en caoutchouc gonflé qui lui tenaient lieu de pouces – bien que le docteur Robbins ne sache pas vraiment quoi.

— Parlez-moi de ce Chinetoque, dit le docteur Robbins.

Sissy était prête. Elle lâcha un soupir qui aurait pu gonfler la dinde entière. Et puis elle lui raconta tout.

57

Le Chinetoque n'est ni Siwash ni chinois.

Comme un grand nombre des meilleures et des pires contributions à la race humaine, le Chinetoque est japonais. Avec leur flair pour imiter tout en inventant, les Japonais firent le Chinetoque.

Il était né dans une île de l'archipel Ryu-Kyu. On disait que c'était une île mais en réalité, c'était un volcan, un bonnet d'âne à demi submergé que la nature avait un jour placé sur la caboche de l'océan pour le punir de ne pas savoir qui avait existé en premier, de la terre ou des mers. Pendant des siècles, ce volcan avait lâché dans le ciel bouffée après bouffée de fumée violette. C'était un gros fumeur.

Sur les versants de ce cône volcanique fumant, les parents du Chinetoque avaient fait pousser des ignames, et sur ces versants le petit Chinetoque avait joué. Un jour, à six ans, il grimpa jusqu'au sommet du volcan. Sa sœur le retrouva au bord du cratère, évanoui à cause des vapeurs, cheveux, cils et sourcils grillés. Il avait regardé à l'intérieur. À l'âge de huit ans, il émigra aux États-Unis, où son oncle soignait des jardins à San Francisco. Le jardin du docteur Goldman allait bien pour une clinique de New York, mais l'oncle du Chinetoque lui aurait refusé la main d'un des jardins dont il s'occupait.

Le Chinetoque appris l'anglais et quelques autres mauvaises habitudes. Il alla au lycée et autres endroits dangereux. Il acquit la citoyenneté américaine et quelques autres distinctions douteuses.

Quand on lui demandait ce qu'il voulait faire de son existence, il répondait (bien qu'il ait appris à apprécier les joies du cinéma, de la musique de juke-box et des équipes de pom-pom girls) qu'il voulait faire pousser des ignames sur les versants d'un volcan. Mais cela étant infaisable dans la ville de San Francisco, il devint, comme son oncle, jardinier. Pendant plus de dix ans, il rendit le gazon plus vert et les fleurs plus fleuries sur le campus de l'Université de Californie à Berkeley. Le docteur Robbins aurait admiré son travail.

Par arrangement spécial avec ses employeurs, le Chinetoque assistait à un cours par jour à l'université. Sur une période de douze ans, il suivit un bon petit nombre de cours. Il ne décrocha jamais de diplôme, mais ç'aurait été une erreur de croire qu'il n'avait pas acquis une culture.

Il fut assez avisé pour prévenir les gens de sa famille, le 8 décembre 1941, lendemain de Pearl Harbor : "Ça va chier du shintô. On ferait mieux d'aller planquer notre cul jaune sur quelque volcan sûr, et de manger de l'igname jusqu'à ce que tous les coups soient tombés." Mais ils ne voulurent rien entendre ; après tout, ils étaient des citoyens américains patriotes, propriétaires et contribuables.

Le Chinetoque n'était pas pressé de se sauver non plus, d'ailleurs. Il était une fois de plus amoureux. Il campait sur les bords d'un cratère d'un autre genre, pour ainsi dire.

Le 20 février 1942, l'ordre arriva. Deux semaines plus tard, l'armée entra en action. En mars, l'évacuation battait son plein. Quelque cent dix mille sujets d'ascendance japonaise furent évacués de leur domicile situé dans les zones "stratégiques" de la côte ouest et

même les cow-girls ont du vague à l'âme

regroupés dans dix camps de "réinstallation" à l'intérieur des terres. Ils ne purent amener au camp que ce qu'ils pouvaient transporter, abandonnant derrière eux maison, entreprises, fermes, ameublement, trésors personnels et liberté. Des Américains ancestralement non-nippons rachetèrent leurs terres pour dix pour cent de leur valeur (les récoltes furent nulles). Soixante-dix pour cent des personnes "réinstallées" étaient nées et avaient été élevées aux États-Unis.

On sépara les Japonais "loyaux" des "déloyaux". Si l'on prêtait serment de soutenir les efforts de guerre américains – et qu'on satisfaisait à une enquête du FBI –, on avait le choix entre rester dans un de ces camps ou chercher du travail dans une région non stratégique. Les camps étaient des ensembles paramilitaires de casernes en papier goudronné équipées de lits de camp en toile et de fours ventrus. Chaque bâtiment contenait de six à neuf familles. Les cloisons entre les "appartements" étaient aussi minces que des biscottes et ne montaient même pas jusqu'au plafond (même dans ces conditions, il y eut une moyenne de vingt-cinq naissances par mois dans la plupart des camps). Personne ne se pressait de quitter les camps : une famille loyale qui avait été réinstallée dans une ferme de l'Arkansas fut massacrée par une populace anti-Jap en fureur.

Les Japo-américains déloyaux – ceux qui exprimèrent une amertume excessive quant à la perte de leurs biens et à la dislocation de leur existence ou qui, pour diverses raisons, furent soupçonnés de mettre en danger la sécurité nationale – eurent le plaisir de partager leur compagnie réciproque dans un camp spécial, le Centre de Ségrégation de Tule Lake, dans le comté de Siskiyou, en Californie. On demanda au Chinetoque s'il soutenait l'effort de guerre américain. "Bon Dieu, non ! rétorqua-t-il. Ha ha, ho ho et hi hi !" Il attendait la question suivante venant logiquement : soutenait-il les efforts de guerre japonais, à quoi il s'apprêtait à donner la même réponse négative. Il attendait toujours lorsque la police militaire le poussa dans le train de Tule Lake.

Tule Lake méritait encore moins le nom de lac que Siwash. Il avait été asséché afin de "rendre" la terre à la culture. *Rendre !*

231

Laquelle était là en premier, la terre ou l'eau ? Si vous ne donnez pas la bonne réponse, vous irez au coin avec un volcan sur la tête.

Le camp de détention avait été construit sur la partie incultivable du fond du lac asséché. Toutefois, les pensionnaires (ou "ségrégués" comme le Bureau de Reinstallation de Guerre préférait les étiqueter) furent mis au travail sur les terres avoisinantes ; ils durent construire des digues, creuser des canaux d'irrigation et faire pousser des récoltes qui prouvèrent une fois de plus que les doigts les plus féconds sont souvent jaunes.

(L'auteur vous en dit peut-être plus sur Tule Lake que vous ne voulez en savoir. Mais le camp situé dans le nord de la Californie, près de la frontière de l'Oregon, existe encore, et bien que le temps, cette pilule amaigrissante définitive, ait réduit ses 1 032 bâtiments à leurs fondations de ciment, le gouvernement a peut-être encore pour ce camp des plans qui vous concerneront peut-être un jour.)

Étuvé l'été, aveuglé par la poussière en automne, gelé en hiver et embourbé jusqu'aux coudes au printemps, le camp de Tule Lake était entouré par une clôture de fil de fer barbelé. Des soldats juchés sur des miradors entretenaient une surveillance constante : sur les gosses qui nageaient dans les fossés, les adolescents faisant la chasse aux serpents à sonnettes, les vieillards jouant au go et les femmes faisant le marché de menus articles dans un dépôt de vivres où les derniers numéros de *True Confessions* étaient toujours sur les rayons. On raconta que même si les gardes s'en allaient, les ségrégués ne tenteraient pas de fuir : ils avaient peur des fermiers de Tule Lake.

Le Chinetoque présenta une requête pour pouvoir rejoindre sa famille dans un camp moins sévère. Mais son dossier FBI révéla qu'il avait pendant des années poursuivi des activités aussi païennes que le jiu-jitsu, l'ikebana, la magie mycologique sanscrite et le tir à l'arc zen ; qu'il avait rédigé à l'université des dissertations révélant des penchants anarchistes ; et qu'il avait entretenu de manière répétée des relations intimes avec des femmes blanches, y compris la nièce d'un amiral de la marine américaine. À ne pas laisser sortir de Tule Lake.

Au début de novembre 1943, il y eut des incidents à Tule Lake. Le conducteur inattentif d'un camion militaire tua accidentellement un Japonais travaillant aux champs. Courroucés, les ségrégués refusèrent de terminer la récolte. Il s'ensuivit un affrontement que les porte-parole de l'armée identifièrent comme une "révolte". Parmi les cent cinquante-cinq meneurs qui furent battus et emprisonnés se trouvait l'homme que nous appelons maintenant le Chinetoque. Le Chinetoque n'avait pas participé à la "révolte", n'étant en fait intéressé qu'au rythme de la récolte ; mais les autorités du camp prétendirent que son attitude notoirement insubordonnée (pour ne pas mentionner sa manie de vénérer les plantes, les légumes et les femmes des autres) avait contribué à l'agitation dans le camp.

S'il aimait peu le centre de ségrégation, il aimait encore moins la taule. Pendant plusieurs jours et nuits, il médita sur l'igname, ce tubercule comestible qui, tout en restant doux au goût et mou au toucher, est si costaud qu'il prospère même sur les pentes de volcans en activité. "Igname" devint son mantra. *Om mane padme igname. Hare Krishgname. Crac, boum, hue ; merci'gname. Feu de l'enfer et notre Igname qui êtes aux cieux.* Puis, comme l'igname, il rentra sous terre. Il se fit un tunnel et sortit de la taule, sortit du camp.

Dans une Amérique en pleine guerre, alors que même les marmots et les lobotomisés savaient ce que voulait dire Pearl Harbor, voilà notre petit infidèle furtif aux yeux en biseau et au jaune bidon qui s'esbigname. Vous me comprenez.

58

Une maxime élisabéthaine dit : "Être civilisé, c'est soigner un jardin."

L'amour sans bornes que Sir Kenneth Clark porte à la civilisation occidentale semble ronronner avec grand contentement quand il peut en parler vêtu de tweed dans un jardin paysager.

Ce type de jardin est une pièce en extérieur où la nature est débarrassée de sa sauvagerie ou, tout du moins, dont la sauvagerie est tenue dans l'oubli.

C'est dans un jardin de grande classe que la chute de l'homme commença. La question qui se pose est : chute de quoi pour où ? De l'innocence au péché ? De la substance à la forme ? Du primitif au civilisé ?

Si l'on admet que l'homme primitif d'avant la chute avait accès à des processus psychiques qui le nourrissaient et que les bords cisaillés de la civilisation ont obscurcis, serait-il injuste de conclure que l'esprit extatique dégénère lorsqu'il commence à contempler le jardinage ?

Le jardinage japonais, avec son insistance sur les intervalles irréguliers par opposition au jardinage européen, avec son insistance sur la forme ordonnée, engendre des points de départ plus que des conditions d'ensemble…

Le docteur Robbins, déjà affecté – par Sissy interposée – par le Chinetoque, reluquait le jardin de la clinique d'un point de vue nouveau pendant que Sissy était rentrée pour aller aux toilettes. Soudain, les godasses rouges de Miss Waterworth firent leur apparition parmi les tulipes.

— Excusez-moi, docteur Robbins, fit-elle, mais le docteur Goldman demande que vous reconsidériez votre ordre de supprimer tous vos autres rendez-vous d'aujourd'hui.

De sa position de repos dans l'herbe rasée de près, berçant la bouteille de chablis vide d'un tiers, le docteur Robbins ne leva pas le regard mais continua à se concentrer sur les chaussures rouges. Il repensait aux genoux écorchés de notre Sauveur trahi, agenouillé dans la rosée du jardin de Gethsémani ; il pensait au preste cliquetis de la langue du Serpent ; au sang qui suintait dans la douleur et le plaisir dans le Parc-aux-Cerfs du roi Louis ; aux microphones habilement déguisés fleurissant parmi les roses de la pelouse de la Maison-Blanche – et autres scènes inquiétantes sorties d'anciens numéros de *Better Homes and Gardens*.

— Un instant, Miss Waterworth, dit le docteur Robbins.

Sissy s'en revenait.

— Sissy, il vous reste bien des choses à me narrer sur le Chinetoque, n'est-ce pas ?

même les cow-girls ont du vague à l'âme

— Oh! mon Dieu, et comment! Je ne vous ai même pas raconté comment il s'est retrouvé à vivre parmi le Peuple de l'Horloge. Rien, quoi. Mais si ma séance est finie…

— Ça ne fait rien. Miss Waterworth, vous interrompez les seules phrases intéressantes que j'entends prononcer par un patient – et, pourrais-je ajouter, par un membre du personnel – depuis trois mois que j'apporte ma collaboration à cette institution. Transmettez mes regrets au docteur Goldman. À nous, Sissy. Encore un doigt de vin? Poursuivez, je vous en prie.

— Voyons. Où en étais-je?

— Le Chinetoque était si malheureux au Centre de Ségrégation de Tule Lake qu'il osa s'en évader.

— Non, reprit Sissy. J'ai donné une impression fausse. Le Chinetoque n'était pas enchanté du camp, mais il n'y était pas malheureux. Le sol aux abords de Tule Lake donnait le raifort le plus succulent du monde. Il donnait aussi de gros oignons blancs et des tonnes de laitues. Le Chinetoque plantait, cultivait, récoltait et vénérait. Il n'était pas vraiment malheureux.

— D'accord, fit le docteur Robbins. Je vois. Il n'était pas malheureux mais il n'était pas libre. Et la liberté est plus importante que le bonheur. Correct?

Buvant son vin à petites gorgées, Sissy le trouva trop sec. La Comtesse lui avait gâté le goût avec le Ripple.

— Non, ce n'est pas non plus exactement ça. Même si le Chinetoque n'était encore qu'au stade premier de son développement, il était assez avancé pour savoir que la liberté – pour les humains – est en grande partie un état intérieur. Il était assez libre dans sa propre tête, même alors, pour endurer Tule Lake sans frustration indue.

— Qu'est-ce qui l'a fait se tailler, alors?

Le docteur Robbins aiguillonnait sa moustache de chenille avec le goulot de la bouteille. Comme entraînée à cette seule fonction, la moustache ondula jusqu'à former un point d'interrogation broussailleux.

— Vous n'avez pas encore saisi la fascination propre au Chinetoque pour la science du particulier et les lois qui gouvernent les exceptions.

235

La chenille refit son numéro de point d'interrogation.

— Voyez-vous, expliqua Sissy, il y avait trois catégories de Japo-américains dans le pays pendant la guerre : ceux qui étaient dans les camps de détention comme Tule Lake ; ceux qui avaient été libérés pour exécuter des travaux serviles dans des régions rurales perdues de l'intérieur ; et ceux qui servaient dans l'armée américaine. Le gouvernement exerçait une surveillance et un contrôle attentifs sur chaque sujet ou chaque catégorie. Le Chinetoque décampa de Tule Lake car il considérait qu'il devait y avoir une exception. Après toutes les provocations possibles, il prit sur lui d'accomplir le singulier par opposition au général, d'incarner l'exception plutôt que la règle.

59

Il mit le cap sur les collines légendaires. La chaîne des Cascades s'étendait à l'ouest, après trente bons kilomètres de lave familière à ses pieds. Chaque déchirure qu'elle faisait dans ses chaussures le rapprochait de son enfance. Toute la nuit, il alla cahin-caha, marcha, se reposa et repartit cahin-caha. Au lever du soleil, le mont Shasta, cornet de crème glacée au diamant, volcan en congé sabbatique, paré (comme les grues) du pouvoir de blancheur, l'attendait. Et l'encourageait. Une heure après l'aurore, il était sous le couvert des arbres.

Son plan consistait à suivre la piste des crêtes le long de la chaîne des Cascades, puis de descendre toute la longueur de la Sierra Nevada pour arriver au Mexique. Au printemps peut-être, il entrerait à nouveau clandestinement aux États-Unis pour faire les récoltes. Il n'y avait pas beaucoup de fermiers capables de distinguer un Jap d'un métèque, surtout sous un chapeau de paille et l'échine courbée sur les rutabagas. Hélas ! Le Mexique était à près de deux mille kilomètres, c'était le mois de novembre, les sommets étaient déjà enneigés et floc foc faisait la chanson de ses chaussures.

Heureusement, le Chinetoque savait quelles plantes mâchouiller, quelles noix et quels champignons rôtir sur de minuscules feux à fumée minimum. Il rapiéça du mieux qu'il put ses chaussures avec

même les cow-girls ont du vague à l'âme

de l'écorce. Sa progression fut bonne pendant une semaine ou plus. Puis, surgissant de la mystérieuse résidence des conditions atmosphériques, éclata une tempête brusque et balèze. Elle commença par faire mumuse avec lui, lui fouettant les oreilles, vieillissant ses cheveux normalement noirs, suspendant habilement des flocons au bout de son nez. Mais cette tempête entendait mener les affaires sérieusement, et bientôt notre Chinetoque, bien qu'à l'abri d'une paroi rocheuse, se rendit compte que, par comparaison, le désir passionné de cette tempête de tempêter rendait mesquin son propre désir d'atteindre le Mexique. De la neige de la neige de la neige de la neige de la neige de la neige. La dernière chose que voit une personne avant de mourir devra l'accompagner à travers toutes les salles à bagages de la permanence de la mort. Le Chinetoque se fit loucher à force d'essayer d'apercevoir un séquoia ou au moins un buisson d'airelles, mais ses yeux gelés ne voyaient rien d'autre que de la neige. Et la neige voulait s'étendre sur lui aussi ardemment que mâle voulut jamais couvrir femelle.

La tempête le traita comme il lui plut. Il perdit conscience en essayant de penser à Dieu mais en pensant en fait à une femme rayonnante qui lui faisait cuire des ignames.

Bien entendu, il fut sauvé. Il fut sauvé par les seuls qui auraient jamais pu le sauver. Il fut découvert, ramené, emmitouflé et dégelé par un groupe d'Indiens américains qu'il est impossible, pour plusieurs raisons, d'identifier plus précisément que par cette appellation de fantaisie : le Peuple de l'Horloge.

Il n'est sans doute pas facile d'accepter la réalité de l'existence du Peuple de l'Horloge. Vous pourriez éplucher chaque numéro du *National Geographic* depuis le numéro un de la première année sans trouver un parallèle exact aux distinctions particulières du Peuple de l'Horloge. Néanmoins, si vous y réfléchissez quelque peu – comme Sissy le fit, comme l'auteur l'a fait –, il devient évident que le processus de civilisation a laissé des poches de vide que seul le Peuple de l'Horloge pouvait remplir.

60

La pièce où le fugitif revint à la conscience était vaste et bien chauffée, tendue de couvertures grossières et de peaux d'animaux. Le Chinetoque ne dit pas si c'était une caverne, une hutte camouflée ou une cabane complexe du genre tipi ; il veillait à ne révéler aucun détail qui pourrait aider à mettre le doigt sur la localisation géographique de ses hôtes. En outre, Sissy n'aurait jamais mentionné le Peuple de l'Horloge au docteur Robbins si elle n'avait pas été sûre que les entretiens entre psychiatre et patient sont privilégiés et confidentiels, et libres même d'assignation gouvernementale. Que le docteur Robbins dût un jour violer ce privilège… enfin, passons là-dessus pour l'instant.

Comme il a été écrit, le Peuple de l'Horloge appartient à une culture indienne d'Amérique. Mais ethniquement parlant, il ne constitue pas une tribu. Il forme plutôt un rassemblement d'Indiens de tribus diverses. Ils vivent ensemble depuis 1906.

Aux premières lueurs du 18 avril 1906, la cité de San Francisco se réveilla au son d'un grondement terrible d'intensité croissante. Pendant soixante-cinq secondes, la ville trembla comme une boulette de viande caoutchouteuse entre les mandibules de Teddy Roosevelt. Il s'ensuivit un silence presque aussi terrible que le grondement. Le cœur de San Francisco était en ruine. Les maisons s'étaient écroulées dans les rues trouées de crevasses ; des corps tordus d'humains et de chevaux coloraient les moellons ; le gaz jaillissait de douzaines de canalisations ouvertes en sifflant comme le Serpent de Tous Les Mauvais Rêves. Durant les trois jours suivants, quatre cent quatre-vingt-dix pâtés de maisons furent la proie des flammes, et les larmes des sans-abris et des estropiés ne purent les éteindre.

L'histoire connaît cette catastrophe comme le Grand Tremblement de terre de San Francisco. Le Peuple de l'Horloge ne la connaît pas comme telle, mais il faut dire que le Peuple de l'Horloge ne croit pas aux tremblements de terre.

Parmi la foule qui, depuis les collines avoisinantes, regardait les flammes dévaster la ville se trouvait un petit nombre d'Indiens

même les cow-girls ont du vague à l'âme

américains. En grande partie originaires des tribus californiennes, bien qu'incluant des individus venant du Nevada et de l'Oregon et comptant parmi eux des représentants des rares mais réputés Siwash, c'étaient là les premiers Indiens urbanisés. Pauvres, en général, ils avaient des emplois serviles ou peu honorables dans Barbary Coast*. (Il faut cependant souligner que pas un seul d'entre eux n'avait été amené dans la ville par le désir de l'argent – ils n'avaient pas besoin d'argent là d'où ils venaient – mais seulement par la *curiosité*.) Les Blancs qui avaient habité San Francisco campaient sur le sommet des collines enveloppées de fumée et contemplaient les ruines dans un état de choc. Il se peut que les Indiens fussent également abasourdis par ce spectacle mais, comme toujours, ils n'en laissaient rien paraître, aussi impénétrables que l'autre côté d'une pièce de cinq cents**. Pourtant, les Indiens allaient singulièrement accuser le coup. C'est lorsque les incendies furent enfin maîtrisés et que les citoyens se ruèrent parmi les cendres encore chaudes en chantant, en louant le Seigneur et en se criant les plans qu'ils avaient pour reconstruire leur métropole que les yeux indiens s'élargirent d'incrédulité. Ils furent rigoureusement incapables de saisir ce dont ils étaient témoins. Ils s'étaient certes rendu compte que l'homme blanc manquait de sagesse, mais était-il donc complètement maboul ? Ne pouvait-il donc pas déchiffrer le signe le plus grand et le plus sinistre ? Même les Indiens qui avaient appris à faire confiance à l'homme blanc furent cruellement déçus. Reconstruire la ville ? Ils secouèrent la tête en marmonnant.

Ils restèrent plusieurs semaines sur la colline, étrangers qu'unissaient le choc et la déception aussi bien qu'une compréhension culturelle commune de ce qui s'était passé en bas. Alors, grâce à des communications dont ils sont les seuls à connaître la nature, plusieurs de ces Indiens prirent la tête de la migration d'un petit groupe d'âmes qu'ils emmenèrent au fin fond des sierras où, en une période de treize lunes pleines, ils mirent sur pied une nouvelle

---

* Ancien quartier mal famé de San Francisco.
** Rappelons que celle-ci porte d'un côté un bison et de l'autre une tête d'Indien.

culture (ou, devrions-nous dire plutôt, l'ancienne racine de la Religion de la Vie fit germer sous leur impulsion des pousses inattendues et prodigieuses).

61

Accordons aux Susquehanna, aux Winnebago, aux Kickapoo, aux Chickasaw, aux Kwakiutl, aux Potawatomi, et à tous les autres aborigènes au nom splendide qui en vinrent à être qualifiés d'"Indiens" par l'ignorance d'un navigateur italien qui aimait trop les oranges, qu'il n'est que justice que des "Indiens" aient baptisé incorrectement notre héros américano-japonais : "Chinetoque."

Il y avait en 1906 fort peu de Japonais à San Francisco, mais les Chinois ne manquaient pas. Déjà existait un Chinatown, dont l'exotisme tape à l'œil appâtait le touriste. Drogues, jeu et prostitution étaient monnaie courante dans le quartier chinois, tout comme dans Barbary Coast, et les Indiens avaient souvent entendu leurs employeurs blancs se plaindre de la concurrence des "Chinetoques".

Entre 1906 et 1943, les Indiens avaient discuté à maintes reprises, naturellement, des circonstances de leur migration dans la sierra. Plus d'une fois, ils s'étaient à haute voix demandé comment les Jaunes avaient pu manquer de clairvoyance au point de se joindre aux Blancs pour faire renaître San Francisco. Il était déjà assez étonnant de voir l'homme blanc s'apprêter à répéter son erreur, mais alors, voir des Orientaux le suivre… !

Leur curiosité envers les Jaunes avait probablement influencé leur décision de secourir cet inconnu presque pétrifié par le gel. Au cours de sa convalescence, la victime des tempêtes avait surpris plusieurs de ses hôtes s'inquiétant de l'état de santé de ce "Chinetoque", et son sens de l'ironie n'était pas assez gelé pour qu'il n'ait eu envie, une fois rétabli, de perpétuer cette erreur de nom.

Finalement, il avoua sans doute son ascendance japonaise. Il est certain qu'il avoua bientôt aussi qu'il était en fuite. Le Peuple de

même les cow-girls ont du vague à l'âme

l'Horloge choisit de lui donner asile, et il n'eut jamais à le regretter. Dans les années qui suivirent, le Chinetoque lui rendit de nombreux services. En retour, il fut accepté parmi eux et accéda à la connaissance de l'ensemble des secrets de l'horloge.

La fonction cardinale du Peuple de l'Horloge est d'entretenir et de surveiller l'horloge. L'horloge existe vraiment. Elle repose au centre, au cœur du Grand Terrier.

Le Grand Terrier est un dédale ou une suite labyrinthique de tunnels, en partie creusés par l'homme, en partie d'origine géologique. Pour être plus précis : un réseau naturel de grottes étroites, sous un grand tertre de la sauvage sierra, agrandi et compliqué par les Indiens qui s'exilèrent de San Francisco en 1906. La plupart de ces tunnels, sinon tous, sont des culs-de-sac.

Les Horlogiens, comme nous les connaissons à présent, se divisèrent en treize familles, mais pas nécessairement en se regroupant par tribus. (Quel est le sens numérique de leur choix de treize mois comme structure de leurs rites, puis de leur séparation en treize familles ? Ma foi, en bref, ils tiennent treize pour un nombre plus naturel que douze. Pour les Babyloniens, treize portait malheur. C'est pourquoi, lorsqu'ils inventèrent l'astrologie, ils ignorèrent délibérément une importante constellation, assignant par erreur douze maisons au zodiaque. Les Horlogiens n'entendaient rien à la superstition babylonienne, mais ils connaissaient leurs étoiles, et ce fut partiellement dans un effort pour passer outre au "dodécanisme" contre nature de l'esprit et de la culture occidentales qu'ils décidèrent de rendre justice au nombre treize.) À chaque famille échut la responsabilité d'une section particulière du Grand Terrier. Chaque famille connaît sa section millimètre par millimètre, tout en ne sachant strictement rien des douze autres sections. Si bien qu'il n'est pas une famille ou un individu particulier qui connaisse la Voie. La Voie étant, bien sûr, le chemin juste qui mène à travers le labyrinthe du Grand Terrier jusqu'à l'horloge. Qui plus est, il est impossible que les familles dressent une carte de la Voie, car chaque famille tient pour un secret sacré sa connaissance de son terrier ou tronçon de la Voie.

241

(En appelant "terriers" ces sections de tunnel, les Horlogiens ne s'identifiaient pas spécialement aux animaux – pas plus que les Indiens dont la culture attribuait aux totems un rôle important et vivace. Les Indiens à tendance totémique recouraient aux caractéristiques de certains animaux *métaphoriquement*. Ce n'était qu'une forme de symbolisme poétique Les animaux leur servaient à penser.)

Bien. Qui arrive à l'horloge, comment et quand ? Chaque matin au lever du soleil, les guides désignés pour ce jour – un par famille – se rassemblent à l'entrée du Grand Terrier. On leur bande alors les yeux, sauf le guide qui représente la Famille du Premier Terrier. Les douze autres se prennent par la main, et le premier guide les conduit par l'un des divers trajets qu'il ou elle peut prendre pour arriver au début du Deuxième Terrier. Le guide doit délibérément essayer de ne jamais emprunter deux fois de suite le même itinéraire. Il arrive souvent qu'un guide revienne sur ses pas, enjoignant parfois aux autres de se lâcher les mains et de tourner sur eux-mêmes. Puisqu'à cette date, chaque famille compte vingt membres environ, chaque individu ne fait le guide que treize fois par an à peu près.

Puis, lorsque le premier guide atteint la fin de son terrier et le début du suivant, il ordonne au guide du Second Terrier d'enlever son bandeau, tout en couvrant ses propres yeux. Il en va ainsi jusqu'à ce que le groupe soit dans la grande chambre centrale qui contient l'horloge. Là, ils s'affairent à "garder le temps" jusqu'à l'heure du trajet de retour. Théoriquement, les treize guides quotidiens ressortent du Grand Terrier au coucher du soleil, ce qui ne se produit en réalité que les jours où il fait jour pendant treize heures.

Il arrive que d'autres personnes accompagnent les guides en mission. Un vieillard ou un malade sur le point de mourir, ou une femme enceinte dont le terme est venu sont conduits, yeux bandés, au terrier central car, dans la mesure du possible, toutes les naissances et les morts des Horlogiens ont lieu en présence de l'horloge. En dehors des naissances et des décès, les visites quotidiennes à l'horloge ont pour motif de vérifier le temps.

Nous devrions peut-être dire "vérifier les temps", car l'horloge contient en réalité deux horloges, chacune mesurant une sorte de

même les cow-girls ont du vague à l'âme

temps bien distincte de l'autre. (Nous devrions peut-être préciser aussi que nous décrivons ici l'horloge d'origine ; il devait par la suite y en avoir une autre, qui occupe dans notre histoire une place encore plus grande.)

Nous avons donc un énorme sablier faisant au moins deux mètres de diamètre sur quatre mètres de hauteur, confectionné avec les membranes internes fortement étirées et finement cousues de grands animaux (élans, ours, couguars). Le sablier est empli de glands en quantité telle qu'il faut approximativement treize heures pour qu'ils se déversent ou passent, un par un, par la fine taille de cet appareil transparent. Lorsque les guides quotidiens pénètrent dans le terrier central, ils retournent le sablier. En repartant, treize heures environ après, ils le retournent de nouveau. Ainsi, "vérifier le temps" ou "garder le temps" constitue, dans la journée de vingt-six heures des Horlogiens, la même chose que "écrire son temps" ou, plus généralement, "écrire l'histoire". Le Peuple de l'Horloge croit qu'il fait l'histoire et que celle-ci finira avec la destruction de l'horloge.

N'allez surtout pas interpréter la "fin de l'histoire" ou la "fin des temps" comme "la fin de la vie" ou ce que veulent normalement dire les gens qui ont l'apocalypse en tête quand ils parlent (en la souhaitant presque, semble-t-il) de la "fin du monde". Ces salades-là sont de la paranoïa et, quel que soit le jugement final qu'on porte sur le Peuple de l'Horloge, on doit évaluer sa philosophie sur un plan plus élevé que les radotages de jugement dernier.

Eh bien alors, qu'entend le Peuple de l'Horloge par la fin de l'histoire et comment l'horloge sera-t-elle détruite ?

Concentrez votre attention sur ceci : ces gens, ces Indiens exilés dans la clandestinité, n'ont aucun autre rite que celui-ci : LA VÉRIFICATION DE L'HORLOGE – garder et faire l'histoire. De même, ils n'ont qu'une seule légende ou mythe culturel : celui d'un continuum qu'ils appellent la Joie Éternelle. Ils croient que tous les êtres passeront dans la Joie Éternelle après la destruction de l'horloge. Ils attendent un état d'intemporalité, où les individus lassés, frustrés et inassouvis n'auront plus à "tuer le temps", puisque le temps sera finalement mort.

243

Ils se préparent à l'intemporalité en éliminant de leur culture toutes les règles, plans et normes morales qui ne se rapportent pas directement à l'entretien de l'horloge. Le Peuple de l'Horloge est sans doute la communauté la plus complètement anarchiste qui ait jamais existé. Ou plutôt, il forme peut-être la première communauté jusqu'à présent où l'anarchie approche le fonctionnement parfait. C'est impressionnant en soi et a de quoi éventer avec des plumes de paon d'optimisme tous ceux qui rêvent de l'organisation sociale idéale.

Le Peuple de l'Horloge dirige parfaitement son anarchisme (si ce n'est pas là une contradiction) simplement parce qu'il a canalisé toutes ses pulsions autoritaires et toute sa manie de contrôle en un seul rite. Tous les membres de la communauté comprennent sans l'ombre d'un doute qu'il n'y a pas d'autre rite, pas d'autre croyance nécessaire – et qu'en outre, ils ont créé ce rite eux-mêmes : ils n'ont pas de superstitions stupides sur des dieux ou des esprits des ancêtres qui tiendraient ce rite au-dessus de leur tête en échange d'hommages et/ou de "bonne" conduite.

Un rite est habituellement un acte ou une cérémonie accomplis pour créer une unité spirituelle parmi une assemblée de fidèles ou une communauté. Les Horlogiens considèrent l'entretien de l'horloge comme le *dernier* des rites communautaires. Après la destruction de l'horloge, c'est-à-dire à la fin des temps, tous les rites seront personnels et idiosyncratiques, servant non pas à unir une communauté culturelle en une cause commune, mais à lier chaque individu particulier à l'univers de la manière qui lui convient le mieux. L'unité cédera la place à la pluralité dans la Joie Éternelle, quoique, puisque l'univers est simultanément Un et plusieurs, tout ce qui relie l'individu à l'univers le relie automatiquement à tous les autres, et tout en accroissant son identité totalement autonome en un cocktail éternel exempt de tout mélange temporel. De cette manière et paradoxalement, le remplacement des rites de société par des rites individuels créera une unité ultime incomparablement plus universelle que le réseau de rites communautaires qui divise actuellement les peuples en des groupes incommodes, agités et rivaux.

même les cow-girls ont du vague à l'âme

Nos Horlogiens, donc, étant visionnaires, ne se satisfont pas de leur rite vérificateur de temps. Après tout, c'est encore un acte compulsif et autoritaire qui les relie. Ils brûlent de s'en dispenser. S'ils pouvaient l'éliminer, ils disparaîtraient de l'histoire et entreraient dans la Joie Éternelle. Intemporels, ils pourraient mettre au monde leurs enfants et enterrer leurs morts partout où ils le désireraient. Cependant, ils se rendent compte qu'à ce stade d'évolution, ils ont encore besoin du rite tout en étant conscients que la destruction de l'horloge est entièrement en leur pouvoir.

Mais ils ne la détruiront pas. Ils sont d'accord pour penser – et cela est central dans leur mythe – que la destruction doit venir de l'extérieur, doit résulter de moyens naturels, doit être produite par la volonté (le caprice, devrait-on dire) de cette planète gesticulante dont les mouvements très précis sont qualifiés par les écervelés de "tremblements de terre".

Nous comprenons donc un peu mieux les origines de leur culture. Les Indiens prirent comme un signe le grand grondement de 1906 qui détruisit la quasi-totalité de San Francisco. Ils avaient quitté la terre pour entrer dans la ville. Que celle-ci puisse être détruite par la terre en soixante-cinq secondes leur donna une indication sur le lieu où se tenait le vrai pouvoir.

Dans un cadre naturel, le phénomène n'aurait jamais fait figure d'holocauste. Loin des centres grégaires que nous baptisons du nom de villes, un "tremblement de terre" n'apparaît que comme le signe de surface des mouvements protoplasmiques du globe qui, à des profondeurs et des intensités variables, ont lieu tout le temps et donc, non point dans le temps mais par-delà le temps. Par-delà le temps revient au même que hors du temps, car la notion de temps est inséparablement liée à la notion de progression ; or ce qui est déjà partout ne peut aucunement progresser.

De là, il n'y a qu'un pas pour arriver au bord du rêve : la Joie Éternelle – un présent continu où tout se résorbe toujours, même la danse du vieillissement, que nous prenons par erreur pour un déploiement chronologique au lieu d'un état fixe de conscience cellulaire qui va en s'approfondissant.

245

On comprend que les Indiens aient été très déçus en voyant les citoyens de San Francisco se remettre immédiatement à reconstruire leur ville. Les Blancs (et les Jaunes) de San Francisco n'avaient rien compris. Ils avaient reçu le signe – un signe puissant et lumineux – que l'assemblage grégaire urbain et les technologies qui en résultent ne constituent pas la bonne manière de partager l'hospitalité de cette planète. (Il existe en fait d'innombrables façons de vivre dans l'allégresse et la bonne santé sur cette sphère trémulante, et probablement une seule et unique manière – l'industrialisation des concentrations urbaines – d'y vivre stupidement : et l'homme s'est jeté dessus.) Les habitants de San Francisco ne tinrent aucun compte du signe. Ils capitulèrent, préférant rester dans le temps et donc hors de l'éternité.

Des lecteurs pourront se demander pourquoi nos Indiens, qui reconnurent le tremblement de terre pour ce qu'il était vraiment n'entrèrent pas tout bonnement dans la Joie Éternelle dès ce moment-là. C'est qu'ils avaient à la fois une vue réaliste et une appréhension humoristique de leur situation. Ils se rendaient compte qu'il leur faudrait au moins trois ou quatre générations pour se purifier de tous leurs dépôts culturels antérieurs. Les patriarches – dont il ne reste plus que deux ou trois en vie – arguèrent que s'ils pouvaient canaliser toutes les frustrations et pulsions d'autodestruction de leurs semblables en un rite simple et unique, deux conséquences en résulteraient. D'une part, la communauté pourrait, en dehors du rite, essayer librement tous les styles de vie au lieu des séductions de la mort. D'autre part, la terre émettrait tôt ou tard un autre signe puissant, assez fort pour détruire leur dernière représentation iconographique de culture liée au temps, l'horloge, mettant fin à ce rite alors même qu'il serait en passe de reconstruire une grande part de la civilisation américaine.

Ce qui nous amène, toquin-toquant, à l'affaire de la seconde horloge. La première horloge, le sablier de peau, se trouve sur un bassin rempli d'eau. Le Grand Terrier est situé dans une profonde fracture géologique, un des bras principaux de la Faille de San Andreas. Cette faille est nettement représentée sur les cartes

même les cow-girls ont du vague à l'âme

géologiques du nord de la Californie (ce qui, n'est-il pas vrai, indique bien l'emplacement de l'horloge originelle, même si la fracture est très longue). De plus, le cours d'eau souterrain qui alimente le bassin du Grand Terrier s'engouffre directement dans la Faille de San Andreas. Ce bassin empli d'eau est la seconde horloge du système horlogien. Examinez ses éléments.

Quelques instants avant un tremblement de terre, certaines personnes sensibles éprouvent une sensation de nausée. Certains animaux, comme le bétail, sont encore plus sensibles aux vibrations présismiques, les ressentant plus tôt et avec plus de force. La créature de loin la plus sensible sur le plan tellurien est le poisson-chat. Lecteur, c'est là un fait scientifique ; si tu en doutes, rien ne te retient ici. Je dis : le poisson-chat

Or, il existe une espèce de poisson-chat atteinte de cécité héréditaire qui réside exclusivement dans les cours d'eau souterrains. Son nom latin, pour les sceptiques encore présents, est *Satan eurystomus*, mais les spéléologues connaissent ces poissons sous le nom de chats aveugles. Relativement rares en Californie, les chats aveugles sont tout à fait communs dans les cavernes et grottes du Texas et des États qui chevauchent le plateau Ozark.

Le bassin de l'horloge est occupé par de tels poissons-chats. Leur sensibilité séismique innée est portée au paroxysme par le fait qu'ils sont branchés, par chaque arête et chaque poil de moustache, sur les vibrations d'un des systèmes géoclastiques les plus grands et les plus frénétiques du globe. Lorsqu'ils ressentent les chocs avant-coureurs d'un séisme digne de Richter, les poissons-chats sont frappés de commotion. Ils cessent de s'alimenter et ne bougent plus que par à-coups. À force de contrôler les modifications du champ magnétique terrestre, ou l'inclinaison de la surface de la Terre, ou encore le taux de mouvement et d'intensité des tensions aux endroits où des failles se creusent lentement, les sismologues ont correctement prédit une poignée de secousses secondaires, et encore, sans grande exactitude. Les poissons-chats de l'horloge, de leur côté, ont enregistré des tremblements en préparation jusqu'à Los Angeles (en 1971) et jusqu'à quatre semaines à l'avance.

Sur les parois de terre du Terrier Central, les Horlogiens ont dressé une liste par dates et par intensité de toutes les secousses, faibles ou folles, qui se sont produites le long des trois mille kilomètres de failles de la côte ouest depuis 1908. L'ensemble du schéma, transcrit de l'horloge poisson-chat, révèle une structure rythmique qui indique à l'esprit tout aussi rythmique des Indiens qu'un événement de première grandeur va survenir d'une semaine à l'autre.

Cette attente de la destruction n'est pythagoricienne que dans le sens où, avec la liquidation cataclysmique du dernier vestige de rite culturel, apparaîtra le genre de liberté psychique et sociale complète que ne peut offrir qu'une anarchie naturelle et intemporelle, la naissance d'un peuple nouveau dans la Joie Éternelle.

Le Peuple de l'Horloge tient la civilisation pour un ensemble follement complexe de symboles qui dissimule les processus naturels et gêne le libre mouvement. La Terre est en vie. En elle brûle une aspiration cosmique. Elle soupire après son époux qu'elle veut retrouver. Elle gémit. Elle se retourne doucement dans son sommeil. Lorsque les symbolismes de la civilisation ne seront plus, il n'y aura plus de "tremblements de terre". Ce sont là des manifestations de la conscience humaine. En l'absence de folies construites par l'homme, il ne peut y avoir de tremblements de terre. Dans la Joie Éternelle, l'homme pluriel et désurbanisé à l'aise avec ses technologies douces sourira et soupirera quand la Terre se mettra à trembler.

— Elle est nerveuse, ce soir, dira-t-on.

— Elle rêve d'amour.

— Elle a le cafard.

62

Les nageoires des dauphins contiennent cinq doigts à l'état de squelette.

Autrefois, les dauphins avaient des mains.

L'observation des restes de doigts dans leurs nageoires rend *possible* la conclusion que les dauphins avaient des pouces opposables aux autres doigts.

même les cow-girls ont du vague à l'âme

Imaginez un dauphin tenant un as. Imaginez un dauphin effeuillant la marguerite un peu, beaucoup, passionnément… Imaginez un dauphin dressant sa carte du ciel et s'apercevant qu'il a toutes ses planètes dans la constellation des Poissons. Vous représentez-vous un dauphin en train de se curer les crottes de l'évent ? Un dauphin devant une machine à écrire, en train d'écrire ce livre ?

Imaginez le dauphin, alors animal terrestre (bien que l'Express Poissons n'aille que jusqu'au fond de la mer), un pouce coquet frétillant dans l'air filtré par les lézards de la préhistoire, et faisant du stop vers l'Atlantide ou le Gondwana. Prendriez-vous un dauphin en stop ? Surtout si vous êtes au volant d'une Barracuda…

Bon, bon, bon ; ce que l'auteur veut dire (aux bigleux et aux terre-à-terre), c'est que le dauphin eut un jour des pouces ! Réfléchissez-y lorsque vous aurez un moment. Mais pour l'instant, pouce de dauphin est éclipsé par pouce de Sissy. Lequel se plie dans un jardin urbain sali par la poussière.

Le docteur Robbins, vidant la dernière goutte de vin, désirait savoir si le Chinetoque avait gobé les idées des Horlogiens.

La réponse était et est : non, il ne fut jamais tout à fait d'accord avec les opinions et suppositions des Horlogiens et, au long des ans, il fut plutôt de moins en moins d'accord avec eux. Néanmoins, il tomba entre les mains du Peuple de l'Horloge à une époque où la plus grande partie du monde se mettait à feu et à sang pour de vagues et insignifiantes manies comme l'expansion économique et la géopolitique ethnocentrique, et où les peuples auxquels il se rattachait, les Japonais et les Américains, étaient parmi les plus fanatiques de victoire, priant les dieux des obus et enseignant à leurs nourrissons à marcher sur le fil de la lame. Aussi, lorsqu'il rencontra les treize familles du Grand Terrier et apprit les rimes et les raisons de l'horloge, le Chinetoque émit un long et attendu : "Ha ha, ho ho et hi hi", ajoutant : "Il est rassurant de voir des signes de vie intelligente sur cette planète."

— C'est exactement ce que je pense, fit le docteur Robbins d'un ton rêveur en regardant l'ombre des pouces de Sissy sauter comme des dauphins sur le mur du jardin.

63

Le Chinetoque resta vingt-six ans chez les Horlogiens, qui jamais ne goûtèrent un igname ni ne virent une grue, qui ne connaissaient pas la pratique de l'auto-stop, qui auraient été ahuris par un flacon de Yoni Miam et qui avaient mieux à faire qu'à croire en ces petits-beurres de l'imagination américaine qu'étaient les cow-girls.

Pendant les huit premières années, il vécut virtuellement tout comme un Horlogien, membre honoraire de la Famille du Treizième Terrier, en partageant la nourriture, le logement et les femmes. (Membres d'une société anarchiste ou, plus précisément, pluraliste, certains Horlogiens étaient monogames, d'autres, et sans doute la majorité, pratiquant l'amour libre. Dans une société pluraliste, l'amour fait rapidement voir tous ses visages, qu'ils soient barbouillés ou souriants, et il convient de noter que le terme *famille* ne s'appliquait qu'au rite de l'horloge, et qu'à part ça, c'était l'entremêlement sans inhibition. Par exemple, un homme de la Famille du Cinquième Terrier pouvait féconder une dame du Onzième Terrier, l'enfant qui en résultait pouvant être, une fois adulte, assigné à la Famille du Neuvième Terrier.)

En 1951, la guerre n'étant plus qu'une faible lueur dans l'œil criblé d'obus de l'American Legion, le Chinetoque s'installa dans une cahute qu'il construisit à quelque quinze ou seize kilomètres à l'ouest du Grand Terrier. Cette cabane occupait une position stratégique à l'entrée étroite de la vallée qui, avec le petit cours d'eau qui s'y engouffrait, formait un barrage total au pied du tertre plein de tunnels. Dans l'autre direction, à quatre ou cinq kilomètres derrière la cahute, partait un sentier qui conduisait à une route en terre conduisant elle-même à une route pavée qui, finalement, aboutissait à un magasin combinant la station-service, le café et l'épicerie-bazar. Le Chinetoque prit l'habitude de se rendre tous les quinze jours dans ce magasin où, en plus du ravitaillement, il achetait des journaux et des magazines qu'il lisait à ceux des

même les cow-girls ont du vague à l'âme

Horlogiens (tous parlaient anglais mais peu le lisaient) que cela intéressait. Il s'agissait surtout des jeunes, les vieux Indiens tenant les "nouvelles" qui n'avaient rien à voir avec les séismes, les ouragans, les inondations et autres fumisteries géophysiques pour des broutilles qu'ils appelaient les rots de la civilisation. Il se peut que les vieux Indiens aient eu raison. N'oubliez pas que c'était l'ère Eisenhower, et que les nouvelles avaient un goût de jus de chaussettes de golf de commandant en chef du Pentagone.

Le Chinetoque reliait quand même aussi les vieux Indiens au reste du monde, mais de manière différente. Le Peuple de l'Horloge avait, au long des décennies, maintenu mystérieusement des contacts périodiques avec certains Indiens de l'extérieur. C'étaient des hommes-médecine ou des chamans, bien que le Chinetoque n'ait jamais été en mesure d'établir quelle était leur relation exacte au rite de l'horloge et à la légende de la Joie Éternelle. Toutefois, vers le milieu des années cinquante, deux ou trois de ces étrangers prirent l'habitude de faire leur apparition au magasin de la sierra aux heures précises des passages – non annoncés – du Chinetoque. Ils buvaient une bière en sa compagnie et lui refilaient trois ou quatre potins apparemment insignifiants, qu'il se sentait obligé de rapporter une fois revenu au Grand Terrier. Il fonctionna ainsi comme un milieu de transmission, à la manière dont l'air est le milieu de transmission des tam-tam, reliant les Horlogiens jeunes et vieux à des tambours lointains.

Il fonctionna également comme agent de diversion. Lorsque des chasseurs, des randonneurs ou des prospecteurs entraient dans la zone, le Chinetoque usait de ses ruses pour les éloigner de la proximité du Grand Terrier. Des allusions, dans la conversation, à du gibier, des chutes d'eau spectaculaires ou des dépôts de minerai suffisaient généralement à détourner les importuns, mais il fallait parfois mettre en scène une petite chute de pierres ou autre accident. Même comme ça, quelques intrus, spécialement des rangers de l'Office des forêts, passèrent entre les mailles du filet tendu par le Chinetoque. Ceux qui s'approchèrent trop furent tués par les Horlogiens. Entre 1965 et 1969, sept intrus eurent la poitrine transpercée de flèches et furent enterrés à l'intérieur du Grand Terrier.

Ces meurtres furent la source de litiges entre le Chinetoque et les Horlogiens, ceux-ci les tenant pour le prix regrettable mais nécessaire de leur protection celui-là déclarant : "Il y a beaucoup de choses qui valent la peine qu'on vive, peu de choses la peine qu'on meure, mais aucune la peine qu'on tue."

Le Chinetoque tenta de faire comprendre au Peuple de l'Horloge qu'avec l'augmentation de la circulation aérienne au-dessus des montagnes, ainsi que du nombre de touristes pédestres que la civilisation poussait dans la nature, ce n'était qu'une affaire de "temps" pour que sa culture soit dévoilée. Que ferait-il alors ? Il était évident que le Système n'aurait pas la bonne grâce de le laisser en paix. "Nous nous cacherons dans les tunnels", répondirent les gens d'âge moyen. "Nous nous défendrons jusqu'à la mort", répondirent les jeunes. "Les mouvements de la Terre s'occuperont de tout cela", répondirent les aînés en souriant énigmatiquement.

Si les meurtres le troublaient, le Chinetoque acceptait avec aisance d'autres contradictions de la philosophie horlogienne. Mis face à une contradiction chaque jour et même chaque heure, il ne lui semblait que justice – comme à nous – d'être des deux côtés.

Cependant, son impatience envers les conceptions des Horlogiens ne cessait de croître, et vers la fin de son séjour dans la sierra, la petite souris de sa moquerie avait fini par avoir la taille d'un veau.

Or, un certain nombre des jeunes hommes du Grand Terrier avaient eux aussi perdu patience. Grâce aux informations transmises par le Chinetoque, ils avaient entendu parler d'un embryon de militantisme parmi les Indiens américains. Ils apprirent l'existence du Red Power et de réserves dont les fiers habitants s'étaient peints de frais – et armés jusqu'aux dents. Au début du printemps 1969, un petit groupe de jeunes mâles s'échappa du Grand Terrier et s'aventura dans l'étrange monde au-delà des montagnes encore enneigées pour voir les choses par eux-mêmes. Deux ou trois mois plus tard, ils revinrent, excités, emplumés, en colliers et tout bourdonnants de révolution. Deux camarades rejoignirent leurs rangs et ils désertèrent le Peuple de l'Horloge pour affronter l'homme blanc sur son propre terrain et dans son propre temps. En descendant des montagnes, les jeunes hommes firent un arrêt à la cabane du Chinetoque.

— Tu es aussi fatigué que nous de devoir rester là à attendre une connerie de tremblement de terre, déclarèrent-ils dans l'idiome qu'ils avaient récemment adopté. Tu es fort et intelligent, et tu nous as beaucoup appris. Viens avec nous et joins-toi à notre mouvement.

— Ce mouvement qui est le vôtre, a-t-il des slogans ? demanda le Chinetoque.

— Et comment ! s'écrièrent-ils, et de lui en citer quelques-uns.

— Votre mouvement, a-t-il un drapeau ? demanda le Chinetoque.

— Tu parles ! et de décrire leur emblème.

— Et votre mouvement a-t-il des chefs ?

— Des grands chefs.

— Alors, vous pouvez vous enfoncer votre mouvement dans le cul, répliqua le Chinetoque. Je ne vous ai rien appris.

Et de dévaler jusqu'au ruisseau pour ramasser du cresson.

Quelques semaines plus tard, il accepta l'invitation d'un vieux chef Siwash qui était le principal acolyte extérieur des Horlogiens, un sorcier dégénéré qui pouvait transformer l'urine en bière – invitation à être initié comme chaman, honneur qui lui donnait le droit d'occuper la grotte sacrée de la lointaine Siwash Ridge. Il partit aussitôt pour les collines du Dakota afin d'y construire une horloge dont le tic-tac fût un écho plus exact du battement de l'univers, lequel ressemblait de plus en plus, à mesure qu'il l'écoutait, à "ha ha, ho ho et hi hi".

64

Quand vous êtes en selle toute la journée, vous avez besoin de faire quelque chose de votre bouche, à part chanter "Malbrough s'en va-t'en guerre". Et d'habitude, il fait trop chaud et sec pour chanter ; on finit par avoir la gorge asséchée.

tom robbins

Cependant, quand vous ne pouvez décoller de votre selle du matin au soir, il vous faut une occupation buccale pour garder votre calme. C'est pourquoi tant de cow-boys chiquent ou tirent sur des cigarettes qu'ils se roulent. C'est pourquoi c'est *vraiment*, comme le dit la publicité, le Pays Marlboro.

Mais les cow-girls du Nouvel Âge ne sont pas tellement portées sur le tabac. Gloria était extrêmement attachée aux Pall Mall qui lui parvenaient continuement de South Richmond, Virginie, et Big Red acceptait volontiers une bonne chique. Mais dans l'ensemble, nos nanas marquaient envers le tabac une indifférence qui frisait le mépris, même si elles n'étaient pas d'accord avec Debbie qui prédisait : "Lorsque les choses commenceront vraiment à aller très mal sur la planète Terre et qu'elle se mettra à tomber en morceaux avec les guerres, la pollution, les, tremblements de terre et ainsi de suite, des Êtres Supérieurs arriveront en soucoupes volantes pour sauver les âmes les plus évoluées d'entre nous. Mais ils ne pourront pas prendre de fumeurs à bord de leurs véhicules spatiaux car les gens dont le système contient de la nicotine explosent en entrant dans la septième dimension."

Quoi qu'il en soit, les cow-girls ont besoin d'avoir quelque chose à faire de leur bouche quand elles conduisent les troupeaux, et voici ce qu'elles font : elles se mettent un caramel sous une joue et un clou de girofle sous l'autre. Elles les sucent rarement et ne les mâchent jamais, mais se contentent de se concentrer sur le mélange de jus qui s'écoule sur leurs amygdales en un régulier goutte-à-goutte tombant comme de la pluie des toits en sucre du pays des fées.

Et en plus de calmer et d'occuper tout en empêchant de cracher et en ne nécessitant pas l'intervention des mains, le caramel au clou de girofle vous donne l'haleine la plus intéressante du monde.

Il n'y a pas à s'étonner que ces dames de la Rose de Caoutchouc soient constamment en train de se bécoter, bien que ce qu'une cow-girl fait de sa bouche une fois rentrée au dortoir ne saurait réellement nous concerner, nous qui étudions les traditions occidentales.

même les cow-girls ont du vague à l'âme

Du temps où il y avait trente cow-girls ou plus cavalant à travers la Rose de Caoutchouc, il arrivait que le chiendent, les collines et même tout le ciel se mettent à sentir le caramel au clou de girofle.

Parfois, le Chinetoque en sentait le parfum monter jusqu'à sa colline. Bien sûr, pas au début de son séjour au Dakota. Il ne sentait alors que le pollen, la sauge, la fumée du bois qui brûle et sa propre personne poilue. Qui a dit un jour : "Un ermite est mystérieux pour tous sauf pour un autre ermite" ?

65

Lorsqu'il atterrit pour la première fois sur Siwash Ridge, le Chinetoque ne fleura pas le moindre souffle de respiration cow-girl au caramel et à la girofle ou de schlingue cow-girl à suffoquer une Comtesse. Ce qui est très bien, car s'il y avait alors eu des cow-girls à la Rose de Caoutchouc, elles auraient peut-être détourné ses narines du boulot qui l'attendait. Et ce n'est pas le boulot qui lui manquait. La grotte s'avéra aussi prodigieuse qu'on la lui avait vantée, mais un labeur et une ingéniosité énormes s'imposaient pour l'adapter à son style de vie et en faire un lieu de résidence confortable d'un bout à l'autre de l'année. En outre, il avait une horloge à assembler et ce n'est pas là chose facile. Et tandis qu'il apprêtait la grotte et mettait au point son horloge, il dut également extirper de lui-même la conscience horlogienne, car vingt-six ans parmi les Indiens du Grand Terrier l'avaient façonné plus qu'il ne pensait lorsqu'il recommença à vivre seul.

La grande masse de l'humanité possède un esprit en cire molle. Une fois que celui-ci a reçu une certaine impression, il n'en change plus à moins que vous ne la changiez pour lui. Les esprits sont malléables mais non automalléables (état dont les politiciens et les hommes de relations publiques tirent un sinistre parti). Le Chinetoque était toutefois parfaitement capable de remodeler sa boule de suif ; cela lui prit seulement plus longtemps qu'il ne s'y était attendu. Lorsque, quatre ans plus tard, il parla à Sissy du Peuple de l'Horloge, ce fut avec admiration, estime et amusement.

Dans les temps de chaos et de confusion générale, le devoir des êtres les plus avancés – artistes, savants, clowns et philosophes – est de créer de l'ordre. Mais dans des temps comme les nôtres, où il y a trop d'ordre, trop d'organisation, trop de planification et de contrôle, le devoir des hommes et des femmes supérieurs devient de balancer leur clé à molette préférée dans les rouages de la machine. Pour soulager la tyrannie de l'esprit humain, ils doivent semer doute et dislocation. Le Chinetoque riait sous cape comme un diablotin lorsqu'il imaginait le doute et la confusion qui suivraient la découverte des Horlogiens par la société. Il ricanait, bien qu'il sût que la rencontre risquait fort de détruire le Peuple de l'Horloge, et bien qu'il méprisât l'écœurant sophisme démocratique du "plus, c'est mieux" inhérent à l'idée que la partie doit être sacrifiée au tout.

— J'aimais ces Peaux-Rouges timbrés, dit le Chinetoque à Sissy. Mais je n'aurais pas pu m'embarquer dans leurs songes utopiques. Au bout de peu de temps, je conclus que les Horlogiens attendant la Joie Éternelle ressemblaient presque trait pour trait aux chrétiens attendant la parousie. Ou aux communistes attendant la révolution mondiale. Ou à toutes les Debby qui attendent les soucoupes volantes. C'est du pareil au même. Rien que des corniauds qui parient leur part de présent sur l'avenir et misent chaque malheur sur une fin heureuse de l'histoire. Mais l'histoire ne va jamais finir, que ce soit bien ou mal. L'histoire finit à chaque seconde – heureusement pour certains, malheureusement pour d'autres ; bien une seconde, mal la suivante. L'histoire n'arrête pas de finir et de ne pas finir, et il n'y a rien à attendre d'un côté comme de l'autre. Ha ha, ho ho et hi hi.

Le vieux péteux hirsute glissa ses bras autour de Sissy et… non, minute, elle n'allait pas raconter cette partie au docteur Robbins. Pas encore.

Tout au long de son récit, le Chinetoque avait fait comprendre à Sissy que s'il n'achetait pas comptant les rêves horlogiens, il en respectait réellement la qualité. La vision d'une ère, quelle qu'en soit la durée, où tous les rites seraient personnels et idiosyncratiques donnait au cœur du Chinetoque le désir de se lever et de danser. Qui

même les cow-girls ont du vague à l'âme

plus est, alors qu'une seconde mi-temps où Jésus ferait sa rentrée paraît aussi impossible que la révolution marxiste mondiale est improbable, une dislocation générale de la planète par les forces naturelles est inévitable. Le Peuple de l'Horloge avait rétréci la fourchette de crédibilité apocalyptique.

— Mais en fin de compte, observait le Chinetoque, malgré toute leur perspicacité, les Horlogiens constituaient un ramassis d'animaux humains réunis en bande pour se préparer à des jours meilleurs. En un mot, encore des victimes de la maladie du temps.

Ah ! le temps ! Revenons-y. Le docteur Robbins fit un effort pour se redresser. Le vin leur avait faussé compagnie. Le docteur était un rien ivre. Sa moustache ne pouvait le nier. De temps à autre, le docteur Goldman faisait son apparition à la porte-fenêtre, mais cela importait peu au docteur Robbins. Le docteur Goldman n'aurait jamais le courage de les interrompre, pas tant que Sissy continuerait ses exercices. Des doigts magnifiques s'ébattaient à souhait dans l'air du jardin. (Le visage du docteur Goldman, aussi rouge et gonflé qu'une scarification antivariolique, était pressé contre la vitre. Il voyait les pouces parader avec raideur dans leurs habits de rougeurs. Puis ils se mirent à frémir. Ils accomplirent de brusques descentes sauvages et ultrarapides, comme des araignées d'eau à la surface d'un étang. Sous ses yeux, une sorte d'ectoplasme rayonnant se forma sur leur pourtour. Sissy souriait d'un air absent. Le docteur Robbins était à ses pieds, comme en adoration. Le docteur Goldman tourna brusquement sur lui-même et s'éloigna à grandes enjambées.)

À la vérité, le docteur Robbins était un tout petit peu plus inquiet qu'il ne le paraissait. Le témoignage de sa patiente était graduellement devenu secondaire par rapport à sa pratique du stop, son exploration des échelles routières. Ce qui avait commencé comme de simples flexions musculaires s'était transformé à mesure qu'elle se détendait en un inventaire complet des mouvements et gestes extravagants emmagasinés dans ses grossiers appendices. Puis elle était devenue silencieuse, absorbée par le pilotage de ses dirigeables. Le docteur Robbins était impatienté par cette démonstration mais il voulait, comme les romanciers à l'ancienne mode, rester

257

dans le sujet et laisser l'histoire se dérouler. Voyez-vous, le docteur Robbins avait une théorie à propos de l'horloge et du Chinetoque. Car il croyait depuis longtemps que le problème central auquel la race humaine était confrontée était le temps.

Pour ce qui est de définir le temps ou de spéculer sur sa nature, n'y pensons pas. Éméché ou sobre, il n'aurait pas dansé avec les anges sur la tête de cette épingle-là. Toutefois, depuis qu'il s'était lancé dans une carrière dans les sciences du comportement, le docteur Robbins avait tenté de trouver au moins une vérité fondamentale sur la psyché, et le plus près qu'il se fût approché était la découverte que la plupart des problèmes psychologiques – et donc sociaux, politiques et spirituels – peuvent être reliés à des pressions exercées par le temps. Ou plus précisément, l'idée que l'homme civilisé se fait du temps.

Bien sûr, il n'était pas absolument certain qu'il y eût effective-ment des problèmes. Il était entièrement possible que tout dans l'univers soit parfait. Que tout ce qui se produit, depuis la guerre planétaire totale jusqu'à un malheureux cas d'ongle incarné, arrive parce que ça doit arriver. Bref, il se pourrait parfaitement que, même s'il semble de notre point de vue que quelque chose d'abominable a déraillé dans le développement de l'espèce humaine au regard de ses heureuses possibilités sur cette sphère bleu-vert, cela soit une illusion imputable à la myopie et qu'en fait notre développement se poursuive magnifiquement, fonçant droit comme le métro de Tokyo et n'appelant qu'une perspective générale plus cosmique pour que sa grandiose perfection en cache les défauts et les foucades momentanées.

C'était là à coup sûr une possibilité que le docteur Robbins n'avait en aucune manière exclue. D'autre part, si une telle approche n'était, comme la religion, qu'un système de camouflage mis au point pour modifier l'expérience afin de rendre la vie plus supportable – autre exercice de fuite festonné de crêpe mystique –, la seule conclusion possible était que l'humanité était une royale merde. En dépit de nos imposantes possibilités, en dépit de la présence parmi nous des être illuminés les plus extraordinaires agissant avec

même les cow-girls ont du vague à l'âme

intelligence, douceur et style, en dépit d'une pléthore de réalisations qu'aucune autre créature vivante n'a été à des milliards d'années-lumière d'égaler, nous serions à deux doigts de nous détruire nous-mêmes intérieurement et extérieurement et de liquider toute la planète dans le lot, écrasée dans nos petits poings serrés, tandis que nous chuterions en beauté dans la chasse d'eau de l'oubli.

Or si c'est le cas, on est bien obligé de demander ce qui a déraillé ; comment et quand cela a-t-il déraillé ? La réponse à cette question d'entre les questions fait bourgeonner tant de pousses que le cerveau attrape le rhume des foins, que les yeux se ferment tant ils se gonflent, qu'on découvre à force d'éternuements des bouquets truffés de vérités cachées et à demi soupçonnées, et qu'on préfère probablement ne pas connaître la réponse. Mais de sa position de psychiatre, position à peine moins insupportable que les autres, le docteur Robbins était en mesure d'avancer quand même ceci :

La plus grande partie des maux que l'homme inflige à son milieu de vie, à ses semblables et à lui-même est due à l'envie.

La plus grande partie de l'envie (que ce soit de pouvoir, de biens, d'attention ou d'affection) est due à l'insécurité.

La plus grande partie de l'insécurité est due à la peur.

Et la plus grande partie de la peur est au fond une peur de la mort.

Si l'on a du temps, tout est possible. Mais le temps peut s'arrêter.

Pourquoi les gens craignent-ils tant la mort ? Parce qu'ils se rendent compte, inconsciemment au moins, que leur vie n'est qu'une parodie de ce que vivre devrait être. Ils crèvent du désir d'arrêter de jouer à la vie et de vivre vraiment mais, hélas, il faut du temps et des efforts pour raccommoder tous les bouts éparpillés de leur existence et ils sont talonnés par l'idée que le temps leur est compté.

Est-ce cela, ou bien le caillou dans le chausson de danse est-il la hantise que le temps n'ait en fait *pas* de fin ? Si nous pouvions vivre nos 70,4 années moyennes en sachant avec certitude que ça s'arrêtera là, nous pourrions aisément nous arranger. Nous pourrions nous plaindre que ce fut bien trop court, mais nous pourrions vivre librement la vie qui nous serait échue, faisant exactement ce qui nous

tom robbins

plairait dans les limites de ce que nous permettraient notre conscience et nos capacités, acceptant qu'une fois fini, ce soit bien fini : ça vient, puis ça repart. Ah ! mais nous n'avons pas droit au luxe de la finalité ! Nous gaspillons et gâchons nos désirs les plus authentiquement ressentis par l'idée, entretenue avec ferveur ou soupçonnée avec mauvaise volonté, qu'il y a quelque chose d'autre après la mort, que ce quelque chose n'a peut-être pas de fin, et que la correction de notre comportement dans "cette" vie déterminera peut-être notre sort dans l'"autre" (et pour ces pauvres âmes qui croient en la réincarnation, dans *les* autres).

De cette manière, que ce soit à cause du risque d'être pris culotte baissée par un arrêt en cours de route, ou à cause de la possibilité que tout continue et qu'il faille s'affairer à se préparer au prochain arrêt d'un périple qui n'est pas près de finir, le temps nous empêche de vivre authentiquement.

L'erreur est peut-être que nous sommes des docteurs Frankenstein qui avons créé avec le temps un monstre tricéphale : passé, présent et avenir. Si c'est le cas, nous pouvons recommencer tous nos calculs ! Le présent est bien, le présent est net et au point ; laissons-le où il est : au sommet du corps, qu'il dirige. Mais reléguez le passé à quelque autre fonction anatomique. Le passé pourrait faire, par exemple, un trou du cul parfait. Quant à l'avenir, voyons, l'avenir pourrait faire les…

Pouces !

Comme des vaisseaux spatiaux en papier mâché dans un vieux film de Buck Rogers, les pouces de Sissy fonçaient en branlant vers des univers imaginaires. Elle les alimentait d'un carburant qu'elle puisait dans son cœur. Elle en jonglait sans qu'ils lui échappent jamais, les lançant et les rattrapant tout à la fois, si bien que cette averse de pouces – ballet aérien d'ananas chauds – revenait frapper toujours le même angle de l'œil de l'observateur bombardé par un ballet de bulles. C'était dans le champ de vision un éboulis continu de pouces. Des pouces tournoyaient et des pouces flottaient. Des pouces se tortillaient comme des petits bidons de bébé qu'on chatouille. Des pouces fessaient le derrière du ciel.

même les cow-girls ont du vague à l'âme

Ce que le docteur Robbins pouvait faire pour ne pas céder à ce spectacle, c'était laisser les pouces le porter là où les pouces voulaient qu'il aille. Après tout, ce n'était pas là un spectacle qu'il était donné à beaucoup de voir, et notre homme était un entêté et il avait tout son temps. Aussi s'exclama-t-il finalement, assez fort pour percer la rêverie de sa patiente :

— Sissy, ne me faites plus attendre ! Quelle conception le Chinetoque avait-il du temps ? Et comment l'appliqua-t-il à la construction de sa propre horloge ?

— Oh ! fit Sissy tressautant légèrement, oh ! oui. (Elle laissa ses pouces retomber sur ses genoux et y rebondir doucement.) Ah ! oui. Eh bien, voyez-vous, il faut comprendre que le Chinetoque ne parle pas des masses. Il dit ce qu'il doit dire très vite, répétant ou expliquant rarement ce qu'il a dit. Il est plus enclin à rire et à se gratter qu'à exposer des idées. Mais si je me pliais à ses désirs et le laissais faire ce qu'il voulait avec moi, dit-elle en baissant les sourcils, il partageait de fait certaines de ses pensées. Donc, je ne sais pas au juste en quoi cela regarde le temps proprement dit, mais le Chinetoque voit la vie comme un réseau dynamique de communications et d'échanges s'étendant simultanément dans toutes les directions, le tout tenant par la tension qui existe entre les opposés. Il dit qu'il y a dans la nature de l'ordre, mais qu'il y a aussi du désordre. Et c'est l'équilibre des tensions entre ordre et désordre, entre les lois naturelles et le hasard naturel qui en empêche l'effondrement complet. C'est un paradoxe magnifique, selon sa description. Personnellement, je ne sais pas. Lorsque j'ai expliqué cette théorie à Julian, il s'est contenté d'ironiser. Julian dit que tout est ordonné dans la nature et qu'il n'y a pas de hasard. Plus nous apprenons les lois de fonctionnement de la nature, plus nous découvrons de lois. Julian dit qu'il n'existe pas de paradoxe, que la seule raison pour laquelle certains aspects de la nature nous semblent désordonnés est que nous ne les avons pas encore compris. Julian dit...

— Julian ne distingue pas son scrotum d'un poulet du Kentucky grillé, grommela le docteur Robbins. Je reconnais ce paradoxe dont parlait le Chinetoque ; il est en nous aussi bien que tout autour de nous. Je suis venu à la psychiatrie avec le désir d'aider les gens à se libérer. Mais je me suis rapidement aperçu que l'homme est coincé par un tas de comportements conflictuels et de traits émotionnels ayant un fondement génétique. Nous possédons des contradictions incorporées ; elles font partie des normes d'équipement de tous les modèles. Peu importe combien les gens désirent être libres – au point même d'accorder plus de valeur à la liberté qu'au bonheur –, car une aversion pour la liberté est là, au cœur de leur ADN. Pendant des éternités d'évolution, notre ADN a murmuré dans les oreilles de nos cellules que nous étions, chacun de nous, la chose la plus précieuse de l'univers, et que toute action comportant le moindre risque pour nous pouvait avoir des conséquences d'importance universelle. "Fais attention, prends bien tes précautions, ne fais pas de vagues", murmure l'ADN. Réciproquement, le désir effréné de liberté, la croyance dangereuse qu'il n'y a rien à perdre et rien à gagner est aussi dans notre ADN. À mon avis, ceci est d'une origine évolutive beaucoup plus récente. C'est apparu au cours des deux derniers millions d'années, durant la croissance rapide de la taille du cerveau et de la capacité intellectuelle accompagnant notre accession à l'état d'humain. Mais le désir de sécurité, la volonté de survivre sont bien plus antiques. Pour ce qui est du présent, les désirs conflictuels de l'ADN engendrent un paradoxe fondamental qui à son tour engendre le caractère contradictoire s'il en est – de l'homme. Pour vivre pleinement, on doit être libre, mais pour être libre, on doit renoncer à la sécurité. C'est pourquoi, pour vivre, on doit être prêt à mourir. Qu'est-ce que tu dis de ce paradoxe-là ? Mais puisque la tendance génétique à la liberté est relativement récente, elle représente peut-être une tendance de l'évolution. Il se peut encore que nous dépassions notre tyrannique obsession de survivre. C'est pourquoi j'encourage chacun à prendre des risques, à aller au-devant du danger, à accueillir l'angoisse, à narguer l'insécurité, à faire tanguer la coque et à toujours aller à rebours. En le poussant, en l'aiguillonnant chaque fois que c'est possible, nous arriverons peut-être à accélérer le processus par lequel le besoin de folâtrerie et de liberté deviendra plus fort que le besoin de confort et de sécurité.

même les cow-girls ont du vague à l'âme

Alors, le paradoxe que le… euh… Chinetoque voit comme le lien de tout le spectacle perdra peut-être son équilibre. Et alors, Monsieur le Chinetoque, et alors ?

Le docteur Robbins se gratta la moustache avec le remontoir de sa montre, satisfaisant ainsi simultanément le grattement et le remontage. Avec le temps comme problème central posé au genre humain, on peut admirer une telle efficacité.

Apaisant ses pouces, Sissy sourit. Elle aimait bien ce psy junior au visage poupon. D'une certaine manière, il lui rappelait même un peu le Chinetoque. D'une autre manière – habilement et maintien –, il lui rappelait Julian. Elle pensa qu'il serait flatté de la première comparaison et chagriné de la seconde. Aussi déclara-t-elle :

— C'est fascinant. Ce n'est pas le genre de propos auxquels je m'attendais à la clinique Goldman, laissez-moi vous le dire. Vous pensez vous-même un peu comme le Chinetoque.

— Vraiment ?

— Mais oui. Je n'oserais pas parler pour le Chinetoque, mais j'ai bien l'impression que vous parlez du même paradoxe. Ou, au moins, d'un paradoxe similaire. Pour en revenir à votre question… Le Chinetoque voit dans le monde naturel un équilibre paradoxal entre ordre suprême et suprême désordre. Mais l'homme a un parti pris prononcé en faveur de l'ordre. Non seulement il refuse de respecter ou même de reconnaître le désordre de la nature, de la vie ; en plus, il le fuit, peste contre lui et l'assaille à l'aide de programmes d'ordre. Et en agissant ainsi, il perpétue l'instabilité.

— Attendez deux secondes, fit le docteur Robbins en appuyant son dos contre le banc de pierre sur lequel Sissy était assise. Je veux vérifier que je vous suis bien, parce que le vin m'embrouille un peu. Vous dites – le Chinetoque dit – que le parti pris d'ordre conduit à l'instabilité ?

— C'est ça, reprit Sissy. Pour plusieurs raisons. D'abord, adorer l'ordre et haïr le désordre repousse automatiquement de grandes parts de nature et de vie dans une catégorie détestable. Saviez-vous que le centre de la Terre est fait d'un liquide incandescent entouré d'une croûte dure, et que cette croûte n'est pas une couche unique et

263

unie, mais un enchevêtrement d'une série de plaques mobiles ? Ces plaques ont une épaisseur de cent kilomètres environ et elles sont très souples. Elles apparaissent et disparaissent. Elles se déplacent, se tordent et se heurtent comme des dominos épileptiques. De nouvelles montagnes et de nouvelles îles – il y a très longtemps, de nouveaux continents – se créent tandis que d'autres, plus anciens, sont détruits. De nouveaux climats se forment et d'anciens se modifient. L'ensemble est continuellement en changement. Les agencements existants sont temporaires et constamment menacés de dislocation. Toute cette énorme cité de New York pourrait être aspirée dans les entrailles de la Terre, paralysée sous les glaces, aplatie ou inondée – d'une seconde à l'autre. Le Chinetoque déclare que l'homme qui se sent satisfait dans un monde ordonné n'a jamais contemplé le fond d'un volcan.

Le docteur Robbins parut un brin déçu. C'était peut-être le soleil qui chauffait le vin dans ses yeux.

— Ouais, j'ai suivi un cours de géologie à la faculté, marmonna-t-il. Les remous géophysiques sont à coup sûr une réalité, mais ça n'en fait pas un argument en faveur du désordre. Je veux dire que le cancer – remous cellulaires – est également une réalité, mais ça ne le rend pas sympathique ou même acceptable.

— Juste, concéda Sissy. (Ses grands doigts s'étaient calmés et reposaient nonchalamment sur ses cuisses comme des vaches marines épuisées et mises à mal par quelques cow-girls des grands fonds.) Juste. Ce n'est pas ça que le Chinetoque voulait dire. Il disait simplement que les errances et la violence de la nature doivent être ramenées au premier plan de la conscience sociale et politique, et qu'il faut les englober dans tout renouveau psychique ayant un sens.

— Ouais, ouais, d'accord.

— Mais pour la stabilité… En général, l'homme primitif jouissait d'une grande stabilité. Je n'en revenais pas d'entendre le Chinetoque l'affirmer, mais je vois maintenant que c'était vrai. La culture primitive était diverse, souple et complètement intégrée à la nature au niveau de son milieu ambiant particulier. L'homme primitif ne prenait à la terre que ce dont il avait besoin, évitant ainsi les tracas que font subir à l'économie moderne les déséquilibres de la rareté et du surplus. Les tribus vivant de la chasse ou de la cueillette ne travaillaient que quelques heures par semaine. Travailler davantage aurait forcé inutilement le milieu de vie auquel ils étaient symbiotiquement reliés. C'est seulement dans les cultures itinérantes – après la malheureuse domestication des animaux – que le surplus, résultat de la surproduction, a conduit à des potlatchs et à des fêtes compétitives – des orgies de consommation et de gâchis spectaculaires – qui ont soudé les éléments destructeurs du pouvoir et du prestige à des économies frustes, saines et efficaces. Lorsque cela arriva, ce fut la fin de la stabilité. La civilisation est un animal mutant qui a surgi de l'œuf brisé de la stabilité primitive. Autre chose à propos des primitifs : ils déifiaient les forces de désordre au même titre que les forces d'ordre. En fait, les dieux du vent, de la lave et de l'éclair étaient souvent honorés davantage que les divinités des éléments plus placides – et pas toujours par peur.

Toujours pas satisfait, le docteur Robbins passait ses ongles à travers l'étiquette de la bouteille vide.

— Intéressant, fit-il, assez intéressant. Mais voilà le Chinetoque qui fait l'éloge du désordre d'un côté et celui de la stabilité de l'autre...

— Exactement, répondit Sissy. Le désordre est inhérent à la stabilité. L'homme civilisé ne comprend pas la stabilité. Il la confond avec la rigidité. Nos dirigeants politiques, économiques et sociaux, n'arrêtent pas de baver à propos de stabilité. C'est leur terme préféré, tout de suite après "pouvoir" : "Nous devons stabiliser la situation politique dans le Sud-Est asiatique ; nous devons stabiliser la production et la consommation de pétrole ; nous devons stabiliser l'opposition des étudiants au gouvernement", et ainsi de suite Pour eux, stabilisation signifie ordre, uniformité, contrôle. C'est là une conception erronée, stupide et porteuse de génocide. Même s'ils contrôlent un système de fond en comble, le désordre s'y infiltre invariablement. Alors les patrons paniquent, se ruent pour boucher la fuite et s'acharnent à renforcer les contrôles. Le totalitarisme croît donc en méchanceté et en ampleur. Et ce qui est affreusement dommage, c'est que la rigidité n'est pas du tout la même chose que la stabilité. La vraie stabilité est le fruit de l'équilibre de l'ordre et du désordre présumés. Un système réellement stable attend l'inattendu, est prêt à être disloqué, s'attend à la transformation. En tant que psychiatre, ne diriez-vous pas qu'un individu stable accepte l'inéluctable de sa mort ? Pareillement une culture, un gouvernement ou une institution stables renferment leur propre mort. Ils sont ouverts au changement, ouverts même à leur renversement. Ils sont ouverts, point. Ouverts avec grâce. C'est ça, la stabilité. C'est ça, être vivant.

— Ça se défend, ça se défend bien, reconnut le docteur Robbins, dont la moustache tachée de vin ne se défendait pas bien du tout sur son visage de "petite voisine d'à côté".

Qu'était la moustache du docteur Robbins ? C'était les ruines d'une ville de poils abandonnée, exhumée par des archéologues sur le Mont Chauve ; c'était un manteau de fourrure porté par une veuve excentrique au cours d'un pique-nique à Phoenix, Arizona, le jour de la fête nationale ; c'était un appel téléphonique obscène à une nonne sourde.

— Mouais, fit le docteur Robbins, tirant sur sa moustache comme s'il n'y croyait pas lui-même, je peux faire rentrer cela dans mon jeu de patience. Mais le *temps*, Sissy, comment le temps et l'horloge y entrent-ils ?

— Le Chinetoque n'a pas à proprement parler expliqué comment ils y entrent, mais je crois que j'ai deviné. (Sissy sortit un bout de papier d'une des poches de son survêtement.) Un physicien du nom de Edgar Lipworth a écrit ceci : "Le temps en physique est défini et mesuré par un balancier, que ce soit le balancier d'une horloge de parquet, le balancier de la rotation terrestre autour du soleil, ou le balancier de la précession de l'électron dans le champ magnétique nucléaire du maser à l'hydrogène. Le temps est donc défini par un mouvement périodique, à savoir par le mouvement d'un point se déplaçant uniformément le long d'un cercle." Vous suivez ?

— Certainement, dit le docteur Robbins. Et il y a le balancier du cœur qui bat, le balancier des poumons qui respirent, le balancier de la musique qui trouve sa mesure…

même les cow-girls ont du vague à l'âme

— C'est juste aussi, oui. Or donc, l'homme civilisé n'a en tête que les lois qu'il découvre dans la nature et il s'agrippe presque frénétiquement à l'ordre qu'il observe dans l'univers. Il a donc fondé sa symbolique et les modèles psychologiques grâce auxquels il espère comprendre son existence sur ses observations des lois et de l'ordre naturels. Le temps du balancier est un temps mis en ordre, le temps d'un univers uniformément légiféré, le temps de la synthèse cyclique. Cela convient jusqu'à un certain point. Mais le temps du balancier n'est pas *tout* le temps. Le temps du balancier ne rend pas compte des milliards de mouvements et d'actes de l'existence. La vie est tout à la fois cyclique et arbitraire, et le temps du balancier ne concerne que la partie cyclique.

— Bien que notre manière de voir le temps du balancier soit souvent arbitraire également, signala le docteur Robbins, qui pensait au cadran arbitraire de l'horloge et comment certains nombres arbitraires sur ce cadran, comme neuf, cinq, midi et minuit ont les oreilles rebattues par l'insistance dont ils sont indûment l'objet.

— Oui, c'est ce que je crois, fit Sissy. Mais ce qui se passe est que, bien qu'une grande part de nos expériences ait lieu en dehors du temps du balancier, ou ne s'y relie qu'artificiellement et avec ténuité, nous nous entêtons à concevoir le temps uniquement en termes de balancier, en termes de rotation obligatoire et continue. Même le sablier du Peuple de l'Horloge ; il n'était pas conçu pour une parfaite exactitude ou quoi que ce soit, mais il était quand même conforme à un flux ordonné. Il ne parvenait pas à s'arracher aux lambeaux effilochés d'un temps que ses constructeurs entendaient transcender. Le bassin à poissons-chats se rapprochait plus de la mesure de l'"autre" temps de la vie, mais ses limites…

— Sissy.

— Oui.

Le docteur Robbins avait une fois de plus repéré le docteur Goldman à la porte-fenêtre.

— À quoi ressemble l'horloge du Chinetoque ? demanda-t-il.

— Ha, ha ! s'esclaffa Sissy. Bon sang ! Vous ne le croiriez pas. Ce n'est qu'un tas de camelote. Des couvercles de poubelles, des

267

vieux poêlons, des boîtes de saindoux et des pare-chocs rafistolés tous ensemble au fond de la grotte Siwash. De temps à autre, ce fourbi se met à bouger – une chauve-souris le heurte, un caillou tombe dessus, un courant d'air s'y prend, un bout de fil de fer tombe de rouille, ou alors ça bouge sans aucune raison logique apparente – et un morceau de l'engin frappe un autre bout. Ça fait *dong* ou *zing*, puis ce *dong* ou ce *zing* résonnent dans toute la caverne. Ça peut faire *dong* ou *zing* cinq fois de suite. Puis après un arrêt, ça le refait une fois. Ensuite, il se peut qu'on n'entende plus rien pendant un jour ou deux, un mois peut-être. Puis l'horloge sonne encore, disons deux fois. À la suite de quoi, ce pourra être le silence pendant une année entière – ou rien qu'une minute environ. Et puis *DZING !* si fort qu'on est dans tous ses états. C'est comme ça que ça marche. Elle sonne librement, dinguement, à intervalles irréguliers.

Sissy ferma les paupières comme si elle écoutait les *dong* ou *zing* lointains et le docteur Robbins, ignorant les gesticulations du docteur Goldman à la porte-fenêtre, semblait lui aussi écouter.

Ils écoutèrent ; ils entendirent.

Ils furent alors certains l'un et l'autre, l'interne en psychiatrie et sa patiente, qu'un rythme, un étrange rythme obscur marquait sans doute pour eux la cadence de leur vie. Pour chacun d'eux.

Car mesurer le temps avec l'horloge, c'est savoir qu'on avance vers un certain but… mais à une allure bien différente de celle qu'on croyait !

66

Le docteur Robbins avait emmagasiné toute la matière à réflexion qu'il pouvait avaler en une séance. Il ne souhaitait plus qu'être seul chez lui avec une autre bouteille de vin. Il remercia sa patiente poliment. Puis, afin d'éviter le docteur Goldman, il quitta la clinique en escaladant le mur du jardin, déchirant ce faisant le genou de son futal à trente dollars.

Sissy Hankshaw Gitche, qui n'avait jamais de sa vie parlé aussi considérablement, était fatiguée et elle se réjouit qu'on l'excusât. Les hommes d'idées, les hommes comme Julian, le Chinetoque et maintenant le docteur Robbins l'intriguaient. Mais ce fut avec joie qu'elle regagna sa chambre et put y rêver de cow-girls tandis que, munie d'une noix de beurre casher non salé provenant de la salle à manger de la clinique, elle graissait les plis de ses pouces.

Julian Gitche ne rendit pas visite et ne téléphona pas à sa femme ce jour de mai. Julian venait de signer un contrat portant sur une série d'aquarelles pour une firme pharmaceutique d'Allemagne fédérale, la même firme qui fabriqua autrefois la thalidomide. Il "sortait" un représentant de cette firme et craignait que le moindre soupir sur les particularités physiques de son épouse n'évoque des souvenirs gênants à l'ancien représentant en thalidomide.

Le Chinetoque entra à pinces dans Mottburg ce matin-là pour acheter des ignames et une boîte de châtaignes d'eau Chun King. Sa dévotion envers les ignames ne se démentait pas, mais il tenait de plus en plus la châtaigne d'eau pour un exemple d'endurance, de volonté et de fidélité au particulier. La châtaigne d'eau est après tout le seul légume dont la texture ne change pas sous le gel et à la cuisson.

La Comtesse passa sa journée dans son laboratoire, s'échinant fiévreusement pour mettre au point un antiphéromone. Une phéromone est une hormone transmise par l'air et produite par la femelle de l'animal, de l'oiseau ou de l'insecte pour attirer le mâle de son espèce. La phéromone humaine n'avait été isolée que récemment. La Comtesse espérait produire et distribuer sur le marché une pilule qui, ingérée périodiquement, contrecarrerait l'activité phéromonale humaine, éliminant toutes les odeurs lubriques de cette partie de l'anatomie féminine que l'écrivain Richard Condon a si joliment décrite comme "le sourire vertical". (À Richard Condon, une douzaine d'asters pourpres et une livre de fromage de chèvre de la part de *Même les cow-girls ont du vague à l'âme.*)

Bonanza Jellybean monta Lucas pour aller voir si les échassiers étaient toujours au lac Siwash. Oui ! Elle fêta la chose en se plantant une plume dans son chapeau, et pour rien au monde elle n'y aurait mis un macaroni.

L'auteur (qui est aussi un des personnages qui précèdent – peu importe lequel) aimerait saisir cette occasion, à la fin des remarquables explications que Sissy a données sur le Peuple de l'Horloge et les horloges, pour avancer une théorie sismique de son cru. Du point de vue de l'auteur, la Terre est le billard électrique de Dieu et chaque secousse, raz de marée, inondation surprise et éruption volcanique est due à un TILT qui se produit lorsque Dieu essaie de gagner des parties gratuites en trichant.

67

Le lendemain matin, le docteur Robbins envoya chercher Sissy de bonne heure, avant que le docteur Goldman ait une chance de lui mettre la main dessus. Il l'escorta de nouveau dans le petit jardin muré, mais sans bouteille de vin cette fois. À dire vrai, les yeux bleus du docteur Robbins étaient terrassés par cinquante kilos de gueule de bois.

— Bien, fit tout doucement le docteur dans l'espoir de ne pas perturber les punitives et vindicatives divinités de la fermentation, racontez-moi votre rencontre avec le Chinetoque.

— Je l'ai rencontré chez le maaarchand de bon-on-bons, chantonna Sissy. Non, sérieusement. Je suis reconnaissante d'avoir l'occasion de parler du Chinetoque à quelqu'un de sûr – qui soit digne de confiance, vous voyez –, mais n'êtes-vous pas censé m'interroger sur... sur les raisons de ma présence dans cet établissement ?

— Je n'ai pas le moindre intérêt pour vos problèmes personnels, s'exclama sèchement le docteur Robbins tout en maudissant intérieurement le calvinisme chimique en vertu duquel l'alcool nous fait souffrir pour les bons moments qu'il nous procure.

— Ah ! oui ? Eh bien mon mari verse une somme rondelette pour que mes problèmes personnels soient tirés au clair dans cette clinique.

— Votre mari est un imbécile. Et vous, si vous vous laissez soumettre aux affronts de la psychanalyse, vous serez aussi une imbécile. Et Goldman est à coup sûr un imbécile de vous avoir adressée à moi. Mais moi, je n'en suis pas un. Vous m'avez raconté les plus fascinantes histoires que j'aie entendues depuis longtemps. Je ne vais certainement pas gâcher ces heures ensoleillées parmi les fleurs à écouter vos tristes problèmes personnels alors que vous pouvez encore me raconter d'autres aventures que vous avez eues avec le Chinetoque. Voilà. Et maintenant, racontez-moi comment vous l'avez rencontré. Et n'hésitez pas à, euh, accomplir les, euh, les cabrioles que vous faites avec vos pouces. Si vous le désirez.

— Mais est-ce que ça ne va pas attirer l'attention ?

Sans vin pour l'encourager, Sissy hésitait à renouveler son abandon digital de la veille.

— Parfois, dit le docteur Robbins en jetant un coup d'œil de ses mirettes injectées de sang vers la porte-fenêtre, parfois il arrive que les choses qui nous valent le plus d'être remarqués soient les choses mêmes qui nous permettent la plus grande intimité.

tom robbins

Et il se laissa tomber dans l'herbe.

— Docteur, fit Sissy avec un sourire, vous voudrez bien me pardonner mais j'ai l'impression que vous êtes vous-même un peu un cas psychique.

— Seul un fou peut en reconnaître un autre, répliqua Robbins. C'est probablement pourquoi tous les pingouins se sont retrouvés au pôle Sud...

68

En partie butte des mauvaises terres, en partie colline à herbage, en partie chaparral élevé, Siwash Ridge est un mutant géologique, une formation schizophrénique incarnant en une seule montagne relativement petite plusieurs des traits les plus prononcés de l'Ouest américain. Un sentier sauvagement tordu et imprévisible en escalade en zigzag le versant oriental à travers des bosquets de chênes et de genévriers rabougris, par-dessus d'herbeuses bosses, et finit par se raccrocher par ses lacets à ses falaises de calcaire. Le sommet de la Siwash, quoique porté par endroits à faire cime et saillie, est presque totalement plat : c'est un porte-avions en carbonate de calcium, un navire que les eaux ont taillé dans le sol.

Vers le centre du sommet de la butte se trouve une dépression circulaire et profonde de la hauteur d'un cheval qui, par beau temps, sert au Chinetoque de salle de séjour engloutie. C'est dans la paroi nord de cette dépression que bée l'ouverture d'une grotte.

Une personne de la taille de Sissy ne peut entrer dans la grotte qu'en rampant à quatre pattes, et presque nulle part dans la chambre d'entrée couverte de nattes en paille japonaise, il n'y a de place pour un mannequin dégingandé debout. La chambre d'entrée n'est toutefois que le niveau supérieur de trois niveaux de cavernes. Le niveau inférieur, tout au fond de la butte, consiste en deux salles de la taille d'un wagon de marchandises, chauffées par des courants d'air thermaux et remarquablement sèches. Au niveau moyen, on

même les cow-girls ont du vague à l'âme

trouve cinq ou six chambres énormes reliées par d'étroits couloirs. Dans une de ces chambres se trouve l'horloge.

Des murs de cette pièce coule continuellement une eau pure et fraîche. C'est comme si les murs pleuraient. Comme si l'âme du continent pleurait.

Et pourquoi pleure-t-elle ? Elle pleure sur les os des bisons disparus, elle pleure sur la magie perdue, elle pleure sur les poètes déchus.

Elle pleure
sur les Noirs qui pensent comme des Blancs.
Elle pleure
sur les Indiens qui pensent comme des colons.
Elle pleure
sur les enfants qui pensent comme des adultes.
Elle pleure
sur les affranchis qui pensent comme des prisonniers.
Elle pleure surtout
sur les cow-girls qui pensent comme des cow-boys.

69

Ses pouces l'avaient arrêté. Ses pouces s'y entendaient pour ça. Si seulement l'homme qui cria : "Arrêtez le monde, je veux descendre !" avait eu les pouces de Sissy...

Elle l'avait arrêté net sur les pentes de Siwash Ridge. Mais ensuite ? Il avait un regard défiant l'animal sauvage. Il ne resterait pas arrêté longtemps. C'était à elle d'agir. Que pouvait-elle dire ? Son regard passa partout sur elle comme un castor dans un palmier en papier. Son regard était celui du fort qui ne tolère pas les faibles. Il fallait qu'elle parle et elle devait dire quelque chose qui ait prise sur lui, car ses pouces ne l'arrêteraient pas une seconde fois. Il était impératif qu'elle prononce les mots justes. Déjà il se retournait comme pour décamper à nouveau.

— Et alors quoi ! fit Sissy d'un ton extérieurement nonchalant. Vous n'allez pas me secouer votre zob sous le nez ?

273

tom robbins

Voilà qui eut raison de lui. Il rit hystériquement en se donnant de grandes claques sur les cuisses. Les ha has, les ho hos et les hi his lui sortaient des narines et des trous de sa denture. Lorsque son rire mourut enfin d'une nerveuse mort de petite bête, il parla.

— Suis-moi, dit-il d'une voix peu habituée aux invitations, je vais te préparer à dîner.

Et de lui emboîter le pas, bien qu'il fonçât à grande allure sur le traître sentier éclairé par le crépuscule.

— Je suis une amie de Bonanza Jellybean, souffla-t-elle en haletant.

— Je sais qui tu es, répondit-il sans regarder derrière.

— Ah ! oui ? Eh bien il y a quelques histoires au ranch. Je suis montée pour ne pas être mêlée à tout ça. Mais il fait si sombre à présent que je ne crois pas pouvoir retrouver seule le chemin pour redescendre. Si vous pouviez m'aider…

— Économise ton souffle pour l'escalade, fit-il.

Sa voix ne portait pas de culotte.

Du sommet de la butte, on voyait encore le jour à l'ouest. Les formes hantées des Badlands se détachaient en bleu marine sur l'horizon couleur citrouille. À l'est, au-delà des collines perdues dans l'ombre, la prairie reposait sur son dos dans le noir, cachée mais faisant sentir son imposante planéité. La prairie qui a tellement le parfum de l'Amérique, en commençant par ses émotions et son goût. La prairie, surface parfaite pour toutes les roues de Detroit dont la rotation constitue, pour des millions de gens, la seule évasion à la platitude chronique de leur vie. Sissy se tourna d'est en ouest, et de nouveau à l'est. Les Badlands faiblement éclairés étaient si torturés et mélodramatiques qu'ils ressemblaient à la prose d'un roman de Dostoievsky, presque une blague éculée. La prairie plongée dans le noir, d'autre part, avait un style identique à celui des hebdomadaires ruraux du centre du pays : une bénignité tellement concentrée qu'elle en devient poison. Une chouette survola la crête en passant de *Crime et châtiment* à la *Gazette* de Mottburg, dont elle éplucha les pages pour trouver un rongeur ayant des lettres, demandant au bibliothécaire qui a fait le coup-ouhouh.

même les cow-girls ont du vague à l'âme

Directement sous eux, les lumières scintillaient à la Rose de Caoutchouc. Le ranch était calme. Sissy imaginait les douches du dortoir marchant à plein pommeau tandis que pubis luisants, lèvres pliées et clitoris capuchonnés étaient savonnés et récurés des parfums qu'on y avait laissé s'accumuler pour harceler la Comtesse. Sissy s'imaginait entendre des serviettes qui claquent, des rires de jeunes filles.

Lorsqu'elle eut repris son souffle, Sissy fut conduite à la dépression, où elle descendit grâce à une échelle faite de bouts de bois. Le Chinetoque fit un feu, la dépression elle-même lui assurant une protection adéquate contre les vents. Il fit cuire des ignames. Il réchauffa du ragoût de sturnelle. Le ragoût contenait des châtaignes d'eau Chun King, dont la texture ne changea pas à la cuisson. Une leçon.

Après le dîner, mangé en silence sur un grossier banc en bois, le Chinetoque s'enfonça dans la grotte et en revint muni d'un minuscule transistor en plastique à rayures menthe. Il l'alluma, et leurs nerfs auditifs furent immédiatement mis à vif par *La Polka des heures heureuses*. Tenant la radio d'une main, le Chinetoque fut d'un bond dans le cercle de lumière du feu et se mit à danser.

Dans tous ses voyages, Sissy n'avait jamais vu quoi que ce soit de semblable. Le vieux gonze donnait du talon et de l'orteil, voletait et sautillait. Il se jetait os et barbe dans la danse. Et entre ses "Ha ha, ho ho et hi hi", il lançait des "yip, yip !" à la tyrolienne. Nageant des bras et pétaradant des pieds, il dansa sur deux autres morceaux de polka et en aurait bien dansé une quatrième si la musique n'avait été interrompue par un bulletin d'informations. La situation internationale était désespérée, comme d'habitude.

— Personnellement, je préfère Stevie Wonder, avoua le Chinetoque, mais qu'est-ce que ça peut foutre ! Les cow-girls n'arrêtent pas de rouspéter parce que la seule station de radio de la région ne passe que des polkas ; mais moi, je dis qu'on peut danser sur *n'importe quoi* si on a vraiment envie de danser.

Et pour le prouver, il se leva et dansa sur les informations.

Lorsque la musique reprit avec *La polka Lawrence-Welk-est-un-Héros-de-la-République*, le Chinetoque leva Sissy par les épaules et la guida vers sa piste de danse bosselée.

— Mais je ne sais pas danser la polka, protesta-t-elle.

— Moi non plus, rétorqua le Chinetoque. Ha ha, ho ho et hi hi !

Une seconde après, ils étaient à gambader sur le calcaire, bras dessus, bras dessous. Leur ombre tournoyait sur les parois de la dépression. Les oiseaux de nuit passaient en tremblant des plumes. Une chauve-souris surgit de la grotte à coups d'ailes irréguliers, fit faire un tour à son radar, et fila droit sur Kenny's Castaways.

Lorsqu'ils eurent dansé tout leur soûl, le Chinetoque escorta Sissy du côté opposé et le plus sombre de la dépression et la fit asseoir sur un tas mou de chiendent séché, de couvertures indiennes aux couleurs passées et de vieux oreillers de plume sans taie. L'ensemble empestait. C'était le mélange sexuel indubitable de champignons, de chlore et d'eau saumâtre. Et, perçant cette puanteur, la tout aussi indubitable odeur de Bonanza Jellybean : clou de girofle, bonbon au caramel, et une lotion faite de jus de cactus qu'elle s'appliquait chaque jour à l'endroit où elle avait reçu, racontait-elle, une balle d'argent.

Alors, c'est comme ça que Jelly passe ses visites au Chinetoque, se dit Sissy. Et elle se demanda si les autres cow-girls, sans hommes comme elles l'étaient, soupçonnaient que… Mais à peine commençait-elle à s'interroger qu'elle se demanda soudain si le Chinetoque croyait qu'il allait pouvoir jeter son dévolu sur *elle*. Elle avait toujours fait preuve de passivité tant qu'il s'agissait de se faire tripatouiller, pincer et palucher, mais aucun homme ne l'avait prise contre sa volonté. En fait, aucun homme autre que Julian ne l'avait jamais prise.

C'est à ce moment précis que le Chinetoque fit une chose ahurissante. Sans préambule et sans hésitation, notre Nippon fripon tendit les mains et s'empara des pouces de Sissy ! Il les serra, les caressa, les couvrit de baisers humides, tout en leur faisant des roucoulades, leur disant comme ils étaient magnifiques et exceptionnels et incomparables. Pas même Julian n'avait fait cela, voyez-vous. Pas même Jack Kerouac n'avait osé toucher ses pouces, et pourtant Dieu sait qu'ils le fascinaient, au point qu'il écrivit pour eux un poème sur une enveloppe d'épi de maïs, une ode qui aurait pu être publiée pour

même les cow-girls ont du vague à l'âme

le bénéfice de tous si l'épi n'avait pas été dévoré par un vagabond affamé tandis que Kerouac et les autres garçons s'entassaient dans la bagnole pour foncer à Denver à la recherche du papa de Neal Cassady, l'homme le plus absent des lettres américaines, laissant au présent auteur le soin de conter l'histoire de ces imposants appendices.

Pas même Bonanza Jellybean n'avait aimé les pouces de Sissy.

Comme nous pouvons bien l'imaginer, Sissy fut transportée. Elle fut terrorisée, époustouflée, exaltée et émue jusqu'aux larmes. Apparemment sincère, le Chinetoque poussa son adoration des grands doigts fort tard dans la nuit. Quand finalement il en vint à adorer le reste de sa personne, le cœur de Sissy, comme ses pouces, rayonnait.

— Si c'est de l'adultère, s'exclama-t-elle, profites-en à fond.

Et tandis qu'il s'enfonçait en elle, elle cambra son derrière écarté sur les couvertures et se souleva pour faire la moitié du chemin.

70

— Comme ça vous avez eu des rapports sexuels avec le vieux bonhomme ? demanda le docteur Robbins.

— De manière répétée, rougit Sissy.

— Et comment était-ce ? Enfin, je veux dire, qu'est-ce que ça vous fait maintenant ?

— Euh, je ne sais pas bien. Vous voyez, le sexe avec Julian, c'est comme de vouloir faire du stop au camion des pompiers qui tourne à toute blinde au coin de la rue. Avec le Chinetoque, c'était comme de faire Chicago-Salt Lake City dans une vieille grosse Buick Roadmaster de 59.

Elle fit une pause pour s'assurer que ses images avaient été bien comprises. Le docteur Robbins n'arrêtait pas de relever et d'abaisser sa moustache de manière répétée, comme si elle était un store dans un hôtel bon marché. Le store refusait de s'incliner comme le docteur Robbins le voulait.

Sissy décida de s'expliquer.

— Avec Julian, c'est rapide et furieux. Cela a toujours été comme désespéré. Il y a un tel *besoin*. Nous nous cramponnons l'un à l'autre comme si nous nous retenions avec nos organes pour ne pas tomber dans le vide, une sorte de vide de solitude. J'ai l'impression que c'est comme ça chez beaucoup de couples. Mais avec le Chinetoque, c'était complètement détendu, calme, lent et, disons, cochon. Il ricanait, rigolait et se grattait tout le temps, et il pouvait rester des siècles sans éjaculer. Un vrai routier. Une fois, il a mangé du pudding d'igname pendant qu'il me baisait. Il m'en a donné aussi, avec ses doigts. Il en a mis sur mes mamelons et l'a léché ; je lui ai fais de même sur les couilles. J'avais l'impression que nous étions une sorte de couple de babouins. Ça me plaisait. Je crois que ça me manque. Mais pas plus que ça ne me manque avec Jellybean.

— Vous voulez dire… ?

— Oui.

— Je vois. Mouais. Bien, revenons au Chinetoque. Pendant ces trois jours de… euh, de copulation…

— On peut dire qu'on a vraiment fait l'amour, docteur. Même si c'était cochon. Peut-être justement parce que c'était cochon. L'amour est quelque chose de malpropre, vous savez.

Le docteur Robbins tira avec force sur le store-moustache, qui descendit avec une telle violence qu'il faillit s'arracher du rouleau.

— Le vieux schnock a vraiment dû vous faire sentir quelque chose, pas vrai ?

— Comment aurais-je pu ne pas sentir quelque chose ? Il adorait mes pouces.

Le docteur Robbins observa avec intensité les doigts préaxiaux de Sissy, puis les siens. La grandeur était la seule différence appréciable. Dans les deux paires de pouces, ceux de Sissy et les siens, le docteur Robbins voyait quatre fûts, plats sur la face palmaire, lisses et arrondis sur la face dorsale, à savoir de forme hémicylindrique. Il savait que ces os tenaient ensemble par des ligaments et des cartilages. Il se rappelait que l'articulation du pouce s'appelle officiellement l'articulation carpo-métacarpienne, mais qu'on l'appelle

même les cow-girls ont du vague à l'âme

communément "l'articulation de selle". Articulation de selle. C'est mignon. C'est fait pour les cow-girls.

Il savait que lorsque Sissy pliait une phalange, se produisait une révolution autour d'un axe passant transversalement, déterminant le mouvement sur un plan sagittal, tout comme cela se produisait lorsque lui pliait une phalange. Mais avec Sissy, cela se passait à plus grande échelle, voilà tout.

Avec quelque effort, il se reportait à ses années de fac de médecine et se rappelait la musculature du pouce, se disant qu'un *flexor pollicis brevis* est toujours un *flexor pollicis brevis*, quelle qu'en soit la taille.

Mais alors le docteur Robbins regarda à nouveau les pouces de sa patiente – et tout d'un coup la différence parut plus grande qu'une question de taille. Il vit une paire de requins marteaux dévorant avec une faim de requin l'espace qui les entourait. Il cligna des yeux, et en cette fraction de seconde les requins furent remplacés par un couple de poires pleines et succulentes se balançant dans leur savoureuse énormité comme si Cézanne les avait peintes sur une toile d'air. Il cligna les yeux à nouveau, et…

Sissy remarqua ses clignements d'yeux ; elle perçut l'insatisfaisante comparaison.

— Peut-être, docteur, fit-elle, que mes pouces ont connu la poésie et les vôtres pas. (Elle marqua un temps.) Ou peut-être que c'est simplement que vous, vous avez des pouces ; moi, je *suis* des pouces.

Le store remonta brusquement en haut de la fenêtre, s'enroulant bruyamment autour du rouleau.

— Durant ces trois jours d'accouplement, reprit ce satané têtu de docteur Robbins, l'ermite vous a de toute évidence parlé. Il vous a parlé de son passé et vous a résumé sa philosophie. Vous avez gracieusement partagé avec moi ses paroles…

— J'avais *besoin* de parler de lui à quelqu'un. J'ai également besoin de parler de Jellybean.

— Bien. Entendu. Nous en venons à elle. Mais je suis curieux de savoir. A-t-il dit autre chose ? A-t-il dit quelque chose sur euh…

279

tom robbins

disons… sur la vie, quelque chose d'autre sur… quelque chose que je pourrais…

Sissy eut un sourire. Un bourdon décharné tout souillé des saletés de la ville traînait devant la moustache de son psychiatre (dont quelques poils portaient peut-être encore des traces de vin), mais Robbins n'y prêta pas attention. Le docteur Goldman se tenait dans la porte-fenêtre (assemblant peut-être tout son courage pour interrompre enfin cet entretien), mais Robbins l'ignora lui aussi. Le sourire de Sissy s'élargit.

— Le Chinetoque dit que certains courent après les sages comme d'autres courent après l'or. Il dit que nous avons produit une génération de mendiants spirituels faisant la manche pour quelques pièces de sagesse, frappant comme des clochards à toutes les portes fermées. Il dit que si un vieux s'installe dans une cabane ou une grotte et se laisse pousser la barbe, les gens s'attrouperont de toute la région rien que pour lire ses pancartes INTERDIT D'ENTRER. Est-ce pour ça que vous vous intéressez tellement au Chinetoque, docteur ? Croyez-vous qu'il sache quelque chose que le reste du monde ignore ? Quelque chose qui puisse contribuer à notre salut ?

Lâchant le store et le laissant pendre comme bon lui semblait, le docteur Robbins répliqua :

— Non, non, mille fois non ! Pour commencer, je me méfie complètement de tout homme qui se fait passer pour une réponse à ceux qui ne trouvent pas les ressources intérieures pour surmonter leur sensation d'être seul et piégé dans le temps. Ensuite, je ne me préoccupe pas le moins du monde de salut car rien ne me convainc qu'il est quelque chose dont nous dussions être sauvés. Ma position est la suivante : je suis un psychiatre qui a été trahi par le cerveau. C'est comme un astronome trahi par la lumière stellaire. Ou un maître queux trahi par l'ail. Quoi qu'il en soit, j'ai acquis une conception de la vie qui tient à la fois d'une forme de sagesse et d'un moyen de survie. Ce n'est pas encore parfait, mais ça me permet de m'en sortir – et ça peut fournir un exemple salutaire aux très rares patients qui ont le cran et l'imagination de s'en inspirer. Tout psychiatre ou psychologue dont la vie n'est pas assez heureuse et pleine pour être exemplaire ne vaut pas le cuir dont est fait son divan. Il conviendrait de le cravacher et de le poursuivre pour incurie. Mais pour en revenir à notre sujet, dès que vous vous êtes mise à parler du Chinetoque, j'ai senti un rapport, une conception analogue, peut-être, à la mienne. Il se peut qu'il possède sur le flux et le reflux de la crème cosmique des idées qui sont un pas de plus par rapport aux miennes. Peut-être pas. En ce cas, c'est la putain de vie. Mais si c'est effectivement le cas, nous trouverions sans doute profit, vous et moi, à en causer un peu. Y a pas à dire, c'est drôlement plus marrant que de parler d'"inversion compensatoire".

— Dans ce cas, dit Sissy de toute évidence ravie, ce sera avec plaisir. Honnêtement, j'ignore si le Chinetoque a quelque chose de valable à offrir. Il ne l'a jamais prétendu, mais ça pouvait être une façon de déguiser sa pensée. Je vous rapporterai tout ce que je pourrai me rappeler de nos conversations, telles quelles, et vous jugerez par vous-même. Ça vous va ?

— Et que ça saute ! fit le docteur Robbins comme s'il parlait du store qui pendouillait en loques de sa lèvre supérieure.

71

Prairie. N'est-ce pas un bien joli mot ? Il vous roule sur la langue comme une petite lune grassouillette. *Prairie* doit être un des plus jolis mots de la langue anglaise, même si c'est un mot français. Il dérive du mot latin signifiant "pré", plus un suffixe féminin. Une prairie est donc un pré femme. Elle est plus grande et plus sauvage qu'un pré masculin (que le dictionnaire définit par "pâturage" ou "herbage"), plus brute, plus océanique et plus permanente, abritant un éventail de vie plus vaste.

Si on peut comparer topographiquement la prairie à un tapis, alors les collines du Dakota sont une prairie où l'on a glissé des boules sous le tapis. La flore et la faune des collines du Dakota ressemblent de près à celles de la prairie voisine. Du sommet de la plus haute colline, le Chinetoque désigna à Sissy quelques-uns des organismes qui choisissent de vivre parmi ces collines. Il lui montra les différentes sortes d'herbes : chiendent et barbon fourchu, pâturin des prés et sporobole, sparte huppée et bouteloue. Il montra des fleurs aster et gerbe d'or, serpentaire et rudbeckie, rose des prairies et trèfle pourpre. Il déclara que le trèfle était délicieux ; il en mangeait souvent au petit déjeuner, y paissant comme une chèvre. Il montra des villages de chiens de prairie et des *Ratskeller** de blaireaux. Il lui fit voir où trouver un coyote ou un aigle royal s'ils en voulaient un. Il montra où ses pièges à sturnelles étaient posés, ainsi que les rochers où se prélassaient les meilleurs crotales faits pour la poêle. Le Chinetoque indiqua l'habitat des lapins et des hiboux fouisseurs, des belettes et des tétras. Bien que les millions de petits yeux ne puissent certainement pas être vus de Siwash Ridge, les collines regorgeaient de souris et le Chinetoque parla également à Sissy de la gent trotte-menu : souris à pattes blanches, campagnols, souris des moissons, souris de poche et kangourous-rats. Le Chinetoque parla sans doute, et avec une connaissance intime, de chaque créature vivant dans les collines du Dakota (pour ne pas mentionner celles qui, comme les grues, ne faisaient que passer) – chaque créature, sauf une : les cow-girls.

— Quel est le problème entre toi et les cow-girls ? finit par demander Sissy.

Ils étaient perchés directement au-dessus de la Rose de Caoutchouc, qui ressemblait de là-haut à un ranch-jouet, une miniature qu'aurait pu sculpter Norman le chef pâtissier s'il avait eu assez de temps et d'orteils.

— Pourquoi n'es-tu pas plus gentil avec elles ?

Le Chinetoque se contenta de hausser les épaules. Son regard était fixé sur le lac Siwash, où plusieurs autres vols de grues avaient rejoint les premiers arrivés.

— Il est évident que ça marche avec Jellybean, cette petite futée qui a le feu aux fesses. Et la pauvre Debbie te prend vraiment pour une espèce de dieu. Mais la plupart des filles sont de l'avis de Delores, qui dit que pour être un dieu, tu en plein dedans. Elle dit

* "Ratskeller" signifie en allemand "brasserie de l'hôtel de ville".

même les cow-girls ont du vague à l'âme

que tu es perché sur ton sommet tout-puissant tout comme notre gros Dieu papa macho paranoïaque, hargneux et totalement distant.

Notre Jap hirsute ricana et dit :

— Delores dit vrai sur Dieu. Il se fait surtout remarquer par son absence. La culture judéo-chrétienne doit son succès au fait que Jéhovah ne fait jamais voir sa figure. Y a-t-il meilleure façon de contrôler les masses que par la peur d'une force toute-puissante dont l'autorité ne peut jamais être défiée car elle n'est jamais directe ?

— Mais tu n'es pas comme ça.

— Bien sûr que je ne suis pas comme ça. Je suis un homme, pas un dieu. Et si j'étais un dieu, je ne serais pas Jéhovah. La seule similitude entre Jéhovah et moi est que nous sommes célibataires. Jéhovah est presque le seul des dieux anciens à ne s'être jamais marié. Il n'est même jamais sorti avec une fille. Pas étonnant qu'il soit un morveux névrosé et autoritaire.

— Mais regarde-toi, insista Sissy. On vient de partout en quête de ton aide et tu ne laisses pas approcher les gens à moins de quarante mètres.

— Qu'est-ce qui te fait croire que je peux leur apporter une aide quelconque ?

Sissy virevolta sur elle-même, tournant son dos élancé aux collines et à la prairie.

— Tu m'as dit un tas de merveilles. Ne fais pas ta sainte-Nitouche ! Tu n'es peut-être pas un oracle – je n'en sais rien – mais tu possèdes assez de sagesse pour venir en aide à ceux qui viennent te dénicher, si tu le veux.

— Eh bien, je ne le veux pas.

— Et, pourquoi ?

Sissy portait alors en elle tellement de sperme Chinetoque que cela giclait quand elle marchait. Elle se sentait le droit de sonder sa personnalité.

Le vieil ermite soupira, mais ses lèvres ne cessèrent jamais de sourire.

— Écoute, fit-il, ces jeunes qui viennent pour me voir, ils se trompent sur mon compte. Ils me voient à travers des filtres qui déforment ce que je suis. Ils entendent dire que je vis dans une grotte sur une butte, et ils en concluent tout de suite que je mène une vie simple. Mais ce n'est pas le cas, ça ne le sera pas et ça ne saurait l'être. La simplicité est pour les nigauds !

Le Chinetoque souligna cette remarque en balançant un bon morceau de calcaire dans le vide. Attention souris à pattes blanches ! campagnols ! souris des moissons ! souris de poche ! kangourous-rats ! Attention, en dessous !

— La vie n'est pas simple ; elle est extraordinairement complexe. L'amour de la simplicité est une drogue d'évasion comme l'alcool. C'est une attitude anti-vie. Ces gens "simples" qui restent assis avec des vêtements ternes dans de tristes chambres à siroter du thé à la menthe à la lumière de bougies vivent une parodie de vie. Ils sont sans le vouloir du côté de la mort. La mort est simple mais la vie est riche. J'accepte de tout cœur cette richesse ; plus c'est compliqué, mieux c'est. Je me délecte du désordre et…

— Mais ta grotte n'est pas en désordre, objecta Sissy, elle est nette et propre.

— Je ne suis pas un malpropre, si c'est ce que tu veux dire. Les malpropres ne sont pas des gens qui *aiment* le désordre. Ce sont des gens inefficaces qui sont désordonnés parce qu'ils ne peuvent pas faire autrement. Ce n'est pas la même chose. Je mets ma grotte en ordre en sachant que le désordre de la vie ne fera qu'y remettre le désordre. Et c'est beau, c'est bien, ça fait partie du paradoxe. La beauté de la simplicité est dans la complexité qu'elle attire…

— Tu dis la beauté de la simplicité ? Alors, tu trouves bien une certaine valeur à la simplicité. Tu t'es contredit.

Julian avait appris à Sissy à flairer les contradictions.

— Bien entendu que je me suis contredit. Ça m'arrive tout le temps. Seuls les crétins et les logiciens ne se contredisent pas. Et dans leur insistance, ils contredisent la vie.

Humm. Sissy n'était arrivée nulle part. Elle devrait peut-être faire machine arrière et revenir à l'attaque sous un angle différent.

Ses pouces ne lui servaient à rien dans le cas présent.

même les cow-girls ont du vague à l'âme

— De quelle autre façon les pèlerins se trompent-ils sur toi ?

C'était la meilleure question qu'elle pût trouver pour l'instant.

— Eh bien, sous prétexte que j'ai passé la plus grande partie de ma vie adulte dans la nature, ils en concluent automatiquement que je suis gaga de nature. Mais "Nature" est un terme drôlement gigantesque, un de ces mots-éponges si pleins de sens qu'on peut en tirer des seaux d'interprétations ; et il est inutile de dire qu'à de nombreux niveaux, la nature est ma préférée parce que la nature, à de nombreux niveaux, *est* préférable. J'ai eu la chance de redécouvrir à un âge assez jeune ce que la plupart des cultures ont depuis longtemps oublié : que chaque aster dans le champ a une identité aussi forte que la mienne. Ne va pas croire que cette découverte n'a pas changé mon existence. Mais la nature n'est pas infaillible. Elle commet des erreurs. C'est de cela qu'il s'agit dans l'évolution croissance par tentatives et erreurs. La nature peut être stupide et cruelle. Et quelle cruauté ! Mais c'est bien. Il n'y a pas de mal à ce que la nature soit bête et affreuse car simultanément – et paradoxalement – elle est brillante et superbe. Mais adorer le naturel à l'exclusion du non-naturel est pratiquer du fascisme organique – et c'est ce que pratiquent bon nombre de mes pèlerins. Et dans la meilleure tradition du fascisme, ils sont totalement intolérants à l'égard de ceux qui ne partagent pas leurs convictions ; ils engendrent ainsi les types mêmes d'antagonisme et de tension conduisant à un conflit qu'en tant que pacifistes à tous crins, ils prétendent abhorrer. Affirmer qu'une femme qui se barbouille du jus de baie sur les lèvres est en quelque sorte supérieure à la femme qui se met du rouge à lèvres Revlon est un sophisme ; c'est de la merde de putois pleine de sophistique suffisante. Le rouge à lèvres est une composition chimique et le jus de baie également, et tous deux sont aussi efficaces pour décorer le visage. Si le rouge à lèvres présente des avantages par rapport au jus de baie, louons alors cette partie de la technique qui a produit le rouge à lèvres. Le monde organique est merveilleux, mais l'inorganique n'est pas mauvais non plus. L'univers du plastique et de l'artifice offre sa part de surprises magiques.

Le Chinetoque empoigna son transistor en plastique à rayures bonbon et l'embrassa – pas aussi passionnément qu'il avait récemment embrassé Sissy, mais presque.

— Une chose est bonne parce qu'elle est bonne, continua-t-il, pas parce qu'elle est naturelle. Une chose est mauvaise parce qu'elle est mauvaise, pas parce qu'elle est artificielle. Ça ne vaut pas mieux d'un foutu iota d'être mordu par un serpent à sonnettes que d'être touché par une balle de revolver. À moins que ce soit une balle en argent. Ha ha, ho ho et hi hi.

— *But...,* fit Sissy dans sa langue.

Mais Sissy buta sur ce "but" sur sa butte. Ah ! les possibilités poétiques des langues sont infinies.

— Mais, fit donc Sissy, comment peux-tu critiquer les erreurs de tes pèlerins alors que tu ne fais rien pour les corriger ? Les gens aspirent à connaître la vérité, et tu ne leur donnes pas une chance.

Le Chinetoque secoua la tête. Il était exaspéré, mais il garda le sourire. Ses dents attrapaient le soleil comme des éperons. Il mourrait les bottes aux pieds.

— Quelle chance me donnent-ils à moi ? rétorqua-t-il. La chance d'être un nouveau Meher Baba, un nouveau guru Mahara Ji, un nouveau connard de Jésus ? Merci, mais très peu pour moi. Je n'en ai pas besoin, *ils* n'en ont pas besoin, le monde n'en a pas besoin.

— Le monde n'a pas besoin d'un nouveau Jésus ?

Sissy n'avait personnellement jamais langui de Jésus, mais elle supposait que c'était du miel pour d'autres personnes.

— De la façon la plus formelle, non ! Plus de thérapeutes orientaux !

Se redressant et s'étirant, démêlant quelques nœuds de sa barbe, le Chinetoque fit un signe de tête.

— Tu vois ces tournesols courts qui poussent là-bas près du lac ? Ce sont des topinambours. Préparés comme il faut, leurs racines rappellent un peu l'igname.

Il fit claquer ses lèvres. Il s'était de toute évidence lassé de leur dialogue.

même les cow-girls ont du vague à l'âme

La curiosité de Sissy, toutefois, avait été piquée, et elle insista.

— Que veux-tu dire, des thérapeutes orientaux ?

— Des thérapeutes orientaux, répéta le Chinetoque sans intérêt.

Il plongea dans sa robe, en retira plusieurs baies de genévrier et se mit à jongler avec de manière experte. Dommage que ce ne fût pas l'heure de la Piste aux Étoiles.

— Qu'a la thérapie orientale à voir avec Jésus ? demanda Sissy. Ou avec toi ?

Elle sourit devant la cascade de baies de genièvre pour lui faire voir qu'elle n'était pas indifférente à ses talents.

En formation groupée, les baies prirent le chemin du précipice. Mesdemoiselles souris, n'oubliez pas de mettre votre casque !

— Eh bien, si tu ne le comprends pas par toi-même… fit le Chinetoque. Meher Baba, le guru Mahara Ji, Jésus-Christ et tous les autres saints qui ont amassé des disciples en des temps récents ont eu un refrain en commun. Tous ont exigé une dévotion aveugle. "Aimez-moi de tout votre cœur, de toute votre âme, de toute votre force, et exécutez mes commandements sans faillir." Telle était leur exigence commune. Très bien. Si vous pouvez aimer quelqu'un de manière aussi complète et aussi pure, si vous pouvez vous dévouer totalement et sans le moindre égoïsme à quelqu'un – et que c'est quelqu'un de *bienveillant* –, votre vie ne pourra qu'en être meilleure. Votre existence même sera transformée par la puissance de cette relation, et la paix de l'esprit qu'elle engendre durera aussi longtemps que vous.

"Mais c'est de la thérapie. Thérapie merveilleuse, extraordinaire, ingénieuse, mais *seulement* de la thérapie. Cela soulage les symptômes, nie la maladie. Mais ça ne répond pas à une seule question universelle et ne rapproche pas l'individu de l'ultime vérité. Il est certain qu'on se sent bien et je suis pour tout ce qui fait se sentir bien. Je ne dirai rien contre. Mais que personne ne se leurre : la dévotion spirituelle à un professeur populaire nanti d'un dogme ambigu n'est qu'une méthode pour rendre l'expérience plus supportable et non une méthode pour comprendre l'expérience ou même la décrire avec justesse.

"Afin de tolérer l'expérience, le disciple adopte un maître. Ce type de réaction est compréhensible, mais ce n'est ni très courageux ni très libérateur. Ce qui est courageux et libérateur c'est d'adopter l'expérience et de tolérer le maître. De cette façon, nous pourrions au moins apprendre ce dont nous faisons l'expérience, au lieu de la camoufler avec de l'amour.

"Et si votre maître vous aimait vraiment, c'est ce qu'il vous dirait. Afin d'échapper aux chaînes de l'expérience terrestre, vous vous liez à un maître. Et ce qui est lié n'est pas libre. Si votre maître vous aimait vraiment, il n'exigerait pas de vous la dévotion. Il vous libérerait – de lui-même, pour commencer.

"Tu crois que je me comporte comme un ogre au cœur froid parce que je renvoie les gens. Mais bien au contraire. Je ne fais que libérer mes pèlerins *avant* qu'ils ne deviennent mes disciples. C'est ce que je peux faire de mieux."

Sissy hocha la tête d'un air approbateur.

— C'est très bien ; c'est sincèrement très bien. Le seul problème est que tes pèlerins ne savent pas cela.

— Eh bien, à eux de se débrouiller pour le comprendre. Sinon, je ne ferais que leur resservir toujours la même sauce toute prête. Chacun doit tirer l'expérience au clair par lui-même. Je suis désolé. Je me rends bien compte que la plupart des gens demandent des symboles objectifs et extériorisés à quoi s'accrocher. C'est dommage. Car ce qu'ils cherchent, à leur insu ou pas, est subjectif et intériorisé. Il n'y a pas de solutions de groupe ! Chaque individu doit trouver sa solution personnelle. Il existe des guides, pas de doute, mais même les guides les plus sages sont aveugles dans votre tronçon du terrier. Non, tout ce que peut faire une personne dans cette vie est d'unifier en elle son intégrité, son imagination et son individualité, et sans se départir jamais de cela, en le conservant devant soi et en pleine lumière, de bondir dans la danse de l'expérience.

"Soyez votre propre maître !

"Soyez votre propre Jésus !

"Soyez votre propre soucoupe volante !

"Soyez votre propre sauveur.

même les cow-girls ont du vague à l'âme

"Soyez votre propre fête ! Libérez votre cœur !"

Assise sur un rocher ensoleillé, dans sa culotte tachée de sperme, Sissy était très calme. Elle pensait avoir reçu grande matière à réflexion. Il restait cependant une question qu'elle voulait poser, ce qu'elle finit par faire.

— Tu emploies le mot "liberté" assez souvent que signifie exactement liberté pour toi ?

La réponse du Chinetoque ne tarda pas.

— Mais voyons, la liberté de jouer librement dans l'univers, bien entendu.

Sur ce, il tendit la main et saisit l'élastique qui ancrait le slip de Sissy sur ses hanches. Elle leva les jambes et d'un geste doux il le lui retira – puis le balança par-dessus le bord de la falaise. Dans l'univers des souris du Dakota, c'était une journée de phénomènes aériens sans précédent.

72

Peut-être que les nuages ont fini par en avoir marre de toute cette publicité. Poser pour le gros appareil photographique d'Ansel Adams était acceptable, de même que pour tous les paysagistes qui les avaient peints avec compréhension et discrétion. Même leur apparition occasionnelle dans les films, passant modestement à l'arrière-plan tandis que cow-boys et soldats agissaient en hommes, les avait moins offensés qu'amusés. Mais à présent les satellites météorologiques, ces *paparazzi* de l'espace qui les suivaient partout, les photographiaient à tout bout de champ et ne leur laissaient plus de paix ou d'intimité. Leur photo était tous les jours dans les journaux ! Ils savaient ce que ressentait Jackie. Et Liz. Peut-être que les nuages finirent par en avoir par-dessus la tête. Peut-être qu'ils se planquèrent sous le pôle Sud, avec lunettes noires et perruque, pour des vacances bien méritées.

Quoi qu'il en soit, pas un nuage n'avait été vu au-dessus des plaines américaines depuis deux semaines environ. La saisonnette appelée été indien persistait. Un ciel aussi ouvert et sec que le cerveau est ridé et visqueux s'étendait pardessus les collines du Dakota, permettant au soleil de chauffer sans interruption, sauf la nuit, les longues plumes des grues au repos, le visage réjoui des cow-girls post-révolutionnaires et les tissus rectaux de Sissy Gitche.

Bien qu'elle sût que Marie Barth, pour ne rien dire de millions d'Arabes, en jouissaient régulièrement, le corps de Sissy n'avait pas encore décidé si l'inhabituel plaisir du rapport anal en compensait l'inhabituelle douleur. Le Chinetoque, utilisant l'huile d'igname comme lubrifiant, venait de faire sa demi-heure dans l'orifice fondamental de Sissy, qui se reposait maintenant à plat ventre sur une couverture au soleil.

Elle était si calme que son hôte finit par lever les yeux de la ceinture en peau de serpent qu'il était en train de piquer (il l'échangerait à Mottburg contre des châtaignes d'eau et des ignames) pour lui demander à quoi elle pensait. Flattée qu'un homme aussi réservé s'intéresse à ses pensées, elle répondit rapidement :

— Aux cow-girls.

C'était vrai ; son esprit pensait aux cow-girls. Seul son rectum palpitant doucement faisait attention à son rectum palpitant doucement.

— Tu t'es arrangé pour éviter de me répondre sur tes sentiments à l'égard des cow-girls.

Ramenant son attention sur la fine et squameuse peau dont chaque écaille embrasée par le soleil reflétait pour Sissy un mauvais souvenir de Delores, le Chinetoque toussa et se racla la gorge, marmonnant au milieu des "hum, hum" :

— Il est certain qu'elles font un beau spectacle, vu d'ici. Hum. Be-he, be-he.

— Ce ne sont que de charmantes petites choses à lorgner pour toi, pas vrai ? dit Sissy avec dans la voix une intonation accusatrice dont elle se demanda d'où elle venait.

— Je pensais qu'une fille qui a travaillé comme mannequin professionnel ne prendrait pas ce ton pour dire "lorgner". (Le Chinetoque la regarda assez longtemps pour s'assurer qu'il avait fait mouche, puis se pencha à nouveau sur l'élégant épiderme du défunt rampant.) Pour être charmantes, elles le sont. Mais elles ne sont pas toutes si petites que ça. (Il se rappelait peut-être le jour où il avait vu Big Red se battre contre un bouvillon.) Mais il y a d'autres raisons de les observer.

— Comme ?

— Eh bien, Sissy, tu vois, notre génération a reçu beaucoup d'averses au cours de ces dernières années. Émeutes et révoltes, guerres inutiles et menaces de conflits, drogues qui ouvraient l'esprit à l'infini et drogues qui le jetaient irrémédiablement dans la panade, impressionnants progrès technologiques et troublants déclins des valeurs établies, corruption politique, corruption policière et corruption administrative, manifestations et contre-manifestations, récessions et inflations, crime dans les rues et crime dans les hôtels, marées noires et festivals de rock, élections et assassinats, ceci, cela et le reste. Or, toi et moi, nous nous sommes détachés de ces événements ; ils ne nous ont pas touchés. Tu es passée à travers eux ; je les ai laissés me traverser. Tu as pratiqué l'art du mouvement perpétuel ; je pratique l'art de la tranquillité. Le résultat est à peu près le même. Nous avons préservé une sorte d'étrange pureté, toi et moi ; toi, trop mobile pour que l'actualité t'infecte ; moi, trop immobile, trop en retrait.

"Mais ces jeunes femmes dans ce ranch, en bas… (Le vieil homme retira une main de la peau de crotale pour montrer la Rose de Caoutchouc.) Ces jeunes femmes ont été plongées dans les événements de notre temps, immergées de la tête aux pieds. Toi, tu es née avec ton traumatisme et tu as survécu magnifiquement ; mais elles, la plus grande partie de leur jeune vie a été trimbalée de traumatisme en traumatisme. La culture de leurs parents leur a fait défaut, puis ce fut le tour de leur propre culture. Ni les drogues ni l'occultisme n'ont marché pour elles ; ni la politique traditionnelle ni la politique radicale n'ont été à la hauteur de leur attente. Elles ont goûté du bout des dents tout un banquet de philosophies qu'elles ont trouvées fades. Bon nombre de leurs pareilles ont renoncé, elles sont revenues le moral brisé au cœur du système de la compétition ou bien se sont retirées dans leur petite purée personnelle – 'flippées' comme on dit, bien que 'frappées de catatonie ambulatoire' les décrirait sans doute mieux.

"Ces jeunes femmes, cependant, tentent encore une fois quelque chose de respectable, essaient une fois de plus de diriger leur propre vie. Jellybean... Ha ha, ho ho et hi hi... oui, cette incomparable Bonanza Jellybean a transformé une fiction en réalité. Elle a donné forme à un rêve d'enfance depuis longtemps perdu. Cela les nourrit. Et c'est pourquoi je les observe avec un tel intérêt. Pour voir où cela les mène, et si elles vont trouver la liberté et le bonheur.

"Il va sans dire que je reluque également leurs jolis fessiers roulant dans leurs jeans. Et tant que j'y suis, ma chère Sissy, comment se remet ta douce ouverture brune ?"

Sissy ne répondit pas à cette question indélicate, et lui demanda :

— N'y a-t-il rien que tu puisses faire pour les aider ?

— Les aider ? Ha ha, ho ho et hi hi. Te voilà qui remet ça. Les aider, ben voyons ! Pour commencer, il faut qu'elles s'aident elles-mêmes. Je veux dire par là que chacune doit s'aider individuellement. Ensuite, je croyais avoir dit clairement que je ne peux aider *personne*.

— Mais...

— Il n'y a pas de mais qui tienne. Spirituellement, je suis riche. De par mes ancêtres asiatiques, j'ai hérité d'une certaine richesse spirituelle. Mais – et toi et Debbie et les pèlerins et les soi-disant pèlerins devez le comprendre –, je ne puis partager cette richesse ! Pourquoi ? Simplement parce que la monnaie spirituelle de l'Orient n'a pas cours dans votre culture occidentale. Ce serait comme d'envoyer des dollars aux Pygmées. Les dollars ne sont pas monnayables dans la jungle africaine. Le meilleur usage que les Pygmées pourraient faire de billets serait d'allumer des feux avec. Dans tout l'Occident, je vois des gens serrés autour de petits feux et se chauffant au bouddhisme, au taoïsme, à l'hindouisme et au zen. Et c'est tout ce qu'ils pourront tirer de ces philosophies se chauffer les pieds et les mains. Ils ne peuvent utiliser pleinement l'hindouisme parce qu'ils ne sont pas hindous ; ils ne peuvent pas vraiment profiter du

même les cow-girls ont du vague à l'âme

Tao parce qu'ils ne sont pas chinois ; le zen les laissera tomber au bout d'un moment – son feu s'éteindra – parce qu'ils ne sont pas japonais comme moi. Se tourner vers les philosophies religieuses de l'Orient peut éclairer temporairement leur expérience, mais en fin de compte, c'est futile car ils nient leur propre histoire, ils mentent sur leur héritage. On peut raccrocher un arc-en-ciel à une vision louftingue – c'est ce que fait Jellybean –, mais on ne peut pas accrocher un arc-en-ciel à un mensonge.

"Vous, Occidentaux, êtes spirituellement pauvres. Vos philosophies religieuses sont anémiées. Bien, et alors ? Il est probable qu'elles le sont pour une très bonne raison. Pourquoi ne pas découvrir cette raison ? Cela vaut certainement mieux que de se mettre la boule à zéro et de se parer de chapelets et de robes de traditions que vous ne pouvez saisir que partiellement. Commencez par admettre votre pauvreté spirituelle. Avouez-la. C'est par là qu'il faut commencer. Si vous n'avez pas le cran de commencer par là, dans toute votre pauvreté et sans honte, vous n'allez jamais trouver le chemin de la sortie du terrier. Et des fanfreluches orientales d'emprunt ne pourront dissimuler votre simulation ; elles ne feront que renforcer votre solitude dans votre mensonge."

Sissy se redressa sur le coude tout en conservant sa boussole anale dirigée vers le soleil.

— Mais alors, que peut faire un Occidental dans sa pauvreté ?

— La supporter. La supporter avec bonne foi, humour et grâce.

— Tu déclares que c'est sans espoir, alors ?

— Non. J'ai déjà laissé entendre que la désolation spirituelle de l'Occident a probablement une signification et que celle-ci pourrait être avantageusement explorée. Un Occidental qui cherche une conscience supérieure et plus pleine peut commencer par creuser l'histoire religieuse de sa propre race. Mais ce n'est pas une tâche facile, car le christianisme se profile en plein milieu de la route, bloquant tous les itinéraires de retour comme une montagne sur roues.

Le sphincter de Sissy était un poing minuscule tapant sur la table de l'amour. Pour le moment, cela lui convenait.

tom robbins

— Je ne pige plus. Je croyais que le christianisme *était* notre héritage religieux. Comment peut-il avoir bloqué… ?

— Oh ! Sissy, ça devient vraiment fatigant. Mais le christianisme, petite sotte, est une religion *orientale*. Son enseignement contient quelques vérités prodigieuses, comme le bouddhisme et l'hindouisme, des vérités universelles, c'est à dire des vérités qui parlent au cœur et à l'esprit de tous les peuples partout. Mais le christianisme est venu d'Orient, avec des origines extrêmement suspectes et un dogme déjà grossièrement perverti au moment où il posa le pied en Occident. Est-ce que tu crois que l'Occident n'avait pas de divinité suprême avant cet étranger oriental de Jéhovah ? Mais si. Depuis le néolithique le plus reculé, les peuples de Bretagne et d'Europe – les Angles, les Saxons et les Latins – vénéraient une divinité. Le Dieu Cornu. Le Vieux Dieu. Un homme-bouc paillard qui donnait de riches moissons et des bébés rebondis ; une divinité velue et joviale qui aimait la musique, la danse et la bonne chère ; un dieu des champs, des bois et de la chair ; un pourvoyeur fécond que la fornication évoquait au même titre que la méditation, qui prêtait l'oreille aux chansons tout autant qu'aux prières ; un dieu très aimé car il aimait, parce qu'il faisait passer le plaisir avant l'ascétisme, parce que la jalousie et la vengeance n'étaient pas dans son caractère. Les principales fêtes du Vieux Dieu étaient Walpurgisnacht (30 avril), la Chandeleur (2 février), Lammas (1er août) et Hallowe'en (31 octobre). La fête qu'on appelle maintenant Noël était à l'origine une réjouissance hivernale du Vieux Dieu (toutes les preuves historiques indiquant que le Christ naquit en juillet). Ces fêtes furent célébrées pendant des millénaires. Et la vénération du Vieux Dieu, souvent déguisé en Jack-in-the-green, l'homme entouré de feuillage dans les jeux du premier mai, ou en Robin Goodfellow, le lutin domestique, se poursuivit subrepticement longtemps après que le christianisme eût refermé son poing glacial sur l'Occident. Mais les puissances chrétiennes ont été suprêmement sournoises. L'Église entreprit à dessein de transformer l'image de Lucifer, dont l'Ancien Testament nous informe qu'il était un ange lumineux, un des principaux lieutenants de Dieu. L'Église se mit à enseigner que

Lucifer avait des cornes, qu'il avait les pieds fourchus du bouc lascif. En d'autres termes, les chefs de la conquête chrétienne attribuèrent à Lucifer les traits physiques – et une partie de la personnalité – du Vieux Dieu. Avec ruse, ils transformèrent le Vieux Dieu en Diable. C'est là la plus cruelle diffamation, la plus grande calomnie, la plus maligne déformation des faits de l'histoire humaine. Le président des États-Unis n'est qu'un inoffensif arnaqueur de foire à côté des premiers papes.

De quelque part en bas de la montagne parvint le tambourinage vibratoire du chant d'un tétras. C'était précisément le genre de son que l'anus de Sissy aurait pu produire s'il avait été branché sur amplificateur. Il y avait eu un temps où, le rectum encore chaste, mis à part un doigt sondeur à l'occasion, Sissy avait éprouvé une curiosité minimum envers les sujets dont le vieil ermite et elle venaient de discuter. Un temps où elle avait établi par le mouvement sa relation à l'univers, et c'était concret, palpitant et complet. Par des arrêts et des départs glorieusement articulés, elle avait incarné les rythmes de la vie et de la mort, et elle en était d'ailleurs un, chevauchant haut, chevauchant librement, chevauchant sans restriction la crête démente de La Vague, faisant avec rien que ses deux pouces la moisson de l'extase et des terreurs de la vie. Mais les choses changent. Peut-être, à présent qu'elle ne *sentait* plus l'univers avec force, allait-elle devoir apprendre à le *connaître*. Sissy posa encore une question.

— Et si je – si nous, Occidentaux, creusions dans notre héritage, qu'y trouverions-nous ? Quelque chose de valable ? Quelque chose d'aussi riche que votre patrimoine oriental ? Que trouverions-nous ?

— Vous trouveriez des femmes, Sissy. Et des plantes. Des femmes et des plantes. Souvent en combinaison.

"Les plantes sont puissantes et recèlent de nombreux secrets. Notre vie est liée au monde des plantes de manière beaucoup plus étroite que nous ne pourrions l'imaginer. La Vieille Religion reconnaissait les subtiles supériorités de la vie des plantes ; elle essayait de comprendre ce qui pousse et de lui rendre justice. Un des ordres les plus hautement développés de la Vieille Religion, les Druides, tirait son nom de l'ancien mot irlandais *druuid*, dont la première syllabe signifiait 'chêne' et la seconde 'qui a le savoir'. Un druide était donc celui qui avait le savoir des chênes – et du gui présumé empoisonné qui pousse sur les chênes et qui était sacré pour les Druides.

"Dans les temps anciens, chaque village possédait au moins une Sage Femme. Ces dames étaient profondément expertes en matière de botanique. Elles étaient intimes avec champignons et herbes. Elles employaient les plantes pour guérir le corps et libérer l'esprit. Ces femmes étaient évidemment nourrices et pourvoyeuses de nourriture. Un grand nombre de leurs remèdes herbacés tels que la digitale et l'atropine, extraite de la belladone, sont encore en usage aujourd'hui.

"Oui, si tu grattes derrière la conquête chrétienne pour retrouver votre vrai patrimoine, tu trouveras des femmes qui accomplissaient des merveilles. Les femmes n'étaient pas seulement les principales servantes du Vieux Dieu ; les femmes étaient ses maîtresses, le pouvoir derrière la citrouille qui lui servait de trône. Ce sont les femmes qui contrôlaient la Vieille Religion, laquelle avait peu de prêtres mais de nombreuses prêtresses. Il n'y avait pas de dogme ; chaque prêtresse interprétait la religion à sa manière. La Grande Mère – créatrice et destructrice – instruisait le Vieux Dieu, dont elle était la mère, l'épouse, la fille, la sœur, l'égale et la partenaire extatique dans une baise continue.

"Si tu parviens à voir au-delà de la chrétienté, tu trouveras des légions de sages-femmes, de déesses, de sorcières et de Grâces. Tu trouveras des gardiennes de troupeaux, des ordonnatrices des naissances, des protectrices de la vie. Tu trouveras des danseuses, nues ou vêtues de verdure. Tu trouveras des femmes pareilles aux Gauloises, grandes, splendides, nobles, arbitres de leur peuple, enseignant aux enfants, prêtresses de la Nature, les reines guerrières celtes. Tu trouveras les tolérantes matriarches de la Rome païenne – quel contraste avec les Césars et les papes ! Tu trouveras les femmes druides, versées en astronomie et en mathématiques, qui élaborèrent Stonehenge, le fin du fin, le summum, l'apogée, là crème des horloges de son temps, sans exception.

"Votre antiquité renferme donc un grand trésor, si vous parvenez jusqu'à lui. Ce qu'il vaut par rapport au mien est une autre affaire.

même les cow-girls ont du vague à l'âme

Ce qui lui fait défaut est peut-être du domaine de la lumière. Bouddha, Rama et Lao-Tseu ont apporté de la lumière au monde. Littéralement. Jésus Christ aussi était une vivante manifestation de lumière, bien que lorsque son enseignement fut exporté en Occident, Saint Paul eût déjà taillé la mèche, et que les rayons de Jésus eussent de plus en plus perdu de leur luminosité jusqu'à ce que, vers le IVe siècle, ils s'éteignissent complètement. Le christianisme, qui ne fut probablement jamais très calorifique, n'a pas gardé la moindre trace de chaleur. La Vieille Religion, de son côté, était profondément chaude. Elle ne manquait sûrement pas de chaleur. Mais c'était une chaleur qui engendrait très peu de lumière. Elle chauffait chaque poil du corps des mammifères, chaque cellule du processus de reproduction, mais était incapable d'allumer cette ampoule dorée qui pend du dôme le plus élevé de l'âme. La Vieille Religion avait suffisamment de pure énergie sensuelle pour élever ses adeptes sans problème si elle avait été dirigée vers l'illumination. Malheureusement, le christianisme la subvertit et l'amollit avant que sa chaleur puisse être largement transformée en lumière. C'est peut-être là le chemin qu'il faut suivre jusqu'à son terme, le but logique de l'Occidental. En tant qu'individu, bien entendu, pas en groupes organisés. Et les États-Unis d'Amérique sont logiquement le lieu où rallumer les feux du paganisme – pour les transformer en lumière. Ça se peut. Il se peut aussi que je me trompe. Mais je ne crains pas d'affirmer que votre antiquité renferme un grand trésor si vous parvenez jusqu'à lui."

— Mais nous ne pouvons pas revenir en arrière, fit Sissy ; nous ne pouvons demeurer dans le passé.

— Non, bien sûr. La technologie façonne la psyché au même titre que le milieu de vie, et il se peut que les peuples occidentaux soient trop compliqués, coupés de façon trop permanente de la nature pour employer largement leur patrimoine païen. Mais on peut cependant établir des liens. On doit établir des liens. Retrouver le contact avec votre passé, combler la solution de continuité de votre développement spirituel n'est pas la même chose qu'un recul romantique et sentimental vers un style de vie rustique plus simple.

tom robbins

Tenter d'être un exploitant rural au fin fond des bois à l'âge de la technologie électronique peut être une erreur d'orientation aussi grave que de tenter d'être hindou alors qu'on est anglo-saxon. Toutefois, votre race a perdu bien des valeurs sur la route du prétendu progrès, et il lui est nécessaire de revenir sur ses pas pour les récupérer. Si vous ne pouvez faire mieux, découvrir où vous avez été peut au moins vous permettre de deviner où vous allez. Si vous allez quelque part ! Ha ha, ho ho et hi hi.

Sissy rabaissa les bras et y nicha sa tête blonde. Le Chinetoque avait sans doute raison, se dit-elle. Ses ancêtres préchrétiens supporteraient peut-être l'examen. Sa race, les pauvres Irlando-Écossais, n'avait rien produit de notable, spirituellement *ou* matériellement, dans les temps modernes ; mais autrefois, peut-être... Oui, cela valait la peine d'y regarder le plus près. Mais qu'en était-il de cette part d'elle qui était indienne ? Où cela rentrait-il ?

Car du plus loin dont elle pût se souvenir, elle s'était toujours sentie différente de ses voisins et de sa famille. Ah ! Seigneur, South Richmond ! Il y avait un jour eu un quartier qui s'appelait South Richmond, où des tas de maisons démontables pèlent, déteignent et s'affaissent le long de ses rues pierreuses. Les voitures – des cahoteuses déglinguées – étaient stationnées devant les maisons, même si elles laissaient échapper de l'huile sur le sol et même s'il fallait les pousser pour les faire partir les matins de gel, et certains matins de beau temps aussi. Quelle fichue barbe, de s'exténuer à chaque fois à pousser ces bagnoles ! Et à South Richmond, un grand nombre de gens occupaient les maisons, même si ces gens mâchaient si énergiquement du chewing-gum qu'ils en fendaient les cloisons, et même si le samedi soir, les maris exhalaient des fumées de bourbon à travers ces fentes et fréquemment, si la semaine avait été bien mauvaise dans les usines de cigarettes ou aux bureaux de chômage, fourraient la tête de leur femme dans ces fentes, bigoudis et tout ce qui s'ensuit. Il y avait eu un jour un quartier qui s'appelait South Richmond, où les femmes exhibaient des mâchoires froissées et où les hommes achetaient des places pour les courses de stock-cars, où les enfants n'apprenaient jamais que James Joyce fit la fortune du

même les cow-girls ont du vague à l'âme

magnétophone, que Scarlet O'Hara avait une taille de quarante-trois centimètres, ou que le monstre originel de Frankenstein parlait couramment français ; un quartier où les chiens et les prédicateurs geignaient, et où les chanteurs de hillbilly poussaient la complainte de celui qui s'est sauvé avec la petite chérie d'un autre ; où des petits drapeaux sudistes flottaient sur tout, et où une fillette se vit pousser des pouces si gros qu'ils éclipsaient les chapelets de saucisses, et la fillette s'en fichait pas mal parce que ces pouces signifiaient qu'elle était quelque chose que ses voisins et parents n'étaient pas, youpi !

Quand Sissy avait appris qu'elle avait un seizième de sang Siwash, elle avait pensé que ses pouces étaient peut-être cette part indienne, que les anciens esprits indiens, en les lui envoyant, lui signifiaient qu'elle n'était pas faite comme South Richmond, que des faits plus glorieux et héroïques reposaient dans son passé et dans son avenir.

C'était naïf, bien entendu. Car elle n'était pas sûre que ces maigres globules Siwash y changeassent quelque chose. Prenez Julian : il était pur sang, et regardez-le. Mais elle n'avait pas perdu sa curiosité là-dessus, et puisqu'elle se trouvait en terre sacrée des Siwash, en compagnie d'un homme qui, tout Japonais qu'il fût, était un chaman Siwash ordonné, elle avait attendu le bon moment pour commencer à creuser la chose. Le moment présent ne semblait pas plus mauvais qu'un autre.

Avant qu'elle parle, toutefois, un bruit se fit entendre avec tant de soudaineté et de force qu'elle se redressa sur son séant sans penser à son derrière. Il faut ajouter que le Chinetoque fut pareillement surpris et enfonça l'aiguille dans sa peau au lieu de celle du serpent. Mais il se détendit rapidement et gloussa : "Ha ha, ho ho et hi hi." Et Sissy comprit que c'était l'horloge qui avait carillonné – c'était reparti !

Dong ! fit l'horloge, puis *zing !* et, à la différence du carillon d'une pendule normale qui annonce, de manière prévue d'avance, le passage – linéaire et délibéré – d'une heure de plus sur le chemin qui mène inexorablement vers la mort, le carillon de l'horloge se ramenait comme s'il quittait le terrain de jeu en clopinant sur une chaussure de tennis sans se soucier de savoir qu'il était en avance ou en retard, n'admettant ni commencement ni fin, oubliant avec bonheur toute notion de progression ou de développement, faisant des clins d'œil et des signes de main, et finissant par se retourner sur lui-même pour rester tranquille, après avoir émis un signal étourdi et essoufflé au lieu du tic-tac régulier – signal qui, décodé, disait : "Notez bien, chère personne, votre position immédiate ; devenez pour une seconde exactement identique à vous-même ; regardez-vous détaché des sottes habitudes du progrès comme des tragiques implications du destin et, au lieu de cela, voyez que vous êtes une créature éternelle *apposée* sur le large sourire de l'horizon ; et après avoir été ainsi à l'unisson de l'univers infini, retournez au monde temporel d'un cœur léger et content, sachant que tous les arts et les sciences du XXᵉ siècle ne peuvent empêcher cette horloge de sonner encore, et que la réalité de cette sorte de temps ne peut être surpassée par aucun mécanisme de précision de fabrication suisse. *Zing !*"

73

....
....
....
....
....
....
....
....
....
....
....
....*Dong !*

74

L'huile d'igname imprégnait ses pores – les pores de ses pouces, cette fois. Le Chinetoque était en train de les oindre. Il agita autour d'eux des rameaux de genévrier enflammés. Il secoua une clochette devant eux. Il pendit autour d'eux des guirlandes de gerbe d'or. Il leur joua la sérénade – son instrument était une boîte de cigares à travers laquelle il avait tendu un bout de fil métallique qu'il grattait furieusement. Cela donnait la musique la plus épouvantable que Sissy eût jamais entendue. Cela lui donnait envie de mettre la station Polka-à-toute-heure.

Ils se trouvaient dans la chambre d'entrée de la grotte, protégée de la pierre par des nattes japonaises. Devant l'entrée, un petit feu de camp éclairait leur troisième et dernière nuit ensemble.

À l'aube, le Chinetoque descendrait dans les collines et les plaines pour faire ses récoltes. Il devait rassembler certaines denrées alimentaires et les ajouter aux provisions qu'il avait déjà entassées au niveau inférieur de la grotte, où il hivernerait.

Sissy partirait avant qu'il revienne le jour suivant. Elle avait un mari qui attendait. Elle avait une cow-girl à voir et une Comtesse à apaiser. Elle avait des questions auxquelles répondre et peut-être d'autres à poser. Par exemple : "D'où est venu tout ce désir charnel ?"

Il est important de croire à l'amour ; tout le monde sait cela. Mais est-il possible de croire au désir ?

Sissy n'était plus absolument sûre de ce qu'elle croyait. Autrefois, cela avait été simple : elle avait cru en l'auto-stop.

Elle demanda au Chinetoque ce qu'il croyait. Sans plus de manières. Elle interrompit l'adoration des pouces, ouvrit les rideaux charnus du désir, le fixa dans les dents et demanda :

— En quoi crois-tu ? Je veux dire, vraiment, que crois-tu ?

— Ha ha, ho ho et hi hi.

Il se moqua d'elle et ne répondit pas. Ses rires et son silence la firent pleurer. Mais ses larmes ne refroidirent pas son désir.

Le dur désir dura, et lorsqu'elle s'éveilla au milieu de la matinée, le Chinetoque était parti.

tom robbins

Les rayons du soleil s'engouffraient dans l'ouverture de la grotte, suivant le même itinéraire que la lueur du feu. Quelque chose avait changé dans la grotte. Essayer de trouver quoi la réveilla complètement. Avec l'aide du soleil, elle vit qu'une inscription avait été fraîchement griffonnée à l'encre sumi sur le mur de droite. Puis ses yeux furent attirés vers le mur de gauche, où un autre graffiti coulait encore.

Sur le mur droit était écrit :

JE CROIS EN TOUT. RIEN N'EST SACRÉ.

Et sur le mur gauche :

JE NE CROIS EN RIEN. TOUT EST SACRÉ.

75

Le docteur Goldman rattrapa le docteur Robbins peu de temps après que l'interne avait soumis un rapport demandant la sortie immédiate de la clinique de Sissy Hankshaw Gitche. La confrontation entre les deux psychiatres devint célèbre dans les milieux de la psychologie sous le nom de Duel à Je suis OK/Vous êtes OK Corral[*].

— Dois-je comprendre, demanda le docteur Goldman, que vous considérez Mrs. Gitche comme une personne stable n'ayant besoin d'aucun traitement ?

Le ton était incrédule.

Le docteur Robbins s'appuya du menton sur les barreaux tremblants de sa moustache.

— Stable, c'est du blabla, rétorqua-t-il. Pour quoi cette clinique pourrait-elle bien la traiter ?

— Pour quoi en effet ! grogna le docteur Goldman. Nous avons là une femme de plus de trente ans qui, quoique d'une intelligence hors du commun et d'une beauté ravissante, n'a pas réussi à transcender une malformation congénitale légère bien que bizarre…

---

[*] Jeux de mots sur le titre du célèbre western et d'un best-seller de vulgarisation psychologique, *I'm OK/You're OK*.

même les cow-girls ont du vague à l'âme

Ce fut au tour du docteur Robbins de grogner. Quoi qu'il fût plus jeune et moins expérimenté dans l'art de grogner, le grognement du docteur Robbins avait en bravoure ce qu'il n'avait pas en finesse et valait bien celui de son collègue et aîné.

— Transcender, dites-vous. Quel terme pompeux ! L'idée même de transcender a un goût de hiérarchie et de conscience de classe ; c'est l'idée de "mobilité ascendante" par laquelle ce pays attire les immigrants avides et châtie ses pauvres. Bon Dieu, Goldman ! La ruse n'est pas de transcender les choses mais de les *transformer*. Non de les ravaler ou de les nier – et transcender revient à cela – mais de les révéler plus complètement, d'en rehausser la réalité, d'en chercher la signification latente. Je ne parviens pas à repérer une seule pulsion saine dans la lâche tentative de transcender le monde physique. Par contre, transformer une entité physique en changeant l'atmosphère qui l'entoure par la manière de la considérer est une entreprise merveilleuse, créatrice et courageuse. Et c'est ce qu'a fait Sissy depuis l'enfance. En gommant les normes de perception admises, elle a transformé ses pouces tout en les affirmant. Par cette affirmation, elle a intensifié la vivacité et la richesse d'associations qu'ils pouvaient éveiller. Pour paraphraser une de ses remarques, elle les a fait entrer dans le domaine de la poésie. Je pense donc que Sissy est un exemple pour toutes les personnes atteintes d'une affliction, c'est-à-dire, *Docteur*, un exemple pour chacun de nous.

Nouveau grognement ; la guerre des cochons était ouverte. Inspiré par son jeune collègue, le nouveau grognement du docteur Goldman fut émis avec une certaine hardiesse, sans que la dignité du grogneur fût en rien compromise.

— Pardonnez-moi, mais le concept de faire entrer un pouce déformé dans la poésie me paraît subtil et imprécis, et la plupart des gens, infirmes ou pas, le tiendraient pour totalement absurde. L'absurdité n'aide personne en rien…

— Personne ? En êtes-vous sûr ?

— L'absurdité, si vous pouviez me laisser parler, Robbins, n'aide personne en rien si ce n'est qu'elle se manifeste dans une fixation névrotique dont dépend la stabilité du sujet.

— Stabilité, débilité !

— Centrer sa vie sur son handicap plutôt que surmonter celui-ci, construire, si vous voulez, une mystique autour de ce handicap semble peut-être une entreprise poétique à Mrs. Gitche. À vous aussi, même – Dieu m'en préserve ! Mais je n'en suis pas convaincu, non plus que Mr. Gitche, qui lui est extrêmement attaché et la connaît mieux que tout le monde. Mr. Gitche…

— Mr. Gitche est un vrai trou du cul sans soupape.

— Diagnostic bien peu professionnel, Robbins.

— Ah ! oui ? Mais je croyais que vous, freudiens, étiez pourtant imbattables sur ce sujet. Je me rappelle des cours magistraux entièrement consacrés à l'expulsion anale, à la rétention anale…

— Ne jouez pas au petit malin. Nous n'avons pas toute la journée. (Le docteur Goldman jeta un coup d'œil sur sa pendule de bureau à la façon dont un mari peu sûr observe sa volage épouse dans une soirée. La pendule continuait à faire de grands clins d'œil à l'éternité.) Pour en revenir à notre sujet, Mr. Gitche soutient, de manière apparemment justifiée, que sa femme est immature…

— Devenir adulte est un piège, coupa le docteur Robbins. Quand on vous dit de la fermer, on veut que vous arrêtiez de parler. Quand on vous dit de grandir, on veut que vous cessiez de grandir. Atteignez un bon petit niveau moyen et restez-y, prévisible et inamovible, plus du tout menaçant. Si Sissy est immature, cela signifie qu'elle grandit encore ; si elle grandit encore, cela signifie qu'elle est encore en vie. En vie dans une culture à l'agonie.

Le docteur Goldman introduisit un petit gloussement à moitié amusé dans son grognement, tout comme on mélangerait quelques gouttes de bourgogne dans un pot de saindoux.

— Nous pourrions avoir une intéressante discussion là-dessus un de ces jours, dit-il. Mais pour l'instant, examinons le point de vue de Mr. Gitche. Mr. Gitche m'a un jour confié que ce qui l'ennuyait le plus dans la dévotion de sa femme pour l'auto-stop était son côté évident. Elle était affligée de pouces énormes, ergo elle faisait de l'auto-stop. Par contre, si elle avait décidé de devenir

même les cow-girls ont du vague à l'âme

une bonne couturière ou d'exceller au tennis ou de se mettre à la peinture...

À propos de peinture, il y avait une aquarelle de Julian Gitche accrochée au mur au-dessus du bureau du docteur Goldman. C'était un paysage, une scène de Central Park, assez libre et aérienne, ressemblant à une vapeur de teinture verte pour œufs de Pâques où quelque farfadet ou autre divinité mineure prendrait un bain. On se demandait ce qui arriverait au style protoromantique de l'artiste s'il devait dresser son chevalet dans les collines du Dakota. On soupçonne d'ailleurs que l'expérience des Dakotas est trop forte pour n'importe quelle esthétique bien établie. Quoi qu'il en soit, le tableau tremblota sur son crochet lorsque le docteur Robbins éclata :

— Vous remettez ça ! Transcender ! Vous voudriez qu'elle niât ses pouces en en compensant les limites au lieu de les affirmer en exploitant leur force. Nom de Dieu !

— Mais *l'auto-stop*, Robbins ! Quelle sorte d'activité d'affirmation est-ce là ? Mrs. Gitche ne s'intéressait même pas au voyage. Il me semblé qu'assez tôt dans la vie, elle s'est emparée de l'auto-stop comme moyen de faire face à une angoisse bien compréhensible, et que ce qui avait commencé comme mécanisme de défense mal choisi s'est transformé en une obsession absurde et quelque peu grotesque. Enfin, voyons, l'auto-stop...

Le docteur Robbins s'agrippa à sa moustache, comme s'il voulait l'empêcher de faire demi-tour et de quitter la pièce sans lui. Il existe un point où même poils et cheveux s'exaspèrent.

— Auto-stop, polope. Ne voyez-vous pas que l'activité choisie par Sissy n'a aucune importance ? L'activité que *quiconque* choisit n'a d'ailleurs aucune importance. Si vous vous mettez à n'importe quelle activité, n'importe quel art, n'importe quelle discipline, n'importe quel métier, mettez-vous-y vraiment et poussez aussi loin que vous pourrez aller, poussez plus loin que cela n'est jamais allé, poussez au bord le plus outré d'entre les bords, et alors vous le ferez entrer de force dans le domaine de la magie. Et peu importe ce que vous avez choisi, car poussé assez loin, cela contient tout le reste. Je ne parle

305

pas de spécialisation. Se spécialiser, c'est se brosser une seule dent. Quand quelqu'un se spécialise, il fait entrer l'ensemble de son énergie dans un conduit étroit ; il connaît une chose extrêmement bien mais ignore presque tout du reste. Ce n'est pas ça. Cela est terne, borné et terriblement limitatif. Je parle de pousser une chose, aussi infime et terre-à-terre soit-elle, à des extrêmes tels que vous éclairez ses relations avec toutes les autres choses ; puis en la poussant encore un petit peu plus, vous arrivez à ce point d'impact cosmique où elle *devient* toutes les autres choses.

Une tremblotante lueur de compréhension illumina les pesants globes oculaires du docteur Goldman de la même manière qu'un éclair de chaleur illuminerait la défécation nocturne d'une mule bien nourrie.

— Je vois, fit-il. Vous vous référez à la Gestalt – ou à une interprétation très éloignée de la Gestalt. Arrivons-nous à une confrontation entre psychologie freudienne et Gestalttherapie ?

— Gestalt que dalle, gronda le docteur Robbins. Ce à quoi je me réfère est la magie.

Le docteur Goldman secoua la tête avec lassitude, tristesse même. Au bout d'un moment il déclara :

— Dans votre compte-rendu plutôt bref… (Il leva devant lui une page unique sur laquelle quelques phrases bien senties avaient été plaquées comme par la vilaine queue d'un animal de basse-cour.), vous recommandez uniquement que Mrs. Gitche sorte d'ici et qu'on l'encourage à divorcer. Vous vous rendez sûrement compte qu'il ne nous est en aucune manière possible, thérapeutiquement, déontologiquement ou légalement, d'encourager un patient à divorcer de son compagnon. Notre travail est de préserver les mariages, non de les faire finir…

— Notre travail *devrait* être de libérer l'esprit humain. Ou si c'est trop idéaliste pour vous, si cela vous paraît être l'affaire de la religion – ce qui devrait également être le cas –, alors notre travail devrait être d'aider les gens à fonctionner – follement ou pas, cela ne nous concerne pas. Cela les regarde. Mais les aider à fonctionner au niveau particulier ou aux divers niveaux de "santé mentale" qu'ils choisissent pour fonctionner, et non les aider à s'adapter et les enfermer s'ils ne s'adaptent pas.

Ayant dépassé le point de grognement, le docteur Goldman retira ses lunettes d'écaille, se frotta les yeux et dit d'un ton égal :

— Docteur Robbins, nos différences fondamentales sont plus grandes que je ne l'avais imaginé. Je vais demander à Miss Waterworth de prévoir pour nous une conférence la semaine prochaine où nous pourrons les ventiler et voir si elles sont conciliables. Mais pour l'instant, mon souci va à la patiente. L'encourager à divorcer est, il va sans dire, hors de question. Mr. Gitche est un homme compréhensif, doué et cultivé qui adore sa femme. Mr. Gitche…

— Mr. Gitche a attiré sa femme loin du bord et l'a ramenée au centre, ici, avec nous autres. Je n'ai rien contre le centre. Il est grand, mystérieux et ambigu – peut-être aussi exaltant dans sa douce et changeante complexité que l'est la marge dans ses impitoyables terminaisons. Mais le centre peut-être un lieu préjudiciable pour quelqu'un qui a vécu si longtemps sur la marge. La normalité a posé à Sissy un défi colossal et je pense qu'elle y a fait face avec courage et bonheur. Néanmoins, la normalité est une névrose. La normalité est la Grande Névrose de la civilisation. Il est rare de découvrir quelqu'un qui n'ait pas été infecté, à un degré plus ou moins grand, par cette névrose. Sissy n'a pas été touchée. Pas encore. Si elle continue à être exposée, elle finira par succomber. Je considère que ce serait là une tragédie comparable au fait de scier la corne de la dernière licorne. Pour elle aussi bien que pour nous, je crois qu'il faut protéger Sissy de la normalité. La libérer du centre et la laisser retourner sur la marge. Là, elle est une valeur. Ici, elle n'est qu'un bruit dérangeant de plus parmi le zoo. Julian Gitche peut bien être, comme vous le dites, gentil et compréhensif ; il n'empêche qu'il représente un danger pour Sissy. Il l'a amenée par la séduction dans une situation qui est l'exacte image inversée de ce qu'elle croit être. Julian est poussé par des ambitions matérielles ; il est borné, insatiable, systématique et égocentrique. En d'autres termes, c'est un colon. Par contre, implantée largement dans l'onirique et l'intemporel, *Sissy est l'Indienne*. Vous n'êtes pas sans savoir, Docteur, la destruction que rencontre l'Indien lorsque le colon pose le pied sur ses rives.

C'est un soupir, non un grognement, que le docteur Goldman fit entendre : un petit soupir pareil à un alizé qui se mouche dans la voile d'un bateau modèle réduit.

— Robbins, vous amenez dans la conversation des concepts fort curieux mais, à mon avis, sans rapport avec le sujet. Permettez-moi de vous poser une seule question directe : pensez-vous honnêtement que la personnalité de cette femme, cette femme possédant ces... ces *pouces*, n'est perturbée par rien d'autre que les effets d'un mauvais mariage ?

— Non, je n'ai jamais voulu impliquer cela. (Le jeune docteur tapota le bout de sa moustache comme s'il faisait tomber la cendre d'un cigare impuissant.) Sissy souffre d'une certaine confusion.

— Mmmoui. Et à quoi attribuez-vous cette confusion ?

— Au fait qu'elle est simultanément amoureuse d'un ermite d'âge mûr et d'une cow-girl d'âge tendre.

Le docteur Goldman retrouva ses grognements et faillit même s'étrangler avec.

— Mein Gott, mon vieux ! Est-ce que vous plaisantez ? Alors, pourquoi n'en avez-vous pas parlé dans votre rapport ? Vous ne tenez certainement pas cette affaire pour légère ? Vous ne pensez pas que c'est tout à fait normal ?

Donnant une chiquenaude à l'autre bout de sa moustache, le docteur Robbins répondit :

— Pour beaucoup de gens, pour la plupart des gens peut-être, être amoureux simultanément d'un vieil ermite et d'une jeune cow-girl pourrait constituer une erreur épouvantable. Pour d'autres, cela pourrait être parfaitement bien. Pour la plupart des gens, faire l'amour oralement avec un fourmilier peut être une erreur ; pour une poignée d'individus, ça peut être parfait. Vous voyez où je me situe ? Pour ce qui est de Sissy, elle trouve cette situation légèrement troublante. Je ne suis pas sûr qu'elle en pâtisse réellement.

Le psychiatre aîné se frappa le front. S'y serait-il trouvé un moustique qu'il aurait disparu aussi complètement que Glenn Miller, ne laissant derrière lui que le souvenir de sa musique.

même les cow-girls ont du vague à l'âme

— Mein Gott – je veux dire, mon Dieu ! Nous y voilà ! Très très bien. Ne trouvez-vous pas que cette preuve d'homosexualité dans la libido de Mrs. Gitche établit assez fermement son immaturité émotionnelle ?

— Point du tout. Pas nécessairement. Le lesbianisme est incontestablement en progression, et je ne peux croire que toutes celles qui le pratiquent souffrent de fixations préadolescentes. Non, je suis plus porté à penser qu'il s'agit d'un phénomène culturel, d'un sain rejet de la structure du pouvoir paternaliste qui domine le monde civilisé depuis plus de deux mille ans. Il est possible que les femmes doivent aimer les femmes afin de rappeler aux hommes ce qu'est l'amour. Peut-être que les femmes doivent aimer les femmes avant de pouvoir aimer les hommes à nouveau.

Le docteur Goldman resta une fois de plus dépourvu de grognement.

— Robbins, fit-il doucement comme s'il s'inclinait devant un crucifix, jamais de toute ma carrière je n'ai rencontré chez quelqu'un, psychiatre ou patient, un tel méli-mélo d'idées déconcertantes.

— Ma foi, docteur, comme dit le Chinetoque : si ça coule, mangez-le au-dessus de l'évier.

— Le Chinetoque ? Oh ! vous voulez dire Mao-Ze-dong ?

Le docteur Robbins éclata d'un rire si abrupt qu'il fit peur à sa moustache.

— Oui ! oui, c'est ça, Mao-Ze-dong.

— Bonté divine ! Non seulement j'ai engagé un type un peu coucou, mais en plus il est coco !

Robbins éclata à nouveau de rire. Cette fois, sa moustache était prête.

— Alors comme ça, vous me croyez un peu zinzin, n'est-ce pas ? Vous avez peut-être raison, Docteur. Vous avez peut-être raison. Je ne l'ai jamais dit à personne mais, quand j'étais petit…

— Oui ? Une lueur soudaine se fit dans le regard fatigué du docteur Goldman.

— Quand j'étais petit…

309

tom robbins

— Oui ? Continuez…

— Quand j'étais petit, *j'étais* un ami imaginaire.

Et le docteur Robbins escorta sa moustache reconnaissante jusqu'à la porte, et sortit.

76

Vous avez entendu parler des gens qui appellent leur lieu de travail pour dire qu'ils sont malades. Il se peut que vous-même, vous l'ayez fait quelquefois. Mais avez-vous jamais pensé à appeler votre travail pour dire que vous étiez en pleine forme ?

Ça se passerait comme ça : vous auriez votre patron au bout de la ligne et vous lui diriez : "Écoutez, je suis malade depuis que je travaille chez vous mais aujourd'hui, je vais bien, alors je ne viendrai plus." Se faire porter bien portant.

C'est ce que fit le docteur Robbins, exactement. Le matin qui suivit son entrevue avec le docteur Goldman, il se fit porter en bonne santé et il ne faisait pas semblant. On ne peut pas feindre une chose comme ça. Il est infiniment plus difficile de faire semblant d'aller bien que de faire semblant d'être malade.

Après avoir téléphoné, le docteur Robbins revêtit une chemise en nylon d'un jaune électrique et, lorsqu'il en enfonça les pans dans une paire de pantalons pattes d'éléphant marron ce fut comme un éclair frappant un grand ivrogne. Avant de quitter son appartement, il fit avaler son réveille-matin et sa montre au vide-ordures. "Je quitte le temps du jour et je passe dans le temps de l'âme", annonça-t-il. Puis lorsqu'il se rendit compte du prétentieux de cette déclaration, il se corrigea : "Je barre ça. Disons simplement que je vais bien aujourd'hui."

Dans Lexington Avenue, le docteur Robbins flâna à loisir. Il s'assit sur un banc de parc et se fuma un stick de thaïlandaise. Il entra dans une cabine téléphonique et chercha Gitche dans l'annuaire. Sans appeler. Il se contenta de regarder le numéro et de sourire. Sissy, à sa demande expresse et avec l'accord réticent de Julian, quittait effectivement la clinique ce jour-là.

même les cow-girls ont du vague à l'âme

Dans Madison Avenue, le docteur Robbins entra dans une agence de voyages et demanda à consulter une carte de l'Ouest des États-Unis. Il examina la chaîne côtière de Californie et le Dakota et rien entre les deux. Une employée de l'agence, qui ressemblait à Loretta Young et qui paraissait craindre que la moustache de Robbins ait été introduite aux États-Unis cachée dans un régime de bananes, se fit une joie de lui venir en aide, mais elle ne pouvait pas grand-chose pour un voyageur qui avait des horloges en tête.

Le docteur Robbins poursuivit sa promenade. Sans le savoir, il passa sous les fenêtres des laboratoires où la Comtesse braquait le rayon de son génie sur ce mammifère furtif et nageant en eaux profondes dont le souffle marin s'échappe en lourdes condensations des poumons humides du con.

Dans une vitrine d'exposition de l'entrée des bâtiments de la Comtesse reposait une seringue en caoutchouc rouge de fabrication manuelle – la toute première Rose, le prototype malhabile, l'original rougissant, l'ancêtre de la lignée de poires à injections au succès sensationnel et dont le nom parait encore le plus grand ranch exclusivement féminin de l'Ouest. Innocent, le docteur Robbins passa.

Le docteur Robbins ne savait pas exactement où il allait par ce matin de mai. Mais il savait quelle était sa destination finale. Il allait trouver l'horloge. Et le Chinetoque. Qui plus est, Sissy l'y mènerait. Voyez-vous, notre psychiatre au chômage et en parfaite santé était récemment parvenu à une double conclusion : 1. S'il y avait un seul homme vivant qui pût ajouter du levain à la miche en train de lever de son être, cet homme était le Chinetoque. 2. S'il y avait une seule femme qui pût beurrer cette miche, cette femme était Sissy. Et le docteur Robbins en était tout à fait convaincu, tout à fait décidé, tout à fait excité, tout à fait amoureux. Il regardait l'avenir avec l'esprit pétillant et un rictus idiot.

Mais, mais, mais, il y avait une force au travail sur laquelle le docteur Robbins n'avait pas compté ; une force sur laquelle Sissy n'avait pas compté ; une force sur laquelle personne n'avait compté

311

en Amérique du Nord, y compris les Horlogiens, la Société Audubon et cet homme qui, à cause de quelqu'un qui appela la Maison Blanche pour se faire porter malade (et vraiment pas bien du tout cette fois-là), allait bientôt devenir le nouveau président des États-Unis. Cette force était les voleurs de grues.

CINQUIÈME PARTIE

Voilà un oiseau qui ne peut compromettre son mode de vie ou l'adapter au nôtre. Il ne le peut de par sa nature même, et ne l'aurait pu, même si nous lui en avions donné la possibilité, ce qui n'est pas le cas. Pour la Grue, il n'est de liberté que celle de la nature sauvage et illimitée ; il n'y a qu'une vie, la sienne. Sans se soumettre, sans un signe d'humilité, cet animal a refusé de se conformer à notre idée du monde tel qu'il devrait être. Si nous parvenons à préserver l'existence de ce survivant farouche, le mérite ne nous en reviendra pas. La gloire ira à cet oiseau dont l'opiniâtre vigueur l'a gardé en vie dans des conditions adverses croissantes et apparemment désespérées.

ROBERT PORTER ALLEN

77

Le soleil levant venait de se verser deux minutes de tequila. Il était si tôt que les grives bleues ne s'étaient pas encore brossé les dents. Homère parle dans *L'Odyssée* de "l'aurore aux doigts de roses". Homère, qui était aveugle et dont personne ne relisait les épreuves, parle sans arrêt de "l'aurore aux doigts de roses". Et bientôt, l'aurore se mit vraiment à penser qu'elle avait des doigts de roses : c'est la vieille doctrine de la vie qui imite l'art.

Des doigts – et des pouces – de roses tambourinaient doucement, comme un professeur de solfège dans un club de jazz, sur le dessus de table de l'Amérique au petit matin.

La lumière s'aventura d'abord par les fenêtres du dortoir. Doucement, les cow-girls se retournèrent dans leur lit en faisant de petits bruits endormis pareils aux cris d'amour des croissants au beurre.

Heather rêvait de sa mère diabétique, qui menaçait tout le temps de se suicider à la tablette de chocolat si Heather ne rentrait pas à la maison. Presque imperceptiblement, Heather pleurnichait dans son oreiller. Jody rêvait qu'elle était revenue au lycée et qu'elle passait un examen de maths. Elle se rappelait qu'elle n'avait rien préparé et commençait à suer de souci et de peur. Mary rêvait qu'elle montait aux Cieux dans un radeau de sauvetage en caoutchouc. Dans son rêve, Mary portait des palmes aux pieds. Mary se réveillerait sans comprendre. Elaine rêvait de l'origine de l'infection de sa vessie. Ses mamelons étaient en érection. Elle souriait. LuAnn rêvait le rêve qu'elle faisait presque chaque nuit, dans lequel son petit ami, ses pupilles dilatées et aussi noires que des balles de golf musulmanes, s'approchait d'elle en tenant une seringue dégoulinante. Dans la réalité, elle s'était réveillée quelques heures après le fix, mais son petit ami n'était toujours pas revenu à lui deux ans plus tard. LuAnn était à deux doigts de crier. Debbie rêvait qu'elle volait, et Big Red, ronflant superbement, rêvait qu'elle avait trouvé une grosse somme d'argent par terre. Linda rêvait qu'elle était couchée avec Kym. Elle se réveilla et s'aperçut que c'était vrai. Elle se sauva jusqu'à sa propre couche.

Il était temps. Le sac de boutons de peyotl sous la tête de Delores la réveillait de son chant, comme chaque matin. La cheftaine s'étira et se frotta les yeux. Peu après, elle arpentait déjà l'allée centrale en faisant claquer son fouet. On n'avait pas besoin de réveils à la Rose de Caoutchouc. En plus, un radio-réveil n'aurait fait entendre que des polkas.

Du pavillon principal parvenait la senteur vaudou du café qui passe. Donna, dont c'était le tour, avait déjà mis en route le petit déjeuner. Debout, les filles, debout ! Il y avait des chèvres à traire et des oiseaux à… surveiller.

Flap. Plap plap plap. Les pieds nus de cow-girls commencèrent à atterrir sur le linoléum. Pieds aux ongles peints et pieds couverts d'ampoules, pieds bien lavés et pieds qui fermentent dans la bouillie d'orteils, tendres pieds, pieds qui s'écaillent, pieds qui ont tourné, indécis, dans les magasins de chaussures et pieds qui sont tombés amoureux du parquet du gymnase, pieds-sans-peur, pieds à leçons-de-danse-le-samedi-matin, pieds roses, pieds jaunâtres, pieds arqués, pieds plats, pieds à masseur, pieds négligés, pieds de plage, pieds en douce, pieds chatouillés-par-Papa, pieds rouges à cause des bottes trop serrées, pieds qui attiraient les tessons de verre et les éclats de bois et pieds qui s'imaginaient être des nuages. *Plap plap.* Les pieds nus embrassèrent le linoléum et se précipitèrent avec ingénuité vers les armoires sur pied (dans lesquelles il n'y avait pas de pieds de rechange), vers les fenêtres (pour voir quel temps il faisait et ce qu'on allait mettre sur pied) ou vers les toilettes (à quatre-vingt-douze pieds exactement du dortoir).

Flap. Plap. Écoutez. On pouvait entendre d'autres plaps par cette aube estivale. Des *plaps* dans les cités et les villes que ne parcouraient pas des cow-girls nu-pieds. L'auteur parle à présent du *plap-plap* des journaux du matin, roulés et pliés, qui viennent atterrir au pied des portes, catapultés nonchalamment par les petits livreurs.

D'innombrables journaux atterrirent avec, d'innombrables *plaps* sur d'innombrables perrons, apportant à d'innombrables lecteurs résultats sportifs, bandes dessinées et horoscopes ainsi que, ce matin-là, la première annonce publique de ce que beaucoup tinrent pour une épouvantable catastrophe écologique. Divers journaux déballèrent l'histoire de diverses manières. Je crois que c'est le gros titre du *Post-Dispatch* de Saint Louis qui, succinctement, la rapporta le mieux. On y lisait : NOS GRUES ONT DISPARU.

78

Il y a quelque cinq cent mille ans, le continent nord-américain finit par avoir assez de cran pour vider de l'entrée ses derniers glaciers. La glace à la porte, le continent nord-américain fit venir les architectes d'intérieur et leur ordonna de créer un décor digne d'une nouvelle vie sauvage et qui ait de la classe. "C'est parti pour l'herbe", déclarèrent les décorateurs en se mettant à assembler un paysage de vastes prairies, de mers intérieures et de savanes humides. Un primitif oiseau de marécage du prépléistocène jeta un coup d'œil jaune sur les étendues infinies de végétation marécageuse, d'herbe se balançant mollement et d'eaux peu profondes, puis décida qu'il aimait assez ce nouveau décor pour s'y installer. En fait, cet oiseau aima tellement le nouveau décor qu'il en lâcha un houp. C'est ainsi que, inspiré par son environnement, il devint la grue qui houpe, *the whooping crane*.

Notre houpeuse avait de la classe, pas de doute. Elle combinait une grande taille à une beauté majestueuse et à une sorte d'arrogance timide qui produit un effet d'ensemble inégalé chez les autres oiseaux. Les taches d'un noir satiné étaient placées avec économie et perfection sur son corps d'un blanc éclatant; sa crête rubis et ses taches sur les joues (qui étaient en fait sa peau rouge, nue de toute plume à cet endroit) ajoutaient une note voyante sans être vulgaire. Sa silhouette conique et ses courbes gracieuses devaient exciter des artistes et des dessinateurs encore à naître; sa voix puissante pouvait faire frissonner l'échine d'un prédateur à un kilomètre de distance; la fierté distante avec laquelle elle menait ses affaires quotidiennes inventa le mot *dignité* dans les dictionnaires animaux. Couvrant le territoire qui va de la côte atlantique à la côte pacifique et de l'Arctique au centre du Mexique, la grue fut certainement El Oazo Supremo en Amérique du Nord au cours de l'Âge d'Or de l'Herbe.

Les choses changent. Même l'herbe passe de mode. À la fin du pléistocène, les arbres firent une entrée en force. Les forêts débordèrent graduellement sur les prairies et la nappe aquifère recula. L'aire d'habitation de la grue commença à subir un rétrécissement implacable. La grue du Canada, cousine plus petite et plus ordinaire de la grue dont nous parlons, consentit aux adaptations nécessaires et se conforma complaisamment à un monde où il y avait moins d'herbe et moins d'eau. Mais pas notre oiseau. La grue pratiquait la science du particulier; elle réalisait le singulier par opposition au général; elle incarnait l'exception plutôt que la règle. Au diable les compromis! Elle savait ce qu'elle voulait, et basta! À la différence de toutes les espèces avares, y compris l'homme, la grue choisit la qualité au lieu de la quantité et rejeta l'idée que n'importe quoi vaut mieux que rien du tout.

Elle survivrait comme elle l'entendait ou disparaîtrait. Et de fait, elle diminua en nombre aussi bien qu'en territoire, s'accrochant avec un air de défi à des confins sans cesse plus étroits. La population des grues était tombée à moins de deux mille avant même que la civilisation ait posé ses grosses godasses bien cirées sur nos rives.

Néanmoins, deux mille grues font deux mille grues – assez de pur pouvoir-plume pour interrompre n'importe quel numéro dans le quartier de nuit des Terres Oiseaux – et le nombre de grues aurait pu rester à ce chiffre approximatif si la civilisation n'avait pas décidé de faire une faveur à l'Amérique du Nord en s'invitant elle-même à

même les cow-girls ont du vague à l'âme

dîner. Entre la civilisation et la grue éclata un conflit de personnalités immédiat et durable. Les bagages du processus civilisateur contenaient l'agriculture, la chasse, les collectionneurs d'œufs, l'industrialisation, l'étalement urbain, la pollution, l'aviation, le forage pétrolier, les manœuvres militaires, les incendies de prairies et le Corps des Ingénieurs de l'Armée, ces petits castors kaki et besogneux, déterminés à transformer les voies d'eau naturelles de l'Amérique en fossés d'épandage industriels. S'ajoutant aux prédateurs, aux changements de climats et aux ouragans, tout cela était un peu trop pour la houpeuse fameuse. Et après 1918, quand un fermier de Louisiane du nom de Alcie Daigle abattit douze grues qui mangeaient du riz tombé de sa batteuse (Alcie Daigle, que des becs acérés te cisaillent jour après jour les testicules dans les rizières grillées de l'Enfer !), il ne restait plus que deux bandes de grues sauvages de par le monde. Bientôt, il n'y en eut plus qu'une. En septembre 1941, cette bande constamment harcelée était réduite à quinze oiseaux. Quinze. On peut les compter : quinze. Avec la musique de l'extinction qui monte en fond sonore.

Dès sa fondation, en 1905, la société de protection Audubon s'était spécialement intéressée aux grues. Ses membres reconnaissaient un oiseau extraordinaire quand ils en voyaient un. Les petites vieilles dames et les gentils messieurs à guêtres de la société Audubon tannèrent si inlassablement le gouvernement qu'en fin de compte, les politiciens décrétèrent en 1937, de guerre lasse, que le terrain d'hivernage de la dernière bande de grues vivantes serait désormais un lieu protégé. Comme la plupart des gestes en faveur de la vie faits par le gouvernement, la réserve nationale d'Aransas, Texas, sur la côte du golfe du Mexique, n'était guère mieux que symbolique. Aransas offrait aux grues une protection hivernale contre les chasseurs et les collectionneurs d'œufs, c'est certain, mais l'US Air Force conserva le droit de faire des exercices de bombardement à quelques coudées du rivage, tandis que les grandes compagnies pétrolières continuaient à forer, draguer, carotter et trifouiller sur tous les bords de la réserve. De plus, la bande, quoique gibier interdit, ne bénéficiait d'aucune protection réelle pendant son long vol migratoire entre Aransas et

tom robbins

son territoire de reproduction et de couvaison, dans les solitudes du nord du Canada, et chaque année, plusieurs grues tombaient sous les joyeux pan-pans de chasseurs éméchés. La bande s'accrocha à la vie par les doigts de pieds, même si ce fut avec aplomb.

Mais peu après 1950, voilà que surgit un héros, un Batman – ou un Grue-man, en l'occurrence – qui entre dans l'arène en volant, porté par sa cape de pennes immaculées, et va rendre le gouvernement bête comme une oie et faire faire un plongeon de canard à l'extinction. Le nom de ce héros est Robert Porter Allen, directeur de recherches de la société Audubon et pas du genre à distribuer des graines aux petits zoziaux. Allen aimait les grues plus que les hommes d'État, les étoiles du cinéma ou Notre Père Qui êtes Aux Cieux. Il était brillant, consciencieux, costaud, persuasif et, le plus important de tout, il savait s'y prendre avec la presse. Le jour d'octobre 1951 où dix-neuf grues seulement revinrent à Aransas, il s'arrangea pour mettre les moyens de communication de masse dans le coup. Après bien des bulletins d'informations et des éditoriaux diffusés et imprimés, le gouvernement se mit comme par miracle à témoigner un intérêt plus marqué en faveur de ces monstres indomptés dont il avait fait officiellement ses pupilles.

Le gouvernement laissa un peu du rouge de la tête de la grue gagner ses propres joues et, au bout de quelques années, la civilisation s'y prit un chouïa mieux avec notre échassier, bien que ce dernier n'en fit pas des pirouettes de joie en haute altitude. En 1956, vingt-huit grues hivernèrent dans la réserve d'Aransas. En 1957, la bande redescendit à vingt-quatre. En 1959, le chiffre remonta à trente-deux. Et ainsi de suite. Comme les résultats en provenance du stade de l'Absolu. Chaque printemps et chaque automne, au moment du départ des grues et du retour des grues, la presse rapportait dûment les chiffres grues, leur faisant une place entre les comptes rendus sur la situation internationale, qui était désespérée, comme d'habitude.

Lorsque, en 1969, la population grue toucha un cinquante bien dodu, la presse entonna victoire avec débordement. En 1973, ils furent cinquante-cinq oiseaux à hiberner au refuge texan, chiffre qui, à son annonce, fit même sourire derrière leurs paluches les criminels les plus endurcis. C'est en tout cas ce que certains voudraient nous faire croire.

Quoi qu'il en soit, et comme il arrive parfois dans cette curieuse conscience culturelle qui est la nôtre, malléable mais non auto-malléable, une sorte de mystique s'échafauda autour de la grue et du drame de sa survie.

La grue devint "le symbole des préoccupations neuves de ce pays envers sa nature sauvage aussi bien que des possibilités de réparer sa destructivité passée".

On ne peut donc pas dire que la thyroïde nationale se mit à sécréter avec joie quand on apprit que ce symbole, la dernière bande existante de grues, avait disparu en entier et sans laisser de traces.

79

— Ç'a été un vol de routine, fit le représentant du Service canadien de la Nature.

Comme si ça existait, un vol de routine.

Les gens qui assistent à des miracles sont ceux qui cherchent les miracles, qui gardent les yeux ouverts aux miracles qui nous entourent. Les gens qui font des vols de routine sont ceux qui se croient en vol de routine... mais pour l'instant, avec nos grues en cavale, le moment n'est pas aux digressions sur l'évident. Le représentant était aussi décharné et nerveux que le dernier serpent qui se sauva d'Irlande*, tout en tripotant sa pipe et en essayant de parler d'une mission importante comme d'un vol de routine.

Le vol en question avait été accompli dans un hélicoptère à deux sièges et hélice unique. Le pilote était un employé du Service canadien de la Nature, tout comme son passager, l'agrobiologiste Jim McGhee. Par ce jour de mai, comme chaque mois de mai depuis quatorze ans, McGhee avait effectué un vol de "routine" au-dessus des marais déserts situés au sud de Great Slave Lake, à proximité de

---

* Allusion au mythe de Saint Patrick, qui fit partir tous les serpents d'Irlande.

la frontière entre l'État d'Alberta et les territoires du Nord-Ouest, afin de compter les grues. McGhee comparait ensuite son chiffre avec celui des oiseaux au départ d'Aransas pour voir comment les grues avaient supporté leur migration de quatre mille kilomètres. Rare était l'année où ils ne perdaient pas au moins un oiseau, mais les conditions s'étaient certainement améliorées depuis les années 1950, époque où le Canada adressait des protestations officielles aux États-Unis pour tenter de protéger les grues des chasseurs, pétroliers et bombardiers américains. Oui, les actions grues avaient grimpé d'un demi-million de points sur le grand tableau, et un actionnaire comme McGhee, qui avait acheté au plus bas, avait toutes les raisons d'être satisfait et de s'imaginer en vol de routine tandis que les pales barattaient à faible altitude par-dessus les marais pour vérifier la cote des grues par ce jour de mai.

En 1744, un explorateur, français notait dans son journal : "Nous avons (au Canada) des grues de deux couleurs ; certaines sont toutes blanches, les autres gris pâle ; toutes font une soupe excellente." Ma foi, on aurait pu croire qu'un fatidique fat français avait encore surgi des salles de goinfrerie de l'Enfer pour mitonner un plein chaudron de Velouté de Grue car, même en louchant de tous leurs yeux, Jim McGhee et son pilote ne repérèrent pas la moindre grue ce jour-là.

McGhee était intrigué, un rien inquiet, peut-être, mais il ne s'affola pas. Les grues ont dû bouger, raisonna-t-il. Leur territoire de couvaison avait été à deux reprises menacé par des incendies de forêt depuis 1970 et, en dépit des manœuvres du gouvernement canadien pour éloigner les touristes de la région, les récentes années avaient vu un accroissement de la circulation aérienne au-dessus des nurseries des grues. L'enclave de treize cents kilomètres carrés où les oiseaux de cette bande solitaire choisissaient de construire leurs nids d'herbe empilée, de déposer leurs œufs couleur de champignon et de couver leurs petits de la taille d'un moineau n'était qu'un malheureux timbre-poste sur un énorme paquet de terrain rébarbatif. Elle faisait partie d'une région aussi accidentée et perdue que toute autre de par le continent nord-américain. Clairsemée de lacs boueux et peu profonds que séparaient d'étroites zones de sapins noirs et hérissés, ainsi

même les cow-girls ont du vague à l'âme

que de tortueuses rivières trop engorgées de bois flotté pour être navigables, cette région n'avait vu le pied ni des Blancs, ni des Indiens. En fait, le domaine grue était si bien caché qu'il avait fallu aux chercheurs aéroportés des agences américaine et canadienne de là Nature dix ans pour le trouver. Comme McGhee le théorisait devant une bouteille de bière Uncle Ben ce soir-là à Fort Smith, il se pouvait très bien que les grues aient transféré leur zone de couvaison dans une autre partie de ces terres incultes. Comme les oiseaux vivent en groupes familiaux isolés souvent distants de plus de trente kilomètres, il paraissait improbable que la bande tout entière ait rejeté comme d'un commun accord l'aire traditionnelle de couvaison ; mais McGhee n'était pas sans savoir que les créatures sauvages choisissent quelquefois l'improbable. McGhee aimait les créatures sauvages. Une fois, il avait réveillé à coups de coude sa femme en plein milieu de la nuit pour lui déclarer très fermement : "Les animaux sauvages ne ronflent pas." Ça se passait un mois avant leur rupture. Enfin, passons. McGhee reprit une autre Uncle Ben, décidant de ne pas déclencher une panique grue avant d'avoir cherché plus attentivement en compagnie de son pilote.

Le lendemain, les deux hommes reprirent un examen minutieux de la zone d'habitation habituelle des échassiers. Ils volèrent si bas qu'ils furent pratiquement sodomisés par les quenouilles. Mais pas d'oiseaux. Le surlendemain, ils scrutèrent la région située au sud de la zone traditionnelle de couvaison, tournant et tournoyant au-dessus des rives de la Little Buffalo River et de ses affluents marécageux, le lieu où logiquement (?) les grues auraient dû élire leur nouveau logis. Pas la plus minuscule neigeuse plume naissante ne chatouilla leurs yeux. Ce même soir, Jim McGhee appela Ottawa par radio.

De la capitale s'en vint un représentant officiel décharné et fumeur de pipe du Service canadien de la Nature. Il ne montrait pas encore de signes de nervosité, mais sous peu il claquerait comme le pot d'échappement d'une décapotable de jeune fille. L'officiel, affecta aux recherches quatre hélicoptères supplémentaires. Pendant une semaine, ils passèrent les étendues désolées au peigne fin, tout comme la Société du Souvenir des Raids d'Errol Flynn dans les

Petites Culottes passa au peigne fin les dortoirs des filles de Kansas State University par cette terrible nuit de 1961 – mais avec nettement moins de succès.

L'officiel n'eut enfin plus d'autre choix – ô champagne de la tremblote, ô cascade de la grelotte – que d'annoncer la nouvelle aux insupportables Américains. Le Service américain de la Pêche et de la Nature et la société Audubon réagirent de concert et sans délai. Il était établi et vérifié que cinquante et une grues, par groupes de une à trois familles, avaient quitté la réserve d'Aransas au cours de la troisième semaine d'avril. L'intendant-chef d'Aransas témoigna que les danses d'amour des oiseaux avaient été inhabituellement athlétiques cette année, mais rien ne permettait de croire qu'elles faisaient la fête pour la dernière fois.

Vers le milieu de leur migration, les grues faisaient normalement halte pour plusieurs jours de repos et de récréation sur les berges de la Platte, dans le Nebraska. Là, les oiseaux à pattes droites arpentaient les rives avec une dignité agitée, comme autant de princes Philip faisant les cent pas devant les appartements de la reine, pour trouver à manger des grenouilles, creuser dans les bancs de sable pour dénicher des mollusques ou traquer les sauterelles entre les rangées d'herbes hautes. Les agents du gouvernement avaient pour habitude de faire un inventaire des grues lors de leur arrêt sur les bords de la Platte, puis de s'en remettre aux renseignements fournis volontairement par des citoyens jusqu'au recensement de couvaison annuel de Jim McGhee. Cette année n'avait pas fait exception, et les surveillants qui contrôlaient les grues dans le Nebraska confirmèrent que les grands oiseaux avaient été tous présents, repérés individuellement et qu'ils semblaient en aussi bonne santé que des gosses de riches avant que l'ennui ne s'installe dans leur vie. Un garçon de ferme et un poseur de lignes de téléphone avaient dit avoir aperçu des vols séparés de grues au-dessus du sud-ouest du Dakota du Sud. Puis plus rien.

Les grues avaient disparu quelque part entre Murdo, Dakota du Sud, et leur territoire de couvaison à la frontière de l'Alberta et des territoires du Nord-Ouest. Les officiels canadiens observèrent les

même les cow-girls ont du vague à l'âme

Américains avec méfiance. Les officiels américains observèrent les Canadiens avec méfiance. L'as du Jeu des Oiseaux avait-il glissé dans la manche de quelqu'un ?

Un avion américain pista l'itinéraire de vol du Nebraska à la frontière du Saskatchewan. Un avion canadien suivit le trajet migratoire de la frontière américaine à la région de couvaison. *Nada*.

"Nous organisons des vols quotidiens le long du trajet des grues", annoncèrent les Américains. "Nous organisons des vols quotidiens le long du trajet des grues", annoncèrent les Canadiens. Le premier vol quotidien américain manqua de très peu la Rose de Caoutchouc, où le tout petit lac Siwash chatoyait comme une flaque de larmes de cow-girls.

Le calendrier piquait du museau dans la fin de mai – près de deux semaines après l'infamant vol de "routine" de Jim McGhee – lorsque la nouvelle de l'absence des grues fut communiquée au public. Un communiqué de presse concis et froid du ministère de l'Intérieur, un avis enjoignant aux citoyens de coopérer en signalant la moindre trace de grands oiseaux blancs, tomba sur les mass-media comme une tonne de briques de solidarité humaine. Toutes les chaînes de télévision et presque tous les journaux du pays firent une grande place à l'affaire. L'ampleur des réactions journalistiques aussi bien que des réactions du public prit le gouvernement au dépourvu. Le standard téléphonique du ministère de l'Intérieur clignotait comme un light-show défoncé au Fillmore et toutes les organisations à tendance écologique, du Sierra Club aux Girl Scouts, télégraphièrent des promesses d'assistance. Le lendemain, le secrétaire de l'Intérieur en personne fut obligé de convoquer une conférence de presse (on put en parler aux informations de six heures et de onze heures du soir). "Hum, ah, euh, hum, fit le secrétaire. Inutile de s'alarmer." Bien que les grues constituent une seule bande, elles voyagent en petites unités de une à trois familles, expliqua le secrétaire. Et les familles nichent à des kilomètres les unes des autres. Il était tout à fait improbable que la bande tout entière ait pu subir un mauvais sort de la part des humains ou des éléments naturels. Le trajet des grues passe presque entièrement au-dessus de régions isolées, et les terres inhabitées du Canada sont immenses. Ces splendides oiseaux vont reparaître tôt ou tard. Même s'ils devaient rester "incommunicado" tout l'été, ils reviendraient certainement au Texas à l'automne.

Le secrétaire croyait à ses propos, comme il arrive parfois aux hommes de son rang. Ses subalternes du Service des Pêches et de la Nature y crurent également. Au Canada, l'officiel décharné et fumeur de pipe tremblait comme les glaçons dans le cocktail d'un cracheur de feu et n'était pas trop sûr. Quant à l'agrobiologiste Jim McGhee, il tétait une bouteille d'Uncle Ben, signait un nouveau chèque de pension alimentaire, examinait les cartes aériennes du terrain qu'il explorerait le lendemain et marmonnait à l'adresse de personne en particulier :

— Les animaux sauvages ne ronflent pas.

80

En dépit de son titre, le secrétaire de l'Intérieur était un homme sans profondeur. Il connaissait les surfaces, pas les profondeurs ; l'enveloppe, pas la moelle ; les bulles, pas la crème. Il ne comprenait rien à l'intérieur de quoi que ce soit ; rien à l'intérieur d'un solo de saxo ténor, d'une peinture ou d'un poème ; rien à l'intérieur d'un atome, d'une planète, d'une araignée ou du corps de sa femme ; encore moins à l'intérieur de son propre cœur et de sa propre tête.

Le secrétaire de l'Intérieur savait évidemment que sa tête contenait un cerveau et que le cerveau humain est la création la plus magnifique de la nature. Mais il ne vint jamais à l'idée du secrétaire de l'Intérieur de se demander pourquoi, si le cerveau, avec ses membranes et ses cordons et ses ramifications et ses stries et ses sillons, avec ses glandes et ses nœuds et ses nerfs et ses lobes et ses fluides, avec sa capacité pour percevoir, analyser, épurer, sélectionner et emmagasiner, avec ses talents pour orchestrer des émotions qui vont de l'extase parfaite à la peur panique, avec son appétit pour l'accumulation d'information et sa générosité dans la distribution de celle-ci – il ne vint jamais à l'idée du secrétaire de se demander pourquoi le cerveau, s'il est aussi magnifiquement grandiose qu'il en a la prétention, pourquoi donc le cerveau perdrait son temps à traîner dans une tête comme la sienne…

Peut-être que certains cerveaux aiment tout simplement se la couler douce. Le secrétaire de l'Intérieur n'avait pas de grandes demandes envers son cerveau. Pour l'essentiel, il désirait uniquement être informé de l'opportunité politique de lancer telle ou telle action. C'est ainsi que le secrétaire eut recours à son cerveau tandis que ce dernier se prélassait paresseusement dans son hamac cérébral, sirotant oxygène et sang, susurrant quelque faridondaine électrochimique recueillie au bout de deux milliards d'années de babil biologique continu ; un cerveau que n'auréolait de néon aucune cicatrice amoureuse, qui ne montrait aucun signe d'avoir jamais été ébloui ou terrassé par une œuvre d'art, qui ne veillait de toute évidence pas des nuits entières à se demander ce que Jésus avait vraiment voulu dire quand il déclara : "Si une graine tombe en terre et meurt, elle repoussera" ; un cerveau qui aurait paru fondamentalement placide s'il n'y avait eu le couteau à écorcher, le fusil automatique, le bazooka, la machette, le napalm, les matraques, les flèches et les grenades entassés sous son oreiller et prêts à être instantanément employés pour découper, éventrer, assommer, brûler et réduire en fumée le moindre cri de souris qui le menacerait ; le secrétaire eut recours à son cerveau, dis-je, lui piqua les côtes et lui demanda comment mettre fin à ce remue-ménage autour des grues de la manière la plus avantageuse pour lui.

La réaction immédiate (bâillement) de son cerveau fut que le problème devait être passé à quelque autre cerveau pour trouver une solution. Cela n'était cependant pas faisable cette fois-ci. La seule personne à qui le problème pût être passé était le président ; or le cerveau du président, coincé finalement après une vie entière à tricher, arnaquer, mentir, gruger et vampiriser tous les râteliers, qu'ils soient publics ou privés, était pour l'instant roulé en boule comme un tatou malade et ne pouvait être requis. D'ailleurs, s'il allait trouver le président, il pouvait s'attendre seulement à ce que le président lui

tom robbins

hurle : "Vous pouvez vous les mettre au cul, vos foutus oiseaux !
Qu'est-ce que vous faites pour me protéger, moi ?" ou quelque chose
comme ça, et le secrétaire ne souhaitait pas que le président lui hurle
après. Et s'il s'adressait à l'un des conseillers privés du président, il
s'entendrait répondre avec un accent allemand aseptisé que l'affaire
devrait être passée à la CIA et, quoique le secrétaire ne fût pas
entièrement opposé à la méthode des conseillers immédiats du
président consistant à mettre les problèmes fâcheux entre les mains
de la police secrète, il n'était pas certain qu'il soit opportun de laisser
ainsi usurper son autorité.

Non, désolé, cerveau, bon vieux copain, mais c'est toi et le
secrétaire qui devez résoudre le problème.

Dans des conditions normales, le secrétaire aurait sans doute
enfilé la chemise de laine Pendleton que son épouse lui avait donnée
pour leur vingt-deuxième anniversaire de mariage (ou bien était-ce
vingt-troisième ? Son cerveau ne se rappelait pas), aurait réquisitionné un réacteur et serait parti mener personnellement une chasse
massive à la grue. Voilà qui aurait été de bonne politique. Ah ! ah !
Ainsi, quand ces cinglés d'écologistes seraient furibards parce que
son ministère laissait l'industrie développer le pays dans le sens où
Dieu l'avait voulu, il pourrait rétorquer : "Faites-moi confiance, les
amis ; j'ai prouvé que j'étais un ardent défenseur de la nature. Je suis
l'homme qui a secouru nos grues !"

Hélas ! On n'était pas dans des conditions normales. Les grandes
compagnies pétrolières étaient sur le point de réussir un coup
économique risqué, un véritable morceau de bravoure du business
qui avait nécessité la mise sur pied d'une pénurie simulée de produits
pétroliers ; et les citoyens, ne sachant plus où était leur bien, déplo-
raient ce qu'on avait appelé une "crise de l'énergie". L'ouvrier moyen
se souciait foutrement plus de la crise de l'énergie que d'une bande
de piafs débiles qu'on ne retrouvait plus, raisonna le secrétaire avec
grande justesse ; le secrétaire n'était pas convaincu que l'ouvrier
moyen ne se fichait pas comme d'une plume de queue moisie de
l'absence des volatiles. Si le secrétaire autorisait une recherche
aérienne de grande envergure, il y aurait à n'en pas douter des réac-

même les cow-girls ont du vague à l'âme

tions à cause des quantités d'essence qu'exigerait une expédition de cette ampleur. Il lui était rigoureusement impossible de justifier une telle dépense de précieux pétrole.

Il décida donc ceci : il garderait un seul avion léger pour faire le va-et-vient sur le vaste et capricieux itinéraire migratoire ; un avion en l'air chaque jour. Si la gent ouvrière se plaignait, il répondrait : "Il n'y a qu'un Cessna minuscule et économique qui cherche ces oiseaux, les gars ; c'est tout." Si les écologistes rouspétaient, il dirait : "J'ai en ce moment même un appareil de reconnaissance moderne et perfectionné, équipé d'un radar et de l'équipement le plus au point, qui sillonne le ciel et inspecte chaque pouce de territoire perdu pour retrouver ces merveilleux hérons, et je n'aurai de repos qu'ils soient revenus sains et saufs d'où ils sont partis." Hum. Oui. Oui, c'est ça. Bien joué. Bon travail, fidèle cerveau. Tu as bien gagné une sieste.

Cette politique mise au point, le secrétaire se dit sans hésiter que ces hérons ou ces grues ou ces oiseaux de toute façon finiraient bien par réapparaître dans un avenir proche. Bon Dieu, quoi ! Il restait dans le Saskatchewan des centaines de kilomètres carrés de marais auxquels on n'avait même pas encore jeté un coup d'œil ; les oiseaux s'y abritaient probablement, ou nichaient dans quelque marécage au fin fond de la cambrousse canadienne. Ils referaient surface, au bout du compte, sains et saufs. Si la presse voulait seulement laisser tomber l'affaire, la majorité du public l'oublierait plus vite qu'un cachet de Bufferin qui se dissout dans le ventre en coupe d'une poupée à la télévision[*].

De fait, la presse *aurait* pu laisser tomber l'affaire. Et les masses *auraient* pu oublier les oiseaux disparus. Mais il y avait Jim McGhee.

Un soir au coucher du soleil, l'agrobiologiste canadien se redressa devant sa bouteille d'Uncle Ben, se leva, et prit la brousse sans paquetage ni provisions.

Un matin, après trois jours passés dans la nature, après trois nuits grelottantes parmi les dormeurs qui ne ronflent pas, un McGhee

---

[*] Allusion à un célèbre spot publicitaire montrant l'action de cette variété d'aspirine dans l'estomac.

tom robbins

dépenaillé était assis sur une bûche lorsqu'il vit un serpent passer furtivement. Ce serpent avançait vite. Il portait une carte sous sa langue. Cette carte était le valet de cœur. "Il faut que je trouve au plus vite Delores del Ruby", siffla le serpent. Puis il fila en glissant vers le sud.

En partant de Fort Smith, McGhee avait laissé un billet. Celui-ci ne contenait aucune allusion à son ex-épouse ou à ses deux petits garçons couverts de taches de rousseur, mais parlait d'abondance des grues, concluant d'ailleurs sur ces mots : "Je pars les rejoindre dans leur extinction."

C'est ainsi qu'au grand chagrin du secrétaire de l'Intérieur, la bande disparue fit à nouveau les gros titres. La crise soulevée par Jim McGhee fut résumée, typiquement quoique grossièrement, par ce gros titre sur toute la largeur de la page Un du *Daily News* new-yorkais : SUICIDE EN GRUE.

81

Sissy. Ma chérie. Que se passe-t-il ? Te voilà enterrée dans la 10e Rue Est, toujours plus pâle. Pâle comme un fantôme qui s'est emmêlé dans un rideau de dentelle. Pâle comme la Pâque. Pâle comme l'écume sur les lèvres d'un fou furieux. Même tes pouces ont perdu leur joyeux lustre rubicond.

Qu'est-ce qui se passe, ma puce ? Dehors, il commence à faire chaud. Les habitants des immeubles les moins respectables commencent à s'installer sur les escaliers de secours pour prendre l'air du soir. Plus loin dans la rue, en dessous de l'Avenue B, les maris portoricains ont installé leurs jeux de dominos sur les trottoirs. Les petits clébards et autres toutous se remettent à battre du flanc. Toujours mauvais signe. Julian dit que tu devras moins te servir de l'air conditionné cet été. Crise de l'énergie.

Sissy, le soleil fait plusieurs apparitions personnelles chaque jour, et il faut voir comme il la ramène, à la manière typique des Lions ; mais toi, que crois-tu être ? Un champignon ? Deux champignons ?

même les cow-girls ont du vague à l'âme

Certes, tu as beaucoup à réfléchir. Si tu as vécu jusqu'à présent de façon irréaliste, comme le prétendent tant de gens, alors tu te dis que depuis un an et demi, tu n'as fait que prendre des leçons de réalité. Et tu as eu quelques professeurs de poids. Julian, Bonanza Jellybean, le Chinetoque, le docteur Robbins.

Deux de ces professeurs t'ont appris que dans les temps anciens, tout était dirigé par les femmes. Et que tout allait mieux, alors. C'est une nouvelle époustouflante. Tu te demandes ce que cela peut signifier pour toi personnellement. Julian déclare que ce sont des imbécillités, que la plupart des anthropologues contestent la théorie matriarcale. Sur ce sujet, le docteur Robbins est resté silencieux.

Mais le docteur Robbins te téléphone, il est vrai. Une fois par semaine environ. Juste pour prendre des nouvelles d'une ancienne patiente, comme il dit. Son style t'amuse. Il t'invite à déjeuner, il t'emmène dans des fumeries d'opium, il te fait voir un cirque de puces. Tu refuses. Tu penses qu'il veut baiser avec toi. Ça serait marrant, mais ça ne vaudrait pas le coup. Absolument pas le coup. Il se peut que tu y entendes macache à la réalité, mais tu sais deux ou trois petites choses sur la magie. Tes pouces t'ont appris. La magie exige une certaine pureté. Sans pureté, la magie s'affaiblit. Tu espères encore pouvoir créer avec Julian une relation magique. Alors maintenant, tu essaies de la garder pure.

Julian s'est fait très compréhensif. Il n'interrompt plus tes réflexions. Tu es assise sur le lit, à côté de la cage vide ; tu passes en revue tes exercices et tu laisses la vache de ton esprit se sortir à grands coups de mâchoires du tas de foin qui lui est tombé dessus. Tu penses rester dans cette nouvelle vie qui t'est bien plus étrange que ton ancienne, étrange déjà. Tu crois que tu vas rester avec Julian. Dans un an ou deux, quand le moment conviendra à l'un comme à l'autre, tu penses que tu pourrais donner un bébé à Julian.

Oh ! Sissy ! As-tu donc oublié la prophétie de Madame Zoé ?

82

Sissy, ne crois-tu pas que tu devrais sortir t'acheter un hot dog ? Ou un morceau de pizza ? Tu vois, une petite friandise qu'on peut tenir en équilibre entre les doigts sans que les pouces entrent en jeu. En remontant la Première Avenue, près du Bellevue Hospital, il y a une charrette à bras. Marcher jusque-là te ferait du bien. Le soleil.

S'il faut absolument que tu penses, ne penserais-tu pas aussi bien dans Tompkins Square Park ? Sur un banc où des ivrognes cassent la croûte et où les pigeons font sauter leurs boutons ? Tu t'y entends avec les oiseaux.

Habile, n'est-ce pas, Sissy, la manière dont l'auteur a sauté aux oiseaux ? As-tu eu des oiseaux en tête récemment ? Comment as-tu réagi à l'article dans le *Times* de ce matin ? Celui qui annonce que le Congrès a autorisé le ministère de la Justice à traiter avec sévérité toute personne ou tout groupe d'individus dont il serait prouvé qu'il s'interposait dans la sécurité ou la libre circulation de la dernière bande de grues au monde.

Tu dis que tu ne penses pas aux grues ? Ma foi, si tu le dis…

Tu ne penses pas aux grues ce matin. Tu penses au… temps.

Le Peuple de l'Horloge attend la fin du temps. Le Chinetoque dit qu'il va falloir attendre longtemps.

Tu te demandes, comme tant se le sont demandé, si le temps a jamais commencé. S'arrêtera-t-il ? Ou bien passé et avenir sont-ils les produits du présent ? Ces questions sont aussi importantes que peu à la mode.

Tu as lu que Joe DiMaggio a ordonné que des roses rouges fraîches soient placées sur la tombe de Marilyn Monroe tous les trois jours, jusqu'à la fin des temps. Pas seulement durant la vie de Joe DiMaggio, attention, ou tant que dureront Hollywood, ses films et ses cimetières, mais pour toujours. Et tu te dis : "Si le temps vient à finir, Joe DiMaggio récupérera une belle somme."

83

Eh oui, Sissy. Tu ne sors pas beaucoup. Et tu ne regardes que de temps en temps par ta fenêtre. Par ta fenêtre, comme par toutes les fenêtres de nos jours, tu vois le gâteau qui s'effrite.

Julian déclare que nous allons droit vers une dépression. Ou pire. Il parle de famines, d'épidémies, de purges. Quand il dit ces choses, il penche sa tête sombre d'un côté comme si, tout comme le Mohawk qu'il devrait être, il entendait la famine assembler ses poussiéreuses forces, se préparant à tout envahir en partant du Sahara, de l'Inde, de l'Arménie Affamée. Il entend la Panique qui, dans le salon d'habillage, revêt son costume de squelette. Il entend le silence grésillant de la crise de l'énergie. "Ici, en Amérique, nous retournons à notre fascisme d'origine", déclare cet Américain d'origine, ignorant les douze mille ans d'histoire de sa propre race. La situation internationale est désespérée, comme d'habitude.

Sans optimisme excessif, Julian estime cependant que si un démocrate libéral est élu président en 1976, on peut éviter un capotage économique mondial. Quant au docteur Robbins, il se contente d'éclater de rire au téléphone. "Le gâteau s'effrite, te murmure-t-il hideusement. N'est-ce pas *grandiose* ?"

Tu ne sais si c'est grandiose ou horrible. Tu sais seulement que ce n'est pas l'auto-stop qui a créé cette situation, et qu'il ne peut pas non plus la faire cesser.

Dans la baignoire, tu fais voguer un pouce à travers les eaux parfumées. Comme les bulles éclatent de manière égale devant son bec lisse ; quel sillage parfait ! Et puis tu balances ton poignet dans un mouvement particulier en staccato, et soudain voilà le pouce qui gigote comme un fou sous l'eau, pareil à un plongeur qui aurait contracté un empoisonnement par le mercure en suçant une sirène.

Et de t'amuser ainsi. De sourire. Mais ton front porte des rides. Sont-elles dues aux grues ?

Mais qu'est-ce ? On frappe à la porte. Julian abandonne ses pinceaux pour aller ouvrir. Tiens tiens, quelle surprise. Tu as tout de suite reconnu cette méchante voix traînante.

La Comtesse avait disparu depuis un bon moment. Julian continuait à peindre et ne faisait plus rien pour lui. Et puisque ton mari s'est mis à peindre pour les Allemands, il est probable qu'on ne lui demandera plus de paysages pastoraux baignés de la lumineuse brume de Yoni Miam ou argentés de langoureuses gouttes de Rosée. La Comtesse aime l'exclusivité ; il aime être unique. Quant à toi, tu n'as plus travaillé comme mannequin depuis la débâcle du Dakota. Tes yeux, quoique beaux encore, ont perdu un peu de leur innocence ; ta bouche, bien que ferme encore, n'a plus toute sa désinvolture. Et aussi ton petit séjour dans l'établissement du docteur Goldman pour flippés du moyen monde ne peut avoir rehaussé ta carrière. Passons. Tu te sèches, t'enveloppes et entres à petits pas pour saluer ton bienfaiteur.

Sa barbe poudrée de trois jours te pique le visage en l'embrassant. Sur son monocle sèchent les dépôts de sauces qu'aucun chef français ne touillera plus jamais. D'une voix de boîte de pâtée pour chiens bon marché si une boîte de pâtée pour chiens bon marché pouvait parler, il te dit que tu as l'air en pleine forme.

— La domesticité, régal du mâle, poison de la femme, semble te convenir, fait-il.

C'est du beurre de cacahouète avec un léger zézaiement.

Et comment va la Comtesse ?

— Douce merde de moi ! s'exclame-t-il. Les ventes ont baissé de plus de dix pour cent. Les choses sont-elles si désespérées que les femmes ne peuvent lâcher quelques sous pour contrôler leur puanteur atavique ? Je vous le demande. Le samouraï, avant la bataille, brûlait de l'encens dans son casque afin que si un ennemi lui enlevait la tête, il offre au moins à son décapiteur un arôme agréable. Enfin, il me semble que, aussi morne que l'avenir se présente à toute femme, elle pourrait au moins le voir venir avec un vagin qui ne soit point offensant.

— Vous êtes donc convaincu que l'avenir est triste ? demande Julian, qui peignait un lutin au bord d'une mare limpide.

Le matériel dentaire de la Comtesse claque frénétiquement. Tacatac tacatac ! Lutte anti-gang dans les maxillaires.

même les cow-girls ont du vague à l'âme

— Et comment, réplique-t-il. Ce pays est dans un sacré pétrin.

— Tout dépend de la façon dont on voit les choses, dis-tu.

Julian et la Comtesse marquent un arrêt et te dévisagent, dans l'expectative. Ils supposent que tu vas t'expliquer et leur dire comment voir les événements nationaux sous un jour qui les rende moins cafouilleux. Mais tu n'as rien de plus à dire. Tu ne voulais que déclarer ce que tu as dit – que tout dépend de la manière de considérer les choses, que *tout, toujours*, dépend de la manière dont on les perçoit, et que celui qui perçoit a la capacité d'adapter ce qu'il perçoit.

La conversation reprend. Julian et la Comtesse échangent de menus propos sur de menues affaires : l'économie, la politique. Toi, tu es enveloppée de tissu éponge et tu te sens un petit peu somnolente.

Tout à coup, la Comtesse virevolte vers toi. Il te fixe droit dans les yeux. Son sourire a l'air de s'être fait tamponner à l'arrière à un carrefour. Il faisait claquer une question à ton adresse – comme Delores faisait claquer son fouet :

— Pourquoi n'as-tu rien dit sur les grues, Sissy ?

Clac !

— Que… que voulez-vous dire ?

— Tu sais très bien ce que je veux dire. J'ai travaillé jour et nuit au labo et je n'ai pas fait attention aux informations. Mais hier soir, j'ai entendu qu'on ne retrouvait plus les grues. Toute cette foutue bande. Truman m'a communiqué les détails. Il était pratiquement en larmes. Ça a fait une véritable tempête…

— Mais oui, ç'a été continuellement dans les journaux, interrompt Julian.

— Il y a eu une tempête, et à juste titre. Ma question est : pourquoi n'as-tu rien dit ? Je sais où se trouvent ces grues, et toi aussi.

Julian te regarde bouche bée. Ses yeux s'agrandissent d'ahurissement.

— Mais que voulez-vous dire ?

Ta voix est aussi douce et frémissante que les adieux d'un papillon.

— Sissy, ne fais pas l'idiote avec moi ! Tu es un bon mannequin mais une piètre actrice. Les cow-girls sont mêlées à cette disparition des grues. Tu le sais parfaitement. Vues pour la dernière fois dans le

335

Nebraska. Jamais arrivées au Canada. Qu'est-ce qu'il y a entre le Nebraska et le Canada ? Le lac Siwash. Les cow-girls ont mainmise sur le lac Siwash. Et qui d'autre que les cons excités de Jellybean auraient pu penser à commettre un acte aussi diabolique que fricoter avec la dernière bande de quelques oiseaux presque disparus ? Bien sûr qu'elles sont dans le coup. C'est évident. Que sais-tu au juste ? Ont-elles massacré ces grues comme elles ont massacré mes bonnes vaches ?

— Je ne sais rien à ce sujet, protestes-tu.

Tu sens que tes chairs pâles pâlissent plus encore.

Julian reste bouche bée, mais à présent ses yeux ont rétréci de soupçon. La Comtesse se penche tellement sur ton visage que c'est presque toi qui portes son monocle.

— Sissy, tu es une menteuse ou une imbécile, crache la Comtesse, et il se peut que tu sois barjot mais je ne t'ai jamais su stupide. Tu essaies de protéger ces salopes pourries. Eh bien que ta conscience te guide, comme disait ma maman ; mais ça ne marchera pas. J'ai demandé à parler au secrétaire de l'Intérieur, un connard fini mais un connard qui n'oublie jamais un service politique rendu. Je dois lui parler tout de suite après le déjeuner. Et je vais lui dire où trouver ses grues. Je parlerais directement au président s'il n'était pas affairé à se rendre maboul en tentant de ne pas marcher dans sa propre merde. Mais le secrétaire de l'Intérieur suffira. C'est un homme d'ordre, qui réglera la chose gentiment. Bien sûr, c'est à lui aussi que profitera le coup, mais sache qu'il saura me récompenser. Et ça sera déjà une récompense de voir ces cow-girls prendre ce qui les attend. Ces traînées malodorantes vont le sentir passer…

C'est alors que résonne un bruit que ni la Comtesse ni Julian Gitche n'ont jamais entendu. Ils ne savent pas, ne doivent jamais savoir si ce bruit a été émis par ta gorge ou produit par ton plus gros et plus long doigt jeté à travers l'air. Quoi qu'il en soit, ce bruit est rapidement obscurci par un autre, celui de ton pouce droit qui frappe – avec une force étonnante – la face de la Comtesse.

Immédiatement, le pouce refrappe, brisant cette fois le monocle de la Comtesse sur son œil.

— Merde de moi, fait la Comtesse dans un hoquet.

Sa denture s'étale sur le tapis à longs poils, comme pour y brouter. Puis... Ô mon Dieu et Déesses de moi !... Le croirez-vous ?... Le pouce *gauche* s'abat.

Des pouces qui pas une seule fois dans toute une vie n'avaient été levés de colère ; des pouces qui avaient connu le risque souvent mais jamais la violence ; des pouces qui avaient invoqué et maîtrisé des Forces Universelles secrètes sans s'entacher le moins du monde de mal ; des pouces qui avaient été généreux et adroits ; des pouces tenus pour si délicats et si précieux que leur propriétaire évitait même de serrer les mains de peur de les abîmer. Ces mêmes pouces, tout auréolés de la gloire d'un million de gestes d'auto-stop innovateurs et virtuoses, frappent en cet instant le visage d'un être humain.

Mais que fais-tu, Sissy ? Je vais te dire ce que tu fais. Tu les fais voler comme des battes de base-ball, comme de légendaires balais tue-mouches, décochant des balles de feu par-dessus l'aile gauche de l'Enfer. Un chapelet de sang s'écrase sans bruit sur les touches du piano blanc.

Julian est paralysé. Il ne peut t'arrêter. Il ne peut parler. Tu continues à faire voler les coups. La Comtesse tient à peine debout. Il a les yeux fermés. Ses jambes vacillent. Il fait une danse pathétique, comme un vieux schnock idiot qui essayerait de swinguer avec une choriste. Les taches de sang qui se coagulent transforment son costume de toile en tenue de clown. Il culbute vers l'avant à la rencontre de ton pouce vengeur (ce pouce qui transforma autrefois le Pennsylvania Turnpike* en un terrain de jeu) ; mais son coup de tonnerre fait se redresser la Comtesse et le renvoie à l'arrière. Immobile, il est à terre, une tache cramoisie dans les cheveux qui se font rares, un éclatant dégoulinement à chaque narine.

Le caniche, Butty, diminutif de Butterfinger, avait été réveillé par le choc et était entré à petit trot dans la salle de séjour pour voir ce qui se passait. Tu remarques qu'il grogne après toi maintenant, découvrant ses dents devant tes chevilles nues. Tu l'alpagues de flanc

---

* Autoroute américaine.

en un lent mouvement latéral, l'envoyant dinguer sur le mur où il s'aplatit avec un petit cri plaintif, souffle court, contre une lithographie de Dufy. Caniche et reproduction s'effondrent par terre ensemble, formant un tas de verre brisé, de boucles canines et d'images de bateaux à voile si pleins de fantaisie qu'ils ne semblaient pouvoir naviguer que sur des lacs de limonade.

Julian retrouve sa voix.

— Sissy, fait-il, et chaque syllabe est une note d'horreur arrachée à un orgue pendant un Dracula passant en matinée. Oh ! Sissy. Qu'as-tu fait ?

Bien sûr qu'il sait ce que tu as fait ; ce n'est que trop évident. Ce que Julian veut dire, c'est pourquoi as-tu fait cela, *comment* as-tu pu faire ça. Et tu es incapable de le lui dire. Tu émerges de ta transe furieuse, tu observes les répercussions avec des yeux clairs même s'ils sont incrédules, mais nulle part en toi il n'est d'explication qui meure d'envie de sauter dans le prochain bus pour descendre en ville. Le mot *cow-girls* commence à se former dans ta bouche, mais il se dissout.

Ça ne fait rien. Il n'y a pas de temps pour les explications. On ferait mieux d'appeler une ambulance.

84

Quelque théorie qu'on eût sur le temps, il fallait reconnaître que la grande horloge du couloir de l'hôpital avançait avec une lenteur inhabituelle, et on pouvait imaginer que ses ressorts avaient été embrassés fougueusement par le plus jeune goûteur de confiture de la Ferme des Baies de Knott[*].

Assis sur un banc de bois immaculé qui n'avait jamais accueilli ni pigeon ni clodo, Sissy et Julian fixaient l'horloge, attendant que les minutes chassent les heures devant elles – mais c'était une chaude journée et les minutes allaient au pas.

* Parc d'attractions californien où est reconstituée une ville du Far West.

même les cow-girls ont du vague à l'âme

Combien d'heures passèrent avant que le chirurgien émerge de sa salle d'opération ? Sissy et Julian ne le surent pas. Ils ne pouvaient croire l'horloge. Lorsque le chirurgien finit quand même par émerger, les Gitche se levèrent pour aller à sa rencontre. Il s'adressa à eux avec une gravité qui fit son effet.

— Eh bien, il est encore en danger, mais je pense que nous pouvons dire avec certitude qu'il va s'en sortir. Je serais assez surpris s'il y restait. Toutefois, il y a des traces de lésions du lobe frontal, et j'ai des raisons de craindre que cela soit définitif. Il se peut que le patient ne puisse plus jamais fonctionner comme un être humain normal.

— Dégâts au cerveau, marmonna Julian en secouant la tête.

Puis plus distinctement, et quelque peu hystérique, il demanda :

— Vous voulez dire qu'il sera comme un *légume* ?

Sissy, pour qui le fonctionnement anormal était vieux jeu, ne put empêcher son esprit de se fixer sur certaines apparitions : une asperge à monocle, par exemple ; un navet à dentier cramponné sur un fume-cigarette en ivoire ; une tomate rougie encore par le Ripple ; Veggie le Concombre gay. Afin de chasser ces images, elle examina à nouveau ses pouces. Ils étaient douloureux et contusionnés mais dans l'ensemble, intacts. Pendant toutes ces années, elle avait sous-estimé leur force physique.

— Un légume ? répéta le docteur. (Il ferma les yeux un moment, comme si lui aussi était visité par d'étranges hallucinations en forme de denrées alimentaires.) Légume ? Je ne dirais pas cela, non. Nous ne pourrons déterminer exactement l'ampleur des dégâts avant quelques jours, mais il y a véritablement une possibilité de perturbation grave et durable du comportement. Mais je ne le classerais pas dans la catégorie végétale.

Le chirurgien ne parla pas de l'animal ou du minéral.

Julian posa encore quelques questions. Les réponses ajoutèrent peu à ce qui avait été dit. S'apprêtant à se retirer, le chirurgien s'adressa à Sissy.

— Mrs. Gitche, l'hôpital n'a pas eu d'autre choix que de signaler la chose aux autorités. Vous apprécierez sans doute de savoir qu'un

339

mandat d'arrêt a été délivré contre vous. Si j'étais vous, je me rendrais immédiatement au quartier général de la police pour, euh, négocier. Considérant les circonstances, la, euh, nature inhabituelle et personnelle des, euh, instruments qui ont causé les dégâts, disons que je ne pense pas que vous voudriez que la presse ait vent de l'affaire...

— Oh ! c'est ce que nous ferons, docteur, bafouilla Julian ; nous y allons immédiatement.

Julian racontait des bobards. Il voulait que Sissy se constitue prisonnière, mais pas tout de suite.

— Rentrons d'abord, fit-il.

— Mais pourquoi ? protesta Sissy. Est-ce qu'on ne ferait pas mieux de foncer là-bas et d'en finir ?

— Poussin, tu as l'air trop moche. Affreuse. Ce vieux survête-ment. Il y a même du sang dessus. Tu n'as pas un brin de maquillage. Je veux que tu viennes à la maison et que je t'aide à mettre la robe que je t'ai achetée, la robe de soirée décolletée. Et que tu te maquilles. Tu es une belle femme et il n'y a pas de mal à en tirer parti. Il faut que les autorités sachent que nous sommes des citoyens d'un certain rang. Il importe de les impressionner. Les flics sont tout aussi sensibles au charme physique que les autres hommes. Fais-les bander un petit coup, si ça aide. Les choses seront plus faciles pour toi. Tiens, attends ici. Je fais un saut à la boutique de cadeaux (ils se trouvaient à présent dans le hall d'entrée de l'hôpital) et je te trouve un peu de rouge. Tu n'en portes jamais, et tu as l'air pâle.

Julian fila vers le rayon de produits cosmétiques, où il trouva un choix très large.

Il existe un animal du nom de mangouste d'eau. Il vit dans les marais d'Asie. La mangouste d'eau possède un fameux tour dans sa manche (bien que son tour ne soit pas exactement là). Il est capable de détendre son orifice anal jusqu'à ce que ce dernier ressemble à un fruit rouge bien mûr. Puis la mangouste se tient parfaitement immobile. Tôt ou tard, un oiseau arrive et se met à picorer le "fruit". Sur quoi la mangouste se tourne à toute vitesse sur elle-même et dévore l'oiseau. *Même les cow-girls ont du vague à l'âme* pourrait trouver une parabole dans cette anecdote, s'il le voulait – mais cela serait vraiment chercher trop loin.

85

Le carnaval dresse sa tête folle et masquée juste avant le Vendredi des Cendres, l'austère premier jour du jeûne de quarante jours du carême catholique romain. Le carnaval, qu'il dure trois jours, comme c'est le cas dans la plupart des endroits, ou deux semaines, comme cela arrive en quelques endroits plus relâchés, culmine le Mardi gras dans des réjouissances particulièrement tumultueuses.

L'explication communément acceptée du carnaval en voit l'origine dans une dernière fête célébrée par les bons chrétiens avant d'entamer leurs quarante jours de jeûne et de pénitence en préparation de Pâques. Il est écrit dans les encyclopédies et enseigné dans les universités que le terme carnaval dérive du latin *carne levare*, qui signifie "mettre la chair à l'écart". On croit ainsi qu'il s'agit de quelque festivité carnivore de dernière minute avant carême, durant lequel aucun fidèle ne peut manger de viande.

Fadaises. Balivernes. Contes que tout cela. En d'autres termes, de la merde.

Le carnaval célébré en terre catholique est en réalité une adaptation d'une ancienne ribouldingue païenne, la Fête de Dionysos, qui elle-même avait été adaptée de l'Haloa et des Thesmophories de la déesse mère Déméter.

(Dans la Grèce classique, à l'époque où la règle paternelle commença à évincer la maternelle, ce nouveau-venu de Dionysos fut élevé parmi les Olympiens, où il remplaça la divinité du Foyer, Hestia, et fit main basse sur les fêtes de Déméter. Depuis d'innombrables milliers d'années, l'Europe n'avait connu aucune divinité mâle. Dionysos, soit dit en passant, était au départ associé aux champignons psychédéliques, d'abord l'*amanita muscaria* et plus tard, le *psiocybe* plus doux et plaisant. À mesure que l'influence paternaliste chrétienne gagnait en pouvoir, Dionysos fut purgé de ses pratiques avec les champignons et déclaré dieu du vin. L'Église, et les intérêts politiques et commerciaux qui trouvèrent dans le christianisme une façade parfaite, préféraient de beaucoup que les masses utilisent la gnôle, qui émousse les sens, plutôt que les champignons, qui les illuminent, tout comme ils préférèrent que la logique agressive du stéréotype paternel supplante la grâce aimante du maternalisme. Si le baiser est la plus grande invention de l'homme, alors fermentation et patriarcat se battent avec la domestication des animaux pour s'arroger le titre de plus grande stupidité de l'homme, et il ne fait pas de doute que les trois se combinèrent il y a longtemps, l'un dérivant des deux autres, pour engendrer la civilisation et conduire l'humanité occidentale à son présent état de déclin. Cha cha cha.)

En vérité, le mot *carnaval* dérive de *carrus navalis*, "char de mer". C'était un véhicule en forme de navire sur roues, utilisé dans les processions de Dionysos et d'où on chantait toutes sortes de chansons spirituelles et inductrices de désir charnel. Ces chars nautiques, *carri navales*, en référence à la retraite sous-marine de Dionysos dans les grottes de la divinité Thétis, d'où il émergeait à l'époque de la fête, étaient accompagnés par des musiciens et des danseurs des deux sexes, fort légèrement vêtus ou nus. On continua de les tirer de par les rues des fêtes européennes jusqu'à la fin du Moyen Âge, et ils ont aujourd'hui leur contrepartie moins nautique et moins grivoise dans les chars de Mardi gras.

Ces fêtes païennes étaient profondément enracinées dans le cœur et l'esprit des populations, qui n'étaient pas enclines à les abandonner. Substituer la croix de la culpabilité et de la souffrance au char nautique de la joie et de la fécondité ? Cela ne semblait pas être une bonne affaire. On voulut sauver la face grâce à un mât et un drapeau, mais seuls quelques paranoïaques et débiles agités de spasmes se mirent au garde-à-vous. Aussi l'Église fit-elle habilement des compromis. Elle permit le carnaval mais conspira pour lui donner une signification chrétienne, réussissant progressivement à le dissocier de l'insouciante fertilité et à l'associer aux privations et à la mort (quoique de trois jours, la mort la plus courte de l'histoire, selon le guide des records mondiaux – et comme Jésus le dit lui-même un jour du haut de sa croix : "Vous croyez que c'est un endroit pour passer son week-end de Pâques ?")

Lecteur, les renseignements qui précèdent au sujet du carnaval ne sont ici présentés que comme exemple du genre de faits mis au jour par le docteur Robbins au cours de ses recherches sur le paganisme. Si Sissy se contentait de rester assise à réfléchir au sens de son héritage païen tel qu'il avait été décrit par le Chinetoque, si elle était aussi passive qu'une dinde cuite dans ses considérations sur le potentiel païen de l'Amérique moderne (de nouveau, tel que le Chinetoque l'avait suggéré), le docteur Robbins par contre avait une méthode d'approche plus active. Depuis le jour où il s'était fait porter bien portant à la Clinique Goldman, il s'était engagé dans des recherches. Les données sans parti pris concernant notre passé païen n'abondent pas – nos chefs chrétiens y ont veillé –, mais le docteur Robbins en trouva assez pour être fasciné. Il rentrait justement d'une fructueuse matinée d'étude érudite à la bibliothèque publique lorsque son téléphone rompit un long silence, déchirant l'air depuis son piédestal fixe comme s'il se prenait pour une bagnole clinquante conduite à grande vitesse sur des routes de campagne. Quoi, les téléphones aussi peuvent rêver, non ?

C'est Sissy qui appelait. Elle était dans tous ses états. En détresse. Elle venait de planter Julian au Saint Vincent's Hospital et il fallait qu'elle voie le docteur Robbins immédiatement.

Naturellement, Robbins voulait bien, mais il la pressa de lui donner quand même quelques détails. Et Sissy lâcha toute cette sale histoire.

— Ouh là là, fit le docteur Robbins. Ouille ouille ouille. C'est mauvais, c'est très mauvais, mais il ne faut pas que vous y pensiez comme à un rasoir brandi devant la moustache à la Dali de votre existence. La violence est atroce, peu importe à quel bout vous vous tenez. Mais il y a des fois où il ne reste plus rien à faire que taper sur la tête de l'autre avec une poêle. Parfois, les gens réclament cet ustensile à cor et à cri, et si nous avons la faiblesse d'accéder à leur demande, il faut considérer cela comme de la philanthropie impulsive, ce que nous ne sommes pas en droit de nous offrir mais qu'il ne faut pas trop regretter à haute voix de peur de gâter la pureté de l'acte.

"Bien. Je n'ai pas très envie que vous veniez chez moi, au cas où les flics vous retrouveraient. J'ai cinq cents grammes d'herbe planquée ici, pour ne rien dire de deux ou trois autres petites choses embarrassantes. Je vais donc vous dire ce qu'on peut faire. Retrouvons-nous à six heures ce soir dans la maison de ma tante à Passaic, dans le New Jersey. Ma tante est absente et j'ai les clés. Vous ne sauriez trouver un endroit plus sûr. Vous pouvez vous rendre à Passaic, n'est-ce pas ? Ce n'est qu'à vingt minutes de Manhattan. Voici l'adresse de ma tante.

"Dites donc, Sissy, au fait… Saviez-vous que Nijinsky a un jour joué au tennis à Passaic, New Jersey ? C'est vrai. La seule fois de sa vie où il joua au tennis. Et le seul événement historique que j'aurais aimé filmer. Nijinsky a joué au tennis à Passaic, New Jersey. Ouah ! Voilà un film qu'il conviendrait de montrer à Jésus, Dionysos et Déméter."

86

Après avoir parlé au docteur Robbins, Sissy se sentit mieux – mais pas tellement. Au sac à dos de sa culpabilité s'ajoutait à présent un autre boulet : fuir Julian.

— C'est peut-être que mon point de vue est faux, se risqua Sissy.

Elle décida de voir s'il n'y avait pas quelque façon positive d'envisager ses actes. Mais parvenir à cette position avantageuse prendrait du temps (ah, le temps !), et l'urgence lui remontait la jambe comme une souris.

Après la dérouillée qu'elle avait donnée à la Comtesse, les autorités la déclareraient folle sans l'ombre d'un doute. Et une chose qu'elle ne voulait et ne saurait tolérer, c'était d'être livrée à la Clinique Goldman ou un établissement public équivalent. Elle ressentait de la culpabilité, elle ressentait de la peine, de la honte et de la confusion, mais elle n'avait pas l'impression qu'elle dût à la société un quelconque compte rendu sur son comportement, aussi mauvais que celui-ci ait pu être. La société n'avait jamais eu pour elle le moindre égard. Alors qu'elle n'était encore qu'une petite fille, la société n'avait eu qu'une idée : la faire passer par pertes et profits. La société aurait pu à ce moment-là en faire une institution si elle s'était montrée coopérative. La société ne l'avait pas aimée et n'avait pas cru en elle, mais par bonheur, elle s'aimait et croyait en elle-même, et bien qu'elle reconnût avoir cafouillé au cours des récentes années et s'être égarée ces dernières heures, elle n'avait pas perdu son amour et sa foi, et c'est sur elle-même qu'elle devait compter et non sur la société, particulièrement une société qui voulait mettre une affaire aussi délicate que celle-ci entre les paluches écrabouilleuses de chatons de la police.

C'est ainsi que Sissy Hankshaw Gitche, système dynamique et reconnu comme tel à ses propres yeux de dons hors du commun et de vices inattendus, fit route vers le New Jersey, fit voile sur d'autres options, d'autres possibilités de rechange, d'autres choix. Et c'était du vrai bonbon de se retrouver plongée jusqu'aux aisselles dans la circulation, de danser joue contre joue avec la circulation, de charmer le serpent venimeux de la circulation, de planter son pouce dans le pâté croustillant de la circulation, Oh ! elle aurait pu faire sauter des bébés Volkswagen sur ses genoux et lécher des voitures de sport italiennes rien que pour se rafraîchir l'haleine ; la circulation était son élément, son milieu de vie, le vocabulaire où elle piquait les mots de sa poésie, Oh ! ses mains ne revenaient-elles pas alors à la vie avec un cri de joie ? Et c'était dééé-liii-cieueeux !

Sissy fut tellement ravie de sélectionner cette discrète camionnette bleue dans l'affluence de Canal Street et de l'attirer à elle comme un pantin au bout d'une ficelle qu'elle en oublia de regarder le conducteur et ne lui jeta un coup d'œil que lorsqu'elle fut assise et qu'il écrasait déjà l'accélérateur. Écœurée de cette erreur, elle passa en revue son front suant, ses œillades de côté pleines de suffisance et de concupiscence, ses yeux si affamés de couleur locale érogène qu'ils n'enregistrèrent même pas ses pouces. Son cœur coula de vingt brasses supplémentaires lorsqu'elle aperçut son revolver et son couteau.

87

Les lois, dit-on, sont faites pour protéger les personnes. Il est dommage qu'on n'ait pas de statistiques sur le nombre de vies bousillées chaque année par les lois : lois désuètes ; lois entrées dans les livres par ignorance, hystérie ou profit politique ; lois antivie ; lois partiales ; lois qui veulent faire croire que la réalité est fixe et que la nature est définissable ; lois qui refusent aux gens le droit de refuser une protection. Une enquête de ce genre pourrait tenir occupés une douzaine de sociologues moroses et les empêcher de nuire pendant quelques mois. (Fondation Ford, êtes-vous en train de lire ce livre ?)

Les premières lois interdisant l'auto-stop furent adoptées dans le New Jersey dans les années 1920 afin d'écarter des stations chics et des paradis campagnards les jeunes citadines délurées et parasites. Le New Jersey demeure, avec Hawaii, l'un des deux États où l'auto-stop est complètement illégal et où la loi l'interdisant est rigoureusement appliquée. C'était à cause de cette interdiction dans le New Jersey et de la sévérité des patrouilles de l'État que Sissy avait choisi la camionnette bleue. Elle se trouvait dans Canal Street, près de la bretelle d'accès à l'autoroute. Elle avait espéré se faire prendre par une voiture qui la mènerait sur la West Side Highway et par-dessus le pont George Washington, la mettant aussi près que possible de Passaic et lui permettant de faire quand même du stop – tant elle Adorait ça – au moins une fois à un véhicule du Jersey. La camionnette bleue était immatriculée dans le Jersey ; elle l'avait donc choisie.

Le choix avait été réciproque car le conducteur de la camionnette bleue l'avait repérée depuis une bonne centaine de mètres et avait manœuvré pour se mettre dans la file longeant le trottoir. Il s'était mis à parler avant même de freiner, et quand Sissy monta à

même les cow-girls ont du vague à l'âme

bord, il déblatérait déjà à une telle allure amphétaminesque que s'il était tombé raide mort à cet instant, l'employé des pompes funèbres aurait dû achever sa langue à coups de bâton.

En même temps, il baissait sa braguette.

— Je vais t'en mettre comme jamais t'en as eu. Oh! tu ne te doutais pas que ça pourrait être aussi bon. Ça va te plaire. Ça va te plaire. Ça va te plaire si fort. Tu vas tellement aimer que tu vas chialer. Tu vas chialer, chialer. T'aimes chialer? T'aimes quand ça fait un petit peu mal? Quoi qu'il t'arrive, ça vaudra la peine. La façon que je vais te le faire, ça vaudra mieux que tout. Tout tout tout. Te gêne pas pour chialer si t'as envie. J'aime ça quand les femmes chialent. Ça veut dire qu'elles m'apprécient.

Etc.

La camionnette quitta Canal et s'engagea dans une impasse entre des entrepôts. À l'arrière du véhicule, il y avait un matelas souillé.

Le conducteur avait eu le temps de sortir son organe dans le soleil du soir. Il était érigé et de proportions olympiques.

Avec un courant d'air glacé qui rappela à l'air de juin des mauvais souvenirs hivernaux, le pouce gauche de Sissy s'abattit brutalement sur le sommet du pénis, le fendant presque jusqu'à la racine. Le conducteur hurla. Son doigt chercha à tâtons la gâchette de son revolver mais avant qu'il puisse la presser, le pouce le cloua entre les deux yeux. Deux fois. Trois fois. Il perdit le contrôle du volant. Le véhicule se jeta maladroitement contre un réverbère, donnant à la camionnette et au bec de gaz une idée de ce que ça fait d'être organique.

Sissy sauta du véhicule et courut. Cinq ou six cents mètres plus loin, complètement essoufflée mais à l'abri dans l'aura de néon d'un petit restaurant ouvrier qui fermait ses portes, elle s'arrêta pour se reposer. Les larmes que le violeur avait appelées de ses vœux firent leur apparition, lourdes et brûlantes, exactement comme il les aurait aimées. Cette pensée interrompit ses pleurs.

Elle examina son pouce. De fraîches contusions pareilles à des pieuvres bleuâtres montaient paresseusement à la surface. Les

347

tom robbins

muscles endoloris se contractaient mécaniquement, comme s'ils tapaient une dissertation sur "Le pouce comme arme".

— Deux fois en un seul jour, sanglotait Sissy. Deux fois en un seul jour.

Puis les sanglots cessèrent brusquement. Avec un air de détermination qui aurait fait le succès de la couverture d'autant de manuels qu'on veut sur la manière de réussir dans la vie, Sissy annonça d'une voix claire et dure :

— Très bien ! S'ils veulent que je sois normale, eh bien, nom de Dieu, je vais leur en donner, du normal !

Elle héla un taxi – se fit conduire à la gare routière municipale – et acheta un aller simple pour Richmond, Virginie.

Tandis que le bus Greyhound filait en sifflant vers le sud à travers les plaines du Jersey, elle se rappela qu'il y a plusieurs siècles, ce fétide pays de fées de raffineries de pétrole regorgeait de grues…

88

Ce roman possède maintenant autant de chapitres qu'un piano a de touches (désolez-vous, compositeurs, pour le ukulele et pour le picolo !), et à dire vrai, il ne serait que modérément banal de l'étiqueter : "chapitre du piano". Car en même temps que lève la tête ce chapitre 88 hâtivement rédigé, Julian Gitche éponge le sang séché de la Comtesse sur le clavier du piano à queue blanc miniature tout en s'imbibant à grandes gorgées de scotch et en devenant légèrement maboul à force de se demander ce qui était arrivé à sa femme.

Et à Passaic, New Jersey, où Nijinsky joua une fois au tennis en chaussons de danse, il y avait un autre piano, celui-là droit, vieux et cabossé, dans le petit salon d'une tante. Et là, un autre homme intrigué se demandait où pouvait être Sissy.

Le docteur Robbins ne jouait pas de piano. Afin de distraire le cours de sa pensée du fait que Sissy était en retard (si votre concep-

même les cow-girls ont du vague à l'âme

tion philosophique du temps vous permet de tenir pour des faits des notions comme l'avance ou le retard), il fumait des joints du bout des lèvres et rêvait à un scénario. Pas un film de Nijinsky sautant à huit mètres de haut pour tenter de reprendre un lob en revers à Passaic, New Jersey – il était trop "tard" pour ça, le temps et le cerveau étant le couple mal assorti que l'on sait. Non, le docteur Robbins réfléchissait à l'intérêt de tirer un film du grand succès éternel d'Adelle Davis, *Let's Eat Right to Keep Fit*.

Montrant l'affrontement classique entre le bien et le mal – dans le présent cas, une bonne nutrition contre un régime malsain –, l'histoire possédait un incontestable potentiel de succès. Le rôle du héros, Protéine, devrait probablement être confié au grand Jim Brown, bien que Burt Reynolds magouillerait sans aucun doute pour se le faire attribuer. La radieuse Doris Day serait le choix évident pour interpréter l'héroïne, Vitamine C, tandis qu'Orson Welles, saturé et débordant d'acides gras par tous les pores de la peau, remporterait sans doute un Oscar pour son interprétation du méchant Cholestérol. Le film pourrait commencer par une nuit agitée dans le système nerveux central. Alarmée, la toujours attentive glande pituitaire dépêche deux fidèles hormones porteuses d'un message pour les capsules surrénales. Bien qu'il suffise de descendre en glissant, la route est rude à cause de gros rochers de sucre blanc et de couloirs dangereusement rétrécis par l'artériosclérose… Soudain…

Oh ! allez, Robbins, ça suffit ! Si tu ne sais pas jouer du piano, va donc regarder la télévision !

89

L'autocar de Sissy, l'ayant transportée grâce à de l'argent et non plus à de la magie – hélas ! notre héroïne semble emboîter le pas du monde moderne –, entra en même temps que les laitiers dans un Richmond endormi.

---

* Diététicienne fort connue dans les années 1960.

L'aube était étalée sur les reins de la cité comme un gant de toilette : raide, humide, lourd et chaud. Selon le calendrier, l'été était à plus d'une semaine, mais la chaleur avait rattrapé Richmond ; et la chaleur avait attrapé entre ses dents le fond de culotte de Richmond.

Et Richmond portait des pantalons plutôt chics, ces temps-ci. En 1973, Richmond avait dépassé Atlanta, la cité-modèle du Sud, pour le revenu par tête. Presque partout où Sissy portait ses regards, on voyait des signes de prospérité. Immeubles, usines, résidences, écoles, centres commerciaux tout nouveaux. Il était parfois un peu difficile de distinguer les uns des autres – usines et écoles se ressemblaient tout particulièrement –, mais ils étaient là, offrant un visage confiant dans l'ensemble au soleil levant ; plus éclatants, plus propres et plus entiers que toutes les pinèdes qui avaient pu se dresser là jusqu'alors. Plus permanents ? Nous verrons.

L'industrie de la ville était bien plus diversifiée que dans les années Eisenhower. En fait, plusieurs grandes compagnies de cigarettes, comme Larus Brothers et Liggett & Meyers, avaient interrompu leurs activités à Richmond et seul Philip Morris, avec sa nouvelle usine et son centre de recherches géant, avait risqué une expansion notoire. Il n'en demeure pas moins qu'un effluve doré embaumait encore l'air de South Richmond. C'est du moins ce que Sissy crut remarquer. Mais ce n'était peut-être que sa mémoire qui parlait dans ses narines.

La prospérité n'avait pas non plus oublié South Richmond. Récemment même, l'ange des visions économiques avait survolé le vieux quartier de Sissy, secouant les maisons branlantes de coups mortels. Chaque habitation de son vieux pâté de maisons avait été condamnée et évacuée avant une démolition que n'avaient pourtant et miraculeusement pas provoquée cinquante ans de querelles domestiques.

La résidence des Hankshaw avait été maladroitement fermée avec des planches, comme une boîte préparée à la hâte pour quelque tour d'évasion à la Houdin. C'était une maison morte debout. Elle ressemblait à une bouchée à la reine mangée de l'intérieur par un termite.

Sissy régla le taxi et s'avança vers la porte d'entrée. En poussant avec acharnement de l'épaule, elle parvint à séparer suffisamment les planches des clous pour que la porte s'ouvre de dix ou douze centimètres, et elle regarda à l'intérieur.

Linoléum affaissé. Tapisserie pelée. Poussière qui fait sa danse de poussière dans la clarté du matin. Rien qui indiquât qu'un homme et une femme avaient un jour vécu là dans l'amour et dans la haine, conçu dans cette pièce ou dans l'autre trois enfants ; l'un d'eux, une fille, que distinguait une certaine fantaisie anatomique qui avait causé à cet homme et à cette femme bien de l'embarras jusqu'à ce que la fillette fût devenue une adolescente, dans cette maison même, ici, renversant de la confiture par terre, pissant dans les vases et rêvant sur les oreillers ; jusqu'à ce qu'elle fût devenue une adolescente et se soit sauvée, pour ne plus reprendre contact avec sa famille, leur épargnant de plus amples embarras, oubliée et finalement inconnue d'eux sauf sous la forme d'une fille monstre qui se glissait quelquefois dans leurs cauchemars. Du moins Sissy le croyait-elle.

Juste au moment où elle allait faire demi-tour et partir, cependant, un rayon de soleil grandissant éclaira un coin, dont Sissy se rappela instantanément que c'était le coin où la machine à coudre de sa maman avait longtemps été ; et là, punaisées sur le mur à hauteur des yeux, elle vit six ou huit pages claires arrachées dans des magazines, des pages de publicité, des pages sur lesquelles une grande fille blonde aux mains mystérieusement invisibles posait dans divers décors romantiques et exhortait les femmes du monde entier à acheter un déodorant pour femmes bien connu. Et nul autre.

90

À Richmond, il était presque possible de ne pas entendre le gâteau s'émietter, de ne pas sentir le lard frire. Un article de magazine avait dit récemment : "À la différence de presque tout le pays, Richmond est florissante." La dépression économique et psychique qui aspirait le sourire autrefois étalé sur la face de la civilisation occidentale se remarquait à peine dans cette fière cité du Sud. Bien entendu, Sissy remarquait rarement ce genre de choses, de toute façon. Mais elle remarqua effectivement, le jour de son retour au pays, un tas de ces nouvelles voitures qui vous en mettent plein la vue, dont beaucoup d'importation britannique (Richmond étant obsessionnellement anglophile). Elle se dit que le stop serait intéressant par ici, peut-être plus intéressant que quand elle était petite fille – seulement, elle ne faisait pas de stop. Ce fut au fond d'un autre taxi que Sissy se fit conduire au bâtiment hospitalier de la ville où elle se rappelait que le docteur Dreyfus avait son bureau.

Ce bureau n'avait pas bougé, certes, mais il avait changé. Alors qu'à la première visite de Sissy, les murs ne portaient que deux ou trois reproductions encadrées avec goût, l'endroit ressemblait à présent plus à une galerie d'art qu'à un cabinet médical. Il y avait partout des reproductions de Picasso, Bonnard, Renoir, Braque, Utrillo, Dufy, Soutine, Gauguin, Degas, Rousseau, Gris, Matisse, Cézanne, Monet, Manet, Minet, Menet, Munet, et autres. Beaucoup n'étaient pas encadrées mais épinglées sur les murs à une proximité telle qu'elles débordaient fréquemment les unes sur les autres, se chevauchant comme des poissons dans un banc. C'était un cocktail de peinture moderne française dans un aquarium.

La réceptionniste n'était pas à son bureau, aussi Sissy contempla-t-elle les réservoirs pleins de guppys Gauguin et de balistes Picasso. Finalement, une femme sortit d'une cabine pour informer Sissy que le cabinet était fermé. Fermé ? Oui. Définitivement. Le docteur Dreyfus avait pris sa retraite la semaine précédente et cette dame rangeait tout, dirigeait les patients vers d'autres chirurgiens esthétiques, faisait les comptes et ainsi de suite.

— Je vous enverrai avec joie à quelqu'un d'autre, fit la femme, qui était petite, sèche et grise comme le soir de sortie en ville d'un directeur d'école.

— C'est le docteur Dreyfus qu'il me faut, implora Sissy.

— Je regrette, répliqua la femme.

— Mais s'il s'est retiré juste la semaine dernière, il pourrait encore pratiquer une seule opération, n'est-ce pas ?

— Je crains que non, reprit la femme. C'est improbable.

même les cow-girls ont du vague à l'âme

— Est-il malade, par hasard ?

La femme ne répondit pas immédiatement.

— C'est affaire d'opinion, soupira-t-elle enfin. Vous n'êtes pas de la région de Richmond n'est-ce pas ?

Mais avant que Sissy ait pu répondre, la femme ajouta très sèchement :

— Madame, vous perdez votre temps et vous me faites perdre le mien. Le docteur Dreyfus ne fera plus d'opérations chirurgicales, et c'est tout à fait sûr. Alors si vous ne désirez pas que je vous indique quelqu'un d'autre, veuillez m'excuser. Il faut que je commence à enlever ces tableaux ridicules. Mon Dieu…

Sissy se laissa tomber dans un autre taxi comme dans une mauvaise habitude. Elle indiqua au conducteur l'adresse que l'annuaire téléphonique lui avait fournie. C'était dans le West End, dans un des beaux quartiers mais pas le plus beau. Comme au Ciel, le plus beau quartier de Richmond, est réservé aux personnes de confession chrétienne.

Le docteur Dreyfus en personne ouvrit la porte. Il n'avait guère changé, et se souvenait de Sissy. Disons plutôt qu'il se rappelait certaines parties de Sissy. Sinon, il ne l'aurait pas laissée entrer. Les journalistes l'avaient ennuyé, expliqua-t-il. Il ne demanda pas la raison de la visite de Sissy ; il semblait savoir.

— Je crains de ne pouvoir vous venir en aide, déclara-t-il. Je vous en prie, mon enfant, ne soyez pas consternée. Nous avons tous des problèmes de nos jours. Mais comme a dit le peintre Van Gogh : "Les mystères demeurent, le chagrin et la mélancolie demeurent, mais l'éternel négatif est équilibré par le travail positif qui s'accomplit ainsi, après tout." Je ne pense pas que cela signifie grand-chose pour vous. Tenez, lisez ceci pendant que j'enlève ma robe de chambre et enfile mes vêtements d'intérieur. Un autre médecin pourra vous aider. Ceci va vous expliquer pourquoi je ne le peux plus.

À sa visiteuse, il tendit une coupure de presse.

— Il y a eu maints autres articles, mais celui-ci dit les choses avec plus d'objectivité.

Et il laissa seule Sissy qui lut :

UN ARTISTE FRUSTRÉ REND SA CARRIÈRE DE MÉDECIN PAR LES NARINES

Petit garçon élevé à Paris, Félix Dreyfus avait rêvé de devenir un artiste. Un cousin plus âgé qui travaillait comme guide au Louvre le laissait suivre les visites commentées et il acquit ainsi une connaissance précoce de l'histoire de l'art. Hélas, les parents de Félix étaient des philistins qui s'acharnèrent à dégonfler les rêves artistiques de leur fils tout en le poussant à une carrière dans la médecine.

Le jeune Dreyfus céda et sortit dans les premiers de la faculté de médecine. Si ses parents virent dans son choix de se spécialiser dans la chirurgie plastique les restes de ses vieilles tendances artistiques – ce type de chirurgie étant après tout une discipline proche de la sculpture et relativement créative –, ils n'en laissèrent rien paraître.

Émigré aux États-Unis dans les années du nazisme, le docteur Dreyfus acquit rapidement une large clientèle à Richmond, Virginie. Il s'y montra assez actif en tant que collectionneur d'art et accumula une très grande collection de livres sur les peintres et les sculpteurs. Il épousa son assistante, et tous deux menèrent une vie tranquille et confortable.

Puis le mois dernier, le docteur Dreyfus, soixante-six ans, s'apprêta à faire une opération sur un jeune garçon de quatorze ans, Bernard Schwartz. Opération de routine : il s'agissait de modifier la taille et la forme du nez sémite de l'enfant. Bien qu'il se soit spécialisé dans les mains blessées et difformes, le docteur Dreyfus avait réussi de nombreuses opérations de nez.

Mais lorsqu'on retira les bandages de l'appendice nasal du petit Schwartz, ses parents horrifiés purent contempler ce qu'on a appelé "la plus scandaleuse affaire d'incurie délibérée de l'histoire récente de la médecine".

Succombant, dans un accès de folie, à ses pulsions artistiques réprimées, le docteur Félix Dreyfus, dédaignant le marbre, l'argile et le plâtre pour travailler la chair vivante, avait sculpté sur le visage du petit Bernard Schwartz le premier nez cubiste du monde !

Le nouveau nez de l'enfant possédait six narines, deux devant, deux de chaque côté, et trois arêtes, si bien qu'on avait l'impression de le voir de front quel que soit le profil sous lequel on le regardait.

Selon l'exubérant docteur Dreyfus, le nez du petit Bernard est "vu simultanément sous différents angles, qui se chevauchent les uns les autres, si bien que nous avons en fait un nez total, totalité qui parvient à suggérer le mouvement, même au repos ; un nez qui démonte la conception classique du visage dans lequel le nez est fixe et permanent ; un nez en perpétuel état d'ultime 'nasité' tout en étant à la limite même de l'abstrait".

L'enthousiasme du docteur Dreyfus risque de ne pas durer. Le conseil de la Santé de Virginie a suspendu sa licence, et on dit que le chirurgien sera sans doute autorisé à se retirer pour éviter de se voir interdire de façon permanente la pratique de la médecine. Les parents de Bernard, nullement convaincus par les explications esthétiques enthousiastes du créateur sur son œuvre, demandent au docteur Dreyfus trois millions de dollars de dommages et intérêts. Qui plus est, le "chef-d'œuvre" est condamné. Dès que cela sera médicalement faisable, une équipe de chirurgiens esthétiques de Washington rendra au premier nez cubiste de l'histoire un style réaliste promettant de plaire même aux admirateurs de Norman Rockwell. En attendant, le petit Bernard Schwartz ne sort pas beaucoup de chez lui.

Lorsque le docteur Dreyfus revint l'air penaud dans le salon, Sissy se jeta à son cou. Elle souriait pour la première fois depuis plus de vingt-quatre heures.

— Oh ! Docteur, s'exclama-t-elle. C'est vous qui devez le faire. Vous êtes le seul à qui je permettrai d'emporter mes morceaux.

91

— Ah ! le pouce, rêva tout haut le docteur Dreyfus, faisant béer ses petits yeux afin qu'ils s'emplissent de toute la longueur et de toute la largeur des prodigieux appendices de Sissy. Le pouce, oui. Le pouce le pouce le pouce le pouce le pouce le pouce. Une des inventions les plus ingénieuses de l'évolution ; un outil incorporé sensible à la texture, au relief et à la température : un levier alchimique ; la clef secrète de la technologie ; le lien entre l'esprit et l'art ; un système qui humanise. Le ouistiti et le lémur n'ont pas de pouce ; aucun singe du continent américain n'a de pouces opposables ; les pouces de l'atèle sont absents ou réduits à un minuscule tubercule ; les pouces du pérodictique sont placés à un angle de cent quatre-vingt degrés par rapport aux autres doigts, les rendant impropres à l'utilisation sauf comme pince ; l'ourang-outang, humain au point qu'on l'appelle l'"homme des bois", a un pouce si minuscule par rapport à ses autres doigts courbes et extrêmement longs que sa manipulation est purement théorique ; le pouce du chimpanzé ne s'oppose aux doigts pliés que fort maladroitement et le gorille a une prise si imprécise qu'il ne peut saisir de petits objets ; le babouin se rapproche – ses pouces sont complètement opposables aux autres doigts et il saisit avec une bonne précision –, mais avez-vous jamais observé le pouce du babouin, comme il est plat, tourné vers le dehors et de forme rudimentaire ? Non, il n'est qu'un pouce authentique sur cette planète et c'est *l'homosapiens* qui l'a.

Pause.

— Et ainsi, vous réclamez enfin les privilèges du pouce dont la nature vous a privée avec perversité ?

— Je veux seulement être normale, répondit Sissy. Donnez-moi cette bonne vieille normalité. Elle fut assez bonne pour Crazy Horse et elle peut l'être pour moi.

— Ah ! bien, fit le docteur Dreyfus avec un faible sourire pareil à un canard dans l'eau de vaisselle, trop gêné pour crier. Très bien, ma chère. Voici ce que nous pouvons faire.

"La normalité entière, quelle qu'elle soit exactement, il n'en est pas question. Mais de la question sort la réponse, pour ainsi dire. Si l'os de votre pouce – en fait, deux os métacarpiens phalangiens – si les os de vos pouces avaient une taille normale, nous pourrions nous contenter de retirer la chair en excès et de coudre votre pouce à l'intérieur de votre poitrine pendant un certain temps, pour avoir une greffe de peau, voyez-vous ? Vous auriez alors vos pouces normaux par l'aspect comme par le fonctionnement. Or il me semble me souvenir que les os de vos pouces sont plus grands que la normale. Cela complique les choses. Cela demande une pollicisation. Un chirurgien ne peut en aucune manière réduire le volume d'un os. Un os peut être raccourci mais non réduit de taille. C'est ainsi. Par la pollicisation, nous faisons votre

même les cow-girls ont du vague à l'âme

pouce avec ton index. Nous raccourcissons l'os de l'index, nous modifions l'angle, et nous le transférons. Au bout d'un certain temps, ça devient un pouce parfaitement acceptable. Mais vos mains, vous le comprenez bien, ne seraient toujours pas tout à fait normales, puisqu'elles n'auraient que quatre doigts chacune. Vos pouces actuels – qui dégagent certainement un éclat particulier – devraient évidemment être amputés."

Quoi ??? Malaise. Ooooh, vertige. Crampe d'estomac. Méli-mélo des poissons dans les mers de l'abdomen. Une épaisse toxine noire jaillit du cœur pour engourdir les gencives. Sissy est victime du souffle court. Les propres doigts de l'auteur tremblent sur les touches de sa machine. Amputation. Mot pesant. Mot à l'écho sinistre, un mot qui fait mal rien qu'à le dire. Un mot emprunté à l'établi du docteur Guillotin. Un caillou dans la soupe du Bon Dieu. Les pouces comprennent-ils le terme "amputer" comme les grues comprennent le mot "extinction" ?

Félix Dreyfus offrit à Sissy, ébranlée, un verre de sherry. Elle refusa. Probablement pas une goutte de Ripple dans tout le quartier. À la place de stimulant alcoolisé, le bon docteur lui administra donc le tonique du complot.

— Cela sera une escapade risquée, confia-t-il, mais je suis vieux à présent, et je peux me permettre de prendre des risques. Je n'aurai plus jamais à m'enfuir devant des Nazis. Mon beau-frère est chirurgien. Ah ! Et quel chirurgien ! Il est incapable de retirer le noyau d'une olive. Il ferait mieux de transformer son cabinet en échoppe de barbier. Il travaille pour les Vétérans. Il n'y a que le gouvernement pour engager un pareil nigaud. Enfin, nous avons la chance qu'il exerce au O'Dwyre VA Hospital, à South Richmond. Je vais lui dire de te prendre dans le service de chirurgie. Il me doit plein d'argent ; il fera ce que je lui dis. C'est alors que j'arriverai pour l'"aider" à opérer. Je prendrai un nom d'emprunt. Personne ne se doutera de rien à O'Dwyre. Ils manquent de personnel, leur équipement est désuet, ils sont incompétents et corrompus. Les soins post-hospitaliers, je peux les donner ici. C'est assez ingénieux, non ? Contre toutes les règles, mais comme a dit Delacroix : "Les grandes âmes n'ont pas de règles :

357

tom robbins

les règles sont pour ceux qui n'ont que le talent qui s'acquiert." Mais je ne pense pas que cela signifie grand-chose pour toi.

92

Un jour, une jeune femme fut admise dans un hôpital, et aucun oiseau ne chanta.

Un jour, son sang fut analysé dans un laboratoire, et aucun oiseau ne chanta.

Un jour, de puissantes lampes furent allumées dans une salle d'opération, et aucun oiseau ne chanta.

Un jour, des tubes intraveineux furent introduits dans ses veines, et aucun oiseau ne chanta.

Un jour, une jeune femme fut amenée sur un chariot dans la salle d'opération, et aucun oiseau ne chanta.

Un jour, un anesthésiste planta une aiguille dans un fessier crémeux et rebondi, et aucun oiseau ne chanta.

Un jour, un anesthésiste enfonça des aiguilles dans un long cou gracieux, et aucun oiseau ne chanta.

Un jour, une infirmière frotta un bras pendant dix bonnes minutes, et aucun oiseau ne chanta.

Un jour, un corps et une table furent enveloppés de toiles pour créer un champ stérile, et aucun oiseau ne chanta.

Un jour, un garrot fut placé sur un fin bras droit, et aucun oiseau ne chanta.

Un jour, un gros ruban élastique fut serré si fort qu'il repoussa presque tout le sang de ce bras, et aucun oiseau ne chanta.

Un jour, le garrot gonfla, et on n'entendit pas un seul pépiement ornithologique.

Un jour, un chirurgien traça à l'iode une incision autour de la base d'un pouce, et toujours aucun oiseau ne chanta.

Un jour, de la peau pâle et douce fut incisée le long d'une ligne prétracée, et disséquée jusqu'à l'os pendant que le silence régnait parmi les nids et les cimes des arbres.

même les cow-girls ont du vague à l'âme

Un jour, artères et veines furent divisées et liées, et un nerf fut séparé avant de rétrécir et de s'entortiller sans être accompagnés du moindre roucoulement, sifflement ou gazouillement.

Un jour, une jointure fut ouverte et on n'y trouva aucune voie de passage nouvelle, non plus que nos plaisants amis à plumes n'y firent entendre leurs ramages.

Un jour, des tendons furent coupés, séparés et on les laissa se rétracter comme des élastiques, bruit qu'on n'aurait pu confondre avec une sturnelle à collier ou une grive en train de grisoller.

Un jour, un os métacarpien fut fracturé avec une scie, tâche qui, en raison de la taille inhabituelle de l'os en question, requit un tel effort de la part du chirurgien qu'il n'aurait pas entendu les oiseaux si ceux-ci avaient décidé de chanter, ce qui n'était pas le cas.

Un jour, un drain fut placé dans la chair ouverte, et il n'y eut pas même un moineau pour faire entendre un fringottement.

Un jour, cette chair de femme fut suturée de nylon, et il faut croire que le bec des oiseaux était cousu aussi.

Un jour, un pansement artériel fut appliqué à une main, mais aucune sorte de pansement n'aurait pu faire chanter les oiseaux.

Un jour, un garrot fut desserré, un bras ensanglanté fut lavé et une jeune femme étourdie fut emmenée sur un chariot dans une chambre de convalescence, quatre doigts dépassant du pansement et aucun ne montrant les cieux silencieux.

Un jour, une infirmière et deux chirurgiens eurent leur attention attirée par une lueur rosâtre croissante. Ils se tournèrent et contemplèrent dans un plateau en métal un pouce humain géant, désarticulé de la main qu'il avait servie (à sa manière), en train de faire des sauts de carpe. Ce n'étaient pas de vains sauts de panique sans voix, mais bien plutôt une façon de s'arquer puis de se porter en avant en un geste calculé et indéfiniment répété, le geste international de l'auto-stop, comme s'il essayait, pour épargner au monde sa grande peine éclatante, de se faire prendre pour Sortir De Ce Monde.

Et aucun oiseau ne chanta.

93

Le ciel était aussi en loques qu'un pyjama de bohémien. Par des trous faits au couteau dans la flanelle du ciel chargé, le soleil de juillet se déversait, faisant cligner les yeux de Sissy lorsqu'elle sortit des longs couloirs sombres du O'Dwyre VA Hospital. L'air était si humide qu'elle crut sentir des orchidées lui pousser sous les aisselles.

Se faisant passer pour la veuve pensionnée d'un héros du Vietnam, Sissy avait passé trois jours pleins à l'hôpital. Aujourd'hui, matin du quatrième jour, le drain avait été enlevé de la plaie, un pansement neuf avait été posé et on lui avait signé une décharge.

Ce même matin, le docteur Dreyfus avait appris que Sissy avait passé les quinze jours précédant son opération chirurgicale à dormir sur le linoléum gondolé d'une maison condamnée, la vieille résidence rongée par les rats des Hankshaw à South Richmond. À présent, il la conduisait chez lui, où son épouse (qui s'avéra être la petite femme grise du cabinet) lui préparait une chambre. Elle était invitée à rester avec les Dreyfus jusqu'à ce que les soins de ses mains soient terminés. Étant donné la grandeur des blessures laissées par l'amputation de doigts si gros, le docteur Dreyfus avait décidé que quatre opérations seraient nécessaires. La première, tout juste terminée, lui retirerait son pouce droit. La seconde enlèverait le gauche. La troisième aurait pour objet la pollicisation de l'index droit ; la quatrième, celle du gauche. Il faudrait six semaines entre chaque opération. On ne devient pas normal du jour au lendemain.

Mrs. Dreyfus n'approuvait pas les soins illégaux de son mari à Sissy, mais comme beaucoup de natifs de Richmond elle était indulgente à l'excès. Margaret Dreyfus se donna un mal de chien pour que la convalescente se sente chez elle. Les repas furent réguliers, réconfortants et délicieux. Avec force air conditionné, douches et brocs de limonade au citron vert, les aisselles de Sissy furent défoliées et on découragea les chauves-souris des arbres fruitiers de s'accrocher dans ses poils pubiens. Le soir, une télévision portable était amenée sur une table roulante dans la véranda protégée par des moustiquaires, et le choix du programme laissé aux vœux de Sissy.

même les cow-girls ont du vague à l'âme

Pendant les orages du milieu de la nuit, on demandait très discrètement à l'invitée si elle n'avait pas trop peur. Les derniers numéros des magazines arrivaient sur sa table de nuit.

Si Sissy ne se sentait pas complètement chez elle, c'était parce que Sissy n'était pas complètement chez elle ; elle n'était pas complètement, elle n'était pas complète. Une partie d'elle-même – oh quelle partie ! – lui manquait littéralement. Même si elle avait la *sensation* qu'elle l'avait encore, il était parti, parti, parti ; parti de son regard interrogateur, parti de sous son tripotage maladroit, parti de toutes les dimensions sauf l'inexplicable dimension de la bioénergie, où sa lourde aura émettait des pulsations et pratiquait des fantômes de poses au cas où un chercheur en parapsychologie se mettrait à prendre des photos Kirlian avec un objectif grand angle. Sissy s'était juré de ne rien regretter, mais le choc se lisait sur ses yeux comme un glaçage à la confiture.

— Seigneur ! s'écriait Margaret Dreyfus. Elle réagit comme si son gros pouce avait été son enfant.

— Pardon, reprenait son mari. Elle réagit comme si elle était l'enfant de son pouce.

Deux semaines après l'opération, le jour où on lui enleva ses points de suture, Sissy téléphona à Marie Barth à Manhattan. Elle apprit que la Comtesse avait survécu, mais que ses dés semblaient ne plus être tout à fait au complet. Un mandat d'arrêt avait été délivré contre Sissy, mais tant qu'elle restait en dehors de l'État de New York, elle ne craignait rien, le crime n'était pas assez sérieux pour entraîner l'extradition ; en fait, dans la Grande Renaissance du crime dont bénéficiait à présent New York, la petite agression de Sissy était tenue pour aussi peu importante que, disons, les fantaisies nocturnes d'un des apprentis de Botticelli. Par Marie, Sissy fit savoir à Julian qu'elle allait bien et qu'elle lui reviendrait un jour, mais que d'abord elle devait subir certains changements.

Après le coup de téléphone, Sissy se sentit un peu plus guillerette. Elle alla à plusieurs reprises avec Margaret Dreyfus faire les commissions au marché de viandes casher de Richmond, dans West Cary Street, et à la boulangerie Weiman, dans la 17e Rue Nord. En compagnie du docteur et de Mrs. Dreyfus ainsi que de leur fils, Max, étudiant en droit à l'université Washington and Lee, elle vit plusieurs films au Colonial et au Byrd. Il y avait eu peu de visites chez les Dreyfus depuis le scandale Bernard Schwartz, et Sissy avait trouvé le patio assez désert pour y prendre nue le soleil. Une fois, elle marcha jusqu'au Byrd Park, alourdie par le poids des orchidées et des chauves-souris, et donna à manger aux canards. Elle rentra repue et fourbue, les oreilles résonnant encore de la bienheureuse musique des canards, et battit le docteur Dreyfus aux échecs. Ce soir-là, elle parut vaguement gaie.

Mais dans l'ensemble, Sissy avait rejoint les rangs des Malheureux Qui Attendent et des Tueurs de Temps. Mon Dieu, il y a en a tellement dans notre pays ! Étudiants qui ne sont pas heureux tant qu'ils n'ont pas eu leur diplôme ; soldats qui ne sont pas heureux tant qu'ils n'ont pas fini leur service ; célibataires qui ne sont pas heureux tant qu'ils ne sont pas mariés ; travailleurs qui ne sont pas heureux tant qu'ils ne sont pas à la retraite ; adolescents qui ne sont pas heureux tant qu'ils ne sont pas grands ; malades qui ne sont pas heureux tant qu'ils ne sont pas guéris ; ratés qui ne sont pas heureux tant qu'ils ne réussissent pas ; agités qui ne sont pas heureux tant qu'ils n'ont pas quitté la ville ; et, dans le plus grand nombre de cas, vice versa, individus qui attendent, attendent que le monde commence. Sissy n'avait garde de tomber dans ce piège stupide – le Chinetoque lui en avait certainement appris assez sur le temps pour qu'elle n'y fît même pas attention –, mais il n'y avait pas à dire, elle était là à jouer le zombie, courant sur place, ajournant sa vie jusqu'à ce qu'elle ait atteint la normalité – tout en déplorant la diminution progressive de magie personnelle que lui valait la perte de ce célèbre prototype de pointe des doigts, ce pouce qui avait fait naître mille voyages.

Mais un après-midi, après quelque vingt jours de juillet, la nouvelle éclata chez les Dreyfus, tout comme elle éclata (impartialement et sans tenir compte du fait que le maître de maison avait un jour transformé le joli nez d'un petit juif en une pièce de musée à six faces) chez tous les Américains, que… les grues… avaient été retrouvées. Et Sissy se réveilla en sursaut, vivante.

même les cow-girls ont du vague à l'âme

94

Sissy À Un Pouce regardait les informations matin et soir, et la Gitche Pouce Unique collait son oreille sur le ventre du poste de radio, et la Petite Demoiselle À Neuf Doigts était la première levée aux aurores pour ramasser le *Times-Dispatch* livré par un petit garçon. Il est peu de gens qui suivirent l'"histoire" grue de plus près que notre Semi-Pouceline, séraphin loyal rivé dans le West End de Richmond.

Les développements sur les grues étaient éclipsés par des événements de la capitale, où le président avait quelques petits ennuis sur les pattes. C'est-à-dire que le président avait été pris avec du rouge sur les mains, avec les mains plus rouges qu'un coucher de soleil sur une affiche d'agence de voyage, rouge maquereau, un rouge qui aurait fait enrager des taureaux et arrêté des locomotives ; pas un rouge sang, cependant, car le sang est sacré et le rouge qui coulait sur les mains du président était le rouge du mensonge, des affaires louches, de la rapacité et de la mégalomanie arrogante. Les mains du président avaient été vues, d'un bout à l'autre du pays, plongées jusqu'au coude dans le tiroir-caisse, et le peuple – désespérément victime du lavage de cerveau qui l'empêchait de voir le vrai sens des mouvements – était plus captivé par les frénétiques démêlés des mains cramoisies du président qui se tordaient pour se débarrasser à grands gestes saccadés de la corruption, cherchant à plonger dans une poche abritée, tentant de se faufiler de force dans une paire de gants distingués, que par le gracieux vol plané des grues nouvellement retrouvées au-dessus des collines du Dakota.

Toutefois, les communications de masse n'ignoraient en rien la saga des grues ; c'était l'histoire journalistique numéro deux dans le pays, s'appropriant pendant un certain temps plus de temps et d'espace que la situation internationale, qui était désespérée, comme d'habitude. C'est ainsi que Notre Dame du Doigt Qui Manque, bien qu'elle dut creuser des couches de saloperie politique pour arriver au bois de cœur, parvint à rassembler les faits suivants :

La Comtesse n'y était pour rien. Son cerveau – et les cerveaux ont leurs faiblesses, nous le savons tous – avait été involontairement branché sur une autre fréquence, peut-être sur cette longueur d'onde qui émet à l'intention des mongoliens, des belles au bois dormant et des chats domestiques. Au déplaisir du secrétaire de l'Intérieur, ce n'était pas non plus l'avion de recherches gouvernemental qui avait repéré les oiseaux, quoiqu'il fût à maintes reprises passé à un pou aéronautique de ceux-ci. Non, simplement, les cinéastes des studios Walt Disney avaient un jour resurgi des marécages de Floride où ils filmaient *Casse-croûte dans les Everglades,* avaient appris la disparition des grues et avaient glissé un mot aux autorités : "Dites donc, allez jeter un coup d'œil au petit lac Siwash, dans les collines du Dakota ; les grues y font halte, et il se passe dans ce coin des choses que vous ne croiriez pas."

Dès le lendemain, deux représentants locaux du Service des Pêches et de la Nature tentèrent de voir le lac. Ils arrivèrent en voiture à l'entrée d'un ranch, où ils furent repoussés par une adolescente armée d'un fusil.

Le lendemain matin, les agents des Pêches et de la Nature survolèrent le lac Siwash dans un hélicoptère de l'Office des forêts. Avant que des coups de feu tirés par une troupe de jeunes femmes à cheval ne les chassent, ils purent observer plus de grues qu'un être humain n'en avait jamais vu en un seul endroit (à savoir à l'exception de ces dingues de filles et d'abord, qui étaient-elles, par le diable-qui-joue-à-saute-mouton-sur-le-dos-du-Christ ?).

L'après-midi, les deux représentants du service des Pêches et de la Nature revinrent au ranch, accompagnés par deux gardes de l'Office des forêts, un garde-chasse de l'État du Dakota, le shérif du comté, quatre shérifs adjoints, le maire de Mottburg, plusieurs de ses adjoints, le rédacteur en chef de la *Gazette* de Mottburg (qui officiait aussi comme correspondant régional d'Associated Press), deux ornithologues amateurs, ainsi qu'un ou deux individus toujours en quête de n'importe quelle sensation forte. Ce groupe se heurta à l'entrée du ranch à une bonne quinzaine de jeunes femmes en armes, ayant généralement entre dix-sept et vingt et un ans, portant jeans et blouse très légère, ainsi que chapeau et bottes western. L'une de ces jeunes femmes, décrite comme extrêmement séduisante, s'identifia comme étant Bonanza Jellybean, patronne du ranch, et déclara aux autorités : "Ouais, les oiseaux se trouvent bien ici. Ils sont en forme et, comme vous avez dû le voir de votre p— de machine à hélice, non prisonniers et tout à fait libres d'aller et venir à leur convenance. Mais c'est une propriété privée et vous n'y poserez pas le pied, pas un de vous." Les flics tentèrent de baratiner les cow-girls – puisque cow-girls il y avait – mais sans succès. "Nous reviendrons avec une injonction de la cour et une poignée de mandats de perquisition", avertit le shérif. À quoi Bonanza Jellybean répliqua : "Revenez simplement avec deux ou trois personnes dans leur bon sens et nous les laisserons regarder gentiment de près les oiseaux." Une autre jeune femme munie d'un fouet et entièrement vêtue de noir ajouta : "Et faites en sorte que ces personnes soient des femmes." Exigence que Jellybean amenda ainsi : "Faites en sorte qu'au moins une soit une femme. Et vous avez intérêt à faire comme on vous dit ; sans ça, il risque d'y avoir des histoires." Les représentants de la loi dirent aux agents du Service de la Nature qu'ils pouvaient les faire passer jusqu'au lac sur-le-champ s'ils le désiraient, mais le représentant fédéral supérieur, pondéré comme un billot, répliqua que la force pouvait mettre en danger des vies, de grue ou humaine, et qu'il était sûr que le problème pouvait être réglé en toute sécurité le lendemain. "Allons téléphoner", dit-il à son collègue et, comme si la cabine téléphonique de Mottburg était la dernière pause café de l'univers, tous se précipitèrent.

Lorsque les doigts de roses de l'aube firent à nouveau résonner la harpe de l'horizon, était déjà assemblé devant le portail de la Rose de Caoutchouc tout le groupe de la veille, plus neuf amateurs de sensations supplémentaires, huit journalistes de la télévision, sept reporters, six officiels en provenance de la capitale, cinq adjoints de plus, quatre membres de la société Audubon, trois agents du FBI, deux conseillers grassement payés et un homme de la CIA perché dans un poirier.

Les cow-girls étaient également en nombre plus élevé ; le rédacteur de la *Gazette* de Mottburg, n'en croyant pas ses yeux, en

tom robbins

compta presque deux fois plus que la veille. Elles buvaient du cacao à petites gorgées, se brossaient les cheveux les unes les autres et frottaient leurs yeux pleins de sommeil. Bonanza Jellybean, avec une jupe de cuir si courte que son entrejambe pensait qu'elle ne s'était pas encore habillée, s'avança pour négocier avec un assistant du sous-secrétaire de l'Intérieur. Elle faisait tournoyer un six-coups autour de ses petits doigts tout en parlant.

On se mit finalement d'accord pour permettre à deux observateurs de pénétrer dans le ranch. Ce devait être l'homme peut-être le plus familier de la vie des grues, le directeur de la réserve nationale d'Aransas, Texas ; et l'extrêmement nerveuse Inge Anne Nelsen, professeur de zoologie à la North Dakota State University. Le professeur Nelsen voulut qu'une cow-girl reste en dehors du ranch comme prisonnière temporaire et comme garantie contre le risque que le professeur soit elle-même retenue en otage. Cette demande rendit furieuse le chef d'équipe de la Rose de Caoutchouc, la sombrement vêtue Delores (avec un "e" s'il vous plaît) del Ruby, qui répondit sèchement : "Une des raisons pour lesquelles nous voulions une femme là-dedans était pour éviter ce genre de conneries provocatrices de paranoïa typiques de la mentalité masculine." Et Jellybean gronda la zoologue : "Ne trahissez pas votre sexe." À ce moment, une cow-girl du nom d'Elaine sauta agilement par-dessus le portail, se portant volontaire pour rester auprès des autorités. Elaine ravit les cameramen et fit enrager les flics en passant amoureusement ses bras autour du cou de l'assistant du sous-secrétaire.

On donna des chevaux au professeur de zoologie et au directeur d'Aransas, qui furent escortés jusqu'au lac par une demi-douzaine de cow-girls en selle. Au bout de deux heures environ, pendant lesquelles les journalistes tentèrent vainement d'arracher des renseignements à Elaine et les hommes de loi lorgnèrent les cow-girls de garde au portail avec ce mélange de désir et de dégoût propre aux hommes élevés dans un climat puritain, l'expédition revint. Les délégués du gouvernement firent en privé leur rapport à l'assistant du sous-secrétaire de l'Intérieur (qu'Elaine persistait à appeler

même les cow-girls ont du vague à l'âme

l'assistant sous-sexué inférieur) qui, à son tour, fit une déclaration improvisée à ses subordonnés et à la presse.

"C'est avec un très grand plaisir que je ferai savoir au président, qui s'est très sérieusement soucié du sort de nos grues (hi hi ha ha, rires sous cape), ainsi qu'au secrétaire de l'Intérieur et au peuple américain, que la bande de grues dans son entier est bien au lac Siwash et apparemment bien portante. Les grues ont construit des nids tout autour de la circonférence du petit lac, et elles y ont mis au monde des petits. En comptant les nouveau-nés, il y a à présent approximativement soixante grues dans la bande." (Acclamations de la section Audubon et des ornithologues amateurs.) "Mais si c'est une bonne nouvelle, c'est également très déroutant. Les grues ont l'esprit de territoire, jusqu'au militantisme. On ne connaît pas de cas où elles aient niché à moins de deux kilomètres les unes des autres, et pourtant ici, elles sont pratiquement côte à côte. En outre, depuis que l'homme connaît cette espèce, elle n'a jamais fait ses nids que dans les solitudes du nord du Canada. Pourquoi ont-elles cette année raccourci leur migration de quelque deux mille kilomètres et choisi de couver à l'étroit au bord de ce petit lac, si près d'êtres humains, alors que les grues sont notoirement timides envers ceux-ci ? Ce sont là des questions embarrassantes, que nos meilleurs experts tenteront de résoudre aussi vite que possible. Mais pour l'instant, c'est déjà une assez bonne nouvelle de savoir que nos grues sont vivantes et (coup d'œil furtif aux cow-girls) apparemment en sécurité."

Le matin qui suivit celui-là – et les jours semblent vraiment se suivre, n'est-ce pas, vous qui étudiez le temps ? –, comme l'assistant du sous-secrétaire et sa suite se faufilaient un chemin à travers la foule qui tournait en rond devant la Rose de Caoutchouc, à travers écrivassiers, photographes, fermiers, flâneurs, mères allaitant des bébés, petites frappes des campagnes aux manches de T-shirt relevées pour bien faire voir leur personnalité, Indiens, touristes, amoureux des oiseaux, vieillards mâchant une chique, filles fugueuses espérant se joindre aux cow-girls et, évidemment, fanatiques de l'attaque forcée sortis de pratiquement toutes les branches de l'application de la loi ; comme l'assistant du sous-secrétaire traversait cette populace mollement joviale, il était d'humeur à la conciliation. Pour commencer, son chef, le secrétaire, lui avait conseillé d'être conciliant. Ensuite, le soir précédent – car les jours semblent vraiment se précéder les uns les autres –, au Elk Horn Motor Lodge, l'assistant du sous-secrétaire avait sondé les citoyens de Mottburg. Il avait appris que les cow-girls étaient des vagabondes, des lesbiennes, des sorcières, des droguées, qu'elles forniquaient avec les animaux de la ferme, qu'elles vivaient de riz pas comme chez nous et faisaient, voler des drôles de cerfs-volants. Pourtant les gens du pays pensaient que ces mêmes cow-girls, aussi pourries qu'elles puissent être, avaient tout à fait le droit de tenir le "gouvernement" en dehors de leurs terres : les gens des prairies sont décidément contre les interventions fédérales. L'assistant du sous-secrétaire prêta à l'opinion locale l'attention que les matelots pissant du beaupré prêtent à la direction du vent.

C'est ainsi que naquit le compromis. Bonanza Jellybean accepta que le professeur Nelsen et le gardien de grues d'Aransas visitent le lac Siwash deux fois par semaine pour surveiller les grues. En retour, l'assistant du sous-secrétaire ferait en sorte que les vols à basse altitude soient interdits au-dessus de la Rose de Caoutchouc. De plus, il devrait s'assurer la coopération des propriétaires des terres environnantes et des services du shérif pour tenir éloignées les foules de curieux.

(Mais avant que l'interdiction de voler soit prise, toutes les chaînes principales avaient filmé par avion le lac Siwash et ses grues. La vue de cet étang mutin, cerné par les quenouilles, les roseaux et la flèche d'eau, reflétant tendrement des collines dodues comme un œil tantrique refléterait les nichons de sa déesse, fit se tortiller Sissy devant le petit écran comme si la brûlaient ses feux les plus profonds.)

Publiquement, du moins, le gouvernement avait pris cette position : les cow-girls semblent innocentes de tout méfait visible envers les grues. Ces femmes reconnaissent qu'elles nourrissent les oiseaux, mais sans intention apparente de déranger leurs habitudes naturelles. Il est certain qu'elles n'ont pas tenté d'exploiter les grues

même les cow-girls ont du vague à l'âme

de quelque manière que ce soit. Le fait qu'elles aient caché les grues et le fait qu'elles auraient tiré sur des agents fédéraux étaient sujet à caution, et dans le second cas, cela pourrait amener plus tard à des inculpations, mais pour le moment, vu la multiplication des oiseaux et le fait que certains compromis avaient été atteints, les dames de la Rose de Caoutchouc bénéficieraient du doute et seraient gracieusement autorisées à garder les grues.

Les choses allèrent bien pendant une semaine. Puis le professeur Inge Anne Nelsen demanda la permission – à contrecœur, jurat-elle – de tuer une grue, déclarant : "Le comportement des oiseaux est si atypique, leur psychologie s'est modifiée si radicalement et, ajouterais-je, si soudainement, que je ne puis que soulever l'hypothèse qu'elles sont droguées – involontairement ou autrement. Madame Jellybean a refusé de nous permettre d'examiner la nourriture dont elles augmentent le régime naturel des grues. Le seul recours est donc de pratiquer l'autopsie d'un oiseau mort."

"Tuer un oiseau au bord de la disparition ?" demanda en soupirant l'assistant du sous-secrétaire. Son ulcère était révolté. "Mais voyons, on nous lyncherait sur les marches du museum d'histoire naturelle." Le Nœud coulant se resserrait déjà autour de son ulcère. Une dernière déclaration, ulcère ? Oui. "*Ouhlalalalalala !*" s'écria-t-il.

"Considérez ceci, rétorqua le professeur Nelsen. Les grues n'ont pas migré au Canada cet été. Supposez qu'elles ne migrent pas non plus au Texas cet hiver. Je suis sûre que vous n'êtes pas sans savoir, Monsieur l'assistant du sous-secrétaire, à quoi ressemblent les hivers dans ces régions désolées ! La bande ne tiendrait pas jusqu'à Noël. Mieux vaut un oiseau mort que soixante. Surtout quand il n'en reste que soixante."

"Permission accordée."

Mais lorsque le professeur voulut passer à l'acte, elle se heurta aux cow-girls, qui la traitèrent de déshonneur des traditions nourricières féminines et menacèrent de lui peindre une moustache sur la figure et de lui faire sauter les mamelons à coups de revolver.

Le gouvernement décida alors d'appliquer une petite vague de pression. Au diable ! Le président s'apprêtait à déguerpir de la

Maison Blanche par la sortie de secours ; pouvait-il y avoir plus grave que ça ? Le FBI révéla que les cow-girls n'avaient aucun titre à la Rose de Caoutchouc. Ils se mirent en quête du propriétaire légitime afin de le convaincre d'expulser ces jeunes femmes et/ou d'accorder au gouvernement un droit illimité de pénétrer sur ses terres, mais il s'avéra que cette personne était un magnat des produits de beauté qui, ayant récemment subi de graves blessures à la tête, passait à présent ses journées à lancer des œillades aux dessins de la tapisserie tout en écoutant des vents lointains s'engouffrer dans le col de bouteilles de Ripple absentes de ce monde.

Les autorités eurent plus de chance avec leur tentative suivante. On découvrit que la Rose de Caoutchouc opérait comme fabrique non-patentée de produits laitiers et vendait du lait de chèvre à une usine de fromage de Fargo. Un jour, le jour même où le président se fit la paire par la porte de service avec une valise mal refermée sur ses chaussettes et autres breloques, un inspecteur du ministère de la Santé publique rendit visite au ranch, releva seize infractions et interdit les activités laitières. Aïe ! Privées de leur unique source de revenus, les cow-girls étaient réellement serrées de près.

Tout cela, Sissy l'apprit par les moyens de communication de masse, et si ces derniers ne lui dirent pas si Delores avait eu sa troisième vision au peyotl, ou si les troubles urinaires d'Elaine avaient passé, ou si Debbie avait enfin atteint, par une voie ou une autre, la paix qui englobe tout entendement, ce n'était quand même pas mal, et c'est la tête pleine de toutes ces nouvelles qu'elle fut à nouveau admise à O'Dwyre pour sa seconde amputation.

95

Arrête, Sissy ! Arrête ! Il ne faut pas faire ça. C'est injuste et irresponsable. Nous apprécions tes motivations à leur juste valeur ; nous nous rendons bien compte que tes intentions sont bonnes ; nous entrevoyons même une certaine bravoure derrière ton intransigeance, nous y voyons un sens du sacrifice qui t'ennoblit. Et Dieu sait que nous sommes sensibles aux souffrances qui se sont parfois abattues sur toi, s'élevant de tes appendices pour tout balayer comme le souffle âcre de la baleine. Souvent, semble-t-il, dans cette existence faite d'expérience et de complaisance forcée, nous payons aussi chèrement nos triomphes que nos défaites. Mais Sissy… n'en fais rien !

Quand ce monde cède sa richesse et sa diversité, il cède aussi sa poésie. S'il renonce à ses capacités d'être surpris, il renonce à sa magie. S'il perd le don d'accepter ses exceptions ridicules et même dangereuses, il perd sa grâce. Avec ses options (aussi absurdes ou invraisemblables soient-elles) diminuent ses chances d'avenir.

Sissy, le monde a *besoin* de tes doigts si peu flatteurs, ces ahuris serpents-ballons, ces courgettes hautes en couleur, ces points d'exclamation qui concluent avec tant de force les sous-entendus de tes bras ; besoin de tes pouces – déjà un de parti ! – comme il a besoin du rhinocéros, du léopard des neiges, du panda, du loup et, oui, de la grue ; comme il a besoin des chasseurs de têtes et des Indiens "sauvages" et des véritables bohémiens cheminant dans des voitures à chevaux ; comme il a besoin de certaines terres inaccessibles par voies terrestres ou aériennes, de terres portant des forêts mastocs et de sols conservant un pétrole qui puisse poursuivre jusqu'au bout, sans être dérangé, sa destinée fossile ; comme il a besoin des ivrognes, des aliénés et des vieilles gens aux habitudes dégoûtantes ; comme il a besoin des miroirs, des hallucinations et des métamorphoses de l'art.

Savoir si tu as plus besoin de la consolation de la normalité que des pouvoirs uniques qui sont les tiens est une affaire qui ne regarde que toi et dont tu peux seule décider. Mais Sissy, ne laisse pas des gens comme Julian Gitche influer sur ta décision. Julian a besoin de tes pouces, énormes et murmurants comme l'embouchure de fleuves inexplorés – exactement comme la nature les a faits –, même s'il n'a pas la sagesse de comprendre qu'il en a besoin.

Jamais l'histoire n'a connu de pouces qui égalent les tiens, que ce soit en taille ou en action. Réponds-moi : qu'est-ce qui peut les remplacer ? D'accord, c'est vrai, il y a les enfants que t'a prédits Madame Zoé ; mais c'est un hasard, comme le Paradis, la Joie Éternelle et la stabilité économique de l'État. Sissy, les mastodontes ont tous disparu, de même que les Amazones. Tombouctou n'est plus qu'un zoo sur le bord de la route et personne n'a jamais trouvé l'Eldorado.

Tu te souviens comme le Chinetoque vénérait ces gros ? Certains d'entre nous ne tireraient-ils pas un certain profit à en faire autant ? Tes pouces n'étaient pas des métaphores ou des symboles ; ils étaient vrais. Celui qui te reste encore chante toujours les terreurs et les extases de la chair. Ton pouce nous désoriente, Sissy, et la personne qui a le courage de pousser la chose jusqu'au bout découvrira qu'être désorienté conduit toujours à

l'amour.

Ne nous prive pas de l'occasion d'aimer généreusement ce qui, comme le Christ quand il vivait, est difficile à aimer. Ne gâche pas notre plaisir.

96

Le dîner était bon ce soir et le docteur Robbins était une fois de plus étonné par le chou rouge dont la couleur le faisait se demander où étaient passés tous les aliments bleus.

Comme il se laissait aller à une éructation de bon ton, le téléphone sonna.

— J'y vais, dit-il, ce qui était bizarre étant donné qu'il avait dîné seul.

Il parlait peut-être à sa moustache.

C'était Sissy Hankshaw Gitche. Elle appelait avec deux mois de retard.

— Je suis désolée de vous avoir posé un lapin.

— Oh ! ça ne fait rien, répliqua le docteur Robbins. Je suis marrant quand je suis furieux.

Sissy appelait du O'Dwyre VA Hospital. Sa seconde opération était prévue pour le lendemain matin très tôt, et le docteur Dreyfus l'avait fait admettre la veille pour qu'elle passe une bonne nuit de sommeil. Les gens employaient encore cette expression, "une bonne nuit de sommeil". C'était probablement une très vieille expression, bien qu'elle fît plutôt songer aux années Eisenhower. Avant que les années 1960 nous réveillent.

Les appels au secours sont fréquemment inaudibles. Même quand elles se noient, certaines personnes sont trop timides ou trop gênées pour hurler. Sissy avait besoin de parler de quelque chose avec le docteur Robbins mais elle n'arrivait pas à le sortir. Aussi, au lieu de lui piquer le tympan avec un mot-glaçon comme *amputation*, elle s'entendit lui demander :

— Alors, docteur, que pensez-vous des grues ?

— Oh ! je suis pro-grues, fit-il. Elles vont bien avec mon ciel bleu.

— Non, ce que je veux dire, c'est comment expliquez-vous leur ténacité ? Pourquoi s'accrochent-elles comme ça ? Je veux dire qu'elles n'ont pas leur place dans le monde civilisé moderne ; si elles doivent refuser d'essayer de s'adapter à des conditions qui changent, ne serait-il pas plus sensé de pousser le raisonnement à fond et d'aller jusqu'à la disparition pour éviter souffrance et ennuis ? Qu'essaient-elles de prouver ?

— Peut-être, répondit très lentement le docteur Robbins, peut-être attendent-elles que nous nous en allions.

97

Lorsque les chirurgiens, scalpels grimaçant dans leur boîte comme des piranha, arrivèrent pour un examen préliminaire le lendemain matin, Sissy les surprit :

— Procédez donc à la polli… polli… polli machin chose de mon index droit, leur dit-elle. Je crois que je vais garder mon pouce gauche encore un peu.

Le beau-frère se vexa, mais le docteur Dreyfus comprit :

— Comme répondit le sculpteur Alexander Calder quand on lui demanda s'il voulait bien faire un mobile en or pur pour le musée Guggenheim : "Bien sûr ; pourquoi pas ? Après, je le peindrai en noir." Mais je ne pense pas que cela signifie grand-chose pour vous.

Raccourcir l'os, le déplacer, en accroître l'angle constituait un fastidieux travail de précision, exigeant une intense concentration et pourtant, pendant toute la durée de la pollicisation, nos chirurgiens entendirent nettement les oiseaux chanter.

Après l'opération, une incision fut pratiquée dans l'abdomen de la patiente et on y cousit son nouveau quasi-pouce pour qu'il commence le processus de greffe. Le lendemain, lorsque le docteur Dreyfus entra dans sa chambre d'hôpital, il trouva Sissy debout en petite culotte devant une glace en pied et s'examinant soigneusement.

— Alors, qu'en pensez-vous ? demanda le chirurgien plasticien-artiste passible de trois millions de dollars de dommages et intérêts.

— Sacré bon sang, fit Sissy. On dirait que j'étais tellement pressée de me masturber que j'ai manqué le trou d'une coudée.

98

Finissons-en une bonne fois pour toutes avec ces racontars : Richmond, Virginie, n'est pas amoureuse de l'Angleterre, elle n'attend pas d'enfant, aucun mariage en vue. Quant à l'Angleterre de réputation internationale, elle est à peine consciente de l'existence de Richmond, Virginie, possédant en outre sa propre Richmond, qui se loge dans le North Surrey. Ce que la prospère, conservatrice et dynamique Richmond, Virginie, éprouve pour l'Angleterre – de nombreuses années son aînée –, ce n'est pas une passion romantique mais de l'envie. Elle admire les siècles de respectabilité de l'Angleterre, qu'elle voudrait bien avoir pour elle. Elle voudrait tant porter les caleçons de l'Angleterre sans avoir à les enfiler. Souvenez-vous que vous avez lu ça pour la première fois dans ce livre.

L'imitation est une des façons dont Richmond manifeste son admiration et son envie (ne faisons-nous pas tous ainsi ?). Par exemple, Richmond a reproduit des tonnes d'architecture anglaise, qu'elle a abandonnées aux intempéries et où se sont installés des gens dont l'accent amènerait un vrai Anglais à se boucher à la hâte les oreilles avec du pudding. Dans le West End, le style de maison le plus courant est la version agrandie du cottage anglais traditionnel, avec vieilles poutres et toit comme dans les livres de contes, mais généralement enrichie d'un luxe de particularités terriblement non-anglaises comme piscines, patios et vérandas sous verre thermique.

C'est exactement dans un de ces cottages si sensas que Sissy attendait que son nouveau pouce sorte du four.

En attendant, elle trouvait un nouveau ravissement dans l'ancien pouce, le monstre qui lui restait, celui qui fit sauter la banque de Monte Rigolo. Sissy le graissait et le parfumait, le mettait au soleil et l'aérait, le pliait et le tournait, faisait d'épouvantables ombres ovoïdes sur les plafonds et les murs, le dirigeait vers les étoiles et les planètes, le faisait barboter dans la baignoire, rouler sur ses zones érogènes, le balançait vers des fonceurs imaginaires sur les grand-routes du Cœur et parlait avec lui des temps anciens. C'était comme une seconde lune de miel. Le seul moment où l'appendice réhabilité ne l'émoustillait ni ne l'égayait, c'était quand elle le revoyait défonçant des crânes. À ces moments-là, elle frissonnait comme l'employé des services sanitaires qui ramassait les ordures au château de Frankenstein.

Mais en général, Sissy allait et venait en tenant dignement son pouce gauche, spectacle qui laissait Margaret Dreyfus sans voix et faisait sourire Félix Dreyfus. Leurs réactions d'ailleurs ne comptaient guère, car lorsque Sissy n'était pas absorbée par ses pouces – le petit nouveau au four, le gros vieux faisant le lézard –, elle était tout aussi absorbée par les développements de l'histoire des grues dans la presse.

99

Par une nuit de prairie où le ciel ressemblait à une soucoupe de soupe de lune à la crème remuée par la longue louche du vent, le véhicule des cow-girls, connu sous le nom de "fourgon à peyotl" et que la presse appelait "caravane à décoration reptilienne", se tira de la Rose de Caoutchouc pour ne plus revenir. Delores del Ruby était au volant. Les médias se demandèrent ce que signifiait le départ du "sous-chef affublée de noir et claquant du fouet" et s'il ne fallait pas y voir peut-être le signe d'une dissension au cœur du "ranch du mystère".

Pendant les quelques jours qui suivirent, les reporters guettèrent des signes de désaccord ; mais pour autant que leurs jumelles pussent les renseigner, et grâce à d'occasionnelles conversations avec les gardes maussades du portail, la solidarité régnait. À la vérité, nos fifilles essayaient de jouir de leur vie de cow-girl exactement comme si l'Œil du Pays ne s'était pas détourné un moment du nouveau président pour les lorgner un peu. Pour le directeur de la réserve nationale d'Aransas, qui les observait chevauchant, jouant du lasso, faisant trempette et lâchant des cerfs-volants tantriques tibétains, elles ressemblaient "tout à fait à des jeunes filles en pleine partie de campagne."

Mais dans leurs réunions de dortoir, une certaine retenue prenait le pas sur leurs gloussements et, tandis qu'elles nettoyaient les armes à feu et analysaient la situation, personne ne les aurait prises pour des girl-scouts. Des jurons vifs et vulgaires quittaient leurs lèvres à l'intention des éléments qui grillaient leur jardin potager une semaine, l'inondaient la semaine suivante.

— Les dieux de la prairie n'ont jamais eu de sympathie pour l'agriculture, rappelait Debbie à ses compagnes. Ils donnaient plutôt dans le bison.

Cela n'apaisait pas Big Red.

— Nous n'avons *ni* haricots *ni* bison, grognait-elle.

— Les chèvres sont nos bisons, répliquait Debbie. Tant que nous les avons, nous aurons du lait, du yaourt et du fromage.

— Nous avons lait, yaourt et fromage, concéda Jellybean, mais nous n'aurons plus de Crosby, Stills et Nash lorsque l'électricité nous sera coupée. Aussi, celles d'entre vous qui préfèrent la chaîne stéréo à ma vieille Gibson devraient se porter volontaires pour faire tourner l'éolienne cet après-midi, même si c'est dimanche !

— Je dois observer le sabbat et ne faire que de saintes actions, objecta Mary.

— Entendu, Mary, fit Jelly, tu peux passer l'après-midi à prier pour les copines qui se cassent le cul à travailler. Au fait, Billy West

même les cow-girls ont du vague à l'âme

nous fait don du matériel de l'éolienne, béni soit son cœur, bénis soient ses cent quarante kilos ; il m'a dit ce matin qu'il ne va rien nous faire payer. Alors ça vous dirait qu'on s'y mette et qu'on monte le bébé ? Des questions ?

— Oui, fit Heather. Et si chacune d'entre nous portait une de ces casquettes avec une petite hélice en plastique au-dessus ? Avec le vent qu'il fait par ici, est-ce que ça donnerait assez d'électricité pour que je puisse me commander un vibromasseur ?

— Les vibromasseur marchent avec des piles, mon chou, fit Jelly, se sentant peut-être coupable de ses séances hebdomadaires avec le Chinetoque. La séance est levée.

Une équipe de cow-girls se mit à construire l'éolienne, chantant tout en travaillant. Les observateurs officiels ne trouvèrent rien d'alarmant à cette construction. Mais peu de temps après, les filles entreprirent une autre construction, dont les implications devaient précipiter à grand bruit les choses à la Rose de Caoutchouc.

Au fait… Sissy, qui écoutait les informations dans sa Virginie, Sissy avait bien deviné où Delores était partie : la chef d'équipe était partie au Nouveau Mexique chercher du peyotl.

100

Eh bien, nous voici au chapitre 100. Ça s'arrose. Je suis un écrivain et donc, je fais le même boulot que Dieu : si je dis que cette page est une bouteille de champagne, c'est une bouteille de champagne. Lecteur, veux-tu partager avec moi une coupe de mousseux ? Tu préfères le français à l'américain ? D'accord, va pour le français. À la tienne !

À la santé du centième chapitre ! Cent. Chiffre cardinal, dix fois dix, emplacement du troisième chiffre à gauche de la virgule, nombre puissant qui signifie poids, opulence et importance. Le symbole de cent est C, qui est également le symbole de la vitesse de la lumière. Il y a cent pennies dans un dollar, cent centimètres dans un mètre, cent ans dans un siècle, cent yards dans un terrain de football américain, cent points dans un carat, cent façons d'écorcher un chat et cent manières de préparer l'aubergine. Il y a aussi cent manières d'écrire un bon roman, mais je ne sais pas si la mienne en est une.

Ne soyez pas si vite d'accord. *Même les cow-girls ont du vague à l'âme* peut encore vous apprendre deux ou trois choses. "Par exemple ?" faites-vous avec mauvaise humeur, tout en vous resservant de mon champagne. Par exemple, ceci : à un certain nombre de reprises, ce livre a fait référence à la magie et chaque fois, vous avez secoué la tête en marmonnant des critiques comme : "Qu'est-ce qu'il veut dire par 'magie', d'abord ? C'est gênant, un adulte qui parle de magie de cette façon. Comment peut-on le prendre au sérieux ?" Ou, comme l'ont suggéré des lecteurs un peu plus délicats : "L'auteur ne se rend-il pas compte qu'on ne peut écrire sur la magie ? On peut la créer mais pas en discuter. Elle est bien trop impalpable pour ça. La magie ne peut être ni décrite, ni définie. Employer des mots pour décrire la magie c'est comme utiliser un tournevis pour découper du rosbif."

À quoi l'auteur réplique alors : Désolé, amis resquilleurs, vous êtes des petits malins, mais vous faites une légère erreur. La magie n'est pas la qualité floue, fragile, abstraite et éphémère que vous croyez. En fait, la magie se distingue du mysticisme par son caractère concret et pratique. Alors que le mysticisme ne se manifeste que dans l'essence de la spiritualité, dans l'état de transcendance, la magie implique un fondement naturaliste solide. Le mysticisme révèle l'éthéré dans le tangible. La magie fait du permanent à partir du transitoire, fait sortir par la séduction la tragédie du quotidien.

D'accord, je vais essayer de développer, si vous insistez. Et pour vous prouver que je ne suis pas un rouspéteur, je vais faire apparaître un autre magnum de Dom Perignon. Tenez, voilà. Dites-moi quand vous êtes prêts. Le mysticisme se suffit à lui-même et il échappe au contrôle externe. Une chose possède ou ne possède pas d'émanation mystique, laquelle est présente dans une entité unique, animée ou inanimée, où elle se fait connaître à ceux qui croient qu'elle y réside. Le mysticisme implique de croire en des forces, influences et actions qui, bien qu'imperceptibles à la sensibilité ordinaire, sont néanmoins réelles.

La magie, d'un autre côté, peut être contrôlée – par un magicien. Un magicien transmet, tout comme un mystique, au sens strict, reçoit. Tout comme l'amour peut être *fait*, à l'aide de choses aussi réelles qu'un pénis en érection, un vagin humide et un cœur ardent, la magie peut également être *faite*, totalement et délibérément, à partir des choses les plus évidentes et les plus terrestres. La magie ne filtre pas de l'intérieur par sa volonté propre (non plus qu'elle n'apparaît à l'improviste à celui qui est parvenu à un état de conscience supérieure) ; c'est une affaire de causes et d'effets. L'acte apparemment irréaliste ou surnaturel ("magique") se produit par *l'action d'une chose sur une autre grâce à un lien secret.*

Le mot clef ici est *secret*. Lorsque la substance du lien est révélée, la magie s'envole ou peut être contrecarrée par des magiciens rivaux. Ainsi, *Même les cow-girls ont du vague à l'âme* peut attirer votre attention sur la magie résultant, disons, de l'action des senteurs du corps féminin sur la dernière bande de grues sauvages, mais peut ne jamais fournir le lien secret qui les relie.

Humm. L'auteur sent que le chapitre 100 vous déplaît. Non seulement il interrompt l'histoire, mais il en dit trop et de manière trop didactique. Vous savez, un livre sur une femme dotée de pouces gros comme des sacs de sucre a des chances d'avoir un tant soit peu la main lourde.

Allez, ça suffit à présent, le champagne. Donnez-moi un baiser ou bien tirez-vous.

101

Des expressions comme "coefficients de semelle", "schémas fréquentiels", "portées d'entretoise" et "joints plastiques ABS" firent leur apparition sur les bords du lac Siwash, où l'on n'avait entendu jusqu'à présent que les signaux radio des grenouilles, des extraits d'opéra de grues chinoises et le "youhou" ou le "youpi" occasionnel d'une fille. En plus, il y avait le mâchonnement des scies affamées et le spock-spock des marteaux recourant à la méthode directe pour

tom robbins

essayer d'inculquer à quelques jeunes clous impressionnables les dangers inhérents à une société de tolérance, spock-spock-spock.

Lors de leur visite de routine suivante, le professeur Inge Anne Nelsen et le directeur de la réserve d'Aransas furent ébahis par toute cette activité pratiquement au milieu des grues. Ils posèrent immédiatement des questions.

— Nous construisons un dôme, répondit Bonanza Jellybean.

— Un dôme ?

— Oui, mais pas n'importe lequel. Un dôme à quadruple fréquence, hémisphérique, géodésique, *arctique*, avec trois épaisseurs contre le froid. Bien entendu, la forme même d'un dôme constitue une défense contre le froid. Un serpent de vent glacé, mauvais et enragé aura tendance à glisser sur sa surface ronde au lieu d'acquérir de la vitesse en un coin extérieur où il serait tenté de se faufiler à l'intérieur d'un bâtiment rectiligne. Les Esquimaux savaient cela. Il y a également moins de surface par où perdre la chaleur…

— Oh ! Bon Dieu, Jelly, c'est pas important, ça, interrompit Big Red. La perte de chaleur se fait pour la plus grande partie par les portes et les fenêtres, de toute façon. Puisque nous n'aurons qu'une seule porte de grande taille et deux ou trois fenêtres toutes menues, ça ne nous causera pas des masses de soucis. Mais nous triplons l'épaisseur de cette foutue construction, comme a dit Jelly. Ça va vraiment être un dôme de type arctique.

— Exactement comme celui où vit le Père Noël, pas vrai, Red ? fit Kym.

— Ha, ha, ha, rigola Big Red.

Un réseau de solives montées sur des poutres de deux mètres cinquante avait déjà été posé, et de sa circonférence les observateurs du gouvernement pouvaient conclure que le dôme allait être extrêmement vaste. Ils n'en revenaient pas.

— Quel en sera l'usage ? demanda le type d'Aransas.

— Pourquoi le construisez-vous si près du lac ? s'enquit le professeur Nelsen.

— C'est pour les grues, annonça Jelly.

— Pour les grues ? !

même les cow-girls ont du vague à l'âme

Leur incrédulité tripla elle aussi d'épaisseur.

— Parfaitement. Nous sommes presque fin août, vous savez. L'hiver venu, les oiseaux auront besoin de s'abriter. Par les jours calmes et clairs, nous casserons la glace et elles pourront s'ébattre à volonté dans le lac. Mais les jours où les grands vents et les tempêtes de neige frappent, il leur faudra un abri. Ce dôme sera leurs quartiers d'hiver.

— Impossible, s'écria le gardien d'Aransas, le souffle court. Elles ne vont jamais se tasser là-dedans, les unes sur les autres comme ça, avec un toit au-dessus de leur tête.

Toutefois, en promenant ses regards sur les échassiers, si étrangement sereins à proximité d'êtres humains et séparés seulement par une dizaine de mètres d'une famille à l'autre, l'homme n'en était plus si sûr.

— Cela signifie donc, demanda le professeur Nelsen d'un ton mordant, que vous ne pensez pas qu'elles migreront pour leurs quartiers d'hiver texans ?

— On ne voit vraiment pas ce qui les y pousserait, dit Jellybean.

— Eh bien moi, je vois bien des raisons pour lesquelles elles devraient, éclata le professeur Nelsen. (Elle appuyait ses mains sur ses hanches, comme la statue de la Madone Scorpion de Mauvaise Humeur et à la Tête Rousse.) Y compris leur bien-être et leur survie. Vous croyez donc que vous allez retenir cette bande de grues sauvages dans quelque construction loufoque...

— Pas si loufoque que ça, m'dame, dit Debbie qui s'était arrêtée de scier des entretoises pour essuyer son front en nage avec un tissu de prière de Katmandou. Non, pas loufoque du tout. Ce sera une construction *ronde*; ce sont les bâtiments carrés qui sont dingues. Drinks Water, un homme-médecine Dakota, eut une vision longtemps avant que les Blancs arrivent, selon laquelle sa tribu serait battue et forcée de vivre dans des maisons carrées. Lorsque cela se produisit, les tribus Dakotas furent désespérées. Black Elk jugeait que c'était une mauvaise façon de vivre. "Il ne peut pas y avoir de pouvoir dans un carré, disait-il. Vous aurez remarqué que tout ce qu'un Indien fait est dans un cercle, et c'est parce que le Pouvoir du

381

Monde opère toujours en cercles, et tout essaie d'être rond." Vous êtes zoologiste ; vous devriez savoir qu'il n'y a pas de carrés dans la Nature, ni dans le macrocosme ni dans le microcosme. La Nature crée en cercles et bouge en cercles. Tout est circulaire, de l'atome aux galaxies, et la plupart des choses organiques entre les deux. La Terre est ronde. Le vent tournoie. La matrice n'est pas une boîte à chaussures. Où sont les coins de l'œuf et du ciel ? Regardez les nids que ces grues ont faits, là-bas. Parfaitement ronds. Le carré est le produit de la logique et du rationalisme. Il a été inventé par l'homme civilisé. C'est un produit de la conscience masculine. Tribus primitives et cultures matriarcales ont toujours rendu hommage à ce qui est rond. Regardez votre ventre, professeur, là, sous votre gaine. Regardez vos seins. La femme est un animal rond. L'homme, dans sa révolte contre ce qui est naturel et féminin dans l'univers, a utilisé la logique comme arme et comme bouclier. Tout l'objet de la logique est de trouver la quadrature du cercle. La civilisation est un cercle équarri. C'est pourquoi dans les sociétés civilisées, le sort de la femme – et de la Nature – est si lamentable. Il est du devoir des femmes avancées d'apprendre aux hommes à aimer à nouveau le cercle. Non, m'dame, ça ne sera pas une construction folle ; mais une construction sensée. Sauf si vous faites l'erreur d'identifier la logique rationnelle au bon sens. Auquel cas cette structure – et tout ce que nous faisons d'autre – sera aussi démente que possible. Les grues n'auront pas d'objection à s'abriter sous notre dôme. C'est une construction ronde fabriquée par des animaux ronds. Youpi !

Le professeur Nelsen et son acolyte se précipitèrent à Mottburg pour annoncer la chose. On tint une conférence au cours de laquelle divers coups de fil furent passés avec la capitale fédérale. En fin d'après-midi, un juge fédéral (assis devant une table carrée dans une salle carrée) prit une ordonnance. Au coucher du soleil, celle-ci était communiquée à la Rose de Caoutchouc.

L'ordonnance du tribunal enjoignait aux cow-girls de cesser la construction du dôme. Elle leur ordonnait de retirer leurs équipements et elles-mêmes des abords du lac, d'enlever gardes et barricades du portail et de préparer le ranch à son occupation sans restriction par du personnel officiel qui prendrait alors toutes les mesures nécessaires pour rétablir les conditions de vie normales des grues américaines. Les cow-girls avaient quarante-huit heures pour se soumettre.

102

Le pédoncule en forme de tube – le rabat cylindrique de la peau du ventre sous lequel l'index pollicisé de Sissy faisait sa greffe depuis trois semaines – fut sectionné à un bout et, battez tambours ! – un pouce vit le jour !

Voici un pouce – mais quelle sorte de pouce ? Tordu et rouge (un pouce pour saluer des flamants roses, pas des grues), gauche et raide, aussi décharné que son prédécesseur avait été bouffi. Sissy exerçait ce bâton pétrifié de réglisse à la fraise et tentait de lui apprendre quelques tours d'auto-stop simples lorsque la nouvelle de l'ordonnance du tribunal concernant la Rose de Caoutchouc fut annoncée à la radio.

Sissy se leva, son petit poucet écarlate pendouillant tout raide le long de sa jambe.

— En combien de temps pensez-vous que je puisse être dans les collines du Dakota ? demanda-t-elle.

Le docteur Dreyfus leva les yeux du bloc où il esquissait des pouces à la manière de Seurat, rêvant peut-être du premier doigt pointilliste vivant.

— En auto-stop, voulez-vous dire ? Oh ! je ne pense pas que vous y arriveriez en quarante-huit heures.

— Ha ha, ho ho et hi hi, fit Sissy, et il n'était pas facile de répliquer à cela.

103

Les gens n'auraient pas pu être plus stupéfaits si des archéologues avaient déterré un dinosaure portant laisse et collier. Certains conducteurs pensèrent que le têtard qui conquit l'Atlantide s'était échappé d'un écran de drive-in et s'en allait rejoindre l'océan. D'autres y reconnurent un pouce, le nec plus ultra du pouce peut-être, et l'acceptèrent avec le même fatalisme confondu dont ils acceptaient les cyclones et le gouvernement.

De-ci, de-là, poussin poussa, il exerçait une force avec laquelle peu auraient pu rivaliser, jouant avec les bolides routiers comme les chats avant Friskies jouaient avec les souris. Il redonnait vie à de vieilles guimbardes et faisait toussoter des paquebots dernier modèle comme des voitures de Karting. Un seul mouvement et les radios s'allumaient automatiquement, les phares prenaient un regard vitreux comme sous un choc. Il pouvait se projeter à travers quatre voies de circulation intense et faire venir au pied le véhicule de son choix. Il pouvait même amener certaines voitures qui l'avaient dédaigné en passant à effectuer des demi-tours illégaux et à revenir trois kilomètres en arrière pour obéir à ses ordres. Il s'agissait du pouce gauche de Sissy, qui avait enfin sa chance après avoir passé plus de dix ans à étudier en double le rôle du droit – et à se sentir comme une boule dans la gorge de la Création à force de le voir éblouir la galerie. Enfin, disons que c'est peut-être un peu exagéré, mais franchement, quelqu'un a-t-il jamais été aussi bon dans quelque chose que Sissy Hankshaw Gitche l'était en stop ?

Elle aurait bien voulu retrouver dans la joie ses manœuvres préférées et mettre à l'essai quelques tactiques nouvelles : dans son esprit, elle imaginait des mouvements compliqués qu'elle aurait aimé tisser par-dessus le continent. Hélas elle s'était fixé un délai : les collines du Dakota en trente heures. Aussi, bien qu'elle fît pas mal de pantomimes et plus d'expérimentations que sur un trajet de vitesse pure, elle ne s'arrêta qu'une seule fois – dans une cabine télé-phonique de l'ouest de la Pennsylvanie.

Elle avait l'intention d'appeler Julian. Elle allait lui parler de son besoin irrésistible de foncer à la Rose de Caoutchouc et de son inex-

même les cow-girls ont du vague à l'âme

plicable désir d'être aux côtés des cow-girls dans la crise dont elles étaient victimes, et lui dire combien il lui fallait absolument revoir le Chinetoque pour qu'il lui explique pourquoi l'horloge continuait à battre si fort dans ses veines. Elle voulait lui promettre qu'une fois accompli ce qu'elle devait faire au Dakota, elle reviendrait à toute vitesse et appuierait son nouveau pouce taille normale contre l'interphone de son appartement. Après tout, Julian avait besoin d'elle. Mais au moment où elle s'apprêtait à appeler, elle se dit : "C'est vrai, Julian a besoin de moi. Mais moi aussi, j'ai besoin de moi. Et le monde a besoin de mon besoin de moi plus qu'il n'a besoin du besoin de Julian pour moi." Et elle appela plutôt le docteur Robbins.

Le docteur Robbins ne répondit pas. Sa moustache non plus. Ils se trouvaient tous deux à l'autre bout de la ville, dans l'appartement de la Comtesse. Lorsque Robbins avait lu dans un des articles du *Times* sur les grues que la Comtesse était propriétaire de la Rose de Caoutchouc, le ranch qui jouxte Siwash Ridge, il avait appelé le magnat de l'hygiène féminine et, ayant été informé de l'état de cette pauvre créature, il avait offert ses soins psychiatriques à titre gratuit. Les comptables de la Comtesse avaient accepté cette offre et depuis ce jour, le docteur Robbins n'avait pratiquement plus quitté la Comtesse. Au moment où Sissy appela, Robbins et la Comtesse étaient d'ailleurs appuyés sur des coussins de satin et jouaient aux cartes en buvant du Ripple. Le jeune psy taquinait le potentat d'âge moyen à propos des lésions que son cerveau avait subies sous les coups de pouce de Sissy, et notre Comtesse riait de bon cœur. La Comtesse gagnait également aux cartes.

Rappelant à la Comtesse la loi de Murphy, qui dit que si quelque chose peut aller mal, elle ira forcément mal, le psychiatre sans licence lui présenta ensuite la loi de Robbins, qui dit que ce qui va mal peut vous servir, pourvu que ça aille assez mal. La Comtesse s'esclaffa de plus belle et accrut ses gains. Le téléphone qui sonnait était loin.

Sissy raccrocha et poursuivit son voyage.

Tandis que Sissy était encore sur les routes, quelque huit heures avant que le délai du tribunal ne vienne à expiration, les cow-girls de la Rose de Caoutchouc diffusèrent un communiqué, adressé au juge fédéral avec copies envoyées à la presse. Ce communiqué disait :

La grue a été poussée au bord de la disparition par un système paternaliste agressif et brutal résolu à réduire la Terre à sa merci et à établir sa loi sur toutes choses – au nom de Dieu le Père, de la loi, de l'ordre et du progrès économique. Des hommes, la grue n'a reçu ni amour, ni respect. Les hommes ont asséché les marais de la grue, lui ont volé ses œufs, ont envahi son intimité, ont pollué sa nourriture, ont souillé son air et l'ont criblée de plomb. De toute évidence, une société paternaliste ne mérite pas quelque chose d'aussi grandiose, d'aussi beau, d'aussi sauvage et d'aussi libre que la grue. Vous, les hommes, avez manqué à vos devoirs envers la grue. Maintenant, c'est au tour des femmes. Les grues sont à présent à notre charge. Nous les protégerons tant qu'elles demanderont à être protégées – tout en œuvrant à faire venir le jour où toutes les créatures de l'univers ne devront plus souffrir de l'égoïsme, de l'insensibilité et de la rapacité masculines. Nous refusons votre ordre. Nous vous disons de vous le mettre où nous pensons. Cette bande d'oiseaux reste avec nous. Allez-vous faire voir, les mecs.

Inutile de préciser que toutes les filles ne furent pas d'accord sur le texte de ce communiqué. Debbie, par exemple, pensait que le communiqué était en lui-même agressif et qu'il empestait le même sexisme hostile que les filles détestaient chez les hommes. Elle fit pression pour obtenir une résolution plus sensée, ferme mais aimable ; elle dit qu'elles devraient donner le bon exemple. Debbie n'était pas seule de cet avis. Quant à Bonanza Jellybean, elle trouvait que c'était faire preuve d'ostentation que de prétendre œuvrer vers un jour où les créatures de l'univers seraient à l'abri de l'homme quand, en réalité, tout ce pour quoi elle œuvrait était un temps où toute petite fille pourrait devenir cow-girl si elle le désirait.

Si la Rose de Caoutchouc avait été organisée en un système anarchique plutôt que selon des principes démocratiques, chaque cow-girl qui l'aurait voulu aurait pu publier son propre communiqué, chacune avec autant de poids. La "règle de la majorité" l'emporta cependant,

même les cow-girls ont du vague à l'âme

et le communiqué – rédigé surtout par la faction de Delores del Ruby – fut présenté au tribunal, à la presse et au public comme l'opinion collective des "voleuses de grues".

Et le communiqué ne fut pas pris à la légère. Non, il ne fut vraiment pas pris à la légère. Sissy franchit les portes de la Rose de Caoutchouc quelques minutes avant que Delores soit arrêtée comme elle entrait dans Mottburg avec près d'un millier de boutons de peyotl dans son camion et quelques heures avant que deux cents agents fédéraux, renforcés par au moins une douzaine d'agents du FBI, prennent position à l'extérieur du ranch, fusils chargés braqués sur tout ce qui remuerait plume, sabot ou nichon à l'intérieur des limites cinétiques du plus grand ranch exclusivement féminin de l'Ouest.

SIXIÈME PARTIE

Pour vivre hors la loi, il faut être honnête.

BOB DYLAN

104

Il y a une incandescence surnaturelle. Elle vient d'une dimension que nous ne comprenons pas encore.

Dans cette aurore céleste se rencontrent deux choses animées. En nous accoutumant à la lumière qui forme la substance de ce "paysage", nous reconnaissons l'une des deux choses comme un cerveau humain. L'autre s'avère être un pouce.

Le Cerveau repose en toute placidité. Le Pouce, qui n'a fait son apparition sur la scène que récemment, nous donne le sentiment inverse ; il paraît agité.

— Pourquoi cet air amer, vieux frère ? demande le Cerveau.

— Tu le demandes ! répond sèchement le Pouce. Mais c'est que j'en ai vraiment par-dessus la tête, voilà tout.

— Par-dessus la tête de quoi ?

— D'être responsable. D'être appelé "la pierre angulaire de la civilisation". D'être traité par un auteur dingo comme si j'étais une foutue *métaphore* de la civilisation. Je n'y suis pour rien, moi !

— Oh ! Quand même, je n'irais pas jusqu'à dire ça. Le processus de civilisation a résulté des avancées technologiques. Tant que l'homme n'a pas eu d'outils, des outils lui épargnant le travail manuel tout en lui conférant une supériorité prédatrice par rapport aux autres animaux, il n'a pas eu le loisir de développer le langage ou d'affiner ses capacités psychiques et physiques. Toi, Pouce, tu as donné à l'homme la possibilité d'utiliser des outils. Même si ça n'a pas été plus loin, tu l'as au moins mis sur le chemin qui devait le mener à la civilisation. Et ne l'as-tu pas accompagné et assisté à chaque pas qu'il a fait ensuite ?

— Ouais, c'est vrai, mais j'étais innocent. Je n'avais aucun contrôle. Je voulais l'aider à ramasser des cailloux luisants, à cueillir des fruits, à tenir des fleurs, à fabriquer des bols et des paniers, à faire de la musique, à tisser ; je voulais l'aider à enlever les échardes et à caresser la peau des êtres aimés. Je ne voulais pas du tout participer à tout le reste : le matériel lourd, la tuerie et la mutilation, le développement excessif, l'assujettissement de la Nature et les tentatives de construire des monuments contre la mort. Je ne voulais rien avoir à y faire, mais j'y ai contribué parce que tu m'y as forcé, pauvre bite !

Le Cerveau émet un court rire dédaigneux qui se déplie de toute sa longueur.

— La Bite a eu beaucoup à voir avec la civilisation, j'en conviens, mais il faut t'en prendre à elle. Moi, je suis le Cerveau. Tu te rappelles ?

— Comment l'oublier ?

— Allez, ne sois pas désagréable. (Le Cerveau remue sur ses pieds.) Tu te comportes assez irrationnellement, non ? Est-ce que vraiment tu me rends responsable de la civilisation ?

— Exactement. Cette affreuse enveloppe extérieure toute ridée qui t'entoure, ce cortex cérébral, est quasi-inexistant chez les animaux inférieurs. Mais il a suffi que tu te fasses une idée de l'évolution et que tu goûtes à la pensée abstraite toute bouffie que ce cortex pouvait créer pour que tu te mettes à le développer sans mesure, jusqu'à ce qu'il constitue quatre-vingts pour cent de ton volume. Puis tu t'es mis à sortir des idées subtiles aussi vite que tu pouvais et à distribuer des ordres à d'impuissants appendices comme moi, nous contraignant à agir en fonction de ces idées et à leur donner forme. De là est sortie la civilisation. Tu as voulu qu'elle soit, parce qu'avec un cortex aussi excessivement développé, tu avais perdu ce qui te reliait aux autres animaux et surtout aux plantes ; tu avais perdu le contact, tu t'es retrouvé aliéné et tu as voulu la civilisation pour compenser. Et nous autres n'y pouvions plus rien. Tu étais retranché dans ta forteresse d'os entourée d'une douve cérébro-spinale absorbant vingt pour cent de l'oxygène nécessaire au corps et engloutissant une part disproportionnée de nourriture, espèce de sale glouton ! Tu tenais la commande motrice des muscles et nous ne disposions d'aucun moyen pour t'atteindre et t'empêcher de continuer à gâcher le plaisir du monde.

L'ongle du pouce était rouge de colère.

Remuant lentement sa configuration de crevasses profondes et de larges protubérances, le Cerveau soupira.

— Oui, oui, il y a quelque chose de vrai dans ce que tu dis. Je suis bien l'organe du corps le plus favorisé ; mais c'est parce que ma charge de travail est lourde et vitale. Et j'ai énormément contribué à la civilisation, comme ce fut ton cas. Cela aurait été impossible sans moi, comme cela aurait été impossible sans toi. Mais j'étais tout aussi innocent que toi…

— Comment donc ? C'est toi qui exprimais les désirs, formulais les modèles, lançais les ordres et dirigeais tout.

Le Cerveau soupira une fois de plus. C'était le genre de soupir qu'on pouvait attendre d'une larve grasse et passablement affectée : gris, humide, dégoûtant.

— Tu ne me comprends pas, en fait. Tu crois me connaître – toutes ces sottises à moitié savantes sur l'évolution du cortex cérébral – mais tu ne me connais pas vraiment. Oh ! je ne doute pas que tu saches que je possède un réseau électrochimique de treize milliards de cellules nerveuses, et il se peut que tu te rendes compte que dans certains de mes coins et recoins – toi qui as la chance d'être lisse et porté à l'unification –, ces protoplasmes sont si denses et serrés que cent millions tiennent dans quelque treize centimètres cubes, chacun de ces bougres ronronnant, vibrant et scintillant, et tous différents les uns des autres. Oui, il se peut que tu saches cela, mais tu ne pourras jamais vraiment savoir comme c'est dur d'être électrochimique, d'être, et je ne me vante pas, la chose la plus compliquée et la plus utile de la Nature…

Le Pouce s'agite comme s'il faisait courir un archet sur un violon.

— C'est l'histoire la plus triste que j'aie jamais entendue, fait-il d'un ton sarcastique.

— Je ne cherche pas à me faire aimer, mais à me faire comprendre de toi. Montre-toi indulgent à mon égard, et si je digresse, rappelle-toi que je ne suis pas aussi concentré que toi. Alors, écoute. Une douche ininterrompue d'impulsions électriques me martèle comme la pluie sur un toit tropical. Je suis soumis à un feu roulant de signaux qui déclenchent successivement les cellules nerveuses – mes neutrons, si tu veux –, qui font feu comme des pétards chinois. Au cours de chacune de ces pulsations, des charges électriques sont modifiées, des substances chimiques émises, des interstices s'ouvrent et se referment, des ions désertent un neurone pour en envahir un autre ; tout ça est incroyablement compliqué, et l'ensemble du cycle se déroule en un millième de seconde environ. Un millième de seconde – et l'homme s'imagine qu'il connaît quelque chose au temps. Ha !

— Si j'étais la Bouche, je bâillerais, dit le Pouce. Viens-en au fait avant que je tombe raide d'ennui.

— Et personne n'aime un pouce raide, pas vrai ? plaisante le Cerveau. Eh bien, le fait est en partie ceci : l'information qui m'active, qui fait se déclencher mes neurones en réactions en chaîne, est sensorielle et elle m'est transmise par les autres parties du corps, y compris *toi*. Ma façon de réagir au monde extérieur résulte partiellement du genre de données que *tu* m'envoies à mesure que tu entres en contact avec notre milieu ambiant.

— Ça devient spécieux, objecte le Pouce. D'abord, les données que je t'apporte sont complètement objectives. Je peux te dire si une lame est coupante, mais je ne peux rien te conseiller (et je ne le voudrais à aucun prix) quant à savoir s'il faut l'enfoncer dans un autre corps ; et ensuite, tu reçois une masse tellement supérieure d'informations des Yeux, par exemple, qu'il n'y a aucune comparaison possible.

— Peut-être pas, concède le Cerveau, mais tu contribues quand même. Et ce que je dis, c'est que les ordres que je te donne, ainsi qu'au reste du corps, sont largement mes réactions naturelles au matériau sensoriel dont tu ne cesses de m'abreuver. Largement. Mais pas entièrement. Car la vérité est que mes neurones se déclenchent parfois spontanément en l'absence de signal stimulateur. Je subis une quantité respectable de courants générateurs aléatoires. Tout n'est

même les cow-girls ont du vague à l'âme

pas aussi ordonné chez moi que tu pourrais le croire. Il m'arrive souvent d'être à la merci de forces hasardeuses.

Dans l'étrange lumière de l'indéfinissable dimension, le Pouce se tortille et déclare enfin :

— Tu essaies de me dire que ce n'est pas toi qui contrôles.

— Exactement ! Bon Dieu, j'ai bien cru que ça n'allait jamais rentrer.

— Eh bien, alors, si ce n'est pas toi qui tiens les commandes, qui est-ce ?

— Je ne sais pas, réplique le Cerveau, doucement, solennellement, et ce gros pâté semble réellement triste.

— Oh ! ne me raconte pas d'histoires. Ces treize milliards de cellules qui bouillonnent en toi, tu n'en utilises pas plus de dix pour cent. Quatre-vingt-dix pour cent de tes ressources sont constamment au repos. Si seulement tu prenais la peine de faire travailler cette incroyable masse, si tu cessais d'être aussi sacrément conservateur – bon sang, pas étonnant que tu sois gris ! – et de te préoccuper uniquement de ta propre survie ; si tu te mettais à passer au crible ces vastes régions de ta visqueuse personne qui n'ont pas encore été explorées, je parie que tu trouverais assez vite où se situe le Contrôle Central, ainsi que les réponses aux questions philosophiques et spirituelles qui te – et qui nous – rendent mabouls et cela, parce qu'elles ont reçu une *mauvaise* réponse (due à ces dix pour cent de toi qui font un effort) et ont engendré les pires traits de la civilisation. Tu te reposes sur tes lauriers, voilà tout.

— Pouce, vieux pote, tu ne distingues pas le Cul du Coude. D'accord, je suis un brin conservateur, mais j'y suis obligé. Il est de mon devoir de préserver et de perpétuer l'espèce…

— Devoir prescrit par *qui* ?

— Par l'ADN, bien entendu. Mais ne me demande pas d'où l'ADN reçoit ses ordres parce que, honnêtement, je l'ignore. Mais si je l'ignore, ça n'a rien à voir avec le fait que quatre-vingt-dix pour cent de moi sont endormis. Ils dorment parce que je les inhibe, et je les inhibe parce que dans le cas contraire, je serais noyé par des informations insignifiantes. Je réagirais à tant de signaux du monde extérieur que je ne pourrais plus du tout penser, et chaque fois que les humains ouvriraient leurs yeux, ils auraient une espèce de crise d'épilepsie. Vois-tu, il n'y a rien de cette part endormie qui ne soit déjà dans le reste. Ce n'est que du supplément du même, c'est tout. On n'y trouverait pas cachées de réponses aux Grands Mystères, pas de systèmes supérieurs secrets pour apprécier l'expérience ; c'est une réserve quantitative, non qualitative. Je rétrécis le flux d'entrée pour que nous ne soyons pas submergés par les incitations, rien de plus.

Après ça, le Pouce se tortille un long moment.

— Alors, c'est sans espoir, fait-il finalement.

— Que veux-tu dire ?

— Eh bien, que si tu ne possèdes pas les réponses à la Grande Question et ignores qui les possède, si tu n'es pas aux commandes et ignores qui l'est, nous sommes ramenés à notre point de départ, et c'est sacrément sans espoir. Nous ne saurons jamais Quoi est Quoi, et nous ne saurons jamais comment nous y prendre pour remettre en état la civilisation.

— Ne désespère pas ; c'est de mauvais goût. (Quelques troubles des synapses font trembler légèrement le Cerveau, qui ressemble à une salade en gelée pour banquet de trolls.) Je soupçonne l'existence d'autres possibilités. Vois-tu, je suis un outil, en quelque sorte, un instrument, un appareil tout comme toi. On peut m'employer. M'employer pour penser. Or dans l'ensemble, on m'a utilisé maladroitement et par trop modérément. Non que les humains n'aient eu de profondes pensées grâce à moi ; ils en ont eu, et ils continuent. Il ne reste probablement plus en moi de pensées plus profondes et plus grandes ; les meilleures d'entre elles ont toutes été pensées et repensées de nombreuses fois. Mais ce qu'il faut peut-être, ce n'est pas plus de pensée, ni même de la pensée encore meilleure, mais une différente sorte de pensée. Au cours des siècles, une poignée d'humains – poètes, fous, artistes, moines, ermites, compositeurs, yogi, chamans, excentriques, magiciens, anarchistes, sorcières, et rares et bizarres représentants de sous-cultures comme les Gnostiques et les Horlogiens de la Sierra – ont utilisé ma machine à penser de manières inhabituelles et imprévisibles, avec des résultats intéressants. Peut-être

même les cow-girls ont du vague à l'âme

que s'il y avait plus de sortes de pensée "en dehors des sentiers battus" comme celles-là, je serais plus utile à l'univers.

— Mmouais, murmure le Pouce.

— Et écoute encore. Je passe presque autant de temps à rêver qu'à penser. Pourtant, combien donnent à leurs rêves une quelconque application pratique ou illuminatrice ? Une précieuse poignée d'individus, tu peux me croire. Dormir-rêver est peut-être ce que je fais de mieux. C'est peut-être ma vraie vocation, alors que le temps que je dois passer à veiller à la survie n'est que du bricolage – comme évacuer les ordures, pour ainsi dire.

Le Pouce semble étonné.

— Tu sais, Cerveau, ce qui m'épate, c'est que tu te connais et ne te connais pas en même temps, et tu te connais te connaissant et tu te connais ne connaissant pas… oh ! ça devient ridicule.

— C'est le vieux paradoxe, dit le Cerveau, souriant de toutes ses fentes et fissures.

— Mais quelle est la force paradoxale qui te fait agir ainsi ? demande le Pouce. Qu'est-ce qui te permet de penser sur la pensée et de sentir sur les sensations ?

— La conscience.

— D'accord, très bien, c'est vu. Mais si tu possèdes tant de conscience, et que celle-ci est tellement toute puissante, pourquoi ne peux-tu pas redresser les choses, leur rendre leur équilibre…

— Parce que, cher Poucet, je ne possède pas "tant" de conscience que ça. J'en ai une bonne part. Mais je ne possède à coup sûr pas de monopole dessus. Tout le monde suppose que la conscience est la province exclusive du Cerveau. Quelle erreur ! J'en ai une part, c'est certain, mais à peine assez pour prétendre à des privilèges spéciaux. Le Genou a de la conscience et la Cuisse a de la conscience. La conscience est dans le Foie, dans la Langue, dans la Queue, en *toi*, Pouce. Elle circule à travers toi également, et tu l'incarnes. Tu en es à ton tour une partie. De plus, la conscience est aussi dans les papillons, les plantes, les vents, les eaux. Il n'y a pas de Contrôle Central ! C'est partout. Donc, si c'est de conscience qu'il est besoin…

— Je commence à saisir, dit le Pouce.

Or, dès lors que le Pouce se reconnaît comme agent de la conscience, les diverses pièces du Puzzle se mettent à prendre leur place et, si l'image qu'elles forment possède peu de sens logique ou littéral, le sentiment qui s'en dégage est juste et magnifique.

— Ouh là là ! s'exclame le Pouce. Tout semble beaucoup plus clair et juste. Si seulement les autres parties du corps se rendaient compte qu'elles sont des manifestations de la conscience absolue, alors…

— Nous pouvons peut-être les réveiller, suggère le Cerveau. Seulement, nous devons procéder lentement, graduellement, afin de ne pas menacer la survie.

Le Pouce ne veut rien entendre aux réserves prudentes du Cerveau.

— Essayons de les réveiller, dit-il plein d'enthousiasme. Essayons. Où est passée la Bite ?

— Bof, probablement par là, à malmener le Con, comme d'habitude. On regarde ?

Dans le domaine de la lumière du corps, ça s'agite, et c'est tout ce qu'on peut en dire car il n'y a rien d'autre à dire.

105

La radio jouait *La Polka des strudels d'antan*.

Kym transportait la radio à travers le corral. Elle portait la radio comme si c'était une valise pleine de poux de putois. Ça faisait un bagage choquant, mais Kym ne l'aurait jamais posée. À tout moment, la chanson pouvait finir et le présentateur dire quelque chose sur le siège de la Rose de Caoutchouc.

— Bon sang, c'est la musique la plus stupide que j'ai jamais entendue, dit Kym. Cette radio aurait dû rester dans les cabinets, à sa vraie place.

Mais Kym ficela la radio au pommeau de sa selle et s'apprêta à lui faire faire un tour à travers les collines du Dakota, les souris, les sturnelles et autres créatures auditivement sensibles qui volaient devant, dans le soleil.

Kym emmenait la radio au lac Siwash. Plusieurs heures auparavant, les cow-girls avaient déserté les bâtiments du ranch et s'étaient retirées près de l'étang. Là où le chiendent qui ondoie se mêle aux roseaux de marécage, elles avaient installé leurs barricades et s'étaient préparées à tenir le siège. Toutes, sauf Debbie, étaient armées ; toutes, sauf Big Red, en faisaient dans leur culotte de trouille ; toutes, sans exception, étaient décidées. Derrière elles se trouvaient les soixante dernières grues de la Terre.

Le délai était arrivé à expiration. L'association américaine pour les libertés civiles avait demandé une prolongation dont les journalistes radiophoniques pensaient qu'elle serait accordée parce que le gouvernement, s'il ne pouvait pas se permettre d'être défié, ne souhaitait pas non plus le genre de publicité qui suivrait une attaque en force. Le gouvernement savait trop bien que ses troupes et ses agents ne demandaient qu'à déboucher la bouteille de sang. Le gouvernement n'était pas parfaitement sûr de pouvoir retenir ses troupes. Le gouvernement méditait sur cette fâcheuse conjoncture ; les hommes palpitaient de la lubricité lunatique de la loi ; les cow-girls avaient dépêché Kym aux cabinets pour reprendre leur radio et se brancher sur leur destin.

Aux cabinets, Kym trouva Sissy, pissant au rythme de la polka. Sissy était arrivée au ranch, prise en stop par une équipe de la télévision et, profitant de l'agitation, était simplement passée par-dessus le portail. Salut.

Kym étreignit Sissy si fort que celle-ci n'eut même pas à s'essuyer.

— Tu sais dans quoi tu te mets si tu nous rejoins au lac ? prévint Kym.

— Oui, répondit Sissy, mais je veux être là. Je veux voir Jellybean. Je veux voir les grues.

— D'accord, fit Kym. Je vais aller dire à Jelly que tu es ici. Si elle dit que c'est d'accord, je t'amènerai un cheval. En attendant, je resterais dans les cabinets si j'étais toi. Pas moyen de savoir quand ces guignols vont s'y mettre. À tout de suite.

tom robbins

Pendant près d'une heure, Sissy attendit dans les cabinets. Deux ou trois mouches et la photo de Dale Evans lui tinrent compagnie. Les mouches tentèrent de faire connaissance, mais la photo de Dale Evans, comme le buste de Nefertiti, se contentait de régner sur sa petite niche d'éternité. La photo de Dale Evans donnait à l'Amérique de 1945 un air d'Égypte ancienne.

Les cabinets étaient chauds et assez peu éclairés. Sissy aurait pu s'assoupir s'il n'y avait pas eu tout ce boucan au portail. Policiers et agents vidaient énergiquement les journalistes insistants, les sympathisants des cow-girls et les amateurs d'oiseaux, les repoussant à la limite prescrite, à trois kilomètres sur la route. Policiers et agents se déployaient militairement. Le bruit au portail faisait penser à une vente d'occasions à la Cecil B. DeMille.

Sissy éprouvait une curiosité très modérée quant à l'activité du portail. Si, sans tenir compte des avertissements de Kym, elle était sortie, elle n'aurait pas porté ses regards vers le portail mais sur Siwash Ridge, espérant y apercevoir une robe de chambre sale. Nous sommes ce que nous voyons. Nous voyons ce que nous voulons voir. La perception est une hypothèse. Dans une célèbre expérience au Massachusetts Institute of Technology, un savant fit porter à deux hommes des lunettes prismatiques qui déformaient énormément leur vision. L'un reçut l'ordre de sortir en poussant l'autre dans une chaise roulante. L'homme qui était actif s'adapta rapidement à sa nouvelle vision du monde, tandis que son partenaire passif ne faisait rien pour s'y adapter. À partir de là, le savant conclut que pour percevoir correctement un objet, il nous faut établir une forme ou une autre de modèle de mouvement par rapport à lui. Parce que Sissy avait perçu les événements de son existence toujours en rapport avec son modèle de mouvement, sa vision était peut-être bien plus vraie que beaucoup ne le pensaient. Le fait qu'elle aurait cherché à voir le vieux dingo sur sa montagne au lieu des forces assiégeantes indiquait peut-être que… eh bien, peut-être qu'il y a une leçon, là.

Quoi qu'il en soit, une cow-girl à cheval arriva au trot aux cabinets, et c'était Heather cette fois, menant un coursier supplémentaire. Heather aida Sissy à se mettre en selle et elles partirent au

même les cow-girls ont du vague à l'âme

trot vif. Les collines les reçurent. Avec leurs millions de langues sèches de chiendent, les collines leur murmurèrent les secrets qu'elles partageaient autrefois avec les bisons. Comme des boxeurs vaincus se réveillant après le K.-O., les asters commençaient à ouvrir leurs opercules violets. Des lunettes prismatiques auraient-elles changé quelque chose à la façon dont les asters percevaient septembre ?

Nageant dans les herbes et les fleurs, les chevaux portèrent les deux femmes sur la crête de la colline qui surplombait le lac. De là, Sissy contempla un étrange spectacle. Les fondations circulaires du dôme avorté avaient été transformées en fort. Des barricades de tonneaux et d'appareils amaigrissants rouillés se préparaient à rendre de sinistres services. Le soleil se reflétait sur le métal des canons d'armes à feu. Dans un coin clopinaient les chevaux et quelques chèvres enchaînées. Les autres avaient été laissées libres et certaines s'en allaient justement brouter vers l'est à travers la prairie, faisant peut-être route vers la clinique du docteur Goldman pour enseigner aux psychiatres quelque chose sur les relations hommes-femmes. Dans le lac, et le long de ses berges détrempées, les grues allaient de leur pas antique. Bien que calmes, elles semblaient aussi chargées d'électricité que si elles venaient de débarquer dans la vie.

— Nous avons entendu à la radio que le juge a porté la caution de Delores à cinquante mille dollars, dit Heather. Elle ne sera donc pas ici quand nous en aurons vraiment besoin.

Sissy ne put qu'opiner de la tête et fixer la scène à ses pieds.

Quand Sissy entra dans le camp, Kym, Bonanza Jellybean, Debbie, Elaine et Linda s'avancèrent en dansant pour l'accueillir. En hommage, elles s'étaient fabriqué des faux pouces en écorce de saule et en roseaux. Elles agitèrent d'abord ces appendices loufoques avec sauvagerie en un salut effréné, mais leurs gesticulations perdirent une force considérable quand elles remarquèrent que – quoi ? ! – Sissy n'était plus que la moitié du monstre qu'elle avait un jour été…

106

— Je savais que tu avais quelque chose de changé, mais il faisait sombre dans les toilettes, et je n'ai pas remarqué quoi, dit Kym.

— Je l'ai remarqué immédiatement, mais je n'ai pas su quoi dire, dit Heather, qui ne savait toujours pas quoi dire.

— Qu'est-il arrivé ? demanda Linda.

Sissy haussa les épaules.

— Oh ! rien qu'un miracle de plus de la technologie moderne.

Il aurait fallu encore un autre miracle technologique pour qu'elle quitte Jelly des yeux.

Avant que Sissy ait pu vraiment poser pied à terre, la langue de Jelly était déjà dans sa bouche. Cette étreinte furieuse la fit dégringoler de l'étrier.

— Peu importe ce qui est arrivé, s'écria Jelly en secouant un de ses pouces d'honneur. Célébrons cet événement !

— C'est pour ça que j'ai été si longue à revenir te chercher, expliqua Heather. Nous avons dû mettre sur pied une petite fête de bienvenue.

Derrière les barricades, au centre des fondations du dôme, des fleurs avaient été déployées. Il y avait des pots de thé, des sandwiches au fromage, des boules de riz au miel, des cigarettes de marijuana et du yaourt avec des cerises fraîches dessus. Une guirlande de marguerites fut passée sur le pouce gauche de Sissy tandis qu'on la menait au coussin tibétain de méditation de Debbie sur lequel elle s'assit. Petits rires, bisous et thé versé.

Confrontées à une bataille imminente avec la police fédérale, les cow-girls n'hésitaient pas à festoyer parce que, ben quoi, Sissy Hankshaw Gitche était de retour et une petite fête s'imposait.

"Voilà bien les femmes", grogna le fantôme du général Custer, matant à travers les herbes.

Oui, oh ! oui oui oui doux oui.

Voilà bien les femmes, vraiment.

107

Les fantômes, sous prétexte qu'ils peuvent traverser les murs, ont tendance à généraliser. Votre auteur, toutefois, ne se laisse pas prendre. Ce qu'il aurait fallu dire, ce n'est pas "voilà bien les femmes" mais "voilà bien certaines femmes" ou, mieux, "voilà bien l'esprit féminin". Toutes les femmes ne possèdent pas l'esprit féminin.

Un certain nombre de cow-girls, par exemple, refusaient ostensiblement de se joindre à la fête d'accueil. Elles restèrent sur les barricades, comme les grues peuvent en témoigner, et lancèrent des coups d'œil mauvais à celles qui festoyaient. Que leur était Sissy ? Une non-cow-girl. Un monstre à la patte bizarre. Une vieille qui avait fait la star dans des réclames leur disant que leur con sentait mauvais. Qui plus est, qu'aurait pensé l'ennemi si par ses jumelles, il avait repéré qu'on sirotait du thé, qu'on tressait des guirlandes de marguerites, qu'on fumait de l'herbe ? Bien entendu, ce que les cow-girls ne pouvaient pas savoir, c'est qu'aucun ennemi ne les observait, car toutes les tentatives entreprises par le FBI pour établir un poste d'observation sur Siwash Ridge s'étaient heurtées à un accident particulier (l'alliance du Chinetoque et du roc pouvait-elle être tenue pour responsable ?). Entre les filles et leur adversaire se trouvait une suite de collines, et dans l'autre direction s'étendait une prairie ouverte qui n'offrait aucune possibilité de cachette et qui était donc d'utilité absolument nulle pour le gouvernement.

Ignorant le mépris que sa fête inspirait aux barricadières, Jelly y allait de sa cuiller dans le yaourt et échangeait des mots d'amour avec Sissy.

— On dirait que chaque fois qu'on se trouve ensemble, les choses vont mal, dit-elle.

— Qu'y pouvons-nous ? répondit Sissy, à qui la marijuana et l'affection faisaient légèrement tourner la tête. Mais cette fois, ça a vraiment l'air sérieux. Tous ces fusils…

— C'est Billy West qui nous en a dégoté la plupart. Est-ce que tu l'as déjà rencontré ? Vingt-deux ans et cent quarante kilos. Né et élevé à Mottburg, jusqu'au dernier gramme. Pendant toute son enfance, il a eu l'impression qu'il se faisait avoir. Quand il a fini par trouver qui le refaisait, il a décidé de devenir un hors-la-loi. Pas pour la vengeance, mais pour la pureté.

— Je ne l'ai jamais rencontré, fit Sissy en tâtant le bras nu de Jelly avec son nouveau petit pouce rouge. Mais ces fusils... Êtes-vous réellement prêtes à tuer et à mourir pour des grues ?

— Bon sang, non, rétorqua Jellybean. Les grues sont merveilleuses, d'accord, mais je ne suis pas là-dedans pour les grues. J'y suis pour les cow-girls. C'est une foutue honte que les choses puissent arriver au point où tuer et mourir sont un choix acceptable, mais le scénario tourne parfois comme ça. Je veux dire, Sissy, que je regarde autour de moi et partout où je regarde, je vois des gens, qu'ils soient individus ou groupes, qu'ils soient conservateurs, libéraux ou radicaux, que leurs années de soumission à l'autorité ont laissés esquintés et éteints. Si nous, cow-girls, cédons à l'autorité sur la question des grues, les cow-girls deviendront un compromis de plus. Je veux un autre destin que ça – pour moi et pour toutes les autres cow-girls. Mieux vaut pas de cow-girls du tout que des cow-girls compromises.

— Ouah ! s'exclama Linda, qui s'était approchée pour remplir la tasse de thé de Jelly. Ce que tu dis est terrible, mais je crois bien que c'est comme ça.

Sissy eut un regard éploré pour Linda et Jellybean.

— Mais il vous est impossible de tuer le dragon.

Avec le plus grand de ses pouces, elle désigna l'au-delà des collines, bien qu'elle eût pu faire le même geste avec autant d'exactitude dans n'importe quelle autre direction.

— Jelly ne l'ignore pas, fit Debbie, qui s'était approchée pour remplacer le sandwich de Sissy. Ce qu'elle ne semble pas savoir, c'est que ce n'est pas à nous de terrasser le dragon. C'est la tâche de la belle jeune fille de transfigurer le héros – et le dragon. Je crois qu'il n'est pas trop tard pour accomplir cette métamorphose.

Jelly semblait s'être jointe aux nuages pour faire vœu de silence.

— Merde, Debbie, dit-elle enfin (les nuages respectèrent *leur* vœu). Je ne peux pas discuter avec toi. Le Chinetoque dit que je ne devrais même pas essayer de discuter avec toi. Le Chinetoque dit que

même les cow-girls ont du vague à l'âme

je devrais suivre mon cœur. Et mon cœur me dit que je ne peux pas laisser sans réagir une bande de politiciens malmener les cow-girls.

Remarquant que Jelly aussi bien que Debbie avaient les yeux pleins de larmes, Sissy demanda :

— Mais comment tout cela a-t-il commencé ? Comment vous êtes-vous retrouvées avec cette bande d'oiseaux ?

Debbie se moucha dans un foulard brodé.

— Tu savais que nous leur donnions à manger, pas vrai ? Nous leur avons donné du riz complet l'automne dernier, et elles sont restées quelques jours de plus. Ce printemps, nous avons décidé d'essayer autre chose. Nous avons mélangé notre riz complet avec du poisson – les grues adorent les produits de la mer (vairons, écrevisses et petits crabes bleus), et le poisson n'est pas cher. Puis Delores suggéra un autre ingrédient, et nous pensons que c'est ça qui a tout fait.

— Vous voulez dire… ?

— Le peyotl ! s'exclamèrent Debbie et Jelly en même temps.

— Alors cette professeur avait raison. Elles *sont* droguées.

— Oh ! je t'en prie, Sissy, fit Jelly. Qu'est-ce que tu veux dire, "droguées" ? Toute créature vivante est un composé chimique et tout ce qu'on y ajoute change ce composé. Quand tu manges un cheeseburger ou une barre de chocolat, ça modifie la chimie de ton corps. Le genre de nourriture que tu manges, le genre d'air que tu respires peuvent changer ton état mental. Est-ce que ça signifie que tu es "droguée" ? "Drogué" est un terme idiot.

— Tu as fumé de l'herbe, reprit Linda. Tu es droguée. Comment tu te sens ? Pourrions-nous te faire faire quelque chose que tu ne voudrais pas ?

Debbie s'en mêla.

— Regarde-les, Sissy. Ont-elles l'air d'être droguées ? Elles chassent, elles mangent, elles chient, elles se lissent les plumes, elles se perchent pour la nuit ; elles ont pondu des œufs, les ont couvés et ont pris soin de leurs petits. Elles dansent et craquètent de temps en temps, et parfois elles s'envolent et font un petit tour. La seule chose qu'elles ne font pas et qu'elles ont toujours faite, c'est de migrer. Est-ce si grave que ça ?

405

tom robbins

Prenant la mesure de la bande dans un trou de son sandwich au fromage, Sissy fut obligée de répondre :

— Non, je ne crois pas. Une des plus grandes bandes de grues que nous connaissions, celle qui habita autrefois les contrées d'herbe jaune de la Louisiane, ne migrait pas. Ce ne peut donc être une règle absolue de l'espèce. (Elle abaissa son sandwich.) Mais le peyotl affecte certainement leur cerveau, et leur a fait rompre une habitude migratoire qui remonte à des milliers d'années. Et cela les a rendues moins timorées par rapport aux gens. Même moi, je n'aurais pas pu m'approcher si près d'elles auparavant, et pourtant je...

— Tu sais t'y prendre avec les oiseaux ! chantèrent de concert Jelly et Debbie. T'y prendre avec les oiseaux, t'y prendre avec les oiseaux !

Leur chansonnette stridente rasa l'eau de l'étang, sans rappeler aux oiseaux ni aux ornithologues amateurs, on l'espère, que les premiers colons américains faisaient des flûtes dans les os des ailes de grues.

Sissy rougit.

Jelly l'embrassa.

— Ma façon de voir, dit Debbie en balançant ses nattes brunes tirant sur le roux du lac aux collines, c'est que le peyotl les a adoucies. Les a rendues moins raides. Elles craignaient le mauvais temps et les humains. C'est pour ça qu'elles migraient et se tenaient sur leur quant à soi. Mais le peyotl les a éclairées. Il leur a appris qu'il n'y a rien à craindre, sinon la crainte elle-même. À présent, la vie leur botte et elles laissent glisser les mauvaises vibrations. Ne vous en faites pas, soyez heureux. Ici et maintenant.

Sissy avala-t-elle cela ? Pas pour une plume.

— La peur chez les animaux sauvages est complètement différente de la paranoïa chez les gens, répliqua-t-elle. Dans l'écosystème sauvage, la peur est naturelle et nécessaire. Ce n'est qu'un mécanisme pour protéger la vie. Si les grues n'avaient pas possédé la capacité d'avoir peur, elles auraient disparu depuis longtemps et vous n'auriez plus à faire voler que de bonnes vieilles sturnelles et de braves canards communs.

même les cow-girls ont du vague à l'âme

— Cette discussion ne peut être que de pure forme, dit Jelly, parce qu'il nous reste moins d'un demi-sac de boutons de peyotl et que l'expédition de Delores s'est terminée dans la prison de Mott-burg. Alors, le jour ne va pas tarder où nous pourrons voir comment les grues se comporteront quand leur trip finira et si l'expérience du peyotl les a vraiment changées ou pas. Mais d'ici là, je veux dire ceci à propos de la peur…

Au moment où Jelly prononçait le mot peur, celle-ci se matérialisa soudain parmi elles.

Une roue bruyante et incessante de peur qui tournoyait et déboulait de l'altitude comme le pneu crevé de la Cadillac de Dieu ; un martèlement entêté qui emplissait l'oreille et serrait l'estomac ; une peur contagieuse qui avait empoisonné les rêves des enfants du Sud-Est asiatique.

L'hélicoptère arrivait du sud à basse altitude par-dessus les collines, hachant menu le ciel bleu de septembre en viande de guerre. Il fonçait droit sur la petite sauterie.

108

— Ne tirez pas ! hurla Bonanza Jellybean. Ne tirez pas !

Heureusement, son cri fut entendu par-dessus le découpage en tranches de l'oxygène effectué par les rotors de l'hélicoptère, par-dessus la fusillade déclenchée par les cow-girls des barricades qui avaient paniqué. Le tir s'arrêta aussi soudainement qu'il avait commencé. La seule victime de l'accrochage fut un cheval frappé par une balle perdue. Le cheval mourut avec de l'herbe fraîche dans la bouche. Même comme ça, la mort est la dernière bouchée.

Jelly avait reconnu dans les bandes de peinture noire et rouge dont l'hélicoptère était maladroitement décoré non la main de la loi mais une main hors-la-loi. Elle avait vu juste. Lorsque l'engin, après avoir jeté le désordre dans les fleurs disposées pour accueillir Sissy, se posa sur le chiendent à quelques mètres au nord des fondations du dôme, c'est Billy West qui en descendit. Entièrement vêtu de noir, comme Delores, il faisait tout ce qu'il pouvait pour tasser suffisamment sa masse afin de passer sans se faire décapiter sous les pales qui tournoyaient (le copilote, un jeune homme avec des cheveux jusqu'à la ceinture, resta aux commandes).

Jelly sauta des fondations et ils eurent une étreinte éléphantine. Soulevée du sol par les bras de Billy, son six-coups à elle entrechoquait son six-coups à lui.

— Fais venir quèques mômes pour m'aider à décharger, dit Billy. J'vous ai amené quèques boîtes de munitions en plus. Et du pain de mie. Et des fayots. Qu'esse-que vous pensez de mon piaf à hélices ? Je l'ai eu pour rien dans l'Montana. Merde. Tes excitées d'la gâchette ont tout salopé ma peinture. (Ses doigts gras désignèrent une raie de métal nu faite par une éraflure de balle.) Enfin, allons-y, déchargeons ; faut qu'je joue la Fille de l'air. Les fédéraux vont certainement m'prendre en chasse.

Boîtes de munitions, caisses de pain, cartons de haricots furent hâtivement passés de l'hélicoptère aux filles qui, à la chaîne, les amenaient et les entassaient à côté de la cantine. Puis, lançant un baiser potelé, Billy West se faufila dans l'hélicoptère, qui s'envola pour Dieu sait où en agitant les collines de son affreux boucan.

Le calme qui s'ensuivit fut écrasant. La manne n'était jamais tombée du ciel comme ça. Mis à part quelques nuages trappistes, le ciel était à présent vide. Inutile d'y chercher quelque chose. Regardez plutôt les nouvelles provisions. Le cheval mort. Les visages abasourdis et embarrassés. La radio qui, seule, avait le toupet d'empiéter sur ce moment de contemplation.

D'accord avec la Terre qui tourne pour penser qu'il était maintenant six heures, la radio tirait de l'air des nouvelles. C'est unanimement silencieuses que les cow-girls entendirent le présentateur annoncer que le juge Untel, à la demande de l'Association américaine pour les libertés civiles, avait prolongé de quarante-huit heures le délai accordé aux cow-girls de la Rose de Caoutchouc pour se conformer à son ordonnance. On s'attendait à ce que s'ensuivent des négociations entre les cow-girls et le gouvernement.

même les cow-girls ont du vague à l'âme

Ma foi, ce rebondissement n'était pas entièrement inattendu. Mais le rebondissement suivant l'était, par contre. Le présentateur informa ses auditeurs que le chef d'équipe de la Rose de Caoutchouc Delores del Ruby était libre sur caution, la somme requise ayant été versée par le propriétaire du ranch assiégé, la société anonyme des Produits Comtesse. L'annonce surprenante et déconcertante du versement par la Comtesse de la caution de Mme del Ruby avait été faite par le conseiller personnel du magnat, un certain docteur Robbins, de New York.

109

Cette nuit-là, Sissy et Jelly dormirent sous les mêmes étoiles, sous les mêmes nuages, sous les mêmes couvertures, sous le même charme. Comme des candidats politiques, elles changèrent fréquemment de positions. Dans la campagne de 69, les bureaux de vote restèrent ouverts jusqu'au matin.

Lorsque les célèbres doigts de roses de l'aurore saisirent l'horizon du bout des phalanges, les grues matinales surprirent Jelly qui disait :

— Chaque fois que je te dis que je t'aime, tu fais la grimace. Mais ça, c'est ton problème.

Et Sissy de répondre :

— Si je fais la grimace quand tu dis que tu m'aimes, c'est notre problème à toutes les deux. Ma confusion devient ta confusion. Les étudiants troublent les professeurs, les patients troublent les psychiatres, les amants au cœur confus troublent les amants au cœur clair.

Elle rit de son maladroit aphorisme.

— Je crois qu'il faut que je voie le Chinetoque, ajouta-t-elle calmement.

— Je le crois aussi, reprit Jellybean. Les cow-girls ont maintenant deux jours entiers rien que pour jouer à des jeux de mots avec les avocats. Tu devrais te faufiler sur la crête.

— C'est ce que je vais faire, dit Sissy.

Et tandis que le nouveau jour grimpait sur le pont de la prairie, elle s'en fut.

110

Elle n'avait pas souhaité que ça se passe comme ça. Quand ça s'était passé dans sa tête, les choses avaient été différentes. Dans son imagination, il y avait eu un tendre enlacement, une louchée d'eau fraîche pour calmer sa soif après la rude montée, un paisible repos à l'ombre d'un rocher et des mots de sagesse filtrés par une barbe catéchistique, des mots qui aboyaient et voulaient mordre les talons en fuite de la confusion.

Dans son esprit, il avait gardé sa robe de chambre, du moins jusqu'à l'heure de se coucher. Il n'y avait pas eu de main baladeuse dans sa culotte, pas sur le champ. Et certainement avait-il eu plus à dire que : "Ha ha, ho ho et hi hi."

Espérances contre réalités. Tout le monde connaît la vieille histoire. De fait, il avait parlé plus que ricané. Aussitôt qu'il l'avait vue – seuls les rochers savent depuis combien de temps il la regardait grimper –, il avait fait "Ha ha, ho ho et hi hi", mais ensuite, il avait hoché la tête d'un pouce à l'autre et avait déclaré :

— C'est merveilleux. J'aime cette combinaison. Maintenant, tu es équilibrée.

— Équilibrée ? avait fait Sissy. Comment ça, équilibrée ? Il y en a un court et décharné, et l'autre long et charnu.

— Ne confonds pas symétrie et équilibre, avait-il répondu.

Sissy avait attendu en vain qu'il développe son raisonnement. Mais au lieu d'un discours sur les opposés et le paradoxe, il y avait eu un ricanement de plus. Puis il était passé au survêtement et à son pei-gnoir. Le lecteur devine la suite, bien que le lecteur ne puisse probablement pas deviner avec quelle fréquence et quelle durée. S'il le devait, l'auteur pourrait le décrire : chaque halètement, chaque gémissement, chaque glissement de tissus. S'il était d'humeur, l'auteur pourrait vous faire entendre les lèchements aussi clairement que si vous étiez la sucette acidulée qui se faisait lécher ; il pourrait vous faire sentir le flux montant du musc de champignon vénéneux aussi nettement que s'il avait tiré les couvertures poisseuses par-dessus votre tête. Toutefois, ces passages descriptifs pourraient être mal interprétés comme un appel à votre lubricité. En outre, l'auteur a d'autres données à communiquer, et il reste de moins en moins de pages au XXe siècle. Aussi, que suffise ce qui suffit. Jusqu'à ce que Sissy et le Chinetoque se relèvent, l'auteur va leur tourner le dos et lire le journal. Tenez, je le lis tout haut. Page 31, nous trouvons

SUGGESTIONS MÉNAGÈRES

Chère Héloïse : Que faut-il utiliser pour polir les boutons de roses ?
G.S.

Chère G.S. : Du crachat de grive légèrement sucré devrait faire l'affaire. À appliquer avec un manchon d'abeille.

Héloïse

111

Bien, ils ont fini. Ils peuvent à peine marcher jusqu'au bord de la falaise pour contempler le coucher de soleil, les vilains garnements. Rétrospectivement, nous devons cependant considérer que le Chinetoque essayait bien d'aider Sissy à chasser son trouble. Ayant passé la nuit à faire l'amour avec Jellybean, elle n'aurait pas pu établir de juste comparaison si elle n'avait pas alors passé la journée à faire l'amour avec le Chinetoque.

L'amour nous trouble facilement parce qu'il est en flux perpétuel entre illusion et substance, entre mémoire et désir, entre contentement et besoin. Il est peut-être des moments où les contradictions de l'amour sont si emmêlées que la seule manière de voir la vérité de l'amour est de la cracher contre les irréductibles réalités du désir sexuel.

tom robbins

Bien entendu, l'amour ne peut jamais être dépouillé de l'illusion, mais arriver simplement à une conscience de l'illusion est déjà tenir la vérité par un bout – et la dure lumière du sexe nous permet parfois d'avoir cette conscience.

Quoi qu'il en soit, c'est une Sissy calme et rassasiée qui se tenait sur le parapet de Siwash Ridge, contemplant les tachetures neigeuses des grues se fondant dans le soir. Ni Jelly ni le Chinetoque n'occupaient ses pensées ; mais une tranquille extase se formait autour de son sens immédiat d'être consciente de ses propres illusions, et ce survol extatique emplissait l'espace entre elle et le lac lointain.

— Que penses-tu de cette affaire avec les cow-girls et les grues ? demanda-t-elle.

Il ne lui semblait plus absurde qu'il leur eût fallu un jour entier pour aborder le sujet.

Était-ce un soupir qui se frayait son chemin à travers les nœuds de la barbe grise, ou étaient-ce les Octaves élevés d'un ricanement épuisé ?

— Les grues sont magnifiques. D'ailleurs, les cow-girls le sont aussi. C'est triste que leur relation soit si compromettante.

— Je crois que je partage tes sentiments, dit Sissy. Les grues sont encore ombrageuses – elles imposent une certaine distance et maintiennent une certaine intégrité –, mais je ne peux m'empêcher de les voir un peu comme des animaux familiers à présent. Domestiqués. C'est toi qui m'as appris…

— Je ne t'ai jamais rien appris.

— Oh ! ta gueule, vieille dinde !

Sissy éclata de rire. C'était presque un ricanement. Pour empêcher le Chinetoque de se détourner et d'échapper au dialogue, elle l'attrapa par son membre mou et tint bon. Elle commençait à savoir s'y prendre avec lui.

— C'est toi qui m'as appris que la domestication des animaux a été une des plus grandes erreurs de l'histoire, une faute catastrophique non seulement écologiquement, mais de par les conséquences psychologiques et philosophiques dont on souffre encore. Tu sais bien que je ne déteste pas les chiens *per se*, ni même les propriétaires de chiens ; c'est l'idée du chien domestique qui me révulse, le fait d'apprivoiser des créatures sauvages, d'utiliser des animaux comme des succédanés d'enfants – ou d'amants.

Elle réfléchit un moment, sans relâcher son étau sur la bite du Chinetoque.

— Quelle ironie, hein ? Toutes les grandes cultures agraires de l'Europe ancienne étaient matriarcales ; puis vinrent les gardiens de troupeaux nomades d'Asie centrale, avec leur culte du taureau et leur croyance concomitante au pouvoir du pénis. Les tribus à troupeaux envahirent graduellement les États féministes, remplaçant la Grande Mère par Dieu le Père, substituant le christianisme mortifère à la glorification païenne de la vie, vénérant les bêtes avant la végétation et, oh oui, aussi, plaçant la notion d'esprit avant le fait matériel – c'est toi qui as le premier attiré mon attention là-dessus, vieux péteux. Les femmes qui plantaient, cultivaient, récoltaient et se défonçaient furent massivement chassées de leur position centrale par des hommes qui allaient d'un pâturage épuisé à un pâturage vierge, se battant et se soûlant. Eh bien, je trouve tout ça ironique. Car les cow-girls sont, rien que par leur nom, des gardiennes de troupeaux. Et ces cow-girls particulières de la Rose de Caoutchouc gardent non seulement des chevaux et des chèvres, mais elles ont à moitié domestiqué la plus grandiose et la plus sauvage bande d'oiseaux du monde. C'est ironique.

Le Chinetoque agita sa barbe dans l'air du soir. Il avait des poils dehors et dedans. Sa barbe était une vraie tignasse d'herbe moutonnante.

— Oui, ironique de trouver des femmes qui imitent les hommes. Mais il y a d'autres aspects de cette saga que tu n'as pas examinés, je parie.

— Si tu me les dis, je te lâche.

— Ça m'est égal. En fait, j'espérais que tu n'allais pas me lâcher, juste au cas où je céderais à cette impulsion de sauter de la falaise.

Elle le lâcha.

— Ha ha, ho ho et hi hi, fit le Chinetoque, en glissant ses simagrées sous la couverture. Je pensais simplement à la signification du fait que des grues soient impliquées dans cette confrontation entre filles et gouvernement. La grue est l'oiseau de la poésie. C'est Robert Graves qui a fait remarquer que la grue est traditionnellement liée à la poésie, depuis la Chine jusqu'à l'Irlande. La grue est l'animal national et totémique de la Hongrie – et comme l'a écrit Graves, on écrit et publie vingt fois plus de poèmes en Hongrie chaque année que dans n'importe quel autre pays. De toute évidence, les grues portent chance aux poètes, et vice versa. Le seul pays européen où les grues se reproduisent encore est la Hongrie. La dernière grue des îles Britanniques fut abattue en 1906. Les grues de Russie se cachent en Sibérie. Celles du Japon, de même. Et nous connaissons l'état des grues américaines. Graves écrit : "Tant qu'il y aura des grues en Hongrie, la poésie pourra continuer." Il dit juste. Et si la poésie continue, la Hongrie continuera. Religion et politique ne sont pas nécessaires à la culture – ou à l'individu qui a la poésie.

— Tu ne crois vraiment pas aux solutions politiques, n'est-ce pas ?

— Je crois aux solutions politiques pour les problèmes politiques. Mais les problèmes fondamentaux de l'homme ne sont pas politiques ; ils sont philosophiques. Tant que les humains n'auront pas résolu leurs problèmes philosophiques, ils sont condamnés à résoudre sans fin des problèmes politiques. C'est une cruelle et fastidieuse répétition.

Sissy pensa qu'elle tenait le vieux bouc, cette fois, et pas seulement par le zizi.

— Eh bien, quelles sont donc les solutions philosophiques ?

— Ha ha, ho ho et hi hi. C'est à toi de trouver. (Elle ne le tenait pas.) Je ne dirai que ceci et rien de plus : il faut qu'il y ait de la poésie. Et de la magie. Tes pouces t'ont bien appris ça, n'est-ce pas ? Poésie et magie. À tous les niveaux. Si la civilisation doit jamais être autre chose qu'une claque grandiose et un flacon de désodorisant dans le merdier de l'existence, les hommes d'État devront alors se préoccuper de magie et de poésie. Les banquiers vont devoir se soucier de magie et de poésie. Les grands magazines vont devoir parler de magie et de poésie. Ouvriers d'usines et mères de famille vont devoir mêler leur vie à la magie et à la poésie. Quant aux policiers et aux cow-girls...

Le Chinetoque désigna le ranch en secouant sa barbe. Une barbe qu'une grue aurait pu aimer comme nid.

Si Sissy ne comprenait pas tout à fait, au moins ne se sentait-elle plus troublée. Par le trou d'aiguille de la paix qui tombait sur eux comme le soir, elle fit passer une ultime question.

— Crois-tu que cela puisse jamais se réaliser ?

— Si tu comprenais la poésie et la magie, tu saurais que ça n'a aucune importance.

La lune se leva.

L'horloge sonna.

Une grue craqueta.

Elle comprit.

111 bis

La poésie n'est rien de plus qu'une intensification ou l'illumination d'objets communs et d'événements ordinaires jusqu'à ce qu'ils brillent de leur nature propre, jusqu'à ce que nous en éprouvions le pouvoir, jusqu'à ce que nous en suivions les pas dans la danse, jusqu'à ce que nous discernions quelle part ils ont dans le Grand Ordre de l'Amour. Comment fait-on ? En déboulonnant la syntaxe.

(Les définitions limitent. Les limites tuent. Se limiter est une sorte de suicide. Limiter un autre est une sorte de meurtre. Limiter la poésie est un Hiroshima de l'esprit humain. DANGER : RADIO-ACTIVITÉ. Personnel spécialisé seul autorisé sur la surface du chapitre 111 bis.)

112

Nonobstant les développements sur Siwash Ridge, la communication à la Rose de Caoutchoucs était rare. Tout le jour, des avocats de l'AALC avaient essayé de construire des ponts entre le gouvernement et les cow-girls, mais chaque passerelle avait brûlé avant qu'on puisse y passer.

Comme offre ultime et la plus généreuse au bout d'une série d'ouvertures, des porte-parole du ministère de la Justice finirent par promettre qu'aucune charge ne serait retenue contre les cow-girls si elles se retiraient pacifiquement et permettaient au ministère de l'Intérieur de prendre toutes les mesures qu'il jugerait nécessaires pour le bien-être présent et la protection future de la bande de grues. Comme petit cadeau, l'assistant du sous-secrétaire de l'Intérieur déclara que si un oiseau était tué pour permettre une autopsie, il serait par la suite naturalisé et offert au Ranch de la Rose de Caoutchouc comme symbole de l'intérêt de ce lieu pour la vie sauvage américaine en voie de disparition.

— Tout juste ce qui nous a toujours manqué, répondit sèchement Delores del Ruby. Une grue empaillée !

Oui, Delores était de retour. Et avec son retour s'envolèrent tous espoirs de règlement. Beaucoup de filles soucieuses de leur sécurité propre, de celle de leurs amies, de celle des oiseaux et même de celle des hommes qui assiégeaient le ranch, désiraient de plus en plus accepter les propositions gouvernementales. Bonanza Jellybean elle-même reconnut que les cow-girls avaient marqué et remarqué un point, et cela devant le monde entier – on ne gagnerait plus grand-chose à insister.

Seulement, Delores ! Une ombre noire de femme. Aux yeux nocturnes. Et à la voix de minuit. Un sourire comme un sifflement d'aspic sous la pluie. On raconte qu'un long poil couleur d'ébène descend en boucles du mamelon de chacun de ses seins à la forme parfaite. Delores était d'acier.

— Ce n'est pas pour nous-mêmes que nous prenons ainsi position, déclara-t-elle d'une voix aussi lourde et lente que des paupières de crocodile. Ce n'est pas pour les cow-girls, ajouta-t-elle en pointant sa langue acérée vers Jelly. C'est pour toutes les petites filles de partout. Cette confrontation est extrêmement importante. C'est la chance du genre féminin de prouver à son ennemi qu'elle est prête à se battre jusqu'à la mort. Si nous, les femmes, ne montrons pas ici et maintenant que nous n'avons pas peur de nous battre et de périr, notre ennemi ne nous prendra alors jamais au sérieux. Les hommes sauront toujours que, aussi fermes que puissent être nos déclarations et décidés nos actes, il y a un point où nous céderons et les laisserons faire.

Faisant claquer son fouet pour noyer les tendres protestations de Debbie, Delores parada fièrement devant les barricades.

— Je suis prête pour la bataille ! s'écria-t-elle. Qui plus est, je suis prête à gagner ! Vaincre pour toutes les femmes, vivantes ou mortes, qui ont un jour ou l'autre subi la défaite que l'insensibilité masculine a imposée à leur vie intérieure !

Quelques-unes des cow-girls l'acclamèrent.

Donna dit :

— Je me battrai contre ces salauds.

Big Red ouvrait une boîte de haricots avec un coutelas.

— Je me battrai contre eux à coups de pets s'il le faut, fit-elle.

Delores et son fouet eurent le même rictus. Le chef d'équipe dit :

— Le soleil se couche. Que celles qui ne montent pas la garde dorment un peu. Au matin, nous organiserons notre combat. Demain après-midi, celles qui le voudraient pourront se joindre à moi parmi les roseaux, où je partagerai avec les grues les dernières miettes de peyotl qui restent dans le sac.

113

Si vous voulez des détails sur la réunion secrète de la Maison Blanche concernant les grues, il vous faudra lire l'exposé que Jack Anderson[*] rédigera dès qu'il pourra mettre la main sur les bandes.

S'il y a eu des bandes. Seymour Hersh dit que la conférence n'a pas été enregistrée ; il dit qu'après les expériences avec les bandes

---

[*] Très célèbre journaliste ennemi de Nixon. Seymour Hersh est aussi un reporter politique.

magnétiques du précédent président, plus rien ne sera mis sur bande à la Maison Blanche, rien n'y sera bandé, ni un cadeau de Noël, ni une cheville foulée – et c'est pourquoi Seymour Hersh ne prévoit aucun article en profondeur sur ce sujet. Ne vous faites pas d'illusions : il se peut très bien que vous n'ayez jamais les détails de la réunion secrète de la Maison Blanche sur les grues. Mais êtes-vous vraiment sûr de les vouloir ?

L'auteur sait *dans l'ensemble* ce qui s'est passé dans la salle de conférence voisine du Bureau Ovale ce matin de septembre-là et, bien qu'on l'ait averti de la boucler, il va le divulguer ici. Cela devrait vous satisfaire. De nombreux petits cours d'eau viennent se vider dans ces pages. Je ne vous ai jamais promis le Potomac.

Une chose sûre, c'est que le président, le *nouveau* président, n'était pas très sûr de lui ce matin-là. Ses sucs biliaires le chatouillaient. Il avait en quelque sorte la déplaisante impression que le *dernier* président n'aurait pas permis qu'on le convoque à une réunion sur des grues et des cow-girls. Le dernier président, pensait le nouveau président, aurait ordonné à ses aides de prendre les mesures les plus expédientes politiquement eu égard aux grues tandis que lui, le dernier président, qui n'était pas homme à goûter à l'intimité des problèmes sociaux, filait en jet à Pékin, à Moscou ou au Caire pour battre le fer historique tant qu'il était chaud et tirer parti de la situation internationale, qui était désespérée, comme d'habitude. Le nouveau président se sentait rabaissé, il se sentait comme un vieux bout de viande à l'idée qu'on voulait lui faire présider une réunion sur des oiseaux à longues pattes. De fait, il aurait refusé s'il n'avait été informé que le Pentagone et le Pétrole souhaitaient qu'il confère. Aussi nouveau fût-il dans son boulot, il sentait qu'en tant que président, il ne pouvait pas plus ignorer Pentagone et Pétrole que quand il était au Congrès, mais il sentait également, dans les bouillonnements de sa bile, qu'il allait regretter cette foutue réunion sur les grues.

L'intérêt des milieux militaires et pétroliers pour l'affaire de la Rose de Caoutchouc était récent. Jusque-là, l'affaire n'avait concerné que le ministère de la Justice, qui cherchait à faire cesser (à sa manière habituelle) ce qu'il tenait pour un défi, une subversion et l'appropriation illégale de biens fédéraux, et le ministère de l'Intérieur, qui voulait que les grues reprennent le droit chemin et se fassent oublier. Mais lorsque généraux et pétroliers suggérèrent une approche différente, Justice et Intérieur furent en grande partie d'accord.

La réunion fut ouverte par le directeur du FBI, qui expliqua au nouveau président comment les cow-girls avaient dressé leurs barricades juste devant la bande de grues. Tactique diaboliquement judicieuse, dit-il, car si les agents fédéraux devaient tirer sur les jeunes femmes, la vie des grues serait en danger. "Elles tiennent les grues en otages, pour ainsi dire, fit le chef du FBI. Nous sommes pieds et poings liés."

Il céda la place au Pentagone, représenté par un général à quatre étoiles de l'armée de l'air. Le général, faits et chiffres tirés d'une chemise en plastique bleu à l'appui, expliqua au nouveau président que cette bande de grues était une épine dans la chair de l'armée depuis plus de trente ans. Depuis 1942, le champ de tir de loin le meilleur et le plus utilisé en Amérique était celui de l'île de Matagorda, au large de la côte du golfe du Texas. Par exemple, la majeure partie des équipages de B-52 ayant servi au Vietnam avaient été entraînés au-dessus du terrain de Matagorda. De plus, les porte-hélicoptères avaient fréquemment et avec profit utilisé les cibles de Matagorda. Étant donné que ces grues hivernent à Matagorda ou sur le continent proche, de l'autre côté de la baie de San Antonio, dans ce qui est connu comme la réserve nationale d'Aransas, l'armée de l'air et l'armée de terre avaient fréquemment été accusées par les écologistes de menacer la survie des oiseaux. Sous les pressions, même le ministère de l'Intérieur avait commencé à harceler l'armée de l'air au sujet des champs de tir. Les opérations navales et celles des garde-côtes dans la zone avaient également été critiquées et freinées, ajouta le général, qui déclara au nouveau président que le Pentagone considérait les grues comme une menace pour les intérêts majeurs de la défense de l'Amérique.

Le nouveau président n'était pas une beauté quoique, en vérité, il fût plus supportable à regarder que son prédécesseur. Le nouveau

tom robbins

président possédait un visage qui aurait pu réconforter un orang-outang solitaire. On peut dire avec assez de justesse que le nouveau président ressemblait à une saucisse trempée dans du rouge à ongles. Il y avait quelque chose qui frisait la farce dans la manière dont le nouveau président opina de la tête avec un air de quasi-sagesse à la conclusion du témoignage du Pentagone et à la façon dont cette tête se raidit en une pose d'attention affectée lorsque le représentant des intérêts pétroliers, tirant faits et chiffres d'une serviette de cuir noir, commença son baratin.

Il était à peine nécessaire de rappeler au nouveau président la crise de l'énergie, mais le revendeur de pétrole le fit quand même. Puis il informa le chef de l'exécutif que de grandes quantités de pétrole restaient sans emploi au fond de l'océan, le forage au large de la région Matagorda-Aransas ayant été interdit à cause d'une sale bande de piafs, piafs qui n'apportaient pas un sou au Produit National Brut et qui ne pesaient pas une plume dans les négocia-tions avec les Arabes. Vous pigez ? Le nouveau président pigeait. Il était peut-être exagéré de dire que les grues étaient des miettes irri-tantes entre les draps de l'économie, mais elles constituaient certai-nement un obstacle de plus pour nettoyer ce lit malencontreusement fripé.

Puis à nouveau, le directeur du FBI prit la parole. Il était presque certain, déclara-t-il, qu'il y aurait affrontement au ranch du Dakota. Il décrivit les prétendues cow-girls comme des fanatiques subver-sives violemment opposées au mode de vie américain. Ces femmes voulaient que le sang coule, dit-il. Elles avaient ri de l'ordonnance du tribunal, avaient refusé de négocier et braquaient en ce moment même des armes à feu, peut-être d'origine communiste, sur des agents du gouvernement.

Il semblait inévitable au directeur du FBI que les forces fédé-rales essuient des coups de feu. Mais cela n'inquiétait pas le chef des flics, car la puissance de feu très supérieure des policiers américains et des agents du FBI l'emporterait vite et totalement. En outre, un affrontement violent pourrait avoir des effets positifs. Supposez que, en répondant au tir des cow-girls, les policiers et agents

420

même les cow-girls ont du vague à l'âme

canardent "accidentellement" les grues ? Supposez que des grenades de gaz lacrymogène superpuissant dirigées ostensiblement sur les cow-girls atterrissent au milieu des oiseaux, dont on sait qu'ils succombent au gaz lacrymogène ? Au cours de l'opération contre les voleuses, la bande de grues pourrait être décimée, si bien que le gouvernement se verrait obligé de capturer les rares survivantes et de les envoyer dans des zoos. Ainsi, d'un seul coup, les États-Unis se débarrasseraient d'une faction d'émeutières et des encombrantes grues. Le président soutiendrait-il – secrètement, bien entendu – cette action ?

Le nouveau président aurait voulu être au golf, il avait envie d'un whisky, il aurait aimé qu'un assistant lui tende une déclaration à lire, il aurait voulu ceci ou cela, mais il n'y avait pas de bonne fée auprès du nouveau président. C'était le 29 septembre, anniversaire de Brigitte Bardot ; toutes les bonnes dames qui exaucent les vœux étaient sans doute en France, attendant que Brigitte Bardot souffle les bougies de son gâteau.

Finalement, le président ouvrit ses croqueuses de bananes pour reconnaître que ce plan avait ses mérites, mais il ne croyait pas, dit-il, que le public soutiendrait des agents fédéraux qui tirent sur des adolescentes.

La demi-douzaine d'autres personnes qui se trouvaient dans la salle de conférence n'étaient pas d'accord. Elles soutenaient que ces filles transgressaient la loi ; qu'elles étaient armées, dangereuses, immorales ; des éléments perturbateurs, des ennemies du bien public – tout comme les jeunes femmes qui avaient été supprimées à Los Angeles[*]. Il n'y aurait pas plus de protestations publiques que pour les exécutions de Los Angeles, et beaucoup moins que pour la répression sanglante de Kent State. De plus, avec un peu de bonne volonté de la part de la presse, le gouvernement ne devrait pas avoir trop de difficultés à faire porter la responsabilité du sort fatal des grues à l'action violente et rebelle des cow-girls. La majorité bien pensante penserait que ces filles n'avaient que ce qu'elles méritaient.

* Allusion au massacre des membres de l'Armée de Libération symbionaise.

"En outre, déclara l'homme que le nouveau président avait nommé nouveau vice-président, cela n'a politiquement aucune importance. Les cœurs sensibles m'ont mis sur le gril parce que j'avais permis que les émeutiers de la prison d'Attica soient, euh, traités avec sévérité, mais cela n'a pas nui le moins du monde à ma carrière. Monsieur le président, vous sous-estimez peut-être le sens moral du peuple américain."

C'était un argument convaincant, bien que la façon dont il avait été formulé n'eût rien fait pour alléger la bile présidentielle. Le nouveau président roula des yeux du Pentagone au Pétrole. Il était pris au piège et il le savait. Rétrécissant le faisceau de ses mirettes simiesques, pour laisser entendre qu'il était à la fois pensif et libre, il fit : "Je dois y réfléchir un peu." Il se leva comme un acteur amateur qui s'essaie à jouer la dignité et se cogna douloureusement la cuisse contre la table de conférence. De coûteuses chaussures faites à la main, dont il se rappela soudain qu'elles étaient un cadeau des milieux pétroliers, le portèrent hors de la pièce.

Aussitôt qu'il le put, il changea ces chaussures pour des chaussures de golf. Avant d'aller au Burfling Tree Country Club, le nouveau président appela son assistant le plus fidèle. "Dans deux heures – non, plutôt trois heures –, faites savoir au FBI que j'ai décidé d'approuver l'Opération Grues Incongrues."

Le nouveau président sortit sur cette verte Terre et poussa de-ci de-là une petite balle.

114

Sissy Hankshaw Gitche ne revint jamais au lac Siwash. Il n'était pas de pouce assez grand, de virtuosité assez parfaite, de maîtrise assez puissante sur le paysage et ses voyageurs pour l'y ramener.

Elle fut repoussée par les policiers et les agents du FBI, qui avaient parqué des véhicules armés au sommet de la colline et se tenaient maintenant à faible distance des cow-girls. Les forces fédérales l'avaient retenue pour l'interroger, et quand on la relâcha,

même les cow-girls ont du vague à l'âme

ce fut sous la garde revêche d'un officier qui l'escorta jusqu'au portail de la Rose de Caoutchouc et la dirigea sur Mottburg.

Bien entendu, il en fallait plus que ça pour l'arrêter. Elle longea la base de Siwash Ridge et s'enfonça dans les collines du sud avec l'intention d'approcher du lac par l'est, du côté de la prairie, le seul non gardé encore par le gouvernement. Mais à chaque pas qu'elle faisait, le vent soufflait de plus en plus fort. Quand elle s'apprêta à bifurquer dans la prairie, le Dakota soulevait toute sa poussière. Comme un brouillard de pointes de couteau, comme un ouragan de fourmis coriaces, la poussière l'enveloppait, la mordait, l'étouffait, l'aveuglait. Elle se battait contre la tempête, mais celle-ci ne voulait rien entendre. Elle lui fit du stop, mais la tempête ne voulut pas la prendre.

Cette tempête n'avait aucun sens de l'humour. C'est un don peu répandu dans la nature. Il se peut que l'animal humain n'ait au fond rien apporté à l'univers que le baiser et la comédie, mais sacré bon Dieu, c'est déjà beaucoup.

La tempête rappela à Sissy cette créature qui est à la fois la plus dangereuse et la plus pitoyable de la Terre : un vieillard effrayé qui n'a plus que son titre. C'est donc la frustration plus que la peur qui la ramena à Siwash Ridge, refuge dont les hauteurs frénétiques apparaissaient parfois à travers la poussière. Il lui fallut des heures pour y arriver, et lorsqu'elle rampa enfin, épuisée, dans la grotte, elle avait l'impression d'avoir été passée à la toile émeri dans l'atelier de bricolage de l'Enfer.

Le Chinetoque voulut lui appliquer un corps gras – de l'huile d'igname, pour être exact –, mais Sissy le repoussa.

— Pas maintenant, dit-elle. J'envoie toute mon énergie à Jellybean. Je veux qu'elle me sente à ses côtés dans cette folie qu'elle fait.

L'amour se fit pousser des pouces. Et arriva en auto-stop jusqu'au lac, bravant tempête et hommes de troupe. Il arriva à peu près au même instant que la Troisième Vision de Delores. À peu près au même instant qu'un serpent très amoché, très amaigri, très ratatiné tenant une carte à jouer – le valet de cœur – sous sa langue.

115

Nous avons un reptile sur notre totem. Il s'y trouve depuis l'Éden. Il vit à la base du cerveau et entretient une relation spéciale avec les femmes. Il est associé au monde obscur, à la conscience obscure, à l'opposé nécessaire de la lumière. Toutefois, il ne fonctionne pas comme symbole car il est trop imprévisible. Chez l'homme, son venin peut déchaîner la violence ou l'art. Chez la femme, il produit une folie particulière que les hommes ne comprennent pas. Chez les enfants, c'est la petite voiture rouge peinte en bleu.

Delores mangea sept boutons de peyotl, après en avoir coupé les touffes empoisonnées. Donna, LuAnn, Big Red et Jody eurent chacune droit à trois. Il ne restait que quatre boutons dans le sac. Pas assez pour les grues, qui montraient déjà des signes de dépression – agitation, circonspection, bruit –, et aucune des autres cow-girls n'avait envie de se défoncer. Aussi Delores mangea-t-elle elle-même les quatre derniers plants. Le peyotl est laid à regarder (les "boutons" ressemblent à des coussins de prie-dieu verts et cradingues pour gnomes malveillants) et horrible à goûter. Ses sept alcaloïdes produisent sept variétés de crampes abdominales (en moins d'une heure, nos cinq cow-girls étaient en train de vomir) et d'atroces éructations d'amertume.

Prises de nausée, Donna, Big Red, LuAnn et Jody allaient et venaient autour du lac, battant des paupières à tout ce qui remuait, c'est-à-dire tout. Elles avaient le visage en feu, les jambes en caoutchouc, les pensées en plein vol. Les engins blindés sur la colline leur paraissaient ridicules et enfantins. La façon dont le vent accélérait sans cesse, jamais satisfait de telle ou telle vitesse, leur paraissait également risible. Mais le vent n'a aucun sens de l'humour, et quand de grandes vagues de poussière s'élevèrent, nos cow-girls en plein trip se réfugièrent dans les barricades, serrées les unes contre les autres dans une stupeur angoissée, revivant peut-être les heures poussiéreuses de la Création.

Mais Delores… Delores était allongée parmi les roseaux, au bord de l'eau. Endormie et éveillée tout à la fois, elle avait sombré si profondément dans le trou de son esprit que la poussière et les coups de vent ne pouvaient l'atteindre. Jellybean abandonna ses tentatives pour la secouer et la conduire à l'abri, et la laissa là, tachée de vomi vert, à s'entretenir avec son totem. Delores gémissait. Sa main s'ouvrait et se refermait sur la poignée de son fouet. Elle semblait sur le point de ramper sur le ventre, de glisser dans les eaux de l'étang battues par les vents.

C'est là, dans cet état, qu'ils la trouvèrent. "Ils ?" Niwetúkame la Divine Mère et le serpent du service des messages. Étaient-ils venus ensemble ? Étaient-ils de mèche, le serpent et la déesse ? Quels mots furent prononcés ? Comment fut distribuée la carte de ce jeu ? Fit-on voir à Delores des bijoux ou des colibris ou des éclairs de foudre ? Rencontra-t-elle son double ? Quelle transaction s'opéra ? Était-ce ahurissant et terrifiant, ou tout ça avait-il un petit air de show business ? Delores n'en a jamais rien dit.

Bien longtemps après les visions de saint Antoine et les éclairs épileptiques de Paul sur le chemin de Damas, après que les voix eurent parlé à Jeanne d'Arc et que Blake ait eu les globes oculaires desséchés par des merveilles célestes, après les transes prophétiques d'Edgar Cayce et le regard de Ginsberg sur l'ange hip, vinrent les trois visions de Delores del Ruby, dont la troisième la fit trébucher jusqu'aux barricades, en plein cœur de la nuit, à la fin d'une tempête de poussière du Dakota, pour arracher les fusils des mains de ses sœurs cow-girls.

Ses yeux noirs brillaient comme la huppe mouillée d'un canard mâle ; son visage s'était adouci en un masque suave de sang électrique. Sous les rayons de lune, elle était dressée comme une cité cernée par les flammes. Elle marchait comme endormie. Avec une étrange lenteur sous-marine, elle jeta les fusils dans l'herbe couverte de poussière.

Personne n'osa contester son geste ; personne même n'y songea. De toute évidence, elle agissait sous contrôle divin. Elle avait abandonné son fouet.

Lorsqu'elle prit la parole, c'était comme si quelqu'un avait limé les angles de ses consonnes et recoiffé ses voyelles. Elle parla simplement, mais avec force.

— L'ennemi naturel des filles n'est pas les pères et les fils, annonça-t-elle.

"Je me trompais.

"L'ennemi des femmes n'est pas les hommes.

"Non, et l'ennemi des Noirs n'est pas les Blancs. L'ennemi du capitaliste n'est pas le communiste, l'ennemi de l'homosexuel n'est pas l'hétérosexuel, l'ennemi du Juif n'est pas l'Arabe, l'ennemi du jeune n'est pas le vieux, l'ennemi du branché n'est pas le plouc, l'ennemi du Chicano n'est pas le gringo et l'ennemi des femmes n'est pas les hommes.

"Nous avons tous le même ennemi.

"L'ennemi est la tyrannie de la bêtise.

"Il y a des Noirs qui font autorité et qui sont bêtes, et c'est l'ennemi. Les dirigeants du capitalisme et les dirigeants du communisme sont les mêmes gens, et ce sont l'ennemi. Il y a des femmes bêtes qui essaient de réprimer l'esprit humain, et elles sont l'ennemi au même titre que les hommes bêtes.

"L'ennemi est chaque expert qui pratique la manipulation technocratique, l'ennemi est tout individu qui prend fait et cause pour la normalisation et l'ennemi est toute victime assez stupide et paresseuse et faible pour permettre qu'on la manipule et qu'on la normalise."

Les cow-girls se rassemblèrent autour de Delores en un cercle serré. Aucune ne manquait. Plus d'une était clouée sur place. Leurs yeux commençaient à luire, pâle imitation des orbites de leur chef d'équipe.

— La mission de la femme est de détruire autant que de donner la vie, leur dit Delores. Nous détruirons la tyrannie de la bêtise. Mais on ne peut la détruire avec des fusils. Ou avec des fouets. La violence est le petit déjeuner du champion de la balourdise, et la conséquence logique de son orgueil mal placé. La violence fertilise ce que nous voudrions faire mourir de faim. Mais Debbie, nous ne pouvons pas non plus aimer à froid. Nous ne faisons que polluer nos propres eaux lorsque nous essayons de transmettre notre vraie affection à ceux qui ne savent pas l'accepter ou la donner. L'amour est très puissant, mais il a des limites et c'est une erreur coûteuse de trop le diluer.

"Non, nous détruirons l'ennemi par d'autres voies. La Mère du Peyotl a promis une Quatrième Vision. Mais elle ne me viendra pas qu'à moi seule. Elle vous viendra à chacune, à chaque cow-girl du pays, lorsque vous aurez surmonté ce qui en vous appartient à la bêtise.

"La Quatrième Vision viendra également à quelques hommes. Vous les reconnaîtrez quand vous les rencontrerez, et vous serez leurs fières partenaires dans d'égales et extatiques escapades de poésie et de fantaisie amoureuse."

Delores montra une carte à jouer. La lune de la prairie en illumina le bord en lambeaux. C'était le valet de cœur.

Le chef d'équipe semblait se fatiguer. Des vapeurs de lassitude montaient de sa noire chevelure. Sa voix s'appuyait contre le mur de son larynx lorsqu'elle conclut :

— La première chose à faire au matin, c'est de terminer cette histoire avec le gouvernement et les grues. Elle a été positive et fructueuse, mais elle est allée trop loin. Le badinage cesse d'être un bon argument quand il se prend lui-même trop au sérieux. Désolée, mais je ne serai pas avec vous pour la conclusion. Comme vous le savez, j'ai été longtemps malade et égarée. J'ai beaucoup de choses à rattraper, beaucoup à accomplir, et j'ai quelqu'un d'important à voir. Maintenant.

Avec la grâce d'un ballet de cobras, Delores tourna sur elle-même et disparut dans la nuit sèche du Dakota.

116

Les cow-girls n'avaient pas fermé l'œil. Elles se sentaient ivres. Les tensions idéologiques qui les avaient divisées s'étaient éclaircies. Les buts avaient été redéfinis. Au prochain tournant, de mystérieuses destinées de la Quatrième Vision chantaient. De tout nouveaux aspects de la vie faisaient signe, comme de formidables… pouces.

Les copines étaient prêtes à davantage en tout, et même cela ne serait peut-être pas assez.

Quand la vie exige des gens plus que ce qu'ils exigent de la vie – ce qui est ordinairement le cas –, il en résulte un ressentiment envers la vie qui est presque aussi profondément enraciné que la peur de la mort. D'ailleurs, ressentiment de la vie et peur de la mort sont virtuellement synonymes. S'ensuit-il alors que plus les gens demandent à la vie, moins ils ont peur de la mort ?

Ou bien le docteur Robbins jouait-il seulement les petits malins lorsque, expliquant comment pouvait devenir populaire le lâche concept : "Il n'y a rien à expliquer ; il n'y a qu'à agir ou crever", il dit "Certains préfèrent mourir plutôt que de penser à la mort" ?

Bref, disons simplement qu'aussi exaltées, aussi pleines d'espoir, aussi pétries de magie que les filles aient pu être, il leur était difficile de se concentrer sur ce qui les menaçait de la colline. Elles savaient seulement qu'elles ne souhaitaient plus se battre contre les autorités – selon les normes des autorités – et elles croyaient fermement qu'il n'y aurait pas de bataille.

Derrière le blindage des engins, cependant, policiers et agents du FBI ne partageaient pas ce point de vue. Les hommes n'avaient pas non plus fermé l'œil. La tempête les avait laissé sales, yeux rougis, et irritables mais à mesure que l'aube approchait, ils frissonnaient de l'antique puissance du chasseur. Et lorsqu'ils pensaient au jeune et tendre gibier qu'ils allaient abattre, ils n'en frissonnaient que plus. Ils mâchaient furieusement des chewing-gums. Beaucoup d'entre eux étaient en érection.

Aucun des deux camps n'était prêt à voir venir l'aube lorsqu'elle pointa effectivement. Comme les mains d'un cambrioleur félin, ces fameux doigts de roses glissèrent soudain sur le rebord de fenêtre de l'hémisphère et, dans un silence efficace, se mirent à tripoter le cadenas du jour. Avant que leur esprit surchauffé ait pu entièrement se faire à cette idée, cow-girls et hommes de troupe fixaient béatement les vagues contours des barricades d'en face.

— Eh bien, dit Jellybean, ce qu'il faut, c'est qu'une d'entre nous monte jusque là-haut et dise à ces gars que l'Amérique peut

même les cow-girls ont du vague à l'âme

reprendre ses grues. Étant donné que c'est moi la patronne ici, et que je suis responsable de ce que beaucoup d'entre vous ont choisi de devenir cow-girl, c'est, moi qui vais y aller.

— Mais…

— Pas de mais qui tienne. Il fait de plus en plus clair à chaque minute. Baissez la tête, les filles. Salut.

— Jelly ! S'il te plaît !

Mais la plus chouette cow-girl du monde se leva et s'étira. Pendant un instant, ses bras raides ressemblèrent à des ailes. Sur ses cuisses nues, la chair de poule se tendit. Ses seins frémirent dans sa chemise western aux couleurs criardes. Si Francis Scott Key[*] avait pu voir ces seins dans la première lumière du matin, il serait sans doute descendu dans sa cabine écrire un tout autre hymne national. (Ou peut-être Francis Scott Key aurait-il ignoré les érogènes glandes mammaires – simples atours sexuels en ce qui concerne les hommes – et aurait préféré commenter l'exemple plus universel d'un être humain qui, solitaire, accepte une redoutable responsabilité. Ne jugeons pas injustement le compositeur, qui eut le bon goût de ne pas écrire "Les glandes mammaires étoilées".)

Jellybean franchit d'un saut la carcasse d'un appareil amaigrissant et planta ses bottes dans l'herbe sans rosée. *Rien à craindre*, se dit-elle. *Je vais transmettre ce message aussi vite que possible et filer retrouver Sissy sur la butte.* Jelly n'avait aucune idée de ce qui allait advenir de la Rose de Caoutchouc, mais elle ne s'était jamais sentie plus cow-girl.

À la moitié du versant environ, ses genoux tachés de rousseurs faisant tomber de la tête des asters des petits nuages de poussière, elle se rappela qu'elle portait encore son six-coups. Delores l'avait oublié dans sa débauche de désarmement. *Je ferais mieux de me débarrasser de ça*, pensa Jelly. *Ça pourrait ficher la trouille à ces blancs-becs.*

Des doigts de poupée en caoutchouc descendirent vers le holster et tirèrent l'arme. Elle tirait des pistolets de différents holsters

---

[*] Compositeur de l'hymne américain, *La bannière étoilée*.

depuis qu'elle avait trois ans. Un jeu. Rien qu'un jeu. Elle s'apprêtait à jeter le joujou, mais avant que ses doigts roses aient pu lâcher la crosse de nacre, un coup de feu partit du sommet de la colline.

Jelly sentit un choc dans son ventre. Quelque chose mordait sa tendre chair. Le six-coups glissa de ses doigts quand elle souleva le bas de sa chemise de satin et baissa la ceinture de sa jupe. Du sang rouge vif coulait de sa cicatrice ; elle le voyait dans la lumière du petit matin, elle voyait cette claire chaleur se déverser de l'endroit exact où elle était tombée sur un cheval en bois quand elle avait douze ans.

— Je n'ai pas *vraiment* été touchée par une balle d'argent, avoua-t-elle à personne en particulier.

Ou bien l'ai-je été ?

Elle eut le sourire délicieusement secret de celui qui reconnaît instinctivement la réalité du mythe.

Vingt ou trente gâchettes graisseuses de plus furent pressées en haut de la colline, et Bonanza Jellybean fut réduite en une bouillie sanglante.

Sur les bords du lac, les cow-girls hurlaient et pleuraient. Elles se serraient les unes contre les autres, horrifiées. Deux d'entre elles, LuAnn et Jody, surgirent des barricades pour récupérer leurs armes, mais furent immédiatement criblées de balles.

Une voix beugla dans un haut-parleur.

— Vous avez deux minutes pour sortir, les mains sur la tête.

Mais il était évident qu'il n'y aurait pas de reddition. Des soldats disséminés commençaient déjà à tirer au hasard, et à tout instant pouvait éclater une orgie de coups de feu qui ferait aimer la mort à toutes les cow-girls des collines du Dakota.

Curieux que personne n'ait alors remarqué l'hélicoptère. Les hommes qui l'entendirent durent penser qu'il était des leurs. Dans le jour douteux de l'aube ses marques rouges et noires n'attiraient pas l'attention. Quoi qu'il en soit, personne ne fit feu sur l'appareil, bien qu'il volât extrêmement bas. Il était si chargé d'explosifs qu'il n'aurait pas pu monter d'un mètre.

Avant qu'il ait pu se poser lourdement, disséminant le demi-cercle de flics, il était trop tard. Il n'y eut pas assez de "temps". Le gros garçon dans le cockpit – il était impossible de dire s'il riait ou pleurait – appuya sur le détonateur et une énorme explosion fit éclater le sommet de la colline – chiendent, asters, barbon fourchu, poussière, souris, engins blindés, soldats et tout le reste.

Dans le silence qui retomba après les échos de l'explosion, la bande de grues se souleva en un seul et grandiose mouvement de battements d'ailes – une tempête de vie blanche comme lis, un jaillissement d'anges Gabriel albinos –, elles emplirent le ciel qui les attendait et, après avoir fait une fois le tour de l'étang – exercice d'assouplissement ou bien adieu ornithologique primordial –, elles partirent à tire d'aile vers le Sud et le Texas.

Laissant amis humains et ennemis humains nettoyer leurs gâchis humains respectifs.

117

Parmi les victimes de la guerre des grues se trouvait le Chinetoque.

Sissy s'en faisait tellement pour Jellybean qu'elle n'avait pu dormir. Le Chinetoque lui avait raconté des histoires, massé les pieds, versé dans la gorge du vin d'igname et joué une sorte de berceuse de chouette grinçante sur son violon-boîte à cigares à une corde, mais en vain. Finalement, elle le laissa la séduire et, n'épargnant aucun muscle, tendon, ligament ou jointure, il lui fit subir une véritable séance d'entraînement : elle eut quatre orgasmes et quand les spasmes du dernier se furent évanouis, son nez aristocratique émettait des petits ronflements en paquet et les envoyait dans toutes les directions. Puis ce fut le Chinetoque qui ne put plus dormir.

Le Chinetoque sentait la catastrophe. Bon, et après ? La survie, la sienne ou celle de n'importe qui d'autre, n'était pas pour lui la priorité des priorités. Pour un homme qui "gardait le temps" avec l'horloge, il y avait des choses bien plus intéressantes et importantes. Et pourtant, un stupide sens des responsabilité le titillait. Et ne le laissait pas tranquille. Jusqu'à ce qu'il dise :

tom robbins

— D'accord, d'accord, je vais aller jouer mon rôle, rien que cette fois. Que faire d'autre ? Je ne dors pas, de toute façon.

Il était descendu de Siwash Ridge après le coucher de la lune, haut fait que personne d'autre n'aurait pu reproduire. Il y a des baudets qui n'auraient pas pu descendre ce sentier en plein midi sans mettre en danger leur réputation d'animal au pied sûr. Il y a de grosses barriques rondes de bière qui n'auraient pas pu dévaler la piste Siwash, et des bretzels tordus qui n'auraient pas pu décemment les imiter.

En bas de la piste, il avait rencontré Delores del Ruby.

Ni l'un ni l'autre n'eurent l'air surpris, mais ils devaient faire semblant.

Ils se dévisagèrent sans merci, elle essayant de paraître cool, et lui encore plus cool. Il voulait lui demander ce qu'elle faisait là, mais il ne dit rien. Elle voulait lui dire qu'elle venait le voir, mais n'en fit rien. Elle accrocha ses mains à ses hanches ; il fronça le nez. Plus ils se forçaient à ne pas sourire, plus les petits muscles buccaux luttaient pour se libérer. L'énergie de leur rictus réprimé faisait se tortiller leurs oreilles dans le noir.

— Alors, c'est toi le grand brailleur, hein ?

— Peut-être que oui et peut-être que non. La belle affaire, dans les deux cas !

— Je suppose que je te dois des excuses. Je n'ai pas arrêté de te couvrir d'ignominies…

— Pas grave.

— Enfin, je voulais seulement que tu saches que je commence à t'apprécier. Certaines de tes idées sont épatantes.

— Toi les aimer ? On a dû mal me citer.

— Est-ce qu'on n'a pas cité de travers tous les grands brailleurs ?

— Cités de travers, déformés, dilués et déifiés. Dans cet ordre. Entre les mains de ses adorateurs, Jésus a souffert pire que la crucifixion. Tu as un très beau cul.

— Tu ne ressembles guère à Jésus.

— Qu'en sais-tu ?

— Tu parles de mon cul.

— Tu ne penses pas que Jésus aurait admiré ton cul ?

même les cow-girls ont du vague à l'âme

— Pas le Jésus dont on parle dans la Bible.

— Bien sûr ! Mal cité, déformé et dilué. En fait, si Jésus avait admiré ton cul, il l'aurait probablement gardé pour lui. Donc, tu dis vrai : je ne ressemble pas à Jésus. Je ne ressemble pas non plus beaucoup à Hubert Humphrey. Hubert Humphrey peut mâcher deux cent quarante-six tablettes de chewing-gum en même temps. Moi, je n'en suis pas capable.

— Ta jolie petite bouche était probablement faite pour de meilleures choses.

Elle se pencha en avant et lui colla un baiser sur les babines. Première fois qu'elle embrassait un homme depuis des temps ophidiens.

— Toi-même tu es épatante. Quand tu laisses ton fouet chez toi.

— Je ne joue plus avec les fouets.

— Ah, ouais ? Avec quoi joues-tu donc ?

— J'apprends qu'il y a tout un univers de choses avec lesquelles jouer. Y compris les grands brailleurs.

— Les grands brailleurs peuvent être durs à cuire. Que veux-tu de moi ? La clef du trésor ?

Delores mit la main dans sa chemise noire, entre les mamelons, les poils et les grains de beautés noirs, et tira le valet de cœur.

— Oh ! tu fais aussi des tours de cartes. Tu fais un sacré numéro.

— J'ai eu une vision, hier soir. Je ne suis pas venue ici pour résoudre quoi que ce soit. Je suis venue ici pour célébrer et pour que tu célèbres avec moi.

— Dans ce cas, tu peux rester un moment. Elle est sage, la femme qui ne vient pas auprès du maître pour avoir des solutions.

— Ce n'est rien de bien exceptionnel.

— Oui, hum. Il fera bientôt jour. Il faut que j'aille voir certains hommes à propos de certains oiseaux. Quand on y verra clair, voudrais-tu monter jusqu'à la caverne pour tenir compagnie à Sissy jusqu'à ce que je revienne ?

Delores fut d'accord, et le Chinetoque partit en trottant à travers le chiendent.

433

tom robbins

Peut-être avait-il un plan, un tour magique à jouer. Il devait certainement avoir quelque chose dans ses grandes manches. Mais ce que le Chinetoque réservait aux soldats ne vit jamais le jour. Lorsqu'il vit Bonanza Jellybean se faire descendre, le vieux coucou fonça droit sur les barricades du gouvernement. Personne n'entendit ses cris. Ils furent noyés par le feu nourri, puis par le haut-parleur, puis par l'hélicoptère et enfin par l'explosion.

La détonation l'envoya bouler en bas de la colline, barbe, peignoir et sandales en l'air, comme si la détonation était le videur le plus costaud de Jérusalem et lui un resquilleur qui essayait de forcer l'entrée pour assister à la Cène. Il avait la hanche gauche en morceaux.

118

C'est ainsi qu'il arriva que Sissy Hankshaw Gitche et Delores del Ruby passèrent un triste jour à Mottburg.

Dans le milieu de la matinée, à peu près à l'heure où le soleil sortait au-dessus des silos à grains, les deux femmes (dont une déguisée) passèrent en hâte devant les clients qui faisaient la pause au Café Craig ; passèrent devant les jeunes mamans grassouillettes en bigoudis qui mâchonnaient à la laverie automatique ; passèrent devant la succursale Chevrolet et le bureau livide de l'American Legion. Elles arrivèrent à la gare de chemins de fer juste au moment où le cercueil était hissé dans un wagon à bagages. Bonanza Jellybean (alias Sally Elizabeth Jones) avait un aller simple pour Kansas City. Son père, un homme trapu et chauve, était venu pour accompagner la dépouille. La maman de Jelly était restée chez elle, écrasée de honte. Le train quitta la gare en pouffant, dissout dans des larmes qui tombèrent sur les voies comme des balles d'argent.

Plus tard, tandis que Delores buvait à petites gorgées du café irlandais dans un coin sombre de la salle du Bison au Elk Horn Motor Lodge, Sissy voulut rendre visite aux vingt-six cow-girls enfermées dans la salle de réunion du syndicat agricole de Mottburg parce qu'il n'y avait pas assez de place dans la prison. Les filles étaient détenues sans caution et attendaient leur procès. Désolé. Pas de visites.

À deux heures, Sissy et Delores se joignirent à une foule curieuse au cimetière de l'église luthérienne, pour les funérailles de Billy West. Il y avait un cercueil symbolique, car le corps n'existait plus. On aurait pu croire qu'il resterait quelque chose des cent quarante kilos, mais il n'en restait pas une cuillerée. La famille était tendue, l'officiant très gêné, et le rite de pure forme. Le cortège funèbre, si l'on peut dire, était pour la plus grande partie composé des pairs de Billy, qui n'arrivaient toujours pas à croire que le gros patapouf qu'ils taquinaient toujours à l'école était devenu un hors-la-loi assassin et célèbre qui avait appris à piloter un hélicoptère en un après-midi. Tandis que les premières mottes de la terre friable de la prairie étaient pelletées sur le cercueil inoccupé, Mémé Schreiber déclara à haute voix que Billy West était le seul héros que Mottburg eût jamais produit, et qu'elle regrettait sacrément de ne pas s'être jointe aux cow-girls. Ses petits-fils l'éloignèrent gentiment.

L'arrêt suivant fut, pour Delores et Sissy, le petit hôpital. Le Chinetoque portait autant de plâtre qu'un mur. On aurait pu accrocher un tableau dessus, et un miroir aussi. Attention au papillon qui pourrait surgir d'un tel cocon. Il avait mal mais faisait des clins d'œil. Les yeux avec lesquels il clignait étaient aussi blancs que du sperme. Les femmes étaient trop déprimées pour lui faire quelque bien. Sissy sanglotait sur le côté du lit.

— Tout va-t-il donc de plus en plus mal ? pleurait-elle.

— Oui, répondit le Chinetoque, tout va plus mal. Mais tout va mieux aussi.

Et c'est ainsi que le Ranch de la Rose de Caoutchouc fut officiellement transféré aux cow-girls qui s'en étaient occupées. Chacune des survivantes devint une associée à part égale. Jusqu'à ce que les filles soient libres d'en faire ce qu'elles voulaient, Sissy

Hankshaw Gitche fut priée de garder le ranch, pour un salaire hebdomadaire de trois cents dollars.

La donation de la Rose de Caoutchouc fut la dernière affaire menée par la Comtesse avant de dissoudre son entreprise et d'aller travailler comme infirmier à la maternité d'un hôpital de bienfaisance, sur les ordres de son psychiatre et conseiller personnel, un certain docteur Robbins.

— Retournez aux arômes de la naissance, lui avait déclaré le docteur, car les odeurs du corps féminin, les parfums que vous avez tenté de tuer avec vos produits chimiques totalitaires, sont les odeurs mêmes de la naissance, les fortes senteurs de l'essence de l'existence. Le nez qui s'offense des forts parfums du con n'est pas un nez fait pour ce monde et devrait plutôt renifler de l'or sur les trottoirs récurés du Paradis. Le vagin embaume la vie et l'amour et l'infini et cetera. Ô vagin! Ton encens salé, ta fauve odeur de champignon lunaire, tes profonds relents de miel de crustacé qui se brisent comme des vagues contre l'acier froid de la civilisation ; vagin, fais besogner notre nez dans l'extase, et laisse-nous mourir en respirant les mêmes odeurs qu'à notre naissance !

Et c'est ainsi que, dès qu'il fut possible, Sissy et Delores ramenèrent le Chinetoque au ranch pour qu'il s'y rétablisse. Elles dressèrent la grande chambre pour lui, celle où avait dormi Jellybean, et Miss Adrian avant elle. Le pavillon avait très peu de charme pour le vieux péteux, mais il se rendait bien compte que les deux femmes n'étaient pas en mesure de le monter sur Siwash Ridge. Delores installa la stéréo dans sa chambre afin qu'il passe ses journées automnales à écouter du rock'n'roll tout en méditant, en psalmodiant, en mangeant des ignames frits et en feuilletant des magazines légers.

Sissy le servait fidèlement, et le plus souvent, joyeusement, mais elle était sujette à des accès de dépression. Un jour, dans un désespoir particulièrement profond, elle s'était retournée contre lui et l'avait rendu en partie responsable de la mort de Jelly.

— Tu aurais dû faire plus ! dit-elle, agressive.
— J'ai fait tout ce que j'ai pu.
— Comment, comment ? Je ne t'ai jamais vu faire quoi que ce soit jusqu'à ce qu'il soit trop tard.
— Je donne un exemple. C'est tout ce qu'on peut faire. Je regrette que les cow-girls ne m'aient pas davantage écouté, mais je ne pouvais pas les forcer à faire attention à moi. J'ai vécu la plus grande partie de ma vie adulte en dehors de la loi, et je n'ai jamais tergiversé avec l'autorité. Mais je n'ai jamais non plus cherché la bagarre avec ces gens-là. C'est stupide. Ils n'attendent que ça ; ils le souhaitent ardemment ; cela contribue à maintenir leur puissance. L'autorité est une chose qu'il faut tourner en ridicule, déjouer et éviter. Et il est relativement facile de faire ces trois choses. Si vous croyez à la paix, agissez pacifiquement ; si vous croyez à l'amour, agissez avec amour ; si vous croyez à ceci ou cela, agissez en conséquence, c'est parfaitement valable – mais n'allez pas essayer de vendre vos croyances au Système. Vous finissez ainsi par contredire ce en quoi vous prétendez croire, et vous donnez un piètre exemple. Si vous voulez changer le monde, changez-vous vous-même. Tu sais cela, Sissy.

Bien sûr que Sissy le savait. La plus grande auto-stoppeuse du monde n'avait-elle pas toujours opéré sur cette base ? C'est simplement qu'elle possédait un cerveau, et que notre cerveau ne cesse de s'amuser avec nous en nous faisant perpétuellement réapprendre ce que nous savons depuis le début. Il se peut que le cerveau ait été injustement critiqué dans ce livre, mais admettez-le, le cerveau a un sens de l'humour plutôt bizarre.

Et c'est ainsi que Delores et Sissy devinrent amantes.

Elles partageaient la chambre voisine de celle du Chinetoque afin de rester à proximité s'il avait besoin de quelque chose pendant la nuit.

Et peu à peu, elles s'aperçurent qu'elles-mêmes avaient besoin de quelque chose pendant la nuit.

Delores dormait à gauche, Sissy à droite. Avant longtemps, elles furent toutes les deux au milieu.

Le lit ne grogna jamais sous elles. Même les ressorts, cancaniers de nature, résistèrent à toutes les tentations de couiner. Murs et plafond auditionnèrent toutes positions nouvelles, approuvant apparemment, car rien ne se fendit ou ne tomba. Les petits cris que la langue serpentine de Delores tirait des orgues de Sissy et ceux que les doigts stoppeurs de Sissy faisaient sortir du plus profond de la gorge de Delores n'attiraient pas plus l'attention des collines derrière les rideaux qui flottaient que les cris des lapins et des souris. Il arrivait que quatre paires de lèvres soient en action en même temps ; mais le dictionnaire de la langue américaine que Miss Adrian avait laissé sur la cheminée ne les corrigea ou ne protesta jamais. C'était comme si le monde absorbait leur amour, n'offrant aucune résistance, mais l'aspirant doucement et lentement. En soupirant "ah !".

Ou "ha !".

Mais pas "maman !". L'amour entre filles a sans doute sa place dans l'univers, mais comme vous le diront les ressorts de lit, les murs, les plafonds, les collines et même le dictionnaire de la langue américaine, la salive ne fait pas les bébés.

Et c'est ainsi que lorsque Sissy découvrit qu'elle était enceinte, son pouce pointa vers le Chinetoque. Figurativement parlant, c'est certain, car elle ne lui en dit rien, pas plus qu'elle n'en fit part à Delores ou qu'elle ne l'écrivit à Julian (dont le problème de boisson était devenu si aigu que les "gens bien" l'évitaient à présent, le laissant recracher en sifflant les effets de la civilisation dans les repaires de l'ère posthippie de l'East Village).

Elle dissimula sa nausée du matin en prétendant que c'était dû à l'émotion, que c'était une manifestation physique de souci et de chagrin, et tout le monde fut dupe – à l'exception d'une certaine dame d'âge moyen qui lisait dans les mains en état de transe dans les banlieues de la périphérie de Richmond, Virginie.

même les cow-girls ont du vague à l'âme

Et c'est ainsi que les cow-girls de la Rose de Caoutchouc furent acquittées de tous les chefs d'accusation. Elles quittèrent Mottburg à cheval en un cortège triomphant, agitant leur chapeau pour les gens de la ville, parmi lesquels une Mémé Schreiber exultante.

Arrivées au ranch, une réunion fut organisée. Dans le dortoir, comme dans l'ancien temps.

Big Red lut aux filles de la littérature de l'Association des Filles de Rodéo. "Le rodéo exclusivement féminin jouit de sa plus grande période de croissance de l'histoire. Il n'y eut que cinq rodéos féminins en 1973 – cette année, il y en a eu onze." La feuille de chou de l'AFR racontait ensuite comment Gail Petska, vingt-cinq ans, originaire de Tecumseh, Oklahoma, avait gagné dix-neuf mille quatre cent quarante-huit dollars en 1973, avec la prise de taureaux, la capture des veaux au lasso, la course à la barrique et le ficelage de chèvres.

— J'ai l'intention de prendre une part de ce gâteau, annonça Big Red. Et j'espère que vous autres allez envisager de venir avec moi. Nous travaillerons à partir du Texas, exactement comme les grues.

— Le ficelage de chèvres comme sport est une chose nouvelle pour moi, dit Donna, mais avec notre expérience, nous les filles de la Rose de Caoutchouc devrions être rudement bonnes. Tu peux me compter avec toi, mais seulement si tu m'aides à créer une certaine agitation pour en finir avec les rodéos exclusivement féminins et qu'on recommence à affronter les hommes, en égaux, comme ça devrait être.

— C'est exactement ce que j'avais en tête, dit Big Red. Mais nous irons doucement, comme nous l'a enseigné Mère Peyotl.

Sept cow-girls en tout furent d'accord pour partir au Texas et se lancer sur le circuit des rodéos. Kym et Linda avaient déjà décidé de passer l'hiver en Floride, d'y travailler comme serveuses et d'économiser de l'argent pour de nouvelles aventures. Six cow-girls avaient décidé de voir ce que donnait l'université, dont Mary qui allait étudier l'archéologie pour mettre sa foi chrétienne à l'épreuve des faits historiques. D'autres filles décidèrent de vadrouiller un moment et d'essayer divers styles de vie – se préparant à la Quatrième Vision.

À l'extérieur du dortoir, deux hommes étaient assis sur la palissade du corral. L'un était le compagnon d'Elaine, un poète de trente-cinq ans originaire de San Francisco et qui avait rendu de temps à autre des visites clandestines à Elaine depuis qu'elle était dans le Dakota. L'autre était un vieil ami de Debbie de l'époque de l'Avatar Atomique de l'Acide, un revendeur de LSD réformé qui s'était mis à lire les œuvres complètes d'Albert Einstein pour apprendre à penser (non à raisonner, mais à penser). Elaine et son copain, ainsi que Debbie et le sien, voulaient faire tourner le ranch à eux quatre. Ils avaient l'intention de faire la culture des tournesols et le commerce des graines.

On tomba d'accord. L'administration de la propriété serait confiée à Elaine et Debbie, mais le lieu devrait également rester en permanence un refuge pour les vingt-six cow-girls si jamais l'une d'entre elles avait besoin d'un endroit sûr pour se protéger des traits et des flèches d'un outrageux n'importe quoi.

Finalement, les femmes décidèrent aux voix de changer le nom de la Rose de Caoutchouc en El Rancho Jellybean. Et c'est ainsi qu'on le connaît aujourd'hui.

Pourtant, il restait un point à débattre. Heather voulait savoir qui avait volé la photo de Dale Evans dans les toilettes.

119

Un matin, les chiens de prairie passèrent le museau hors de leur terrier et virent que l'été indien avait quitté la ville sans même laisser un billet d'adieu. Les chiens de prairie haussèrent les épaules, frissonnèrent et rentrèrent en vitesse, espérant s'endormir avant que l'hiver se mette à faire du raffut dans les étages avec ses gros godillots. C'est ce même jour que le Chinetoque partit, lui aussi.

Sissy et Delores revenaient d'une promenade, ébouriffées par le vent, lorsqu'elles le trouvèrent clopinant sur une canne, ses biens

même les cow-girls ont du vague à l'âme

ramassés dans une outre. Dans la bise, Sissy avait avoué à Delores qu'elle était enceinte, et toutes deux avaient conclu qu'elles se devaient d'en informer le Chinetoque. Or voilà que le deuxième jour où il pouvait marcher, il s'apprêtait à fuir le ranch. Et pas pour remonter non plus sur Siwash Ridge.

— Je m'en vais rejoindre le Peuple de l'Horloge, dit-il. Ces louftingues de Peaux-Rouges me manquent, comme qui dirait, et je me demande ce qu'ils fabriquent. En plus, ils ont besoin de quelqu'un comme moi pour les aiguiller et les garder sur le bon chemin. L'anarchie est comme la crème sur le feu : il faut la tourner sans arrêt, ou alors elle colle et fait des grumeaux, comme le gouvernement.

— Je n'arrive pas à croire que tu vas abandonner la butte, dit Sissy.

Mais elle y arrivait très bien. Sa hanche s'était rétablie beaucoup plus vite que les médecins ne l'avaient prévu, mais à le voir appuyé sur une canne, si pâle et les traits si tirés, il était difficile de l'imaginer galopant à nouveau sur l'architecture imprévisible de Siwash Ridge. Ce que Sissy voulait dire en réalité, c'est qu'elle n'arrivait pas à croire qu'il l'abandonnait, elle.

— Ça va, ça vient, dit le Chinetoque.

— Ouais, facile à dire, dit Delores.

Le Chinetoque rougit véritablement.

— Je n'y peux rien si j'ai grandi dans une culture antipoétique. Mais la langue est différente avec les Horlogiens. Ils appartiennent à une tradition orale. Et je ne parle pas de ce que vous faites toutes les nuits au lit, sacrées goulues.

Ce fut au tour de Delores de rougir. Et Sissy aussi. Les murs les avaient donc trahies.

— Eh bien, soupira Sissy en essayant de garder ses larmes à leur place, si les Horlogiens te donnent quelques renseignements de première main sur la fin du monde, envoie-nous une carte postale.

— Le monde ne va pas finir, idiote ; j'espère que tu sais au moins cela. (Le Chinetoque s'était tu, inhabituellement sérieux.) Mais il va changer. Il va changer radicalement, et probablement de votre vivant. Les Horlogiens voient les tremblements de terre

441

catastrophiques comme les agents du changement, et ils ont peut-être raison, puisqu'il y a cent mille tremblements de terre par an et qu'on attend toujours les plus violents. Mais des catastrophes bien pires nous attendent...

— Des catastrophes inévitables ? demanda Delores.

— Sauf si la race humaine parvient à abandonner les buts et les valeurs de la civilisation ; en d'autres termes, si elle arrive à rompre l'enchaînement de la consommation – et nous sommes tellement conditionnés à la consommation comme mode de vie que pour la plupart d'entre nous, la vie n'aurait aucun sens sans les convoitises et les compensations d'une consommation croissante. Je dirais donc, oui, inévitables. Ce n'est pas simplement que nos mauvaises habitudes vont provoquer des catastrophes globales, mais que les philosophies économico-politiques sur lesquelles nous nous fondons nous tiennent si aveuglément coincés qu'elles nous empêchent de nous préparer aux désastres naturels dont nous ne sommes pas responsables. La merde apocalyptique va donc bloquer les rouages, c'est certain, mais elle ne nous atteindra pas tous. Elle épargnera des petites poches d'humanité. Comme le Peuple de l'Horloge. Comme vous deux, mes douces amies, si vous décidez d'accepter le bail que je vous offre pour la Grotte Siwash. Il n'y a pratiquement pas de calamité mondiale – famine, catastrophe nucléaire, épidémie, guerre atmosphérique ou réduction de la couche protectrice d'ozone – à laquelle vous ne résisteriez pas dans cette caverne.

— Très bien pour nous, répliqua Sissy, et très bien pour les Horlogiens. Mais le reste du monde ? Mais les millions de gens qui ne sont même pas conscients des dangers, encore moins des possibilités de rechange ? Nous devrions probablement travailler à temps complet pour éduquer les masses et essayer de les mobiliser pour la survie.

— Non, non, reprit le Chinetoque, qui s'appuyait lourdement sur sa canne. La survie n'est pas importante. Ce qui compte, c'est comment on survit. Tous les plans de survie à long terme conçus par nos machines à penser, nos savants et nos stratèges sociaux comprennent des variations totalitaires – sociétés de type fourmilière ou ruche.

même les cow-girls ont du vague à l'âme

Certes, les insectes sont forts pour survivre ; meilleurs que n'importe quelle autre créature, c'est sûr. C'est parce que dans le monde des insectes, il n'y a aucune espèce d'individualisme. La vie des insectes est rigide et prévisible ; le psychisme de la punaise ne se préoccupe de rien d'autre que de la survie : survie de la colonie, de la ruche, de l'essaim. Je pense qu'il vaut mieux que l'humanité meure plutôt que de recourir à un style de vie totalitaire pour survivre. Nous devrions prendre pour modèle la grue plutôt que la termite. Éteignons-nous s'il le faut, mais partons avec un peu de dignité, d'humour et de grâce. Des hommes-fourmis et des femmes-abeilles ne valent pas la survie.

Le Chinetoque tendit la main et caressa le pouce de Sissy. Le pouce gauche. Le morceau transcontinental. Son mouvement fut si lent qu'elle ne tressaillit même pas.

— La survie en elle-même ne m'intéresse pas, mais voici quelque chose que je trouve vraiment intéressant. Supposez qu'au cours des vingt à cinquante prochaines années, une série de désastres dus à la nature et à l'homme se mélangent pour détruire notre structure sociale et éliminer la plus grande partie de la race humaine. Ce qui est fort probable. Seuls de petits groupes isolés survivraient. Bien, suposons alors, Sissy, que tu soies parmi les survivants – et si tu profites de ton option pour résider dans la Grotte Siwash, tu seras parmi eux. Et supposons encore que tu mettes au monde des enfants…

Sur quoi, il retira sa main jaune ridée de l'appendice perpétuellement enceint de Sissy et se mit à caresser son bidon temporairement gonflé. Ses yeux souriaient. Mon Dieu ! Savait-il aussi cela ?

— Suppose que la prophétie de Mme Zoé se réalise et que tu mettes au monde cinq ou six enfants ayant tes caractéristiques. Tous dans la Grotte Siwash. Dans un monde post-catastrophique, tes descendants feraient nécessairement des mariages entre eux, formant peu à peu une tribu. Une tribu dont chaque membre aurait des pouces géants. Une tribu de Grands Pouces établirait avec son milieu de vie des relations très particulières. Ils ne pourraient pas utiliser d'armes ou produire des outils compliqués. Ils devraient se fier à leur savoir-faire et à leur bon sens. Ils devraient vivre avec les

tom robbins

animaux – et les plantes ! – comme avec des égaux virtuels. Il m'est extrêmement agréable d'imaginer une tribu d'excentriques physiques vivant en paix avec les animaux et les plantes, apprenant leur langage, peut-être, et leur donnant le respect auquel ils ont droit. C'est marrant d'imaginer ça, vraiment.

Sissy lui pressa la main. On aurait dit un vieux bout de fromage rance.

— Ce qui est marrant est marrant, fit-elle, mais comment vais-je mettre au monde une tribu si je vis en haut d'une montagne isolée avec Delores ?

— C'est ton problème, dit le Chinetoque. En fait, je ne me préoccupe pas plus de situations tribales que de populations massives. La plupart des groupes sont des troupeaux, et tous les troupeaux sont embêtants. Debbie et les autres gosses égarés voudraient bien me coincer dans le rôle du grand bonhomme oriental. Ils ne pourraient se tromper davantage. Les divers philosophes orientaux ont au moins une chose en commun : ils prennent le personnel et essaient de le rendre universel. Je déteste ça. Je suis à l'opposé. Je prends l'universel et le rends personnel. Les seuls échanges réellement magiques et poétiques qui se produisent dans cette vie se font entre deux personnes. Parfois, cela ne va pas si loin. Souvent, la seule gloire de l'existence se limite à la conscience individuelle. Mais c'est bien. Vivons pour la beauté de notre réalité propre.

Brusquement, le Chinetoque enleva sa main de sur le ventre de Sissy. Il s'éclaircit la gorge. Et il roula des yeux jusqu'à ce qu'ils aient l'air de deux fèves à qui on apprend qu'elles viennent de gagner le gros lot.

— Écoutez comme je babille. La dynamite que j'ai pris a dû dérégler un de mes transistors. Ne faites pas attention à ce que je dis. Vous devez trouver la solution par vous-mêmes. Le petit train qui part vers l'ouest quitte Mottburg à deux heures moins vingt. Je veux être dedans. Est-ce que vous me conduisez à la gare ?

Lorsque les autorités avaient abandonné les charges contre Delores – cherchant apparemment à se laver les mains à jamais des cow-girls –, le fourgon à peyotl avait été rendu. Les femmes

444

même les cow-girls ont du vague à l'âme

décidèrent de l'emmener en ville ; après tout, la nouvelle jeep (cadeau de la Fondation Comtesse) appartenait au ranch et le ranch était maintenant entre les mains d'Élaine et de Debbie. Delores conduisit, Sissy et le Chinetoque assis main dans la main à côté d'elle.

Luttant tout le long du chemin contre un méchant vent, le véhicule incrusté de serpents n'arriva à la gare qu'avec cinq minutes d'avance. Le train était déjà en gare.

— Les horaires ! s'exclama le Chinetoque. Ironique, que je doive suivre des horaires pour revenir aux horloges. (Il arborait une expression admirative.) Ne pariez jamais contre le paradoxe, mes amours. Si la complexité n'a pas votre peau, c'est le paradoxe qui l'aura.

Dans les canaux lacrymaux brûlants de Sissy, les larmes ne marchaient pas mais couraient jusqu'à la sortie la plus proche.

— Et *ton* horloge ? demanda-t-elle en reniflant.

— Mon horloge ? Ben quoi, je la porte avec moi. Pas toi ?

Il donna aux deux femmes des baisers d'égale durée, bien que Sissy ait eu un peu plus de langue. Puis il se retourna et traversa le quai en boitant.

Le voyant clopiner vers le train, Sissy fut frappée de le trouver si petit et si frêle, à présent. Delores aussi pleurait, maintenant.

À la portière du wagon, le Chinetoque pivota tout d'un coup sur lui-même, ouvrit son peignoir et leur secoua son zob au nez.

— Ha ha, ho ho et hi hi, fit-il en ricanant.

Le vieux bouc.

120

Avec Sissy et Delores bien abritées dans la grotte, le ranch en bonnes mains, le Chinetoque remontant les Horlogiens, la Comtesse transportant des bassins de placenta et Jellybean attrapant les nuages au lasso sur les prairies du Paradis, les choses semblent en règle pour les créatures dont les aventures ont fait l'Objet de ce livre.

Nous pourrions conclure que *Même les cow-girls ont du vague à l'âme* a atteint son entropie maximum, n'était un phénomène inattendu et troublant : le comportement des grues.

Après avoir quitté le lac Siwash, la bande de grues fit halte à son terrain d'hivernage d'Aransas, mais brièvement. Plusieurs heures avant que commence la réception de gala qui devait célébrer le retour des grands oiseaux chez eux, ils reprirent l'air, laissant le secrétaire de l'Intérieur, le gouverneur du Texas, la chambre de commerce de la ville de Corpus Christi et des milliers d'ornithologues patriotes le bec dans l'eau.

Continuant vers le sud, elles se reposèrent quelque temps dans le Yucatan, puis arrivèrent au Venezuela, où elles croquèrent des grenouilles-léopards dans les marécages de l'Orénoque. En Bolivie, leur fiente tomba sur une révolution. Dans le ciel du Paraguay, elles souillèrent les cathédrales d'Asuncion. Toutes les tentatives de la part de savants latino-américains pour les approcher n'eurent pour résultat que de les faire repartir. Elles firent un détour par le Chili, peut-être pour saluer les mânes du poète assassiné Pablo Neruda ; prochain arrêt, la Patagonie.

Aux États-Unis et au Canada, beaucoup de gens étaient consternés. Le directeur de la société Audubon se mit à faire des bruits que ses collègues ornithologues identifièrent comme le cri du dingo et du maboul. Était-ce les séquelles du régime au peyotl, ou quelque chose d'à la fois plus mystérieux et plus inquiétant qui faisait agir ainsi les grues ? Dans les laboratoires et les salles de conférence, les naturalistes discutaient – tandis que les grues, traversant l'Atlantique vers l'Afrique, rendaient visite aux îles Hawaii.

Après que plusieurs d'entre elles eurent été abattues par des braconniers congolais, les Nations Unies prirent unanimement une résolution faisant de tout dommage causé aux grues un crime passible de prison dans le monde entier. Il était temps car bientôt, la grande bande blanche voyageait au-dessus de régions très peuplées. Nos grues sabotèrent une plage du sud de la France, délogèrent les célèbres pigeons de Saint-Marc à Venise et firent sensation, dit-on, en pataugeant dans la Tamise.

même les cow-girls ont du vague à l'âme

Les oiseaux s'envolèrent encore – et ils tournent toujours. Personne ne sait où ils feront leur prochaine apparition. Leurs cris, accueillis avec une ferveur religieuse le long du Gange, furent à peine audibles parmi les klaxons et les crissements de pneus de la circulation à Tokyo. Au moment où j'écris ceci, on pense qu'elles se trouvent quelque part à l'intérieur de la Chine, où il s'écrivit jadis sur les grues une moyenne de mille poèmes par jour. Mais on n'écrit plus de précieux et rares poèmes sur les grues en Chine.

Le plus splendide et le plus grand oiseau américain cherche-t-il un nouveau chez lui, écumant le globe terrestre en quête d'un endroit où vivre libre et dans l'intimité ? C'est une théorie. Naturellement, des légendes sont nées au sujet des voyages de l'échassier. En Birmanie, une femme prétend avoir eu un rapport sexuel avec un des oiseaux. Léda et le Couineur canadien…

Il se peut que les grues soient porteuses d'un message qu'elles répandent à tous les azimuts. Un message des sauvages aux sauvages d'antan. Une telle chose est-elle possible ?

Tout est possible. Et tout est bien. Et puisque tout est bien qui finit bien, devons-nous en conclure que voici la fin ?

Ouais, presque. Sauf pour annoncer que les grues viennent de passer la frontière du Tibet. En faisant houp !

SEPTIÈME PARTIE

Battre des bras peut être voler.

ROBERT K. HALL

121

Le temps a passé. Plusieurs mois. Sept à huit mois, d'après la grosseur du ventre de Sissy.

L'horloge indique minuit. Un minuit de juin, assez chaud pour dormir au niveau supérieur de la grotte. Sissy et Delores sont en train de rêver, et c'est assez étrange car, bien qu'elles se soient éloignées ces dernières semaines, elles font le même rêve.

Delores a dit à Sissy qu'elle voulait s'en aller. Elle ne partira que lorsque le bébé sera né et que Sissy sera en forme et bien portante. Elle aime Sissy, certes, mais elle ne se sent pas complète avec elle. C'est de complétude que Delores rêve en ce moment – des deux opposés de l'Un qui, par l'équilibre, Lui permette d'exister et de vivre à la fois. Une femme sans son opposé, ou un homme sans le sien, peut exister mais pas vivre. L'existence peut être belle, mais jamais entière. Sous l'oreiller de Delores, il y a la carte, le valet de cœur.

La bosse du ventre de Sissy la force à dormir sur le dos, position idéale pour attirer le rêve. Sissy aussi rêve de l'opposé qui peut la compléter, qu'elle peut compléter. S'y connaissant en oiseaux, Sissy sait que l'esprit ne peut s'élever avec une seule aile. Du Chinetoque, elle a appris comment l'opposé d'une chose fait tenir celle-ci. Dans le rêve de Sissy, il est un homme qui ne se nie pas lui-même, comme Julian, mais qui est lui jusqu'à la pleine limite de lui-même, comme elle l'a été.

Les deux femmes s'agitent. Delores se retourne et se tortille comme une carte postale à l'adresse illisible. Sissy miaule comme un chaton à qui on a mis de la vodka dans son lait. Leurs paupières tressaillent mais ne s'ouvrent pas.

Dans la grotte, une troisième personne dort. La naissance étant achèvement en même temps que commencement, il se peut que cette personne rêve aussi d'être complète et achevée. Elle se réveille et donne à Sissy un bon coup. Pas avec son pied mais avec son… Pendant la vie embryonnaire, les doigts sont formés d'arêtes en éventail sur la surface latérale des segments de mains et de pieds. Ces arêtes grandissant plus rapidement que les segments qui les portent, elles dépassent bientôt le bord et forment des doigts et des orteils définitifs. Sissy sait depuis pas mal de temps déjà que son bébé possède ses caractéristiques. Il viendra au monde à demi japonais, un trente-deuxième Siwash et tout en pouces. Soit. Le doigt qui écrit avance et, ayant écrit, continue d'avancer. Le pouce qui fait signe progresse et, ayant fait signe, nous fait progresser avec lui.

Le fœtus fait du stop à la colonne vertébrale de Sissy, à sa région lombaire, à sa vessie. Même cela ne la réveille pas. Ce qui l'amène à abandonner finalement son rêve n'est pas un geste mais un bruit.

Un bruit étrange, qui résonne puissamment bien qu'il vienne de loin. Son cerveau examine les sources possibles de ce bruit. C'était un bruit de grondement. Cela pouvait-il être un tremblement de terre longtemps attendu, qui disloquait les bords du continent et propulsait les Horlogiens dans la Joie Éternelle ? Était-ce le premier pétard nucléaire de la guerre à laquelle tout le monde pense (la situation internationale *est* désespérée) ? Sissy envisage de réveiller Delores et de descendre au niveau inférieur de la grotte.

Elle entend à nouveau le bruit. Il est plus proche cette fois, et son grondement est moins apocalyptique. En fait, il est suivi d'un son plus organique, plus fort. Est-ce les grues qui reviennent ? se demande-t-elle. Ou bien est-ce quelque cow-girl prise en sandwich entre deux cow-boys ?

Le bruit se rapproche encore plus…

C'est peut-être l'horloge. Qui marcherait sur un rythme entièrement nouveau, mesurant des développements inattendus dans le continuum – tels qu'une crise de rire de la part de l'inconscient collectif, ou de soudaines vibrations cosmiques qui défient les instruments ce mesure scientifique les plus élaborés par leur tendresse et leur obscénité.

Le bruit se rapproche encore plus…

Sissy se dresse sur son séant. Delores est aussi réveillée, à présent.

Et sur la Piste Siwash, suivant à la lumière d'une lampe électrique une carte tracée dans le moindre détail par la seule main qui pouvait la dessiner (Chinetoque !), voici qu'arrive en trébuchant, en s'étalant, en tombant, en jurant et en rigolant le docteur Robbins, votre auteur.

Ayant assemblé tout le matériau pour écrire ce livre, le docteur Robbins n'attend même pas la lumière du jour mais plonge, moustache la première, dans la dangereuse obscurité du Dakota pour atteindre la Grotte Siwash. Dans quel but ?

Le docteur Robbins croit-il vraiment qu'il va s'accoupler avec Sissy, que c'est sa semence qui va féconder ses prochains ovules, que c'est lui qui sera appelé papa par la progéniture prophétisée de bébés aux gros pouces ? Croit-il qu'il va partager l'intendance païenne de Siwash Ridge – et qu'il est l'agent du destin spécial de Sissy Hankshaw ?

Le docteur Robbins ne dira pas ce qu'il croit. Sauf :

Je crois en tout. Rien n'est sacré. / Je ne crois en rien. Tout est sacré. Ha ha, ho ho et hi hi !

Bonus spécial parabole

Dans ce lieu extérieur, près des forêts et des prairies, il y a un bocal de vinaigre – emblème de la vie.

Confucius s'approche du bocal, y trempe un doigt et goûte le mélange.

— Aigre, fait-il. Néanmoins, je vois la grande utilité que cela pourrait avoir pour préparer certains aliments.

Bouddha approche du bocal de vinaigre, y trempe un doigt et goûte.

— Amer, commente-t-il. Cela peut faire souffrir le palais, et puisqu'il faut éviter la souffrance, il faut jeter cela sans attendre.

Le suivant à tremper son doigt dans le vinaigre est Jésus-Christ :

— Beurk, fait Jésus. C'est aigre et amer. Ce n'est pas bon à boire. Afin que personne d'autre n'ait à le boire, je vais tout avaler moi-même.

Mais voici que deux personnes approchent ensemble du bocal, nues, main dans la main. L'homme a une barbe et des jambes très velues comme celles d'une chèvre. Sa longue langue est légèrement gonflée parce qu'il vient de réciter de la poésie. La femme porte un chapeau de cow-girl, un collier de plumes, et son teint est rose. Son ventre et ses seins portent les marques de la maternité ; elle porte un panier de champignons et d'herbes. L'homme puis la femme trempent un pouce dans le vinaigre. Elle lèche le pouce de l'homme et il lui lèche le sien. D'abord, ils font une grimace mais presque immédiatement, de larges sourires s'étalent sur leur visage. Et de concert ils entonnent :

— C'est *doux*.

— Doux !

TABLE

Préface de la cellule unique 15
Bienvenue au Ranch de la Rose de Caoutchouc 17

Première partie 21
Deuxième partie 75
Troisième partie 137
Quatrième partie 213
Cinquième partie 313
Sixième partie 389
Septième partie 449

CATALOGUE

PETE FROMM
Indian Creek

TOM ROBBINS
Même les cow-girls ont du vague à l'âme

TREVANIAN
La Sanction

LARRY WATSON
Montana 1948

www.gallmeister.fr

CET OUVRAGE A ÉTÉ COMPOSÉ PAR
ATLANT'COMMUNICATION
AU BERNARD (VENDÉE).

ACHEVÉ D'IMPRIMER EN MARS 2011 SUR LES PRESSES
DE NORMANDIE ROTO IMPRESSION S.A.S.
61250 LONRAI

IMPRIMÉ EN FRANCE

DÉPÔT LÉGAL : AVRIL 2010
N° D'IMPRESSION : 11-0998